烽火孤鹰

吴云峰 ◎ 著

安徽师范大学出版社
ANHUI NORMAL UNIVERSITY PRESS
· 芜湖 ·

图书在版编目(CIP)数据

烽火孤鹰 / 吴云峰著 .—芜湖:安徽师范大学出版社,2020.12
ISBN 978-7-5676-4765-7

Ⅰ.①烽… Ⅱ.①吴… Ⅲ.①章回小说—中国—当代 Ⅳ.①I247.4

中国版本图书馆CIP数据核字(2020)第168635号

FENGHUO GU YING

烽火孤鹰

吴云峰◎著

责任编辑:郭行洲　　责任校对:祝凤霞
装帧设计:张　玲　　责任印制:桑国磊
出版发行:安徽师范大学出版社
芜湖市北京东路1号安徽师范大学赭山校区
网　　址:http://www.ahnupress.com/
发 行 部:0553-3883578　5910327　5910310(传真)
印　　刷:安徽新华印刷股份有限公司
版　　次:2020年12月第1版
印　　次:2020年12月第1次印刷
规　　格:700 mm × 1000 mm　1/16
印　　张:30.25
字　　数:500千字
书　　号:ISBN 978-7-5676-4765-7
定　　价:88.00元

（姚和平　作画）

纵横怒马辞朝堂，
拔剑高歌赴国殇。
频斩魔凶腾血浪，
头颅敢掷保炎黄。

（姚和平　作画）

一身绝技难酬志，
笑傲江湖孤胆鹰。
弹雨枪林侠客影，
青砖黛瓦血遗情。

地域文化的个性化书写

——序长篇小说《烽火孤鹰》

柳拂桥

我已很多年不读小说了，何况是一部出版字数达50万的大长篇。因此这一回是被阅读了，因为却不过作者云峰兄的深情。

云峰兄与我是很有渊源的，私交也一直没有落下过，二十多年了。所以，我咬咬牙，把《烽火孤鹰》仔细读了一遍，包括它的梗概与后记。于是，有话想说，也可说了。

首先，我开始更佩服云峰兄了。能写这么长的小说出来，花了多少时间，费了多少工夫啊。正如他自己在《后记》中所说，在撰写《烽火孤鹰》期间，他查阅了芜湖和宣城很多包括地方志、党史、文史等档案资料，也采访了主人公袁时发的出生地洪山头的多位村民，其中现年60余岁的洪四妮便是袁时发的义女，她详细介绍了袁时发的晚年生活。

其实，在写作的过程中，甚至还可能是谋划阶段，云峰就多次跟我提过他家乡的一个传奇人物，说是要把故事写出来。为什么写呢？创作是要有冲动的，并且这个冲动是一个大部头。于我而言，似乎不能，而云峰却能：

“在熊熊的战火中，究竟有多少无名英雄用血肉之躯铸成不朽的灵魂，我们很难尽知。从这个角度来看，袁时发是幸运的，尽管他不曾留下一张照片，也没有关于他的文字记载，但他的故事却为很多人传颂。作为洪山头村民的后代，作为见过袁时发老人生前风采的晚辈，我也是幸运的。”

这个晚辈和幸运儿，就是云峰。

云峰写的是家乡的事情，书中主人公原来是他的乡亲，并且这个乡亲是前辈，一个有故事的男人。恰好，云峰也是一个有故事的男人。我知道，有一阵子，云峰也很孤独。所以他写袁时发，烽火中的孤鹰，就一点也不奇怪了。每一个人都是走不开家乡的，文字也不例外。

在皖南，写故乡风物的不在少数。我了解一点，但读的很少。近些年来，文学已经不能使我兴奋了。我关注的也不多。

据说，吴组缃写皖南泾县家乡有些名气。所以，早些年我特意买了读过，也没见得好在哪里。大约是年代久远、人地两疏的缘故吧。

身边有些作家写得多，我也获赠过几本大作。尽管没那么认真读，或者准确地说全部读完，但我觉得比吴组缃好，哪怕只好一点点。文学是在发展的，后人总是能讨到好处。进步是必然的。

再比如，太平湖畔的苏雪林，我真的读不下去。你可以有一万个理由说她文章如何优秀，可是我仍然读不下去。那是那个时代的问题，谁能够超越她的时代呢。

当然，这都是地域文化的一种书写。

《烽火孤鹰》显然也是，并且是很长的长篇。人们都知道，长篇少不了结构艺术，更少不了生活积累。这都不是简单的事情。再倘若，书写得有个性，没有明显的缺陷，就更难了。而《烽火孤鹰》做到了。起码在我这里是这样看的。我对阅读的文本一向是比较挑剔的。也许，对云峰兄，我没有过高的估计，但我真的有些意外，这应该是云峰兄的进步，因为他并非第一次出书。也应该是他真的下了功夫，所以有了个性化的地域文化书写。

其次，我想说说地域文化如何书写。当然，它是一种文学的书写，是和《烽火孤鹰》相联系的，或者说，是以《烽火孤鹰》为参照系的。我能说吗？其实不能。因为我不写小说，也不读小说多年了，但总得有人说。这一回似乎轮到我说，不说不行，所以就说了。

以我的阅读经验，地域文化的书写经常会出现一些问题。比如，如何解决史实与虚构的问题；对于历史人物和事件的认知与评价会不会出现偏差，是否有个人的认知水平与感情因素影响了理性而正确的判断；对于家乡的态度，甚至于一草一木，难免会王婆卖瓜，自卖自夸等；是否在故事情节里，最可能是在背景的叙述里，有意识地卖弄或者夹带或多或少的“私货”；有没有为写地域而写地域的情形发生，于人物和故事而言有无必要云云。

对于这些，《烽火孤鹰》处理得都很好，所以我说几乎看不到明显的毛病。比如，作者在创作时始终遵循着“寻找真相，还原历史”的基本原则，力求全方位还原当时的那段历史……其间的部分情节，根据文学创作的需要进行了必要加工。在追求真实的基础上做适当的虚构，这种虚构有基础，符合人物个性，也是故事情节的自然展开与延续，所以，是能接受的。再说，对于主人公袁时发，作者是很喜欢的，甚至充满敬仰，也因为敬仰才有了创作的冲动，但他并没有为长者或尊者讳，如袁时发的赌博、睡女人等恶习，甚至连胯下之物的小缺陷也一拉到底，不给情面。

小说里的故事大多发生在宣城与芜湖，它们既是小说人物的家乡，也是作者的家乡。其中也有不少关于青弋江，甚至弋江镇的笔墨，这是我最乐意看到的。如“西乡时属宣城县七大集镇之一，位于宣城、陵阳交界处，街镇沿青弋江畔沈公圩堤埂而建，呈南北走向，以临着青弋江的镇东大门为界，南端是青弋江上游，称上街头；北端是青弋江下游，称下街头；隔江相望的，便是佛光塔影里的珩琅山，上游十公里处为陵阳县的弋江镇。”文字洗练，不累赘；有溢于言表的自爱，但并不夸饰过分。

还有更为重要的是抗战问题。小说里写了各色人等，如国军、新四军、土匪、日军、皇协军与当地老百姓等，对于那场战争的各自态度与言行，战争场景的处理，分寸与火候的把握，如果细细地读，能看出来云峰兄是很严谨的。此等对于真实的追求，艺术上的再现，就不仅仅是小说创作本身的事情了。

最后就是地域文化书写的个性化问题。在我理解，所谓个性化就是这一个，与众不同，仅此一家。这一点，在《烽火孤鹰》里是很彰显的，触手可及。

特定的地点，红杨树及其周边，不会是其他地方。因为这儿是主人公也是作者的家乡。尽管有些地名做了处理，但青弋江周遭的环境、风物，甚至民俗、方言都是走不了样的，很容易猜想到。特定的人物，生存的环境，言谈举止，甚至一些小小的荤段子，都直接指向了小说中的那一群人，甚至那一个特定的时期。当然，还有几个民间习俗与故事就更昭然若揭。如下面的这个，有一种小情调，皖南田园牧歌的感觉，绝不会是其他地方：

“虽是暮春时节，皖南山区依然一派欣欣向荣的景象，处处充满生机，花香袭人。小文挽着时发的胳膊，走在一条连接着过去与未来的山道上，看着远处若隐若现的徽派老房子，她不禁哼起了黄梅小调。

冬去春来，这里有飘着饭香的炊烟，这里有喊着我乳名的老乡，更有我日夜思念的情郎……”

最有意思的是，小说的叙述语言非常口语化，在乡音土语里还有小雨夹雪似的文言文。这是云峰特定的语言，因为他自己就是这样说话的，乃至语言简短，很有节奏感。读其书，而知其人，古之人不吾欺也。其人就是这一个，不会是别的。

其他，如既有各种战争场面的描写，也有荡气回肠的爱情故事，是不是有一些习以为常；如因为对传统文化的偏爱，选择了章回体这一传统小说样式；如故事性的强化，是否淡化了人物的个性，或者心理、细节上的描写；等等，其实都是无可无不可的，所谓文无定法也。

于我而如小杜言，文章之要，意犹帅也，意到辞到，自出机杼，则夫复何求。

总之，我是敬佩于云峰的勤奋与进步的，期待并相信他还会有更大更多的进步。

2020年5月30日子夜

目　录

楔　子

诗云：底蕴无垠兴正道，明德广布惠灵源。皖南不仅风光旖旎，也以地灵人杰而著称。源于黄山的青弋江宛如一条巨龙，饱饮泾川溪水之后一路向北，最后于芜湖市区汇入长江，这一流域无时不在孕育着朝气蓬勃的生命，无时不在书写着异闻传说般的故事，一个叫红杨的地方便镌刻着这样的印记。

红杨源名于一棵从天而降的奇树，历史久远。明末清初，一只神奇的大鸟徐徐飞过青弋江，在一处河滩的上空盘旋片刻后，突然发出哇的一声大叫，不慎将嘴里用来筑巢的杨树枝丢落。说来也巧，这根树枝竟笔直地插入淤泥之中，就此生根发芽开枝散叶，终成一棵枝繁叶茂的参天大树。这棵杨树无论枝干还是树冠都与本地杨树不同，尤其是树叶和树皮，均殷红如血，在阳光照耀下丹霞一片，远远望去，宛如一支插在江畔的巨大火把，人们啧啧称奇之下，名之为“红杨树”。随之，附近一条建于清初的老街也更名为红杨树。地因树易名，鸟为树增彩。人们无意间又发现，“红杨树”上不知何时竟栖息着一只巨大的老鹰，这只谁也不清楚来历的巨鹰比一般的鹰要大出好几倍，历经风霜的利爪撑起一幅雄壮的身躯，铁钩般的嘴上睁着一双鸟兽俱寒、惟我独尊的圆眼。更为奇怪的是，此鹰始终独来独往，时而形单影只于树头，时而茕茕孑立于峰顶，但从未失去威风凛凛的霸气：一飞冲天，一声长鸣，鼠辈心胆碎，狡兔魂魄飞；当其展翅翱翔越过浩浩荡荡的大河时，当其俯视着一望无际的田野时，黑白相间的王者之羽便任性地横扫着一块块浮云，与山河相映成趣的图腾令人叹为观止。有懂鸟者谓之鹰王、神鹰，因其一直单打独斗，又称其为孤鹰。

十九世纪初，青弋江在梅雨季节连年洪水不断，那块河滩地被慢慢冲洗成河床，“红杨树”失去了生存之所，渐渐消失于人们的视野，只有称谓依然保留。而那只巨大的老鹰，也随着“红杨树”的消失而消失……

这个颇具神话色彩的真实故事多年来一直被红杨人传颂着。时至今日，生活在这片土地上的人们，已不再认为红杨树之红仅为树的颜色，还包括历经战火洗礼的年代由烈士鲜血染红的土地，以及在这块土地上的民间孤胆英雄的一腔热血。人们普遍认为，袁时发就是那只消失后重返人间的孤鹰。

·第一章· 骅骝腾骧天灾酿 匠心独具呈妙方

袁时发后来认为，自己离奇的人生从认识燕振昆开始……

1929年，连续十几个月的大旱把甘肃省变得几乎寸草不生，龟裂的大地仿佛一张历经沧桑的老人脸，割过的麦茬子早被晒成了齑粉，树木只剩下光秃秃的枯枝，山体就像是一块块被烤焦的皮肤，而那些没有任何植被覆盖的山峰则愈发显露出风蚀残迹，形成一丛丛狞恶的怪石，人、畜都不得不在这种火盆一样的环境中谨慎地选择着落脚之处。灾难给人们带来了空前的痛苦，同时，在军阀混战之下，地方政府如同走马灯一样更迭不止，没有人去管泛滥的狼灾和蔓延的匪患，百姓生活雪上加霜。直至当年十月底，天空才涌起久违的乌云，人们都焦急地期待着一场大雨的降临，结果雨水没有来，来了一场罕见的大雪。雪，总能化而为水，滋润土地，给万物带来一线生机。

十一月初，雪停了。在北县的古官道上，几个面黄肌瘦的逃荒者围着倒毙的同伴干嚎了几声便慢慢离去，饥饿使得他们没有力气在硬如寒铁般的冻土中掩埋尸体，也没有精力驱赶盘旋在头顶上的十几只老鸹子。那些扁毛畜生身形矫健，叫声兴奋，太多的腐尸为它们提供了足够的营养，它们已强壮到足以向阻碍它们享受大餐的人类发起攻击。

一团白影闪电般而来，到了近前逃荒者们才发现，那是一匹浑身如雪的高头骏马，马背上驮着一名身材异常魁梧的白衣少年。他们没怎么在意，却不想一个包袱不偏不倚地落在了他们的脚下，包袱里有几个馒头和两块光洋。

“吃饱了把他埋了吧。”少年轻轻地叹了一口气说，随后疾驰而去。这样的场景他已见得太多，只能尽力而为了。由于马行速度太快，少年的衣襟随着翻腾的四蹄向后飘去，发出猎猎声响，一头剪了辫子的披肩长发和平伸的马尾拖成了两道黑白分明的直线。霎时，人马都消失在茫茫的银色世界里。

日落时分，少年出现在马鬃山西麓，他站在雪地中一动不动。一阵寒风迎面吹过，少年的长发扬起，露出一张棱角分明的脸庞，整个人看起来是那种与年龄不相符的老成，但更多的是一股逼人的盛气。他微微闭了一下眼睛又立刻睁开，一双黑眸霎时溢出锐利的光，像紧盯着猎物的鹰眼。

年仅15岁的他似乎在等待着一场接一场的殊死搏斗。

时间一分一秒地过去，天色渐晚，空中升起一轮明月。

来了！少年迅速隐身到一棵粗大的胡杨树下。

一匹，两匹，三匹……透过长筒望远镜，他看到：足足三十匹成年狼悄无声息地出现在山谷里，灰黑色的皮毛在月光下的雪地中形成一个个晃动的黑影。在这群成年狼后面，还跟着十余匹幼年狼。

对于狼群，他并不陌生，但如此庞大的家族却没见过，尤其是它们的体型，比之家乡皖南山区的狼明显壮硕不少，这个浑身是胆的武学天才第一次为自己担心起来。

能如期完成任务吗？马鬃山有几百匹狼，这只是其中一群。主动挑衅群狼，然后在运动中干掉它们；除掉狼患之后，山上还有一百多名悍匪在等着他。燕师傅只给了他一年时间，如果一年之内不能还马鬃山一个太平世界，这趟千里拜师就泡汤了，说不定还会丢了性命……他不禁想起昨晚的那一幕。

集色绘彩虹，访师集神通。按照昌真大师给的地址，袁时发终于见到了燕振昆。他身着一套连着风帽的黑色夜行服，五十岁左右，身材瘦而不高，正坐在一个露天火堆旁烤肉，身边放了一只酒袋。火堆不远处有一顶蒙古包样的帐篷，旁边蹲着一匹骆驼，驼峰上有一个很大的行囊，露出来的是一把弓弩和几只弩箭。他的相貌与普通的西北刀客没什么两样，脸皮微微红肿，镌刻着风沙和岁月的印记。唯一不同的是，他只有一只手臂，很难让人相信这就是威震塞外的“飞刀王”。

听到有人走来的脚步声，燕振昆仍是微闭着双眼，径直用匕首割下一块肉。

“袁时发，到啦？才打的狼，要不要来一块？”

“谢谢燕师傅，我吃过干粮了。咦？你都没看我，怎么知道我就是袁时发?”

“昌真和尚的飞鸽传书说了你的情况，听步履、闻气息就可以判断出来。”

“难道我就不可能是仇家?”

“没感到有杀气。”

“厉害，可算找到您了。”

“找到我?!”燕振昆话里带着傲气。

时发旋即想到自己言语有失，一个独行侠焉能随随便便被人发现行踪。他晃了晃手中的信件。

“你父亲姓李?”燕振昆边吃肉边问。

“嗯，家父李汉臣。他说我很小的时候母亲就死了，要我随母姓。”

“路上怎么样?”

“不太顺利。狼多，土匪也多。”

“还有什么发现?”

“过了黄河以后感觉很惨，到处是饿殍，有时跑了几百里路都买不到吃的。”

“嗯。这一带从去年四月份开始一滴雨都没下过，庄稼颗粒无收，加之狼群进扰土匪猖獗，实际上已经成了人间地狱。”

“是啊，老百姓好可怜。”

“哦? 你小小年纪竟能想到民生。很好，很好!”

燕振昆终于抬起头来。时发看到，他的目光很平和，没有寻常刀客的那种冷戾。

“听说你的天赋很高，15岁就打败了柳真强刀会的所有人，而且教过你的人最后也都败在了你的手下?”

“呃，怎么说呢，也许他们都言过其实吧。”

“娘道蒸子的，很狂啊，小子。”

燕振昆的眼睛立刻变得像两把能穿透一切的利剑。很快，这种锐利又消失了，变为赞许。

“不过这合我口味，自信是一个真正武者应有的性格。都学了哪些功夫?”

“比较杂，南拳北腿的都有。”

“有什么体会?”

“贪多嚼不烂，特别是那些不实用的花架子，很容易把人练成慢腾腾的花拳绣腿，但又不敢不练，因为在我认为是花架子的招式往往又号称绝招，我对此很是疑惑，是不是根底浅了领悟不到其中的奥妙？所以，我希望能得到您这位真正高手的指点。”

燕振昆微微颔首道：“果然有些见识，实话告诉你，你的体会是正确的，疑惑是错误的，对自己不实用的东西就是花架子。”接着，他挥了一下断臂的衣袖。

“错的还有你说我是高手，你也看到了，我只是个残废。”

“燕师傅谦虚了，昌真大师对当今的刀客做了一个排名，说您绝对位居全国前三。他是一位见多识广的得道高僧，他的话肯定有道理。”

“那也未必，高山大川，卧虎藏龙，能人异士往往是籍籍无名者。”

燕振昆抓起酒袋咕了几口，然后随手往旁边一扔，那酒袋便如同长了眼睛一般稳稳当当地落在了驼鞍上，而他眼皮抬都没抬一下，准头着实令人匪夷所思。

时发不由肃然起敬——自信的人是强大的，谦虚的人则是无敌的，燕振昆竟兼而有之。

他正要喝彩，却听燕振昆不紧不慢道：“你能有这样的认识我很欣赏。所谓功夫，说到底就是一门格斗的艺术，精髓只在四个字——唯快不破，高手过招不存在什么观赏性，就那么几下，一切以击毙击伤或制住对方为目的。此外，失之毫厘谬以千里，基本功相同的高手之间也许差距不大，但就那么点差距却能决定胜负乃至生死，而差距就在一点——速度，谁快谁赢，谁慢谁败。”

“那么暗器呢?”

“你是指我的飞刀吧。暗器更是如此，没有敌人傻到让你先动手。”

燕振昆忽地站起身来，晃动了两下脖子，关节啪啪作响。他随后伸出手掌道：“信上说你少年老成，身上有太多的奇迹。来，让我试试。”

“啊？我肯定不是您对手。”

“少废话，我要看你够不够格!”

燕振昆说打便打，迎面就是一拳，时发迅疾一个矮身从他的腋下穿了过去，同时拐肘回撞，却感撞了一个空，心知不妙，立刻鹞子翻身跃开数尺，尚未站稳，燕振昆又是一拳捣来，他只得以铁板桥姿势向后仰去，刚刚直起身子，小腿已中了一脚，顿时失去重心，踉踉跄跄险些摔倒。

燕振昆果真名不虚传，那条单臂一旦动起来就如影随形，始终占着先机，时发连喘息的机会都没有。

“厉害！厉害！燕师傅，我只听说您的飞刀又快又准，没想到拳脚也这么了得！”

燕振昆点了点头，随即又轻轻地摇了摇头。

“你是我见过最快的年轻人，但还不够快，还要练。实话告诉你，你目前还学不了我的飞刀。功夫一通百通，飞刀也一样，除了准头，出手更要快，要做到这两点没有什么诀窍，只能反复练习，而且是很残酷的实战练习。”

“太好了，师傅说到我的心坎里去了。师傅在上，请受徒儿一拜！”时发抱拳就要下跪，却被燕振昆伸手拦住。

“别忙，我从未收过徒。你要想破例，只能在一年之后。在这一年内，你必须帮我完成两件事，而做好这两件事，不但要吃得苦中苦，而且有生命危险，你想清楚了。”

“不用想，师傅请说。”

“果然有决心，但如今已不是冷兵器时代，痴迷武学未必有用。”

“我知道，所以我不仅练武，也练枪。”

“那就让我看看你的枪法。”燕振昆捡起两块拳头大的石头朝空中扔了出去。

时发当即一个倒仰，手里已经多出两把驳壳枪，啪啪两声，两块石头被击得粉碎。他看了看燕振昆，露出一丝笑容。

“很得意是吧？”燕振昆斜了他一眼。说话间快速从衣兜里掏出两枚小如鸽子蛋的铁丸，作势要投，跟着又垂下了手。

时发愕然。“干嘛？”就在他问话的同时，那两枚铁丸已经被抛往远处。

“你要诈！”

“对，敌人不会耍诈吗？还有，我扔石头的速度不快，那两块石头也很大，如果换作这两枚铁丸，如果我出手更快，你能确保打中吗？”

“这……不能。”

“所以说你还不能练我的飞刀。等你练成了我的飞刀，这个问题就不存在了。射技和功夫也是同理，快，准。懂了吗？”

“懂了。可是对手耍诈怎能辨别？”

“经验，心灵感应。光靠眼睛还不够，眼睛往往会欺骗你，要用心，要做到身心合一。”

“如何才能做到身心合一？”

“实战。”

“燕师傅真是高人。”

“不用给我戴高帽子，我们再说说那两件事。”

燕振昆的声音仿佛地面的积冰，不带一丝温度。他说马鬃山里有好几个狼群，每群都有四五十匹西北狼，它们吃了不少人。另外，山上还有一百多名土匪，他们烧杀抢掠，无恶不作，个个都该死。匪首叫高怀礼，是他的仇家，他的独臂就是拜他们所赐。

他开出的收徒条件更是苛刻。

“我要你孤身一人进山，打完了狼再打土匪。如果一年之后马鬃山没有狼也没有土匪了，我就教你功夫。此外，打狼的时候不能用枪，只能用刀，否则，枪声一响就会惊动土匪，打土匪也一样，只能暗中刺杀，要一个一个解决。”

“师傅，我搞不明白，狼患应该有政府操心，断臂之仇您完全有能力去报，为什么要让我动手？”

“怎么，怕啦？怕，现在就可以回去。”

“怕？怕字怎么写我都不知道，我只是觉得好奇。”

“不要问了。我只能告诉你，现在是大灾之年，军阀又在混战，哪有什么稳定的政府，别说总乡约（乡长），就连县长都没有多少人愿当，狼患只能靠我们这些人去解决。还有，你留在这里不是一天两天，我是个穷光蛋，没能力招待你，吃喝都得你自己解决。狼肉吃不了分给附近的百姓，狼皮卖了过日子。至于我为什么没有亲自报仇，到时候你就明白了。”

“好，没问题。我这就出发。”

“等等。”燕振昆指着一片胡杨林说，“杀敌首先要学会自保，我先教你如何藏身……”

燕师傅到底用意何在？

嗷……一声长而凄厉的长啸打断了时发的沉思。只见一匹浑身银白色的狼正蹲在雪地上，凝望着空中的明月，在月光的照耀下，那双狼眼发出冰蓝色的光。跟着，所有狼都嚎叫起来，全都张大了嘴，露出白森森的牙齿。很快，整个山谷都回荡着此起彼伏的狼嚎声，让人毛骨悚然。

这应该就是头狼了！

喔哦喔哦……又传来几声似狗叫但比狗叫难听的声音，狼群一下子安静下来。那匹白狼还不是真正的指挥者！还有一种动物！

果然，群狼像得到命令的士兵一般向两边分开，接着从中走出两匹成年狼，并排站在一起，一个狐狸大小的身影跳上了它们的背。

居然还有狈！时发一惊。据刀会的猎户们说，这家伙是狼和狐狸的杂交品，它出生的概率只有千分之一，却天生为狼群的军师，其聪明程度几乎不亚于人类，好在它的前腿不能行走，只能由狼驮着，否则危害性更大。

看看左前方有一棵尚未枯死的大银杏，时发迅速奔了过去，边跑边大声叫嚷，接着手脚并用攀上树顶。奔跑的过程中，他已经想好了如何干掉那只狈。

呼啦——所有狼都奔到了树下，蹲坐在地上围成几个圆圈，全都伸长着脖子朝树上盯着，每一条喷着热气的长舌都滴出了腥臭的津液。显然，它们都在想着如何把这个身材高大的人类变成晚餐。

喔哦，喔哦……狈又叫了几声，狼群开始全体起立，然后一匹接着一匹走到附近口含树枝，很有序地把树枝垫在树根下，越垫越高。

时发仔细看去，只见那狈长得既像狗又像獾，浑身臃肿得像一个肉球，前腿特别短，立起来像一只肥胖的袋鼠。就是这么个丑东西，却享受着动物世界里皇帝般的生活，可见其智慧非同一般。

丑货，你是很聪明，不过你的死期也到了！

时发悄悄拉开硬弩，却见那只狈朝他看了一眼，迅疾跳跃起来，一会蹦到地上，一会又钻到狼肚子下面，始终瞄不准。

好狡猾的畜生！老子不信射不中你！时发忽然啊地一声大叫，那只狈本能地停下来，抬头向树上望去。

嗖！一支弩箭穿透了它的咽喉。

这下惹恼了群狼，它们开始疯狂地嚎叫着，声音夹带着哭腔，同时加快了垫树枝的速度，已经有一匹狼直立起了身子！

时发立刻收起弓弩调整姿势，头部朝下，把双腿倒挂在树枝上，攥紧双拳。

他从五岁开始便练习“千层纸”——在树上绑一千张草纸，一张一张地打烂，打完一千张再换一千张，十年下来，一双铁拳长满了厚厚的老茧，早已有了断砖开碑的力量。

三尺，两尺……砰！时发重重一拳砸中狼鼻。

嗷呜……扑通！那匹狼惨叫着摔了下去，群狼顿时被惊得连连后退。再看那匹狼，四肢蹬了几下便蜷如干虾。

乘着群狼尚未反应过来，时发猛地跳下去，撒开腿急速向原来那棵胡杨奔去。

哗——群狼再次扑了过来。时发在树上拉开弓弩，连续四箭射翻了四匹狼，再顺手摸去，却发现弩箭已经全部用完。

群狼愤怒到了极点，它们呜呜咆哮着把同伴的尸体撕得粉碎，随即吞食而光。

畜生就是畜生啊！时发摇了摇头。

喔哦……

不好！难道还有狈？一看不是，是那匹白狼，它在模仿狈的叫声，它的眼睛里闪烁着狠毒的光。群狼又纷纷衔起了树枝。

哈！你这畜生学得倒是挺快！好，老子等着！

等到它们把树枝垫到差不多高的时候，时发以同样方法击倒一匹狼，然后再跳下来，再疯跑着换树，狼群再次追咬。如此反反复复，共杀掉九匹狼后，群狼才有了怯意，在白狼的嚎叫声中渐渐退去。他抹了一把汗，这才感到浑身如同散了架一般，试着扛起两头死狼，却怎么也扛不动了。

回到帐篷，时发兴奋地讲述了这一惊心动魄的经过，谁知燕振昆置若罔闻，只冷冷地道：“你既能徒手打狼，前面射杀的不算。从明天起，不许带弩了。此外，一天最多只能杀一匹。”

“为什么？”

“哪有那么多为什么，要想跟我学功夫，照做就是！”

“好好好，听师傅的。”

三个月以后，马鬃山百姓在多次享受平白出现于家门前的狼肉之后终于惊讶地发现，那个曾令他们心惊胆战的山谷附近有了两顶帐篷，周围晾晒着成片的狼皮。他们尽管知道有人在屠狼，但是不敢靠近去探个究竟。

狼嚎声虽已不像过去那么浩大，但仍可以听出，数量依然不少。时发也是丝毫没有感到压力减轻，而燕振昆却再次把条件提到了令人发指的地步：他似乎生怕这个少年人不出意外，不仅要求他徒手打狼，还规定不得借助任何掩体藏身。时发不得不在发动突袭之后迅疾逃命，然暴怒的狼群岂肯放过任何复仇的机会，它们的军师生前教会它们一条捕猎经验——分头堵截，围而攻之。

身上多出数十道被抓咬的伤痕不是气愤的理由，让时发渐渐生出怨言的是燕振昆近乎刁难的苛刻。不过，他还是坚持了下来，勇救黎民于狼口是学武生不可推卸的责任。当最后的胜利到来时，他把扛在肩上的一具狼尸往燕振昆脚下重重一扔。

"燕师傅，打土匪不会再让我空手吧！"

燕振昆不愠不火道："明天就是四月初五，只剩六个来月了。土匪不比狼，你当然可以采取任何手段，好在他们的山寨并不复杂，以你的身手摸进去不难，但你要记着，绝对不准用枪！"

"放心好了。希望你到时不要出尔反尔！"

"没问题。来，我先告诉你土匪的情况……"

燕振昆像个煽风点火的演讲家一样诉说起土匪们的累累罪行。

高怀礼本是一个落魄的秀才，却在落草的过程中变得善恶不分，他什么人都抢，什么人都杀，已成为一个为祸害四方的凶顽。尽管知道自己臭名昭著，尽管收到过燕某人的警告，但他依仗有人有枪，不但不思悔改，反而变本加厉。就在上个月，高怀礼向一个劳动型地主派粮派款，仅仅因为交不足数，他便杀绝了这一户男丁，女人也全被他们抢走。可以说，高怀礼一伙的罪行已到了罄竹难书的地步！

时发额头上爆出一根根青筋，他咬牙切齿道："你事先知道不？"

"不知道，若是知道，我岂能袖手旁观。等我得到消息时，他们已经跑到山上去了。"

燕振昆甩了一下断臂外的衣袖，显得很是无奈，接着问道："你不去求证我所说的是否属实？"

时发愣了片刻，"不用了，你既然叫我去问，那就说明此事千真万确。"随后恨恨地道，"老子非宰光了他们不可！"

"很好。不过还有个条件，一天最多只能杀一个。"

"这又是为了什么!"

"还是那句话，你不照做，就别想跟我学功夫!"

"你……一言为定!"

时发扭头而去。他险些没有按捺住，只因耳畔回响起柳真强送别时的话语忍了下来——燕振昆虽是个侠客，但性情古怪，你能前去完全得益于昌真大师的推荐，切不可意气用事而错失良机。忍是忍住了，他心里还是骂开了：呸！什么侠客，不敢为无辜的人主持公道，枉负侠名！你这种人已不值得老子求教了，待老子灭了那帮杂碎再好好羞辱你一番!

山寨的大厅里，已经摆好宴席。高怀礼一身寿服，满面红光，正在接受众头目参拜，他怎么也没有想到，四月初五这天既是他四十二岁生日，也是他在人世间的最后一天。

一个小喽啰慌慌张张跑了进来。"大，大当家的，信，燕振昆的信!"

"燕振昆？念!"

"这……小的不敢。"

"老子叫你念你就念!"

"是！高，高怀礼，你的，你的死期到了……"

"妈的别念了！拿过来!"

高怀礼打开信一看，顿时一脸的疑惑。只见信上写道：高怀礼，你的死期到了！还记得三年前死于你手的那位猎户吗？他有个儿子，不知道在哪里学得一身功夫，一个人就扫除了马鬃山多年的狼患。接下来，你将和那些狼一样。燕振昆即日。结尾画了一个骷髅。

"柴大妈的儿子！搞什么鬼。老子杀过那么多人，哪还记得有什么猎户不猎户的。弟兄们，姓燕的说山下有个兔崽子要找老子麻烦！走！去宰了他!"高怀礼把信揪作一团。

"不用麻烦，你爷爷来了!"

屋顶上突然跳下来一个蒙面黑衣人，闪电般锁住了高怀礼的咽喉，众土匪只听得咯吱一声，他们的老大已经瞪大着眼珠子倒地而亡，喉部有两个冒着鲜血的窟窿。

土匪们这才反应过来，"快！快抓刺客……"可黑衣人早已不知去向。

远处，燕振昆用长筒望远镜把这一幕看得清清楚楚，他微笑着点了点头：快！快多了，就要超过我了。

六个月不到，马鬃山已经没有了土匪，绝大多数不是被人悄悄割断喉咙，就是在打斗过程中被砍去脑袋，而对手的脸他们却始终没看清，只觉得这人来无影去无踪，一出手就死人。他们一开始怀疑是燕振昆本人，但听那人发出的声音却显得很年轻，又不是独臂。最后几个只得偷偷商议，跑吧，再不跑，肯定死路一条！这几个吓破了胆的土匪为了保住颜面，逢人便说马鬃山出了吃人的妖怪。

在这场灭匪战中，时发脑子里的弦每天都绷得很紧，眼见山寨已空无一人，他长长地舒了一口气——姓燕的，老子看你还有何话说！

“燕大侠客，小子已经帮你报了仇啦，不过你放心，你的威名我还是会维护的，告辞！”

“这就要走了？”燕振昆摇了摇头。

“不走还等着你传授绝学？”时发不无讽刺道，他把“绝学”两个字拖得很长。

“也是。因为我已经教过你了！”燕振昆毫不生气。

“教过了？就是那个藏身术？娘道燕子！”

“哈哈，你也说娘道燕子了，还说没教？”

燕振昆捏着下巴，第一次对时发露出笑容。他随即换了一副口气：“孩子，说实话，你已经超越了我，我如今唯一能拿得出手的就是飞刀了。”

“何出此言？”

“其实，你我第一次交手后，我就知道你基本功比当年的我还要好，你只是速度不够快，对阵经验不足罢了。打一个不太恰当的比方，你就像一个腰缠万贯的大财主，却不懂得如何去花钱。我本来以为，一年的打磨时间是不是短了点，想不到你天赋竟如此之好。”

“你的意思是？”

“再好的苗子，如果只是一味地训练，也成了废物。”

“知道了！打狼是为了让我练出更快的反应能力和更强的爆发力，用狼的追咬逼我激发出潜能。打土匪就是实战训练。你后来让我控制杀狼杀土匪的速度，就是担心我很快没有了活靶子。”

“聪明！一点就透。”燕振昆伸出大拇指。

“怪不得我感觉自己最近突飞猛进呢。这么说，你和高怀礼有仇也是假的了？”

时发突然想起，燕振昆在告诉他土匪情况的时候，边说边观察着他的表情。他一下子明白过来："挑拨"不仅是一种激将法，也是一种验证，验证他是否真的那么少年老成，如果不是，日后的教诲中就要多出一堂课——江湖险恶，要提防被人利用。

"没错。凭他怎么能伤得了我？我的胳膊是多年前与一个高手比武时丢掉的，这个就不提了，提一提高怀礼他们。他们确实该死，让你去解决他们，就是为了训练你的实战能力，因为真正的高手不是练出来的，而是打出来的。实际上，我原本在大漠活动，收到昌真的信后，我就思考着该如何训练你，后来就找了这个有狼有土匪的马鬃山。还有，你每次行动我都悄悄跟在后面，怕万一有意外。"

时发这才发现，燕振昆脸上竟然有着和父亲一样慈祥的神色。

"师傅……您真是用心良苦。"说完，他撩起衣襟，跪倒在地。

燕振昆赶忙搀起时发，他看到，时发喉头颤动，眼睛里有亮晶晶的液体。

"好了，从今天开始，我正式教你飞刀。我问你，最近有没有什么发现?"

"蝗虫越来越多。"

"嗯，蝗虫适应干旱，每次大旱之后便是蝗灾。所以，从某种程度上来说，你还真的要感谢这场灾难，如果没有狼灾和匪患，你哪能进步得这么快。现在，蝗虫又可以帮你练成飞刀了。"

"哦？怎么练，师傅快说。"

"别急。以你现在出手的速度，练起来一点都不难，关键就是一个准头。你先用铁钉在十米开外投扎不动的蝗虫，等到随时可以扎中了，再放长距离练移动靶，要练到一出手就能扎下一只飞动的蝗虫，然后再练一次性发出几根铁钉，如果在三十米外可以一次性扎中四只以上，你的飞刀准头就赶上我了，你的枪法也将会大大提高，到时我再告诉你发放飞刀的基本要领，半天就能成。当然，别的功夫也不能耽搁，这里的土匪远不止马鬃山一处，你还要继续在实战中保持最佳状态。"

"谢谢师傅，我这就去练。"

山中无日月，寒暑不知年。时发专心于练习飞刀，专心于除暴安良，不知不觉已经到了第二年七月。

眼看中元节即将来临，燕振昆叫来正在练功的时发。

“孩子，你现在无论哪方面都超过我了，可以回去啦。我已委托昌真和尚给你父亲去了信，七月十五那天，他会在褐山大刀会等着你。”

“啊？师傅苦心栽培我这么久，我还没有报答您呢。这样，您跟我一起走，您以后的生活由我来照顾。”

“不必了，孩子，我已经习惯了漂泊。你有这份孝心，我很欣慰。临别前，我也没有什么可以送你的，只有一把小刀和几句话。”

燕振昆说完从怀里摸出一个露出刀柄的小小刀鞘，拔出来是一把三寸七分左右长、略宽于拇指、通体乌黑的小刀。时发顿觉一股寒气逼来。

“这是什么刀？”

“我也不清楚，朋友送的，说是玄铁精打就，号称削铁如泥，但我没用过，作为飞刀客，一把哪够，我现在把它送给你，权当一个纪念。我要送你的，主要还是几句话：让你杀那些无恶不作的土匪，目的不仅是训练，主要还是让你在除暴安良中实现自己的价值，因为真正的武者追求更强的技能绝不是为了逞强好胜，而是为国为民，此之谓侠之大者。另外，听我在二十九军任教官的师弟说，小日本在东北闹得越来越凶了，他断言中日之间必有一场旷日持久的战争，为师希望你届时能用这身功夫做些利国利民的事。”

“谢谢师傅赐刀，徒儿向来崇拜英雄，请师傅放心，徒儿必当谨记您的教诲！”

燕振昆开怀大笑：“好！这才不枉你我师徒一场！”

当晚，二人豪饮至大明。

·第二章· 心怜苍生知农桑 身作闪电获鱼肠

风尘仆仆千万里，真经在手踏归程。袁时发纵马翻过一座座山川，渡过一条条河流，到达长江南岸时，正逢大暑节气的清晨。

他这一路飞奔，心情较之一年多前已大大不同。凭他现在的身手，对付沿途关卡那些吃拿卡要的军士以及拦路打劫的强人早不在话下，说得通就说，说不通打倒了便走，谁也不能耽搁他的行程，倒是金色海洋般的稻田给他带来诸多回忆和感慨。

踏上江南的土地，家乡近在咫尺，现实的画面与记忆中的流连很快合为一幅更清晰的场景：金灿灿的稻谷在微风吹拂下起起伏伏，散发出阵阵清香。莫道君行早，更有早行人。农人们正弯腰挥舞着镰刀，发出唰唰的声响……尽管此时也有风吹塘湾涟涟起、日照荷花艳艳开的美景，他却无心欣赏。他清楚地知道，这段时间正是庄稼人深陷苦海的日子。连续一二十天都要起早摸晚，战高温、斗酷暑，割稻、脱粒、晒谷、堆草，紧接着犁田、打耖、拔秧、插秧，这一系列艰苦的劳动都要在高温烈日下完成，这一切又还需要老天的帮忙，搞不好就会出现早稻腐烂、晚稻抛荒的局面。所以，一季双抢忙下来，庄稼人没有一个不眼窝深陷，没有一个不晒成黑炭。

柳真强既是褐山大刀会创始人，又是个自食其力型地主，他以切身体会告诉时发：双抢是农村最艰苦的劳动，最能锻炼人的意志，你经过双抢的磨炼以后，基本上没有什么苦吃不得了。

燕振昆曾惊讶于时发的思想走在了年龄前头，不过很快便清楚了，原来此子从小就在柳家庄干过无数次农活，懂得“粒粒皆辛苦”的道理毫不奇怪。

天才，永远出于勤奋，永远在于积累。相对于那些长工，时发在这段时间吃的苦更多，李汉臣和柳真强都对他寄予厚望，他们恨不能把天下所有武师都请来倾囊相授。他要学的总是比别人多出很多倍，到了夜晚，劳累了一天的人们开始三五成群纳凉聊天了，他却无暇去感受从蒲扇里摇出的那份凉爽，他要端几盆凉水从头淋到脚，然后开始练功，再累，功夫都不能耽搁。

气宇不凡，艺高胆大。这是时发给褐山大刀会所有会员留下的深刻印象。

柳真强有一双儿女——柳小强和柳忠英，他们每到夏天都会叫上时发去田野放笼捕鳝。一次，时发从水中拎出偌大的鳝笼，很沉，笼身急剧摆动，通通有声，小强、忠英拍手欢呼，时发也以为进了大货，遂喜滋滋地打开笼盖，不想窜出一条花纹如土近两米长的五步龙来！其腹肿胀如茶盅，显然吞食大鳝不久。那毒物想是落入人类的陷阱太久而愤怒不已，竟猛然翘起尾巴缠住了时发的胳膊，边缠绕边从口中往外吐着鳝鱼。小强和忠英均慌了手脚，时发也是一身冷汗，求生的本能让他一把抓住了蛇七寸，不料五步龙正好吐出鳝鱼，先前粗肿的身子瞬间细小下来，时发只感手头一松，五步龙嗖的一声跃到地上，转而蜷身昂首，像一张拉紧的弓。紧接着狂吐蛇信，发出嘶嘶声响。不愧有龙的称谓，当真有过蛇之处！时发绷紧了神经，一刻也不敢放松。他知道，这条毒性和攻击力均超强的皖南蛇王即将发起攻击，如果此时转身逃跑，它必将穷追不舍。五步龙不但凶猛，且速度极快，唯有转圈方能脱身，但狭窄的田埂却是一条直线，进入水田不仅会踩坏庄稼，淤泥之中更难迈步，实是无路可逃。果然，透出微微冷光的蛇眼在三角形的头上开始一动不动，死死盯着时发，顷刻之间，尖吻慢慢张开，两颗青白獠牙黏结着翠绿的液体。五步龙又号称五步倒，意即若是不幸被其咬中，不出五步就会昏倒，抵抗力弱者很快就会去另一个世界，能让人倒下去的就是那两颗可怕的毒牙。这一刻，小强和忠英面面相觑，不知所措。你们别动！时发低声示警，随后虚拍右掌，五步龙本能地一缩头，时发乘势再次掐住它的七寸。五步龙故技重施，又一次反翘着尾巴缠上他的左臂。他这回没再被唬住，缠住了又能怎样，反正蛇皮又没毒，只要不被毒牙碰到就没事。他把全身力气都集中在右手上，越掐越紧，五步龙也越缠越紧，时发感到左臂上的皮肤在下陷，已经被勒出了一条深深的“蛇印”，同时，蛇头在强烈地左右摇摆，蛇嘴里喷出一阵阵腥臭的气味。五步龙暴怒了，急欲将致人死命的毒素注射到时发的体内。时发大吼一声，手腕猛地向外弯去。咔嚓！声响很轻也很脆，蛇脖子被扭断了，那条冰冷的身子立刻软了下来，啪！五步龙跌落在地，慢慢闭上了它的龙眼……

忠英事后把这场凶险之极的人蛇大战宣扬成了神话，这也的确是个奇迹，在皖南，五步龙实令人谈之色变，谁能想到，能赤手屠龙的“袁大胆”只是个十来岁的孩子。

“袁大胆”这个绰号还来自另一个真实的笑话。常走夜路难免受到惊吓，十二岁那年，时发和小强在一个山脚下的田冲里收鳝笼时，突然传来一个女子的哭声。小强吓得声调都变了：“有……有鬼呀！”扭头就跑。时发寻声看去，原来是一个半夜哭丈夫坟头的老妇，他大喊小强回来收鳝笼，却早已不见其踪影。那老妇没吓着他，反被他的大嗓门给唬得止住了哭声。从那以后，他就再也不信什么鬼神之说。私塾先生为此特意夸他：子有钟馗技，何惧魍魉人！柳夫人却坚持认为两个孩子都受了惊骇，于是，一个名为喊魂叫骇的龙门阵持续摆了三天：柳夫人手捧一碗白米，中间横放一枚鸡蛋，在鸡鸭上笼时分喊开：小——强——儿，时——发——儿，乖乖们骇个噶（家）来吃晚饭吆！调子长而又颤，听起来让人头皮发麻，他们这头则需齐声应答：哦，噶（家）来了……最后，非要看到那枚鸡蛋自动竖立起来才算大功告成，意为丢失的魂魄已然回归。时发当然不信这套，不过师娘的好意也不能拒绝，只能配合下去，而那枚鸡蛋好端端地由横变竖也确实令人费解。问柳真强，柳真强哈哈大笑：“我只能说你小子与常人有异，天生一个包天的胆，还什么都想搞个究竟……”

七月十五这天，皖省当涂县褐山柳家庄张灯结彩，如同过年一般。此前，柳真强颁下会令：鉴于本人年事渐高，决定利用今年的中元节举办一次比武大会，选拔几位青年才俊作为“大先生”继任人选。

柳真强今天特别高兴，好友李汉臣已不远万里从四川赶来，爱徒时发也在返回的途中，这样的日子当然要好好操办一番。交代完下人，他正要与夫人商议拿饭（祭祀）一事，却听到忠英对着一帮下人在大声吆喝：“你们几个，负责洒扫庭院，一定要把书几擦干净，把香烛准备好，比武一结束，我大（爸）就要来祭祖；你们几个，先把桌子移动方位，将桌面的纹路由竖改为横，要空出一方凳子来，等酒菜摆好后再端六小碗米饭上桌；

你们几个负责烧纸钱，放鞭炮……”

柳真强微笑着点头：“丫头，平时没见你这么上心啊，今天是为了什么？”

“不是您说的吗，时发哥一年多都没有吃过家乡菜了，我先把祭祀的东西准备好，省得到时候左等右等的。”

“哈，你俩，这叫隔不得离不得，从小打到大，现在又想人家了。”

忠英小嘴一撇：“大，您别说我，难道您就不想？”

“想！怎么不想。时发这孩子那么出色，谁不喜欢。不和你说了，我陪你汉臣叔去场地转转。”

褐山向来民风尚武，人人习武，号称江南的沧州，而要成为大刀会的一员，更需经过层层选拔。中午饭一过，人们便纷纷涌向比武场地，所有东家都给忙双抢的长工们放了半天假。选拔刀会首领人选，这可是难得一见的盛况。

场地的正前方，两把香椿椅子上分别端坐着一名五旬开外的男人。左边的是柳真强，他年龄稍长，身着白色的短打服装，身后站着一排同样服饰、手持红缨枪或雁翎形砍刀的刀会会员；右边的便是李汉臣，他略显年轻，满脸麻皮，穿一身灰黄色的军服，腰间别着一把戴套的手枪。场地中心有一座石雕莲花，上面坐着一尊半人多高、涂了金漆的弥勒佛像，慈眉善目的佛爷在香烟缭绕中笑容可掬，眯成一条缝的眼睛注视着远方，仿佛在等待着什么人的到来。佛像的旁边横摆着一口乌沉沉的加长柄大刀，朝上的刀锋冷气森森，刀柄上刻着缠绕的蟒蛇，非常威武霸气。

夏天的暴雨说来就来，太阳刚刚隐去，夺目的闪电和惊天动地的雷声便一阵紧似一阵，天空乌云滚滚，仿佛一座座巨大的山峰沉沉地压了下来，狂风卷起的落叶噼噼啪啪地撞击着人脸，但比武场上的人却越聚越多。

天越来越暗，影影绰绰的人群开始七嘴八舌议论。

“喂，老兄，敢不敢打赌，我认定少庄主是最后的赢家。”

“不是吧？我可听说大小姐比她哥哥厉害多了。”

“你们说得都不对。刀会两年前就出了一个叫袁时发的少年英雄，打遍全会无敌手，连大先生柳真强都在他手下过不了十招。”

“是的，听说教过他的师傅不下十人，最后都被他打败了。”

“吹吧？徒弟能比师父厉害？”

“这有什么奇怪的，天赋异禀嘛！”

“你们只知其一不知其二，袁时发已经到塞外拜名师去了。”

“都这么厉害了，还要拜师啊？”

“嗯，大先生说他是难得的武学奇才，要把他培养成一等的高手。”

咔啦啦……随着一声炸雷的巨响，大雨开始倾盆而落，被雨珠砸中的尘土腾起阵阵烟雾，霎时，天地间白茫茫一片。人们纷纷躲到屋檐下，静静地等待着这场彪悍的雨之后出现更彪悍的人。

雨渐渐小了，天空逐渐转亮。稍时，一条美丽的彩虹如同一座七色彩桥架在上空，太阳重新露出脸来，染红了附近的云彩，激动人心的时刻终于来临。

比武大会主持人俯身冲着柳真强耳语了几句，柳真强随即对李汉臣点了点头。

“老弟，要不要再等等时发？”

“不用了吧，我估摸着他也快到了。”

“好，那就开始！”

柳真强缓步走到佛像前，长跪在地，然后连续磕了三个响头，又敬了三炷香，接着起身向观众抱拳行礼。

“诸位，感谢大家不畏酷暑前来捧场。我褐山大刀会自创办以来，以护一墟平安为己任，坚持习武强身，保家卫民。蒙佛祖护佑，刀会近年来人才辈出，通晓入会功夫金钟罩者甚众，但这只是防御性的硬气功，身为刀会会员，不但要懂得防守，更需要具备进攻的本领。所以，今天就不比金钟罩了，比的是拳脚和刀法。好了，废话不再多说，清场！”

几名会员赶忙奔过来将佛像和大刀抬走，接着便是嘡的一声锣响，主持人拖着长长的调子叫道：“时辰已到，比武开始！”话音一落，嘈杂的人群瞬间鸦雀无声，所有人的目光都聚集到了场地中心。

两位会员缓缓走入，一人手持红缨枪，一人手持雁翎刀，随后各自拉开架势，游走片刻便缠斗在一起，随着二人不断地砍、劈、刺、撩，声响仓仓，火花四溅。

“嘡！”又是一声锣响。“第一场，胡道友胜！第二场开始！”

比武一场接着一场，人们聚精会神地挤在一起，一个个伸长颈脖，仿佛根本感觉不到天气的闷热……

“下面进行第八场，由柳小强对阵二先生陶大军！胜者休息十分钟后迎战大小姐柳忠英！”

“噔！第八场，柳小强胜！”

“噔！第九场，柳忠英胜！”

“噔！第十场，柳忠英对阵袁时发，这是本次比武最后一场了！”

众人对前面的比赛没有太多的评头论足，只是一场接着一场往下看，因为结果早在大多数人的预料之中，当一听到袁时发三个字时，人群顿时沸腾起来。

“袁时发！袁时发就要出场了！”

“袁时发是什么人？”

“这你都不知道？他五岁就在刀会了，不过，他还不是会员。”

“对。那个麻脸就是他大，叫李汉臣，是个川军军官，听说他准备把袁时发带到部队去。”

“他要参军啦？那还比什么武？”

“谁说不是哩，刀会老字辈的都希望他能做下一任大先生。”

“怪了，他们父子俩怎么不是一个姓？”

“这就不清楚了……”

一时间，观众热情高涨，都知道最后一场比武肯定是压轴戏，肯定精彩，却未见有人出场。

“怎么回事？”

“不是说了嘛，袁时发去了塞外。”

忽听一个全身红装的少女兴奋地嚷道：“时发哥！时发哥到啦！”

大小姐说他回来了！人群恢复安静。

咴儿咴儿……一阵马鸣声传来。众人看到，一位身材高大的白衣少年翻身下了一匹白马，随后昂首阔步而来。好一个气宇轩昂的少年，好一条虎背熊腰的大汉！

柳忠英从时发下马的那一刻起，一双眼睛就再也没有离开过他。较之一年多前，她的时发哥愈加魁梧了，走起路来虎虎生风，眼睛里那种冷冷的光变得更有杀气。

只见时发走到柳真强和李汉臣的面前，深深鞠了一躬。“大，柳叔，我来迟了。孩儿给你们请安。”

柳真强摆手笑道："不迟不迟，正好赶上最后一场。去，让我们见识见识。"

"哦，我刚才听到了。不用比了吧，我打不过忠英妹子的。再说，这是刀会内部比武，我凑什么热闹呢？"

人群一片哗然。

"时发哥，看不起人是吧？打不过的人是我，但我明知打不过你也要打，我想知道自己在你手下能过几招！你不会不给面子吧？！"柳忠英气呼呼地叫起来。

柳真强笑道："时发，你虽然不是会员，但从小在这里长大，早就是刀会的一分子了。再说忠英的脾气你又不是不清楚，这场架你不打是不成的，去吧，只有你才能制得住这个野丫头。"

李汉臣也笑了："时发，你柳叔有意让你扬名立万，可别辜负了。"

"这……好吧，既然大和柳叔都要我上场，忠英妹子，那就得罪了。"时发说完抱着双臂气定神闲地走了过去。

"看招！"柳忠英箭步上前，随即转身一个侧踢，她先动手了，却见时发略略一个斜步绕到她的右侧。忠英迅速挥出右拳，不想时发左手已抓住了她的右臂，右拳停在了她小巧的鼻子正前方。

众人只觉眼前一花，胜负已然分出，一时间竟忘了喝彩。这也太快了吧！

柳忠英俏脸一红。"不算，再来！"矮身一个拐肘向时发小腹撞去，却感发髻一松，一头青丝在空中甩出一道弧线，飘然落于双肩。原来，时发已经闪到她的身后，顺手拔去了她的发卡。

柳忠英美目圆睁，她惊呆了，仅仅一年多时间，时发哥的身手竟然快到了这种境界。

"哈哈，是不用比了！"

柳真强摆了摆手，接着向所有刀会会员高声说道："大家都看到了吧，不是我不愿留他，实在是留不住啊！"

见忠英有些委顿，李汉臣上前笑道："丫头，你的功夫非常好，只是没有时发快。"

"嗯，太快了。以前就快，实际上，我们以前练的招式都差不多，但每次交手，总是被他占了先机，如今他更快了。唉！他这速度，我怎么练才能赶得上呢！”

柳真强摸着下巴笑道：“吆，你终于服啦？”

忠英白了他一眼：“大，您也取笑我，我什么时候说过不服？不过您偏心，时发哥本来就厉害，您还送他去拜高手，这不是让我们的差距离越来越大嘛！”

“丫头，大不是取笑你，更不是偏心。你以为燕振昆随随便便就收徒啊，不是特别出色的好苗子，他看都不会看。正如你汉臣叔所言，时发之所以厉害，就在一个快字。你还不知道吧，昌真大师说连燕振昆自己都承认不及时发了，燕振昆是谁，那可是打遍塞外的绝顶高手！”

柳真强说罢，转身对李汉臣拱拱手道：“老弟，恭喜你有这么好的儿子。说实话，我真舍不得你把他带走，不过为了他的前程，舍不得也要舍啊！”

“真强兄，你就不要谦虚了。时发能有今天，全凭你一手栽培，咱老哥俩该谁恭喜谁呀！”

“你们说什么？时发哥要走？”忠英立刻露出失望的眼神。

“是的，丫头，等到明年清明节，你汉臣叔就要带他去部队了，他这样的人才，绝不能浪费在我们刀会里。”

“啊？那大先生……”

“大先生自然按规矩来。不说这个了，大伙都散了吧，乘着雨后天晴赶紧去忙活。时发和我们一年多没见，我们要去聊聊了！”

原本指望能看到一场精彩的比武，几分钟内就这么结束了，众人不免有些遗憾。不过，袁时发快如闪电的身手也让他们开了眼界。

“快，真快！”众人散去。

晚饭间，时发尚未说完在甘肃的经过，忠英便把碗筷往桌上重重一放。

“这个燕振昆怎么这样！简直没有人性！”

时发赶紧摆手：“妹子，可不能乱说，如果没有燕师傅，我哪能进步得这么快。燕师傅值得尊敬，他不仅教我功夫，还要我牢记一个武者的使命，要时刻保家卫国。”

“说得好！”李汉臣连连点头，“所以我要带你去部队！”

第二天一早，送走了李汉臣，忠英一把拉过时发：“走！我带你去芜湖看看。”接着冲柳真强把手一伸：“大，给钱！”

时发一听到“芜湖”二字，立即想起昌真。“柳叔，昌真大师在不在广济寺？我想去拜谢他。”

“应该不在，听说他云游去了。”

“哦，妹子，那就不去了。双抢这么忙，我们好歹要帮把手。”

“去！今年家里地多了，长工也多了，有我们不多无我们不少。再说你还没有真正逛过芜湖呢！就当是陪我玩好了。”

“呃……柳叔，您看呢？”

柳真强点点头道：“时发，你能想到双抢就是没忘本，有这份心就够了。丫头说的对，现在长工请得多，确实不需要你们帮忙了。你将近两年都没回来了，去看看吧。不过要记住，出门千万不能惹事，你离入伍时间只有几个月了……”

忠英有些不耐烦，“时发哥，我大啰嗦起来没完没了，赶快走！”说完，从柳真强手中夺过钱袋，拉起时发就跑。

时发边跑边问：“还有你哥，他不去？”却听柳小强叫道：“我没那个兴趣！”转而见父亲瞪了自己一眼，遂淡淡地道：“我怕热。”

柳真强大喊：“吃了饭再走啊！你们还没吃饭哪！”

“不用了，我们去芜湖吃耿福兴的小笼汤包！”

芜湖是一座典型的江南小城，也是鱼米之乡，依江傍水，城内河渠纵横，古迹众多，街面上南北杂货店林立，著名的餐饮老字号也有不少。此外，诸如戏院、茶馆、剧场、照相馆等汇聚国内外人群的场所也是随处可见。同时，作为最早一批通商口岸，西风在此日渐兴起：海关和教堂多有身着英美俄日等各式军服者出入，国内男子长衫马褂与西装革履并行不悖，女人除了一身袄裤之外，多穿袄裙套装或旗袍。粮行、菜场涌动的则大多是头戴毡帽或斗笠、脚穿草鞋的农人。

熙熙攘攘的人流，琳琅满目的百货，此起彼伏的吆喝声，加之天热，浓浓的汗腥味夹杂着各种说不出的气息。时发渐感头昏：早知逛街如此无趣，真不该来！

忠英却兴奋异常，一路嘻嘻哈哈，一直叽叽喳喳，走路时身子的重心始终在足尖上，见着人流多的地方，立刻东张西望起来，钻进钻出，这摸摸，那看看。

见时发一副无精打采的样子，忠英嘟起红唇道：“时发哥，和我在一起就这么不开心?”

“当然不是，我只是不喜欢逛街。你知道的，我喜欢听大鼓书，但到现在一个说书人都没见到。”

“说书?你听过三国吧?那我们坐船到江对面的无城去，那里有一座蛟矶娘娘庙，供奉的是刘备老婆孙尚香。”

“算了算了，太远了，早点回去吧。”

忠英眼珠子转了几圈：“还有一个地方你肯定感兴趣!”

“哪里?”

“兵器店!”

“什么兵器店?卖枪炮子弹?”

“不是，刀剑。”

“哦，我只听说芜湖炼钢业发达，冷兵器也多?怎么样?”

“濮老七后人打造的，你说好不好?”

“要真是他的后人，东西应该不错。”

“对，当年金兵入侵南宋时，濮老七随军落户于芜湖，在东郊青弋江边的百家店开设了冶炼坊。老七炼造的钢铁品质优良，畅销于民间和军队。后来，因濮家的钢铁制品出名，百家店更名为濮家店。我要带你去的地方就是濮家店。”

“好，去看看!”

一到濮家店，时发就迫不及待地四处寻找，但见路边的商铺全都敞开着大门，尽是日杂百货。

“兵器店呢?”

忠英抿嘴一笑：“时发哥，你急性子还是没改嘛，喏，前面那个巷子头一家便是。”

时发迅速奔过去，果然，巷首有一家挂着“兵器铺”旗号的店面，各种刀剑摆满了货架，不过顾客甚少。一个伙计打扮的人正趴在柜台上打瞌睡，见时发二人进了店，打着哈欠道：“相中了赶紧买，不然就没机会了，你们应该能看得出来，这店开不久的。”

燕振昆作为一个刀客，自然对刀剑很在行，时发也跟着学了不少窍门。他抽出几把砍刀试了试，顿感失望。

“忠英，你是不是弄错了?这不就是普通的青钢刀嘛!”

“吆！这年头还有识货的啊！”

内室的门帘被掀开，出来一位铁匠打扮的中年男人，方脑门，乱蓬蓬的头发下面有一张黝黑的脸，眼珠子却像不锈钢一样锃亮。他穿着一件无袖褡裢，两条臂膀长满了肌肉疙瘩。在他身后的地板上，垫着厚笃笃一层煤灰，绞成团的铁屑散落得到处都是，连着风箱的火炉边上靠有大锤、二锤、铁砧、水桶、切刀、长钳等工具，这明显是一个铁匠铺，但炉子里丝毫不见燃料，说明好久都没有开工了。

时发抱拳道：“师傅尊姓大名？”

“免贵姓濮，单名一个钥字。”

“真是濮家后人？”

“如假包换。”

“那你这生意怎么这么清淡？”

“小伙子，时代不同了，再好的刀抵得过子弹吗？我们就要搬到乡下去了，准备打点农具糊口。”

“好，实在人。那我问你，世上有没有削铁如泥的宝刀？”

“哈，那是扯淡的。首先，刀的功能绝对不是用来砍铁；其次，砍铁不伤刃的刀肯定是钝刀，要想锋利，就要开薄刃，要想断铁，就要开厚刃，也就是钝刃，两者是一个矛盾的存在，就像鱼与熊掌不可兼得。”

时发拿出燕振昆送的那把小刀：“这把呢？”

濮钥立刻瞪圆了眼睛：“玄铁精！哪来的？”

“你别管我哪来的，我问你，这把刀能否做到削铁如泥？”

“还是那句话，世上根本没有削铁如泥的刀，但玄铁精是一种极其稀有的金属，它的密度和硬度是所有金属中最大的，所以，在同等情况下，用它打出来的刀肯定最锋利。”

“果然是行家，如果我想照这把刀的样子再打十五把，需要多少钱？”

濮钥狐疑地看了时发一眼：“小伙子，你莫非知道我家有玄铁精？”

“不知道，这是你自己说的。既然是濮家后人，我想应该能弄到。”

“好！说得好！承蒙你如此看得起我濮家，既然这样，一口价，二十块大洋一把。”

“这么贵?!”

“不贵，小伙子，玄铁精可是宝贝，很难得的，打成你这把小刀，每一把都可以称作‘上古神兵鱼肠剑’！说实话，我濮家家道中落，就指望它了，但祖宗有规定，不懂刀、不知道玄铁精妙处的人，出的价格再高都不许卖，你遇到我算是走运了。”

时发心头一热，燕师傅过得那么寒酸，却舍得把这么值钱的宝刀送给我。唉！早知道就不收了。

濮钥见时发沉默不言，知道他还是想还价：“废话就不多说了，到底打不打？”

“不打不打，太贵了。”

忠英突然插话：“打！”

时发一把拽住她的胳膊：“妹子，别胡闹。三百块大洋啊，能买一辆洋轿车呢！打不起，等我有钱了再找他。”不由分说，拖着便跑。

忠英兀自不住回头：“濮师傅，听我的，打！”

时间过得飞快，转眼就到了第二年清明前夕。这一晚，柳真强特意交代下人，晚餐要全部上时发喜欢吃的菜。

席间，柳真强告诉时发：“你大来信了，他明天赶到你的老家红杨树洪山头村，他在那里等着你上坟。上完坟后，你们就去部队了，咱爷俩还不知道什么时候能再见，所以，明早我亲自送你一程。”

“不用了，柳叔，您这样我会难过的。”

“傻小子，难过啥。就这么定了！”

忠英再次露出不舍：“时发哥，记得回来看我啊。这段时间，蒙你潜心教我飞刀，我得益不少，但总是达不到你那样的水准。唉！真舍不得你走……我大讲得对，你这样的人才不能浪费在我们刀会里。”说完，她起身走到柳真强身边耳语了几句。

“时发哥，明儿我就不送你了，我们从小一起长大，我怕自己会哭……”忠英红着眼睛转身而去。

“喂！妹子……”

柳小强把碗筷一推：“你走你的，别管她！”

清明早上，柳真强送了时发一程又一程，直至万春浮桥头才驻足，他从行囊里拿出一个木盒。

“孩子，就到这里了。这是忠英给你的礼物，她怕你不肯收，昨晚特意让我先不要告诉你。”

时发打开一看，木盒里赫然摆着十五把小刀，每一把都和燕振昆给的一模一样。

“啊？她居然真找了那个濮钥。柳叔，这太贵重了，我不能要。对了，她哪来那么多钱？”

柳真强捋着山羊胡笑盈盈地道：“时发，这是丫头的一片心意，收下。据我所知，论飞刀，目前还没有哪个能超过你，连你师傅燕振昆都说甘拜下风了。这刀啊，也只有你才配得上。至于钱嘛，实话告诉你，她瞒着我们偷偷卖了五亩地，另外还把各个分会上缴的费用提前收了，小强为此还找她吵了一架。唉！小强这孩子真不懂事，看来他真的难以继任大先生。不过，孩子，就算忠英不这么做，我也会做的，所以你不必介意。还有，我这里有一封信，交给你大，记住，你不可以看，这是我和他之间的秘密。”

“放心，柳叔，你不让我看，我绝对不敢看，但这刀太贵了，真的不能要。”

“嗯，我相信你是个诚实的孩子。刀你就不要推辞了，你不要谁要？难不成退给那个濮钥？”

“这……好吧，真不知道怎么感谢你们才好。”

“谢什么！我们本来就是一家人，有空回来看看我们就成。”

“好，那我走了，保重！”

“保重！”

·第三章· 马蹄特特阡陌上 春醉莫过人留芳

清明时节雨纷纷，但今年的清明却是艳阳高照，湛蓝的天空澄澈如碧玉。暖风吹过，一阵阵油菜花香扑鼻而来，放眼望去，一片片的金黄就像大海里的波浪，前赴后继，推涌绵延，蔚为壮观，又如一张张铺设在风中的黄色地毯，变幻多端地闪耀着层层金光。

这一天，虽是中国民间祭祀的传统节日，但垂首皆绿、抬眼皆黄的氛围还是冲淡了人们缅怀逝者的忧伤。勤耕细作的皖南农人深知“春不种，秋无收”的道理，拜祭完先人，他们立刻进入培育秧苗的农忙节奏。

时发仍是一身白衣，骑着一匹高头白马，眼角里射出的依然是那种充满杀气的冷光，当他环视四周时，又露出了浅浅的笑容。

春耕浸闲意，播种壮眼眸。很多庄稼人都在水田里撒稻籽，这也是他再熟悉不过的场景。李汉臣拜托过柳真强，问计无须寻卧龙，桑田十里即隆中，我等皆为布衣出身，荒年饿不死手艺人，但种庄稼才是一门最好的手艺，时发孩儿不仅要练武，还要学会一切稼穑之术。

隔行不隔理，时发从一些农活中也悟出不少武学之道——顺其自然方能开合自如。他白天与晚上所练的功夫不一样，晚上以吐纳为主，如此才可以吸收日月精华，这和稻种需要“日浸夜露”一个道理。稻种全部发芽了，就需要做秧田撒稻籽。人们踏着香气袭人的红花草，疏通“田缺”，排放田水。水田埂上必有一进一出两个缺口，用来进排水。水稻离不开水但又不能让水淹得太深，田缺的开合就是根据水稻的高矮来调节水位。功夫也是如此，满则溢亏则欠，唯有平衡才能事半功倍，所以，别人都说他是天才，但他认为主要在于自己肯动脑筋。柳真强最欣赏的就是他这点，不但功夫进步快，农活也比同龄人精通得多。

老骥正碌，妇孺亦忙。估摸着田水放得差不多了，汉子们扶起犁梢，开始驱牛翻耕，掀起一块块黑色的田泥，盖住了红花草，露出了蚯蚓、泥鳅、鼠粮，白鹭就立在牛背上等待食物的出现。庄稼人当然没有欣赏牛背鹭捕食的那份闲情，紧随耕犁的女人们抡起锄头将大块的土团敲碎，方便接下来的耙田打耖。上了年纪的老把式或成年的小伙子则沿着田埂内侧“捞踏板”——捞出泥土加固田埂、堵塞漏洞，田埂便如同加了一层防护的“踏板”。时发的犁田术就是柳真强亲手所教，他清楚地记得，在他学会犁田之后，跟着他捞踏板的必有忠英，不过，大小姐纯粹以玩为主，那踏板捞得如同鬼砌墙一般，一旦摸出几条泥鳅，她便扯着嗓子叫喊起来……

“兴衰靠堰堤，收成凭天意。庄稼完全靠天收，人的一生靠啥？时也运也，也是靠天吧。我叫时发，在这动乱不堪的年月，会时来运转一生发达吗？我一个只熟悉农耕的泥腿子，野惯了的江湖人，能适应部队吗？听说部队规矩很多，大非要我参军，是不是要磨磨我的性子？”

胡思乱想未及细想，他再次露出笑容，眼前出现了一位貌若天仙般的姑娘。

在身旁那块金灿灿的菜田里，姑娘正手捧着几束菜花轻轻嗅去。私塾先生教的那些唐诗宋词里的美好意境立刻有了出处。

初逢天外客，偶邂梦中人。时发一瞥惊鸿之下，不禁脱口而出：“花仙子！”

那个姑娘实在是太美了：她身着乳白色的连衣套裙，一头乌黑的长发披在锁骨深凹的玉肩上，细长的柳眉下，明亮的眸子里仿佛有两汪透明的水在流动，秀挺的瑶鼻，微微泛红的腮，娇艳欲滴的唇，配着晶莹如玉的鹅蛋脸、玉脂般的雪肌和娇小的身材，一切看起来都是那么温婉绰约，更妙的是，在她那双柳叶般的黛眉正中还有一粒小小的朱砂痣，若不细看，很容易认为是点上去的装饰。

时发的赞叹声惊动了那位踏青游春的姑娘，她转过头来。呀！一位风度翩翩而又伟岸异常的少男正目不转睛地盯着自己，她顿时羞涩地提起裙摆，轻移莲步而去，身后传来一阵环佩之声，叮当悦耳。显然，她来自一户富足人家。

时发撩了撩刘海，低眉垂目，暗暗提起嘴角。他有些尴尬，为自己刚才的唐突。

“大应该快到了吧？”他左顾右盼地自语一句，目光还是偷偷瞄着那个美丽的姑娘。

姑娘已走出花丛，低下头看着地面，漂亮的绣花鞋上沾满了泥土。她微微皱起眉头，掏出一张白纸垫在地上，然后款款坐倒，接着，慢慢脱去鞋袜，把一双白净粉嫩的小脚架在一个草窝上，伸手拽起一把青草轻轻擦拭着鞋帮。那秀嫩而微翘的脚也是美妙天成，脚踝的肥瘦度恰到好处。

太阳晒得人暖洋洋的，姑娘双手后撑，仰起头闭上双眼，享受着柔草摩擦脚心的那份快感。

她应该是个没有务过农的学生，还是个极爱干净的姑娘。时发心想。

“哎呀！”一声尖叫让他的剑眉忽地扬起，他随即翻身下马，离弦之箭般跃到姑娘面前。

“怎么了？”

“蛇！有蛇！！”

姑娘的右脚脚踝处出现了两个细细的血眼，一条筷子长的土褐色小蛇正迅速向草丛里游去。原来，那个草窝掩盖着一个小小的蛇洞。

时发惊道：“不好！是土公蛇！赶快把脚伸出来，我先帮你吸掉毒血！”

“啊？这个位置怎么弄？”

“快趴下，快！”

姑娘见他如此紧张，既感激又不安：“怎么了？这蛇很毒吗？”

“是的。我们这里除了最毒的五步龙就是土公蛇和竹叶青了。土公蛇又叫小蝮蛇，乡下人都叫它土瞎子，眼睛也不知道瞎没瞎，反正到处瞎溜。被它咬到若不能及时救治，小命就会呜呼哀哉！”

时发一口气说了这么多，也不等姑娘回话，蹲下去抄起脚硬生生把她扳转过来，跟着俯身张嘴，用力吮吸，接连吐出几口黑色的血液，直至渐渐转红方才住口。

姑娘满脸通红，心头一片温暖。她转过身来，低下头道：“真是难为你了。”

“我去找草药，你千万别乱动，毒血虽然吸出来了，还有不少毒素在你体内，血液循环快了，毒气攻心就麻烦了！”

“嗯，我不动。你怎么知道这里有治疗蛇毒的草药？”

“哦。我有个师傅做过郎中，他说万物都相生相克，毒蛇出现的地方，百米之内必定有克其毒性的草药存在。在我们这一带，主要是天南星。天南星也有毒，但它能以毒攻毒。你现在别说话，我去去就来。”

时发话音刚落，身子已在数米之外。他弯下腰，很快找到一丛天南星，连根拽起一大把，再捡起两块鹅卵石，赶到一口池塘边。

找药、清洗、砸药，前后不到五分钟，姑娘看得好奇，忍不住问道：“喂，你怎么这么快？练过短跑吗？”

“算是吧。”说话间，时发已来到姑娘面前，将砸碎的草药敷在她的伤口上，再拿出一块手帕紧紧扎住。

“怎么样？感觉好点没有？”

“嗯，有知觉了。这就是天南星啊，真有效。”

姑娘感到肿胀麻木感开始缓解，随之而来的是微微疼痛。

“好了，现在可以走动了，但不要太快。”

姑娘见他如此关切，心头泛起一丝甜意。看到他手上还沾着天南星的碎屑，遂掏出一方雪白的手帕，一股令人舒畅的清香散发出来。

“来，坐下，我帮你擦擦。”

“好，呃……我还是自己来吧。”

姑娘吃吃一笑：“呔！一个大男人还会害羞啊？你刚才一直在偷看我，别以为我不知道。”

“呵呵……”时发不好意思地挠了挠头。既然人家女孩子都这么说了，还顾虑什么？想到姑娘刚刚敷药，而她的脚还在那个蛇洞旁，他索性将她拦腰轻轻托起，放到一个平坦处，随后，他也在一旁躺了下去，双手枕头，仰望蓝天。

这一连串的动作，姑娘来不及反应也来不及抗拒，直羞得面红耳赤，内心却希望他能再来一次。

“喂！恩人，你叫什么名字呢，在哪个学校？”她从时发的装束上看，以为他也是个学生。

时发正要开口，远处传来一个男人的叫喊声：“时发！时发！我到了！”

“哎！大吗？我也到了，马上来！”

“你叫时发？”姑娘问。

“嗯，袁时发。我没上过洋学堂，只念过私塾。姑娘，我要上坟去了，刚才是我大，再会！”

“等等！”

“啊？什么事？”

“手帕……”

时发这才想起，自己手里还攥着姑娘的手帕，沾满了绿色的污渍。

“我去洗洗。”

“不，我的意思是你的手帕还在我脚上。”

“那就把你这条赔给我好了。开玩笑的！”

“我正有此意。”

“互赠？”

姑娘羞涩地低下头：“明知故问。”

“好，那，我走了。”

“还有！你……我……你家住哪里？你多大了？我们还能再见到吗？”

她似乎有问不完的话。

“能！一定能！我17岁，家就在附近，不过我一般都不在家里。你叫什么？你多大了？”

“我叫王小文，今年16岁。我今天也是跟着我大到红杨树扫墓的。结束后，他要去老街听大鼓书，我就一个人出来玩了。刚才要不是你……谢谢啊，我……”

她忽感心如鹿撞，脸上发烧，眉间那颗朱砂痣也变得越来越红，仿佛一粒闪闪发光的红宝石。

“要不这样，你等我一会，我上完坟送你回家。这个年头，女孩子路上不安全。”

“不用了。实不相瞒，我有几个下人就在附近，不然我也不敢乱跑，只是没让他们跟过来。估计这会我大也该来找我了。”

“嗯，那好，我们就此别过。”

声音尚在耳畔，人已淹没在油菜花丛中。王小文下意识地摸了摸脚踝上的手帕，一种莫名的失落感随之而来……

李汉臣左腋夹着一把挖锹和一把砍柴刀，右手拎着一捆芝麻秆，垂首站在一座巨大的坟包前。他每次带时发上坟都要重复同样的话题——

有儿坟上飘白纸，无儿坟上草树青。一座坟头清明有无纸钱在飘，成了一个家族是否后继有人的标志。纸钱飘得越多，说明墓主家族人丁越旺，若坟头啥也没有，则表示墓主已成孤魂野鬼，后人断了根。

时发用严肃的神情回应着父亲的叮咛。

“祭品带来了吗？”

“哦，还没来得及买。现在，这里也不消停了，地方武装势力、帮会、土匪到处都有，我担心您的安全，所以一大早就赶过来了。大，您从那么远的地方赶来，一定累了，您先休息一会，我这就去红杨老街置办祭品。”

“你这孩子，昨晚就应该准备好啊。刚才那个女孩是谁？”

“不认识，她被土公蛇咬了，我帮她敷了点草药。您看到了？”

“嗯，我带了望远镜。你小子，天生有女人缘，像这种英雄救美的事，估计你以后还有很多。不说了，快去吧。上过坟后我们就出发。”

“这么急？对了，柳叔托我给您带了一封信。”

“好，你先去办祭品，祭品包括哪些都知道吧？别漏了。”

“知道。大年年说哪会不记得。豆腐和鱼是必须的，豆腐谐音‘都富’，鱼和‘余’同音，请求先人保佑后代人人都富裕、年年有余嘛。纸钱分为焚化的和挂坟头的两种。焚化的纸钱主要是龙阳票子和裁剪成大小一致、打了16个洞的黄表纸。对吧？”

“对，不过你忘了一点，挂坟头的纸钱需要自己剪，不要以为凡事都可以请人代劳，此纸钱非彼纸钱，那是先人拿去造房子垫墙角用的，没有亲人的味道，他们是不会接受的，挂了也白挂。”

“好嘞，记下了。”

待时发走远，李汉臣打开信，只见上面写道：“兄弟见字安好。时发今后的路就靠你带着走了，你我的性命都是他老子救的，自当衔环结草，但我记得你讲过，这孩子虽文武双全，性格却很急躁，命相也差，还望多多默化为上。恕不远送了。柳真强拜上。”

李汉臣合起信，心里默默叹息一声：“柳兄啊，他们夫妇的恩情我岂敢相忘，我早已视时发为己出。”

想起恩公就埋骨身旁，他悲凉的情绪扩散开来，待到时发拎着一大堆祭品赶回来时，他依然带着这种情绪讲解上坟的规矩。尽管他知道时发对这些规矩已经烂熟于胸，但还是觉得有必要再次提醒——

“你先将祭品放在墓前，点燃纸钱，斟上三小杯酒洒在坟旁，再用挖锹为坟墓培上新土、修整墓身。坟有‘葬坟’和‘丘坟’两种。‘葬坟’是土垒的坟包，‘丘坟’就是用砖瓦砌盖成的‘房子’，那是有钱人家弄的，一般不需要修整，打扫打扫即可。你母亲的坟是‘葬坟’，因为系土堆成，长年累月，肯定长满杂树杂草，所以先需要用砍刀清理墓身，再挖出两块五寸左右厚的带有草皮的锥体土块，将有土的一面合在一起，有草的面分别朝上朝下，做成一个形同清朝官帽的坟头，坟顶上有了这样的帽子，才算是‘添土圆坟’。修整坟墓后，你要在坟头插上芝麻秆，挂出剪好的白纸钱串，这叫‘芝麻开花节节高’。最后叩头行礼，放鞭炮。叩头时，你要口中念念有词，祈求先人保佑。你将来要是有了孩子，还要领着他们指认坟内的死者身份，教育他们不可数典忘祖。”

李汉臣说到这里，已是泪光盈盈，看看坟包再看看时发，他欲言又止。他一直都想告诉时发，“这座坟为什么没有墓碑，因为坟里还埋着一个人，他是你的亲生父亲，墓碑需要做儿子的亲自去立。”他还想告诉时发，“你不是独子，你还有个哥哥叫袁时家。我和时家有个约定，每年上坟都要把日子错开，我先他后，因为你父亲临死之前对我有过嘱托，要等你完全长大成人才能让你们兄弟相认，才能说出实情……”

“孩子，祭祀完毕后，就可以返程了。进家门之前，需在头上戴起柳条编成的箩圈，老话讲‘清明不戴柳，来世变黄狗’。这不重要，重要的是你一定要记住，不管你将来身在何方，除非万不得已，清明节期间必须赶回老家飘钱，可以在节前三天，可以在清明当日，也可以在节后七天，只要在前三后七内，都不算违规。”

“大，您年年都强调这些，为的就是怕我忘了娘。大如此重情重义，我想，娘若泉下有知一定会很高兴。”

“但愿吧，孩子。我们走。”

“去哪？”

“四川资阳，饶国华将军正在老家招募子弟兵，他是个好长官，我要带你去他的部队，你忘啦？”

“哦，是忘了。”

“不对，你肯定有什么心事。”

“没什么。我只是想起了一个人。”

“是刚才那个姑娘吧？孩子，你如果真喜欢她，就更要去部队发展。如今的形势，也只有军人才有更好的出路。我注意了一下，那个姑娘的确很漂亮，但她一看就是个大户人家的小姐。虽说现在是民国了，提倡男女自由恋爱，可人们骨子里还是有那种门当户对的观念。你现在一无功名，二无利禄，凭什么去追求人家？就凭你救了她吗？也许那个姑娘不会在意什么，但她的父母是怎么想的谁都不清楚。所以啊，我建议你先把这个事放一放，等到你出人头地了再去求亲，既有里子又有面子。”

“哈，大您真厉害，我这点心事都被您猜出来啦。实际上没那么复杂，我和她只是一面之缘……”

“臭小子，知子莫若父，你是老子一把屎一把尿带大的，你小屁股一撅，老子就知道你要拉什么屎。好了，出发。”

其实，李汉臣另有想法。时发就是他的心头肉，这孩子天分极高，前途无量，那个姑娘虽然看似有些来头，但红杨树这一带并无什么显赫的人家，她能不能配得上我儿还不一定哩！时发只要在部队崭露头角，还怕没有更好的媳妇吗？

时发说的虽是实情，脑海里却不停地回放着买祭品时的那一幕。

在红杨老街的那个渡口，一群人正围坐在一间茶棚里听书。说书人身前摆着一面大鼓，他左手一串小竹板，右手一根竹节鞭，时不时敲击鼓面和鼓沿，间或打几下竹板，摇头晃脑地用当地方言哼唱着《水浒传》，那唱腔忽高忽低，忽快忽慢，忽刚健忽柔润。什么“三军儿郎”“两军对垒”“摇旗呐喊”“人嘶马叫”；什么“两脚一踹镫，镫口飞虎颤，小肚子一贴铁锅梁，催马上前，挺枪便刺，大喊一声，贼将，拿命来！”林冲等英雄人物都活灵活现起来。

这样的场景曾无数次在时发的记忆里往返。柳真强就爱听大鼓书，常带着他赶书场，后来，他也迷上了这种乡村艺术，有好几次因为溜出去听书而耽误练功，最后被柳真强揪着耳朵从书场提溜回去。

又见那说书人再把大鼓重重擂几下，双手抱拳，高声说道：“在家靠父母，出外靠朋友。我跟朝（今天）到你搭（们）格里（这里）耍耍嘴皮子，各位老少爷们听得高兴，赏几个茶水钱，听得不快活，我立马去吊球（滚蛋）。”接着，咚的一声。“闲话少港（讲），书归正传。下面不港别宁（人），港的是一位英雄好汉，醉酒打猛虎，狮子楼‘萨’（杀）西门庆，他叫武松，江湖人称武二郎……”当听到那个“萨”字时，人群立刻鸦雀无声，时发也竖起了耳朵。红杨树是吴语之乡，人们说“把人杀了”，称“把宁萨拉亦”，地道的方言听起来格外亲切，格外接地气。时发渐渐热血上涌，尽管武二郎的故事他早已熟知，但其侠肝义胆的英雄气概还是让他百听不厌。很多人年少时都曾立志要做武松一样的人物，他更是如此，他甚至认为自己就是武松转世，他要做得比武松更出色，要完成武松没有完成的心愿……

“爆竹土香龙阳票嘞！”一个卖祭品的货郎挑着担子在外吆喝起来。

时发一惊，哎呀，我是来办正事的！正待上前，却见岸边靠来一条大船，随后，几名家丁和丫鬟穿着的人簇拥着一男一女向登船的跳板走去。男的身着绸缎长衫，腋下夹着一根手杖，脸部被鼻梁上的墨镜和嘴里的大烟斗遮挡得无法看清，女的进舱之前稍稍回了一下头，居然是他救下的王小文！

“王……”他想喊，最终还是忍住了。那个男人应该就是她大，这种情况下，突然叫出姑娘的名字，太过冒失。

船，慢慢驶离码头。他看到，王小文走出了船舱，手里拿着一把古琴。家丁们立刻在船头摆下一张方桌，一把椅子。她款款落座，手抚琴弦，轻轻弹奏起来，极其优雅。伴随着细微悠长的琴声，一阵悠扬动听的歌声传来：“有美人兮，见之不忘。一日不见兮，思之如狂……”

时发听过这首《凤求凰》，一时间，他如痴如醉，不自觉掏出了那张依然散发着香气的手帕，目送着那艘船和船上的佳人，直到消失在茫茫烟水之间。

·第四章· 吉凶翻转任性抗 去留难言抚铁窗

“凤兮凤兮归故乡，遨游四海求其凰……”司马相如和卓文君的故事千百年来不知让多少人心驰神往，那个才高八斗貌比潘安的完美化身更是牵动了无数少女的心。王小文却深不以为然，她从来不认为司马相如是个好男人，恃才放旷不说，还干出拐带妇女私奔的勾当！相比缥缈在历史里的偷香窃玉者，现实中救了她的少年郎要可爱得多。

一场美丽的邂逅让她当晚失眠了。

袁时发仪表堂堂，一言一行都给人以强悍自信的感觉。他为她吸毒血，采草药，快得不可思议，为她包扎伤口也是老练得与他年龄相差甚远，真是个谜一样的男孩啊！他强壮得像三国里的赵子龙，他托起她的时候，就如同老鹰抓鸡崽一样毫不费力。对了，他是托，而不是抱。按说他对她有救命之恩，如果在托起她的时候假装力不从心而顺势抱她一下，她会认为那是轻薄吗？肯定不会。他不仅没有轻薄之举，连一句过分的玩笑也没开，他只说了互赠手帕的事，那还是在她暗示之下。这一切足以证明，袁时发是个施人恩惠却并不居功的君子。

王小文越想越后悔，后悔没有让袁时发送她，否则不会因为匆匆话别而不知他的详情，同时也恨自己是个笨蛋，光顾着问袁时发在哪里读书，却忘了告诉他自己的学校。直到半夜，袁时发的影子仍在眼前晃动，她干脆爬起来，连夜在那块已经洗净晾干的手帕上绣了一个“发”字。

回到学校后，她每隔一个星期都要向家里打一次电话，向父母问安的惯例中多了一个重复的问题：“有没有人来家里找过我？”她忘了另一件事——当时并没有告诉袁时发，她就是西乡人，而这份期盼的原因她一时也说不清楚，毕竟二人只有一面之缘。“我可能是为了报恩吧？”她在心里反复问自己。

母亲康金兰是个细心人，女儿自从那次上坟回来就一直心神不宁，现在又老是打听有没有人找过她，这里面肯定有问题。康金兰说："闺女，你现在要以学业为重，千万不能分心。"王小文只好不再问了，她利用周末返回了那块油菜田。时令已届芒种，田还是那块田，但没有见到袁时发，见到的只是很多收割油菜小麦的庄稼人。现场的景象让她想起了母亲的话。康金兰曾告诉过她，农家子弟大多秉性善良，你在学校如果要交异性朋友，尽量以农家子弟为主。袁时发说他的家就在这块油菜田的附近，最近的就是那个叫洪山头的村子，村里并没有什么富户，不仅是洪山，与其相邻的几个村也都没有什么大户人家，说明袁时发很可能就是个田舍郎，想来母亲不会反对自己与他交往。触景生情亦或许爱屋及乌，她不由同情起那些面朝黄土背朝天的农民来。当然，她这种同情多半来自家里长工们忙碌的身影和母亲的说教。

"袁时发，你是不是像那些长工一样给人扛工去了？"

芒种期间有个端午节，按照传统，只有吃过粽子、绿豆糕、"五红"，才算是真正过了节。吃过端午粽，棉衣慢慢送。还没到真正热的时候，偶尔也会转冷。所以，这个时节手持折扇的肯定不是农民。好在栀子已经开出香气扑鼻的花，藕塘里的荷花也开始含苞了，"接天莲叶无穷碧，映日荷花别样红"的美景指日可待。

等来了美景，却没有等到想见的人。王小文实在忍不住了，她直接跑进村里打听，果不其然，袁时发就是洪山头人。他的家是用稻草、泥土、石头建成的，不但简陋之极，而且毫无生气。房屋四周长满了奇形怪状的野草，两扇破旧的大门早已风化得枯朽不堪，轻轻一推就开了。屋顶有好几个漏洞，横流的污水把地面淌成了一条条纵横交错的小沟。屋内更是冷清得没有一丝人气，堂间有一张粗糙得犹如老树皮般的方桌和几把堆积着厚厚灰尘的长凳。打开两边的卧室，只看到两张生了白蚁和西瓜虫的木床，既无蚊帐也无枕被。在屋子的后面，两边各连着一间小小的毗舍，一间是灶屋，一间是茅房。茅房的顶已经坍塌了，一阵夹杂着霉味的风扫过，掀起枯烂的稻草，露出了粪缸的缸沿。灶屋的屋顶虽然还在，但冷冷的积满污垢的土灶一看就是多年没有冒出过热气。小文看得阵阵心酸，这已经穷得没法再穷了吧？只能用家徒四壁来形容了。穷还是其次，所有的一切都显示出这个家好多年都没有人住过了。问村民，他们提到袁时发都显得很神秘，只说这里是他出生的地方，至于他去了哪里，谁也不知道。

神龙见首不见尾，只闻孤雁伴月归。一次，两次，三次，王小文先后去了那块油菜田不下十次，跑进村里的次数更多，总是带着希望而去，带着失望而回，她渐渐生出哀怨之心：“你是说过你很少在家，但你也说过我们一定还会再见啊，那你为什么不来找我？我王家是本地数一数二的大户，应该不难找呀。你是不是遇到了什么事情难以脱身？”她因情急而又一次忘记，袁时发哪知道她家在西乡。

三个月，五个月……一年过去了，还是没有任何消息。又过去了一年，依然石沉大海。到了第三年，王小文终于彻底失望。“三年你居然都没有找过我！所谓再见不过是你的随口一说，你早就忘了我们的约定！不，不能算约定，只能叫戏言！戏言的是你不是我！”

三年来，她从宣城私立女子中学到南京明德女子中学，从学习国文到学习法律，从一名学生到南京军事法院的实习书记官，其间追求她的男孩不计其数，但她一个都没看上。那条绣了“发”字的手帕扔了又捡，捡了又扔，最后还是留了下来。她想不通，一个三年都没有出现的人为什么还能刻在记忆深处。慢慢地，她终于想明白了，那次邂逅已经让她情窦初开，后来又让她陷入了无边的相思。

时发也因为那场邂逅而辗转反侧了好久，不过他不是在当晚，他随李汉臣长途跋涉赶到资阳驻地时，已是一个星期以后，旅途劳顿，根本没有时间去想，第二天又进入了紧张的新兵训练节奏，好在他体格异常健壮，强度再大的科目他都能很快适应。第三夜，他躺在床上，眼前出现了王小文的倩影。

同宿舍的杨全友是本地人，他已服役多年，典型的老兵油子。见时发翻来覆去地睡不着，他说：“兄弟，才来都这样，要是有兴趣就跟我去耍两把。”

“耍什么？”

“钱呗。”

“在哪里？哪些人？”时发立刻爬起来。拜柳真强和李汉臣所赐，听书和耍钱，他都近乎痴迷。

“在军需处的仓库里。人嘛，都是一帮穷战友，玩几个铜币，今天进你荷包明天进他荷包，消磨时间而已。不过有一个人你要注意，赢了钱一定要分他三分之一，不然就要进军法处。”

“谁这么不要脸？”

“军需处崔科长。”

“就是那个一只眼大一只眼小的崔常顺？”

“除了他还有谁。”

“他不是口口声声强调严明军纪，说军人不能赌博吗？”

杨全友摇头叹道：“他的话要是能靠得住，老母猪都能爬上树。他明知弟兄们好这一口，还故意让手下人提供场所，谁都没有想到，他是别有用心，居然在暗中记着账。我们耍了几次以后，每个人都收到了他的一张纸条，时间，地点，哪些人参加了，哪个赢了，哪个输了，清清楚楚的。为了把那间仓库变成他的场子，他让手下告诉我们，赢的要拿出三成作台子钱，输的可以找他借了翻本，当然要付利息的，但他自己始终不出面。我们想过换地方玩，也想过洗手不干了，但不干不行，有人邀，也怪弟兄们没毅力，再说小辫子都捏在他的手里，只有玩下去，要玩也只有去仓库，哪里都没有那里安全。”

“还有这样的人！杨大哥，你把兄弟们叫来，老子要让那个姓崔的吃进去多少吐出来多少！”

“咋个弄法？”

“让弟兄们把情况写出来，请军法处主持公道。”

“那大家不都麻烦了。”

“没事，这只是给崔常顺看的，老子要让他这个长官明白，赌钱和敲诈哪个行为更严重。”

“可是弟兄们都不识字，写个啥子吆。”

“好办，我来代笔，每人都摁上手印。”

“兄弟，你才来哩，当真不怕他？”

“怕他个鸟！老子最恨这种人。你说，他还干了什么坏事？”

“具体不太清楚，不是一家人不进一家门，只晓得他老婆也不是个好东西。她在资阳街上的家里开了个铺子，去年年底，我妹妹去她家打酒，因为还价没买成，她就破口大骂，说我妹妹是她家门前晒的腊肠——猪大肠子一个！可怜我妹妹天生嘴笨，气得回家躺了好几天。”

“泼妇！不是说和气生财吗？她这哪是做生意的人！”

"谁说不是哩！但她是皇帝女儿不愁嫁。崔家商铺供货对象主要是咱部队，崔常顺很会拉关系，长官们大多和他称兄道弟。有崔处长在，她家生意永远兴隆着！"

"腊肠还有吗？"

"肯定有。资阳有钱人家都喜欢吃腊肠，一年吃到头。"

"好，你明天带我去看看。"

军营距资阳街不远，次日傍晚，时发来到崔家铺子门前，柜台里坐着一个穿得珠光宝气的妇人，正弯腰拨拉着算盘。店铺后面连着一幢两层木楼，栏杆上赫然挂着几串亮油油的腊肠。

时发上前道："大姐啊，你们家虽然有钱，恐怕也是省出来的哩，你看这些腊肠腌得都快熟了，还舍不得吃，要换作我，夹生都能吃掉一大截！"

妇人没好气道："哪来的二杆子，嚼什么蛆！你要是能生吃一根，其余的我全送给你，外加十筒纸烟！"

"说话算话？"

"老娘从来不说半句假话。"

"好，咱找个人作证，我明天下午来现场吃给你看。"妇人没当真，以为遇到一个疯子。

是夜，时发悄悄潜回，施展身手将那几串腊肠拎到杨全友家，煮了一锅糯米饭，把腊肠架在锅头一并蒸熟，利用糯米吸收了大量的盐分之后，再悄悄把腊肠送回原处。腌透了的腊货蒸熟后颜色没什么变化，而糯米饭里有了腊货的味道却是格外可口，忙了大半夜的二人一顿饱餐。

第二天黄昏时分，妇人正在做生意，门前也来了不少顾客，昨日那个青年突然出现在面前。

"说一不二的老板娘，打的赌应该作数吧？"

"啊？啊！作数，当然作数。"

"你把见证人喊来。"

"那……好吧。"

二人如此一交谈，前来购物的人干脆停下来看热闹。为防那妇人耍赖，时发大声向所有人告知了赌约。就这样，他硬是在大庭广众之下"生生"吃掉一长串腊肠，把那妇人惊得目瞪口呆，只好乖乖依约兑现。

崔常顺那几天比较忙，一直没有回家，等知道实情后，已是次日晚上，还没想好如何报复，时发已经找上了门。

“崔科长，你看这是什么？”时发拿出众人摁下手印的检举信。

“你！什么意思？”

“没什么意思，弟兄们都是穷光蛋，还等着那几个军饷养家糊口。”

“聚众赌博，我是小惩大诫。”

“是吗？那钱你上交了吗？你也知道是众，法不责众的众，但你就不一样了，你不但在军营开场子，还讹人钱财。”

“谁说我开场子了？”

“就知道你老人家记性不好，再给你看样东西，你手下揭发你的信。”

崔常顺终于冒出冷汗：“你是怎么让他写的？”

“职业秘密。如果我想要你自己写出来，一样可以做到，你信不信？”

“好，算你狠！钱你带走，信归我。”

“成交。”

被崔常顺压制太久，弟兄们总算出了一口恶气。几天后的一个假日，杨全友等人凑了份子，邀时发去紫阳街上一个饭馆小聚，不想崔常顺也进了这家饭馆，拿回钱的几个人立刻沉默不语，显然，他们既为自己担心，也为时发担心。

崔常顺原本有一个接待上司的任务，他正要去楼上的雅间，见状索性坐下来，跷起二郎腿，眼睛四下瞄着。连日来，他被袁时发气得快要吐血了，此刻虽不能说是扬眉吐气，但既然这么多人都怕他，拿拿架子多少都能表明一点，让姓袁的小子看清楚了，崔某永远是个人物。

时发气往上撞，他走到崔常顺面前，高声道：“崔科长，我给你讲个笑话，包你笑掉大牙。”

“是吗？说来听听。”

“我老家有个古镇叫西乡，那里的金谷春酒店号称岳阳楼，生意一度好到让客人排队填写叫号单。有个客人名叫雷生，但此人写字一贯潦草，尤其是那个‘雷’字，他常给写得像‘畜生’的‘畜’字。一天，他在单子上随手签上大名就等着叫号，过了一会，伙计走来很客气地对他说：‘畜生楼上请！’”

崔常顺的脸顿时涨成了猪肝色，二话没说就急匆匆离去，众人哄堂大笑……

王小文没有想到，她参加工作后碰到的第一起上诉案，被上诉的人犯的名字竟叫袁时发！

时令已过立春，但1934年的资阳出现了较长时间的低温，天空是那种蟹壳青的冷色调，加上冰冷的小雨和刺骨的小风助阵，让人觉得依然是数九天气。

资阳监狱外，一辆老旧的福特牌军用轿车在雨水中颠簸着缓缓驶来。除了驾驶员，车上还坐着三名身着国军军服的人，副驾驶座上是刚刚被提拔为主力团军需副官的崔常顺，后面是南京最高军事法庭主审法官张开元和见习书记官王小文。张开元五十岁左右，一副成熟的老男人模样。和张开元相比，美丽异常的王小文显得格外清纯，但她面色凝重，仿佛揣着一肚子心事。

自看到这起案件的卷宗，三年来藏在她心底的隐痛即如水波一样一层层蔓延开来——

是他吗？不会吧？我们的老家在安徽，这里是四川，也许就是个巧合！天下同名同姓的人太多了。怪只怪卷宗里既无人犯的照片，也没有人犯的籍贯记录，只说了他那个叫李汉臣的父亲是四川人，父子俩居然一个姓李一个姓袁，实在是不好判断。还有，地方军事法庭都没啥专业的法官，办案手段和水平还停留在晚清时期，设备更是老得掉牙，连一台照相机都没有，他们能走一走基本程序就不错了，还指望他们能弄出什么翔实的材料？

王小文把头向后仰去，闭上眼睛，努力让自己不再去想，反正马上就见分晓了，终究还是没有忍住，她又睁开了眼睛。监狱越来越近，她的心也跟着跳动得越来越厉害。

希望不是他又希望是他。毕竟，三年都没有他的消息了。从卷宗材料上看，这个袁时发格斗能力一流，枪法出众，各项军事技能都很过硬，很符合他的特征。“如果真的是他，那他三年都没有找过我就很好解释了，按照时间推算，那年清明节正好是他入伍前的头几天，怪不得他说自己很少在家。如果真的是他，见面我又该怎么说？最好不是他！他那么优秀，怎么能遭受这样的打击！但不管是不是他，这样的人才都可惜了。”王小文一时间心乱如麻。

崔常顺长着两只大小不一的眼睛，似乎总在琢磨着什么。他今天穿戴得特别整齐，脸上挂着一丝不易察觉的微笑。这是个值得开心的日子，那个一直看不起他、一直和他作对的袁时发终于被扳倒了，不过结果还不太令人满意，袁时发按说要吃枪子的，可部队刚收到的终审判决书只说他被革除了军籍。

“唉！可惜了呀。”王小文连叹息都那么令人着迷。

“是可惜，判得太轻了。”崔常顺回头补了一句。

王小文瞪了他一眼：“我是说可惜了他这样的人才！”

张开元不紧不慢道：“是啊，这么高的军事素质，不但川军，中央军里也极其罕见。国家正是用人之际，这样的人才，却因为贪污被开除军籍，实在是太可惜了。不过也正因为他是个难得的人才，饶师长才亲自为他求情，不然的话，他真的会被判处死刑。”

“也不完全是这样，除饶师长之外，还有不少士兵联名保他，足见袁时发的为人和口碑。此外，袁时发只是因为赌博欠下一大笔钱，被债主逼得走投无路，正好部队又派他押运军布，这才临时起意，而且，他还当场写下一张欠条交给仓库保管员，表示很快就会把数量补上，这说明他最多也就是挪用，本就不该判处死刑。”

王小文觉得，不管这个袁时发是不是自己曾经朝思暮想的那个人，她都有义务为他辩解。虽然判决已下辩解无用，她还是认为这样的辩解多少都能让自己、让那个叫袁时发的人得到一丝安慰。

“问题是那张欠条根本没有出现，仓库保管员在证言中说并不知道这回事，光袁时发的一面之词哪行。最主要的是军法从严，这是布料，要是枪支呢？所以啊，他能保住性命也是万幸了。”

张开元作为主审法官，他倒不是因为这份判决出于己手就非得维护。他是一个专业法官，他认为，法庭认定案件事实不可能依据人们的直观感受，也不可能根据当事人的所见所闻或者感知来判定真伪。一个案件事实的客观性与法律事实之间是有距离的，甚至有非常大的距离，乃至有的完全背离客观事实。他只能根据法律事实来做出判断，只能通过法定程序，按照证据规则，根据当事人提交的证据材料，经过质证采信后，对案件事实作出合理的推断与认定。因此，即使袁时发的罪行实际上并没有那么重，他也只能那么判。

“是的，袁时发能保住一条命，他应该感谢师座，更要感谢你们手下留情。”崔常顺又插了一句。

王小文把脸转向了窗外。

厚重的大铁门被缓缓打开，三人来到重刑犯监舍。王小文忽然心头巨震，像他！

崔常顺抢先冲着监舍吼道："袁时发，起来，到审讯室去！最高军事法庭要对你宣判了！"

"嚎什么丧！老子哪也不去，就在这里听着！"

在阴暗潮湿墙皮脱落的监舍里，一个身材魁梧的青年躺在脏兮兮的床铺上，嘴里叼着一根稻草。他满脸胡须，头发也是乱糟糟一团，显然好久都没有理过发了。听到崔常顺的叫喊，青年回了一句，仍是目不斜视地看着房顶。

"袁时发，你起来。"王小文的声音近乎颤抖。

青年一骨碌爬起来，脚镣上的铁链发出哗啦呼啦的声响。

"啊——真的是你？"二人异口同声。

王小文脑子里一片混乱，眼眶模糊，但她忍住了，没有让眼泪流出来，她清楚地知道，这是工作场合。

时发目瞪口呆，他做梦也想不到，二人会在这样的场合重逢。王小文还是那样的美丽，不论多少年，她在自己心中永远都是最美的。可是，她现在手握决定他命运的判决书，而自己却成了一名阶下囚。巨大的反差使他顿感灰心，继而绝望，先前的那种满不在乎已经荡然无存，他难过地低下了头。

王小文低声对张开元说："张法官，我之前只知道这个袁时发和我一个老乡同名，没想到真的是他，能不能在宣判之前让我和他谈谈？"

"谈什么？"

"我想劝劝他，如此年轻，如此有能力，却前程尽毁，任何人都难以接受。我担心他会从此一蹶不振，自暴自弃。"

"好吧。时间不要太长，资阳没有机场，我们还要连夜赶到成都。"

崔常顺如临大敌："没必要吧，判决书不是已经下发到我们团了吗？"

张开元皱起眉头："崔副官，无关其他，既然是终审判决，基本没有翻案的可能了，但做好人犯的思想工作，使之痛改前非，重新做人，也是我们的职责！我们先出去，请吧！"

王小文感激地冲张开元点点头，随后看到了让她既惊喜又难过的一幕。

时发用戴着手铐的手从怀里摸出一条雪白的手帕。王小文一眼就认出来了，是三年前她给的那块！他现在的衣服很破也很脏，手帕却非常干净，说明他一直带在身边，一直保存得很好。

有时候行为胜过千言万语，王小文再也止不住泪水。

“王姑娘，你这么漂亮的人可不能哭啊，一哭就大煞风景了！”

时发不知道如何劝慰，他只是想告诉她，袁时发已经不配拥有这块手帕了，却没想到弄哭了她。

王小文拭去眼泪，嗔道：“你知道结果有多么严重吗？还有心情开玩笑！”

“哦，多重？杀头还是牢底坐穿？”

“都不是。”

“哈，人生除死无大事。姑娘，别担心，也别为我这样的人伤心。”

“他还能倒过来劝我！”王小文顿时如释重负：这是一条硬汉，没有什么事可以打垮他，先前的担心是多余的。要是……要是能找到那张欠条该多好！

“我问你，真的写过欠条？”

“当然，这也是一审判我死刑后我始终不服的原因。”

“我相信你，现在能不能找到？如果能找到，我一定想办法改掉定性。”

“找不到。已经有人告诉我了，崔常顺烧了那张欠条。”

“可恶！他为什么要害你？”

“我看不惯他那副小人嘴脸，整过他几次。”

“那个仓库保管员呢？”

“我出事后他就退役了，没有人知道他的下落。”

“说不定也是崔常顺干的好事。你呀，以后这毛病要改——宁可得罪君子，不可得罪小人。”

“谢谢你的提醒，不过生相难改死相难移。不说了，你们可以宣判了。”

“好！”

王小文请来张开元，他问：“怎么样？”

“没事了。他戴着镣铐行动不便，要不就在这里？”

“行。袁时发，鉴于你上诉的理由不成立，终审认定的事实和原审一样，但量刑还是有所不同，这样吧，我只念一下判决主文，你看怎么样？”

“那最好不过了。”

“……判决如下：开除袁时发军籍，逐出军队，永不录用……”

时发哈哈大笑：“崔大副官，袁时发死不了啦，让你老人家失望了。别以为老子不知道，那张欠条毁在哪个混蛋手里！”

崔常顺看着张开元，双手一摊：“听听，听听！还是死不改悔！袁时发，我告诉你，你不要以为有了人撑腰就可以这么放肆！”

时发没再理他，对张开元拱拱手，“谢谢法官大人不杀之恩！要出狱了，老子得收拾收拾，你们走吧！”

待张开元和崔常顺走远，王小文又转了回去。

“袁时发，我们都要收好各自的东西！”她晃了晃那条绣着“发”字的手帕。

“啊？”

“啊什么啊？记好了，永不言弃！”

时发没有回话，看着王小文远去的背影，他思忖了良久良久。

出得监狱大门，杨全友已等候多时，他红着眼圈说：“兄弟，哥没用，使不上劲，既然你要走了，哥也想办法调到别的部队去，哥搞不过那个姓崔的。走，跟哥去澡堂，洗一洗邋遢好出门，弟兄们都在等你。”

时发朝军营方向看了一眼，沉声道：“哥，等着瞧吧，我和姓崔的迟早有了结的那一天。”

崔常顺也想了好久。原来那个书记官和袁时发有过一段不寻常的经历，幸亏他们未能尽早相认，幸亏自己眼疾手快毁了那张欠条，否则，判决结果可能比这还要轻！好在姓袁的终于滚蛋了……

两年以后，皖南一带黑白两道纷纷传言，江湖上出了一个叫袁时发的青年杀手，双枪弹无虚发，飞刀更是刀刀夺命，是个谁也惹不起的狠主。此人不但本领出众，而且智慧过人，他一直独来独往，行侠仗义，接连除掉了十几个欺压良善的黑帮，始终毫发无损。同时，此人还有着极高的易容术，神出鬼没，仇家根本找不到他。不过，也有关于袁时发不好的传闻，有人说他做事只凭一时感觉，虽广施恩惠，却也救过不该救的人。

在这两年中，国民党军统安徽站先后有五位高级特工在宣城折戟，他们在追查一个代号为“青弋江”的共产党期间，要么莫名其妙地消失，要么被人玩弄于股掌之间，从其特征来看，此人可能就是袁时发，格斗能力强，智慧超群，也善于易容，但军统最后查实，袁时发不是“青弋江”，“青弋江”另有其人。

于是，“军中有一江，地方有一发”之说开始广为流传。

·第五章· 将军无奈身自戕 壮士坦言心向阳

刺刀掀血浪，魔爪辱炎黄。一年以后，随着七月七日卢沟桥事变的爆发，日军开始全面侵华，战火很快燃遍大江南北，给中华民族带来一场深重的灾难，中国近代史上规模空前的全民族反侵略战争随之正式拉开大幕。

水瘦林稀花木枯零，正是初冬天气。11月20日清晨，皖省广德县城的街道上，槐树露出嶙峋的叉丫，树下的杂草已被冷霜压弯了腰，尽显着凄清和肃杀，而在一家私人印刷厂的地下室里，气氛却异常活跃。中共广德县委正在召开紧急会议，首先传达中央及毛泽东主席对目前全国抗战情势的分析和指示，随后部署当前重点工作并形成一致意见：全体党员同志立即深入发动群众，全力支持驻防广德县的川军抗击日军。

此时，紧张的气氛也充彻着国民党陆军第23集团军145师界牌指挥所，一辆辆军车绝尘而去，一根根电台天线簌簌指向天空。

师长饶国华摸了摸自己光秃秃的头顶，抓起电话快速摇了起来。

“喂！喂！刘汝斋吗？我是饶国华！”

“师座，我是刘汝斋，请指示！”

“刘汝斋，你给老子听好了……”

饶国华声音沙哑，脸上的肌肉抽动不止，两片布满水泡的嘴唇不断张翕着。

“日军自11月5日从杭州湾登陆后，已于12日占领了上海，现兵分两路会攻首府南京，其中一路沿着太湖南侧正向广德进犯，所经之处，中央军一触即溃，现在只能靠我们川军死守了。日军用意很明显，准备拿下广德后直驱芜湖，截断南京守军的退路。守一城而捍天下，坚守广德，才能拱卫南京，广德保卫战就是南京会战的第一枪。此外，界牌是广德前沿阵地，你给老子死死守住，乘他们还没有越过泗安，你们抓紧完善工事，老子马上去视察！”

“是！守一城而捍天下，卑职自当恪尽职守！”刘汝斋回答得很干脆，声音却显得中气不足。

浙省泗安镇，距广德县城仅十八千米，特殊的地理位置使得这个小城注定要成为敌我双方争夺的焦点，中日军队在这里相遇后，屡次厮杀，几易其手。11月25日，日伪军四千余人在牛岛贞雄的指挥下，凭借强大的火力终于突破了守军防线并占领了泗安，接着马不停蹄地朝广德逼来。

饶国华再次向刘汝斋发出命令：“刘汝斋，告诉你们团的军事教官李汉臣，让他把袁时发找来见老子！小鬼子推进速度太快了，快就快在他们的重武器太多，老子要请袁时发打掉他们的重炮！”

“好的，师座，不过属下有话要说。”

“啥子事情，快说！老子正忙着呢！”

“是！据属下所知，袁时发被开除军籍后早就离开部队了，现流落于江湖，没有固定住所，李汉臣短时间内不一定能找得到啊！就算找到了袁时发，他肯定会听李汉臣的吗？就算他肯去炸炮，也不一定能完成任务，就算打掉了鬼子的重炮，也不过是暂时延缓了他们的进攻节奏而已，广德终究是守不住的……”刘汝斋越说声音越低。

“就算就算，你个龟儿子说了这么多就算，到底啥子意思？”

“师座，我们是不是要考虑往后撤，中央军早就溜了，这是拿我们川军当炮灰啊！另外，有关系的都在找门路，我们团军需官崔常顺已经调到嫡系部队去了，军心不稳呐……”

“住口！龟儿子的，大战在即，你要是再敢说一句撤退的话，老子就毙了你！崔常顺，哼！老子后来才知道，袁时发就毁在他手里，像他这种人上了战场还不是个怕死鬼，走了好，省得丢川军的脸！还有，你调任老子的主力团时间已经不短了，居然还不清楚李汉臣和袁时发的关系，老子告诉你，他们是父子！至于为什么一个姓李一个姓袁老子就不晓得了。袁时发肯定知道你们在守界牌，一定就在附近活动，也一定做好了随时营救李汉臣的准备。广德即便守不住，老子也要掰掉小鬼子几颗门牙。不要啰唆了，马上去通知！”

“是！谨遵师座吩咐！”刘汝斋放下电话，心里一凉：完了，看来姓饶的真要死守到底，这可咋办？他一门心思考虑饶师长的话，不想李汉臣已经来到身边。

李汉臣面容憔悴，双眼布满血丝，军装沾满了灰尘，已分不清到底是土色还是黄色，脸上坑坑洼洼的麻点也让灰尘给填平了，像敷了一层厚厚的粉。

“李麻子，你来啦？太好了，师座让你把袁时发找去，说有任务交给他。”

“巧了团长，我儿时发刚好到了军营，他从未忘记报国之志，我这就带他过去。”

“哦，他来啦？好，去吧去吧。”看着李汉臣远去的身影，刘汝斋若有所思了片刻，随后命令副官：“马上向副总司令唐式遵将军发报……”

界牌指挥所门前匆匆走来两个人，前面的是李汉臣，后面跟着一位魁梧的汉子，身高足足一米八五。他头戴一顶黑色礼帽，内穿堆花青缎马褂，外罩一件灰布长衫，乍看像个风尘仆仆的商人，但那双如同电芒般的眸子还是掩饰不住其极旺盛的精力。

“报告！李汉臣携袁时发前来报到！”

“好，李麻子，没的你啥子事情了，你先回去帮我盯着点刘汝斋，告诉他，他是唐司令的亲戚，更应该身先士卒。另外，帮我带话给你们的副团长张天成，刘汝斋要是敢当逃兵，就代老子崩了他！你们团由他接替指挥！”

“是！汉臣领命！”

饶国华转身冲着袁时发笑道：“你个瓜娃子，穿什么长衫嘛，这不是猪鼻子插大葱——装象嘛！”

时发抱拳行礼，咧嘴笑道：“师座，实话实说，这身皮的确很不舒服，但没办法，现在汉奸太多，进军营只好打扮打扮了，要不是怕师座着急，我还准备易容后再来呢！”

“哈哈，真要易容倒好了。问题是你袁时发怎么看都不像一个生意人。”

“师座睿智。”

“马屁就别拍了，你小子现在混得不错嘛，听说这一带黑白两道没有人敢不买你的账？”

饶国华说完一声叹息：“可惜呀！这么好的身手，却为一个赌字葬送了大好前程！”

“惭愧惭愧，当初要是没有师座出手相救，时发还不知道在哪个地方投胎。大恩不言谢，您有什么事尽管吩咐，时发赴汤蹈火在所不辞！”

“李汉臣没告诉你？”

“没有，他只说师座可能有事要我办。”

“这个刘汝斋！不提他了！咱长话短说，如今国难当头，蒋委员长说地无分南北……”

时发插话道：“年无分老幼，无论何人，皆有守土抗战之责，对吧？师座，蒋光头说得倒是挺好，早干嘛去了？他要不是搞什么‘攘外必先安内’，不把精力放在红军身上，东北有那么容易丢吗？”

饶国华双目圆睁：“你个瓜娃子，这话你也敢乱讲！行了，今天叫你来只为一件事，帮我干掉鬼子的大炮，敢不敢？”

“师座，没话说的。小鬼子犯我中华，烧杀抢掠无恶不作，我早就想揍他狗娘养的了！”

“好！我果然没有看错你。这样，你马上去我的情报处，他们知道鬼子炮兵阵地在哪，另外，我的特务营里也有不少好手，人员武器随你挑，我现在就任命你为特务营副营长，专门负责这次偷袭。”

“谢师座信任，时发打鬼子可不是为了做官，再说我的军籍已经被开除，您只要授权我负责行动就可以了。不过……”

“不过什么？”

“请恕时发直言，来您这之前，我偷偷摸进过鬼子的军营，他们火力实在太强了，另外，他们还有空中支援。偷袭即使成功，广德也不一定能守得住，他们还有坦克，还有装甲车。所以，行动结束后，如果我还活着，请允许我跟在您身边，只要时发还有一口气在，就保您一时周全。”

“打住，我叫你来不是当保镖的。记着，不管任务完得成完不成，你都要好好活下去，打鬼子太需要你这样的人了。废话不再多说，今天已经是26号了，鬼子很快就要进攻，你快去组织突击队吧。”

“是！但要等我从长兴回来以后。很快就回来！”

“啥子事情？”

“那里有我几名江湖弟兄，他们都有一技之长，搞偷袭再适合不过了。”

“那就快去快回。”

“师座保重！”

长兴县仙山南坡的显圣寺，本是一个主奉地藏王菩萨的名寺，现在却已少有人烟。偌大的主殿内只有两名老僧，一个就着微弱的烛光在整理残缺不全的经书，一个半天敲一下钟，传出有气无力的钟声。

“狗娘养的！小鬼子害得出家人也不安生了！”早已潜入殿内的时发暗暗骂了一句。

稍时，从寺门外走进来一名身着便装的青年男子，时发就着烛光看去，来人中等身材，四方脸庞，皮肤显得很粗糙，两只眼睛深深地陷了进去，颧骨也很高，一看就是长期得不到很好休息的模样，但目光还是炯炯有神，前伸的额头和微微凸起的太阳穴又表明此人有着巨大的智慧。

男子的身后十米处跟着四个人，他进殿后回了一下头，那四人立刻散开，随后，他对着地藏王拜了下去。

“大愿菩萨，您既然掌管地狱，如今为何有这么多妖魔横行人间？”

时发上前应道：“菩萨已经开始降妖除魔了。”

“是的，菩萨就是菩萨，不可能不管人间不平事。”

是他，他来了！时发虽未与他见过面，但这几句暗语是他们早就通过线人约好的。

男子点点头，然后轻咳了一声，整理经书的老僧合十道：“二位施主，请随我来。”

二人进了一间寮房，时发和那位男子一同揭下面具。

男子问道：“时发兄吗？怎么这么急约我来？这里安全，有什么话但说无妨。”

“好，郑阳兄弟，你我虽初次以真面目相见，可我还是要向你讨还一个人情。”

“哈哈，时发兄帮我们除过叛徒，还帮我们弄到了不少装备，这个人情早就该还了，但据我所知，你可不是斤斤计较的人，一定有什么大事吧？”

“没错。承蒙饶师长信任，派我去鬼子后方炸炮。一四五师情报处也给了我地图，但现在汉奸多，我不太放心，需要兄弟的人给我们做向导。”

“时发兄果然仔细。没问题！义不容辞！”

“不过，川军也是国军，你们……”

“我懂你的意思。现在，我党的政策是团结一切可以团结的力量打鬼子，莫说一四五师，任何国民党部队，只要他们真心抗日，我们都会不计前嫌全力支持。此外，我们很快就要被改编为国民革命军新编第四军，也就是说，国共两党将再次合作。”

郑阳说完指着门外：“他们四个都是本地人，我让他们一起参加你的行动。”

时发伸出手去：“太好了！你这个人情还得可有点大了！”

郑阳也伸出了手。两只有力的手紧紧握在一起，二人同时高声说道：“打鬼子！”

郑阳的人参与进来，时发终于放心。为了不被日军察觉，他们绕道湖州再折转长兴，于25日傍晚悄悄来到目的地附近。

一看之下，时发不禁大喜，骄横的鬼子显然没有把中国军人放在眼里，偌大一个阵地，几十门轮子深陷在地里的火炮，居然只放了四名岗哨。炮兵一脸轻松地在装填、发射，挥舞着令旗的指挥员有时还发出嘻嘻哈哈的笑声，站姿也不标准。他忍不住拍了拍趴在身边的人：“成了，老子吃定他们了。”

却听那人不急不忙地回了一句：“别高兴得太早，小鬼子也不是吃素的。”

时发一惊，那人竟然是李汉臣！

“大，您怎么来了？”

“你小子这是去玩命，老子不跟过来能放心吗？”

“嗨！您不放心，我可要分心了。”

“锤子！你是比老子本事大，但你没老子见多识广，你服不服？”

“服！我什么时候敢不服您老人家啊。”

“莫贫嘴，想怎么打你说，老子现在就是你的兵。”

“大，我是这么想的，我们先不忙打，等他们步兵进攻的时候再动手。鬼子一贯是炮兵开了火再冲锋，第一轮炮击后，他们依仗有炮火支援，一定顾头不顾腚地向前猛冲，我们这时打掉炮兵，小鬼子肯定发慌往回撤，这样饶师长他们就能发起反冲锋，多干掉一些鬼子，您看成不成？”

“要得。”

26日，广德县城外围阵地上，一批接一批的炮弹呼啸着落下来，滚雷一般发出连续不断的爆炸声，接着出现了几面太阳旗，每面太阳旗后都有一队弓着腰、边冲边开枪射击的日本兵，同时有从不同角度射过来的机枪子弹，日军进攻了。一四五师特务连、一旅某营和日军展开了激烈的战斗，饶国华也因亲临一线挂了彩，但他负伤不下火线，仍坚持亲自指挥，苦战半日，终于打退了日军第一轮进攻。

27日，广德县城上空响起了成片的嗡嗡声，恼羞成怒的日军为报昨日败退之仇，出动了二十七架飞机轮番轰炸，飞机俯冲飞行产生的强烈旋风把炸碎的泥土和草皮掀翻了一次又一次，守军阵地工事被摧毁殆尽，广德县城成了一片废墟。饶国华率部居险死守，顽强抗敌，始终没有后撤一步。

28日，日军再次组织强攻，中国空军广德机场失守，饶国华督战时不幸又一次负伤，但仍喊杀不止，重新率部夺回了机场，然部队已经损失过半，弹药也即将打光，临时指挥所前堆起了足有一米多高的泥土，均为日军炮轰所致。

眼看日军即将再次发起冲锋，阵地已岌岌可危，饶国华不禁着急起来，边擦身上的血污边嘟囔："格老子的，这个袁时发怎么回事？都两天了，鬼子还在开炮。勤务兵，马上去查一查什么情况！"

时机已到，时发抽出双枪挥了挥，埋伏在周围的突击队员们立刻亮出所有轻重武器。"打！"随着时发的一声高喊，顿时枪声大作，鬼子炮兵和岗哨猝不及防，片刻间被全部干掉。

相当顺利！时发心中一喜。突击队很快就冲进了阵地，就在他们安放炸药时，突然响起了猛烈的机枪声，队员们纷纷倒下，李汉臣要不是被时发瞬间扑倒在地，也成了筛子。原来，鬼子还是作了准备，在几排炮之间挖出壕沟，两头各埋伏两名机枪手，四个步兵，既可构成独立的火力点，又可互相掩护互相支援，形成交叉火力网，同时在壕沟上方架有撒了泥土的木板，外人根本看不出来。

时发见情况不妙，大喝一声："跳下去！"随即一个就地十八滚扑进了壕沟。短兵相接正是他的拿手好戏，只见刀光闪处，一名鬼子的脑袋如同砍瓜切菜一般掉落在地。李汉臣也拼死滚了进来，战壕里瞬间杀声震天，很快又是血流满地。终于干掉了所有鬼子，但突击队也只剩下他们父子二人了。

"大，快动手，他们的援兵马上就到！"

二人刚布好炸药，赶来支援的鬼子已到了不足三百米处，同时，一架银色的飞机带着刺耳的呼啸声俯冲过来，翅膀上清晰的太阳图案表明，这是一架敌机！

“趴下！”时发大吼。

啾啾啾啾……地面泥土四处迸溅。一阵机枪扫射后，飞机升向天空。

“大，趴着别动，我来点火！”时发猛地推开李汉臣，随即翻滚到了炸药包前。

呲……白烟四起，乘着炸药处于引燃状态，时发迅疾一个前扑，拉起李汉臣便跑。

呜……飞机已转回，这次飞得更低，起落架几乎贴着地面，清楚地显示出玻璃罩下套着风镜的航空兵正侧歪着身子。因离炮弹太近，他只有低空飞行才能把炸弹投准。

“卧倒！”二人刚刚趴到地上，一颗小水桶般的东西砸了下来。

砰！火光冲天，浓烟滚滚。

好险！着弹点距二人仅十几米远，炸开了足有两个竹匾大的弹坑，立刻掀起一阵“土雨”，铺天盖地般地向他们扑来……

估摸着二人不是被炸死就是被活埋了，鬼子航空兵这才调转机头呼啸而去。

此时，一个小队的日军正好赶到阵地，见炸药已被点着，吓得连连后退。

饶国华派出勤务兵没多久，远方突然连续传来巨大的爆炸声。轰隆！咚！咚！……指挥所四壁的泥土被震得簌簌而落。

“师座小心，要塌方了！”警卫员赶紧扶着饶国华冲了出去。

“成功了！成功了！”饶国华捂着伤口哈哈大笑，接着拔出手枪向前一挥。

“弟兄们，一定是袁时发干掉了鬼子的大炮，乘着他们暂时后撤，我们去捅狗日的屁股，快！”

话音刚落，只见勤务兵匆匆跑回来。

“报告师座，前方哨所传来消息，袁时发不负所托，已经炸掉了鬼子的大炮，可是……”

“可是什么！”

“可是他在救李汉臣的时候，正好有一架敌机扔下了炸弹，他们，他们都为国尽忠了……”

饶国华脸色忽地黯淡下来，像晴朗的天空猛然被罩上一片乌云。他仰天长叹：“天妒英才啊！袁时发，你们为国而死，死得其所！”随即发指眦裂道：“我日你个小鬼子先人板板！弟兄们，为死去的烈士们报仇！杀！”说完，他收了短枪，端起一挺捷克式机枪发疯般地朝阵地冲去，所有人都紧随其后，大喊着射出密集的子弹。

尽管这轮不顾一切的反冲锋干掉了不少鬼子，但情况还是如时发所言，日军失去重炮后，很快又以装甲车和坦克开道，并不断抽调精锐部队增援，大批日军从广泗公路蜂拥而至。界牌，还是失守了。

界牌失守，交通阻断，补给中断，增援也就彻底无望了。29日，饶国华不得不率部退至广德境内祠山岗。内外交困之下，他通令所属旅、团、营、连及友军宣誓：人谁无死，有重于泰山，有轻于鸿毛。今天是我饶某报国之时，阵地在我在，阵地亡我亡。望我全体官兵不惜一切努力报国，恪尽职守。随后仔细观察地形，决定以祠山岗居高临下的优势，阻击日军。

与此同时，广德县全体党员也都赶到了现场，在他们事前的深入发动下，周边群众纷纷赶来支援，砍伐大株树木，撬动巨型石块，拆卸门窗桌椅，尽一切可能设置路障，分外隔断广泗公路。

不一刻，几十辆日军军车沿着界牌至祠山岗的坡路驶来，乘军车受阻暂停之际，饶国华紧紧抓住战机，指挥埋伏在此的部队猛烈开火，同时组织敢死队抱着炸药包跳上军车和鬼子同归于尽。数十名中共党员全都加入战斗，以“誓与广德共存亡”的决心，争先恐后地为国捐躯，与日军殊死拼杀。经过两天激战，共击毁日军军车三十余辆，然终因敌我力量悬殊，加之刘汝斋关键时刻违背军令，擅自后撤而致全线溃败，祠山岗也沦于敌手，日军趁势扑进广德县城。

“刘汝斋，你个龟儿子！竟敢当逃兵！还有那个张天成是干什么吃的！气死我了！”

饶国华恨不能立刻把刘汝斋抓来，但他没有想到，23集团军副司令唐式遵早就轻信了刘汝斋的鬼话，为了保存实力，不仅同意他撤出战场，还下令其他部队也往后撤退。同时，为了堵住饶国华的嘴，又命令他继续反攻，一退一进，终将其推入绝境。

30日，参加战斗的广德县中共党员同志全部牺牲，成了无人知晓的革命英雄。饶国华也只剩下不足一个营的兵力，仍组织拼杀，最后被日军包围于十字铺。由于泗安、界牌、祠山岗等阵地相继失守，广德成了一座孤城，弹尽粮绝的饶国华深感悲愤，回到师部后含恨写下遗书："广德地处要冲，余不忍其陷入敌手，故决心与城共存亡，上报国家培养之恩与各级长官爱护之意，今后深望我部官兵奋勇杀敌，驱寇出境，还我国魂，完成我未尽之志，余死无恨矣！"随后带领卫兵急奔广德机场，焚毁油桶仓库，给日军留下一片废墟。

12月1日凌晨2时许，饶国华来到广德东门外，对着团团包围并喊话让他投降的日军怒目而视，接着拔枪饮弹自尽，享年四十三岁……

当年练就的闭气之术让时发父子逃过一劫，眼看爆炸腾起的土浪劈头盖脸地袭来，他迅速扑在李汉臣的身上，双手撑起一块狭小的空间，屏住呼吸，估摸飞机已经飞远，这才慢慢拱出土堆。

李汉臣爬起身来，费力地睁开双眼，看到时发也是一副灰头土脸的样子，但两只眼睛却在眨巴个不停，遂放心地哈哈一笑："咱爷俩的命还真大，你小子以后不能再这样了，我老了，死不死不打紧，你还年轻……哎呀！手怎么这么疼?"一看，左手两根手指已被弹片削去。

二人找到藏在附近的军马，一路赶到祠山岗，现场简直惨不忍睹。周围枪炮声已经停止，到处都散发着死亡的味道，到处都是染满鲜血的残肢断体。很多掩埋不彻底的尸体还连着步枪的枪管，显然有刺刀插在体内。上空盘旋着几只乌鸦，见到有人活动时，哇的一声飞往别处，接着又开始聒噪起来。几只被引燃的轮胎冒着滚滚黑烟，挡住了正在渐渐消退的血红色晚霞。阴风开始怒号，仿佛要唤醒死去的灵魂。

天色渐晚，二人朝广德县城赶去。没出半里地，只见大批百姓慌慌张张地迎面奔来。一打听，原来县城已然失守，饶师长已经以死报国。

时发不禁悲从中来，放声大哭道："师座，我还是来迟了一步啊！"稍后，他抱拳朝天："师座，你是袁时发的救命恩人，也是川军第一流人物，真正的英雄。你放心，我与小鬼子已是不共戴天！"

"走吧，时发，广德已经沦陷，刘汝斋向来与师座不睦，如今师座不在了，他肯定容不下我，我已无处可去。"李汉臣嘶哑着声音说。

"大，我打算去南京，饶师长的恩我没来得及报，我要为他多杀几个鬼子。"

"傻小子，广德丢了，你以为南京还能守得住吗？再说抗日在哪不一样，鬼子很快就会打到你老家的，你这么好的功夫，不要白白丢了性命，留着有用之身，总有机会给饶师长报仇的。听我的没错，咱们先养精蓄锐，鬼子肯定有你杀的。”

时发沉吟半晌，长长地叹了一口气。

“好吧，饶师长生前也要我留着命好好打鬼子。大，我们现在去哪？”

“回红杨树，去洪山头，你的老家。”

“我的老家？怎么只说我的老家？”

“孩子，我们路上慢慢说。”

一路上，李汉臣心事重重。这次回洪山，该告诉时发的身世了，却又不知从何说起。自从时发入伍以后，他就一直想找机会告诉他：“你不是我李汉臣的亲生儿子，我李汉臣至今都没有成家，洪山头的老百姓都知道原因，也都在替我瞒着你。”但每次话到嘴边又咽了回去，他有他的顾虑：时发一直喊他大，二人感情比任何一对父子都要深，时发一旦清楚了自己的身世，一旦知道了自己的亲生父母是因为他李汉臣才死于非命，会不会恨他，还会不会再叫他一声大。可今时不比往日，时发已经二十三岁了，早就是成年人了，而且还是一个威震江湖的好汉。整整二十三年，是时候了，该告诉他了，但需要一点一点地展开话题，不然，依这孩子的性格，一下子知道全部真相，他可能会接受不了。

“吁……时发，休息一会，大老了，你跑得太快，马吃不消，大也吃不消。”

“好的，休息一会。”时发勒住马。

“时发，你知道大最欣慰的是什么吗？”

“什么？”

“你呀，你小子天生就是个练武玩枪的料。你五岁那年，大就把你送到当涂县的柳家庄，让你跟着刀会大当家的柳真强练武，直到十七岁那年才把你带到部队，还记得吧？”

“哈，怎么会不记得。我在柳家待了整整十年，后来你和柳叔又让我去了甘肃。说来真的要感谢昌真大师，如果没有他的推荐，我不可能找到燕师傅。经过燕师傅的训练，我就感觉到了，十个忠英也不是我的对手，所以那次比武我根本不想参加。可那个丫头太野，打不过我还是缠着要打。”

“你小子，别那么骄傲好不好，忠英那丫头也算是好身手。你十五岁那年，柳真强在给我的信上说，他们刀会所有人都不是你的对手了，你是个难得的格斗奇才，我们一定要帮你找更好的师傅。”

“大，这都是过去的事了，还提他干嘛？”

“你听我说，时发。那次比武之后，我和柳真强试了一下，结果我俩联手都在你手下过不了十招。你的枪法练得也是贼准，特别是飞刀，更是青出于蓝。昌真大师说燕振昆特意给他写了一封信，感谢大师让他在有生之年遇到一个天才，否则他的飞刀绝技真有可能被带到土里去。大师还说，燕振昆从来没有佩服过一个人，唯独你袁时发除外。”

“大，我哪有您说得那么神。”

“嚯，又谦虚起来啦。”

“不是。在遇到燕师傅之前，我虽然胜了那些师傅，但胜得很艰难。”

“嗯，难怪你在所有师傅中最尊敬的就是燕振昆。你现在出口就是‘娘道蒸子娘道蒸子的’，也是他传染的吧。”

“大，我的事不提了，说您想说的。”

“好，咱爷俩今儿个好好唠唠。”

李汉臣脸上仍旧洋溢着笑容：“我当时心里那个乐啊，我从军多年，深知你这样的人才到了部队后一定会前途无量。那次比武，实际上是我们有意安排你参加的，就是为了让别人知道，袁时发是一只随时都能翱翔于蓝天的雄鹰，因为刀会内部有很多人都希望你能接替柳真强。在他们看来，你是刀会培养出来的，就应该为刀会效力。他们没想到，你没出半分钟就胜了忠英，他们终于明白过来，刀会不仅培养不出你这样的人，更留不住你。之后，我引荐你参了军。果然不出我所料，入伍以后，你很快凭着一身功夫和精湛的射技脱颖而出，半年不到，你就被破格提拔为连长。这在讲究论资排辈、讲究军校出身的国军中是非常少见的。后来，你又迷上了游击战和各种轻重武器，尤其是进口的重家伙，没过多久你便能熟练地使用，每次全师大比武，你都是冠军，连师长都亲自为你颁过奖。我还记得，你那个日本教官偷偷找过我，说他想把你带到日本去深造，我当场回绝了他，因为你参军那年刚好爆发了九一八事变，你从一开始就痛恨日本人。”

“唉！”李汉臣说到这里狠狠拍了几下额头。

“你本来有着大好前程，可惜偏偏被我带成了好赌的坏毛病，你被一个高手连续出了几次老千都没发觉，导致欠下一屁股债，最后被债主逼得铤而走险，偷偷拿了两匹军布。你呀，还是个死要脸的家伙，这么大的事都不告诉我，直到被崔常顺告发我才知道，你小子闯了塌天大祸。好在饶师长惜才，动用多方关系，我又上上下下打点，花了好多袁大头才保住了你的小命。你从此便只身回到老家闯荡江湖，不久又名震四方，皖南一带无人不知你双枪袁时发的厉害。现在，老百姓都说'军中有一江，地方有一发'，这一发就是你袁时发了。"

"呵呵，'一发'言过其实了，'一江'倒是名不虚传，能让军统接连栽跟头，可见此人不简单，但我最佩服的还不是这个青弋江，而是郑阳，他也是共产党。"时发微笑着说。

李汉臣大惊失色："你和共产党有来往?!"

"谈不上来往，只是合作过，怎么了?"

"什么？还合作过！你知不知道，那个郑阳也是上了军统黑名单的人！说他虽是个绿林，但有亲共倾向，想不到他还真是共产党。"

"没事的，炸炮就有郑阳的人，之前我连饶师长都没说，我只跟他说了找几个江湖兄弟帮忙，没人知道的。再说，国共现在不是合作抗日了吗?"时发一脸的不在乎。

"哪有那么简单？不提了，你把郑阳的事说清楚，不然我不放心。"

"嗯。他比我小一岁，是一位英雄好汉。"时发伸出大拇指，露出只有谈起燕振昆时才有的眼神。

"郑阳的功夫和枪法怎么样，我不太清楚，但他有那么大的名气，想来应该不在我之下。我最佩服的是他的智谋，他的特点就是胆大心细，从来不打无把握之仗。所以大放心好了，郑阳也跟我说过，他不会让外人知道我们之间的事。我听闻起他的时候，他的队伍主要在宁国的汤公山一带活动。要不说我佩服他呢，在层层围剿、缺吃少穿的情况下，年纪轻轻的他居然带着三四十人枪和当地军警周旋了好几年，而且人马越打越多。两年前，我在宣城有了一点名气，他就开始注意我了，但他清楚我的过去，一直怀有戒心。有一次，他感觉手下柯政道变了节，就想办法联系到了我，然后派柯政道通知我和他见面。我哪知道其中的弯弯绕，高兴之下立即出发，谁知柯政道神神秘秘地把我拉到一边，问我结识郑阳的目的是不是想投奔共产党，我说不是，我对共产党不了解，也不关心政治，只是觉得郑阳乃一条好汉，是好汉就值得我袁时发结交。柯政道又问我，那你想不想求一场富贵？我感觉不对，此人可能有问题。我不动声色地说，这个年头，谁不想升官发财？他立刻笑盈盈地说，那就恭喜你了，郑阳是地地道道的‘赤匪’，只是一直没有暴露身份，现在天赐良机，你只要抓住他，一切都好办了。我又问他，你在试探我吧？是不是郑阳的意思？这小子随即赌咒发誓说绝对不是，接着又说，要你抓住郑阳并不是害他性命，只是劝他投靠党国，给他找一条更好的出路。我终于搞明白了，这王八蛋原来是个卖主求荣的小人，我当场就捅了他。后来，郑阳派人给我送了一封信，还建议我找一本叫《共产党宣言》的书看看，说中国的出路就在那本书里。我当时有些恼他不信我，就没去找那本书了。不过，他这一箭双雕干得还真是漂亮，不仅知道了我的为人，还借我之手帮他识别了叛徒。”

李汉臣点点头道：“这个郑阳是有些门道，后来呢？”

“后来，他大概知道我只是一个不问政治的江湖人，也就没再提那本书的事了，但我能感觉到，从那以后他就开始信任我了，不然不会请我帮他们搞武器。”

李汉臣惊得站起身来：“你还帮他们搞过武器！我的天哪，你小子胆也太大了！你说，是不是和他们一起搞暴动抢军火？”

“不是。大，您坐下，听我说。”时发眯缝着眼，他显然很得意于那次类似黑吃黑的行动。

“也就是今年7月份左右的样子，在淞沪会战爆发前，南京往宣城运了不少武器弹药，存放点就在宣城的火神庙里。本来，这是战备物资，我们没打算动它，可有人却黑了心肠，乘机发国难财，这其中既有当地军警，也有押运的部队。他们联系到军火贩子后，自己也化装成军火贩子，找个秘密场所，一手交钱一手交货。我当时正考虑如何把这个情况捅出去，郑阳恰好派人找到了我，说他们武器奇缺，问我能不能帮忙买一些。我就找了几个朋友踩点，然后通知郑阳的人化装成缉私队在附近守着，在那帮人交易的时候，我突然带人去抢，郑阳他们再出面抓捕。这样，他们就可以大摇大摆地把武器拉走了。那些倒卖军火的人，事后即使知道缉私队是假的也不敢吭声。”

李汉臣哭笑不得：“亏你小子想得出来。收钱了吗？”

“没有，郑阳是要给，但我没要，我知道他们很穷。”

“小子，跟我说实话，这几年你存了些钱吧？老子该给你寻门好亲事了。”

“嗨，您又不是不知道，我能存得住钱吗？大手大脚惯了，还习惯帮助穷人，腰里不管多少，掏出来就是。”

“你小子啊，天生一副侠义心肠，但君子也不能不顾本呐。刚才说到哪了？对，你和郑阳，后来呢？”

“后来就没有什么了。饶师长派我去炸炮，我就想到了郑阳，他们一直在两省交界之地打游击，应该对那里的地形很熟。我找到他说明来意后，他当场就答应了，并说饶师长是个爱国将领，帮他就是帮国家。他还说了和饶师长同样的话，你袁时发一定要保住性命，打鬼子需要你这样的人。唉！想起来就难受，别人都知道鬼子大炮是我袁时发炸的，我出名了，那些无名英雄却没有人知道。”

“出个屁名！人都死光了，我们不说，郑阳他们不说，刘汝斋那个王八蛋也不会替你宣扬的，谁知道？不过你这么一讲，我就放心多了，你还不算是共产党的人。话又说回来，共产党确实很得民心，值得交，但一定要注意安全，军统和中统那帮家伙杀起共产党来都是两手合一手——独（毒）手哩！”

“没事。大，不是我吹牛，一般的小特务我还没放在眼里，我没找他们麻烦就算他们走运了。当兵的那年，我就在宣城打过他们，救了一个女学生　　”

李汉臣打断了他：“好啦！你小子，提起往事也是滔滔不绝。”

“呵呵，大教训的是。该您了。”

“你离开部队后，我成天提心吊胆，担心你的安危，我后悔得恨不得抽自己几个大嘴巴，千不该万不该，不该教会你要钱啊，惹出那么大的乱子。生逢乱世，独自闯荡江湖，风险之大可想而知，你万一有个什么好歹，我如何对得起……”

李汉臣本来想说，如何对得起你死去的父母，但这次又是不自觉地把话咽了回去。

“时发，你还记得我们出发前，你问我，为什么说洪山是你的老家，而没有说是我们共同的老家吗？”

“嗯。大，您是不是有什么话要对我说？我总觉得您今天有点怪怪的。”

李汉臣上前拍了拍时发的肩膀。

“孩子，你今年已二十三岁，我该把你的身世告诉你了。其实，我并不是……”

“并不是我的亲大，对吧？这个我早就猜到了。既然这样，大就说吧，不管我的身世如何，您都是我的亲大。”

“好，那我就原原本本地告诉你，唉！我一想起你的身世就抑制不住激动，来，我们边走边说。”

李汉臣抹了一把泪水。看来是我想多了，这孩子重情重义着呢！

·第六章· 莫道此命多不祥 鹰人合一见本章

皖南，一到梅雨季节，山山水水都被烟雾笼罩着，1914年更特殊，从六月份开始，大如胡桃的雨雹即没完没了地下个不停，闷热潮湿的空气让人始终提不起精神来。

洪山头村南有一条田冲，是去往红杨老街的必经之地。袁长水本打算去老街进点货，顺便再给即将临盆的妻子买点补品，不想还没到田冲就传来了轰隆隆的水流声，山洪暴发了。长水卸下货郎担子近前一看，所有田埂都淹没在足足半人深的水里，他只得往回折去。正在摸鱼的骡子见状，扯起嗓门叫道："袁长水，你叫长水，还怕水吗？一筒子三炮台，我背你过去！"

长水笑骂道："美得你，还一筒子三炮台，一根都不给！"

听到这里，时发颤声道："洪山头只有我姓袁，袁长水就是我亲大，对吗？我妈不会也姓袁吧？她叫什么？"

李汉臣含着眼泪不住点头："是的，袁长水就是你亲生父亲。你妈叫洪凤英。你还有个哥哥叫袁时家。"

"我还有个哥哥？他在哪？"

"别急，孩子，你听我继续说……"

骡子总缠着长水蹭烟，长水却并不恼他，这家伙虽有点烦人，却憨得可爱，给他一根高兴，不给他也是一副笑脸。憨人真名叫吴旺盛，是个长工，邻村杨吴冲人，和长水所在的洪山头村隔着另一条田冲。憨人还是个大块头，尤其是那双手，伸出来如同两把小蒲扇，每逢双抢季节，忙不过来的人家都会请他去割稻子，别人是一棵一棵地割，他是一抓就两棵，速度快了一倍。骡子的外号倒不是来自他那张比真骡子还难看的脸。他属狗，但没有包天的狗胆，相反，天生胆小怕事，不过他有狗对主人的那份忠诚，他把所有乡邻都看作衣食父母，只要有空，无论谁家需要帮忙，打个招呼便成，一身骡子般的蛮力必给你发挥到极致，酬劳不过是几碗米饭。久而久之，吴旺盛这个真名反倒被人忘了。这种根本不懂要奸取巧的老实头子自然也很讨东家喜欢，不仅给他的工钱超出别人一半，还常在收工时赏他一根纸烟抽，没想到就此把他培养成了瘾君子。骡子自好上这口，一年工钱就至少三分之一都用来吞云吐雾，后来，他老婆鲁根花实在忍无可忍，直接找到东家，骡子的工钱只能由我接！这么一来，他就断了炊了，从此便赖上了袁长水，只要长水进村，他就死皮赖脸地靠上去，先套一番近乎：长水，我是帮人抗工的，你是个挑鹅毛担子的，咱俩不分上下。我家根花是头胎，你老婆凤英是二胎，但她们几乎是同时怀上的。这样，如果她们生的都是带把的，就让他们以后结拜为兄弟，如果都不是带把的，就结为姐妹，一男一女呢，咱就是亲家了，怎么样？长水一乐，你要讨烟便讨烟，用不着这样，结兄弟姐妹可以，亲家就免了，你这张骡子脸，顶多也就能生出一头驴来，最好生一头公驴，千万别生母驴，否则会害了她一生。喏，给你一根，没了！骡子贪心不足，哥，再给一根呗，说不定你儿子将来喊我老丈人哩。长水把脸一沉：没了！说没了就是没了，再讨好都没用！骡子便嗅着烟屁股乖乖离去了……

见长水转身要走，骡子突然大叫起来："喂！长水，你快来看，这是什么？"

长水当他还是想蹭烟，挥挥手道："是什么与我无关，要是宝贝，你拿回去好了！"

"不是啊，长水，水里有人！漂着一个人，一个，一个小伙子！"

呀！骡子语气很慌乱，不像假话哩。长水立刻脱去鞋袜蹚了过去。就在骡子的正前方，浑浊的山洪中漂着一棵粗大的杉木，上面趴着一个青年，湿漉漉的头发很长，一缕一缕地随着波浪荡漾，他的双手抓着两根树枝，整个身子半浮半沉在水里，上扬的下巴搁在树干上，露出一张瘦弱而又惨白的脸，双眼紧闭，脸上全是坑坑洼洼的麻点，样子非常吓人。

长水连树带人一把拖到岸边，拉出水面后将他平放在地上，然后摁住他的胸口使劲压了几下，青年呜呜哇哇接连吐出几口黄水，眼睛还是没有睁开，嘴里却开始含混不清地喃喃自语起来："师傅……红杨树……不要……救命啊……"

骡子怔怔地看着长水，脸色蜡黄。

长水叱道：“空长了这么一大个，人还活着，怕什么！把他背到我家去！我给你烟吃！”

“好嘞！”骡子立刻来了劲。

尚未进门，长水便听到屋里传来滴滴答答的声响。坏了，那是屋漏水砸进铜盆里的声音！雨还在哗哗地下个不停，他叹了口气道：“真是屋漏偏逢连阴雨啊！”

“是呀，家里所有的盆子都用上了，再要这么下下去，只怕屋子要倒了。咦？骡子，你怎么来了？这人是谁？你们怎么啦？……”

哐！凤英端着一盆水正往外走，见他们全都落汤鸡似的，骡子背上还趴着一个人，紧张得手一松，一盆子黑漆麻乌的屋漏水夹杂着几根烂稻草全部泼在地上。

长水赶紧上前扶住：“小心点，你怀着身子，怎不多睡儿？”

凤英白了他一眼：“能睡得着吗？你听这声音，像敲锣一样。哎？这什么人啊？”

“不认识，估计是个逃荒的，掉水里了。你快去躺着，我来给他熬点米汤，再给他换身干衣服。骡子，你回去吧。”长水从货郎框里摸出一筒三炮台纸烟。

“少抽点！”

“哎！谢谢哥。”骡子接过烟，欢天喜地而去。

被窝里焐了半天，再被灌下几口热乎乎的米汤，青年脸上渐渐有了血色，他慢慢睁开双眼。长水这才发现，此人眉宇之间显示出他的年纪比自己起码要小四五岁，但两鬓已有不少白发，一看就是饱受过风霜之苦。

“你叫什么名字？”

青年显然惊魂未定，他摸了摸头，颤动着嘴唇道：“谢天谢地，闹阔子（脑壳）还在嘛，是大哥你救了我吧？谢谢救命之恩呐！”说完，爬起来对着长水磕了一个头。

长水连忙搀起：“不用不用，谁还没个落难的时候。听口音你是四川人吧？”

“你，你是咋知道的？”青年牙齿依然在打战。

“哦，我是个货郎，常年走南闯北，能听得懂很多方言。”长水接着问他，“你也不是小孩子了，怎么会被山洪冲走呢？还有，我们救你的时候，你一会叫师傅，一会叫红杨树，究竟怎么回事？”

青年眼圈一红：“娃子没的娘，说来话长啰……”

“不急，慢慢说，我再给你盛碗米汤。”

“谢谢大哥。我叫李汉臣，师傅叫周长根，我们都是四川资阳人。我五岁死了老子，八岁那年娘改嫁，继父容不下我，以致我患了天花都没有得到治疗，变成现在这副模样。”青年微微顿了一下，丑陋的麻脸上露出黯然的神色。

长水拍了拍他的肩膀：“没事的，兄弟，只有性格决定命运这句话，没听说样貌决定命运。今天把你背回来的叫骡子，他的脸看起来比你更吓人，但他照样娶了妻，照样活得好好的。”

李汉臣点点头：“我成了麻子以后，继父更看不惯我了，娘便带着我要饭。十一岁那年，娘也病死了，就在我准备卖身葬娘的时候，周长根收留了我……唉！师傅啊师傅，你也被人害死了！”他突然掩面大哭起来。

长水安慰道：“汉臣兄弟，人死不能复生，既然你还活着，就要好好地活下去，我想，你的娘老子和你的师傅也都希望你能好好活着，你说呢？”

李汉臣擦干泪水：“堆头（对），既然老天不让我死，我就活下去。这个世道，我见过太多吃人的人，像大哥你这样的好人实在太少了。大哥，如果你觉得我值得信任，就让我跟着你一起跑货，我流浪太久了，真的想安定下来。”

“没问题，兄弟，不过跑货比较辛苦，你能吃得了那个苦吗？哦，我这话不该问，你从小苦到大，应该能适应的。”

“是的，大哥，我什么苦都能吃。”

“那就好，你继续说。”

李汉臣终于稳定了情绪，说话也利索起来。他说周长根是个江湖术士，擅长相面和风水，但特爱耍钱，他跟着周长根也学了些门道。本来，师徒二人靠着这门活计填饱肚子并不难，可是这个年头江湖饭也不好吃，同行散布谣言，说他们是骗子，并找来地痞威胁他们，要他们滚得远远的。为了他不受人欺负，周长根便将他带进了哥老会，也就是袍哥。他原本以为加入帮会就安全了，没想到袍哥内部也不团结，一帮人支持老舵把子，另一帮人要拥立新舵把子，结果，两帮人互相仇杀起来。周长根和老舵把子交情不浅，他们自然属于老舵把子一派，杀来杀去，最后，老舵把子失败了，还掉了脑壳。狗日的新舵把子是个心狠手辣的家伙，他要斩草除根，师徒俩只好逃难来到江南。二人前天在红杨老街吃面条的时候，突然听到有人边跑边喊，神树倒啦！神鹰飞啦！他们就跟着跑去看热闹。就在老街往北大约一里处，他们看到一棵全身通红的大树倒在水里，露出比人还粗的树根，旁边漂着一个澡盆大的鸟窝，好多老年人都在那里叹气。后来又听人说那棵树就叫红杨树，那个鸟窝就是神鹰的巢，如今树倒了，鹰也飞走了，不知道会不会有灾。也有人说树和神鹰都是从天上来的，迟早要回归星位，没什么可怕的，说不定预示着这里要出能人哩。

长水叹道："那棵树倒掉是必然的，长在河滩上，迟早要被大水冲走，没想到是今年。不过老鹰要是不能再飞回来，那就太可惜了。"

"为啥?"

"那只鹰确实罕见，大得简直能吓死人，但它从不乱伤生，据说还救过落水的娃。很多外地人都慕名前来观瞻，老街不少旅馆饭店就是因为它才红火起来的。"

"怪不得有人说它是神仙变的。"

"嗯，但愿它不要一去不回吧。后来呢?"

"后来又有人说对岸清水团今天好热闹，大刀会在那里开场子。师傅一听就技痒难忍了，立刻带我去碰碰运气，结果还真的赢了不少钱。刀会的头子对师傅说，好汉，你果然有点门道，我们明天到洗面塘村再开一家，届时会有几个高手去捧场，你敢不敢再去耍耍？师傅满口答应下来，说这有什么好怕的，我要钱图的就是痛快。对了大哥，洗面塘有什么来历吗？听那里的人总是说什么朱洪武。"

"洗面塘我当然知道。就在我们村前面的那座山头下。村子正前方有一个碧水池塘，塘埂上长了不少老柳树，遮天蔽日的。当年朱元璋在这里考察敌情时不慎被元兵发现，他将身子潜入那个池塘里，伏在一棵柳树根下。追兵沿着塘埂转了几圈后搜寻无果，只得罢兵弃捕。朱元璋大难不死后，在池塘里洗了把脸，便赶往建康（南京）大本营去了。到得洪武元年（1368年），朱元璋坐了天下，他特意颁下圣旨，把这个村叫作洗面塘。"

"原来如此。大哥，你们这里还真是人文荟萃哩。"

"嗯，在红杨，这样的故事多了去了，以后我再慢慢说给你听。你们去了洗面塘之后呢？”

“之后……”李汉臣再次露出痛苦的表情。他说师傅的死与己有关。

在洗面塘，周长根依然手气旺盛，总共赢了一百多块大洋。他高兴极了，拍着李汉臣的肩膀说，这钱够你瓜娃子讨两个老婆啦！李汉臣也乐坏了，背着行囊一路走一路想象着将来娶妻生子的事，谁曾想钱袋子还没捂热便大祸临头。就在长水所说的那个塘埂上，他们头上突然遭了两记闷棍，全都栽倒在地。李汉臣因为年轻，抗击打能力相对较强，他很快醒过来，立刻感到脖子上湿漉漉的，一股子血腥味，头疼得非常厉害。他瞥了一眼周长根，顿时心如刀绞，老人家眼珠子都凸出来了。他想喊救命，但嘴里塞着布团，根本出不了声，只能任人往他身上绑石头，只好闭上眼睛装死。他听到那个刀会头子一边指挥一边骂，瞎了狗眼的东西，爷的钱你也敢赢！一个年长的洗面塘人阻止了他，大先生，这口塘是皇帝老子洗过脸的地方，是我们村的风水，你们在这里杀人，是要坏风水的，风水坏了，对你的场子肯定不利。那个刀会头子觉得他的话有道理，好，那就把他们扔到山那头的田冲里去，正好山洪来了……

李汉臣说完已是泣不成声，他满脸悲愤地问：“大哥，他们好狠毒啊，为了一百多块大洋就要取我们的性命！洗面塘的老百姓也没有一个站出来帮我们讲话，难道他们也认为我们该死吗？”

长水摇着头叹了一口气：“这个世道啊，强取豪夺杀人越货的事到处都有，官府都管不了，老百姓能有什么法子哩，只能寄希望于像武松那样的好汉们了。”

李汉臣点头称是：“我要是有武松那样的本事，师傅就不会死了。”

“兄弟，你年纪轻，还来得及。你继续说，后来怎么样了？”

“后来，在我们快要被推下水的时候，我听到有一个人说，老的已经死了，小的好像还有点气，要不要补一刀？另一个说不用了，捆成这样，水又这么大，神仙都活不了。也许是我命不该绝，也许是我的爹娘和师傅都在保佑，我被推下水的地方正好有一块锋利的石头，我憋住气，藏在水里把身子往石头上磨，居然几下就被我磨断了绳索，但我还是不敢探头，因为那几个人还没走远，他们身上都带着火铳子，一旦知道我还活着，他们肯定要用火铳子打死我。很快，几口污水灌进了我的肚中，我再也憋不住了，只好钻出水面透气，万幸，那几个人没有回头，就这样，我昏昏沉沉地抱住了一棵被洪水冲下来的杉木。后面的事，大哥都知道了……”

“可怜啊，这帮天杀的！”凤英不知什么时候出了房间，边说边抹泪。

“是大嫂吧？”

“是的。”

李汉臣立刻跪倒在地：“大嫂，汉臣该死，惊着您了。”

“哪里话，汉臣兄弟你快起来，我弯不了腰。”

长水把李汉臣搀起来后也说：“兄弟，别动不动就下跪，只要你不嫌我们穷，咱以后就是一家人了。”

他见李汉臣脸上仍然挂着泪珠，遂转移话题问凤英：“时家呢？怎么到现在都没见到他？”

“他呀，又去大潘村了。你到家之前，潘志高来过一趟，他说从你这里匀过货，送货款来着。走的时候他问时家，叔那里还有不少山芋粉丝，想不想吃？时家脸都没洗，就屁颠屁颠地跟着跑了。”

“这孩子，都八岁了还不懂事。”

“你别说他，你天天在外跑货，我现在又要生了，哪个能照顾到他。潘家那个大丫头就喜欢找他玩。志高不是说过吗？他老婆生了二丫头就死了，等时家长大后，要他做上门女婿哩。”

“你还当真啦，时家是我的儿子，凭什么要送去潘家，他姑娘嫁过来还差不多。”

“你呀，时家是你儿子就不是我儿子？现在这兵荒马乱的，有人替你养儿子你还不高兴。再说了，时家做不做上门女婿，他身上淌的不都是你袁家的血吗？”

“话是这么说，但时家这孩子生性懦弱，我怕他将来会受委屈。不知道肚子里这个怎么样。”

凤英笑着说：“长水，我有预感，这孩子将来肯定是个发物头子，成天乱蹦乱踢，再不出世，我就要被踢死了。”

袁长水哈哈大笑：“是吗？如果这孩子真是个发物，我倒觉得很像我。我袁长水虽说是个小小的货郎，但向来腰板直。做人，就应该有血性。不对，应该说像他外公，你不是说过丈人生前是个武举人吗？隔代传隔代传，隔代传的娃子是好汉，哎，你说这孩子会不会就是那只神鹰转世呀！哈哈！可时家，唉！不说也罢……”

“好了好了，你就看不惯时家，我觉得他这样的性格没有什么不好，现在是乱世，求稳图平安也不错。”

“刚才兄弟的话你也听到了，他们吃亏就吃在身手不行。所以啊，这个孩子出世后，不管是男是女，我都会送到真强兄弟那里，他们刀会个个都是好汉，我要让这个孩子从小就练武。”

凤英扑哧一笑：“还没生出来呢，你先把这破屋的问题解决好再说吧，进梅之前我就叫你拣一遍漏，你非说那几天生意好做，硬给耽搁了。我被砸死了不打紧，可别连累了肚里的孩子！”

长水挠挠头：“还不是想多挣两个给你买点补品么！”

李汉臣突然想起了什么：“大哥，你和刀会有交情？”

“怎么啦？”

“他们杀了我师傅，我和他们势不两立，既然大哥也是他们的人，那我就告辞了。”

长水伸手一拦：“你错了，兄弟。大刀会的分坛非常多。人多了，良莠不齐也就在所难免。杀你师傅的是清水团大刀会，我说的是当涂县褐山的大刀会，在芜湖附近，而我们这里属于宣城，离着老远哩。”

“这样啊。对不起，大哥，我错了。你知道清水团大刀会的头子叫什么吗？”

长水忽然明白过来，李汉臣之所以要求留下来跟他跑货，敢情是找个落脚的地方再行报仇之事。

“兄弟，听我一句劝，仇是要报，但先得把命保住。清水团那帮人势力很大，他们的大先生原本是一个水匪，叫陶正昆。此人一身好武功，你要杀他，根本没有可能。另外，他们和西乡董万村的大刀会沆瀣一气，一动全动，和官府也有勾结。说实话，我之所以敢留下你，就是因为有柳真强罩着。芜湖县的陶辛圩北湖村也有个大刀会，枪多人多，他们就是褐山大刀会的分会。陶正昆虽然浑，但非常忌惮柳真强。”

李汉臣默然片刻说：“好，君子报仇十年不晚，我先忍着。听大哥的语气，你和那个柳真强打交道应该有很长时间了，莫非你也不是本地人？”

“嗯。我正要告诉你。我老家在芜湖军滩口，那里是当年周瑜放养军马的地方。有一年，柳真强来我们村游玩，说是要找一找英雄气，却不料被仇家发现，受了重伤，我就把他偷偷藏起来了，后来又找人医好了他，我们从此就成了拜把子兄弟。至于我为什么会来这里嘛，这就得问你嫂子了。”长水笑着指了指凤英。

凤英脸上闪过一丝羞涩：“他刚才不是说了吗？不愿意儿子做人家上门女婿，因为他自己就是个倒插门的。我呢，就是因为他在我们这里跑货的时候被他骗上手的。”

“呵呵，大哥大嫂，你们这叫有缘千里一线牵！这样，大嫂就快生了，家里离不开人，以后跑货的事就交给我吧，大哥在家照应着。”

长水想了一会：“好是好，但你没干过跑货，还是我带着你先熟悉几天。来，我们先把屋子翻修翻修，再给你整个房间……”

时发急于知晓后面的事，他忍不住催道：“大，你说得太慢了，我父母到底怎么没的？”

“怎么没的……”

李汉臣黯然神伤地重复了一句，然后做了一个深呼吸。

“孩子，就在我被你父亲救下的第三天，你呱呱坠地，那天你哥哥袁时家也被潘志高送回来了。我因为跟师傅学过相面术，当看到你们兄弟的脸并问了你们的生辰八字后，我大吃一惊，我跟你的父母说，你们这两个孩子都异于常人，时家与我的命运相似，将来可能有横祸上身；刚出世的这个更不是凡人，他一生杀伐无数，历经九死一生，虽然他杀的都是该杀之人，但毕竟手上沾血太多，所以一生孤苦无依，不能留后，好在他又命带贵星，总是有人在关键时刻救他。你父亲当时也没太在意，他说没有这么玄乎吧？我们夫妇一生与人为善，按说应该是有福的呀。我说这当然只是我的推测，即使有那么一天，也纯粹是巧合。但是，我们宁可信其有，我建议把刚出世的这个孩子叫时发，希望他能一生发旺。你父亲很高兴——好，就这么定了。”

时发说：“大，命不命的以后再说，你还是抓紧告诉我他们是怎么没的吧。”

李汉臣点点头：“大上了年纪，加上又是二十多年前的事了，难免有些啰唆。好，找紧要的说！”

李麻子的外号真是没有白叫。长水为了能让他成个家，没少劳神，四个月内先后托了六个媒婆为他说亲，结果前来相亲的姑娘都被他那张比橘子皮还要难看的麻脸吓跑了。长水实在没有办法，掏出辛苦存下的十几块银圆，说汉臣兄弟，你年纪还轻，也有些文化，跟着我跑货肯定没出息，通过为你说亲，我想明白了，要想为你李家留个后，你必须出人头地，这个兵荒马乱的年代，只有靠枪杆子才能出头。听说四川和云南都有讲武堂，他们正在招收学员，你去报考家乡的讲武堂吧，只要能在部队混个一官半职，不愁没有女人跟。

李汉臣虽然听从了长水的建议，但并没指望能进讲武堂，没想到这种成固可喜败也无忧的心态竟让他在考试的时候超常发挥，还真的被选上了。事后更是顺利，靠着常年奔波练就的体质和师傅教的那些功夫，进了部队以后，逐渐得到长官赏识，加上枪法练得也很不错，在时发满周岁的前几天，他被提拔成了一个步兵班副班长。为此，他特意告了长假，决定回洪山看看恩公。出发前，他用长衫罩住军装：一是为了给长水夫妇一个惊喜，二是因为局势混乱，地方部队各有势力范围，军人轻易暴露身份搞不好就会惹出麻烦来。他万万没有想到，这份心思竟酿成了大锅。似乎是命里该当，就在洪山已经在望时，他竟神使鬼差地走进了洗面塘村，几个看场子的大刀会会员很快发现，原来那个小川佬还活着！他们立刻展开对他的追杀。那天，长水夫妇正在为时发举办抓周仪式，李汉臣刚刚跨进门槛，那帮人便冲了进来，不由分说，举刀就朝他头上砍，幸亏长水反应快，一下子冲到他前面挡住了那几刀，长水顿时血流如注。凤英见状立刻扑上前去护住丈夫，瞬间，她也身中数刀。李汉臣怒不可遏，迅速掏出手枪毙掉了三人，其余的见他露出了军装，情知不妙，吓得一哄而散。此时，凤英已经死去，长水也是奄奄一息，时家在一旁哇哇大哭，只剩下时发在摇篮里咿咿呀呀。李汉臣上前仔细看了长水的伤情，忍不住泪水直掉，伤得太重，已经没救了。他强忍着悲痛问："大哥，可有什么心事要交代？"长水断断续续地说："时——时家就送给潘志高，时发，先请你帮我照——照应着，等到稍大点，送到褐山柳真强那里，待他学武有成时你再把他领走。兄弟，时家性格懦弱，时——时发具体怎么样我还不清楚，你千万记住，在他未成年之前一定不要告诉他真相，一定不要提报仇的事。"说完，头一歪便停止了呼吸……

时发腾地一下蹦起来："走，去清水团，老子一定要灭了他们！"

李汉臣摆了摆手："不用了，孩子，你父母的仇已经报了。除我现场打死的那三个外，其余的也都被干掉了。你柳叔知道情况后立刻赶到清水团。

陶正昆非常害怕，他解释说这纯粹是一场误会，那帮人并不认识你父亲，更不清楚你父亲和柳真强的关系。为了证明自己说的不假，陶正昆当着你柳叔的面亲手砍下了所有参与者的头。孩子，你父母的死实际是因我而起，你要怪，只能怪我了。”说完，他垂下头去，双手掩面。

时发虎目含泪，抬头看着天，许久许久。

李汉臣忽感一阵眩晕，接着就看到从时发背后飞出一只巨大的老鹰，它先是直冲向蓝天，在发出一声悲鸣之后又返了回来，旋即停立在时发的头顶，很快就消失了。

“大！大！您怎么啦！”时发高喊。

李汉臣睁开眼，原来刚才是幻觉。

“没什么，或许累了吧。”

他嘴上这么说，心里还是忍不住嘀咕，怎么会这样？他猛然想起袁长水在救他那天和洪凤英开的玩笑，这孩子会不会真的是神鹰转世！

·第七章· 纵遇横祸心莫慌 身旁已有驱鬼郎

时隔八个月，适逢盛夏，炎炎烈日下没有一丝风，所有树木都无精打采地站在那里，几只龇着毛发的瘦狗趴在树根下伸出长长的红舌。天上的云似乎被晒化了，留下几朵像被撕碎的棉花一样挂在空中。田冲里，热浪一阵接着一阵袭来，几个忙双抢的长工乘着东家不在，抓紧溜到树荫下歇口气。水牛刚被解去缰绳，便一头扎进池塘里，只露出两只弯角和一只在水面上喷着气的鼻子。知了叫得也是有气无力，和着青蛙与蚱蜢的嘈杂声，半天一声："知——了"。唯有那盛开的荷花似乎还有点生气，挺着碧绿的茎秆，像亭亭玉立的少女眺望着远方，但合起的花瓣也仿佛被毒辣辣的太阳晒得满腹心事。

这样的天气最易产生不测的风云，时不时就有一场暴雨降临。

轰隆！轰隆！闷雷似的巨大声响把一路小跑的王春芳惊得猛然收住了脚，她擦擦布满额头的汗珠，抬头看天，不像要下雨的样子哩！

啪！啪啪啪……哒哒哒哒……

这回听真切了，是打枪。再仔细听去，没错，正是从红杨树方向传来的，估计四老爷子又和鬼子干上了。

小叔子二牛曾告诉过她，驻宣城县湾沚镇的端月联队已经拿下了红杨树的白军阵地，并修建了碉堡、壕沟等工事，驻有不少黄头鬼子和黑头鬼子。白军几次想夺回阵地都告失败，只有马胡子在老百姓的帮助下打过几次小胜仗。这段时间常有汉奸特务来乡下刺探板凳腿军情，另外，日伪军还经常下乡扰民抢粮，尤其是见到漂亮的女人，大多先奸后杀。因为汉奸多为本地人，知道我们洪山头村有个厉害的袁时发，轻易不敢带鬼子来，但要是自己往外瞎跑落了单，那就难保不出事了。

二牛虽然念过几年私塾，说话却是不太着调，一会黄头鬼子，一会黑头鬼子，一会又是马胡子板凳腿的，春芳除了知道白军就是国民党军、红军就是共产党军外，其余的都是第一次听说，这都哪跟哪啊？

妹妹夏芳在一旁做了解释。日军穿的是黄军装，戴的是黄军帽，伪军则是从头到脚一身黑皮，老百姓为了便于区分，就称日军为黄头鬼子、黄皮，把伪军叫作黑头鬼子、黑皮。马胡子指的是共产党领导的新四军皖南第三支队，为首的是一位姓谭的司令。新四军既叫马胡子又叫板凳腿。马胡子原本指的是土匪，国民党军骂新四军是“赤匪”，日本人就顺着国军的叫法称他们为马胡子。板凳腿是老百姓喊的，因为新四军里面有个四字，板凳有四条腿，但新四军对老百姓非常好，后来，大家又尊称他们为四老爷子、四爷。刚才二牛说的很对，鬼子都是畜生，姐，你没事千万不要出门。

春芳何尝不知深浅，刚才的枪炮声一定是四爷在进攻红杨树，这个时候出门肯定危险异常，奈何事儿出得太大，男人洪大牛被九连山碉堡的鬼子抓走了，他们特意让春芳的父母通知她回娘家王庄等候消息，估计也是哪个汉奸因为惧怕袁时发不敢带鬼子到她婆家洪山头之故。进入娘家不出半个时辰，门口便轰轰隆隆驶来一辆三轮摩托，跳下两个黄头鬼子和一个黑头鬼子。黄头鬼子叽里呱啦地说什么，春芳一句也听不懂，那两个王八蛋边说还边伸手朝她的胸脯抓，幸亏夏芳提醒过，只要有鬼子进村，就往脸上抹锅底灰，躲闪了几次，他们一阵怪笑后也就放弃了。

见黑头鬼子正是杨吴冲的小癞痢，春芳胆子略略大了一些，她悄声问道：“他俩听不懂咱说话吧？”

“嗯，听不懂。有什么话你讲。”

“你们今天来到底要做什么？如果大牛真是马胡子，日本人肯定要杀我全家呀。”

“呃……我们是巡逻来着，这两位太君目前还不知道大牛的事。”

“原来是这样。哥哎，咱乡里乡亲的，大牛你还不清楚吗？胆子比老鼠还小，怎么可能是马胡子呢？为什么要搞到他头上？”

小癞痢干咳一声：“洪嫂，实不相瞒，事情因你而起，大牛是死是活，也全在你。”

“这怎么讲？”

“嘿嘿，只怪你长得太漂亮了，舒三爷想找你耍耍，你只要遂了他的愿，以后还是外甥打灯笼——照旧。”

“什么?!”春芳立时眉毛倒蹙，“我就是死也不……我没那么贱!”

“洪嫂啊，不是我说你，舒老三是谁？人家给日本人做过翻译官，现在又是九连山皇协军大队长，多少女人都巴不得哩！他看上你是你的福气，再说你也不是大姑娘了，不就困几觉么，少块皮还是掉块肉？去，晚上找一下舒三爷，人明天就放回来了。”

春芳差点没气背过去，却一点也不敢发作。她心里再明白不过，就算自己的身子被糟践了，舒老三也不会放人的。帽子好戴不好下，大牛既然被安上抗日分子的罪名，就由不得他姓舒的做主了，正如二牛所说，你别看他们一个个人五人六的，在日本人面前屁都不是。

冷静下来的春芳瞥见那两个黄头鬼子正朝屋里探头探脑，顿时急出一身冷汗，夏芳就躲在房内，她教别人自保一套一套的，自己却是个马大哈，她脸上有没有抹锅底灰还不清楚。

春芳急中生智：“哥，你先回去告诉舒三爷，说我要考虑考虑。”

“还考虑什么，只有这个办法，不过要快。鬼……不，太君最恨的就是马胡子，说他们狡猾狡猾的，通通都该死啦死啦的。你自己看着办吧，走了!”

小癞痢说完朝鬼子深鞠一躬：“太君，她们家的，良民。坏人的，继续找?”

鬼子点点头：“吆西，开路!”

终于走了！春芳拍了拍胸脯，旋即又着急起来，小癞痢要她看着办，怎么办？夏芳正在和袁时发怄气，只有去孙村找那个帮人放牛的二跛子商量了。

二牛一听脸都绿了。“没得商量，只有找时发。他当过兵，两把手枪打得不晓得有多准，还有飞刀，射眼睛绝不会碰着鼻子。舒老三最怕的就是他，明知他参加过广德保卫战，还炸过鬼子的大炮，就是不敢告密，生怕万一逮不住反而被他给搞死了。对！找时发，不然我哥就没命了!”

“可是你哥在鬼子手里哎，时发已经被部队开除了，手里又没枪，怎么能搞得过鬼子呢?”

二牛脖子一梗：“啊吆，我的傻嫂子哎，你真是不开窍！时发什么人？刀口上舔血的主，他什么时候没家伙？我上个礼拜还在山里看到他练枪，一排小瓦，百把步远，一枪一块，抬手还打下了两只野鸽子，我也跟着沾了光，一身本事真比天大。当年参军不久就超过了他的义父，也就是珩琅山外号李麻子的李汉臣，若不是赌输了部队两匹布料，现在至少是个团长了。”

“这事我晓得，要不是李麻子，他恐怕早就被枪崩了。不但好赌，讲话也粗癞癞的，听说他也读过不少书，应该是斯文人啊。”

“这就是大伙都喜欢他的原因，用他的话来说，要和乡亲们打成一片，讲话就不能文绉绉的，否则谁都不搭理他。他耍钱只找门口人耍，赢了也不要，图的就是痛快。”

“何止好赌，还好色……”春芳猛然收住。

“是的，时发就这点不好，不过他的本事确实很大，也很讲义气，虽然被军队开除了，但江湖朋友非常多。我们都是一个村的，他肯定会帮我哥。”

春芳一听犯了难，自打妹妹被这个袁时发睡了又不肯娶她之后，她便发誓不再和他讲一句话，乡亲们说他再好都没用，滥赌，花哨，什么人啊！没想到誓言这么快就要破了。

“这个摊炮子的，光棍一个，游魂样的到处转，我上哪找他。再讲你也晓得他跟夏芳的事，就算找到了，他也不敢跟我讲话的，搞不好看到我就要溜。”

二牛想了想：“听讲他以前最喜欢听《天宝图 地宝图》。”

“嗯，这我也听讲过，他不但喜欢听书，还喜欢把听来的书说给别人听，经常讲小霸王李三保什么的，但鬼子来了以后就没什么人说书了呀，他会去哪呢？”

“耍钱！对，我想起来了！去杨吴冲，十有八九在杨花妮家！”二牛猛地拍了一下脑门。“这个小寡妇，自从男人没了以后，就在家里开了个赌场，自己也窝在里面赌。她家那间破草屋就一道门，你悄悄地进去，堵在门口，如果时发在，他想跑也跑不了。人家都讲杨寡妇赢了屋里埋，输了解裤带……”

二牛嘴巴越说越热，突然意识到在嫂子面前讲这话不适宜，赶紧调转话头：“这都火烧眉毛了，还磨蹭什么哩，赶快去找他啊！我腿脚不好，不然我都去了！”

尽管一百个不情愿，可人命关天，大牛能不能过得了这一关，除了袁时发，也实在想不出还有什么人可以求助。想到这里，春芳忙跑回家打开地窖，从罐子里取出一只银钗，这是大牛娶她时唯一像样的聘礼。

袁长水生前曾对李汉臣说过，红杨树是个有着诸多故事的地方。和洗面塘一样，杨吴冲村名也颇有些来历。这个原名叫杨家冲的村子一百余年前户户都姓杨。清朝初期，村里出了一位二品大员，后因牵涉明史一案卷入文字狱被满门抄斩，只逃出一位怀孕的妇人。湖州府南浔知县吴之荣因告发修订明史的庄廷钺有功，朝廷便将杨家产业全部赏给了他，吴之荣遂安排部分宗族子弟到杨家冲落户，改村名为吴家冲。也许是吴之荣干的事太过缺德，他的族人到了杨家冲竟然病的病，死的死，最后一户不剩，但宅屋府邸及产业都保存完好。杨家冲西面有个六桥村也系吴姓，该吴氏乃明朝时期皖南山区越王吴宏林后裔。杨家冲成了一个空村后，六桥部分吴氏有意占住，却惶恐于南浔吴氏的不幸，他们为此特向本家一名擅长祈福禳灾的散居正一派道士求教破解之法。吴道士在本地名望甚高，其家道虽已中落，但其祖上如同创下五斗米道的张天师，因而后人依然为人们所尊崇。吴道士说，南浔吴氏之所以不能在此扎根，乃因杨氏怨气太重之故，我等与之无仇，只需让人知道先杨后吴即可。杨家冲遂易名“杨吴冲”，巧合的是，该村从此果真不再有异常死亡现象。

杨花妮长得不是十分漂亮，身材却好得没边：削肩细腰丰乳肥臀，该凸的凸，该翘的翘，尤其是那白嫩的皮肤，简直能掐出水来。最令男人着迷的还是她那看似风流的性格，你跟她开再过头的玩笑，她也是笑脸相迎。如今成了寡妇，有歪心思的男人们便越发放肆起来，她却依然是那种来者不拒的样子，以致村里女人背地里都说她伤风败俗，若是发现自家男人和她搭讪，必把人脸拉成马脸，但她又有一门令所有女人都不得不佩服的特长——红白两案无一不会，蒸炒炸煎无一不精，还善于做各种小吃，周边但凡有人家婚丧嫁娶，必请杨花妮去掌勺。据说，她这门手艺乃祖上亲传，杨家当年那位逃出的孕妇便是宫廷御厨之后，这也使得名声不佳的杨花妮有了昂然自若的本钱。可惜，鬼子一来，她就再也不吃香了，家家食不饱腹，人人提心吊胆，哪还有心思研究什么吃喝，不过，她还是引来了懒得烧饭做菜的时发。

孙村不比杨吴冲，离着洪山头好几里山路。找二牛，一去二来，春芳早已浑身湿透，闻闻衣领，一股子汗馊味，她不得不抓紧揩了把澡，等赶到杨花妮门前，已是掌灯时分。

尚未跨过门槛，一阵刺鼻的异味迎面扑来。昏暗的烛光下，四名光着膀子的男人各抬起一只脚踏在一张摇摇欲坠的小方桌上，正脑袋碰脑袋地玩着骰子，嘴里狂叫着：大！小！大！小！时不时有人抡起巴掌在身上发出啪的一声响，被打死的蚊子和血污很快又被汗水洗净。稍时便有人吵嚷起来：得意个鸟啊你！快掷！老子就不信你把把能赢！

那个居中坐庄的正是袁时发，一套白色的衣裤被他揪成一团握在左手中，右手攥着两枚骰子。

“看好了再下！开！小！哈哈，这回被你猜中了！”

赢了钱的人立刻哼起了小倒戏。只听时发斥道：大男人唱什么公子落难小姐讨饭的，要唱你就给老子来几句杨家将！

细细瞧来，那袁时发真是一个让任何女人看了都心动的好男儿！浓眉大眼，国字形脸上鼻梁高挺，刮得铁青的下巴既性感又刚毅，身上除了一条大裤衩外再无任何遮挡物，浓密的护胸毛覆在两块硕大的胸肌上，又在那六块隆起的腹肌之间拖出一条黑线，浑身虬结的肌肉疙瘩在烛光的映照下轮廓分明，整个人看起来充满着野性之美。

春芳想不明白，这么体面的人，又是一身本事，为什么要和杨花妮这样的女人窝在一块。自家妹子漂亮不说，还上过洋学堂，还是个大姑娘，无论哪方面都比这个寡妇要强得多啊。想到妹妹，她更是气不打一处来。偏偏这个王夏芳还不争气，也不知在学堂里念的什么鬼书，成天说什么妇女要独立、要解放，这下倒好，把自己解放了个未婚先破身，又说什么自古美女爱英雄，就是看上袁时发这副长相和过人的本领，才心甘情愿地委身于他。

时发睡了人家姑娘却不肯娶她，洪山百姓一时间颇有微词，不过很快就释然了。成也萧何败也萧何，他的露底和被人理解都在于夏芳那张口无遮拦的嘴。她曾上门嚷嚷，就算是我勾引你的，你也不能要了我的身子不要我的人呀！春风一度就此大白于天下。这还是其次，末了她还脱口而出，你个死气卵泡！别想甩掉我！近乎完美的堂堂男儿突然有了一个不雅的外号，搁谁都难以接受，怎奈理亏在先不好护短，时发只得边跑边笑着说，娘道燕子的，气卵泡就气卵泡，不娶你是为你好，我已经死过好几回了，现在天天拎着脑袋混江湖，你跟了我肯定没好日子过。说罢，扔下十块大洋便跑了个无影无踪。时发跑了，夏芳逢人就说他不肯娶我有不得已的苦衷，他无意间把我当成他心里想的那个人，但我的命是他救的，我这身子永远只给他留着，一直等到他回心转意，如果他想的那个人能容得下我，我还是跟他，做大做小都无所谓，他真的不要我，我就终身不嫁。思想很前卫的夏芳在现实面前一下子变得判若两人，从一而终的观念再次牢牢树立起来。有好事者知悉，带着坏笑问起，身体那么强壮的人咋会搞出个大蛋蛋哩。气头上的夏芳索性一五一十给出答案：袁时发在四川当兵时，因长期在潮湿的山林里负重训练，不幸患了疝气，虽经过手术已无大碍，但他的那个还是比常人大了很多……杨花妮闻之冷笑，大家不都说我没廉耻吗？听听王夏芳咋说的，那些臊人的话我可讲不出来，这是要坏时发兄弟的名声哩！夏芳气得浑身乱颤，呸！就凭你也能勾引得了袁时发！气归气，还是没敢去兴师问罪。一来自己的确做了臊人的事，也的确因为冲动让时发陷入尴尬；再就是那个寡妇向来啥都不在乎，和她掰扯，十有八九是自取其辱。姐妹俩从此正式加入歧视杨花妮的娘子军，见到她就躲瘟神似地绕着走。

杨花妮的草屋小得可怜也脏得怕人：四堵黑乎乎的土墙围成一个不到一百平方米的空间。长了青苔的土皮在墙角处卷曲得像一个个油炸的豆角，若即若离地粘在那里，一口气能吹掉下好几张来。墙面要么霉点丛生，要么整块地剥落，露出土坯砌成的墙体。屋顶的枯草早就被烟火熏得烂黑，潮湿之处还倒挂着几朵小蘑菇。两块破木板合在一起便是个门，再从那毛竹做成的屋梁上垂下几块缝合的麻袋就算隔出了房间。拐角处的灶台更是简陋，饭桌就是那张一物二用的赌桌，碗橱里的物件倒是很齐全，锅碗瓢盆剪子菜刀样样都有。掀开麻袋，两堆土坯上架着几块木板，铺上草席就是一张夏天的床了，那草席也如同泼了酱油一般色泽深暗。唯有靠着窗前的梳妆台还像个女儿家的物什，不过，胭脂粉饼、梳子等等摆放得也是东倒西歪。靠近赌桌的墙角也挂了几块皱巴巴的帘布，里面放了一只粪桶，尽管盖着盖子，仍能听到苍蝇的嗡嗡声。

春芳一阵窒息，这哪像女人的家呀，简直就是一个猪窝！

杨花妮的衣着却是十分光鲜，她上穿一件粉红色的贴身小衣，下着一条浅绿色长裤，脸蛋擦得红通通的，梳着兔子耳朵一般的朝天髻，头顶扎了一根红布条，红黑之间散发出阵阵桂花油的香气。许是天热之故，她上衣顶端的纽扣没有扣上，露出一截白皙的颈脖，走起路来也是左顾右盼摇曳生姿。总之，她就是那么与众不同。

看到春芳，杨花妮略略点了一下头："你来啦，我先出去解个手再跟你讲话。"

靠近的汉子听得明白，伸手摸了一下头："晦气！真他妈晦气！你个娘们不贤惠，这个时候出去散财，要是害得老子输了钱，你要赔的！"

杨花妮笑骂道："人有三急，你只进不出啊？人走背运马走膘，手气不好还怪我！想赔可以，拿钱来，老娘留你过夜！"

两人就这么肆无忌惮地调笑着，把春芳臊得满脸通红。

时发眼观四路耳听八方，早就知道有人朝小屋赶来，但没有铁家伙的气味，也没有枪油的味道，步履虽然很急，却并不沉重，不是女人就是孩子，女人一般不会到杨寡妇这里来，估计是个孩子。

"一边玩去。"他头也不回地挥挥手，继续全神贯注地摇着骰子。

他没想到来的恰恰是个女人，而且还是他最怕见到的王家女人。

那三个汉子却起哄了："时发哎，你大姨子找你算账来了！"

"娘道燕子的！什么大姨子？再胡咧咧，老子……"

回头一看，还真是！一个箭步窜到门口，撒丫子就逃。

春芳又气又急，跟在后面气喘吁吁地喊："袁时发，别跑啊，你给我回来，我找你真的有事！"

"我知道啦，嫂子，我对不起你们家夏芳……"

他何等速度，霎时间就没了人影，春芳急得一屁股坐在地上大哭起来。

杨花妮从茅房里伸出头来，她边系裤带边问："怎么啦？怎么啦？出什么事啦？"来到春芳面前，她忙蹲下身去，"洪家嫂子，你别哭啊，有什么事先跟我讲讲，看看我能帮上什么忙。"接着冲屋里吼道："喂，你们三个猪料，还不快过来！"

春芳没好气地回道："你能帮什么忙，你除了会勾引男人还会什么呀！"

"吆，他洪嫂，这话讲的，你见过我勾引谁啦？我开个小场子不也是生活所逼嘛。不说这个了，你讲给他们听听，他们男人总比我本事大吧。"

过来一个赌钱的汉子，嘟嘟囔囔道："这个袁时发，听说他杀人连眼睛都不眨巴一下，咋这么怕洪嫂。"

春芳稳定情绪后，仔细想想杨花妮的话也有道理，便把洪大牛被舒老三诬告的事原原本本说了出来。众人一听，不约而同道：“只能找时发帮忙了。”

杨花妮恨恨地啐了一口：“这个断根绝八代的舒老三，一定要叫时发用捆过猪的绳子把他勒死，要不把他摁到茅缸里呛死……反正，他肯定不得好死！”

春芳一听，又哭了起来：“你讲这些有什么用啊！我好不容易才找到这里，又跑了，这怎么搞，这怎么搞？”

杨花妮忙掏出手帕递过去：“你先别哭，我们来想想办法。”接着叉腰冲那三人吼道：“你们几个都哑巴啦？晚上吹着口哨敲老娘的窗户不是很能耐的吗？现在怎么连个屁都放不出来！”

三人揶揄道：“我们能有什么办法，加在一块也没有时发十分之一的本事啊。”

“妈的，你们就知道发骚，关键时候鸟用都没。还是袁时发好，老娘倒贴给他，他都不肯碰我一下。”

杨花妮脸上忽然闪过一丝奇怪的表情，有些哀怨，也有点羞涩。

春芳心情也似乎略微轻松了一点：“怎么，你和他没有……”

“人家可是个正人君子哦，他到我这里，除了赌就是让我给他烧点吃的，每次都给我不少钱，但从来都不碰我的身子。也不瞒你说，我几次暗示他，他却总说我也是个可怜人，要学会自重，然后丢下钱就跑。”

春芳心头突然泛起一种莫名的感觉，这么说我误会他了吗？可他为什么对我妹妹始乱终弃呢？这个奇怪的男人啊，真是叫人又爱又恨……哎呀！大牛生死未卜，我却……她脸上一阵发热，恨不能抽自己一个耳光。

女人最懂女人，春芳看出杨寡妇可能真的喜欢上了袁时发，杨寡妇也好像瞧出了春芳的小九九，两人对望一眼，几乎同时开口：“找时发去！”

还是杨花妮心思敏捷：“时发和我虽然相识不长，但我知道他好哪一口，他最喜欢吃瓠子疙瘩汤。我家死鬼过世前帮孙村的地主孙有道扎过麦，给了五斤面粉做工钱，我到现在都没舍得吃。村里吴大驴子和我最要好，他嗓门大，我让他挨个村去喊，就说我做了瓠子疙瘩汤，叫时发来吃。”

“吴大驴子？是不是前年死了大的那个？他老子生前叫骡子？”

“是的。我还知道时发和驴子关系非常好。时发自从知道了自己的身世后，特意找到驴子，和他结成了磕头的兄弟，说这是他父亲生前答应过骡子叔的，他要完成父亲的承诺。所以，驴子十有八九能找到时发。”

春芳感激得连声道谢：“花妮姐，我以前有什么对不住你的地方，还望多多包涵。我虽然没什么文化，但拿人钱财替人消灾的道理还是懂的，家里也没有什么值钱的东西，只有这个银钗还能当一块光洋，麻烦你替我交给时发，要是能救出大牛，我们夫妻一辈子都感谢他。”

杨花妮连连摆手：“洪家嫂子，千万别这么讲，你从来没有对不起我的地方，我也知道自己在乡亲们眼里是什么货色。都是这世道害的，还有那万恶的小鬼子和舒老三，我男人就是被他们抓去修碉堡活活累死的。凭我对时发的了解，东西他绝对不会收，他不敢见你是因为觉得对不住你家夏芳，不过你的心意我一定转达……”

时发朝着红杨树方向一口气跑出三里多远，回头看看春芳没追来，这才止住脚步，发现自己正身处两座山冈之间。此时，暮色已深，天空有几块飘忽不定的乌云，似乎在极力挡住月光，但终究未能挡住，月亮还是把乌云驱散了。感觉浑身都是黏糊糊的汗渍，他跳进路旁的一个山塘里，准备凉快凉快，谁知刚下水被一双毛茸茸的小手抓住了脚。

娘道燕子的，遇到水鬼了！

皖南山区的沟塘渠坝里常有这种号称水鬼的怪物，有人说是水獭猫，也有人说它叫水猴子，但大多没有见过其尊容。这怪物有个癖好，喜欢在水底拉人玩耍，尤其是小孩，但它并不知道人类在水里无法呼吸，就此酿出一起起悲剧，以致人们都将其看成妖怪。时发从来就不这么认为，他在柳庄听说过这种怪物，也见过它的背影，一种水生动物而已，动物都是胜不了人类的。不过水鬼有些特殊，这玩意通人性，有着很强的报复心理。柳家庄有个长工叫柳大根，一次，他耕田到傍晚，路过一个塘埂时，被正在望月的水鬼吓了一跳，大根就顺手打了它一鞭。次日早上，他家的大门竟全被糊上了厚厚的烂泥，烂泥上留有很多像小孩子一样的手掌印，可把大根一家人吓坏了，从此以后，哪怕天再热他们也只敢在家里洗盆澡。所以，但凡遇到水鬼的人能逃过一劫就命大了，哪里还敢看个究竟。

水鬼今日遇到了克星。时发顺势下潜一把抓住它的细胳膊，然后狠命地一捏。他的手劲何其之大，只觉那双毛手瞬间离开了他的脚，跟着从水面冒出一串串气泡，似乎有人在水底咒骂着什么。

娘道燕子的，老子倒要看看你这厮长得到底啥样？他一时兴起，扎猛子向深处游去，却见那水鬼已经窜到岸上，游动速度比鱼还要快。

吱……时发刚刚跃出水面，就听得一声惨叫。就着月光看去，水鬼的身上缠着一条两米多长的乌梢蛇，它不停地跳跃着，两只毛手拼命撕扯着蛇身，但那条大乌梢却越缠越紧，时发听到它喉咙里发出微弱的嘀嘀声，显然，它已到了呼吸困难的地步。娘道燕子的，你这厮也有今天，今天要是换作别人，说不定就被你害了性命！

眼见那条大乌梢慢慢张大了嘴巴，时发突然上前掐住它的七寸，然后用力一扭，乌梢啪的一声掉下地来，身子瞬间蜷作一团。就像有些人所说的那样，袁时发救过不该救的人，见不得倚强凌弱的他又救了不该救的鬼。其实他自己也知道水鬼不该救，奈何天性使然，他还是不由自主地出了手。

水鬼向后退了几步，忽然朝时发跪了下去。时发终于看清，水鬼形似一只很大的野猫，浑身都有长长的毛发，四肢也很长，脸部却非常瘦，几乎是皮包着骨，若不是深陷的眼窝里还有两粒凸出来的小眼珠子，活脱一个人类的骷髅。难怪叫鬼哩！

水鬼跪拜后又像人类一样朝时发点点头，然后纵身一跃跳进池塘里，再也没有了声息。

被水鬼一闹，时发没了游水的兴致，他坐在塘埂上，身子是凉快多了，但周边景象却又让他感到一阵阵烦躁不安——

夜幕下的山岭死气沉沉，鸟儿已不再唱，知了也不再鸣，只有蛐蛐和青蛙发出微弱的叫声，成群的蚊子和蜢虫不断撞击着人脸。一块乌云飘过来，明月变得残缺不全。山林间，流萤和磷火闪闪烁烁，伴着惨淡的月光显得阴气森森。不知名的野花野草被白天的烈日烤得蔫头耷脑，此刻才吐出一点芬芳，略略冲淡了一些丢弃在荒野的尸体臭味。

娘道燕子的，假鬼比真鬼难对付。小日本可害苦咱中国老百姓了！

枪炮声早已止歇，说明那帮四爷在袭扰鬼子驻地之后撤退了，估计又是在作试探性进攻。如果他们决心攻打红杨树，会出现什么结果？可惜自己一手创办的琊琅山小分队没出半年就被王应虎那个狗娘养的给毁了，不然多少还能帮他们策应一下。上哪去了解红杨树的战况？猛然想起，川军一四四师原骑兵营营长杨全友前几日托人来过信，说自己就躲在红杨树。

·第八章· 猎手岂能久束枪 原是梓机抽锋芒

红杨老街坐落在青弋江东岸的圩埂上，依堤而建的临河住房多为粉墙黛瓦的吊阁楼，典型的徽派建筑。街道为长条青石铺就而成，绵延曲折一里之余。老街西与六连圩隔江相望，南侧有青弋江支流月湾河，正东面是一座叫翟山的山头，东北面由青弋江圩埂和翟山头圈成两个大小不一的圩口——杨兴圩、吾草圩，农田之间沟渠纵横茭白丛生。

红杨老街自清朝中叶开始聚商成市，又因水运日益发达而成为青弋江重要的水运码头之一。顺流而下的徽商们多在此泊船休整补充给养，然后下达芳山、湾沚、万春、芜湖，再通往长江至各大沿江商埠。同时，诸多商贩也多来此收购稻米鱼虾等农产品。抗战爆发前，每天都有几十条木制帆船来往于两河（青弋江、月湾河）与湾沚之间，帆船多在成为中转站的红杨码头载客卸货，丰水季节常有木材商贩将泾县等山区大量竹木编扎成排，顺水经过陵阳县弋江镇、宣城县西乡镇而至红杨码头停靠休整。

翟山头原本为几个相连的无名山冈，后因爱国商人翟凤翔（1868—1932年）之墓而得名。翟凤翔，字展成，红杨树六连圩团坝村人，清光绪年间中举，后客居芜湖，从事实业并热心于社会公益，曾倡议捐资重印《泾县志》《泾川丛书》《桃花潭文辉等文献》并作跋。1931年，长江中下游遭特大洪水，关东地区同时发生大地震，翟凤翔通过“华洋义赈会”从海外募捐款物救助大江南北，因积劳成疾，翌年过世，芜湖各界人士在赭山建“展成亭”并立碑以志其事。翟凤翔当时为救济父老乡亲，变卖了大半家产，奔走于南京等地征集粮款，自家面粉厂所有成品面粉全部装船，先后筹集到几十船粮食、衣被等装到红杨老街对岸救济难民。翟凤翔去世后，以团坝为中心的周边数千百姓自发赶到其下葬地挑土圆坟，红杨树乡公所和治丧委员会考虑到来人太多，每人限定只能挑三担土，但人们还是将其坟墓挑成了一座小山。

翟山最高处便是鬼子据点。隔着一片树林，据点西侧的下方有一个叫文村的庄子。杨全友就在文村北侧的吾草圩里盖了一间矮小的临水茅屋栖身，虽说在鬼子眼皮底下，但门前有活水，只需置一小小木船，随时可以消失在茂密的茭白草中。

时发早已对这一带了然于胸，他轻易避开了鬼子的耳目，找到了杨全友的藏身之处。二人曾在145师联手教训过崔常顺，有着同舟之谊。好友久别重逢，自然不胜欣喜。而对于杨全友来说，在这战火纷飞朝不保夕的年月里，能在他乡遇得故知，更是别有一番滋味在心头。

“好兄弟，你终于来看我了。最近怎么样？”

时发撇着嘴连连摇头：“不怎么样，一个多月都没有活动，闲得快生锈了！”

“哦，此话怎讲？”

“我被义父从西乡撵回洪山了，他要我保护村民，一直要到他老人家找到共产党地下组织为止，既要随时听从义父召唤，又不能放手打鬼子，你说闷不闷？”

“哈哈，那倒是。这等于向一个好猎手宣布了禁猎期嘛！那你怎么熬过来的？”

“还能咋样，找几个混穷的哥们耍钱呗！”

“和他们要钱，赢了你好意思要？”

“哪里哦，开耍之前，我发赌资，赢了输了都是他们的，所以感到百无聊赖。今天又听到这里枪炮声大作，实在坐不住了。”

“哦，我明白了，你不是来看我的。你准备动手了，想了解红杨树的战况。”

“实不相瞒，正有此意。”

“好，兄弟不像我，报国之志永远不忘，哥哥佩服。来，请坐，我告诉你。”

这个老兵油子虽偏安一隅，说起时局却是如数家珍——

目前皖南一带属抗日战争第三战区，共产党新四军也被划归了进来。就在上个月，三战区司令长官顾祝同忽然下令，要求新四军赶赴芜湖青弋江一线，加强上官云相第32集团军的阵地防务。按说新四军装备落后，人员又不多，根本不具备打阵地战的条件，但抗战事大，长官部命令一经发出，新四军便以大局为重，立刻遵命前去，派出的部队就是谭司令所率的第三支队。谭部到达红杨树之前，固江防守的是我们144师和108师，但108师属东北军，和我们一样，都是后娘养的，在日军迫击炮、掷弹筒、三八式轻重机枪及骑兵大队相配合的集团式冲锋下，我们是逢战必败，一线一线往后撤，直至全军溃退。为夺回红杨树阵地，108师曾派来一个团和我联手，但每次进攻都告失败。实际上守敌只有一座碉堡，由湾沚端月联队派来的四十几名黄头鬼子和两个连的黑头鬼子守卫。战斗打响时，由于我们的士兵所用枪支多为老套筒，而碉堡内的鬼子清一色三八大盖，另有十几挺歪把子机枪，迫击炮、掷弹筒也不在少数，加上我们没有新四军那样的群众基础，数轮攻击后不仅没有拿下阵地，反被守敌冲出来包了饺子。我幸好骑术不错，危急关头镫里藏身，伏在马肚子下才冲出了重围。此外，南京失陷后，日军为牢牢控制长江航运线，不断沿青弋江南犯，鉴于32集团军节节失利，新四军第三支队便接替了144师在宣城县红杨树、繁昌县峨桥一带的防线。当时新四军一位副军长正率领为数不多的部队挺进江南敌后方打游击，也只有这个三支队可派了，而这个三支队实际上也仅有一个五团，使用的还是红军时的武器，穿的还是红军时的服装和草鞋，弹药也不足，饶是如此，他们却在老百姓的帮助下经常打胜仗，实令杨某刮目相看。

时发插了一句："哥，你既然冲出来了，为什么不回部队？"

"兄弟，一个光杆司令，谁拿你当数？现在绝大多数情报部门都被军统把持了，回去后说不定就被他们怀疑成变节的俘虏。被鬼子打死还能落个好名声，要是不明不白地死在自己人手里，还顶个叛徒帽子，你说冤不冤？"

"也是。你刚才说什么？三支队经常打胜仗？"

"嗯。他们很得民心，老百姓都支持他们。"

"不错嘛，和郑阳的队伍不相上下！怪不得老百姓都称他们为四老爷子。不错，真的不错，不管是什么党，只要是真心为国，善待老百姓，就值得我袁某人尊重！有郑阳的消息吗？"

"没有，县城那边的情况我不清楚。与红杨树相距不远的湾沚镇虽然隶属宣城县，但它地理位置特殊，鬼子在这一带驻扎的部队反而比县城多，装备和战斗力也都比那边强，所以，这边的战事远比那边多，我了解的也就相对多一些。”

“好。我心里有数了，告辞!”

得知有三支队这样的队伍常驻红杨树，时发彻底放心，以后不用再为担心洪山百姓的安全而畏首畏尾了，可以敞开干了!

“吃了饭再走嘛。”

“不了，我突然想起一件事，得赶紧回去!”

时发想起来的那件事就是王春芳来找他——她因为王夏芳的事恨我没错，但从来没有找过我麻烦，今天怎么会突然跑来？不对，这里面肯定有事，既然来求我袁时发，一定是大事！想到此，他立刻加快脚步，快要到达杨吴冲时，一个瘦高个正东张西望地走来。

“是驴子吗?”

“哎！时发哥，可算找着你了。”

驴子比时发迟出世三天，身高却高出三寸。贫穷和饥饿使得这个大块头瘦成了一根竹竿。此刻，他光着膀子，露出一根根鸡排似的肋骨，头发如同鸡窝，估计有半年都没剃过头了。月光下，驴子额头上的“川”字形沟壑里蓄积的黑灰隐隐可见，下身那条油腻腻的补丁打着补丁的灰布大裤衩被山风吹得猎猎作响，显得那两条瘦骨嶙峋的细腿似乎撑不住这么高的身躯。那裤衩上面还沾着几粒干巴巴的老鼠屎，和着汗水发出阵阵馊臭味。

驴子原名吴大宝，说来他这个外号也是时发的父亲袁长水所起。长水当年拿外号骡子的吴旺盛打趣：贱名好养活，你这张骡子脸不管生男生女，都可以叫驴子，骡子就当了真。驴子的母亲鲁根花在生下他不久便因病而亡，前年，骡子也患了肺痨去世，驴子就成了孤儿。

有其父必有其子，驴子和骡子一样，干活很卖力，深受东家吴根火的喜爱。吴根火无儿无女，当年和骡子一样，都是长工出身，但他头脑相对活络，一边苦做苦累一边想方设法挣些零钱，熬了几十年，终于置得三亩水田，五六亩旱地，后来又把油罐盐罐一起掏掏，买了两头黑驴，专门为人拉货，收入随之渐丰，虽算不上什么大户，倒也有些家产，这要多亏有驴子这样的好长工。

吴根火日子好转之后，经人介绍找了个当寡妇多年的老伴，老两口商议商议，咱这把年纪也生不出娃了，就认驴子为儿吧，将来由他给咱养老送终。没想到，他们此举却引来吴根火侄儿小癞痢的嫉恨。小癞痢觊觎叔叔家产已久，没事就跑来唆哄人，可惜吴根火不为所动，他向来看不上这个头上没几根毛的家伙，好吃懒做不说，还尽干那些王八屁精贼的勾当。小癞痢无奈之下暗暗发誓，等着，总有一天让你老不死的后悔。鬼子打进红杨树后，小癞痢立刻偷偷跑到九连山当了皇协军。聪明的脑袋不长毛，小癞痢头发不多，心眼却很鬼，为能在舒老三那里谋个好差，他便买些酒肉上了叔叔的门，说朋友邀他出远门做生意，以后就很少见着二老了，一起吃顿团圆饭吧，权当告别。吴根火夫妇和驴子都是老实人，哪架得住他花言巧语地哄劝，一时三刻都被他诱醉了，小癞痢就大摇大摆地把那两头最值钱的黑驴拉往舒家，遇到村里人询问，他也不隐瞒，我叔的东西就是我的东西。吴根火醒来含泪大呼，家贼难防，家贼难防啊！驴是他的命根子，他随后赶到舒家讨要，不想小癞痢早就在等着他。小癞痢冷笑一声，叔，做人要讲道理，你说这驴是你家的就是你家的？你做了记号吗？相反，舒老爷家的驴都做了记号，瞧见没，驴屁股上有“舒”字。可怜老根火气得说不出话来，那“舒”字明显就是刚烙上去的，伤口血迹还未干，两头黑驴疼得在那里四蹄打战，老根火的心也跟着发抖，但没办法，舒家势大，他根本搞不赢。吴根火回去后便卧床不起，没多日就睁着眼睛断了气，驴子也跟着失了业，他只得靠着帮人挑送货物或是像他老子一样捉点鱼虾维持生计，就这么饱一餐饿一顿地混着，幸好时发回来后多了接济才有所好转。时发听了小癞痢的事后，拍拍驴子的肩膀，别难过，我保证这个畜生见不到三天后的太阳！谁知驴子随后竟犯了个大浑，时发一气之下，差点没把他打死。

所谓温饱思淫欲，驴子正直青壮期，吃了几顿饱饭后便想那男女之事。那天，他在时发处灌了几口黄汤，便想着去找杨寡妇。他赶过多年驴车，常见公驴和母驴交配，公驴一旦伸出那根粗大的黑棒槌嘭嘭地敲打肚皮时，母驴便乖乖就范，这个憨货觉得人也应该如此，人都说杨寡妇风流，见我亮出家伙还不和母驴一样？于是乎，他晃晃悠悠敲开了杨花妮的门，一见面就模仿公驴掏出了阳具，不想杨花妮不仅死活不肯，还挠破了他的驴脸。就在二人扭打成一团时，时发赶到了现场，一顿老拳把驴子揍得满地找牙，他恨恨地骂道，你这个畜生，老子算瞎了眼，怎么和你拜了把子！怎么喊你吃酒！老子担心你酒多了会出事，想不到你狗日的竟然要强奸妇女！清醒过来的驴子羞愧难当，发誓再也不敢了。时发从此便将杨花妮那间草屋作为一个落脚点，一来保护这个可怜的女人，二来可以在这里耍耍钱消遣消遣，他才不在乎别人说三道四，你们要议论，尽管去议论，老子行得正走得稳。当然，他也劝过杨寡妇，你毕竟是一个女人，要学会自重……

“驴子，找我什么事？”

“杨花妮喊你吃瓠子疙瘩汤。”

时发感觉有点蹊跷，疙瘩汤？杨寡妇家的情况我还不清楚，大米都是我给钱买的，哪来的面粉？

“驴子，你是不是知道什么，快告诉我，洪家嫂子找我到底什么事？”

吴大驴子本是个老实人，说话也不会拐弯抹角。那次冒犯杨寡妇，一来村里女人都说她那方面很随便，二来也因事先在时发住处喝了点酒，一误判，二兴奋，稀里糊涂地就犯浑了。

“呃——她，她叫我不要告诉你，只是说找到你就让你马上去她家吃疙瘩汤。”

“娘道燕子的，你尽放屁！小麦收割都好几个月了，鬼子又到处搜粮食，哪家还有多余的面粉？你当我三岁小孩啊！快说，到底什么事？你要不说，老子把你个驴头拧下来！”

驴子当然知道时发不会拧掉他的脑袋，但他被这个时发哥打怕了，哪敢说半个不字，一哆嗦，原原本本说出了大牛的事。同时告诉时发，真的有面粉，杨寡妇没舍得吃，一直给你留着。

时发听罢顿感后悔。娘道燕子的，我只顾着跑，原来她找我真的有事！这可把人家急坏了。随即又是火冒三丈：舒老三，你这个狗汉奸，连我袁时发村里的人也敢动，好，很好，老子就先拿你开刀！老子要让你知道什么叫马蜂窝！

“驴子，你回去告诉杨花妮，我要先赶去西乡。疙瘩汤让她抓紧做了，如果来得及，我明早去吃，但面粉不要再特意给我留着，天这么热，再留就要生油虫了。另外，叫王春芳通知洪山头所有人连夜到外面躲两天。”

“哎！时发哥小心。”

“嗯。驴子，哥看得出来，你对杨寡妇有意思，如果真喜欢她，就要对人家好，千万不能胡来。等办完事之后，我再找机会帮你们说合说合。走了！”

西乡时属宣城县七大集镇之一，位于宣城、陵阳交界处，街镇沿青弋江畔沈公圩堤埂而建，呈南北走向，以临着青弋江的镇东大门为界，南端是青弋江上游，称上街头，北端是青弋江下游，称下街头，隔江相望，便是佛光塔影的珩琅山，上游十千米处为陵阳县弋江镇。元末明初（1367—1368年），有章姓外号富三公者，带领一批难民来此开荒定居，至今西乡人对章姓后裔仍称“草湖章”。由于开荒时并未圈筑圩堤，湖滩常被青弋江洪水淹没，庄稼只能靠天收。至明朝宣德年间（1426—1435年），宣城县府沈知事力主圈圩并取得成功，绅民为不忘其大恩大德，特将这片草湖滩称作“沈公圩”。沈公圩建圩之前，此处曾有一座名曰茶庵的庙宇，始称“茶庵”。沈公圩建成后，百姓逐渐迁居茶庵，终成集镇，又因街镇坐落于青弋江西岸，三面均被其支流资福河环绕，便有了西乡镇、资福镇二名，后统称于前者。民国二十年（1931年），西乡定为建制镇。西乡镇在建造期间，设计者先后留下七条小巷和一条十字街。以十字街为中心，上街头有永隆、章家、土地三巷，下街头有芮家、江东、五显殿、许蔚南四巷。因地处青弋江畔，自明朝中期开始，西乡便系皖南太平、旌德、泾县等地客商去往芜湖的必经之地，往来船只常泊于此歇宿，成为农副产品和竹木的销售中转地，同时，大批的竹木排筏由泾县山区漂来，也停靠于此，逐渐构成青弋江除湾沚码头以外最大的贸易集散中心。

宣城县沦陷后，中日双方几经争夺，渐呈相持状态。首先是1937年9月29日被国军98师克复，11月15日，日军数千人再次侵陷县城，但没过两天，11月17日，中国军队再度收复县城。西乡在这战争缝隙中暂时未遭洗劫，街面有“陈恒生”药铺、“王义降”糕点、“张天师”油条、“新新园”澡堂等各类店铺和商号数十家，其中最有名的商贾当属王、汤、李、董等八大姓。街镇建筑多为明清时所建，明代之古朴，清代之精致，各有特色，尤以位于上街头的王家大宅最为气派。此宅建于清末，主体共有前后五进，另有大量仆人、工人生活用房及后花园。屋主王景矶既经商也做官，后任西乡总乡约（乡长）兼商会会长，其父王子嘉为清末五品官员，后到西乡置下田地房屋。因家境殷实，王子嘉曾用铁皮包裹大门以防匪患。王景矶同时也是一位开明乡绅，倡导新式教育，反对陋习，曾资助西乡培英学堂，并自费代办西乡邮政所，为百姓提供通信服务。

西乡也是个文物聚集地，附近的高兴坝墓群引来众多盗墓贼光顾，有人举报一个叫吴克的人挖出过很多明朝时的宝贝，但此人一直未出手，宣城县警察局苦于没有证据，也不好办他。后来，警察局通过江湖人士找到时发，请他协助追查文物，谁知吴克从此人间蒸发，再无任何消息，最后还跟着时发走上了抗日之路。后话，此处暂且不表。

章家巷为上街头通往新新园澡堂的一条巷道，石级台阶，巷首挂有标着“新新园”三个红字的大灯笼。新新园时列西乡三大澡堂之首，夜间澡客甚多，因老板姓章，建巷时章老板投资最多，故称章家巷。此巷是一个让西乡人既爱又恨的地方。澡堂本是缓解疲劳，放松身心之地，然此处却有吸毒场所。国民政府既宣布禁烟，又让膏片经营者申领执照缴纳税赋，这一自相矛盾的禁烟政策形同废纸。西乡共有两家大烟馆，其一便在新新园澡堂附近。出浴者中若有瘾君子，便就近来此过瘾，烟榻常无虚位。所谓“烟枪杀尽千家汉，灯火烧光万户财”，瘾大的一次就要花费银圆近两块，折合时价大米一担。当地以及周边因长期吸烟弄得家业败尽甚至家破人亡者就有十余户，有的最后还央求别人买走自己的妻子儿女。时发在褟山时也遇到过此种情况，每次都恨不能烧了那些烟馆，却被柳真强劝住——烧了还会重建，说不定规模更大，因为官府要从中牟利，有什么办法？要怪，只能怪官府，还有那些不争气的烟民，你烧了此处，他们还会去别处抽。全国那么多烟馆，你能烧多少？时发想想也对，只得听之任之，由此对国民政府颇感失望。

李汉臣平时爱耍钱泡澡，便在章家巷买了两间小屋作为安身之处。去年，他在广德保卫战中丢掉了两根左手指，老师长饶国华也在这场战争中兵败殉国，无论如何不能让唯一的命根子时发出事了，好说歹说把他劝回了自己的老家。二人回到家乡后，发现西乡董万村的大刀会为祸乡邻，这帮人打着“避劫升天成佛”“自卫保家”“防匪防盗”“维护社会安宁”等旗号，四处招募青年参加，背地里却干着打家劫舍的勾当。时发哪能见得这种欺压良善的行径，加上他亲生父母就是死在清水团大刀会之手，而清水团刀会和董万村刀会又是一丘之貉。一怒之下，他在珩琅山拉起了一支四五十人的队伍，与大刀会分庭抗礼，李汉臣也过了一把大当家的瘾。董万村大刀会会首王文魁一贯横行霸道，卧榻之下岂容他人安睡，非除二人而后快不可，不想时发太厉害，没等大刀会动手，已悄悄干掉了好几个他的得力会员。再后来，王文魁半夜被时发摸上了门，被双抢指着脑袋，乖乖签下一份互不相犯的协议，还保证从此不再欺负老百姓，连好不容易搞来的军火也给时发掳了个干干净净。

李汉臣当然不想做大当家，队伍本来就是凭着时发的江湖威名拉起来的，交给他顺理成章，自己也好腾出时间为他寻门亲事，不料一同入伙的三当家章云竟是新四军派到西乡的地下党。章云是个搞宣传出身的老党员，极善做思想工作，他很快影响了李汉臣。李汉臣深感只有共产党才是真心为国为民，遂转而告诉时发，他已秘密加入中共党组织，队伍更名为珩琅山小分队，希望时发能多听听章云的意见。习惯于独来独往的时发虽然也很赞同共产党的宗旨，但他觉得章云不及郑阳，郑阳不但智谋超群，还敢真刀真枪，那才是个爷们儿，而章云只会喊口号发传单，尤其是此人凡事都要请示组织，他感到很不习惯，便独自离开了珩琅山。李汉臣很是恼火：这小子反天了，居然连老子的话都不听！章云笑着说，老李，时发出身帮会，又在江湖上闯了好几年，不了解我党的战斗方式是正常的，对于他这种快意恩仇的人，我们不能心急，只能慢慢来。

随着珩琅山小分队名头渐响，西乡忠义救国军司令王应虎看中了这支队伍，一心想收编到麾下，多次派人上门封官许愿，奈何那个李麻子软硬不吃，铁了心要跟着共产党。其时，国军108师正好奉命开到珩琅山下，王应虎遂联合这支东北军打着剿匪的旗号攻占了珩琅山，章云在战斗中牺牲，和组织失去联系的李麻子从此成了孤家寡人。

队伍被打散之后，李汉臣便化名陈刚在西乡隐居起来，凭着时发的名头，日子过得还不错，但苦于始终联系不上组织，还要成天担心王应虎的搜捕。

日本人很快打下红杨树，随即又派了一个小队坐船南下，试探着进攻西乡。王应虎开始还放了几枪，可惜忠义救国军根本不是日军对手，又不愿和新四军配合，一仗下来只剩十余人，他干脆弃镇而逃。湾沚不敢去，红杨树也有鬼子据点，王应虎最后相中了上窑村，对岸有个芳山老街，好歹还在中国人手里。日军端月联队正忙于铜南繁战事，无暇顾及这支所谓的抗日力量，西乡忠义救国军总算幸存下来。那支日军小队见他们战斗力太差，遂撤回红杨树据点，仅派了两名黄皮便接管了西乡，这要“归功”于王文魁。他早就盼望在西乡一手遮天，巴不得日本人来。摇身一变，刀会大先生成了维持会会长，西乡也就成了日本人的天下。

那段日子，时发正率领几名江湖好手行走于宣城和芜湖之间，他们白天睡觉，晚上专找那些奸商和日本商会下手，劫来的财物转而分给揭不开锅的穷人。时发也清楚，这么做是杯水车薪，但他深知稼穑之艰辛，在他的心里，手无寸铁的老百姓本来过得就苦，国难当头更是可怜，能帮几个就帮几个。等李汉臣传来消息他才知道，西乡忠义救国军灭了珩琅山小分队。时发大怒，随即修书一封托人带给王应虎——你竟敢杀我袁时发的兄弟，现在是打鬼子的时候，这笔账我先给你记着，总有清算的一天。还有，你要是再干中国人打中国人的事，或者是卖国投敌，我会随时要了你的狗命！你应该清楚，我袁时发要想杀谁，至今还没有一个能逃掉的！

王应虎的回信却令时发感到有些意外，此人似乎并不怎么怕他，而且说得冠冕堂皇——时发兄弟，王某乃奉命行事，希望你能理解。王某忠于党国，眼里只有一个领袖。兄弟想必清楚，蒋委员长视“共匪”之患尤甚倭寇。所以，即便没有上峰命令，我也会打掉珩琅山小分队。当然，王某分得清是非，你是你，李汉臣是李汉臣，你们虽有父子之情，并无父子之实，兄弟尚未受李匪蛊惑，这也是我在你离开珩琅山之后才动手的原因。兄弟是一条好汉，当以有用之身报效党国。最后，王某诚心奉劝兄弟，一定要远离李汉臣此人，切不可因小义而失大节。至于你提醒王某要忠于国家，王某自当牢记在心，不敢有违。

狗日的还有理了！时发当即要去找王应虎算账。李汉臣说，算啦，正如你所言，现在是国共合作期间，打鬼子的时候，王应虎毕竟还没有当汉奸，他的账以后再算，现在要是杀了他，说不定就帮了鬼子一个忙。你要是当初听我的话，可能就不会有这样的事了。时发说，我不在了，你们可以把队伍拉走啊，听说珩琅山失守是因为章云指挥不灵活，机械地执行上级命令所致。李汉臣说，不要再提了，人都已经死了，还提他干嘛，再说即便没有王应虎，珩琅山也是守不住的。108 师既然来了，岂能不占领这个制高点，不过他们打我们一套一套的，在小鬼子面前却怂了，这不，人家几炮就把珩琅宝塔轰得东倒西歪。

时发只得按住火气，他很是不解，按说像王应虎这样的怂货，没有理由不怕我的，可看这老小子的口气，好像有恃无恐啊，忠义救国军虽然隶属军统，但在像西乡这样的小地方，大多是挂着羊头卖狗肉的货色，无非是打着军统旗号狐假虎威罢了，难不成他真是军统的人？李汉臣说，这就不清楚了，国民党特务和军队一样，派系林立，什么乱七八糟的人都有。

李汉臣虽然没有了王应虎的骚扰，但在日本人眼皮子底下也不好过，尤其是董万村大刀会已经沦为汉奸，王文魁做了西乡维持会会长后，成天带领日伪军清乡，先后杀了两名新四军侦查员和二十六个老百姓，同时，他们与九连山舒老三的皇协军遥相呼应，搞得鸡犬不宁。好在王、舒二人都很忌惮时发，都知道若是伤了那个李麻子，说不定哪天就被割了脑袋。因此，明知陈刚就是李汉臣的化名，明知他就躲在西乡，二人仍是装聋作哑，反正日本人又不认识李汉臣。不过时发还是不放心，委托江湖朋友传话给王文魁——李汉臣无事，大家都相安无事，他老人家要是因为你们少了一根毫毛，你王家就要付出一条大腿。王文魁清楚时发的身手，只好忍气吞声。此外，宣城还有个上海小刀会分舵，时发对舵主王义雄有救命之恩，他同样请小刀会转告舒老三，李汉臣对我袁时发恩同再造，有谁敢动他，袁某必定手刃此人。

这些情况李汉臣都蒙在鼓里，他根本不知道，如果没有时发，他早就老命归西了。为防止义父孤寂，时发特意交代被他救下的西乡青年章大虎，陈刚就是我义父李汉臣，他年纪大了，你帮我照顾照顾他的生活起居，没事陪他喝喝酒、聊聊天。只要时发在场，李汉臣两杯酒一下肚就开始抹眼泪说，时发啊我对不住你啊，不该教你赌钱，害了你一生，我死后怎么去见你娘老子。我没脸见的还有你柳叔，他在你入伍前特意让你给我带了一封信，说把你交给我了，你以后的路就靠我带着走了。我呢？却把你带成这样。唉！听说他们现在也不好过，咱老哥俩有生之年还不知道能不能再见一面。柳兄啊柳兄，你要是能来骂我一顿就好了……时发听得心酸，大，您就别再提这事了好不好，这都是命。鬼子战斗力这么强，我要是还在部队，说不定咱爷俩早就见了阎王爷。至于柳叔，您放心，据我所知，他们只是被鬼子强行解散了，但他躲在哪我也不知道，我一定会把他找来见你。李汉臣苦笑，你讲得也对，现在琊琅山小分队没了，西乡也沦陷了，我打算潜伏下来。打鬼子为饶师长报仇，也是我的心愿，但要等我找到组织。你脾气不好，待在我身边迟早要和日本人干起来，洪山头是你的出生地，你的父母也葬在那里，先回那里混一段时间再说吧。

时发回到洪山后，鬼子已经开始频频下乡抢粮了，为了乡亲们的安全，他只能暂时留在洪山。好在杨全友的一番话让他彻底放了心，终于可以放开手脚干了！

舒老三虽歹毒之极，但早闻袁时发神出鬼没，他也不愿去惹这个煞星，偏偏命运作弄人，他到底还是惹上了时发。

三天前，舒老三去宣城一家妓院寻开心，见那里的姑娘都是老面孔，不由得索然无味。

小癞痢凑上前说，队长，我们隔壁村有个叫王春芳的妇人长得不错，而且这个女人很本分，非常干净，不过袁时发也在那个村里，只怕不好办。

他这句没脑子的话立刻引起舒老三的不快：袁时发怎么了，袁时发就了不起吗？老子动的又不是……你要不说袁时发，老子还不一定有兴趣，你说了袁时发，老子偏要在虎口里尝尝鲜！他姓袁的再厉害，恐怕也不敢跟皇军作对吧？去，你现在把王春芳男人抓起来，给他扣一顶共产党的帽子，再跟那个王春芳说，她要是不肯，就把她男人崩了。

小癞痢出门时扇了自己一个嘴巴，臭嘴啊！欠抽！这要是惹上了袁时发，小命可就不保了。可是话已说出口，后悔无用，走一步看一步吧，只要袁时发不清楚主意是我出的就没事，冤有头债有主，他要找，首先找姓舒的。

·第九章· 救樊拯溺孤身往 笑傲风月擒老狼

洪大牛已危在旦夕，时发别过驴子便赶回家中取出夜行背囊，里面有他常用的装备：两把德国造20响，十六把玄铁精飞刀，一支挠钩，一柄大砍刀和一把匕首。清点检查完毕，压满四个弹夹，纵身上马，一路赶至西乡对岸的凤家湾。一看，渡船已经停运了，对面有一个黄头鬼了领着维持会的人在巡逻，显然，这一湾江水成了防守古镇的龙潭。

与西乡一水之隔的是罗公圩，原本也是一面荒滩，明嘉靖年间（1522—1566年），由当地秀才胡希瑗呈请宣城郡守罗汝芳投资围垦而成，后人为纪念罗汝芳的功绩，故名“罗公圩”。

罗公圩沿着圩埂长有大片芦苇，藏人藏马都不是问题，对面沈公圩视线就开阔了许多。王文魁为了向日本人表忠心，把江畔沿着古镇一侧的树木砍得精光，只能扎猛子过去，但也要计算好巡逻的间隔时差，这些对时发来说都不是问题，如何救出洪大牛也有了主意，他一路考虑的是该如何劝义父暂避风头。自打李汉臣赢了舒老三两亩地后，时发就一直在担心，他深知舒老三是个小人，只是忌惮他袁时发暂未发作而已。那个工八羔子獐头鼠目，眼珠子骨碌碌乱转，一肚子坏水，他是不可能认输的，一定在盘算着如何害义父。时发也劝过李汉臣另奔他处，可李汉臣偏偏是一头老倔驴，说我一生什么人没见过，鬼子我都不怕，岂能被一个小汉奸给吓住，但他没有告诉时发实情，他铁心留在西乡另有目的，在那个叫“巴姑娘”的酒家，已经有中共情报人员的活动迹象，这是个找到组织的绝好机会。

夜已深，古镇的灯光像远飞的萤火虫，忽闪忽闪地越来越暗，西乡已经熟睡了，如同银色河床中的一朵睡莲，安静地躺在青弋江怀抱里。时发拴好马，顺着罗公圩埂走到西乡上街头的对岸，悄悄下水游了过去。

李汉臣躺下不久，屋外传来一阵熟悉的敲门声，赶紧点灯穿衣。

这小子连夜跑来肯定有急事！

“大，收拾收拾，马上跟我走。”时发仿佛火烧了眉毛。

“这么晚了去哪里，发生什么事了？坐下慢慢说。”

“到洪山蹲几天。舒老三看上了洪大牛的媳妇，在鬼子面前告大牛私通共产党，我要赶在天亮之前绑了舒老三的老子换人。”

“人当然要救，可我为什么要走？”

“哎呀，您老是不是忘记了，您赢过舒老三的地，这狗日的肯定在找机会报复。他很清楚我们的关系，我绑了他老子，他能善罢甘休吗？”

李汉臣麻脸一沉：“怎么，嫌大老了不中用啦？别看我这把老骨头，对付一个小汉奸还是绰绰有余的！”

“舒老三是不用怕，但他后面有日本人撑腰啊。西乡已经是他们的天下了，再说您的手又不灵便。”

“你别说了，我不会走的，量他一个狗汉奸也不能把我李汉臣怎么地。维持会几个小杂毛闹不出啥子球来。九连山碉堡总共才二十几个黄皮，加上舒老三的黑皮队不过百十号人，他们不会为了我一个糟老头子全部出动的。来少了，我手里的枪能招呼，来多了，我就脚板底抹油。西乡一条街七条巷，哪块我不熟？想在西乡找我李麻子，没那么容易。你还是别在我这里浪费时间了，救人要紧。不过要小心点，听说舒老三请了好几个枪手给他老子看家护院。”

时发见实在拗不过他，加之救洪大牛时间紧迫，只好作罢。

“大，放心，舒家那几个歪瓜裂枣还不够我塞牙缝的，倒是您要多加保重，王文魁跟我们有梁子，他对西乡比您更熟，还是早做准备的好。另外，请大帮我搞点汽油和辣椒粉，外加几块肉骨头和一包麻药。”

“要这些东西干啥？”

“大，您没当过夜行客，有所不知。舒家家大业大，肯定养了不少狗。狗鼻子非常灵敏，一千米之外的气味都可以闻见，而短期之内破坏狗嗅觉的最好办法就是在身上撒一些汽油或辣椒粉。此外，狗耳朵也很厉害，能听见二十米开外的动静，要顺利进入舒庄，首先要将狗麻倒。”

李汉臣一乐：“怪不得你年纪轻轻就能闯下大名头，江湖经验可真不少哩。没问题，西乡街上有的是，我去去就来。”

拿到了东西，时发深鞠一躬：“大，小心了，这几天一定要枕戈待旦。”

说完，连夜过河奔三元舒庄而去。

三元又称“三元冲”，源名于九连山下八都苏村的“三苏堂”。族谱记载，该苏氏系北宋文学大家苏辙后裔。始建人苏名孙于洪武三年（1370年）负母偕弟逃难至宛陵（即宣城）一带，他无意间发现九连山共由九节山头组成，不仅地势隐秘，且林壑幽美，更具龙脉之相，遂在此垦荒平地，围水造田，从此就有了数百年历史的八都苏。“三苏堂”即苏氏宗祠，因供奉苏洵、苏轼、苏辙塑像而得名。由于三苏均入唐宋八大家之列，是为苏门三元老，又因八都苏前后有山，山洼之间有田冲，“三元冲”一名由此而来。

从“三元冲”到“三元”，少了一个冲字不一定能引起外人注意，其间却隐含着苏氏神童的故事。苏名孙独具慧眼，九连山的灵气果然使八都苏能人辈出，尤其是清朝，苏家一位7岁孩童令“蜀中三才子”之一的李调元也不得不折服。李调元于乾隆二十八年（1763年）得中进士，由吏部文选司主事改任考功司员外郎，此人办事刚正，有“铁员外”之称，并素以才思敏捷、善对楹联而闻名。一天，他坐轿路过九连山赶赴宁国府，有一牧童故意在路上以三块石头垒成一座石桥，轿夫踢而倒之，牧童遂上前责问，双方争吵不休，李调元便下轿调解。牧童说，你既是善于作对的李大人，小子出个上联请你对吧。李调元欣然应允。上联曰：踢破磊桥石三块。李调元想了好久，竟未能对出，只好约定第二天再来应对。回家以后，他冥思苦想，茶饭无心。妻子问知其故，微微一笑，在纸上写了一个大大的“出”字，然后用剪刀剪成两个“山”字。李调元恍然大悟。于是，他次日一早即赶至约定地点，见到牧童脱口而出：剪开出字山两重。牧童满脸讥诮，李大人，这下联恐怕是你夫人想出来的吧？李调元大为吃惊：你怎么知道的？牧童回答，妇人善于针线锥剪，你是男子汉，何不将下联改为“劈开出路山两重”？李调元羞愧难当，匆匆离去。

这位牧童就是时年7岁的八都苏神童苏小牛，轻易难倒了李调元，他顿感信心百倍，随后便去参加当年的童试。因其个头矮小，父亲就把他架到脖子上走进考场。有好事者一看，连呼成何体统！更有人戏之曰：子骑父为马。苏小牛张口便答：爹望儿成龙。当场就把所有人给镇住了，很快又惊动了主考官，而主考官正是李调元。他一见苏小牛便想起当日被奚落之事，不禁有些愠怒，心想我苦学多年，当真不如你一乡野牧童！随之出一上联：鼠无大小都称老。苏小牛不假思索地对曰：鹦有雌雄皆叫哥。李调元连连称奇之下再出一联：蜘蛛有网难罗雀，只因身材小。苏小牛再对：蚯蚓无鳞欲变龙，缘为志气高。李调元终于叹服，赶忙问其身世由来，方知其乃三苏后人，连连惊呼：奇才，奇才！苏仙转世，苏仙转世也！此地必出连中三元之人！三元冲从此易名为三元。

久远的传说毕竟难以考证，但三元饱学之士多出自苏家倒是不假，年近七旬的苏祚人老先生便是名震一方的大儒。苏先生自幼聪慧过人，二十一岁即省试中举，前程可谓一片光明，不料他却突然辞官归隐，辞呈曰：余本布衣，虽略通文墨，至多不过一书痴尔，毫无做官之潜质，实难堪当重任，阡陌桑麻方为余心向往之地。

时发在私塾念书期间，启蒙老师刘正文正是苏祚人高足，他一贯佩服这位未曾谋面的师祖，刘正文也曾多次向他谈起苏先生超人的学识及忧国忧民的思想。时发最初知道舒老三父子即来自刘正文的转述。苏先生说，他为自己未能教化身边人而感到惭愧，苏某深以与彼等同在一地为耻尔！

舒庄地处九连山北麓，全村六百多户。舒有财当真有财，祖上遗留产业甚巨，占有大片土地和山林川泽，又兼聚族而居，仆之于主有着极强的依附性，主人自可坐享钱粮丰足之福。舒有财共生有二女一男，老幺即人称舒老三的舒孝义。无数事实证明一句古话为至理——惯子不孝，熊孩乖孩只隔着一个熊家长的距离。由于舒孝义系正室所生，又是舒家唯一男丁，出世便集万千宠爱于一身，再加其父舒有财为老不尊，这小子自幼便被惯得不成样，鲜衣美食花鸟梨园无一不好，稍大点后，美婢娈童古董骏马无一不求，再后来，吃喝嫖赌已难尽兴，非得干那欺男霸女的事才能满足，周边百姓但凡提起舒家三少爷，无不恨得牙根发痒，唯对他两个心善的姐姐有点好感。可惜好人偏偏不长命，这两个姑娘竟然同时夭折。有一年五月，姐妹俩偷偷溜到山上采摘俗称“梦果子”的野生红树莓，不幸遇到一头大野猪，慌不择路之下，双双跌入深塘溺水而亡。舒孝义从此更是成了舒有财的心头肉，要什么给什么，想干什么干什么，终将其培养成了为祸一方的恶少。

有其父才有其子，舒有财前前后后娶了五房太太，仍感不足，得空便往宣城的妓院里跑。老家伙好色归好色，但脑子不笨，眼见独苗民愤越来越大，便花钱送他去日本留学。舒老三学会一口流利的日语后，鬼子就打到了宣城。父子俩一合计，觉得只有跟着日本人才能保得住这份家业，于是，太阳旗开始飘扬于舒宅门楼，管事者左臂上都套有一个膏药般的袖章。

日军在宣城遇到中国军队的顽强阻击，县城几易其手，双方形成了拉锯战，二十余天后，日军最终放弃了长期占据的打算，划出几个重点区域加以防守，特命驻湾沚端月联队在九连山修了一座碉堡作据点，以此扼守芜屯公路。

舒老三起先给碉堡里的龟田太郎小队长做翻译官，龟田也跟着他学会了不少中国话，但龟田并不懂得“以华制华”之策略，在他认为，大和民族才是世界上最优秀的民族，大日本皇军也所向披靡，所有中国人都是劣质的人种，无须把他们放在眼里，包括这个舒桑。为讨好龟田，舒老三又召集了五十几名地痞流氓专门给鬼子当差，龟田终于高兴了一回，上报端月封了舒老三一个九连山皇协军大队长，并拨付了一批从国军手里缴获的武器弹药。

较之龟田，端月可谓城府极深。九连山碉堡位置异常重要，但因为兵员紧张，只驻扎了二十几名皇军，而那个舒孝义却拥有近六十人枪。同时，龟田君虽忠勇可嘉，却好色成性，听说他对舒有财五个太太都有兴趣。如果舒家父子用女人迷昏了他的头，如果舒孝义有了异心，后果将不堪设想。为此，端月于九连山皇协军大队成立当日特意在碉堡加了两门九二式步兵炮，然后很亲热地拍着舒老三肩膀说，舒桑，碉堡和舒庄近在咫尺，所以你们舒家的安全完全有了保障，但也正是因为距离近，如果舒家遭到袭击，皇军只要发射几枚炮弹即可把敌人连同庄园一起从地球上抹去，你说对不对？他说这话的时候，嘴角微扬，眼镜后面的那双眼睛含着笑意。舒老三忙掏出手帕，一边擦汗一边点头，联队长阁下所言甚是，碉堡的安全与舒家每一个人休戚相关，碉堡在，舒家在，碉堡不在，我舒家也就完了。事后，舒有财紧张地问儿子，日本人是不是对我们不放心啊？舒老三说，那是当然的，不过没关系，端月太君无非要我们真心效忠天皇，真心为大东亚共荣事业尽力，那我们尽力就是了。

前有九连山皇协军，后有大日本皇军，靠山如此强大，舒老三越发张扬起来，但父子二人很清楚，众乡邻对他们恨之入骨，尤其是共产党的锄奸队和国民党军统已开始在宣城活动，加之那个令人闻之色变的郑阳又从宁国转战到了宣城县，此外，“一江一发”也被老百姓传得沸沸扬扬，说他们都是嫉恶如仇的好汉，他们要想杀谁，谁就跑不了。为防意外，舒老三特意招来四名江湖泼皮看家护院，专门负责舒有财的安全。

舒家宅大院深，占地足有八千平方米，坐北朝南的大门分内外两道，门框均由青石条垒成。门前建有一座十余米高、上下三层的棱柱形碉堡，条石垫底，青砖砌墙，每层均设有瞭望窗和射击孔。大宅院墙高达两米，团团围住四十余间房屋，分为前中后三套院落。前后院分别为舒有财妻妾居所，大太太潘素珍独占前院，二太太黄玫瑰、三太太白小蝶、四太太吴小萍、五太太沈雅茹分享后院十二间房。中院是舒有财及其子女的住房，以花墙和别院相隔，留有拱形过门。每个院落又分为东、中、西三排厢房，每套房屋都有书房、卧室、会客厅各一。围墙之内，东西两侧分别建有一排平房，供管家、账房先生、仆人居住。前厅有一巨大的天井，太师椅分列八仙桌两旁。后堂是个花园，栽满各种奇花异草。所有房屋都是抬梁式砖木结构，都是“青砖小瓦马头墙、回廊挂落花格窗”的徽派风格。院落、房屋之间另有回廊相通，路面铺有青石板，墙壁、石柱、屋梁均精雕细刻有各种人物、花鸟虫草等图案。

时发从西乡策马经过宣城寒亭一路奔向九连山，待到离舒庄约莫两千米地时，已是三更天。为免声响过大，他翻身下马，迅速换上夜行服，在马背和自己身上都撒上辣椒粉，往脸上蒙一块黑布，在马的四蹄上各缚一块棉花团，再次纵马悄悄来到距村口三十余米的一棵老槐树下，系好缰绳，迅速向舒家大宅潜去。

稍时，从院墙的狗洞里传来一两声疑疑惑惑的狗叫，时发将涂了麻药的骨头扔了过去，立刻钻出来三条黑毛大狗，叼起骨头就啃，很快，呜呜几声轻哼，那三条看门狗便倒在地上一动不动了。

慢慢靠近碉堡，侧耳一听，里面鼾声阵阵，间或夹杂几声梦呓，时发不禁暗暗好笑，这种货色也能当保镖，活该他舒有财倒霉。正待甩出挠钩攀墙而上之时，身后突然传来几声吆喝：天干物燥——小心火烛——平安无事喽——

不好！这个打更的要坏事！心念电闪之间，他猫腰疾步上前，从身后一把捂住更夫的嘴。

“娘道燕子的，要想活命，不许作声！”

更夫苦于不能说话，只得连连点头，待转过身子，眼前出现了一位双目炯炯浑身杀气的蒙面大汉，吓得他两腿一软，手松锣掉，时发迅速抬起左脚往上一个倒勾，那面铜锣发出轻微的嗡嗡声在空中连续翻转而下，被他单手接过。

“听着，我从不伤及无辜，今夜只是来拜访你们家老爷，只要肯配合，保你性命无忧。”

那更夫惊魂甫定，提起灯笼仔细打量眼前黑衣人，突然问道：“你是袁时发吧？”

时发冷冷道：“怎么，你认识他吗？”

“嗨！我只是个打更的，哪有机会识得英雄啊。舒老三抓了洪山头的人，乡亲们私底下都说你肯定要找舒家的麻烦，都偷着乐哩。还有，刚才那句‘娘道燕子’，谁不晓得是你的口头禅啊。”

“这么说，你们都和舒家父子有仇？”

“当然，他们就是畜生投胎，哪个不恨？讲起来都是一个祠堂里的，但他们六亲不认。我是他家的长工，白天累死累活不说，晚上还要打更，就是这样，老婆孩子都吃不饱！”更夫越说越激动，声音渐渐大了起来。

“嘘！小声点。既然如此，我就不绑你了。”

“真的是袁大侠！太好了，乡亲们都盼着你能灭了舒家父子，你不知道，那姓舒的老畜生糟蹋过我内眷……你要是杀了他，我一辈子都会感谢你的大恩大德。”

“什么？老婆被强奸了也不去拼命！娘道燕子的，你是不是个男人！”

更夫掩面而泣：“舒家势力这么大，我又没本事，再说孩子还小，我还得养活他们啊……”

时发有些不耐烦：“行了行了，别说了，告诉我，舒老狗在哪个房间？”

“袁大侠，实话跟你讲，我真不知道，这老家伙鬼精得很，每天晚上都换房间睡觉。不过……”

“不过什么，快说。”

“老家伙很好色，最近从宣城买回一个十七岁的小兰姑娘，放在舒老三屋里，父子俩轮流玩，造孽啊！”

“畜生！小畜生的房间在哪？”

“中间院子的东边第二间屋就是。”

“好。我姑且信你，你要是敢耍我，知道是什么后果。”

“我用儿子发誓，如果对你讲了半句假话，叫我父子俩都被雷劈死！”

听他这么一说，时发颇感内疚：“哎哟，大哥，你别发这么毒的誓，毕竟你我第一次认识，不放心也是正常的啊。你回去吧，就当什么事都没发生过。记住，千万不要对任何人讲你见过我，走了。”

“不能啊，英雄，你还是把我捆起来。那舒老三的心不晓得有多毒。他老子要是出了事，肯定要拿我这个打更的出气，你把我绑上反而能救我。哦，对了，有件重要的事忘了告诉你，舒家父子猜到你要来，碉堡里睡的不是枪手，只是几个和我一样的长工。舒有财把枪手调到院子里去了，具体蹲在哪几个屋里我就不清楚了。还有，碉堡里安了不少机关，也埋了炸药。”

“碉堡平时有多少人看守？”

“原来有六七个黑皮，现在没人了。”

“为什么？”

“龟田说九连山人少，山上的碉堡需要加强防卫，就把人叫走了，舒老三不敢不依。听讲是因为湾沚的鬼子头对舒老三不太放心，为此舒有财还心疼了好久，说早知道这样就不修碉堡了，白白花了一大堆冤枉钱。”

“哈，他们一家汉奸当得也不容易嘛！”

“是的。自碉堡空了以后，舒老三就把夜间巡逻的任务交给我们这些长工了，有的还发了枪，不过我们没有一个真心为他们卖命，但大家都晓得舒老三心狠手辣，要是哪个巡逻当班的时候出了纰漏，搞不好就被他崩了。”

时发感激不已：“谢谢大哥，对不住了。”说完三下五除二将更夫捆上，再往他嘴里塞进一块布条，拱了拱手便消失在夜色之中。

想到舒家父子竟如此阴险，他不禁气往上撞：鼠心狼肺的东西，你们很快就知道谁能弄死谁了！当下抛出挠钩，拽了拽绳索飞身上墙，顺手掰下一块碎砖朝着前厅空档之处啪地扔了过去。片刻之间，从两边平房内各窜出两人，果真有埋伏！皎洁的月光下，四人拎着王八盒子查看了一番，未见动静，便全都缩了回去。

“喵呜……”时发伏在墙头学了几声猫叫。

“妈的，原来是只野猫！走走走，弟兄们，睡觉去。舒老爷也真是的，一个袁时发至于这么紧张吗？害得老子天天睡长工屋。”

另一人接过话头也骂骂咧咧起来：“是啊，大哥，舒老爷就晓得自己快活，也不给弟兄们安排个娘们解解闷。妈的，老子好几天都没碰过女人了，这样下去还不憋疯啦！”

时发在墙头听得清楚，暗道这四人果然不是什么好鸟，不过看他们刚才的反应和动作，身手倒是很一般，一分钟之内全部解决应该不是问题，但不知还有没有别的埋伏，万一有，弄出响动吓跑舒有财就麻烦了，看来只有先放过这四个杂毛。

待那四人关了门，时发提气纵身，轻声落地后箭步奔向中院，正要查找房间，却听得左侧平房处吱呀一声。侧身廊柱，借着月光，只见一名戴着眼镜的中年男人蹑手蹑脚地把门掩上，然后背着手像散步一样转了个圈，再侧着脑袋听了好一阵，这才老鸭蹚水般一步一步挪向后院。

时发一阵暗喜，老畜生此时在不在小畜生的屋里还不得而知，正想抓个舌头问问，有人倒送上门来了。他悄悄靠上前去。此时，后院里也传来了开门声，那人立刻加快了脚步。

难不成舒府出了家贼？抬眼一看，原来是后院的西厢房，一股浓郁的香水味飘过来，从门内伸出一张女人的脸，娇声冲着那男人说道：“你个没良心的，怎么才来啊？这都快过了一个时辰了。”

“哎呀！宝贝别生气嘛，都是那袁时发闹的。老爷每天晚上都要换房间睡觉，有时中途还爬起来再换一次，我这不是害怕么。我们的事要是被他发现，一个都活不成了。”

“你别说了，说得我心里怦怦直跳呢，不信你摸摸看，咯咯咯……”

那女的似乎比男的胆子更大，接着又说：“你放心好了，我知道老爷在哪个屋里，这时候不来就绝对不会来了，快进来！”

原来是对狗男女！时发颇感晦气，本欲转身离去，但女子后面的话让他停了下来——她知道舒有财在哪！

门栓被玄铁刀轻轻地拨开，隔着门缝，只见屋内两人已急不可耐地吻在了一起，接着就相互上下其手，宽衣解带，瞬间，两只白羊滚到了床上，淫声浪语、喘息连连……

时发虽已经过男女之事，但这种场合还是第一次见到，不觉有些脸红，愣了片刻，他一脚踹开门，冷笑道：“好一对奸夫淫妇！”

床上二人正在颠鸾倒凤地销魂，突然闯进来一个蒙面大汉，吓得那女子一声尖叫，慌忙抓起衣服遮住赤裸的身子，男的则连衣裤也顾不得穿了，光着屁股扑通一声跪倒在地，头磕得如同小鸡啄米一般，连声求饶道："好汉饶命，好汉饶命。我是舒府的管家舒晓年，手里还存了几个，只要放过我二人，尽管拿去。"

女的也以为来了个打家劫舍的强人，惊魂稍定后理了理蓬乱的两鬓，娇滴滴地说道："大爷啊，你们出来不就是求财的吗，我黄玫瑰好歹是舒家二太太，也有几件值钱的首饰，只要你肯放过我们，东西都是你的。"想着强人基本都是财色双收，与其反抗被害了性命，还不如投其所好，她干脆又来了一句很臊气的话："要是不嫌弃，我这身子也可以让大爷享受享受……"

时发此刻才看清楚二人的脸：男的其貌不扬，颇显猥琐，不过白净的脸上架着一副眼镜，倒是有点书生味；女的则很有几分姿色，光洁的肌肤裸露在外，媚眼如丝娇声细语。

时发一阵眼热心跳，旋即想到今晚是为了救大牛的，岂能被这淫妇扰了心思，接着又想起更夫的话，此时尚未抓着舒有财，还不宜过早暴露身份，硬生生把那句"娘道燕子的"给收了回去。

"呸！你个淫娃荡妇，老爷早就看出你们的事了，特意安排我来捉奸，今晚终于逮个正着，走，跟我去见老爷！"

黄玫瑰一听魂飞魄散，也顾不得身上有没有衣物了，瞬间滚落在地，捣蒜一般磕头不止，带着哭腔说道："大爷饶命啊，放过我们吧，老爷知道了非活剥了我们的皮不可，求求你了，求求你了……"

眼看差不多了，时发顺水推舟道："好吧。老子也看不惯你们老爷吃着碗里占着锅里的，饶了你们可以，先告诉我他在哪个屋，我好去拖住他，给你们腾出时间整理。"

黄玫瑰喜出望外："哎哟，大爷您真是菩萨心肠，太感谢了。老爷前半夜在少爷的房里玩小兰，后半夜去大太太屋里睡觉，现在应该在前院大太太潘素珍那里。"

要的就是这句话！

舒晓年好不容易捡回一条小命，哪敢再多说一句，他慌不迭地套上衣裤，连滚带爬地回了房间。

大太太就是大太太，前院果然比后院气派，连卧房前的两个红灯笼都大了许多。人具体在哪，也很好判断，肯定是最大的那间。时发毫不费力地进入了室内，随即不慌不忙地将床前的蜡烛点亮。

舒有财终究上了年纪，先前和小兰一场肉搏战，早感筋疲力尽，回到正房后，也没洗漱，倒在床上就打起了呼噜。睡得正香时，朦胧间忽感有人在揪他耳朵，便以为是潘素珍，他眼也不睁，不耐烦地甩手骂道："三更半夜的发什么骚，老子哪还有精力伺候你个老娘们！"

"娘道蒸子的，睁开你的狗眼看看，老子是谁！"

娘道蒸子！坏了，是袁时发！舒有财下意识地朝被子底下摸去，还没等碰到枪套，手背就感到一阵钻心的疼痛，一看，手已被时发牢牢踩住，脑门上顶了一把驳壳枪。

"别动，小心老子枪走火！"

此时，舒家大太太潘素珍也已惊醒，蜷着身子在一旁瑟瑟发抖。

时发伸手从被窝里拿出舒有财的手枪，一看还是把崭新的勃朗宁，顺手往怀内一揣，手里已多出一个弹夹。

那舒有财倒也乖巧，眼见明显不是对手，遂软下声来求道："好汉就是双枪袁时发吧？我家老三说你为了洪大牛很可能会找来，没想到这么快。"

"好，既然知道是袁时发，就乖乖跟老子走。去，找根绳子把自己捆起来。你放心，在你儿子把洪大牛放出来之前，老子不会杀你的。不过你要敢玩花样，三秒钟之内让你看到自己的肠胃，你信不信。"

舒有财牙齿打战不住点头："信、信、信，你袁时发的本事谁不知道，只要你肯、肯放了我，我马上叫人送信给老三，让他放、放了洪大牛……"

时发冷笑道："你们舒家父子老子还不清楚吗？连当汉奸、出卖祖宗的事都能做得出来，说话和放屁有什么区别！再啰唆先割了你的狗舌头。"一把寒光闪闪的匕首插在了床沿上。

"啊——嗷！"潘素珍白眼一翻昏了过去。

舒有财忽感背部一阵热湿，慌忙挪开，再一看，原来那老娘们已经吓尿了裤子。弯弯曲曲的尿渍在凉席上画出一张秤钩子般的地图，既不是非洲，也不是欧洲，倒很像是日本全岛。

时发不禁莞尔："娘道蒸子的！真是天生汉奸的料，撒尿都撒出鬼子岛来！"

舒有财也顾不了这么多了："时发啊，老朽……我们父子都很敬佩你的，洪大牛现在在日本人手里，我无能为力啊。这样吧，只要你不管这事，我马上给你两百大洋，再领你去碉堡，里面有一挺机枪，全新的捷克式，还有五箱手榴弹，两千发子弹，这些都归你，够意思了吧？”

一提碉堡，时发更来气：“你个老狗，别以为老子不知道，你们在碉堡里布下的机关和埋下的炸药都是专门为老子准备的吧？好，既然你说要给钱给枪，老子照单全收。”说完，掏出绑绳把舒有财捆了个结结实实，再往他腰间挂上一枚手雷，拧开保险，用一根细绳系在手里。

“走！先带老子拿枪弹去！”

舒有财哆哆嗦嗦道：“你你你，你怎么鹅卵石腌咸菜油盐不进啊。你小心点，我老了，能死得起，别连你一块炸死了，你还年轻啊。”

时发仰天一阵狂笑：“谢谢你舒大老爷的关心，袁时发命硬得很，再说就算死了，有你这样的大财主陪葬，老子也不冤！”

舒有财脸如死灰，心中暗骂舒老三：你这个畜生，怎么就惹上这么一个不要命的主！这回要害死你老子了。嘴上还是不敢言语，低着头老老实实地前头带路。

屋里这么一闹腾，舒家家丁连同那四名保镖都闻声赶了过来，很快将时发和舒有财围在中心，为首的正是刚刚与黄玫瑰苟且的舒晓年。

“袁时发，你识相点，赶快放了我们家老爷，否则你别想活着走出这个院子！”

舒晓年一边大呼小叫一边冲着时发使眼色，悄悄伸出巴掌横在脖子上做了一个割杀的动作。

很明显，这家伙盼望他立刻宰了舒有财，他再带人给舒有财报仇，这样，既能瞒住丑事，又能在舒老三那里立个大功——可惜了呀，你这点小九九如何能瞒得过老子！

时发冷眼嗤鼻后狂笑一声，冲着一干人等高声喝道：“你们都知道地方有‘一发’吧！老子收拾你们这几块料，还要用一条老狗做挡箭牌，传出去还不被人笑话死。不要命的请过来！”说罢，抬手一掌击在舒有财的脖子上，只听咕咚一声，舒有财昏倒在地。

为首的保镖叫黄腊狗，他见时发打倒了舒有财，立刻叫道：“你竟敢伤害舒老爷，弟兄们……哎哟！疼死我了！疼死我了！”他话没喊完便单腿跪地，杀猪一般嚎叫起来，左腿膝盖上已经插着一把黑亮的小刀。

玄铁精就是玄铁精，膝盖骨和它相撞，就如同鸡蛋扔在了石头上，顷刻四分五裂。

余下三名保镖端起盒子炮就要开枪。说时迟，那时快，只见时发一个鹞子翻身落到三人右侧，嗖嗖嗖！黑光闪起，三把飞刀全部插在了三人的手腕上，接着砰砰砰三声，三只王八盒子全部掉落在地，那三人随之大声叫痛。众家丁一个个面面相觑，谁也没敢出声。

时发走到黄腊狗四人面前，快速拔下飞刀，擦了擦血迹，转身朝着家丁们冷冷说道："都看到了吧！我知道你们都是舒家长工，只是为了混一碗饭。我也不想伤害你们，该干嘛干嘛去，记着，切不可为虎作伥，否则休怪我刀下无情！"

众家丁原本就没有护主之心，眼见时发如此身手，忙扔掉手中的家伙一哄而散。

时发转身手指黄腊狗："你们四个狗仗人势，绝不能轻饶，老子今天就废了你们的狗腿，以后好好做人吧。"说罢，抽出大砍刀，一刀一个，把四人的脚筋全部挑断，接着又将砍刀在黄腊狗身上擦拭了几下，再从桌底下拎出早已吓出一裤子屎尿的舒晓年，捂着鼻子道："帮老子带个口信给舒老三，他知道老子在洪山头，你叫他明天上午九点之前带着洪大牛去换人，洪大牛要是少了一根头发，老子就砍掉舒有财的一根手指头。另外，取两百大洋封好，再到碉堡里把机枪、手榴弹和子弹全部拿来，准备一辆马车，安排个车把式跟老子一起走，少一件，老子就割掉你一只耳朵，听见没有！"说完一脚踢醒舒有财，压着他朝门外走去。舒晓年哪敢不依，只得一一照办。

出得大门，时发突然心血来潮，何不学学那武二郎来个扬名立万？想到此，他撕下一块碎布，粘上四名枪手的血在大门框上写下：

"军中有一江，地方有一发。入庄绑人者，双枪袁时发是也；犯我中华者，斩尽杀光；死心当狗者，下场一样！"

完了纵身上马，一手拎着机枪，一手牵着舒有财，押着马车扬长而去，把围观的舒庄人看得目瞪口呆。

此时，月亮渐渐隐去，一轮红日从九连山的东方冉冉升起。

·第十章· 误奏琴瑟梦一场 醒来孤身退敌强

绑到了舒有财，大牛的事基本有了着落，计划却要略作调整了。原本想利用舒有财作为人质，就近坐等舒老三，若是进展顺利，不仅能救出大牛，还可以老狗小狗一起宰。现在的问题是一旦打起来，这么多枪弹和大洋就带不走了。佛云得到便是累赘，有时想想还真有道理。不过，这种得到乃是为了付出，杀鬼子需要本钱，洪山头老百姓过日子需要大洋，算不得累赘，勉强能算得上累赘的是舒老狗。村里百姓已全部转移，门都上了锁，自己又是孤军作战，放哪家都不妥，杨寡妇那里也不行，既不安全也会连累到她，想来想去，也只有自家地窖最合适了。

接近村口，时发取出一块黑布蒙住舒有财双眼，把马车上的弹药全部搬到自己的马背上系好，拍了拍马脖子道："辛苦你了，伙计。"然后冲那个马夫拱拱手："你可以回去了。"说完，牵着马押着舒有财朝洪山头后山走去。

红杨树虽地属皖南，但并非真正的皖南山区，青弋江自南向北将其一分为二，圩区地势平坦，水网纵横，自无山可言，这里所谓的山实为丘陵，除了一座孤峰独秀的琊琅山声名远播外，此起彼伏绵延不绝的多为名不经见传的小山。山因为小而平凡，往往没有大气的名字，像什么便叫什么，只有赋予的神奇传说或出了名人才另当别论。村名也如是，有些小山实在不好起名，干脆就用村民的姓氏。洪山头不仅坐落在山头，也源名于洪姓为大户。村南有一座号称"大山"的长岭，村东北另有一座"大鱼山"，比大山更矮小，只是个丘岗，外形颇似一条鲫鱼。村西有日本人刚修筑的湾红公路，从湾沚直到红杨树据点，路西边就是王春芳的娘家王庄。洪山头不大，全村总共才六十几户，却是个极适合打游击的隐蔽场所，前后皆有山林环绕，荆棘密布，常有野兽毒虫出没。袁长水当初落户洪山头时，常蒙村民照顾。广德保卫战之后，李汉臣多次提醒时发，洪山头是你的根，你们一家和我都受过洪山父老的恩惠，他们要是有难处，一定要当成自己的事去做。得知时发要回到洪山居住，村民们便自发将袁长水留下的茅草屋翻修一新，又凑齐了生活用具一应送来。深受感动的时发除了平日要钱外，总要进山打点野味送给乡亲们。如此一来，大伙都喜欢上了这个一身武功的青年。

在江湖上闯荡了好几年，时发深知退路的重要性，他在卧房床底挖了足足三间房子大的地窖，再疏通一条地道直通后山，又在出口处建了一座空坟，以墓碑作出口之门，非常隐蔽。本来是作遭遇强敌时逃生之用，不想第一次派上用场竟是关人。为防舒有财逃跑，时发将其押进地窖后，加了一根绳子把双腿绑紧，往他的腰间又加挂了一枚手雷，再把嘴堵上。一切安顿好，已是早上七点多了。腹中一阵雷鸣，他这才想起吴大驴子所言，想必杨寡妇早已将疙瘩汤做好，先去填饱肚子再说。

到得门前，果然飘来一阵诱人的香气。疙瘩汤是皖南人对面鱼的俗称，以面粉为原料，加水加盐搅拌后用筷子贴着碗边往开水里擀，飘起来疙里疙瘩的如同一条条小杂鱼。杨花妮知道时发最爱吃伴着瓠子的疙瘩汤，既要弄到几条瓠子，又担心时发安危，她也是一夜没睡，见到他立刻连声问道："怎么样，怎么样，事情搞好了没有？"

"搞好了，我已把舒老三的老子绑来了。疙瘩汤呢？饿死我了。"

"热了好几遍了，快去吃。"

咸咸的面疙瘩伴以清甜的瓠子，自是爽口不已，时发一口气狂吞了三大碗。

杨花妮笑得吃吃有声。"慢点，别噎着。"接着把余下的盛起来放进一个竹篮里，盖上毛巾递给时发，"都带走，你一夜没合眼，赶快回去躺会儿。"

时发也不客气，拎起篮子径直返回地窖。

舒有财果真怕死，靠着内壁一点也没敢挪地儿。看见时发带来一大碗面疙瘩，他喉头蠕动了几下，想是也饿了。时发冷哼一声：你舒大老爷习惯了餐鱼顿肉，这种糟糠之食还是算了吧，你身上油水多，饿几餐死不了。一阵倦意袭来，他打了个哈欠，和衣往干稻草上一躺。舒有财只好沮丧地低下头去，却听身边已响起了雷鸣般的鼾声。

身疲心累入梦快，无了孽根总煎人。被夏芳揭开难言之隐，时发在男女方面着实低沉了一阵，但他正值青壮年，低沉再久都会有激昂之时，舒晓年与黄玫瑰的那场床戏打开了他记忆的闸门。他这几年的记忆一般都是围绕着王小文展开，这回却是夏芳。她撅着小嘴气嘟嘟地问：袁时发，你到底什么时候能娶我过门啊……

和夏芳那档子事始终让时发难以启齿，他不得不承认，自己确实犯了一个不可饶恕的错误，尽管这个错误有着太多的巧合，但永远不足以构成他失德的理由。

实际上，自从与王小文邂逅，他心中就再也装不下任何一个姑娘了，但第二次见面的场合令他深感自卑，不过，王小文在临走之前又用简短的言行燃起了他的希望。二人如同约好了一样，都保留着对方的手帕，她的那条还绣了一个“发”字。她还说彼此都要保存好各自的东西，要永不言弃。东西当然指的是手帕，永不言弃呢？指的应该不仅是他袁时发。如果永不言弃也指王小文，那就表明她并没有因为袁时发毁了前程而放弃他。可是，潜意识里的自知之明还是在不断地告诉着他——袁时发无论如何都配不上王小文了。一种矛盾的心理就此产生。除暴安良、赴国难打鬼子虽然都不是为了做给心仪的姑娘看，却也希望她能看到，看到他袁时发摔倒后爬起来是什么样子。可惜那次宣判之后，就再也没有过王小文的任何消息，他四处托人打听，结果却总是令人失望。想见到王小文的目的他自己也说不清楚，更不知道要做什么，他只想知道在这个狼烟四起的岁月里，她是不是安好。

再怎么粗心的女人，都不会在深爱一个男人的时候失去她起码的敏感。王夏芳非常清楚，袁时发心里藏着一个叫小文的女人，尽管知道他心有所属，但她还是想竭力争取。这个男人，已经完完全全地走进了她的内心深处，恨恨不了，忘忘不掉。如果没有这个男人，她早已葬身狼口——

端午前的头一天下午，夏芳挽着菜篮从王庄出发，边走边挖野苋菜。按照习俗，端午节这天不但要有粽子，还要有“五红”——虾子、黄鳝、咸鸭蛋、雄黄酒、苋菜。鬼子打进红杨树后抢掠无度，很多人家都草衣木食，前四红已经没有可能，但作为其中一红的苋菜还是可以挖到。

每逢佳节倍思亲。时发在襁褓之中便失去了亲生父母，对他们自然没有什么记忆，同时，出于安全起见，他和袁时家秘密相认之后就很少联系了。除了李汉臣，他最思念的人就是王小文。那天早上，他去了西乡找李汉臣，却发现人去屋空。李汉臣给他留了一坛绍兴黄酒和一张字条。绿色的陶瓷酒坛，造型古朴典雅，手感温荧如玉，从坛子就可以看出是好酒。字条上写道：时发儿，我知道你孝顺，肯定要来陪我过节，但我这几天发现，西乡有中共地下党活动的迹象，我正在找他们。这个端午节，你还是回洪山与乡亲们一起过吧，等我找到组织再与你联系。

时发只得折转回去。义父不在，王小文又找不着，他躺在床上不觉有些失落，遂抓起李汉臣留下的那坛子黄酒接连咕下一半。他没想到，酒有问题——真相在时隔多年以后他同他们父子共同的好友、西乡神偷蒋够本之间的一番谈心——用来采花的药酒使得一个君子犯了错。

蒋够本虽是个梁上君子，却有燕京李三之风，他把这坛从陵阳县城一个和日本商会来往密切的大户人家里顺来的酒送给李汉臣时并不清楚，里面居然放了慢性催情药。那个大户生性风流，喜欢勾引别人的老婆，稍微擦出火花之后便请女人吃饭，只要在酒中放入少量的催情药，只要劝女人饮下几杯便可得手。

时发本来酒量很大，但因心情郁闷，区区半坛酒竟让他有了醉态，王小文的影子开始在眼前晃动，待伸出手去，又不见了。当时还算酒醉心明，他知道自己这是因为思念出现了幻觉，便将酒坛子一扔，进山打猎去！洪山老百姓过得都很苦，能让他们在过节时有口肉吃也不错，总好过在家里借酒浇愁。

夏芳一路走走挖挖，挖挖走走，不知不觉闯进洪山头的后山。忽感一阵内急，看看四下无人，遂蹲下小解，撒完尿一抬头，不禁花容失色！两匹牛犊子大小的豺狼已经不声不响地堵住了前后去路，正龇牙咧嘴，瞪着绿幽幽的眼睛盯着她。它们嘴角处流下的口水表明：这是两匹饿极了的狼！夏芳读过《黔之驴》一文，知道双狼不仅凶残，还很狡猾，盯住猎物后并不急于发动进攻，只是不慌不忙、不紧不慢、耐心地配合着消耗猎物的体力。而你只要累倒在地，它们就会立刻扑上来断喉饮血、开膛破肚、吃心吞肝！本能的求生欲望使得夏芳一刻也不敢停留，她紧紧握住挖苋菜的刀片不断转动着身子，左冲右突，但每次都告失败。这两匹狼阴险之极，把夏芳逼回原处就蹲下来，伸出长长的红舌，死死盯着她手中的刀片，嘴里发出呜呜的咆哮声。很快，夏芳浑身是汗，大口大口地喘着粗气，渐感难支。她明白过来，狼在玩猫耍耗子的游戏，这样下去肯定是个死，与其坐以待毙，不如奋力一搏，想到此，她大叫一声“救命啊”，然后挥舞着刀片扭头就跑，前狼本能地躬身一退，后狼却乘势扑上来咬住了她的屁股，那畜生甩头一扯，刺啦一声，布帛撕裂，可怜夏芳顿时皮破血流，一头摔倒，前狼也纵跃着张口咬来。

眼看就要死于非命，突然传来啪啪两声清脆的枪响，两狼瞬间倒地，狼眼依然睁着，心有不甘，死不瞑目。

原来，时发听到了呼救声，及时赶到现场打碎了狼头。

夏芳嘤咛一声晕了过去，良久才醒来。睁眼一看，面前一位英武的男子正关切地看着她，嘴里呼出浓浓的酒气。她顾不得疼痛，爬起来连声道谢：“谢谢大哥救命之恩，谢谢大哥救命之恩，请问你叫什么名字呀？哪里人？”

“哦，袁时发，洪山头的，你呢？”

夏芳听姐姐说过，洪山头最近来了一个叫袁时发的青年，不但长得好看，还一身的本事，又会打枪又会放飞刀，唯一的缺点就是爱耍钱。她一直想见见这位心目中的真男儿，现在看来，姐姐的话没错，袁时发果然帅气潇洒，举手投足之间无不透出一股豪气，刚刚又蒙他救了一命。这样的男人……夏芳心中一阵窃喜。

“原来你就是袁时发呀，难怪好本事，我叫王夏芳，公路对面王庄的，我姐姐春芳就嫁在你们村。哎哟……”她伸手捂住屁股，小脸一阵绯红。

时发在夏芳昏迷时就仔细打量了一番，这个姑娘虽不及王小文那样优雅，却另有一份动人之处：白净的瓜子脸上眯着一双秀目，长长的睫毛在睡着的时候也微微颤动着，显示着她的不安分。当看到她那双弯弯的眉毛时，他的眼前又出现了王小文的倩影，夏芳的双眉之间竟然也长有一颗朱砂痣！

醒来的夏芳更好看，薄薄的双唇如玫瑰花瓣一般，开口说话时露出两排白白的糯米牙，一颦一笑之间，两腮上浅浅的酒窝特别迷人。

一阵山风吹来，时发只感酒往上涌，视线变得模糊起来，飞舞着秀发的夏芳忽然成了另外一个人。当时思念王小文，喝得太快，现在呢？现在王小文不就在眼前吗？

“小文?!”时发张着嘴巴，不知下一句说什么好。

"小文？谁是小文？大哥，你别这么看我呀，我都不好意思了。"

时发略略缓过一点神。忽感一阵热流快速地从小腹间开始升腾，这个精力极其旺盛的男人发现，自己竟然有了生理上的欲望，饥饿的性欲迅速地左右了他的嘴巴。

"姑娘，你，你很好，很漂亮，我……"

这样的赞美，夏芳听过不止一次，有学校的男生，也有村里的青年，但同样的话从袁时发嘴里说出来，却使她感到格外中听。

"是吗？我真的漂亮吗？"

"对，真漂亮。"

"唉！我被狼咬了一口，身上肯定有疤了。"

时发用力地摆了几下脑袋，神志终于稍稍醒转。

"哦，那得赶紧把伤口洗干净，敷点草药，否则会感染发炎的。现在到处都有腐尸，大多被狼咬过，所以狼牙很脏。"

"可是这里没有水，洗不了的。再说咬的地方又是，又是……"

"告诉我，咬到哪里了？我帮你把脏血挤出来。"

夏芳羞红着脸指了指屁股："这，这里……"

"啊？那里啊？"时发也有点不好意思了。

"袁大哥，你真的会治伤？"

"当然，这算什么。我从小就在山里转，还在部队里参加过丛林训练，毒蛇咬伤我都能治。"

蛇毒——王小文又出现了。

夏芳在学校就是个有名的直性子野丫头，她心想，姐姐向我介绍袁时发的时候，本来就有意撮合，看样子他对我印象也不错，不就是碰一下屁股吗？请男医生打针不也是这样吗？没什么好顾忌的！想到此，她趴到草地上，三把两把将裤子扯下一大截。

"袁大哥，这里没有其他人，你就帮我挤吧。"

时发没想到夏芳竟会如此大胆，顺着那露出半截的屁股向下侧看去，姑娘红色的肚兜和白净而又浑圆的小腹隐约可见……

催情药的药性越来越强。王小文在向他招手，只不过，她上次被咬的是脚踝，这次却是屁股……不，我手劲太大，不能用手挤，会弄疼小文的，还是用嘴吸吧！

时发只觉口干舌燥，浑身血液沸腾得像要爆炸一般，他喘着粗气，张口便对着那流血之处一番吮吸，一双手却像着了魔似的，竟把夏芳的长裤全部拉了下去，接着又扯烂了她的肚兜……

夏芳心头鹿撞，她没料到这个男人会如此粗野，她本能地去抵抗，却毫无抵挡之力，袁时发手劲太大，动作太快。她慌了，感觉自己就像一只柔弱的羔羊，尚未迈开逃跑的四蹄，已经被架进了宰杀的屠场。

“你，你要干什么……唔……”双唇已被用力地吻住。

时发此刻成了一头野兽，他重重地压住夏芳。“小文！小文！我来了！”

哎呀！他把我当成那个叫小文的女人了！夏芳一惊，紧紧夹住双腿。她想喊，但喊不出声，嘴巴被时发的双唇堵着，堵得她喘不过气来；想推，更推不动，时发沉重的身子压得她根本动弹不了。她不再挣扎，她知道，在这样的男人面前，挣扎毫无用处。算了，像他这样的男人，怎么会没有女人，只要他不对我始乱终弃，我总有机会代替那个小文的……

激情过后，夏芳白嫩的肌肤上布满了青青紫紫的吻痕和指印，她小鸟依人般靠着时发的肩膀，一边摩挲着他的头发，一边仔细打量着他。

催情药的药劲已过，空气中夹杂着花草的芬芳和体液的腥膻气息。时发猛捶一下前额，再掐一下耳朵，疼！他彻底醒来。砸锅！我把这个姑娘当成小文了！但就是当成小文也不能做禽兽啊！身体异样的感觉告诉他，自己刚才做了禽兽之举。

夏芳眼神柔情似水，她仰起头，羞答答地问道：“你什么时候娶我过门啊？你看，我这可是第一次……”

每一个字都是晴天霹雳，时发感到脑袋瞬间大了好几倍。这可如何是好，以后连想小文的资格都没有了！可大错已经铸成，又不能不管这个姑娘……我怎么会这样?！人说酒后乱性，那全是找借口，况且这点酒对我来说算什么。

酒！对，还是酒！他很快想到，江湖败类常用催情药采花，他也曾受人之托诛杀过一个采花大盗。娘道燕子的，酒有问题啊！大啊大，您老哪来的这玩意！世上既然有陷马坑，马失前蹄并不奇怪，但要看马掉在什么样的坑里，这酒可把我坑惨了！不，是坑惨了这个姑娘！时发心乱如麻，他恨不得朝自己开一枪。

“娶你？没想过，老子现在又没个正事干，天天在刀口上混日子，娶了你不是害了你啊？”

“什么？你不是开玩笑吧？要了我的身子，还不打算娶我？你，你怎么这样啊！你说，是不是为了你说的那个什么小文，她是谁？我知道你把我当成她了，但我还是给了你！你，你还我身子！”夏芳捂着脸哭出声来。

时发连忙赔笑：“别哭别哭，是我不好，我是把你当成她了，但我不会不管你的。我的意思是稳定下来再托人上门提亲，好不好？”

“不行，你明天就到我家提亲，后天就成亲！”

“哪有这么快就成亲的啊？再说，老子又不是……”他本来想说，老子又不是霸王硬上弓，突然觉得不对，他就是硬上了一回弓的霸王。

“快把衣服穿好，我先送你回去，别又被狼给盯上。这两匹狼就送给你们家了。”

时发说完穿上衣服，扛起两匹死狼朝王庄走去。

夏芳只得穿好衣裤爬起来，一跛一拐地跟在后面。到了门前，时发扔下死狼，头也不回地走了。他不敢回头，他嘴上说得很绝情，其实是不敢面对夏芳，更觉得对不起心中的王小文，尽管王小文已不知在天涯何处，但在他的心中，王小文才是他唯一的女人，现在，背叛了这个女人，他悔恨难当心烦意乱。

身后，夏芳跺着脚在喊：“袁时发，你个混蛋！有本事永远别来找我……”

“袁时发，你在哪里？快出来！”

咦？她不是在我身后吗？怎么还问我在哪里？

不对！这声音好像不是夏芳的，时发立刻惊醒过来，原来是在梦中回忆和夏芳的那次荒唐。他不禁哑然失笑，这小娘们能跑到我梦里，莫非真的前世有缘？唉！小文啊小文，你到底在哪里？

“袁时发，你在哪里啊？我是一个人带着洪大牛来的，快把我大放了！”

这回听得真切，是一个男人的声音。舒老三终于来了！

一个人？时发心中冷笑，你舒家吃了这么大的亏，你舒孝义要是就这么认栽，那真是活见鬼了！他迅速拿起装备钻出地道，找一处林密草深的高地，掏出望远镜仔细向村里看去。

只见那舒老三牵了一匹枣红马正四下张望着，同时扯着嗓子在那里大呼小叫。

舒老三个子不高，身穿一套白色西服，脚蹬一双黑色皮鞋，鼻梁上架着金边眼镜，一看就是接受过先进教育的，不过，他头上扣着一顶鬼子军帽，和西服配起来显得很是不伦不类，这种装扮，三岁小孩都能一口报出：汉奸！他喊话时不断打着哈欠，身子骨干瘦异常，不用说，鸦片和女人早已掏空了这位公子哥。

“袁时发，洪大牛我带来了，你快出来啊！”

镜头移转，马背上确实趴了一个人，身材也很像洪大牛，但头部被黑布套子蒙着，根本看不到脸。时发何等精明，单凭那人脚上的一双皮鞋就明白过来，那人绝不是大牛。如此一来，他反而放心不少。看来那个舒老三也不是个十分精细的人，不过，他既然敢大摇大摆地进村，身后一定有埋伏。如果日本人也来了，肯定有狼狗。他在部队领教过狼狗的厉害，这种狼与狗生出来的杂种，鼻子比舒有财家的看门土狗要灵得多，辣椒粉估计破坏不了它的嗅觉。念及于此，时发连忙从行囊里拿出汽油壶往身上撒了几滴，悄悄绕到村东口的池塘边，伏身茅草丛中再一看，果不其然，就在大鱼山和村口之间的那条路沟里，几十把刺刀在阳光下闪闪发光，足有四个班的黑头鬼子抱枪而蹲。相隔不到十米左右，还蹲着七名荷枪实弹的黄头鬼子。为首的五短身材，长着一副猪头般的脸，满脸横肉，上唇蓄着一抹仁丹胡，一手握着一把连鞘的东洋刀，一手牵着一条大狼狗，正是九连山碉堡外号“猪头小队长”的龟田太郎。那条狼狗，满身毛发根根竖起，伸着长长的红舌，来回窜动不停，一副蠢蠢欲动的样子。

狗日的舒老三，你居然和老子玩这手，不让你们丢下几具尸体，还不知道你马王爷长了三只眼！

时发当即返回地窖进入屋内，布好几个暗雷，再下地窖把机枪子弹压满，接着冲舒有财踢了一脚。

“你儿子竟敢跟我要花样，看来他是不准备留脑袋长记性了。”

舒有财瞪大着眼睛，连连摇头，嘴里发出呜呜之声。

时发一把扯下布条：“有什么屁，快放！”

“袁大侠，都是那畜生造的孽，和我无关啊，你就放了我吧，我老了，也活不了几年了。”

“放了你？放了你洪大牛还有命吗？”不容分说，又把嘴堵上。

小癞痢知道洪山头村民都藏在前山，但他非常清楚，前山除了南边一个洗面塘村外，东西方向都是绵延起伏的山林，到处都有厚厚的植被，到处都是蜿蜒曲折的小路，有些被落叶覆平的沟壑深达两米，树洞地穴更是不计其数，别说两三百，就是上千人躲进去也不好找。龟田不仅长了一副猪头脸，那脾气也如野猪般难以捉摸，搞不清什么时候就伸出獠牙咬人，舒老三都经常触霉头，他一个小小的皇协军班长就更不敢找不自在了，一旦根据他的汇报搜不到人，龟田说不定就会劈了他。所以，当舒老三问他时发的住处时，他干脆说袁时发来洪山不久，还不知道有没有屋子。

舒老三只得一遍又一遍地高喊："袁时发，你不是要换人吗？躲着不见，算哪门子好汉！"如此反复，声嘶力竭，他渐感吃不消。

出得地道，时发再次绕到村东口。伪军虽可恨，但毕竟是中国人，没到非杀不可的地步，能不杀尽量不杀。该杀的鬼子人数虽不多，战斗力却不容小觑，先干死他几个再说！端起捷克式机枪，对准沟内就是一通猛扫。

哒哒哒哒……三名黄皮和那条狼狗瞬间被打成了筛子，随即也有子弹朝他射过来。

小鬼子反应够快的！时发猫着腰快步退去。

"八嘎，袁时发太狡猾了，死啦死啦的有！"龟田太郎抽出东洋刀大叫，"冲上去，消灭他！"

舒老三自不甘落后："弟兄们，杀了袁时发，救出我大，晚上我带你们去宣城喝花酒！"

洪山头的每一寸土地，时发都已烂熟于胸，他抱着机枪在滚动中边打边退，很快退进村内，三步两步就绕回了住处，进门之前又回身扫了一梭子，舒老三吓得连忙趴在地上，大声叫道："袁时发进屋了，弟兄们，围起来！"嘴里喊着话，身子却似一只倒行的蚂蟥，呈波浪状一截一截往后拱。

此时，龟田太郎已带兵团团围住了草屋，见舒老三还趴在地上，猪头脸一下子胀成了卤猪头，他上前猛踹一脚。"八嘎，舒桑，你的不配军人的干活，我命令你，带着你的手下冲进去！"

舒老三慌忙爬起来，那一身白色西装已经脏得不成样子，现在哪能顾上这些，袁时发出手就死人，龟田却命他冲锋，这不是让老子往枪口上撞吗？

"龟田君，你也看到了，袁时发确实不好对付，刚才还打死了三名皇军，他既然敢进屋，这里面恐怕有埋伏。"

“嗯，你的分析有道理，但是，我的不信他有三头六臂，刚才是偷袭，才使我三名帝国武士玉碎。现在，他是进了洞的老鼠，跑不了的，去，你们的冲进去，不然通通死啦死啦的！”

舒老三苦笑，你龟田太郎学说中国话才几天？老鼠有进洞难道没出洞？凭什么断定袁时发跑不了？他嘴上当然不敢不依，挥着盒子炮叫道：“弟兄们，龟田太君说了，杀不了袁时发，大家都得完蛋，全都给老子冲进去！第一个进屋的，赏大洋三百！冲啊！”

他再次感到一阵缺氧，而回应者寥寥更让他不敢看龟田的眼睛。其实他知道，大家都看在眼里，袁时发那么厉害，舒某人的钱并不好拿。不过，最终还是有人帮他验证了“重赏之下必有勇夫”这条真理。

小癞痢一直在担心，整件事的起因在我这张嘴臭，躲过初一躲不过十五，一旦舒老三在龟田那里受了委屈，必会迁怒到我。龟田猪头疯归猪头疯，好色归好色，却是个不怕死的军人，他很看不起舒老三刚才那副怂样，我若表现得勇敢一点，必给他留下一个好印象，到时舒老三就是想找麻烦恐怕也有所顾忌。再者，袁时发现在是自身难保，我只要进门就趴下，应该没事，三百大洋能拿到最好，拿不到起码也挣了个脸面。想到此，他默默祈祷：列祖列宗在上，如能保佑我逢凶化吉，我定在发达之日给你们重修祠堂。完了他大叫一声“跟我来”，率先冲进了屋内。

龟田露出满意的微笑，然后冷眼瞪着舒老三说：“舒桑，你的，大大的不如他……”

小癞痢的身子尚未趴倒在地，已感连续碰到了几根细线，他立刻暗叫不好，但已经来不及了，只听得轰隆轰隆几声巨响，火光伴随着浓烟腾空而起，三间草屋瞬间被夷为平地，可怜小癞痢和另外四名黑皮当场被炸得粉碎，龟田一干人等也被爆炸气浪冲得连连后退。

藏在时发床下的地窖口本来做得就十分隐蔽，现在屋子又成了一堆废墟，众人扒拉好半天，结果什么也没有发现。鉴于红杨树周边有很多零星抵抗组织，土匪、江湖帮会更是多如牛毛，龟田不敢逗留太久。眼看着损兵折将，却连袁时发的毛也没捞着一根，这种有气没处撒的痛苦，他很希望有人来承担，而那个舒桑却很狡猾地在“断后”。他由愤怒转为暴怒，冲上前给了那个断后者一记很响亮的耳光，这才悻悻然率队往九连山方向退去。

待鬼子走远，时发返回地窖，只见舒有财在拼命地眨着眼睛，知道他想说什么，无非是求饶之类，当即把手一摆：“你儿子聪明反被聪明误，想给老子下套，结果害人不成害了己，你个老王八蛋一时也走不了了，情况就是这么个情况。走！老子给你换个地方。”说罢，押着舒有财赶到杨寡妇家。

“花妮姐，把驴子叫来，舒有财就交给他看管。告诉他，大牛被救出来之前，千万不要饿死了老王八蛋，然后去前山通知乡亲们，鬼子已经撤兵了。”

“放心！接下来打算怎么办？”

“继续救人。他们吃了大亏，回去肯定要拿大牛出气，我得抓紧了。”

“啊？来得及吗？”

“来得及。他们人多，骑马的没有几个，走的也是大路。”

交代完毕，时发跨上马抄小路往九连山赶去。

·第十一章· 擎义策马气如狂 百密一疏焦似慌

舒老三着实挨得不轻，嘴角和鼻孔都流出了鲜血，好在这也不是第一次，没人再会笑话他，捅了这么大的纰漏，能在杀人如麻的龟田手里活着已是最好的结局。不过，龟田也彻底打醒了他，袁时发确实被低估了。借助日本人之手救出父亲，再干掉袁时发，这是一个双管齐下、两全其美的计划，没想到成了一场闹剧，成了袁时发尽情表演的机会。事情原本不用如此，假如向龟田说出实情，再施以美色贿赂，说不定可以带走洪大牛换人，但闹到这步，后悔已然无用，只有把谎言进行到底——袁时发不仅仇恨大东亚共荣政策，而且还是一个狡猾狡猾的马胡子。麻烦的是眼下，死了几个皇协军倒不打紧，出点钱安抚安抚便可了事，关键是死了三个皇军不好交代。龟田刚才还在问，袁时发到底是不是马胡子，是不是你孝义君公报私仇，视我帝国武士的生命为儿戏！要不是一口咬死了，脑袋说不定已经搬了家。这个翻脸不认人的家伙，弟兄们私下说得非常正确，猪头脸太符合猪头疯的脾气了，而令人忐忑不安的局面全拜那个袁时发所赐。

妈的，老子卖你姓袁的人情多日，一直没有举报你和李汉臣的事，你却为了一个不相干的娘们把老子害得这么惨。舒老三的牙根从疼痛转为发痒。

李汉臣？李汉臣！他忽觉眼前一亮，立刻挥手示意队伍停下。

“龟田君，我想到了一个对付袁时发的办法。”

龟田没好气道：“舒桑，你的又有什么鬼主意，说！”

“袁时发有个亲人在西乡，抓到他不愁引不来袁时发。”

“亲人？你的不是说过他是个孤儿吗？哪来的亲人？”

舒老三连忙陪笑道：“龟田君，我也是最近才知道的，刚刚想起来。袁时发自幼被他的义父李麻子养大，二人情同父子。李麻子真名叫李汉臣，他原系川军饶国华部一名军事教官，在广德战役中袭击过皇军，牛岛师团的大炮就是他和袁时发炸的。李汉臣现在改了个名字叫陈刚，就躲在西乡。”

“情报可靠？”

“绝对可靠，我敢拿脑袋保证！”

“吆西，去西乡抓李麻子！”

时发一路纵马赶至九连山脚下，途中已经拿定主意。要救洪大牛，还得从舒家大宅下手。

刚到门口，迎面正好碰上舒晓年，身后跟着两名长工，各挑着一副沉甸甸的担子，看他们行路方向，应该是要上九连山碉堡。

舒晓年一眼瞥见时发，脸唰地一下如同白纸，随即扑通一声跪倒在地，嘴里含混不清地嚷嚷道：“大爷，您是人是鬼啊？我和您无冤无仇，别老盯着我呀，哎吆，菩萨保佑，菩萨保佑啊……”

时发有点懵：“娘道燕子的，你啰里吧嗦个什么玩意儿？老子怎么就成了鬼啦？”

“啊吆，您真的是人啊？少爷他们早上出门的时候，说要带您的人头回来喝庆功酒……”舒晓年猛然醒悟过来，后面的话没敢再说下去。

“哈，做你妈的春秋大梦，就凭舒老三还能要了我袁时发的命？实话告诉你，他们已经被老子干掉了八个，三个黄皮，五个黑皮，现在正抬着尸体往回赶。你要想活命，就老老实实带老子上山，洪大牛要是找不着，你也就活到头了！”时发说完指了指舒晓年的裤裆，又指了指后院。

“不用老子动手，你懂的！”

舒晓年整个身体就像泄了气的皮球，弯曲着两腿哭丧着脸连称明白。没办法，就算没有黄玫瑰那档子事，没个交代小命也是不保，这个煞星既然指明了找他要人，无论如何都糊弄不过去。

“嗨！洪大牛已经不在山上了，就关在庄子的地牢里。您绑了老爷以后，少爷报告了龟田太君，说您很可能要去碉堡救人，为防万一，他们今早出门前就把洪大牛带到庄里来了，说是让您猜不到。”

真是踏破铁鞋无觅处，得来全不费功夫。时发狂笑道：“哈哈，这个龟孙名叫孝义，还真是孝顺！老子问你，庄子现在有没有枪手？”

“没，黄腊狗他们刚被您废了，短时间内找不到合适的人，有枪的还是以前那几个长工。”

“走！带老子去找洪大牛。”

“是是是，您跟我来。”

“等会，框子里啥玩意？怎么这么香？”

经过先前的战斗和奔波，时发感觉肚子又饿了，闻着味，明显就是吃的。

那两个长工看到平时凶巴巴的管家被吓成这样，愉快的心情立刻让他们作出令人愉快的回答，不过他们没有想到，他们的回答会给更多的人带来愉快。

“袁大侠，这里面是大太太给碉堡里人安排的酒饭，有很多好吃的，说是杀了你以后一部分人会在庄里喝酒，山上的人也要安排一份。”

“娘道蒸子的！真是一屋子汉奸，就差给鬼子舔屁眼了吧！”

时发骂骂咧咧地打开箩筐，果然尽是烧鸡、蹄髈、卤鹅等好菜，还有两大坛子宣城烧酿。他顺手扯下两块鸡腿啃起来，接着捧起一坛烧酿仰脖咕嘟咕嘟灌了几口，连声赞道：“好酒，好酒！”

舒晓年算是服到了家。这人胆子也太大了，明知少爷他们就在回来的路上，竟旁若无人地在这里吃肉喝酒。

大快朵颐之后，时发又拿起两只烧鸡，冲舒晓年一瞪眼：“洪大牛这两天都在饿肚子吧，你们打了他没有？嗯?!”

“没有没有，绝对没有，不过关在地牢里日子肯定不好过。”舒晓年巴不得赶快把这个瘟神打发走，“大侠，请跟我来，地牢的钥匙在我这里。”接着冲那两个长工说：“少爷要是问起，可不许乱说。”

时发替他回了话：“你以为他们和你一样？你们两个，把长工们都叫来，一起吃了。舒老三回来，就说是我袁时发逼你们吃的，谁不吃谁就会挨打！”说完，推了舒晓年一掌：“带路！”

地牢就建在舒家祠堂的地底下，谁能想到，一个祭祀祖先的殿堂下面还藏着一个被人遗忘的角落。

舒有财父子为防止被囚禁的人逃跑，地牢入口处用的是白色岩石，周边的树干也都刷了石灰水，即使在黑夜里，越狱的人也无处躲藏。祠堂周围的院墙足有两米多高，墙顶上倒插有密密匝匝的铁蒺藜。

舒晓年打开入口，领着时发往下走了十来级阶梯，一阵阵潮气袭来。

踏入牢底，更觉血腥。两旁共建有八间牢房，正中有一间审讯室，隔着铁门上的栅栏往里看去，墙壁上挂满了镣铐、链索、皮鞭、铁钳等刑具，地面上有发黑的血渍。每间牢房都有一道上了锁的厚铁门，中间是四根拇指粗的铁条，铁条上蒙了一扇铁皮，只有外面的人才可以开合。铁门的顶部开了一个小小的窗孔透光，由于铁门很高，踮起脚来都够不着窗孔。整个地牢昏暗潮湿，从入口处透过来的一丝亮折射出惨白冰冷的幽光。

娘道蒸子的！关在这种地方，莫说洪大牛，就是我袁时发恐怕也逃不出去，舒家父子真是活阎王啊，也不知害死了多少人，等着，老子非灭了你们不可！

打开门，时发一阵心酸，体格健壮的洪大牛已经饿得奄奄一息，好在还没有受伤。他艰难地爬起身来，嘶哑着叫道：“兄弟，你可来了，我快饿死了。”

时发赶紧扶住，递上烧鸡，回头冲舒晓年喝道：“弄碗水去！”

大牛真的饿坏了，两只烧鸡不到三分钟便吃了个精光，打着饱嗝又狂喝了一大碗水。

料想舒老三离村不远了，时发拍了拍大牛肩膀道：“此处不是久留之地，动身吧。”

转身又问舒晓年：“牢里还关了什么人？”

跟进来的长工回道：“以前的都死了，除了这位兄弟，今天上午还关进来一个打更的。”

“更夫？为什么要关他？”

“这就得问管家了。”

舒晓年心里慌乱，结结巴巴道：“袁、袁大侠，您昨、昨晚那么一闹，我只好把责任推在、推在更夫舒老权身上……”

时发火往上撞，啪！一个耳光重重抽出。

“啊吆！呸！当……”一颗门牙掉在地上。舒晓年顿觉天旋地转，一缕鲜血顺着嘴角流下。

“这好好的干嘛又要塔我啊？”他丢了一颗门牙，说话漏风，把“打”说成了“塔”。

“娘道蒸子的！打你，打你还是轻的！老子最恨你们这种欺负穷人的杂种！打开门放出来，全部推到老子身上。还有，老子绑舒有财的时候忘了一件事，他买了一个丫头叫小兰，也不知被那对畜生父子糟蹋成什么样了，一并带过来，老子要带她离开这个阎王殿!”

舒晓年哪敢不依，抖抖索索道：“小、小兰今天不在庄里，她被少爷送、送到九连山去了，说是要用她慰劳龟田。”

时发瞋目切齿，但没有出声，只在心里念了一句：舒老三，从现在开始，老子不再骂你了，因为你很快就是一个死人了!

开门一看，果然是那个告知碉堡有埋伏的更夫。

舒老权显然不知道为什么会被放出来，他悲凉地呆望着众人，当看到时发在场时，他一下子明白过来，正待表示感谢，却见时发冲舒晓年努了努嘴，又朝他眨了一下眼睛。

“你我素昧平生，不过你一个打更的，也是穷人，算你走运。”

舒老权心领神会，不再言语。

眼见舒晓年甚是乖巧，时发决定放他一马。

“大牛，把他捆起来。”

舒晓年刚刚挨了一巴掌，现在又要被捆，心下更是慌乱：“这，这怎么还要捆我啊?”

“你个猪脑子，捆你是为了救你一条狗命！知道吗?”

舒晓年真是被打蒙了，加上怕死一时没想明白，听时发这么一说，立刻反应过来。

“对对对，要捆要捆，谢谢袁塔侠替我着想，塔、塔牛兄弟，麻烦你捆紧点，再把我塔、塔昏，不然少爷不会相信的。”

老规矩，老习惯了，进了大户人家哪能空手。时发闯进舒有财的房间取出一坛子银洋递给大牛。

“洪山头的乡亲们都很苦，这钱拿回去大家改善改善。”

舒家上上下下谁也不敢惹这个亡命徒，眼睁睁看着二人大摇大摆地离去。

回去的路上，时发始终没有发现舒老三等人，渐感不妙：莫非他们去了别处？不好！百密一疏啊！我只顾着救洪大牛，把大给忘了！舒老三一定去了西乡。他顿时心急如焚，回头对大牛道：“你先绕小路回去，我要去西乡了。”不容大牛询问，便把他从马背上推了下去。啪！一掌拍在马屁股上，即刻往西乡驰去……

李汉臣那天不肯随时发走，主要是为了找组织，但他心里非常清楚，时发的话是有道理的，那边一出事，舒老三肯定要来找自己麻烦。时发前脚一走，他便收拾停当，准备第二天赶到红杨树去寻找新四军，和组织失去联系已经好久，人事变动不停，接头暗号也不断在变，再这么下去，章云教的那套可能就不管用了。转念一想，还是等时发救了人后带着他一起去找组织吧，他单枪匹马地跟鬼子干，总是令人担惊受怕。谁知这么一犹豫，竟险些给自己招来灭顶之灾。

为在龟田面前将功补过，舒老三下定决心要抓到李汉臣。考虑到西乡除了水路外，还有三条陆路可以通往宣城、陵阳和芜湖，他又向龟田建议：兵分四路设卡，另外派两人着便装先行过河，通知维持会的人协助围捕。

李汉臣不愧经验老到，就在龟田和舒老三快要赶到西乡的时候，他便觉得气氛不对，悄悄转到维持会附近，很快出来几名头戴礼帽身穿黑色套装的便衣，为首的正是王文魁，只见他手一挥，众人蹬上自行车朝着章家巷方向赶去。

真被时发说中了，舒老三来得好快！此时再回去拿行李已然来不及了，子弹带的又不多，出路也肯定被封死了。怎么办？

最危险的地方最安全！你们不是要抓老子吗？老子就给你们来个灯下黑。维持会设在王家大宅，前前后后共有几十间房屋，藏一个人太容易了。

李汉臣等所有人都出了门，翻墙跳入院内，正寻找藏身之所，忽感脚底一软，身子直坠下去，心知不妙，但为时已晚，扑通一声，掉进了淹没整个胸腔的水里，全身一阵凉爽，眼前一团漆黑。

妈的！真是人老不中用，怎么把水牢给忘了！

原来，根据日本人的要求，王文魁在大宅后院挖了一方五米深的水牢，专门关押抗日分子。为防止有人施救，王文魁特意在水牢上方虚设了一层颜色如泥土的厚纸，救人者若是不熟悉情况，肯定中招。

李汉臣伸出双手一通摸索，却感四壁滑不溜秋，根本无法攀爬。狗日的小鬼子！真够歹毒的，竟然在洋灰砌就的四壁上涂了一层菜油！完了完了，我命休矣！本想出其不意，不料自投罗网。

龟田等人把李汉臣的家翻了个底朝天，然后散开等待，却始终不见人影，显然，李汉臣已经躲起来了。搜！挨家挨户地搜！结果，闹腾了大半日也没找着陈刚其人，龟田只好狠狠地瞪了舒老三一眼，把手一挥："去维持会!”

到得维持会大堂，见龟田的脸色越来越难看，舒老三再次感到前所未有的压力，他赶紧陪着笑脸说：“龟田君放心，李麻子一定在镇里，只要耐心搜查，肯定跑不了。”

“舒桑，你的保证，你的肯定，说了多少次？哪一次实现了？你是不是在欺骗皇军?!”

“不不不，龟田君，我是真心赞成大东亚共荣的，岂敢欺骗皇军。李麻子肯定是事先得到消息藏起来了，我估计是维持会的人走漏了消息。”

此言一出，王文魁立即破口大骂：“舒老三，你他娘的放什么狗屁！问问你的手下，我们一接到通知就出发了，就算有人想通风报信也没时间啊，一定是你的人私通共党!”

“你嘴巴放干净点！老子的人龟田太君最清楚，绝对不会干这种事的，肯定是你们吃里扒外!”

两人就此对骂起来，龟田太郎气得仓啷一声拔出武士刀。

“八嘎！住嘴！你们的再要窝里斗，通通死啦死啦的!”舒老三和王文魁吓得再也不敢出声，他们都知道，龟田要是发起疯脾气来，真有可能通通死啦死啦的。

此时，进来一名维持会会员：“报告，陈刚……不，李麻子在水牢里。”

“太好了!”舒老三一蹦多高，“怎么样，龟田君，我就说他还在镇里吧。王会长，你还有什么可说的，李麻子怎么会在你这里？你还敢说和他没有来往?”

“八嘎！王会长，你的良心大大的坏了!”龟田说着就把刀架在了王文魁的脖子上。

王文魁赶忙跪倒连声叫屈：“冤枉！真是天大的冤枉啊！我连陈刚就是李麻子都不知道啊!”

舒老三本想加一句，你们大刀会曾和他们父子交过手。转而想到，我也和李汉臣赌过钱，看来还不能把这孙子逼得太狠了，生生又把话咽了回去。

既邀得一功，又将了对手一军，舒老三太过阴损的招数终于把王文魁逼入绝境。好在他也是个老江湖，老江湖往往就能急中生智，他猛然想起，李麻子怎么会在在水牢里。

“太君，我有没有背叛皇军，把李麻子押过来问问不就清楚了吗？”

“吆西，你们快快地带过来。”

眼见龟田收了刀，王文魁伸手往额头掠了一把汗，随后瞪了舒老三一眼，目光充满怨毒。老子从来没有招惹过你，你居然要置老子于死地，行，咱这仇算是结下了！

也正是二人有隙才被时发钻了个大空子。后话，暂且不提。

看到李汉臣被五花大绑地带进来，舒老三鼓掌笑道：“陈刚，不，李爷，我该称呼您国军的李教官呢？还是共党的李队长呢？没想到吧，你我会在这种场合见面，赢我的那两亩地都换了武器送给三支队了吧？”

王文魁立刻插话：“太君，您听听，他自己说的，他们早就认识，还一起赌过钱！”

“八嘎！舒桑，你果然不是好人！”龟田又要拔刀。

舒老三意识到自己一时得意说漏了嘴，慌忙调转话头：“不不不，龟田君，我和他只是玩过牌九，他的身份我是前天才知道的。”

李汉臣顺势补了一句：“不，舒队长，你早就知道我是谁了，只是怕我儿时发，对吗？”

“你！你他妈的血口喷人，老子现在就毙了你个死共党！”舒老三立刻掏出手枪，却已有人抢先对他动了手，龟田再次赏了他一个嘴巴。

“八格牙路，你的想杀人灭口吗？你们的事，我要好好审问清楚。”

王文魁乘机火上浇油：“对对对，还是太君英明，刚才还有人说我勾结共党，现在搬起石头砸了自己的脚吧？太君，一定要审问清楚，还我一个清白！”

“住嘴！你们的，通通不是好东西！我要全部审查！都押到宣城宪兵队去！”

舒老三和王文魁相互对望一眼，低下头未敢再言语，但都已读懂了对方的眼神：真是倒霉透顶啊！抓到李汉臣非但无功，还惹恼了龟田。

沮丧归沮丧，先打消龟田的疑虑要紧，真要被这个猪头送进了宪兵队，不死也得脱几层皮，性命攸关，不配合不行了。

舒老三首先发话：“龟田君，我舒孝义是经得住考验的，您要怀疑我也不用急在一时，我们抓李汉臣的目的不就是为了逮到袁时发吗？要是现在就把他送到宪兵队，袁时发再大胆子也不敢到那里救人啊，这以后还怎么抓到他呢?”

王文魁附和道：“是啊，舒队长言之有理，我们主要是为了抓袁时发。太君，您看是不是再考虑考虑，只要我们抓到袁时发，所有问题不都清楚了吗?”

龟田虽说是个武夫，毕竟脑子还不太笨，他只是对二人窝里斗反感到憎恶，说把他们也送进宪兵队，不过是吓唬他们而已，只要他们绝对服从皇军，管他二人有什么矛盾。都说中国人心思难猜，但稍稍给了一个下马威，就将二人收拾得服服帖帖、齐心协力了，他不禁有些暗自得意，慢腾腾地坐到一张椅子上，把武士刀往下重重一杵。

“嗯，你们的说得很有道理，就这么定了。王会长，你负责审问李麻子，一定要让他交代袁时发和三支队的下落!”

舒老三见自己的嫌疑还未洗脱，王文魁却有了立功的机会，这哪行，得赶紧找个表明心迹的事干干才好。他未等王文魁开口便抢先说道：“龟田君，袁时发不好对付，我建议您打个电话给木村联队长，请他把特战队派来，然后贴出告示，就说后天上午在西乡召开公审大会，枪毙李麻子，袁时发肯定会来救人，到时我们就可以来个瓮中捉鳖。”

“吆西，很好，这事就交给你去办，我马上联系木村君。”

悬着的心终于放了下来，舒王二人忽感疲劳，一起向龟田身边的长凳坐了下去。

“太君放心，没有我撬不开的嘴，您就等着好消息吧。”王文魁把刚刚落下去的屁股突然抬了起来，猛然失去平衡的舒老三瞬间侧翻在地，反翘的长凳又打落了龟田的武士刀，致其向前一个趔趄。

“八嘎!”“你他妈的!”龟田和倒在地上的舒老三几乎同时骂开。

连日本兵都忍俊不禁，但都没敢笑出声。李汉臣却大笑起来：“哈哈!精彩!精彩!谢谢你们二位了!”

王文魁和舒老三齐声问道：“你还笑?什么谢谢?”

“谢谢你们让我看了一场狗咬狗的好戏啊!”

“你……”

“带下去，打!”

舒老三三言两语便化险为夷，王文魁不由得暗暗担心：此人已经和我结下梁子，又如此阴毒，一定要找个机会除掉他，否则日后必被他所害。

主意既定，他即刻对龟田说：“太君放心，我和舒队长一定精诚团结，相互配合好，定能抓到袁时发，也一定能剿灭共党三支队。”

“哟西，你们分头布置吧，我要打电话了。”

侵华日军在宣城与陵阳县接壤处驻扎了一个联队，联队长木村俊雄中佐是龟田太郎的表兄，毕业于日本陆军士官学校，此人既是中国通，又是个山地战专家。皖南山区山多林密，地形复杂，陵阳县隔壁的泾县便是新四军大本营，其中的第三支队正是凭着对地形的熟悉，一直神出鬼没地和日军打游击战。木村屡次吃亏之下，特抽调精英组建了一支山地战小分队，除了加强丛林作战训练外，还请来几名汉奸专门教队员说地方方言，行动时化装成老百姓，以游击战对游击战，这样一来，装备落后的三支队就失去了优势，转而开进更隐秘的山林。木村很是得意自己的杰作，除了上司命令，任何人休想从特战队调动一兵一卒。

李汉臣被捕的当天下午，木村正在办公室看地图，电话铃响了。

“联队长阁下，我是龟田太郎。”

木村向来看不起这个表弟，只是答应过表叔，在中国战场要照顾好龟田。他甚至认为表叔的学生、湾沚端月联队长让龟田负责九连山碉堡是错误的。在他认为，龟田几乎是个酒囊饭袋，且骄奢淫逸，迟早要坏大事。

木村一听是他，皱着眉头问道：“什么事？”

“是这样的，我们在西乡抓到了一个马胡子，他叫李汉臣，准备召开公审大会，诱捕他的义子袁时发，想请您派特战队前来……”

木村没等龟田把话说完便感到不耐烦：“龟田君，你不觉得太过分了吗？中国有句古话，叫作杀鸡焉用宰牛刀。袁时发这个人我听说过，好像是有点本事，但你们那么多人还对付不了他？我的特战队是用来对付新四军的，再说，龟田君隶属端月联队，这事你应该向他报告。”

“联队长，您听我把话说完……”

龟田在电话里将袁时发大闹舒庄，又在洪山头打死三个日本兵和五个皇协军的经过全部说了出来，同时强调，李汉臣和袁时发都是马胡子的人，身上很可能藏有第三支队的情报，最后说湾沚离西乡太远，远水解不了近渴，只有靠木村君帮忙了。

“哦？这个袁时发有这么厉害？看来还真是个人才啊。龟田君，你有没有考虑过把他吸收过来为圣战服务？”

“没有，他杀害了三名帝国武士，我一定要他付出代价。”

“愚蠢！中国这么大，你以为仅凭皇军这点兵力就能统治得了吗？你要学会网罗人才，要懂得以华治华的道理！”

“嗨！联队长阁下教训的是，可是要想利用袁时发几乎没有可能，听说他除了喜欢赌钱外，既不贪财，也不好色，很难笼络。”

“他很喜欢赌是吗？”木村一听来了兴趣。

“表兄，我的中佐阁下，我知道您也喜欢赌局，您不会要和袁时发赌钱吧？”

“对，我正有此意，如果用我的赌术可以为帝国赢得一位可用之才，为什么不做？这样，你发出告示，就说我木村俊雄要会会他，他袁时发要有胆量就和我赌一局，赌注就是他义父李汉臣的命。”

“可是中佐阁下，听说袁时发的赌术很高明，万一要是他赢了，您真的放了他们？”

“你！”木村气极反笑。

“龟田君，我真是服了你了，你的脑子是不是只会用在女人身上？这么简单的问题居然还要问我，是不是还要让我教你怎么去布置？嗯？不要啰唆了，我的特战队是不会派给你的，你按照我的要求去办好了，从现在起，你们不要再为难李汉臣，留着他有用！还有，我要知会一下端月君。”

木村说完便挂断了电话。

舒老三走进屋内，见龟田抓着话筒在呆呆地发愣，赶忙问道：“怎么样，木村太君同意了没有？”

龟田被木村好一顿奚落，心里不快，没好气地把眼一瞪：“都是你出的好主意！去，告诉王会长，叫他不要再拷打李麻子了。马上安排人贴出告示，木村队长要用李麻子的命和袁时发赌一局！”

·第十二章· 一箭双雕除三狼 热肠威名收臂膀

时发于黄昏时分赶到李汉臣门前，只见屋内一片狼藉，但并无打斗痕迹，他稍稍宽心，看来义父已然脱身。欲寻个旅馆吃住，却见远处的金谷春酒店大门口围了一群人，正在议论着什么，还隐约传来袁时发三个字。近前一看，墙面上贴了一张很大的布告，白纸黑字写得清清楚楚：呈启袁时发先生知悉，久闻阁下乃江湖好汉，喜赌，尤擅猜听骰点，特于明日上午八时整在西乡维持会设局恭候驾临。若阁下胜出，即可带令尊李汉臣先生离去，倘在下侥幸获胜，阁下须和李先生一同归顺我大日本帝国，为圣战效力，皇军必将不负阁下所学，委以重任。相信凭袁先生今日之声望，定有单刀赴会之胆识。大日本皇军驻宣城联队木村俊雄拜上。

麻烦了！义父竟已落入他们之手，鬼子军营可不是舒庄，救人谈何容易。

再把布告从头到尾细看一遍，娘道蒸子的！这哪里是什么布告，分明就是挑战书！问题是去不去都由不得自己了，小鬼子说得再明白不过，不赴约非但被耻笑，义父也会没命的，但只要赴约，不论输赢父子二人都难以走脱。假意投诚再溜吗？也不成，小鬼子多狡猾，肯定防得死死的，弄不好还真要背负一个汉奸的骂名。

怎么办？他久经江湖风险，越是情势危急越有主意，思索片刻当机立断：夜探维持会，先摸摸情况再说，要是能绑到龟田，救出义父就有希望了。决心已下，索性径直去金谷春开了个房间，点了几盘熟菜和一壶宣城小烧，酒足饭饱后蒙头大睡。

来去江湖随风浪，从无贪醉误登舟。李汉臣挚友、西乡观音庵住持静尘师太曾如此夸赞时发，李汉臣笑曰，师太谬赞了，这小子不过比别人多长了一双眼睛，多生了一对耳朵而已。李汉臣虽为戏言，却也一语中的，行走江湖多年，时发始终紧绷其弦，即使喝了酒睡觉，稍有动静也能立马醒来。

刚躺下不久，窗外传来两个人的对话。

“姓王的真是多此一举，这巡逻有什么意义？”

“哪不讲呢，天还没黑，袁时发总不至于在街上逛悠吧，再说逛了又怎样，日本人都要为他开场子了。”

“就是，姓王的倒会享福，把我们支出来，自己却跑到小桃红那里找快活。”

“嘘！小声点，要是被他听见，就别想干了，搞不好连吃饭的家伙都保不住。”

“放心吧，听说那个姓舒的也看上了小桃红，这二人在龟田面前互相告恶状，已经成了仇家，指不定哪天就会打起来，等着吧，笑话还在后头哩。”

真是天赐良机！时发大喜过望。

老子就担心他们铁板一块，既然这样，不如就此把水搅浑了，干掉舒王二人，再乘乱救出义父。想到此，他立刻起身找来章大虎，如此这般，这般如此，仔细交代完毕，然后朝那二人迎面走去，也不言语，猛然抬手打倒一个，随即掐住另一个的脖子。

“老子是袁时发，想活命就别出声。”

那人喘不过气来，瞪着双眼艰难地点了点头。

时发松开手喝道：“说，小桃红家住哪里？王文魁去了多久了？”

那人先剧烈地咳嗽了几声，然后捂着脖子问：“姓袁的，我们上有老下有小，为什么走上来就杀人？！”他嘴角抽搐，眼眶里转动着泪水，一脸的悲愤。

“娘道蒸子的，当初选择做汉奸的时候为什么想不到结果！老子问你，王文魁什么时候去的小桃红家，她的家在哪里？”

“哼！恃强凌弱，我不会说的，大不了一死！”那人言毕把脖子一横，昂首而立，竟毫无畏惧之色。

“嚯，看不出来，你还挺够种的，叫什么名字？”

“大丈夫行不更名坐不改姓，我叫章二狗！”

“大丈夫，你还敢自称大丈夫！”

“是！被你打死的那个叫章来喜，我们都是穷命一条，进维持会只是为了混口饭吃，从没有干过对不起中国人的事！姓袁的，我知道你看不起我们这样的人，既然落在你手里，那就什么也不用说了，赶紧动手吧！”

时发含笑颔首：“不错，是条汉子！真他娘的以为老子滥杀无辜啊！你好好看看，他死了没有！老子知道你们维持会除了王家兄弟外，并不都是死心塌地的汉奸。”

章二狗忙蹲下身探了探章来喜的鼻息，果然呼吸平稳，他不禁喜极而泣。

“好了好了，男人哭哭啼啼的像什么样子？”

“多谢袁大侠手下留情。小桃红在芮家巷，住天主教堂隔壁，我这就带您过去。”

“不用你带路，你先把他捆起来，把嘴巴堵上，别醒来瞎叫唤坏了老子大事，等会老子一样把你绑上。”

章二狗无奈道：“好吧，说了我们不是汉奸你也不信，任你处置就是了。”

绑好二人，时发继续问章二狗：“你们刚才说那两个王八蛋争风吃醋是怎么回事，讲具体点。”

“是这样的，小桃红长得很漂亮，她本是附近的陵阳县太丰人，嫁人不久父母双双去世。因为我们西乡水草适合山羊生长，羊肉非常出名，小桃红就和她男人在陵阳县城开了一家西乡羊肉馆。今年二月份，就在小桃红来西乡买羊的那天，日本人突然轰炸陵阳，她男人连同店铺被日机炸得尸骨无存，逃过一劫的小桃红眼见家破人亡，只得回到西乡租了间房子栖身，打算在世道好转的时候重操旧业，谁知刚落脚不久就被王文魁看上了，举目无亲的她只好做了王文魁的地下夫人。上个月，舒老三来西乡赌钱，无意间看到王文魁身边的小桃红，顿时被其容貌吸引，但他知道王文魁也不是好惹的，不能用强，所以就派人偷偷找到小桃红，说舒三爷想娶她做小，小桃红哪敢答应，连忙把来人推走了。从那以后，舒老三逮着机会便想整死王文魁。今天，他二人又在龟田面前你搞我，我搞你，算是彻底撕破脸了。”

时发笑道：“很好，很好，狗咬狗一嘴毛，老子就来个两张狗皮一起扒！”

“是狗咬狗，李先生也这么说。”

“哦？你看到他了？他是怎么被抓的？”

“我分析李先生可能是被逼得铤而走险，认为躲进维持会反而更安全，结果却掉进了水牢里。”

“他知道有水牢啊，怎么会掉下去呢？”

“王文魁把水牢布置成了陷阱。”

时发一顿，娘道燕子的，看来上次饶了那个畜生真是大错特错！随即把布团朝章二狗嘴里一塞：“兄弟，我有大事要办，对不住了。”

王文魁本想通过李汉臣搞到第三支队的情报，再不行抓到袁时发也是大功一件，不料日本人竟然起了招揽之念，还要他善待李汉臣，不免有些扫兴，遂安排手下到街面上转悠转悠以示尽责，然后就一头钻进小桃红的房间尽享温柔去了。

急风暴雨般地持续蠕动，终至筋疲力尽，王文魁闭上眼沉沉睡去，忽听得小桃红尖叫一声，接着便感到喉头微微刺痛，睁眼看去，一位蒙面黑衣人正用匕首横架在他的脖子上。王文魁知道来了硬点子，此人能不声不响地摸进来制住他，反抗肯定徒劳，当下干笑一声：“朋友，哪路好汉，是劫财还是寻仇？钱和女人我有的是，尽管开口。若是寻仇，在下有什么得罪的地方，能否告知一二，也好让我死个明白呗。”

“听着！舒老三让我来请你上路的，要怪只能怪你舍不得这个娘们了。”

“不，你，你是……”几个月前的那场夜袭，王文魁记忆犹新，来人一开口，他立刻听出了是谁。

时发岂容他说完，手腕一挥，寒光闪处，王文魁的喉管连同颈动脉被齐齐切开，鲜红的血液像射箭一样高高飚出。他很想报出时发的姓名，但喉咙里有气体往外冒，根本说不出话来，他更不甘心就此闭眼，但眼皮还是像磁铁的两极般牢牢粘到了一起。

小桃红哪见过这种场面，她和潘素珍一样，吓得尿失禁了。大热天里，血腥味夹杂着尿味，难闻得令人作呕。

时发担心她被活活吓死，低声喝道：“喂，还不把衣服穿好，谁叫你不肯从了我们舒三爷，他为了你，真的是什么事都能做得出来。”接着又冲王文魁的尸体拱拱手说：“姓王的，冤有头债有主，在下是拿人钱财替人消灾，要找，你就找舒老三算账去。”说罢，几个闪落便没了踪影。身后传来小桃红鬼一般的嚎叫："杀人啦！救命啊！王会长被舒老三杀啦……"

不一刻，维持会的人全部赶到现场。副会长王文彪是王文魁的同胞弟弟，一见亲哥被杀，他立刻抱着尸体放声大哭。

"哥啊！你死得好惨，到底是什么人杀了你啊？小桃红，你说，是谁杀了我哥！"

"是，是舒老三，是，是他请的杀手。"

"谁？舒老三？他为什么要杀我哥？"

小桃红哭哭啼啼地刚把经过讲完，王文彪就甩了她一个大嘴巴。"臭婊子，原来是你惹的祸！"接着恨恨地骂道："舒老三，你狗日的也太猖狂了，竟敢在西乡杀我哥！"随后抽出王八盒子叫道："弟兄们，走！跟我去杀了舒老三，为家兄报仇！"

此时，龟田带着两名黄皮也赶到了现场。王文彪哭道："龟田太君，您来得正好，我哥忠心耿耿地为皇军办事，没想到居然被舒老三给杀害了，您可要为我们做主啊！"

"八嘎！舒孝义良心大大的坏了！竟敢杀害皇军的股肱！来人，马上把他抓来！"

"嗨！"那两个黄皮啪地一个立正，接着挥了挥手，率领维持会的人急匆匆而去。

时发在远处用望远镜看得十分清楚，他朝着附近的章大虎点了点头，大虎心领神会，快速跑至王府，未进门便冲着家丁们大叫起来。

"快去请太太，老爷被害了！"

稍时，从厢房内走出一位手捻佛珠的中年美妇，大虎顿觉眼前一亮。他虽早闻王夫人康金兰乃西乡第一美人，却没想她竟美至如斯，真个是眉目如画，清丽难言。奇怪的是，妇人并没有哭闹，只带着一份楚楚动人的愁苦朝他微微欠身行礼，然后淡淡地说道："我就晓得他当汉奸不会有好下场，劝了那么多次都听不进去，不但带着他弟弟一起做了汉奸，还在外面胡搞女人，我只是没想到他会死在自己人手里。"说完，她仍是拨弄着佛珠，对着堂前的香案拜了几下，拿出一本《地藏菩萨本愿经》，小声地念诵道："那摩地藏王菩萨。若未来世有诸人等，衣食不足，求者乖愿……"

西乡人向来尊道礼佛，大虎听说过这段经文的"威力"，据称念满一万遍即可在梦中见到故去亲人的现状，可见这王夫人并非铁石心肠，而是遭遇背叛之后将自己那颗柔软的心给封闭了。他不由想起李汉臣所言——人说妻贤夫祸少，但王文魁终将不得善果，原因何在？那康金兰虽是个大善人，但她却把贤惠转化成了另一种善良，承受和逃避，这种所谓的善良实际是愚昧。而放眼中国，这样的女人又实在太多，要想她们在大是大非面前敢于挺身而出，必须像共产党人提出的那样，解放她们的思想，把她们变成真正的半边天……

“夫人，王会长生前待我不薄，我们是不是买点草纸鞭炮去把他的身子接回来装殓。”大虎见康金兰兀自在念经，忍不住催道。

“好吧，这事就托你和管家去办，我这里有五块大洋，接那个人的遗体要不了这么多，剩下的就算你的辛苦费吧，难得你对他还有一份情谊，谢谢你了。”康金兰放下经书，依然面无表情，眼角却已渗出了泪珠。

大虎突然生出一份同情。子女不愿回家，丈夫为人所不齿，如今又是中年丧偶，也确实难为她了。他的哀其不幸里也夹杂着怒其不争。这个女人多舛的命运来自她的三从四德。她原本是个大家闺秀，只因娘家父亲与王文魁的老子有八拜之交，便任由他们定下娃娃亲。她不是没有“男怕入错行女怕嫁错郎”的那种警觉。王文魁入了大刀会之后，不端的品行很快暴露出来，但她依然唯父命是从，按期完婚。她总认为自己拥有一颗让人放下屠刀的佛心，却不知惩恶才是真正的扬善，才是最好的修佛。结果，她失败了，败得很惨，成了一只与鼠同眠的猫。好在她败于相夫却未败于教子，儿子王小武后来弃笔从戎参加了国军，女儿王小文也成了一名军事法庭书记官。不过，自打王文魁成了汉奸，小武小文就再没有回过这个令他们抬不起头来的家了，她就吃斋念佛，祈祷儿女们平安。而“那个人”，显然还没有在她的心里彻底死去，她又开始念那本《地藏菩萨本愿经》了。

“夫人……”大虎欲言又止。还是李先生说得对，她这种女人，只有从思想上去解放。

“去吧，我没事的。”康金兰似乎看出了这个青年的菩萨心肠。

袁大哥的事刻不容缓，我却在这里发呆！大虎一惊，随即与王府管家朝芮家巷赶去。

办完龟田交代的事，舒老三渐感无聊起来，眼前不禁浮现出小桃红的一颦一笑。妈的，凭什么非让你王文魁吃独食！他叫来一个手下：去，到小桃红住处盯着，一旦发现王文魁离开，马上回来报告！随后，他草草吃过晚饭，很快洗漱干净，朝身上撒了点日本香水，开始紧盯着手表，表上的指针却爬得像乌龟一样慢。耐心，要耐心！就要见到那张令人魂牵梦绕的俏脸了！他在不断提醒自己的同时也在不断告诫着自己：这里毕竟不是九连山，更不是舒庄，万一小桃红死活不同意，万一霸王硬上弓了，还得做好王文魁发难的准备。不过也不必太过担心，维持会实力不及老子的皇协军，只要把龟田摆平了就不怕。越是没吃过越想吃的冲动让他变得越来越兴奋，他走到门口，恨不能小桃红立刻出现在眼前。就在翘首以盼之时，派出去的黑皮慌慌张张跑了进来。

“队，队长，不好了，王文魁被杀了，维持会的人都说是您干的。”

“什么？放什么狗屁！老子到现在大门边都没出，他们哪只眼睛看到老子杀人啦？”

“小桃红两只眼睛都看到了！”

王文彪带着维持会的人冲了进来，后面跟着两名黄皮。

“你个狗日的，我哥和你无冤无仇，你竟然为了个小婊子要了他的命，还敢在这里抵赖，老子现在就崩了你！”王文彪说着就打开了手枪的保险。

用洪二牛的话来说，舒老三就是个吃柿子捡软的捏的家伙。他除了怕日本人，还怕能要了他性命的人，比如袁时发，比如郑阳，而一个小小的王文彪是不会入他眼的，他也拔出了手枪。

“你他妈胡说八道什么呀，你动一个试试！弟兄们，给老子围起来！下了他的枪！”

“维持会的兄弟们，人家都骑到我们头上拉屎了，还等什么，抄家伙！”

霎时间，两帮人马都端起枪瞄准对方，大有鱼死网破之势。其中一名黄皮见不好收场，赶紧叽里呱啦一番呵斥，边说边朝外走去。在场的只有舒老三懂日语，他知道那意思：混蛋，你们通通放下枪，跟我们去见龟田队长！但他此刻哪有心思翻译，对方子弹都上膛了。就这样，两帮人谁也不肯收起武器，彼此干耗着。

此刻，时发已经悄悄近前，两把驳壳枪在暗中分别指着王文彪和舒老三，只待章大虎发出信号。

大虎也是个孤儿，比时发小三岁。两年前，他先是母亲病死，接着父亲又患上了肺痨，成日里咯血不止，家中仅有的六块铜板还不够抓一服中药。街坊章姓人家虽有好几户，但大多是帮人扛活的，要不就是进了码头的箩帮当挑夫，清一色穷光蛋，谁也没有能力帮这父子俩。眼看父亲只剩下一口气在吊着，大虎情急之下连夜翻墙跳入富商王景矶的院子里，打算偷点值钱的东西给父亲抓几服药，没料刚打开一间房门就被逮着了。王景矶富甲一方，且为人心善，可谓开明乡绅，他当然不会为难这个穷小子，偏偏那管家逞能，说必须惩戒，不然个个都要来打王家的主意，当场把大虎捆得如同粽子一般，抡起鞭子就要打。就在这时，黑暗中突然冲进来一条蒙面大汉，三下五除二打倒了所有家丁，管家头上也重重挨了一拳，立刻昏倒在地。第二天早上，王景矶看到自家大门上贴了一张纸条，上写：穷人也是人，为富要有仁，得饶人处且饶人！王景矶知道这没头没脑的留言必是一名江湖好汉所为，意在警告不要再去找大虎的麻烦。他王家家大业大，也确实犯不着为这点小事去得罪江湖上的人，只是这入宅打人还留言警告的做法多少有点让他这个总乡约面子上挂不住，可想要发作却又不知对方是谁。后来有人分析很可能就是闻名一方的袁时发所为，但一来没有证据，二来就算知道是他，谁敢去惹这个一等一的好手？王景矶只好作罢。

那人也的确是时发，他救出大虎后又给了他十块大洋，说你赶紧去找郎中，我去给你父亲买点糕饼。等二人赶回章家时，老章已经咽了气。时发又帮着大虎办完了丧事。从此，大虎视时发为恩人，并与其结拜为异性兄弟。之后，他又软磨硬泡，硬是缠着时发学会了使用长短枪支。按照他当时的想法，枪一练会就要跟着大哥去闯江湖，但时发有交代：你现在照顾我大为主，能带你的时候自然带你。如今第一次领受大哥之命，要是干得不妥，以后就甭想跟着他混了。买鞭炮时，他特意增加了几个声音贼大的二踢脚。

来到小桃红的住处，发现里里外外围着好几圈人，说明整条西乡街都已知道此事了。估摸着时发已经到位，大虎高喊一声：“王会长，我们来接您回家了！”接着就把摊在地上的鞭炮和二踢脚分别点着。

咚——啪！咚——啪！啪啪啪啪啪……

鞭炮一响，时发迅速扔出石子打灭烛火，啪啪啪啪，抬手四枪，舒老三、王文彪和那两名黄头鬼子均被打碎了脑袋。很快，有人重新点亮蜡烛，一看，出大事了！双方老大和两名鬼子兵都已气绝身亡，红红白白的脑浆淌了一地。众人吓得一哄而散，边跑边嚷嚷：不得了啦，不得了啦，舒队长和王副会长火拼了，把皇军也误杀了，快去报告龟田太君啊！

龟田见王文彪和舒老三迟迟没来，这里鞭炮又炸得乌烟瘴气，热烘烘的暑气夹杂着火药味和人群的汗腥味，令他感到烦躁不安，待要转身离去，维持会和皇协军的人纷纷跑了过来，说大事不妙了，舒队长和王副会长当场互相开枪，都已中弹身亡，连带着把两名皇军也给害了。胆小的为推卸责任，更是绘声绘色地描述当时的场景，说二人吵着吵着就一口气吹灭了蜡烛，你打我一枪，我打你一枪，打着打着就把皇军给打死了……

龟田本就不善于用脑，现场又是乱作一团，哪有耐心听，他一气之下骂了一句：通通都该死！然后就掉头去了维持会，欲打电话向木村报告，恰巧木村又下部队视察去了。他干脆倒头就睡，中国人，随你们闹去！

舒老三死了，王家出了两条人命，西乡乱成了一锅粥。龟田身边也只剩下一名勤务兵，谁也没有心思去关心李汉臣的事了。当初救章大虎时，王家大宅已被时发掌握得一清二楚，他毫不费力便潜了进去，可除了龟田所住的那间屋子外，前前后后找遍了所有房间，竟然都没有李汉臣的影子。

娘道蒸子的！他们到底把我大藏哪了！思来想去，只有从龟田身上找答案了，实在不行就绑了这头猪！

“时发君，在找你义父吧？”龟田突然打开门。

不好，原来这狗日的早有防备！两把驳壳枪同时对准龟田，却听他不慌不忙地说：“时发君，不用紧张。木村君下过命令，在他和你赌完之前，任何人都不能伤害你们父子。木村君真是料事如神呐，知道你今晚要来救人，上午就把李汉臣接到宣城去了。不过你放心，明天还会被带到这里来的。时发君，我知道你一定想杀了我，也知道这事对你来说不难，但如果那样，李汉臣也就活不成了。可惜舒孝义和王文魁这两个混蛋，竟然发生内讧，还害死了我两名帝国士兵，要不然你也没这么容易进来吧。时发君要真是好汉，明天就准时赴约。今天晚上，你也可以在这里休息。当然，你还可以用营救洪大牛那样的办法，绑架我去交换你的义父，但我们大日本皇军以效忠天皇为荣，木村君绝对不会受你要挟的。”

猪脸果然猪脑，还真以为王舒二人是火拼，不过他有句话说得倒是实情，日军怕死的确实很少，尤其是义父还在他们手里，眼下投鼠忌器，还真不敢把他怎么样。看来那木村倒是个厉害角色，明天的赌局必须好好想想对策。

脑子飞快地转了几圈之后，时发冷冷回道：“龟田，你告诉那个什么鸟雄，就说老子一定奉陪到底。在这里睡觉？老子怕自己控制不住会掐死你。走了！”

考虑到木村俊雄如此老谋深算，很可能会识破自己的计谋，时发出门后找来大虎：“去，把那两个家伙放了。”

解去那二人绑绳，时发正色道：“你们要想活命，赶紧脱了这身皮，回家好好伺候娘老子去吧，要是被鬼子知道了真相，谁也救不了你们。”

章来喜突然跪倒：“袁大侠，在您来之前，我想好了，决定跟着您干。现在全国都在抗日，国民党和共产党打了那么多年，也开始合作了。我二人回家也没地种，还不如跟着您打鬼子痛快，死了也能落个好名声。二狗，你说是不是？”

“是的，我们想到一块了。”章二狗不假思索地回道。

“不错，果然还有点骨气，不过我喜欢独来独往，就连大虎到现在我都没带，你们还是走吧！”

章二狗也跪了下去，举起右手说：“袁大侠，我们可以对天发誓，如果……”

“少来，江湖险恶，转身就把兄弟卖了的人老子见得太多！”

章大虎拽了拽时发衣袖：“大哥，我们是光着屁股一起长大的，他二人秉性我很清楚，我能保证他们不是背信弃义之人。”

时发沉思片刻说：“你能保证个球！你的秉性到底怎么样老子都不敢讲！”说完搀起二人道：“也罢，你们既当不了汉奸，又没个去处，老子就冒一次风险，不过跟着老子干可是把脑袋拴在裤腰带上的事，你们当真不怕死？”

章来喜道：“讲实话，不怕死是假的，可是当汉奸更被人戳脊梁骨啊。我舅舅知道我进了维持会后都不许我进门，还说要和我断绝关系。小鬼子和王文魁也从来没把我们当人看过，想骂就骂，想打就打。”

“好！光有胆量有决心还不够，最好还有点特长，不然老子没法人尽其才。”

大虎挠挠头笑道：“大哥，还是我来说吧。来喜为人稳重，耳朵也特灵，我们都喊他顺风耳；二狗不但机警，水性更是没的说，号称水猴子。”

“哈！水猴子，老子还真遇到过一个通人性的水猴子哩！既然这样，老子交给你们一个任务。你们先回维持会，帮我弄十六颗手榴弹，再找一件长衫来。此外，从现在开始，你们都要听大虎的吩咐，他叫你们怎么办就怎么办。还有，老子刚才撬了维持会的柜子，这里有四十块大洋，你们拿去买三匹快马，再过河把老子的马牵来，等这儿的事了结了，老子就带你们去闯江湖杀鬼子。”

来喜高兴得连连点头：“好，好，我们马上去办。袁大侠放心，我们是同宗，一定听他的，不，都要听大侠您的。”

时发眉头一皱：“别大侠大侠的，老子不喜欢这个称呼，看得起老子，就叫一声大哥。”

三人齐声笑道：“好，听大哥的！”

·第十三章· 慑妖震魔留豪壮 递情御倭弃洞房

一只火红的老狐狸从维持会大堂的柱子上溜了下来，把正在指挥布置赌场的龟田太郎吓了一跳，他却没有心思去捕捉。木村俊雄刚刚在电话里把他骂得不轻：龟田君，昨晚的事显然是袁时发的遗祸江东之计！你竟浑然不知，龟田家族怎么会有你这样的蠢货！

狐狸的尖嘴里喷吐着腥臭的气味，棕绿色的眼睛里发出狡猾而又轻蔑的光。它歪扭着脸看了众人一会，拖着长长的尾巴不疾不徐回到屋顶上。

根据龟田先前的报告，木村俊雄更加坚定了自己的想法：帝国圣战太需要袁时发这样的人才了！他把挂上的话筒重新拿了起来："命令，特战队全体成员跟我去西乡！"

时发四人早早赶到码头附近的一家油条店用餐，为免引起注意，他独自坐在临江的窗口，边吃边观察江面情况。七点左右，江畔的芦苇丛里突然冒出一群野鸭，嘎嘎叫唤着四散飞逃，随即从弋江镇方向传来突突的马达声。时发立刻起身赶至江边，只见四条插着膏药旗的船只正从上游开来，最前面的是一艘快艇，后面跟着三条白色军船。对着望远镜仔细看去，船上的鬼子和平时见到的大不一样：人人头戴钢盔，身穿战术背心，腰间插有六个长长的弹匣，胸前挂着一把德国造百式冲锋枪和四枚大正11式破片手雷，斜挎的手枪也不是号称王八盒子的南部14，而是清一色德国毛瑟。每条大船上都有两名机枪手和两名炮手，分别扛着歪把子和89式50毫米掷弹筒。此外，每条船上还有一名狙击手，均抱着99式狙击步枪，面无表情，两眼发出阴冷的凶光。

时发倒抽一口冷气：这种火力，十个人就能抵得上中央军一个建制连！他回头冲大虎说："那个木村还真看得起老子，连精英特战队都带来了。"

调侃归调侃，心里再清楚不过，特战队个个都是单兵作战的高手，武器又那么先进，实在不好对付。心念电闪之下，他立即作出决断：敌人太过强大，计划必须调整。这赌局万万进不得了，大不了被鬼子嘲笑！相对于义父的命来说，名誉算得了什么。

看看维持会那边尚无动静，时发嘘了一声：“二狗，来喜，你们马上出发。大虎，你跟我走……”

船队缓缓驶到距西乡码头不足六十米远时，突然从镇里跑出两个人，各自举着一面小小的太阳旗，边跑边挥手示意船只靠岸。

咚！咚！从快艇上跳下两个身挎冲锋枪的特战队员。“你们的，什么的干活？”

此时，木村俊雄的翻译官也下了船：“太君问你们话呐，你们是什么人？”

大虎点头哈腰道：“报告长官，我们是西乡维持会的。就在刚才，袁时发被他的兄弟章大虎用药酒麻翻了，正绑在大堂里。龟田太君叫我们过来问问木村队长，还要不要摆赌局了？”

翻译官乐呵呵地掉转头，俯身船舱对木村俊雄说了几句，却见木村俊雄一脸的疑惑。这个中国通终究不太相信：“你的，叫他们过来，我有话要问。”

“喂！木村太君叫你俩过来！”

时发和大虎对望一眼，低着头来到舱前，一副唯唯诺诺的样子。木村俊雄对着翻译官又叽里呱啦地说了一通。翻译官大声道：“太君问你们，章大虎是什么人，他为什么要出卖袁时发。你们马上回去，叫龟田队长把章大虎和袁时发带来，如果袁时发真的被抓了，我们就不进镇了，快去！”

“是这样的，太君，这个情况我最清楚。”时发见木村俊雄始终不下船，身后还有两个鬼子用枪在顶着，便一边说一边悄悄挪到船舱门边，猛然一头扑了进去。

“木村君当心，他就是袁时发！”

此刻，龟田已气喘吁吁地赶到码头前，他立刻为自己迟到的示警而心生怯意。

只见时发一把抱住木村俊雄，顺势踹开另一边舱门滚了出去，寒光闪闪的匕首早已指住他的咽喉，接着将他逼上了岸。

哗啦啦！枪栓声响成一片，特战队员全部跳下船，将三人团团围在中心。

翻译官好似一个吓坏了的太监，发出很不悦耳的尖叫声："袁时发，你好大的胆子，你也不看看，李汉臣还在我们手里！"

"都别动！否则，我立刻杀了你们的队长！"时发说完用肘轻撞了一下大虎，"别傻站着，鬼子有狙击手。"随后高喊，"大，你在吗？你怎么样?!"

李汉臣被绑在最后一条船的船舱里，捆得结结实实，脸上蒙着黑布，身后站着一名特战队员。他早已闻知一切，更知时发处于前所未有的险境之中，却一直没敢出声。面对特战队这样日军精英中的精英，时发哪怕有一点点分心，都将死无葬身之地，但现在不出声不行了，如果时发以为他伤重不能说话或是已经遇害，必将因暴怒而失去冷静。

念及于此，他大着嗓门叫道："在！在！你大好着哩！"

"哈哈，那就好。大你今儿个好好瞧瞧，儿子是怎么把你救出去的！"他二人一问一答，竟似丝毫没把对手放在眼里。

木村俊雄终究身经百战，他虽被牢牢制住，仍很沉着。

"时发君，好身手。可惜你看错人了，我大日本皇军向来不惜性命，随时可以为天皇陛下效忠。我只是为你惋惜，你这样太令我失望了，你是不可能走脱的，只要我一声令下，你们马上就被打成马蜂窝。不过，我大和民族一贯重视人才，非常赏识像你这样的武士。这样吧，我给你最后一次机会，只要你肯为帝国效力，我可以既往不咎，我以木村家族名誉担保，你一定有很好的前程。"

时发重重地呸了一口："木村，你也看错人了。你中国话说得是很不错，但你并不了解真正的中国人！告诉你，老子可以做土匪，可以做混蛋，唯独不敢做汉奸！"

"太遗憾了，时发君，你今天肯定会死在这里。"木村俊雄铁青着脸说，声音冷到了极致。

"好啊，有一个中佐和这么多小鬼子陪葬，老子值了！"

时发说完微微一个侧身，单手撕开长衫，十六颗拧开盖子的手榴弹赫然挂在前胸后背！随即，他拉住一根引信喝道："开枪啊！开枪！"

木村俊雄的脸顿时由青转白。他十分清楚十六颗手榴弹同时被引爆的后果——他和他的精英们将一同成为碎片，最后被装进一个个狭小的骨灰盒里回归日本。而那些碎片，也将因为难以区分而掺杂着中国人的成分，尤其是袁时发，他必定和他们在另一个世界里继续战斗，战斗的同时还享受着大和民族的供奉。这是一个无论如何都令人无法容忍的耻辱、损失和巨大的失败。

“时发君，你到底想怎么样？”木村俊雄语气软了不少。

“老子不想怎么样，很简单，马上把我义父放了，弄一辆马车，再劳驾你送我们一程，到时自然会放你回来。你可以叫人骑马跟在后面，记住，只能是一匹！”

“这个，的确很简单，可是我怎么能相信你会放我回来？你不是让龟田君传话给我，说肯定要和我赌一局吗？怎么不守信用了，这是你们江湖好汉的作风吗？”

娘道蒸子的，果然取笑老子了！

“信用？你们什么时候对中国人守信用了？连那些为你们效劳的小汉奸，你们都用军票来犒赏。军票有什么信用？能买个鸟啊？是的，老子是答应要和你赌，可是你带这么多兵来，本钱太大了，老子加点筹码又怎么啦？这还不是跟你们小日本学的，和鬼赌钱当然要出鬼招！”这一番振振有词近似胡搅蛮缠，却也不无道理。

木村俊雄气得说不出话来：“你……你的无赖！”他遇到了不要命的无赖，只有无奈。

马车登上渡船，到了对岸，再按照时发指定的路径一直朝宣城方向驶出足有十里地才停下来。二狗、来和、来喜已牵了马在此等候，他们还乘着维持会群龙无首之际，摸来了五杆步枪。大虎高兴得抱着一杆不住大笑：“这才是好兄弟哩！”

时发割下木村挎在腰间的战刀，拱拱手说：“只要你还愿意摆场子，老子一定赴约，不过规矩要由老子定，这是在中国的土地上，你这把刀就作为赌注。”说完翻身上马，鞭子一挥，“驾！”直奔宣城而去。

本想收服袁时发，却不想被他抢先下手，弄得处处被动，如今代表武士荣誉的战刀也丢了，木村深感奇耻大辱，回去后即刻张贴通缉令：凡提供线索抓获袁时发者，赏大洋三百，击毙此人者赏五百，生擒此人者，赏一千！如此一来，反而让时发的名头更响。一时间，袁时发夜闯舒家庄，洪山头孤身打败龟田小队，大闹西乡镇并劫持木村俊雄等事迹被传得沸沸扬扬。吃尽苦头的龟田回到九连山碉堡后，只要提到袁时发三个字，便紧张得三步一岗、五步一哨加强戒备。木村因为时隔半年之久也没抓到时发，一怒之下，于次年3月再次挥兵西乡，将全镇商民财货掳掠一空。

时发父子带着章氏三兄弟很快躲进了一个树林，此后白天休息，只在夜间赶路，从宣城县城外围绕到敬亭山下，再顺着水阳江金保圩兜到东门渡，然后折转三元，兜了好几百里的圈子，洪山头终于近在眼前。

有了大牛带回的钱，洪山父老齐心合力又把时发的屋子盖起来，比以前的还要大，生活用具也比过去讲究多了。

一行人进村不久，西乡有个篾匠正好来村里卖垫子，他一见到时发就叫起来："英雄，我见过你，你绑架那个鬼子头的时候，我就在边上。我还知道，王文魁兄弟和舒老三也是你干掉的！"

很快，全村人都知道了时发大闹西乡镇的事。村民们纷纷竖起大拇指，说咱洪山有了袁时发，小鬼子也不用怕了。不一会，杨花妮也跑了过来，说舒老狗听到儿子被杀了，又气又痛，加之上了年纪，已经翘了泡（死了），驴子正在挖洞埋他。时发顿觉豪气干云，掏出几块大洋往她手里一塞："花妮姐！你烧菜好吃，辛苦你去趟老街，买些酒肉，我要和乡亲们好好喝一顿！"

杨花妮果然是把好手，她率领一帮妇人很快就整出几桌荤素搭配的酒席来。她还特意拿出看家本领，为时发做了几道谁也没有吃过的精致点心。洪山头村迎来了抗战后少有的节日氛围。酒菜香味伴随灶头热气四处飘荡，馋得老鸹子和喜鹊不时地喳喳叫唤，飞来飞去，闻着味的猫狗也来回踱步，探头探脑，因有专人看守，只能嗅鲞嗅鲞（休想休想），其状令人捧腹。

就在大伙开怀畅饮之际，王夏芳不知什么时候悄悄溜了进来。时发正弯腰给一位长辈敬酒，一见夏芳，脸唰地红到耳根，完了，这下溜不掉了！

"袁时发，你为任何人都能出生入死，为什么单单要对不起我！"

春芳赶紧拉开："妹子，别让人看笑话，他刚刚救了你姐夫的命！"

"我不管，他救了姐夫我是应该感谢他，可是他睡了我却不要我，肯定不行。袁时发，我王夏芳到底哪里配不上你。你现在是英雄了，更了不起了，是不是真的不打算娶我了？"转身冲着李汉臣又说："这位就是李先生吧？你说这事该怎么办？我该怎么办？呜呜呜……"她说着说着竟捂脸大哭起来。

众人面面相觑，都不知该说什么好，先前热闹的气氛一下子消失殆尽。

李汉臣见时发脸上红一阵白一阵地站在那里一言不发，很快明白，那姑娘绝非瞽言妄举。他把时发拉过一边，小声道："我呢，最大的心愿就是能看到你成个家。既然木已成舟，你就不能辜负了她。"

时发心里如同打翻了五味瓶，眼前又出现了王小文的影子。他迟疑道："那坛酒哪来的？"

"蒋够本，他说是从陵阳城一个大户人家顺来的，怎么啦？"

"唉！酒里有春药，我就是喝了酒才……"

"你小子，到今天才说，是不是以为人家姑娘不会再找你了？告诉你，姑娘家要是破了身后被男人甩了，很可能会走绝路的！幸亏夏芳姑娘没有这么做，否则你的罪孽就大了！"

"可是……"

"可是什么？没有可是了，这只能说明你们命中注定要做夫妻，还有，夏芳姑娘我看没有什么不好！你要善待人家，听见没有！"

时发重重地跌坐在凳子上。尽管知道这一天迟早要来，但真的来了还是让他有些不知所措。他无法迈过王小文那道坎，却又难以做到对夏芳提了裤子不认账。这个终究不是缠绵悱恻之辈的汉子用双手盖住脸庞，快速往下抹了一把。算了！要怪，只能怪自己酒后失德，失节非因贪秽色，免疴总能思芰荷。他默默地点了点头。

李汉臣随后高声对夏芳说道："江湖儿女嘛，也没那么多穷讲究，我看哪，择日不如撞日，你们今天就把婚事给办了，如何？"

众人一阵哄笑："好！就这么办。我们马上来布置洞房。"

见夏芳破涕为笑，春芳伸手朝她鼻子上刮了一下："羞不羞，哪有姑娘家公开场合逼婚的。"接着和大牛欢天喜地地赶去王庄接二老。这边抬的抬，搬的般，贴的贴，很快把时发的屋子弄得喜气洋洋。

杨花妮开始有点失落，时发一成亲，自己那点梦想彻底化为泡影。不过她向来豁达，很快便想通了：我这样的女人怎能配得上他这个大英雄！再说洪山头的乡亲们见时发对我礼遇有加，也有了好脸色，该知足了，更何况还有个对我言听计从的驴子。她跟着乐呵呵地忙起来。

时发醉了。人敬必喝，逢喝必干。他狂饮的时候眼眶里一直有亮晶晶的东西在闪动，直到进入洞房才消失。他看到了一身新娘装的王小文正向他款款走来……

夏芳仍对这来得太快的幸福不放心，她摸着时发结实的胸肌柔声道：

“你个没良心的，我要是不逼你，你恐怕永远不会娶我吧？跟我讲实话，有没有后悔？是不是还想着那个叫什么小文的？”

时发此刻已彻底醒转，他不耐烦道：“娘道燕子的，老子当着这么多人的面和你拜了堂，后什么鸟悔！”

“咯咯咯，你说的啊，不后悔。不过我王夏芳也不是小心眼的人，像你这么体面的男人，还是个英雄，哪个女人不喜欢。据我所知，不仅杨寡妇，连我姐都暗恋你呢。只要你对我好，我不会在意的，以后你要是有了喜欢的女人，可以偷偷地来，但不要让我知道，我可是你唯一的老婆……”

“行了行了，你有完没完！”

刚躺下不久，竟突然传来大牛着急的叫喊声：“时发，时发，赶快起来，猪婆山那边有鬼子，不知道是不是冲着你来的。”二人赶忙穿好衣服把门打开。

“有鬼子？多少人？”

“不清楚。根据你的安排，村里日夜都有人在一里以外的地方放哨。我和春芳把丈人丈母送回王庄，就商议着去芳山五显殿碰碰运气，看看还有没有人在卖包子，好给你们作后天的回门礼，结果在猪婆山山口见到了二牛。他说他发现一队鬼子兵蹲在林子里吃饭，地上竖了一大堆枪炮，路口也有鬼子在站岗，我们不敢过去，就赶回来告诉你了。”

时发思索片刻道：“这应该不是冲我来的，要是为了抓我，早就有动静了。姐夫，你知道我前段时间都在三元和西乡一带活动，对芳山那边最近的情况不是太了解。你跟我说说，附近有没有中国军队？”

大牛想了想说：“我们这里的国民党正规军早就被鬼子打跑了，只有一些土匪。不过前几天听芳山的老表讲，好像四爷有个什么小队到了芳山，还在五显殿建了个指挥所。”

“什么？义父一心想我的新四军在芳山？这就对了！这帮小鬼子的目标肯定是他们。新四军三支队号称草鞋兵，装备太落后，凭他们手里那几杆破枪根本干不过鬼子，但他们很受老百姓欢迎，是正义之师，我得去帮他们一把。”

夏芳担心地问道：“这么晚了还去呀？不是说咱大也在找四爷吗？要去也叫上他一起去呀。”

“你不懂，小鬼子不善于夜战，现在正在养精蓄锐，我一定要在天亮之前把信送到。大上年纪了，让他多休息休息，等我找到他们再告诉他。还有，为防万一，你们马上通知全村人，做好随时撤到前山的准备。”说话间，他已背上行囊，随即匆匆出门而去。

时发后来终于知道了怕字怎么写。这天晚上，洪山头老百姓差点为了他而遭大殃。原来，芳山新四军的行迹之所以被日军发现，正是因他而起。木村派出的便衣在洪山附近打探他的消息时走错了路，误闯到芳山境内，不想竟发现有一支共产党的队伍驻扎在五显殿。木村得到报告后，立刻电话通知湾沚联队指挥官端月，这才有了大牛所说的情况，而端月没有首先进村大开杀戒，乃是惧于五显殿传说之故。

建街于明代的芳山老街和红杨老街地形相似，坐落在青弋江东岸圩埂上，因整条街都为紧邻洪山的大鲁村鲁家官员私产，又称“芳山鲁”。芳山鲁家谱特别提到该鲁氏“乃汉时肃公之遗裔”，明确芳山鲁就是肃公后人。肃公即鲁肃，安徽定远人，三国时吴国大都督，极力主张联刘抗曹，为赤壁之胜立下大功。芳山鲁氏在明朝时期就出了一位正三品官员，传至鲁大浩这辈时，更是长戟高门，先后有多人在朝为官。鲁大浩本人为清初二品汉官，其子鲁贤彩及两位孙儿分别在福建泉州、安徽宁国府任一方父母官，均官至五品以上。

抗战爆发前，芳山老街非常繁华，当时沿河的街道有一里多长，分上街和下街，街道上光澡堂就有两处，肉铺三家，销售糖、烟、酒、早点等各类杂货的店铺也有十几户，其中最大的便是鲁氏粮食收购站，专门收购当地老百姓的稻子、山芋等，然后通过船运方式销往湾沚、芜湖等地。上街每天最热闹的时候是早上七八点钟，周边百姓都赶到这里从事交易，通过水路顺流而下到湾沚的船只也在这里打尖歇脚，顺便稍带几个客人，尤其是节日期间，芳山街更是热闹非凡，堪比湾沚，胜过红杨。

比芳山老街还要声名远播的是位于下街西北角的五显殿，此殿占地七十余亩，拥有房舍三十余间，属徽派建筑，飞檐翘角，马头墙参差错落，墙绘砖雕疏密有致，殿堂内则雕梁画栋，图案栩栩如生，紧邻其东还有座与之大小相近的东观庵。至于这个五显菩萨到底为何方神圣，民间传说大约有两种版本。一说为灵顺庙之神。宋代祝穆《方兴胜览》云：庙在徽州婺源县者为祖庙。兄弟五人姓萧，每岁四月朔，礼者四方云集……”据此，所供应有五位菩萨，而芳山五显殿仅火神“马王爷”一人。马王爷又名五显大帝、五圣大帝、五通大帝、华光菩萨等，得道成仙之前姓马，名灵耀，长有三只眼睛，民间俗称马王爷，其第三眼法力通天，也是火神的象征，本领出众者常以此眼自喻：不让你尝尝厉害，你还不知道马王爷长有三只眼！传说玉皇大帝封其为“玉封佛中上善王显头官大帝”，从此万民景仰。

芳山五显殿曾经香火旺盛，号称只要心诚，所求之事无一不灵，因而前来祭拜的善男信女络绎不绝。节日庆典期间，人们多在殿前搭台唱戏。每年正月，鲁村的龙灯、采茶灯都会来此表演。每逢芳山乡总乡约（乡长）就任，当地名绅都要在五显殿大门前举办欢迎仪式。很多卖饮食的也都挑着担子在殿门前摆摊设点，其中鲁氏大肉包以其口感柔软、鲜香嫩滑、方便携带、营养可口而广受欢迎，终演化为本地人互赠礼品的首选。

据芳山百姓所言，五显殿建于刘伯温之手。作为大明的开国元勋，刘伯温深知朱元璋其人，伴君如伴虎的担心早已有之。洪武四年（1371年），他请辞归隐至芳山。居乡隐形之际，通晓人文地理的他深觉芳山山清水秀，民风淳朴，遂出资盖建五显殿，并从老家浙江文成县请来一尊马王爷塑像，以庇佑乡邻。自五显殿建设完工后，刘伯温就销声匿迹了，当地百姓再也没有见过他，只有参与建设的工匠们代代相传：殿底建有巨大墓穴，如同迷宫，因系刘伯温一人设计，出入口谁都不知道。后人分析刘伯温助朱元璋建国，一生征战无数，杀伐过重，结下太多仇家，生前考虑到死后可能被人掘墓，便在其上建五显殿遮挡，一来掩护墓穴，二来恩泽乡民，两全其美。

端月和木村俊雄一样，也是个中国通，此人虽然年轻，却是个考古迷，他早就听说过这个五显殿可能有宝藏，攻下湾沚后一直想进驻芳山考察，后因战事吃紧耽搁下来。端月在配合木村联队攻占陵阳县时遭受过第三支队和国民党一〇八师联手袭击，对第三支队恨之入骨，得知他们有一只小分队就驻扎五显殿，他立刻亲率两支小队悄悄赶到距芳山不远的猪婆山埋伏下来，准备第二天早上发起突然进攻。出发前，木村再次打来电话：请端月君务必在打掉芳山之前扫荡洪山头，先抓到袁时发。但端月对五显殿垂涎已久，他有自己的打算，他也想来个一箭三雕：先吃掉小分队，再考察五显殿，若是能找到刘伯温的墓，那就太好了，届时再分兵抓捕袁时发。

·第十四章· 猛士并肩战群狼 笑谈东夷说良方

新四军驻芳山小分队隶属三支队五团二营，队长赵大勇祖籍河北，号称“侉子队长”。这个侉子不仅作战勇猛，而且颇具智谋，但平日里不苟言笑，唯一的爱好就是喜欢来几段京戏。每与日军战斗，他总是脚穿草鞋，抱一挺机枪猛打猛冲，边打边吼唱着《杨门女将》里那段：“你听说西夏吓破胆，我看那王文也等闲。你要求和递降表，我要杀敌保河山……抖银枪，出雄关，跃战马，踏狼烟，旌旗指处贼丧胆，管叫那捷报一日三传……”五团团长常拿这位部下开玩笑，你老赵平时说话侉腔侉调的，唱起戏来咋就那么字正腔圆哩，还女人味十足，等打跑了鬼子，我送你去戏班好好深造，说不定又能出一个像梅兰芳那样的大花旦！由此，他又有了“赵旦”一名。

赵大勇听闻过袁时发其人，但对他炸牛岛大炮、帮助邦阳搞枪等事迹并不知晓，他始终对这个兵不兵、匪不匪的江湖人没有好感。国难当头，真要是个铁血男儿，就应该参军打鬼子，否则再好的身手都不能算是英雄。后来又听说袁时发曾在川军中干过，因赌博偷卖军布被开除，便对之愈加厌恶。

时发对芳山地形并不陌生，只是唯一的大路已有鬼子暗哨，只能弃马绕小路步行，好在距离不是太远，总共七八里的山路对他来说也就二三十分钟的事。

走到上街口，黑暗中传来一股枪油味，他迅疾背靠一堵屋墙，两把驳壳枪同时打开了保险。

“什么人？”圩埂两侧各出现一个黑影。

“别紧张，兄弟，你们是新四军吧？”

“我们这不叫兄弟，叫同志。”

郑阳的队伍就相互称同志，这二人定是新四军哨兵无疑。时发收起枪迎了上去。

“同志是吧？同志，我找你们领导有事。”

“站住！请问你找哪位领导？”

“我哪知道你们领导是谁，就是你们这里最大的官！”

“对不起，你说不出名字，我们不能给你通报，请你离开！”一阵急促的脚步声渐渐远去，说明暗哨还不止这二人。

时发习惯了江湖人拜会时的那种客套已久，多年未尝的闭门羹竟让他一时间忘了对方是无时无刻不紧张于敌情的军人。

“老子好心来报信，你们居然要赶老子走！”

“你称谁老子？举起手来，我们要搜查！”

“吆呵！老子长这么大，还没被搜过身，来，你搜一个试试！”

“别动！”一前一后，两把长枪同时端起。

时发斜刺里侧身穿过，二人只觉手头一松，枪已到了对方手里。

年纪稍大的那位知道遇上了高手，厉声说道：“好本领！但我们不会怕你的，有种就开枪！”

时发跷起大拇指。看来传闻不假，小鬼子都说草鞋兵比中央军还难对付。功夫不行可以练，胆量却是天生的。他把枪抛了过去。

“果然是汉子。接着！”

“你到底是什么人？”

“在下袁时发，得罪了。”

“你就是袁时发？难怪身手这么好，不过……”语气里含着不屑。

“不过什么？”

“不过我们队长说你虽然有一身本领，但不打鬼子，算不上好汉！”

“娘道蒸子的！谁敢说老子不打鬼子！你们队长叫什么，把他喊来，老子要带他去看看，袁时发是怎么割鬼子脑袋的！”

“说得好！是我小瞧你了！”

灯光晃动，身旁赶来一人，左手叉着腰，右手提着一盏马灯，站在那里大声喝彩。

时发定睛看去，来人体形魁梧，浓眉大眼，身穿灰布军装，腰间旧斑斑的牛皮带上别着一把驳壳枪，背后斜插一柄大砍刀，刀把上的红布绸随风飘扬，模样很是威武，不过伸出脚趾头的那双烂兮兮的草鞋显得却很不协调。

草鞋兵名副其实啊！时发抱了抱拳：“你就是他们的头儿？”

“正是。赵大勇，新四军皖南第三支队五团二营派驻芳山乡小分队队长。”

“你就是那个会唱娘们戏的。”时发翻出白眼珠，“听说你打仗有两下子，但你凭什么说袁某不敢打鬼子？老子前几天还宰了好几个！”

“没错没错。赵某误会你了，我这就向你道歉。”赵大勇说完向时发敬了一个军礼。随后告知众人：西乡地下同志昨天传来消息，这位仁兄大闹舒家庄，在洪山干掉了好几个鬼子后又把西乡搅了个天翻地覆，不但除掉了汉奸舒老三和王文魁兄弟，还缴了木村那个老鬼子的武士刀。

“痛快！痛快！”赵大勇最后抚掌大笑，那两名哨兵也跟着立正收腹，标准的三挺一瞪姿势。

时发反倒不好意思了：“哪里哪里，机缘巧合而已，你们才是真正的抗日英雄啊！”

“时发兄不必过谦，请，去我办公室说话。”

细思极恐的消息把赵大勇惊得腾一下站起来——芳山群众基础一直很好，我们进驻还不到三天，小鬼子怎么会来得这么快？而且，他们那里还有我们的线人，不可能事先一点都不知道啊！他嘴唇讷讷了好久，猛然朝桌子捶了一拳。

“姥姥的，咱们这一定有他们的奸细！”

时发不置可否。“赵队长，这个问题以后再说吧。我来的时候侦查了一下，他们足足有两个小队，光迫击炮就有十几门，另外还有一百多名黑皮，依我看，凭你们的武器装备根本干不过他们，只能请求增援了，这附近还有没有你们的友军？”

赵大勇坦言相告：“我们是孤军深入。一营在西乡附近的王家村，二营主力在靠近六连圩的马家园一带，三营在金家阁，现在的态势是敌我犬牙交错，他们都有自己的防区，很难靠过来。红杨树周家桥和肖北乡一带倒是有个国军一〇八师，但他们早已被鬼子打得吓破了胆，根本指望不上，只有从西乡撤下来的忠义救国军在对河上窑村，不过他们战斗力太差，王应虎又是个死硬死硬的反共派。”

提起王应虎时发就来气："那个小人不说也罢。既然如此，你们还是赶紧把老百姓疏散了就撤退吧，好汉不吃眼前亏。"

"不行，时发兄，老百姓是要疏散，但我们刚来不久，一枪不放就撤退，他们会怎么看？不管怎么样，也要跟鬼子干一场再说！"

"好！这话听着提气！"时发竖起大拇指说，"这样，你们先准备着，我那里有一挺机枪，子弹一千多发，还有几箱手榴弹，另外，我在西乡收了三个兄弟，都会打枪。"

"太好了，时发兄真是雪中送炭啊，我们缺的就是武器弹药。"

"嗯。以前听说你们的战士能在裤裆里逮出虱子，能在枪把子上抠出老鼠屎，我还不太相信，刚才看你们的衣着装备，果然如此，不过打仗也不完全靠装备。"

"言之有理。我们虽是小米加步枪，但打鬼子一点也不比国民党正规军差，我们靠的不仅是战略战术，还有老百姓的支持。"

"这话我不抬杠，我义父也说过，共产党确实深得民心，但话又说回来，国民政府虽是个烂摊子，军队却不乏血性男儿，我的老师长饶国华就是这样的英雄。当然，这个话题一句两句也说不清，重要的是怎么收拾这帮龟孙子。我回去后就不再过来了，我们悄悄跟在鬼子后面，你们在前面一打响，老子就捅他们腚眼儿，即使干不过，也要他们脱一层皮！对了，还有一件事忘了说，我义父李汉臣是你们的人，一直在找组织，但他年纪大了，我没有告诉他，以后再安排你们见面。"

"好！时发兄果然是打仗的好手，就这么定了！至于李先生的事，我暂时还不好表态。因为我们的组织关系隶属部队，对地方不太了解，我只知道这一带有的归中共宣城县委，有的归芜湖县委，而芜湖县现在又被分割成南芜宣、芜当宣、铜芜宣三块，加之国民党一直有亡我之心，所以他们始终处于秘密状态，对地下同志身份的审核更是严格。不过你放心，战斗一结束，我就向上级汇报。"

"那就有劳赵队长了。"

时发尚未跨出门，两名战士匆匆跑来："报告，抓到一个特务，他交代说宣城的鬼子便衣在找袁时发的过程中无意间发现了我们的驻地。"

原来鬼子一开始是冲我来的！时发回头向赵大勇拱拱手："赵队长，是我连累你们了。战场上见！"

赵大勇连忙说道："时发兄哪里话，他们不来找我们，我们迟早也要去找他们的。都是为了打鬼子，不存在谁连累谁。话不多说，分头准备吧。"

"好！告辞。"

赶回洪山，大虎三人已等候多时。李汉臣上前好一顿老猫洗脸："你个兔崽子，老子找组织找了这么久，你不知道啊？好不容易能联系上了，你竟然不告诉我！"

时发赶紧赔笑："大，别生气，我已经把您的情况和他们说了，他们同意我的建议，由您组织洪山老百姓转移，等打完仗再安排。"

"你！你又做老子的主……"见事已至此，他只好不再多说。

猪婆山和芳山相隔不到三里路，而王庄和猪婆山又几乎山村相连，夏芳既担心时发的安全也怕王庄会出事，见他回来了，连忙说："你要小心啊，千万别逞能，我马上回娘家一趟。"

时发哪有心思理她，挥挥手道："去吧去吧，叫姐夫陪你一起去。大虎、来喜，你们两个跟我下地窖！二狗，你去杨吴冲把驴子叫来。"

新四军小分队总共一百人不到，其中还包括五名卫生员和两名伙夫，另有十几名伤员，真正能上战场的也就七十来人，武器弹药更是缺乏。很多战士手里的汉阳造膛线都磨平了，子弹人均不足六发，两挺捷克式轻机枪有一挺还经常打不响，机枪子弹总共不到三百发，唯一能拿出手的就是二十箱手榴弹，这还是在陵阳战斗中从伪军手里缴获的。而日军两个小队尽管只有八十人，但每人均配备明治三八式步枪一支，每人腰挂三个弹药盒，每个弹盒都装有三十发子弹。此外，每个班至少有一挺重机枪、三挺歪把子轻机枪和一个50毫米掷弹筒。伪军的装备虽次于日军，也远在小分队之上。

赵大勇十分清楚，无论人数还是装备，对手都远远超出了自己，唯有充分利用地形方可周旋一番。时发一走，他立刻安排人动员芳山百姓和重伤员渡河向南转移。随后，连夜在五显殿外围修筑东、南、北三道战壕，围成一个环形工事。一切准备就绪，天已经亮了。

赵大勇一脚踏在装满黄土的麻袋上，拔出大刀吼道："同志们，小鬼子就要来了，大家把武器弹药再检查一遍，抓紧时间眯一会。记着，所有人都要听我命令后再开枪，我们子弹不多，等他们靠近了再打，争取每颗子弹都能消灭一个敌人！"

为防不测，屋子里不能待了，时发五人衣不解扣躺在靠近出口的地窖中，密不透风之处不仅闷热异常，还有无数蚊虫发出嗡嗡的叫声，除了驴子睡得像条死猪，其余人几乎没合眼。终于听到了第一遍鸡叫，时发立即喊开：“起来，都起来！”二狗打了个哈欠，指着驴子说：“大哥，我们根本就没睡，这家伙的呼噜比打雷还响。”时发摇头笑道：“就算没有他，我估计你们也睡不着，和鬼子真刀真枪干，你们都没有经历过，难免紧张。再说天又这么热，还有这么多蚊子。”

取出所有武器弹药，时发打来一桶凉水，首先把自己从头淋到脚，然后往每个人头上都浇了几瓢，众人立刻感到倦意全无。

猪婆山因野生桂花树多，故又名“桂花冲”。五人悄悄靠近那片桂林时，拂晓的光辉驱走了黎明前的黑暗。鬼子已排好队，只见一个戴眼镜的年轻军官翻身上了一匹枣红马，举起军刀朝芳山指去。“依枯造！”

驴子瓮声瓮气地问：“时发哥，鬼子说什么呢？”

时发曾和日本教官学过一些日语，大致听得明白。“嘘，小声点。出发的意思。驴子，一旦打起来，你就躺着打开弹箱，把手榴弹递给我们就行。你们三个，先不要打开枪的保险，免得走火惊动了鬼子。”

端月在距上街不足六百米处挥了挥手，队伍停了下来，他拿起挂在胸前的望远镜，一看，整条老街一个人影也没有，显然，老百姓已经全部撤离。再一看，五显殿三面都有战壕，新四军小分队正严阵以待。

“八嘎！”端月战刀一指，队伍继续前进几百米，很快组成攻击队形，一排炮兵鱼贯而出，架起了十六门迫击炮。

时发非常清楚日军的套路——炮兵轰完步兵冲，步兵冲完炮兵轰。他们炮弹充足，几轮炮击后，小分队可能就会死伤过半。他抱起机枪大吼一声：“小鬼子，袁时发爷爷在此！”

哒哒哒哒哒……端月还没发出命令，这边已经倒下好几名炮手，而对手的影子他都没看到，他看到的只有一个小小的土坡和几棵高大的松树。

“八格牙路，袁时发在后面偷袭，还击！还击！”

鬼子尽管被打了个措手不及，但很快就全部散开卧倒，稍时便形成包围态势，子弹像下雨一般压得五人抬不起头来，他们用以掩护的那几棵松树瞬间被打成了秃枝，纷纷扬扬的松毛夹杂着碎裂的树皮堆了一地。

驴子躺着动也不敢动：“时发哥，咋办？”

“别怕，打开箱子就是。”

赵大勇先前一直在哼唱着京戏《甘露寺》里的唱词：“……当阳桥头一声吼，喝段桥梁水倒流……”枪声一响，他猛然噤声，再用望远镜一看，不好！袁时发已身处险境！

“同志们，杀鬼子！扔手榴弹！”他抡起大刀跃出了战壕。

他这一动，战士们都跟着冲了出去，也都感到纳闷：侉子队长从来没有这样，刚刚还要我们等鬼子靠近了再打，这会反倒自己急起来。想归想，手榴弹还是一点没耽搁地扔了出去。

眼看包围圈越来越小，端月手托下巴露出微笑。袁时发自己送上门来，总算不负木村君所托。他万万没想到，新四军竟在这个时候突然出击。

轰！轰轰……帝国武士又倒下好几名！

“八嘎！该死的中国人！”

端月毕竟久经沙场，他仍高举着战刀。“分两排，前面的，后面的，通通还击！”

时发见压力稍减，立刻侧身连续扫射，鬼子的火力暂时被压住了，那边赵大勇已经率队冲到鬼子面前，双方展开了肉搏战。

驴子递过一捆手榴弹。“哥，给！”

“还给！搅一起了！”话音刚落，身子已经冲入敌群。

“没事吧？”赵大勇挥刀砍翻一个鬼子叫道。

“没事！杀！”时发腾空而起朝端月劈去，端月挥刀相迎。两把刀碰在一起，力量和技术的对比立时分出高下，端月只感虎口一阵发麻，嗖的一声，战刀脱手而飞，立刻过来几名端着刺刀的鬼子将时发围在中心。短兵相接正是他的强项，他很快砍倒了几人。擒贼先擒王，见端月就在不远处，他再次纵身扑了过去，端月大惊，忙转身而逃，鬼子顿时乱了阵脚，哗一下全都向后撤去。

就这样，众人打退了鬼子的第一轮进攻，快速跑进战壕。时发此刻才发现，大虎屁股被刺了一个洞，鲜血汩汩外流，很快被小分队卫生员背走。来喜和二狗也都挂了彩，胳膊上各挨了一刀，均刀伤见骨，无法再上战场，小分队更是牺牲九人，重伤五人。一个被鬼子捏碎了睾丸的战士在临死前咬断了对手的喉咙，他的嘴巴紧贴着血糊糊的洞口，呈吮吸状，真正做到了啖其肉饮其血，但样子十分吓人。驴子从未见过这种场面，他结结巴巴道："时发哥，我，我……"

"怕是正常的，再经历几次就不会了。驴子，要做我袁时发的兄弟，就必须是个爷们。这样，你先帮他们抬伤员，完了就回家去吧，手榴弹留给小分队，以后我再教你打枪。"

安抚了驴子，时发冲赵大勇抱拳行礼："赵队长，对不住了，为了救我，你们死了这么多兄弟。"

赵大勇随即还礼："什么话，要不是你突然打懵了他们，那十几门炮轰下来，我们死的人更多。不过我们也干掉了不少鬼子，面对面地和他们干，这已经是很不错的战绩了。"他跟着问道："姥姥的，小鬼子拼刺刀也非常厉害，我们一直很头疼，却没有什么好办法，你有没有？"

时发捏着下巴说："我正要说这个事。"他把当年和日本教官数度交手后的心得以及燕振昆的讲授和盘托出——

别看小鬼子都是"矮不隆冬"的罗圈腿，可这恰恰是他们的优势，下盘稳，个子大了反而不灵活，加之三八大盖又很长，一寸长一寸强，但这不是主要原因，主要还是他们训练有素，他们的刺刀技术简单直接，每一招都直接攻击对方要害。其次是最重要的也是最残忍的，就是真人训练，日本兵每占领一处，就用活人作靶进行刺刀练习。所以，要论拼刺刀，除了练过武术的之外，一般人都难敌他们。不过小鬼子有个习惯，怕伤着自己人，每次拼刺刀之前都会退出子弹。机会就在这里，你们以后跟鬼子肉搏战，一定要多准备短枪，一手抡大刀，一手插在荷包里。抡大刀只是做个样子，鬼子子弹一退，掏枪就打。

"时发兄果真厉害。你是怎么想到的？"

"不是我想到的。我有个师叔是二十九军的大刀队教官。别人都说他们大刀厉害，实际上不是，他们就是用这个办法在喜峰口一次干掉了鬼子五千多人。"

赵大勇长叹一声："办法是好，可我们哪有那么多短枪啊！"

"还有一个办法。"

"哦，你快说。"

"每人准备一包石灰粉，一旦准备和鬼子肉搏，不等他们靠近，把石灰粉撒过去，鬼子要是被眯了眼，就好杀多了，但要顺着风，不然会害了自己。这也不是我想出来的，是江湖无赖发明的，有些不光彩。"

“哈哈，只要能打鬼子，管他什么光彩不光彩。行，以后就这么干。”

“嗯，所以说和小鬼子干只能多用脑子，他们的战斗力太强。”

鬼子战斗力的确很强。端月退出半里路后，很快聚集齐了队伍。

时发忙问赵大勇：“你们除了这三道战壕外，还有没有其他掩体？”

“没有了，时间太仓促，这个环形工事还是我们连夜修筑的。”

“那就先撤到五显殿里去。鬼子马上就要发动新一轮进攻，这次炮火会更密集。”

“撤到殿里？这不是把阵地拱手交给鬼子吗？”

“赵队长，请相信我。我以前有个教官就是日本人，所以比较清楚他们的打法。他们很迷信火力，在炮兵停止攻击之前步兵是不会动的。这样，你们先撤进殿里，等炮声停了再快速返回阵地，伤亡肯定小得多。另外，你给我派四个枪法好的兄弟，再加四名投弹手，我们从河沿下边绕到他们的后面，不干掉他们的炮，只有被动挨打的份。”

“好，就依时发兄的意见。所有人，全部退进五显殿！”

时发带着八名战士首先下到青弋江河东沿岸，然后向南悄悄摸到了鬼子的后方，刚刚伏下来，就听到前面传来激烈的爆炸声，鬼子的迫击炮弹呼啸着连续飞向小分队的阵地，掏出望远镜一看，工事已是一片火海。

“弟兄们，鬼子共有十六门炮，你们四个每人负责干掉两个炮手，剩下的我用机枪包销，投弹手等我们枪一响，就把所有手榴弹全部扔出去，我们要争取在最短的时间内一次把他们的炮全部干掉。所有人，听我口令：一、二、三！打！”

砰砰砰砰！哒哒哒哒哒！轰隆轰隆……

一阵密集的枪声和手榴弹的爆炸声响后，只见鬼子的迫击炮被炸得东倒西歪，炮手也倒下一大片。

“偷袭成功！”赵大勇高兴得连声大叫，“袁时发就是袁时发！同志们，进阵地！”

端月被炸懵了，趴在地上用望远镜一看，只见一个身影迅速伏地，接着就不见了。

八嘎！又是那个袁时发！“停止攻击！停止攻击！”

端月明白过来，袁时发移动速度太快，很难消灭，无论向前冲还是往回打，结果还是和上轮一样，腹背受敌。关键是他有一挺机枪，威胁太大了，加之芳山建街于圩埂，地势狭窄，对手地形也比他们熟，一旦分兵，立刻陷入多面作战的境地。

“袁大侠，我们现在是回阵地，还是继续守在这里？我们弹药不多，鬼子要是包围上来，就走不了了。”一名战士见鬼子不再向小分队冲锋，不免担心起来。

“放心，小鬼子聪明得很，他们在明，我们在暗，他们现在两个方向都不会进攻，只要我们一走，他们就会向前冲，我们不动，他们也不敢动。他们一定在想什么花招，先看看再说。”

事实正是如此，端月连续吃了两次亏，不再蛮动。炮兵已经被对手消灭过半，火力优势大大减弱，眼看接近晌午时分，新四军的援军说不定也会赶到。如果从湾沚调坦克装甲车来，芳山街房屋林立，根本施展不开。怎么办？只有速战速决了，向芜湖空军求助。

时发通过望远镜看到，端月正接过通信兵的步话机在叫喊着什么，离得太远，根本听不清，遂快速匍匐前进了十几米，终于可以伏地听声了。

“西够给、西够给，屋铁、屋铁……”端月重复着这几个词。

飞机？投弹？娘道蒸子的！鬼子要派飞机来轰炸！时发迅速倒回原地。

“你，还有你，你们两个赶快去报告赵队长，鬼子飞机要来了，马上撤离，快！”

“那，袁大侠，你们怎么不走？这里太危险了。”

“哎呀！你们不懂，我们和鬼子离得这么近，他们怕炸到自己，肯定要往你们的阵地上扔燃烧弹给飞机做指引，我们要在飞机到来之前干掉投弹手，快去！”

一名年轻的战士匍匐过来：“袁大侠，飞机有那么可怕吗？我在报纸上看过，说不少部队都用机枪打掉过鬼子的飞机，我们也可以那么干啊。”

“报纸？谁家的报纸？”

“抗战爆发后，国民政府常派飞机给部队撒报纸和宣传单。”

“那玩意你也信？我跟你讲，大多是胡吹的，机枪能打下飞机只有一种情况，就是驾驶员太过自信，为了炸得更准特意低空飞行，这样速度就慢了，速度慢了地上的人才有机会。”

“可是，报纸上有照片啊。”

“有照片也不一定是真的，他们最会做假。当年在围剿你们红军的时候，有些地方杂牌部队为了骗取蒋光头的赏赐，常组织老百姓化装成红军俘虏，然后拍成照片登在报纸上。还有，鬼子要是那么好打，怎么大半个中国都丢啦？实话实说，鬼子单兵作战能力能抵得上我们五六倍，武器更是不知好了多少倍，我们只能利用熟悉的地形和他们慢慢耗！再说了，我们哪有那么多机枪和子弹？”

他这一番拨云见雾，眼中竟不知不觉露出犀利的光，身子也弓成老鹰扑食状。一位年长的战士下意识地向空中望了一眼，果见一只巨大的老鹰闪动着翅膀在翱翔，忽然，那只鹰像受了伤一样朝地面急速降去。

·第十五章· 血拭梨花花心漾 卧授锦囊憾身伤

形势严峻，赵大勇不得不下令撤退。护送伤员撤离的指导员潘雪娟正好赶回来了，赵大勇便叫她先带大部过河，沿着西岸向红杨树方向撤退，自己则率四名战士断后，接应时发等人。潘雪娟坚决不同意，说你是小分队的主心骨，接应的事必须交给我。两人争来争去也没个结果，最后，潘雪娟搬出了自己入党比赵大勇早，新同志应该尊重老同志的意见。赵大勇见实在拗不过，只好依了她。

无巧不成书，潘雪娟正是潘美娟的妹妹。雪娟曾听姐姐说起过，姐夫有个在襁褓中就离散了的亲弟弟，名叫袁时发，最近相认了。美娟叫她有机会也认识一下，此人一表人才，还一身的本事。雪娟当时很不以为然，她和赵大勇存在同样的认识，一个被军队开除的江湖浪子，本事再大又怎样？如今却从同志们的口中得知，袁时发不仅连夜报信救了小分队，还主动参加战斗，几次帮助她的战友们化险为夷，她不禁对这位亲戚开始刮目相看。

时发在望远镜里看到，阵地上还趴着几名新四军，好像还有个女的，忍不住嘀咕道："这个老赵怎么回事？战壕里竟然还有人！"随即反应过来，坏了，这几个人有危险！他们是为了接应我！

赵大勇带人刚刚来到河边，天空便响起了轰隆隆的飞机声，已经飞过湾沚了。

端月立刻抽出战刀朝阵地指去，几名投弹手各就各位，只待一声令下。

时发大喝一声："开枪！"

啪啪啪……可惜只倒下两名鬼子。原来端月考虑到了时发还会偷袭，命真正的投弹手匍匐着向阵地前进了几十米，加之汉阳造的射程太短，杀伤力有限，被击中的鬼子也只是受了点轻伤，接连六颗燃烧弹被扔进了环形工事。霎时间，熊熊大火腾空而起，继而升起一团浓烟直冲云霄。雪娟和几名战士被呛得咳嗽不止，只得又退进五显殿。很快，两架零式战斗机呼啸着掠过工事，丢下两枚巨大的炸弹后再盘旋着飞回来。

咚！咚！震耳欲聋的爆炸声接连响起，环形工事瞬间成为一个坑坑洼洼的土坪，紧接着，飞机又丢下数枚炸弹，这才飞离现场。

时发感到有些奇怪，鬼子怎么只炸阵地不炸五显殿？此刻已不容多想，救人要紧。可是怎么冲过去呢？端月已经带人团团围住了五显殿，左边是黑皮，右边是黄皮，里面的几个新四军利用殿内的掩体正在和鬼子打巷战，眼看就支持不了多久。同时，另有七名鬼子端着三八大盖一步步地朝他们逼过来，一番激烈对射，倒下了四名鬼子，但几名战士也全部牺牲，更糟糕的是子弹全打光了。

枪声既停，说明作为心头大患的袁时发再无反击能力。端月放心地点了点头，冲其余三名鬼子做出一个砍杀的动作，随后向五显殿大门一挥手，“里面的，快快地解决!”他已没有必要再去为那个即将成为尸体的人浪费进殿寻宝的时间。

老子剁了你们！时发躺在地上伸手去拔腰间的砍刀，忽感手指一阵刺痛，才知有一把飞刀在战斗过程中被震出了刀鞘。娘道燕子的，打枪打昏了头，怎么把飞刀给忘记了！一个鹞子翻身，嗖嗖嗖，三道黑光连续射出，那三名鬼子捂着咽喉踉跄了几步就一个个倒下了。眼见五显殿前的鬼子一个个都向里张望，却无一个回头，他赶紧侧身滚过去，快速拔下飞刀。玄铁精是宝贝，若是给小鬼子陪了葬岂不暴殄天物。

随着几阵密集的枪响，五显殿里新四军一个接着一个倒下，只剩潘雪娟一人。这倒不是她的本事比别人强，冲在前面的几名鬼子早就发现有一个女兵，他们互相对望了几眼，一起露出邪邪的笑容，彼此心领神会：花姑娘的，必须活捉。

无论如何不能落到鬼子手里！雪娟给自己留下了最后一颗子弹，眼见一帮鬼子怪叫着步步逼近，她慢慢举起手枪对准太阳穴。

啪！一声枪响，雪娟的虎口被震出了血，手枪飞出老远。

端月进了五显殿后，发现小分队大部已经撤离，只剩一个女兵，他顿时恼羞成怒，精于射击的他必须玩一玩猫捉老鼠的游戏，方能泄去损兵折将之恨。他将三八大盖扔还给士兵，点头微笑道：“你们的，可以开心开心，但不要弄坏殿里东西。”说完，他从包里拿出一个放大镜开始仔细查看殿堂里的物件。

时发此刻已经悄悄靠近了五显殿，见四处都有鬼子，不禁眉头紧锁，还是进不去啊！

咈噜噜噜……一阵响亮的马喷鼻声传来，侧目望去，紧贴着东边院墙长有好几棵老槐树，一匹浑身枣红色的高头大马正挨着树皮擦痒。此处黄皮不多，都抱着枪靠在树根下纳凉。

机会来了！时发捡起两块石头朝身后的一个沟渠远远抛去，随即伏身草丛。

通！通！石落水响，那几个黄皮立刻奔了过去。时发迅疾跳上马背，再纵身一跃翻过墙头，刚刚落地，就传来了鬼子的怪笑声，花姑娘，不要害怕！哈哈……

寻声一看，明白了，怪不得飞机不炸五显殿，原来是那个鬼子头相中了殿里的宝物。

“吆西，花姑娘，大大的漂亮……”雪娟已被两个鬼子牢牢抓住，接着将她架到神像后面。

李汉臣曾对时发开玩笑说，你小子今后有很多英雄救美的事要做。他赶过来当然不是为了要当什么英雄，人家为他而舍命，出手相救天经地义，可惜只剩那个女兵了。此刻，他从感激到难过，从难过到愤怒，愤怒得像那个红脸的五显菩萨，仿佛眼睛里都要喷出火来，只是少了马王爷的第三只眼。

“放开我，你们这帮畜生！”雪娟拼命地挣扎着，但终究抵不过如狼似虎的日本兵。刺啦一声，上衣连同红色肚兜被生生扯下，整个胸脯全部裸露出来，接着便有几双毛茸茸的手朝她雪白的乳房上乱摸。雪娟羞愤难当，屈辱的泪水顺着脸颊淌了下来。很快，又是刺啦一声，裤子也被撕掉了一大块。

死也不能被鬼子糟蹋了！雪娟把眼一闭，把舌头架在牙齿之间，然后深深地吸了一口气。咬舌自尽毕竟是一件失败率极高的事，没有足够的勇气万难成功，她没想到，自己的失败并非在于没有勇气，而是在于她刚刚张开嘴时那啊的一声惨叫。睁眼一看，趴在她身上的那个鬼子不知什么时候被人割断了喉管，一股又咸又热的鲜血霎时喷了她一脸，眼前一片红光。

她使劲眨了几下眼睛，那个鬼子已软软地滚到一旁。紧接着又是啊啊几声，施暴的几个鬼子全都倒在地上，血流了一地。

时发扔过雪娟的上衣，迅速从被杀的三个鬼子身上解下几枚手雷放进行囊，再捡起一把三八大盖，招招手道："姑娘，快跟我走！"

雪娟正蜷缩着身子在那里发抖，显然，她被差点强暴了她的鬼子给吓坏了，也被刚才血腥的场景给惊呆了，听到时发的喊叫，她才猛地一抬头。

"啊？你是？"

"袁时发。"

"你就是袁时发？"

她愣住了，原来自己见过他——他就是那个救过我的白衣人！她快速披上外衣，羞得面红耳赤。

"现在不是说话的时候，赶快走！"

雪娟虽知此时情危，脑海中还是不由自主地闪过他们相识的那一幕——

1931年9月18日夜，日本在东北蓄意制造了震惊中外的奉天事变（后被人们称作"九一八事变"）。随后，全国人民坚决要求抵抗日本帝国主义侵略，中国共产党青年团中央发出告全国青年书，号召青年学生爱国抗日，各地学校纷纷遴选学生代表，到南京向蒋介石请愿。

那天，雪娟走上宣城街头，展开演说。

"同学们，中华民族到了最危险的时候，我们能眼看着国土沦丧、人民受辱吗？不能！同学们，到了我们热血洒春秋、慷慨赴国难的时候了……"

人群中爆发出一阵又一阵的热烈掌声，但有一个人除外，那是一个身着白衣身材魁梧的少年男子，他只是略略点点头以示赞许，一双炯目警觉地环视着左右。

此人会不会是特务？看年龄应该不像啊。雪娟第一感觉不太好。在这之前，班主任老师反复提醒她们：上街演说千万小心，很多地方的学生请愿行动都遭到了当局残酷镇压，蒋介石辩解称学生被共产党洗了脑，请愿都是他们一手操纵的，目的就是要颠覆国民政府。所以，你们一旦遇到警察抓人，断不可逞强，一定要及时撤离……

果然，随着几声刺耳的警笛声响起，大批警察朝她们迅速奔来，冲在最前面的是几个头戴黑色礼帽，身穿黑色套装的男人。后面的则分为左右两队，左队人人戴着白色袖章，手拿一根警棍，右队全都端着长枪，手指也都扣在枪栓上，很显然，子弹已经上了膛。

“同学们，特务和警察来了，快撤!”雪娟高喊。

哗——人群一下子拥挤起来，你推我搡乱作一团。两名特务很快冲到了雪娟面前，其中一个伸手抓去。

雪娟侧身一闪：“你们凭什么抓人?”

“凭什么！就凭你……哎呦!”

动手的那个特务话没说完，突然直挺挺地单腿跪地，两只手还平伸着，如同求饶一般，紧跟着，后面那个也莫名其妙地摔了个狗吃屎。

“他们是军统，还不快跑!”白衣少男猛地拽过雪娟。

二人一口气跑出好几条巷子才停下来。只听那人说：“没事了，他们找不到你了。”

雪娟满身大汗，弯腰按着肚子点点头，上气不接下气道：“谢，谢谢了。你叫什么?”抬头一看，已没了人影……

端月正专心查找文物，忽听得啊啊几声，开始以为手下因为兴奋发出叫喊声，后来觉得不对，连忙赶到神像后面。八嘎！又有三名帝国士兵被杀害！袁时发，肯定是袁时发！他居然还没有被消灭！

“所有人，立刻封锁五显殿全部出口，一定要抓到袁时发!”

时发和雪娟刚跑近大殿后门，发现鬼子已在院外堵住了去路，只得又往回跑。

啪！一颗子弹擦着时发的左耳边飞过，幸亏是在跑动过程中才没被打中，端月再次拉开枪栓。

时发一把揽住雪娟的腰，喊一声“卧倒!”就势连续几个翻滚，破门而入进了一间寮房，顺手关上房门。起身一看，二人都傻了眼，居然没有后门，也没有窗户！此时，端月已经带人赶到屋外，他刚才经过这间寮房，知他二人进了死胡同，遂哈哈大笑起来。

“袁时发，你们跑不了啦！赶快出来投降，我只给你三分钟考虑!”

两名鬼子上前架起歪把子对准了屋门。实际上，端月并不想活捉时发，只是不想打坏屋子里的东西，他还没来得及仔细搜查每个房间，说不定这里就有意想不到的宝贝。

“上天无路，入地无门了!”雪娟万念俱灰。

上天？一语惊醒梦中人。对！上天！时发把长枪和手雷递给雪娟：“你先守着，我上去看看。”

雪娟从兜里掏出一张照片：“袁时发，我们早就认识，可能你已经忘记在宣城救我的事了。我是你嫂子的妹妹潘雪娟，谢谢你刚才又救了我一次，鬼子已经把这里包围了，你不要管我了，凭你的本事，应该能走脱，否则我们都要死在这里。这张照片是我和你哥一家三口的合影，麻烦你带给我姐。另外请告诉赵队长，自今年一月川军光复芜湖失败后，五团联系了皖南部分国军，希望可以合作再次启动光复芜湖的计划，请各小分队注意配合，这是上级命令。”

“什么？你就是那个女学生？娘道蒸子的，莫说你是老子的亲戚，就是张三外人，老子也不会独自逃命的！别废话了，耽误时间。”

时发从行囊中拿出挠钩朝屋梁抛去，抓着绳子嗖嗖几下上了屋顶，接着一手吊住屋梁，一手横起玄铁刀向上猛划，几根椽子应声断裂，再往上推去几块瓦片，出现了一人多宽的窟窿，屋子里顿时亮堂了很多。

“快上来，东边院墙下面有一匹马。”

真是绝处逢生呵！雪娟惊呆了。难怪他有那么大名气，难怪鬼子都拿他没办法。

“想什么呢，快！”

“好吧，我上去后，你要跟着上来，千万不要和鬼子纠缠，我不想你出事，我……”

雪娟突然把后面的话咽了回去，脸也微微烧了起来。

“快上，没时间了！”时发紧紧抓住雪娟的手，猛地提上来，接着单手抱住她的双腿把她顶出屋面。雪娟爬到东边屋角往下看，果然有一匹枣红大马拴在那里，但也有四五名鬼子兵。

他二人在屋内这么一耽搁，三分钟时间已剩不多。端月在外面喊道：“袁时发，最后十秒了！十、九、八、七……”

时发此刻已到了屋顶，他伸进脑袋冲着下面叫道：“稍等稍等！这个女共党不肯投降，我正在做她工作！”

“哈哈，袁时发，你拖延时间是没有用的！四、三、二、一！射击！”

哒哒哒哒……房门、床铺均被打得千疮百孔，墙壁上也布满了密密麻麻的弹孔。

见屋里没有动静，端月手一挥，两名黑头鬼子磨磨蹭蹭地挪了进去，这才发现上了当。

“太君，袁时发从屋顶跑啦!”

端月气急败坏：“八嘎，袁时发太狡猾了，追!”

啊！啊……东院墙接连传来几声惨叫，端月急忙赶过去，只见地上躺着的日本兵喉头都有一个血窟窿，再一看，二人一骑疾驰而去。

“八嘎！射击！等等，打人，不要打马!”

雪娟坐在后面搂住时发的腰，只觉阵阵热气传遍她的全身，心头不禁升起一股暖流，她情不自禁地把脸紧紧贴在他的后背。尽管在学校被不少男生追求过，但她总觉得那些白面书生缺少阳刚之气。她认为男人就应该血气方刚浑身是胆，而袁时发正是这样的汉子，但他有满口脏话，赌博成性的坏毛病，不过没关系，人无完人，如果能把他带进革命的队伍，这些坏毛病一定能改掉。他救过我，今天又一次救了我！我一定要让他和我一起进步，然后介绍他入党，一起为革命奋斗……

哒哒哒……枪声惊醒了雪娟的美梦，身前的时发也似乎抖动了一下，接着，她感到抱住他的手传来黏糊糊的热湿，一看，全是血!

鬼子机枪手打中了时发，一颗子弹从他的右肋钻进去又从肚脐眼上方穿了出来。时发眼前一黑，差点摔下马去。此时又传来一阵稀溜溜的口哨声，那匹枣红马突然收蹄立在原地，再也不肯迈步了。

原来端月的这匹战马受过训练，听到主人的哨声就会停止不前。二人之所以没被打死，就是因为端月怕伤了自己的坐骑。

“时发，时发，你怎么样？你怎么样?”雪娟带着哭音急切地问道。她自己也不知道什么时候就把一个袁字给去掉了。

“死不了，快趴下。”时发痛哼一声，咬牙从腰间拔出匕首，狠狠插在马屁股上，跟着把身子往前一伏，雪娟就势趴在他的背上。那匹马痛得仰天一声长嘶，没命地疯奔向前。

又一次功亏一篑，端月气得抢过身边鬼子的三八大盖连开几枪，可惜马已越跑越远，子弹也追不上了。

夏芳在王庄听到从芳山传来的枪炮声一阵紧似一阵，中途还有飞机的声音，不禁又急又怕，隔不到几分钟便跑到村口看看，好不容易见到了灰头土脸的驴子，竟一问三不知。

“你时发哥呢？怎么就你一个人回来了?”

“不晓得，他让我回来的。”

“那他去了哪里？”

“不晓得。”

“他有没有受伤？”

“不晓得，死了不少人，时发哥没死。”

“你……你这个白痴！”

春芳有些不过意：“他一个大老憨，骂他作甚。你看他这个样子，肯定吓坏了。驴子，你走吧。”

夏芳直跺脚：“真急死人了！”

“别担心，袁时发那么大本事，估计小鬼子伤不了他的，你这样瞎担心也没用，还不如和我一起到前山等他。”

“不是啊，姐，我觉得眼皮子一直在跳，好像有什么事要发生似的。”

“吆！我们家读书人也相信这个啦。你不是动不动就教训我们不要迷信，要讲科学吗？”

“姐，现在还说这个干嘛？”夏芳就此像个磨盘转个不停，而芳山那边又传来了零星的枪声，每一声枪响，她的身子都跟着抖动一次。几十分钟后，她突然停止了转圈，一阵急促的马蹄声由远而近。

“咦？马上好像有两个人哎！”

春芳眼尖：“快看，那不是时发吗？我就说他没事嘛！哎呀，他好像受伤了！那女的是干什么的？”

“啊？快！快拦住马！”姐妹俩立刻冲到路中间。

雪娟一勒缰绳，吁！却感身子猛地向前倾斜，马的前蹄竟然跪了下去，昏迷中的时发一头栽倒在地。这匹马受伤在前，留了很多血，加之驮了两个人一口气跑出五六里地，早已口吐白沫气喘吁吁，终于难以支撑。

“时发，时发你怎么啦？”三个女人几乎同时叫喊，夏芳更是哭出了声。

只见时发脸如白纸，双眼紧闭，全身上下都被鲜血染红了，额头黄豆大的汗珠不断往下滚。

雪娟终究是一名战士，尽管心里难受万分，她还是很镇定地说：“我不知道你们是袁时发的什么人，但这里不是说话的地方，小鬼子说不定就追过来了。他伤得很重，我们要马上把他弄到一个安全的地方，再去找大夫。”

春芳赶紧回答："是的，这位女长官说得对，妹子你别哭了，时发伤成这样，再不医治真的很危险了。"

夏芳擦了擦眼泪道："洪山头的人都跑到前山去了，我们把他送到杨寡妇那里吧，杨吴冲有个郎中。"

三人连忙把时发扶到马背上，一人在前面牵马，两人在左右扶住，一路赶往杨吴冲。

杨花妮见到时发先是吓了一跳，跟着也哭了起来。她的哭声立刻引来了就在附近的吴大驴子。"啊，时发哥！"他一嗓子把雪娟吼得心惊肉跳。

"小声点！别把特务招来了！好啦！你们也别哭了，赶快请大夫。"

杨花妮从未见过穿军装的女人，吓得连忙打住："对对对，请大夫，我这就去，夏芳妹子，你跟我来。"

在夏芳的催促和拖动下，吴郎中几乎一路小跑着赶了过来。清理完伤口，他皱着眉头道："不好办了，这是枪伤，体内有没有子弹还不清楚，而且肚子还被打穿了，必须开刀把肠胃缝起来，失血也过多，还需要输血。我一个土医生根本做不了这样的手术，你们抓紧把他送到大一点的医院去吧，晚了就来不及了。"

雪娟一听赶紧说："医院肯定不行，都被鬼子占了。我去部队请军医。"

夏芳忽然觉得这个满脸沾了鲜血的女兵好像在哪里见过："等会，你到底是谁？我怎么听你的声音有点耳熟。"

雪娟定睛看了夏芳几眼："你，你是不是王夏芳？我是潘雪娟啊！"

春芳打了一盆清水递过来："长官，你先把脸上的血洗干净。"

庐山露出了真面目。"果然是你呀！潘雪娟，我就是王夏芳，我们中学同级不同班。谢谢你对我家时发这么好！"

原来他已经成家了！雪娟顿觉本就阴暗的小屋生出一股寒气，这股寒气直窜入她的心房，把她原本因为天热流出的汗水变得冰凉。她咬着下唇愣了一下，淡淡地说道："哦，你家时发。"

"对，我家时发！"夏芳的口气近乎挑衅。

雪娟把脸转向杨花妮："你们先照顾好他。那匹马已经受伤了，还有别的马吗？"

"有，时发哥的马在我家，我去牵来。"驴子迈开长腿飞奔而去。

马行如风，人滴清泪，几串水珠从雪娟的头部向后飘去，随即消失得无影无踪。去往二营驻地的路上，她不时地伏下身子，她虽与时发只接触过两次，却已能从马背上闻出他的气息。女人特有的敏感让她从见到夏芳姐妹开始便隐隐不安，尤其是来到杨花妮的小屋之后，三个女人对时发的那种关切让她加倍感觉到他们之间不寻常，而作为一个芳心暗许者，她又不断自欺欺人地告诉自己，不会的，一个雄姿英发无所畏惧的男人，是女人都喜欢，和她们相比，我无论哪方面都有足够的自信，何必庸人自扰，却不想被夏芳一句“我家时发”打入冰窟。到了营地，战士们热火朝天的训练让她蓦然一惊，我是个革命者，国难当头，岂能儿女情长！可是，我毕竟是个女人啊，女人爱上一个不该爱的男人，到底该何去何从？呀！那个男人已危在旦夕了！她翻身跳下马，飞跑着冲进战地卫生院。

“宋医生！宋晓阳医生在吗？”

“来了，来了，什么事这么急？”

一位戴着口罩，身着白色手术衣的青年男子出现在眼前。他身材修长，面如冠玉，文质彬彬的举止显示着良好的修养。

“快！快跟我去救人！”说话间，雪娟已经背起了他的医疗箱。她知道，这个拥有起死回生般医术的高材生绝不会怪她鲁莽。宋晓阳不止一次说过，他欠着她一份人情。

宋晓阳毕业于新加坡国立大学医学院，抗战一爆发，他毅然放弃优厚的生活条件，回到祖国参加抗日。他先是在国军五十二师战地医院担任主治医师，后来发现这支部队战斗力虽然不弱，但消极抗日，精力始终放在对付共产党上，而共产党新四军恰恰有他希望看到的那种精神，尽管武器不好条件很差，但他们一直在积极主动地打鬼子。新四军需要我！新四军才是我值得去的地方！宋晓阳决定离开五十二师，他没想到险些因此丢了性命。军统特务为阻止他投奔共产党，恐吓不成便决定痛下杀手，幸而有他国内同学帮忙联系到了潘雪娟，在雪娟巧妙的安排下，几经周折终于脱离虎口，来到三支队二营。后来，时发第二次受伤，治好他的也是这个宋晓阳。此处不提。

手术期间，李汉臣也已得到消息赶来，看见时发伤成这样，他心疼得老泪纵横，连潘雪娟和宋晓阳什么时候走的都没发觉，又一次失去了和组织联系的机会。

宋晓阳医术果然高超，在夏芳和杨花妮的悉心照料下，体格本来就很强健的时发渐渐醒转过来，醒来的第一眼令他欣喜万分，二狗和来喜回来了，他们带来的消息又让他激动得崩裂了创口。

跟随赵大勇撤到二营防区，治好了伤，二狗和来喜便与仍躺在病床上的大虎商议，说想回去找袁大哥。大虎沉吟片刻说，这样吧，你们要想走我也不好阻拦，虽然跟着袁大哥也能打鬼子，也能帮老百姓，但人太少，作用不大。我决定不走了，跟着新四军干。你们回去后劝劝大哥，他这样独来独往的也不是个事，最好还是听他义父的，参加新四军。大虎随后从床头拿起一本《共产党宣言》，说赵队长特意给我念了好几遍这里面的内容，我从这本书里明白了李先生当年对我说过的那些话……

兄弟另投山门乃江湖人之耻辱。时发火冒三丈："攀上共产党这棵高枝了，看不上我袁时发了，你们都记得吧，老子那次在西河就说过，不清楚这小子的秉性，果不其然呐！好，人各有志，不勉强！老子倒要看看，谁打鬼子更厉害！"他腹部的绷带渗出了血。

李汉臣清楚时发的脾气，此子是个认死理的主，以前就劝过他和自己一起参加新四军，可他始终听不进去，非要做个独行侠。在共产党中，他只佩服郑阳，如今听他说出这种话来，也不感到奇怪，要想他去新四军，只有靠郑阳，而自己和组织一次次失之交臂，真的不能再耽搁了。问清了赵大勇的位置，李汉臣立刻向时发辞行去找部队。谁知这一去就与时发再无相见之日。这也是后话。

没抓到袁时发还丢掉了自己心爱的战马，端月怒不可遏，正待兵发洪山头，特务却报告说洪山头人去村空，袁时发已不见踪影，他只好悻悻地返回五显殿继续寻找刘伯温的墓穴。扒拉来扒拉去，几乎翻了个底朝天，也没找到任何线索。此时通信兵又前来报告，师团命令：鉴于中国军队即将对皖南开展军事行动，请端月联队抓紧布防，并尽快在湾沚和三元一带开展扫荡活动，以免敌人里外配合。端月不敢怠慢，当即返回驻地。

春芳到家时，大牛正扛着耘锄从田里回来，高高挽起的裤脚上沾满了泥水，手里抓着两只蛤蟆。他笑嘻嘻地说："运气不错，咱晚上炖点汤喝。"

春芳白了他一眼："时发讲起来是你连襟，还救过你的命，也不晓得帮帮他。"

大牛一下子苦了脸："咋帮哩？"

"人家伤得那么重，你好歹要给他搞点荤啊。去，把那个银钗当了。"

大牛迟疑片刻："不是我舍不得，问题是继红杨树之后，芳山现在也被鬼子占了，家家都被抢得吃不饱肚子，上哪弄肉去？"

春芳戳了一下他的脑门："你真是个木头，贤贵老表肯定有办法。"

大牛如梦初醒："我这就找他去！"

肉没搞到，却搞到了一条让时发精神大振的消息。鲁贤贵肚子里有些墨水，还曾在芳山街开过一家饭店，出了名的好厨艺，现已被鬼子抓去当了伙夫。他告诉大牛，端月联队拿下芳山后，立即征集大批民工，在五显殿周围修建了碉堡等诸多工事，并派有一百多人驻守。黑头鬼子在碉堡外扎营，黄头鬼子在堡内枕戈，形成互动。这帮鬼子依仗武器精良，不断沿青弋江而上，水陆两路向南进犯，随时为湾沚联队提供支援。同时，据点还经常派出汉奸特务从芳山出发，前往红杨树一带刺探三支队军情。鲁贤贵还说，据点的鬼子强迫周边百姓每天下午都要给他们送菜送粮，而负责查验菜粮的正是他本人。

时发当即让大牛带话给鲁贤贵，我准备请赵大勇他们重新打回芳山，但需要你的配合。鲁贤贵高兴得一蹦多高：老子从一个掌柜的变成被小鬼子呼来喝去的下人，早受够了，只要能把这帮孙子赶走，豁出命都行！

收到时发的来信，赵大勇感篆五中：这家伙，倒在床上也不忘研究破敌之计！他挥舞着信件对潘雪娟说："什么叫不谋而合，这就叫不谋而合！"

雪娟笑靥如花，她在心里加了一句，英雄所见略同——

从芳山撤退不久，小分队接到上级命令，为支援和配合国共两军在皖南战场的攻防，你们要向芳山一带日寇主动发起进攻，开辟新的游击分区。如何拔除芳山日伪据点问题摆在了他们的案头，但这颗钉子不好拔啊！要是有袁时发相助就好办了，凭他的本事，悄悄摸进据点，来个里应外合应该不成问题，可惜他有伤在身，而且还因为缺少消炎药引起了伤口感染，连床都下不了。

下不了床的人送来了精囊妙计。时发在信中说，有了鲁贤贵做内应，你们的人就可以带上短枪藏在蔬菜中混进去了，但要等到天黑再动手，外面的人顺势发动攻击，形成里外开花。根据我对日军的了解，他们之所以缩在碉堡里，就是因为对地形不熟，同时对作为中国人的黑头鬼子也不太放心，因而不擅长也不敢轻易打夜战。根据鲁贤贵的情报，碉堡里的黄头鬼子人数不多，你们在夜晚展开袭击，他们断不会支援黑头鬼子，一定会连夜逃往湾沚，芳山也就能拿下。此外，鬼子因为开辟了诸多战场，正在收缩兵力，芳山短期之内无忧也。

就这么干！赵大勇立刻请来二营侦察排的几名战士化装成运送给养的群众，挑着担子潜进据点。黑头鬼子将人放进后以天色已晚为由不让出去，正合了赵大勇的意。

战事的发展一如时发所料。入夜，战士们从菜筐和粮袋中纷纷拿出短枪和手榴弹，首先干掉了把守碉堡吊桥的几名黑头鬼子，潜伏在外的小分队战士们迅速攻入了军营之内。碉堡里的黄头鬼子听见密集的枪声后，连忙跑到楼顶上面，一看，外围阵地已经丢失，四周喊杀声震耳欲聋，便没敢再出战，悄悄溜出碉堡逃往湾沚。这场战斗不到半小时便告结束，绝大部分黑头鬼子被歼，小分队随即炸毁了碉堡，烧掉了据点，芳山百姓无不拍手称快。

赵大勇在杨花妮屋前尚未下马，已见时发拄着拐杖出来了。

“老赵，我就知道是你。”接着连呼遗憾，“娘道燕子的！要不是身体不争气，老子非去宰他几个黄皮不可！”

赵大勇笑道：“时发兄不必遗憾，若没有你的计划，我们一时还真打不了芳山。”说完晃了晃手中的几个白色小瓷瓶，“你看这是啥？”竟然是盘尼西林。

“黄皮虽然跑了，但他们慌慌张张之间丢下了我们最需要的东西。哎，时发兄，龟孙子们对你这个活祖宗可不薄啊。”

二人齐声大笑。

·第十六章· 有鬼报恩出湖塘 有人报仇酿血殇

有了盘尼西林，时发炎症消得很快，伤口渐渐发痒结痂。这段时间，杨花妮和驴子吃尽了苦头，尤其是驴子，为了使他的时发哥尽快康复，硬是花了整整两天时间，搓出麻绳修复了他爹留下的那张破搭网，用两根竹竿挑着，日夜搭鱼。锅底形山塘里搭到大鱼的机会当然少得可怜，但俗称“胖胖屁”的小鱼多少还有一点，总算能熬几口鲜汤，可终究不够时发塞牙缝。天气还未转凉，胖胖屁又称“屎鼓囊屁”，搭上来就要立刻清洗，否则一时三刻就烂了肚子。驴子搭鱼，杨花妮就跟在后面随时洗鱼，接着跑回家熬汤，熬了汤再返回，非常辛苦。男女之间一旦目标一致，说话、干活都会默契起来。夏芳带着只有她自己清楚的目的说，他俩这是王八看绿豆，对上眼了。

几场暴雨一过，所有山塘都蓄满了水，到处都散发着泥土的腥香。在阳光的照耀下，花花草草上晶莹的露珠像一颗颗耀眼的钻石。景色越发迷人，驴子却越发焦虑。水势大了，鱼更难捕，他把塘底搅动得腐臭扑鼻也见不到一粒虾米，这可咋办，时发哥急需营养哩！就在他束手无策之时，一件奇怪的事让众人百思不得其解。杨花妮早上打开门，居然发现有好几条大草鱼在门口翘打着尾巴，以后便天天如此，从鱼的鲜活程度来看，显然被抓来不久。谁这么好心，谁又能在山洪中捉到大鱼？时发决定探个明白。第二天天没亮，他就悄悄起了床，跨过地铺上熟睡中的杨花妮和夏芳，隔着门缝紧盯着屋外。稍时，一个幽灵般的黑影快速移来，到得近前，竟是一只既像猴子又像猫的怪物，它面似骷髅的嘴里含着一条草鱼，长满长毛的双手捧着另一条鲶胡子。明白了，原来是水鬼在感恩！时发立刻打开门，却见那水鬼迅速跃开数米，然后回头向时发露出如同人类一样的微笑，接着就蹦蹦跳跳地离开了。时发慨然长叹，谁说畜生不如人啊！事后，众人都惊呼不可思议。驴子扯着大嗓门嚎起来，我时发哥一定是神仙下凡来着，不然怎么连鬼都来服侍他呀！杨花妮吓得赶紧捂住他的嘴，小点声，鬼子正找他哩。

一连十几天鲜鱼下肚，时发的脸色很快红润起来。夏芳便催促着要他回洪山自己的家，人说新婚夜夜值千金，她现在天天和时发在一起，却只能望梅止渴。每当夜深人静之时，听着时发均匀的鼾声，看着他起伏不止的壮硕胸膛，她的心里就像有无数的虫子在爬，而身边却睡着一个让她羞于造次的女人。她除了想尽一份妻子义务之外，更难以忍受和杨花妮共处一室。这个名声不好的寡妇虽已断了对时发的念想，但终究让人不太放心，她呵护时发的时候眼睛里总像含着一汪秋水。奈何时发就是不肯搬离，他习惯了杨花妮的手艺，总感夏芳做出的饭菜不是咸了就是淡了，吃不了几口便把碗一推。负气与尴尬常把夏芳弄得噘着嘴一声不吭，要不就冷言冷语地挖苦杨花妮。时发为此颇感心烦，和夏芳成婚，本就不是出自本意，只是为了一份冲动而对责任的承担，如今她又这么小鸡肚肠的，他便愈加思念起王小文来。夏芳见时发满腹心事，知道他肯定又在想念那个叫小文的女人了，嘴上却不好说什么，只能借故找茬，一会说自己没用，一会说你袁时发没良心。时发倍感百无聊赖，只盼早早痊愈，带着二狗和来喜闯江湖杀鬼子去，省得听这娘们絮絮叨叨！他二人就在这间破草屋里过着不开心的日子。最开心的是驴子，劳累之余，总能在杨花妮身上占点便宜，哪怕是捏一下屁股，也能流着口水傻笑半天。时发乘机穿针引线，极力撮合，终于让他们成了夫妻。对于他来说，这段日子唯一欣慰的事莫过于此。也正是未能顾及有人欢喜有人忧，他后来始终对夏芳充满着深深的愧疚之情。

怨气深深难就寝，只因家鬼在外头。再说舒家，儿子命丧西乡，丈夫不知埋骨何处，按照习俗，即便他们的尸体都在，也不能进村，只能成为孤魂野鬼。这一切，都是袁时发造的孽。大太太潘素珍日夜盘算着如何报仇雪恨。

诚如苏祚人老先生所言，潘舒两家可谓门当户对。潘素珍娘家在舒庄附近的大潘村，其父潘正旺是富甲一方的地主，也娶了好几个老婆，生有儿女六人，除了大女儿潘素珍外，另有四个姑娘和一个儿子潘家宝。潘家宝和舒老三一样，也是个从小就一肚子坏水的地主少爷。他本为庶出，和大房所生的姐姐并不和，但自从外甥成了九连山皇协军大队长之后，他就开始大姐长大姐短地哄人了。

失去姐夫问题不大，失去外甥大如破天，往日的风光不再，酿出一口深深的怨气，潘家宝与大姐同仇敌忾之时猛然间想起本家潘志高。潘志高有个义子叫袁时家，八九岁的时候就来到了潘家，从此一直没有离开过，后来，义子又成了上门女婿。袁时家，袁时发，只差一个字，会不会是一家人？如果他们是一家人，袁时家很有可能就是袁时发的哥哥！问了几个村里的老年人，都说不清楚，也难怪他们不清楚，当年潘志高也跑过货，认识的都是一些货郎，很少与村里人打交道，加之他只有两个闺女，领养一个男娃并不奇怪，也就没有人去关心孩子是怎么来的。此外，李汉臣把袁时家交给潘志高时特意交代：世道乱，长水大哥死于江湖仇杀，时家的身份一定要保密，我那边也是一样，不等时发长大成人我是不会告诉他还有个哥哥的。时家尽管那时已经记事，但后来随着时发在江湖上名头渐响，他也不敢轻易告诉别人。毕竟，弟弟干的都是刀光剑影的事，一旦让人知道了他们这层关系，于己于他都不利。时发更清楚厉害，得知自己的亲哥哥就在大潘村，他特意寻了一个没有月亮的夜晚去认亲，凭他的身手，只要潘志高一家人不说出去，自然谁都不知道。

潘家宝打听来打听去，始终不能确定二人有何关系，但这小子很鬼，好，你们都不说是吧，我去诈诈老潘。他不声不响地找到潘志高，毕恭毕敬地递上一根纸烟。

“叔，时家哥呢？”

“哦，出门做活去了。”

“袁时发也不来看看他哥啊？”

潘志高一时没反应过来，随口应了一句：“他那个兄弟！成天打打杀杀的，我们家可不希望他来。”

潘家宝嘴角撇过一丝阴笑：“也是哦。”

清楚了，袁时发就是袁时家的亲弟弟！潘素珍一拍大腿，胸脯随着粗重的呼吸而晃动。好啊！真是得来全不费功夫，你袁时发害得我家破人亡老来断根，我一定要让你尝尝失去亲人的滋味！她随即叫来舒晓年。

“管家，准备五百块大洋，把那个扫把星也带来！”

“扫把星？小兰吗？”

“不是她是谁!”

小兰战战兢兢地来到潘素珍面前，正要下跪，不想潘素珍上前就给了她一个耳光。

“你个小贱货，自打你进了门，我舒家就接二连三地出事，老爷少爷都被你克死了，我没把你卖进窑子已是网开一面。现在，你就乖乖跟我上山，我知道少爷把你送给龟田队长玩过，这回你就再把你那个浪劲好好地使使，你要是不能把他哄高兴了，我就杀了你！听见没有!”

小兰哪敢反抗，捂着嘴巴战战兢兢道：“大太太放心，我一定好好服侍日本人……”

龟田终于等到了一个让他欣喜若狂的电话。他因端月反复强调九连山碉堡的重要性而不敢随便下山，尽管他并不缺女人，但舒家那几个姿色诱人的太太近在咫尺，无时不在向他的身体发出强烈的信号。机会来了。端月命令：明天上午，湾沚联队将扫荡三元，请龟田君务必率员配合，而卫兵的报告更让他兴奋不已，舒庄大太太前来劳军。

“吆西，日中友好的典范，快快请进。”

潘素珍虽已年近五旬，但锦衣玉食的生活一直让她保养得很好，看上去仍是个风韵犹存的美妇。她早知龟田好色，更不喜欢那张猪头似的脸，可除了日本人，谁还能帮她报仇？夫殁儿死，如今只剩下这份家业了，自己只是个妇道人家，在这兵荒马乱的年月里，谁又能帮她守住这份家业？日本人，只有龟田！可这猪头是个老少通吃的家伙，以前和她说话的时候就总是色眯眯的，眼下有求于他，他很可能会提出那种要求。怎么办？要想报仇，要想守住家业，只能遂了他的意，反正老爷已死，谁敢说个不字！脑袋决定屁股，她出门之前特意打扮了一番，描眉涂红，抹脂戴花，穿一件开衩的紫色旗袍，露出雪白的大腿。

见到龟田，潘素珍立刻掏出手帕抹了一下眼睛，然后跪在地上哭天喊地起来。

“龟田队长啊，我们家老三死得好惨，你可一定要为我做主哇！我男人也被袁时发害死了，求求你，一定要帮我报仇哇!”

“舒太太，你的快起来，舒桑父子为了大东亚共荣事业被害，我也很难过。你放心，皇军绝对不会亏待你们舒家的。袁时发，肯定会死啦死啦的!”

龟田一把拉起潘素珍，那白胖胖软乎乎的小手握住就再也舍不得放开了，一边捏一边好言安慰着。

“那就好，那就好，谢谢太君了。我特意带来五百大洋和小兰姑娘慰劳您。袁时发的哥哥就在我娘家大潘村，抓到他哥哥，袁时发就跑不了。”

“哦，他还有个哥哥，是真的吗？”

“千真万确，不过要快。”

“没问题，舒太太，我告诉你，端月队长刚刚来了电话，我明天就下山扫荡，你的仇，很快就能报，只是……”

“只是什么？”

“那个小兰姑娘，舒桑在世的时候我已经见识过了。现在，我的想和你来个日中亲善亲善，可以吗？”

“哎吆，我说龟田太君哪，按年龄我都快能生得出你了，这么老你也能看得上？”

“不，舒太太，你的太漂亮了，任何时候都是一个大大的花姑娘，以前看在舒老爷的面子上，我的不好意思说。你的，能满足我的心愿吗？”

“那……好吧，只要你不嫌我老，只要你能帮我报仇，想怎么样就怎么样。”潘素珍说完朝龟田抛了个媚眼。

“吆——西！”龟田哪里还按捺得住，他立刻扑了过去，喉咙与鼻孔发出像野猪一样的哼哧哼哧声……

时发终于痊愈了。连续躺了那么多天，对于一个练家子来说早感浑身不自在，他必须施展拳脚发泄一番，方能舒缓全身发胀的肌肉。这一天，他早早来到前山树林间一块空地上，深深吐纳几口，刷地亮开架式，精神抖擞地练起武来。几趟拳耍过，他仍觉意犹未尽，掰下一根树枝握在手中，腾地一个跨步，那树枝瞬间像一条乌龙绕着他左右盘旋，上下翻飞。

“时发，时发，快停下来，你的伤刚好！”夏芳端着鱼汤大叫着，“水猴子又送了一条黑鱼哩！”

“没事，我早好了。”

话音刚落，二狗和来喜慌慌张张地跑来：“不好了大哥，刚听洪山头老百姓讲，湾沚一大批鬼子开到三元去了，九连山的鬼子也进了大潘村。”

“什么？鬼子去了大潘村？来喜，把我们的马牵来，二狗，你去地窖拿家伙，快！”

大潘村百姓除了潘正旺一家外，全被押到村头打谷场上。一位日军战地记者首先导演出“日中亲善”的证明：两个鬼子从人群中拽出几位老人和孩子，给每个人都发了一块糖，然后笑容可掬地和他们紧紧靠在一起合影。

随后，接替舒老三的翻译官大声叫道：“各位，听好了，皇军为了帮我们建立王道乐土，不远万里来到中国，非常辛苦。可有人就是不识抬举，私通马胡子搞破坏。为了大东亚共荣事业，现在，我代表皇军宣布，每户按三人一块大洋，一人二十斤大米交到这里来，如有不从者，一律按抗日分子当场枪毙！此外，你们村有个叫袁时家的，他是土匪头子也是抗日分子袁时发的哥哥，现在皇军要逮捕他们一家人。谁叫袁时家，站出来！”

潘美娟顿觉晴空炸起霹雳，她连忙抱紧三虚岁的儿子，悄声问父亲：“大，日本人怎么知道的，这可咋办？”

潘志高狠狠拍了一下脑门：“坏了，我想起来了，潘家宝这个狗日的套过我的话，我没在意说漏了嘴。”

胆壮气强惊魂后，没有人知道袁时家性情大变的原因。二十几年来，父母惨死的场景一直历历在目。随着年龄的增长，他渐渐明白一个道理：忠厚老实，说的不好听就是胆小怕事。在这个弱肉强食的社会里，畏畏缩缩永远被人耻笑，永远抬不起头做人。弟弟乃江湖上一等一的好汉，是令鬼子谈虎色变的英雄，我再怎么不济，也是袁家长子，死也不能让倭人小瞧了！不就是掉脑袋么，碗大个疤而已！他昂首挺胸，大踏步迈出人群。

“我就是袁时家！你们要抓的是我，和他们无关，我跟你们走！”

“吆西，的确像袁时发。你的知道吗？他杀害了多名帝国勇士，你们必须偿命。绑起来！”龟田接着又对翻译官咕噜了几句。

“太君，那个女的就是袁时家的老婆，叫潘美娟，很漂亮的，听说她妹妹还是马胡子的大官！”潘家宝趁机煽风点火。

“吆西，花姑娘的！”几名鬼子立刻淫笑着扑向美娟。

“滚开！别碰我！”美娟一面把儿子递给潘志高，一面哭叫着拼命挣扎。小孩子从未见过这种场面，顿时吓得哇哇大哭起来。那个抓住美娟胳膊的鬼子听得不耐烦，猛然从潘志高手里抢过小孩，再倒提着往上高高抛起，旁边一个鬼子跟着竖起刺刀。噗！可怜小家伙被刺了个透心凉，四肢划拉几下就没了气息。

龟田狞笑道：“嗯，很好。这个，用你们中国话来说，叫作乌龟划水，很有趣!”

“啊！孩子……”美娟惨叫一声，顿时昏死过去，而那几个鬼子却继续在撕扯着她的衣服。

被绑着的袁时家像一只被激怒了的狮子：“畜生，老子和你们拼了!”接着猛地一头撞向龟田。

龟田猝不及防被时家顶了一个踉跄，他瞪着一双痛苦的狼眼叫道：“八嘎！死啦死啦的!”举起战刀猛力砍了下去。

咔嚓！袁时家直挺挺摔倒，他的脑袋已经不在脖子上，但眼睛还是圆睁如初。

潘志高眼前一黑，高喊道：“天杀的鬼子，你们这是要灭我一家啊，我也和你们拼了!”

啪啪两声，老人家尚未冲到龟田面前，已身中两枪，他捂着胸口咕咕往外冒的鲜血，摇摇晃晃着手指潘家宝：“你们，你们不得好死!”接着倒地而亡。

近乎赤裸的美娟恰好醒来，眼见丈夫、儿子、父亲都已死去，她突然大笑一声，趁着施暴的鬼子愕然的那一刹那，奋力抓住对着她的刺刀，把胸口往前一挺。噗！刺刀穿胸而过，美娟缓缓倒下。

潘家瞬间被杀四口，大潘村人再也忍不住了。“拼他娘的!”随着一声怒吼，人潮涌动，全部冲向鬼子。

“射击！射击!”龟田把血淋淋的战刀向前一挥。

哒哒哒哒……歪把子射出一连串子弹，又有五人倒在血泊里。

“乡亲们，不要冲动！冷静！冷静!”

潘素珍发了疯似的大喊。她原打算让龟田杀掉袁时家就算了，没想到他们什么人都杀，刚刚被打死的那五人中有一个还是她的堂叔。见事情闹得这么大，她开口骂了潘家宝一句：“你给我滚远些!”接着跪在龟田面前抓住他的手连声求饶：“太君，太君，不能杀人了，真的不能再杀人了，看在我的份上，饶了乡亲们吧!”

“蒙打那依（可以)！我就给你潘太太一个面子！人可以不杀，但是他们必须要得到惩戒！你们的，把他们的房子通通烧了!”

“嗨!”几个鬼子兵拿着沾了汽油的火把四下散去，很快，两百多间房屋全被点着。

潘村百姓都被鬼子用机枪指着，谁也无法上前施救，只能眼睁睁地看着火越烧越旺。片刻之间，熊熊大火席卷了整个村子，发出耀眼的红光。

轰隆！轰隆！几处房梁倒了下去。站在前面的几个年轻人紧紧咬住下唇，相互死死地拉住对方的手，每个人手腕都被掐出了一道乌黑的淤青。年长的则瘫坐在地上哭出声来：这叫我们这么活啊！

听着毕毕剥剥的燃爆声，龟田满意地点了点头："吆西！开路！"

鬼子一走，潘村百姓纷纷指着潘素珍骂道："你们干的好事，你们一家还配姓潘吗？"

潘素珍自知理亏，低着头一声不吭地尾随龟田而去。

时发心急如焚，一路快马加鞭朝潘村赶来，半路上见潘村浓烟滚滚，情知大事不妙。果然，未到现场就闻见一股浓烈的血腥味，近前一看，只见哥哥一家四口横尸当场，其状惨不忍睹。时发跳下马来大叫一声："哥啊！……"突觉嗓子眼发甜，鲜血夺口而出。

"……哥啊，你死得好惨！兄弟来晚了！"

"你就是袁时发？""你怎么才来啊？""鬼子就是因为你才杀了你哥哥全家的，也杀了我们村五口人。""他们把我们的房子也都烧了……"大潘村百姓七嘴八舌地围了上来。

"袁时发，都是你害的！你要给大家一个交代！"

"对！要他给个交代！"一时间群情激愤，大有拼命之势。

时发拭去泪水，抱拳行礼道："潘村的父老乡亲们，你们的心情我能理解，是我连累了大家，可是我的哥哥也被杀了。我只想问你们一句，鬼子怎么知道他是我哥？"

有人忽然想起潘志高临死前说过的话。"潘家宝，要不是那个畜生，鬼子怎么会来我们村？"

众人幡然醒悟："对！是潘家宝！是这个畜生干的！"

"潘家宝是什么人？他为什么要害我哥？"

"袁时发，你还不知道啊？潘家宝是舒有财的小舅子。"

"娘道蒸子的！"时发咬牙切齿地问，"他们现在在哪里？"

"他们见杀了这么多人，已经跟着鬼子跑了。"

时发嚼齿穿龈，朝地上吐了一口血水："潘家宝，潘素珍，不宰了你们，我誓不为人！哥，英魂不要走远，看我取了他们的狗头来祭拜你们一家！”

此时，出来一位年长者，他温言道：“袁时发，我们都知道你很有本事，那个潘家宝确实不是东西，你不妨除去。不过潘素珍在关键时候还是为了我们向鬼子求过情，不然死的人更多，所以我想请你饶她一命。大伙说是不是啊？”

“是的，是这样的，要不是她，我们都被打死了。”

“好！既然这样，我只杀鬼子和潘家宝。乡亲们，麻烦你们把我哥哥一家和那几位葬了，我待会叫人给你们送几百块大洋来，那钱是从舒家抢来的，你们可以把房子修一修。我这就去九连山找他们算账！请你们相信，今天所有到过潘村的鬼子一个都跑不了！”

“放心，你哥哥一家的事不说我们也会做的。”

时发含泪冲着袁时家的尸首磕了三个响头，接着又对潘村人连拜三次。“有劳乡亲们了。”说完对二狗和来喜把手一招，“上九连山！”

九连山碉堡实际是个炮楼，底下一东一西建了两座暗堡，均为混凝土浇筑。炮楼和舒庄碉堡形制相同，火力却强大了数倍，配有机关枪三挺，迫击炮六门，另有两门九二式步兵炮。暗堡的平面为马蹄形，圆弧面开有四个枪孔，一楼二堡形成立体火力网，可控制连接宣城与湾沚的芜屯公路。龟田为防止碉堡被袭，以五十米为半径，将周围树木砍伐一空，另沿着碉堡挖出环形壕沟，夜晚在炮楼上亮起两盏探照灯，如同白昼一般。

潘素珍姐弟深知捅下了天大的娄子，家，肯定不能回了，只有跟着龟田一起进了九连山。龟田依仗碉堡没有漏洞，很自信地对潘素珍说，到了这里就是进了保险箱，你只要好好服侍我就可以了，当晚便要潘素珍和小兰同时陪他，潘素珍只好硬着头皮委曲求全……

三人潜近碉堡，已是夜幕时分。借着探照灯的光亮，时发观察了好一阵子，眉头渐渐紧锁。娘道蒸子的！还真不好下手。一想到仇人就在里面，他牙齿咬得咯吱咯吱响。沉吟半晌对二人说：“走，我们从东面绕到宣城去！”

来喜问道：“这时候去宣城干嘛？不是被鬼子占领了吗？”

“又被收复了。我们去找小刀会帮忙。关于宣城的情况，说来话长。”

抗战之前的宣城享有与合肥相同的声誉，号称“南宣北合”。境内有铁路干线，另有芜屯、宣广等公路，水路也很畅通，水阳江上机轮常年航运。此外，商务、政务中均已使用电灯、电话、电报。市区更是繁华，共有“九街十八巷”，常住人口超出两万，全城遍布名胜古迹。以“宣城商会”为代表的经济界，茶叶、杂货、粮食、竹木、绸布、京广货、钱庄、国药、酱坊等行业财力都很雄厚。市府设有省立、私立中学五所，日报、晚报都有发行。

可惜，这样一座交通便利、物产丰富、经济繁荣、文风昌盛的古城，却因蒋介石当局误判形势埋下了遭受日军恶炸的祸根。

淞沪会战之前和之中，国民政府为了加强军备保住南京，把宣城列为作战的后方，将一部分战备物资弹药和军用油运到宣城之南的泾县会馆、李傅二公祠、火神庙和城隍庙等处，同时把从前线退下来的伤残士兵安排到省立宣城师范学校医住，大批流亡学生也分别入住其他中学。淞沪会战之后，国民政府估计日军要沿沪宁铁路攻打南京，蒋介石及国民党要员撤出路线便是经过宣城，取道南昌，再飞往陪都重庆。谁知日军攻占上海后，并未沿沪宁铁路西进，而是从杭州湾登陆，由广德、宣城取道芜湖，从背后向南京打来。战争形势的误判，导致聚集大量物资和人员的宣城成为日军重点轰炸目标，接连数日，全县大型建筑物几乎被摧毁殆尽。在这之后的宣城，时而收复，时而沦陷。

时发等人赶到城区时，正逢收复期，盘踞的各种势力又活跃起来，县府之内龙蛇混杂，顶着科局长帽子的不少都是帮会首领，这种怪诞现象不难解释，非常时期，必有非常之人事。

失去奋斗目标的人往往并不安于现状。辛亥革命掀翻了清廷龙椅，以反清复明为宗旨的上海天地会支派便以护送鸦片为业。逐利构怨生枝节，树党相仇靠拼打，一个叫小刀会的分支脱颖而出并迅速壮大，为争夺地盘，他们把势力扩张到皖南一带，在宣城设立了一个分舵。舵主王义雄两年前遭仇家追杀，身逢绝境时蒙时发所救才保住了性命。王义雄为此千恩万谢，非要拉时发入伙，并表示让出舵主之位。时发实话实说，那几个家伙正是我诛杀的对象，救你纯属巧合，你们帮鸦片贩子押镖，干的是祸国殃民的事，要我入会万万不行，你们以后最好找点正经生意做。王义雄只得作罢，但时发救命之恩始终不忘。至于恩人的苦口良言，他说的确已经厌倦了这种打打杀杀的日子，早就在考虑了，不过，他从一名刺探路径的趟子手做到分舵舵主，手底下已聚集了百十号弟兄，这拨人除了押镖外啥也不会，只能慢慢来。时发见其诚恳，也就不好再说什么，心里却不自觉把王义雄和郑阳作了一个对比。他这次来宣城之前着实犹豫了好一阵子：一样的讨还人情，不一样的欠债人。他会像郑阳那般尽力吗？

这天，王义雄刚刚起床，门徒来报，袁时发登门拜访。王义雄大喜，赶忙跑进大厅，一把抓住时发的手。

“好兄弟，你我二人今日不醉不归！”

时发拱手说道：“家兄被九连山鬼子所杀，这个血仇我不能不报，但鬼子防守太严密，特来请兄长助我一臂之力。”

“什么？兄弟家里竟然遭了这么大的难？你放心，你哥就是我哥。兄弟有什么需要，尽管开口。”

“先谢过兄长。九连山碉堡很难靠近，我打算用炸药炸死这帮狗日的，请帮我弄二十斤炸药，另外找两根三十米长的粗橡皮筋。我身上的钱不多，只有十块大洋了，日后一定补上。”

义雄脸一沉：“兄弟，打我脸呀！不过鬼子封锁得紧，很多物资都难以搞到。橡皮筋不难，黄炸药军方才有，这就不太好办了。你让我想想，让我想想……对了，我有个兄弟在新桂系控制下的省府任职，我马上打电话给他，看看他有什么办法。”说完，他直奔电话机而去。

“喂！老五吗？我是你义雄哥，现在急需二十斤炸药。啊？放心，绝对不是江湖仇杀，打鬼子用的。青帮胡道安？好！他正在宣城。五十二师是吧，我记下了。”

王义雄放下电话说：“兄弟，有眉目了。上海青帮的小混混胡道安是个军火贩子，他经常来宣城和驻扎在绩溪的五十二师军需官做军火生意，老五说找他准行。”

“五十二师的军需官？能确定吗？”时发眉头一抬。他听说过这支嫡系部队，不仅战斗力不弱，军纪也一贯严明，从抗战爆发开始，师长冷兴就以治军著称，现任师长唐元善也很注重军纪，怎么会有人倒卖军火呢？

“确定。”

“娘道蒸子的，难怪中央军也被鬼子撵得到处跑。这样，请兄长查一查那个军需官，剩下的事就不用操心了，我有办法不花一分钱把炸药搞来。”

“好。兄弟，你要小心点，那个胡道安可是个心狠手黑的家伙。”

“兄长放心，小流氓我见得太多了。”他接着用手指敲了敲身边的竹椅。梆！梆！

“杂种，老子非敲敲你们的竹杠不可！”

·第十七章· 巧布飞雷破金汤 除恶刃仇美名扬

不出半日，门徒前来禀报，那个倒卖军火的叫崔常顺，以前是川军饶国华师里的一个团军需副官，现任五十二师军需处长，今天晚上乔装成商人来宣城和胡道安见面，地点就在敬亭山南门前的稻香楼饭馆。

时发猛地朝桌面捶了一拳："原来是这个王八蛋！"

"怎么？兄弟和他有梁子？"

"我们以前在一个团。这狗日的就是个小人！"

无法遏制的怒气在胸腔里发出低沉的吼叫。那个一屁股屎的伪君子把他推入人生最低谷的时候竟打着惩治贪腐的旗号，让他在最心爱的女人面前抬不起头来！

时发恨恨地说出了二人之间的恩恩怨怨。

"既然这样，让弟兄们做了他。"王义雄立刻向几位会员招了招手。

"不急，留着他还有用。"时发忽然面色凝重了起来。

一个满口军法至上，背地里却一肚子男盗女娼的人也能担任军需处长这样的要职，可见这个党国用人失察到了何种程度。最为忧心的是，他们不仅是前方吃紧后方紧吃，还监守自盗大发国难财，这样的部队怎么可能打败战斗力强悍的日军！

"天作孽犹可活，人作孽不可活呵！"时发慨然长叹。

"对……"王义雄隐隐感到有一种无形的压力。袁兄弟说过，我们干的也是祸国殃民的事，不知道何时才能把手洗干净了。

就在时发和王义雄商议如何拿贼拿赃的时候，崔常顺正坐着一辆军用小汽车朝宣城赶来。他每在心情愉快之时都会感激爹娘，一个好的名字真的能给人带来一生好运。常顺，果然常常顺利。当年因举报袁时发有功，他很快被提拔为团军需副官，这便有了可以动用公款经营仕途的便利。事实证明，深厚的友谊和美好的情感大都从一顿丰盛的宴席开始，而只要灵活运用这种公家的感情投资，必将给个人带来无本生利的莫大好处，他由此一步步青云直上。抗战的爆发让很多人都明白了一个道理——乱世当知命如草。爬得再高也不如活得长实用，崔某人若是因为战争而英年早逝，那就太得不偿失了。常常顺利还在于常遇贵人。新任中央军五十二师师长唐元善居然是他堂兄的同学，而党国最高领导人又非常爱惜他的嫡系，这就大大降低了像一四五师那样直面日军的风险。于是，他抓紧上下打点，顺利调至该师。丰富的实践经验和强大的亲朋关系一旦结合，必将成为官场上无往而不胜的法宝，他不久便荣升为师军需处长。当然，前途是光明的，道路却是曲折的，你有你的计划，我有我的安排，但计划与安排朝着一个目标发生碰撞时，就产生了一个微妙而又尖锐的代名词——政敌。要想在这种你死我活的环境中永远立于不败之地，光靠要小聪明是决计不成的。无论是党国要员还是军队高官，没有人会听信你的空头支票。钱，可以使鬼推磨，可以摆平一切。作为一个堂堂的正规师军需处长，要搞钱也确实容易不过，来了新武器，替换一部分，转手就是大把的钞票，如果上面查起来，只要数量吻合，再使点小钱就对付过去了。不过，这需要有一个很好的合作伙伴，唯如此，方能及时搞来淘汰的装备充数，方能及时将新家伙变成现钱。胡道安成了这个幸运儿。

前天刚到一批美式枪械，只要换掉一小部分，至少能有四条小黄鱼进账。胡道安听说是美式装备，也知道很有赚头，赶紧在稻香楼订下包间。眼见距约定时间已不足五分钟，胡道安吩咐伙计，可以上菜了。不一会，门外响起了熟悉的脚步声，崔处长准时大驾光临。胡道安立刻告知手下，不许任何人进来。

“菜来啦!”随着小二一声吆喝，一盘热气腾腾的五香牛肉和一坛陈年花雕被端进了包间。

“来来来，崔处长，这是稻香楼最有名的黄牛肉，您尝尝。”

“嗯，好。你都安排妥当了吗？不会有人进来吧？”崔常顺伸出筷子。

“崔处长绝对放心，这里……”胡道安话没说完脸就白了，两把驳壳枪正分别指着他和崔常顺的脑门。

“你，你是谁？”

“我就是你说的那个不敢进来的人。”小二收起一把枪，从脸上揭下一张薄薄的面具，冲着崔常顺冷冷说道："好久不见，别来无恙啊。"

"啊！袁时发，原来是你！"崔常顺那粒小眼珠霎时变得和大眼珠一样大，而大眼珠则似乎快要掉下来。

胡道安两眼一黑。他虽从未见过时发，却早闻大名。完了！姓崔的怎么会惹上这个煞星！

崔常顺缩着颈子咽了一口吐沫："袁时发，你想干嘛？"

"我想干嘛？当年你一封举报信让我差点丢了脑袋，但我并不在意，因为我错在先。可现在你在干嘛？国难当头，身为军人不思抗日，反勾结江湖流氓倒卖军火，拉你到唐师长那里，看看能被枪毙几次？"

"你瞎说！我跟胡先生只是普通的生意朋友……"崔常顺满脸大汗。

"是吗？胡道安，说给老子听听，只要有一句假话，马上在你头上穿个窟窿！"

时发深知胡道安这种流氓地痞的秉性，别看平时作威作福，一旦性命攸关，连亲娘老子都能出卖。他把手腕一翻，枪管朝上顶起胡道安的下巴："说！"

"是是是，袁大侠手下留情，别把枪弄走火了。我和崔处长确实在做军火生意，他负责供货，我负责销售并找旧装备以次充好，赚得利润四六分成，他六我四。"

"干了多少回？交易地点都在哪？"

"大概七八回吧。地点不确定，根据买家临时安排。"

"娘道蒸子的，总共赚了多少不会不记得吧？"

"呃，至少有四十两黄金。"

"很好！你们都记下了吗？"时发朝窗外招了招手。跳进来两个小刀会的人。

"袁大侠放心，全都记下了。"

"让他们签字画押！二狗、来喜，都带进来吧！"

胡道安这才想起自己还有保镖，却不知何时已被制住，全部堵住了嘴巴关在隔壁房间。

跟着进来的还有跑堂的伙计。时发掏出一块大洋道："小二哥，对不住了。这里没你的事，忙去吧。"伙计惊魂甫定，钱也没敢接，用搭在肩头的毛巾擦了擦汗，一溜烟地跑了。

枪指着脑袋，加上袁时发的大名谁人不知，一干人等只好乖乖就范。

拿到了罪状，时发冲胡道安说："以后再被老子知道你们干缺德事，定杀不饶！枪都给老子留下，滚蛋！"

胡道安道了一声安，带着手下作揖打躬地去了。他安能不知道，此人连鬼子都照杀不误，能捡一条命便是万幸。

时发随后对二狗使了个眼色，二狗心领神会，尾随胡道安而去。

"崔大处长，我俩该好好聊聊了。"时发猛地拍了一下崔常顺的肩膀。

崔常顺惊得一下子站起来，跟着又一屁股重重落在座位上。他满脸愁苦道："时发老弟，你到底想怎么样啊？要钱还是要枪？只要放我一马，尽管开口。"

"好！痛快！老子不要你的钱。你马上回去，准备六十斤黄炸药，分三包，外加两挺马克沁重机枪，三挺捷克式轻机枪，一百把中正式步枪，子弹各一万发。记住，枪必须是全新的，子弹也不能受过潮，明天下午四点钟之前送到小刀会。我在那里等着，要是打半点折扣，这封信就会出现在唐师长的手上！"

"时发老弟，原来你煞费苦心就是为了军火啊，不过你要的也太多了，我恐怕难以办到。"

"是吗？和被你卖掉的相比，这点东西是牛身上的一根毛呢，还是猪身上的一根鬃？行，崔大处长既然觉得为难，那就算了，告辞！"

"别别别，难是难了点，但事在人为嘛。能否容我提一个条件？"

"你给我军火，我还你罪状是吧？"

"老弟真是聪明人。"

"可以，但要有个验货期。说实话，老子信不过你，万一你做了手脚，老子就亏大了。这样，一年以后，这批枪弹要是没有任何问题，罪状自然会还给你。"

"放心，肯定保质保量，但一年时间是不是太长了点。"

"别得寸进尺啊，不干拉倒！"

"好好好，听你的，相信时发老弟是个君子。"

"成交！"

这一句成交，崔常顺早就听时发说过，他没想到时隔多年，故事竟然还会重演。他低下头，然后倒退着离去，像一只斗败了的公鸡。

崔常顺前脚刚走，来喜便问："大哥，是不是要拉队伍？"

"暂时还没这个打算。"

"那要这么多枪弹干嘛？炸药也多了四十斤哩。"

"你忘了芳山那一仗啦？赵大勇他们武器太落后，我们前后夹攻都没干过人家，还死了那么多人。东西先放在小刀会，以后送给他们。娘道蒸子的，国民党军队真是窝囊废！小鬼子还不知道哪年才能被打败，再好的武器也架不住这些狗日的瞎搞啊，还不如送给纪律严明的共产党。他们虽然现在还没有打阵地战的能力，但抗日是真心的……行了，废话不说，我们到现在都没休息，等办了胡道安，赶紧去小刀会睡一觉。"

稍时，二狗匆匆赶回："找到他们的落脚点了。"

"走，做掉这个杂碎。"

王义雄已赶到现场，听时发说要杀胡道安，他有些不解。

"兄弟，既然要杀他，为什么刚才不动手？"

"哦。如果当场杀了胡道安，肯定要吓着崔常顺，他觉得迟早是个死，决计不会给我炸药了。"

"现在呢？非杀不可吗？"

"非杀不可。那小子一看就是个当汉奸的料，保不准就要去鬼子那里咬你一口。"

王义雄叹道："难怪你一个人也能风里来雨里去，哥哥不得不服。"

果不出时发所料，胡道安在路上便想，好你个王义雄，我们都是从上海来的，老子从来没有得罪过你，你居然不顾同乡之情，帮着袁时发算计老子。好，既然你无情，休怪老子无义！在宣城，老子是搞不过你，但日本人可以收拾你。摸摸口袋，枪没了，钱也没了，先回住处取些盘缠再说。

胡道安洗了把脸，躺在床上开始思忖，宣城目前刚被中国军队收复，上哪去找日本人呢？忽然想到，城北的九连山不是还有个碉堡吗？

"兄弟们，我们拜王义雄所赐，今天栽到家了，这口恶气要是出不了，老子会活活憋死，走，咱们去九连山，动不了袁时发，老子还动不了他王义雄吗？"

胡道安没想到，这是他在人世间最后一次说话。他刚刚起身，便觉眼前人影一晃，跟着喉头一片冰凉，一句话都没有来得及说就捂着鲜血激射而出的脖子倒在地上，很快便断了气。那两个保镖见状，立刻跪倒在地大喊饶命。

时发冷哼一声："记着，只要不当汉奸，不祸害老百姓，老子就不会杀你们，滚吧！"二人屁滚尿流而去。

崔常顺果然不敢耽搁，为讨好时发，知道他喜欢枪，不仅第二天早上就派人送来了所有的武器弹药，还外加了一把汤普森冲锋枪和两百发子弹。

时发将那把汤普森往胸前一挂，笑道："难怪这个王八蛋能升官哩，连送礼都会揣摩别人的心思。"

王义雄还是有些担心："兄弟，你们就这几个人力量太单薄了，我再带十个身手好的弟兄和你一起去。"

"不用，我们三个足够了。来之前我已仔细勘察过地形，人去多了反而容易暴露。你们要是有空，就帮我跑一趟芳山，把这些枪弹和剩下的四十斤炸药交给新四军小分队一个叫赵大勇的。此人和我一起打过鬼子，是过命的交情，这批武器算是我还他一个人情。"

"兄弟放心，你连和共产党并肩作战的事都不瞒我，足见对我的信任，这事包在我身上。"

"兄长，实话实说。我虽然救过你，但你毕竟是个捞偏门的，来之前我并没有抱多大期望，没想到兄长竟全力以赴，我若是还对你有所保留，那就太对不起人了。"

王义雄大受感动："兄弟，哥这辈子值了！"

"既然如此，我还有个事要拜托你，帮我打听打听郑阳。"

"你和郑阳也有交情？"

"交情谈不上，合作过几次，我很佩服此人。鬼子打进宣城后，一直没有他的消息。"

"知道了。兄弟是好汉，他也是一条好汉，这叫英雄相惜。不过兄弟既然和那个赵大勇一起打过鬼子，为什么不问他，他和郑阳是一家人啊。"

"兄长有所不知，共产党纪律特别严。据说郑阳还有个秘密身份，他们内部很少有人知道。我让你打听他不为别的，只是想知道他是否还活着，因为有个朋友对我讲过，军统和郑阳有深仇大恨，具体原因我就不清楚了。"

"呟，那可要小心点。行，一有消息我就告诉你。"

"好。感谢的话不多说，我们先找个地方练习一下发射炸药包……"

大太太已经没有多少吸引力了，想到舒有财还有四个漂亮的老婆在守寡，龟田太郎不禁心痒难忍。这天晚饭后，他叫来潘素珍。

“舒太太，你的表现我很满意，今天我们去你家，那四位太太还没有为皇军做过事，我要给她们一个机会，你说呢？”

“哎呀！龟田队长，您真是铁打的。不过我们家防守可比不了您这里，万一要是被袁时发知道了……”她后面的话没敢往下说。你龟田色急把他给忘了，我可没忘。

作为一名天皇的战士，捍卫大日本皇军的尊严是必须承担的责任。龟田尽管在潘素珍的提醒下生出一份忌惮，但他还是不能在一个中国女人面前示弱，无论如何也不能。

“八嘎！我堂堂帝国武士还能怕了一个小小的土匪，走，我们现在就去你家，我要在舒老爷的床上和几位太太来一次日中大亲善，哈哈哈哈！”他随后叫来新提拔的皇协军队长潘家宝。

“潘桑，我和你姐姐晚上回家有事，你派十个人负责我们的安全，这里的防务不能放松，我已交代过所有的帝国武士，皇协军就拜托你了。”

潘家宝敬了一个谁也看不懂的礼：“嗨！您忙您的。不过有个事要向您报告，副队长苏世贵不买我的账，您不在的时候，万一有什么事，我恐怕指挥不动他。”

“八嘎，你是他的上级，他不敢不听你的。你们的，要搞好团结，等我回来再说！”

龟田自壮胆气之后变得信心百倍，他坚信天照大神将用无边的法力保证他这次寻欢的安全。性欲的冲动让他没有心思和这个猥琐的中国人废话，舒家那四个女人正横陈着玉体在向他招手，以至端月的叮嘱他也忘了。

苏世贵此刻正在一旁偷听着，他嘴角撇过一丝轻蔑的微笑。你个狗屁不通的玩意还真把自己当回事了。龟田亲自对老子说过，潘桑没有经验，任命他为队长只是安慰他们舒家，端月联队长也说皇协军还是以你苏桑为主！不过，他耻笑于那个不知天高地厚对他指手画脚的纨绔子弟的同时也有一份不快。他以前跟着舒老三鞍前马后地出过不少力，原以为舒老三死后，他这个副队长应该顺理成章转正，没想到半路杀出个程咬金。见龟田已走远，他上前朝潘家宝唱了个喏。

“潘大队长，老家八都苏有人带信来了，我大生病，告个假，回去一趟!”也不等对方开口，头也不回地便朝山下走去。

潘家宝的智商并不低，他当然清楚自己这个队长不过是个摆设。大姐毕竟徐娘半老，终有被龟田玩厌的一天，姐夫和外甥虽以性命换来一块“日中典范世家”的牌子，但他们终究都是在日本人面前一文不值的中国人。大姐和那块牌子根本保证不了他的安全。进碉堡，无非是躲难，但碉堡现在似乎也存在着危险。龟田这家伙好色成性，保不准哪天就被袁时发杀进来。想到此，他突然为自己的先见之明感到庆幸。你们一个个跑的跑，溜的溜，老子也没那么傻！他冲身边两个黑皮嚷了一句：“你们好好站岗!”然后一头钻进炮楼去收拾行李，做好万一有什么风吹草动能及时走人的准备，不想迎面看到一个日本兵正提着裤子从小兰的房间走出来。小兰光着身子的样子顿时让他的心脏狂跳不已。这段日子，他经常听到龟田和大姐她们发出那种令人浑身发热的声音，他已太久没有碰过女人了。待那个日本兵消失在眼前，他大着胆子摸了进去……

时逢十月底，早晚与白昼的温差很大。不过九连山气候温暖潮湿，很多植物依然长势良好。下午五时左右，时发三人钻进茂密的山林靠近了碉堡。一阵山风吹过，阵阵凉气袭来。环顾四周，山上的红枫在夕阳的照耀下染就一道道霞光，柿子树也挂出了一个个红彤彤的小“灯笼”。一层轻纱般的薄雾慢慢从山林间飘荡出来，给这个秋色迷人之地平添了一份神秘。归林的倦鸟开始喧闹起来，和着山下的缕缕炊烟，显得格外有生气，只有一两只老鸹子偶尔发出哇哇的怪叫声，似乎在预示着某种不祥。

老鸹子叫，祸事到！潘素珍心中不禁惴惴，她感到眼皮子跳得厉害。唉！一念之差，不仅把自己弄成有家不敢回，还要强作欢颜被龟田变着花样地玩。算了，不想那么多，过一天是一天，眼下也只有依赖这个猪头了。

天渐渐黑了下来，没有月亮。

唰！唰！鬼子打开了探照灯，两道刺眼的亮光把炮楼周围照得寸草可见，一群飞鸟惊叫着冲向天空。

等的就是这个时刻。时发早在两棵粗大的松树上各绑了一根橡皮筋，两头拴在一块木板的洞眼里，木板上摆着炸药包，整个发射装置如同一个巨大的弹弓。二狗和来喜扶住炸药包慢慢往后挪，向着事先测算好的位置退去。

橡皮筋越拉越长，也越来越细。待探照灯缓缓照过。时发划着火柴，点燃了引信。

嗤……一股白烟冒了出来。

“放！”时发大喝一声，二狗和来喜同时松开双手。嗖！木板一下子飞出几十米远，炸药包被巨大的弹力带动得像老鸹子一样忽忽悠悠飞向炮楼正上方，旋即一头扎了下去。

轰隆……地动山摇！随着一声震耳欲聋的巨响，只见炮楼从中被炸开两截，一阵阵炽热的波浪向四面扑去。鬼子在碉堡里存了不少弹药，很快又发出惊天动地的持续的爆炸声，滚滚浓烟如同一朵巨大的黑色蘑菇腾空而起，碉堡瞬间火光冲天。

二十斤TNT威力端的惊人，连下面的两个暗堡也被震变了形，碉堡楼身不断坍塌，碎裂的钢筋混凝土如同流星雨般四处飞溅，钻出地堡的鬼子一个个捂着耳朵呜里呱啦地怪叫着，随即又被飞溅的碎石砸得头破血流，毫无反击之力。

哒哒哒哒……汤普森喷出复仇的火焰，现在管他什么黄皮黑皮，出来一个打一个，九连山的鬼子都该死！

爆炸声终于停止了，时发的枪管也打得滚烫，估计应该没有活口了吧。

“你们再找找，最主要看看有没有龟田和潘素珍兄妹的尸体。”

“大哥，你真行，原来鬼子可以这么打，过瘾！过瘾！不过我们也没见过他们姐弟啊，怎么找？再说，他们只要在炮楼里，肯定被炸碎了啊！”二狗兴奋地大喊大叫。

时发想想也对，举起枪朝天扫了一梭子，接着跪在地上大喊：“哥！嫂子！潘大叔！小侄儿！潘村被杀的乡亲们！你们看到了吗？我为你们报仇啦！你们可以安息了！一路走好！”

“大哥，这里有两个没死的！”来喜突然叫起来。

两个黑皮因为开小差而逃过一劫。他们刚回到炮楼附近便被爆炸声吓得趴在草丛里，眼见碉堡被炸，鬼子被杀，既不敢作声，又不敢动弹。其中一个曾在西乡见过时发劫持木村，透着火光一看竟然是这个活祖宗，不由得“啊”了一声，被有着顺风耳之称的来喜听个正着。

“袁大侠饶命啊，我俩从来没干过坏事！”

“娘道蒸子的，从来没干过坏事？大潘村你们去过没有？”

“去是去了，但我们没干杀人放火的事啊！”

“去过大潘村就该死，老子突突了你们!”

“大侠饶命！大侠饶命！有个重要事情跟你讲。”

“有什么屁？快放!”

“龟田今天不在山上，他和潘素珍去了舒庄，还有，我们的副队长苏世贵也回家了。”

“什么？龟田没死？你没骗老子吧？”

“袁大侠，我们现在还敢撒谎吗？龟田看上了舒家的四个太太，找快活去了。苏世贵因为不服潘家宝当了队长，也找借口回家睡觉去了。”

“那碉堡里的日本人去了几个？”

“一个也没有，龟田虽然好色，但也怕碉堡出事，交给我们他又不放心，所以，他只带了我们十个兄弟做保镖，剩下的全在山上，不是被炸死就是被你打死了。”

“潘家宝那个畜生在不在碉堡里？”

“他在，还有小兰姑娘……”

一块石头顺着碉堡的残垣骨碌碌滚下山去，如同时发直往下沉的心。

“小兰还在山上?!”

“是的，是潘素珍带来孝敬日本人的，结果她自己也被龟田霸占了。”

挥剑竟伤疮痍命，才知己身为莽夫。时发狠命地捶起胸膛。

“可怜人，我袁时发长了一个猪脑子，该死，该死啊!”

二狗和来喜赶紧拉住：“大哥，这不是你的错。要怪，只能怪潘素珍，要不是她为了讨鬼子欢心，小兰姑娘怎么会上山？她不上山，又怎么会被误炸哩!”

时发瞪着布满血丝的眼睛咬牙道：“老子本来已经答应潘村那位大叔放过她的，只是考虑到炸药不长眼才听之任之，现在看来，这个臭娘们非杀不可!”他转而冲着那两个黑皮喝道：“既然这样！老子就先饶了你们的狗命。听好了，现在是乱世，什么事都能干，就是不能当汉奸！以后再要给鬼子办事，老子就活剥了你们的皮!”二人连滚带爬地去了……

十名黑头鬼子荷枪实弹围在院内，龟田怪笑着用布条在擦拭长刀，加上潘素珍骂骂咧咧地逼迫，二太太黄玫瑰，三太太白小蝶，五太太沈雅茹只好一起充当了慰安妇的角色，唯有四太太吴小萍刚好来了月事逃过一劫。黄玫瑰生性风流，她倒没觉得什么，白小蝶和沈雅茹都是相对本分的女人，奈何又不是贞女烈妇，只得任由眼睛流出不甘而又屈辱的泪水。而大日本武士在展示雄风的时候是不需要遮羞布的，需要的是适合的观众来加油助威。潘素珍和吴小萍刚领受了这个光荣的任务，潘素珍作为这场活春宫表演的助推者自然尽职尽责，吴小萍不得不执行这个光荣的任务是因为她如果不执行就要死啦死啦的……

龟田终感体力不支，趴在床上大口大口地喘着粗气，一种前所未有的征服感传遍全身。

就在这时，接连传来巨大的爆炸声，舒庄离九连山不远，龟田直感床铺也被震得晃动起来，他一下子蹦到地上，边套衣裤边朝门外高喊："喂！你们的，快去看看！怎么回事？"

潘素珍终于有机会在舒晓年的指引下给舒有财敬了一次香，她跪在牌位前始终不敢抬头，舒有财遗照里的那双眼睛一直在恶狠狠地瞪着她。她似乎已然良心发现——

为了活命，为了讨龟田欢心，我已经成了一个十足的淫娃荡妇，比妓院的老鸨还要无耻。记得念私塾时苏先生说过，仇恨和求生都是一种极其可怕的力量，可以让人无视道德、法度、亲情、友情，但也不一定正确，主要在于一个人是否有节操，是否能放下一切，尤其是仇恨，最易蒙蔽人的眼睛和心灵。天啊，当初为什么想不到去问问苏先生，也许他能让我放下仇恨而不致弄成今天这个局面……一股让人毛发皆竖的冷气吹来，昏暗的烛火突然熄灭，灰烬飞散，她感到有一个黑影闪过，再看去，却什么也没有发现，而照片上的舒有财像在冷笑，她唬得大叫一声，跌跌撞撞跑回原处。

没过多久，一名黑皮上气不接下气地跑进来报告："龟田太君，不好了，碉堡被炸了！"

"什么？碉堡被炸？什么人干的？"

"不清楚，现在山上一个活的都没有了。"

"八——嘎！"龟田挥刀砍翻了一把椅子，额头上渗出黄豆般的汗珠。他清楚地知道，碉堡一旦出事，端月肯定饶不了他。

"你们的，马上跟我去湾沚，就说中国军队突然袭击了碉堡，但据我分析，这件事十有八九和袁时发有关！"

"对，是老子干的！"时发不知什么时候已站在室内，跟着进来的还有管家舒晓年。

潘素珍立刻明白过来，他就是那个黑影，他因为行动太快，带动的疾风吹灭了蜡烛，他刚才没有杀她是因为看她在忏悔。

龟田只觉腰间一麻，王八盒子已到了对方的右手中，黑洞洞的枪口正对着他的脑门。

时发左手往后一挥："外面的黑皮们听好了，冤有头债有主，老子现在只找龟田和潘素珍算账，你们今天不在山上算你们走运。老子今天已经炸死了一个不该死的人，不想再杀你们了，当然，想死的另当别论！"

"袁时发，果然是你！你们的，快开枪打死他！"

"谁敢动一下，老子马上叫他变成马蜂窝！"来喜大吼一声。

众黑皮一看，一把汤普森正瞄着他们，后面一个也举着手雷，手指已扣在弦上。

汤普森号称花机关，一扫就是一大片，求生的本能使得黑皮们不由暗想，我们当皇协军不过是为了混口饭吃，龟田这个猪头却从来没把我们当人看，袁时发那么厉害，碉堡也被炸了，再往枪口上撞不是活孬子是什么，呼啦一下，四散逃离，不想再干的则干脆把枪一扔。舒老三早就死了，猪头队长的脑袋眼看也要搬家，不如趁机走人。

"八嘎，你们居然当逃兵！良心大大的坏了！袁时发，你想怎么样？"

"老子想怎么样，老子正在想怎么杀你才能让我哥一家人瞑目！"

"你！你的太狂妄了！我现在手里没有枪，你要是个真正的武士，就和我一对一的比武！"

看着龟田长了几层下巴的肥肉，时发忍不住哈哈大笑。"就凭你？"王八盒子在他手里绕了个圈花，朝身后落去，"听说你们的空手道不错，来，让老子见识见识！"

龟田迎面一拳直捣过去，时发不躲不闪，以拳迎拳，砰的一声，龟田咯噔噔连退三步，龇牙咧嘴地连连甩手，太疼了，对方的拳头硬如花岗岩。

时发摇头道："不会吧？空手道要是这么脓包，你们的前辈还不气得从坟里跳出来？"说话间，飞起一脚踹在龟田的胸口上，龟田顿觉嗓子眼发痒，轰然倒地，嘴角溢出一缕鲜血，跟着腹内又是一阵绞痛，肚皮已被时发踏住，脖子上也横架着自己的武士刀，他再也动弹不得。

看看床上的情景，时发骂道："猪头，知道洋鬼子的名言吗？上帝欲使其灭亡，必先使其疯狂！你个狗日的，糟蹋了多少中国女人！老子先把你变成太监，省得你做了鬼之后还要发骚！”说罢，长刀轻轻一挑，刺啦一声，龟田的长裤连同那两块像尿片一样的白布全被割开。

“你，你要干什么？”龟田瞪着一双惊恐万状的狼眼连声大叫，忽感下体一阵冰凉，紧接着就是剧烈的疼痛，瞥眼瞧去，那条淫根连同两粒睾丸已被齐刷刷地切了去。

“啊嗷……”龟田捂着下身发出杀猪般的惨叫。

时发朝上拱了拱手：“哥哥阴魂不远，请过来看看兄弟如何替你报仇！”说罢手起刀落，再猛地顺势往后一拖，龟田的人头像皮球一样滚出好几尺远，被割断的颈动脉如同射箭一般往外喷着血液，很快便洇湿了一块块地砖。

拎起龟田的头，时发冲着已吓出一裤裆屎尿的潘素珍骂道：“你这个毒妇！害死那么多人老子都没杀你，就因为老子答应过潘村百姓。可你变本加厉，不但害了可怜的小兰姑娘，还领着鬼子祸害自家女人，天下哪有你这种黑心烂肺的货！潘村的老少爷们们，袁时发这回要食言了！”说完，噗的一声，一把匕首捅进了她的喉管，只剩半截刀柄在外，再往回一拔，潘素珍的咽喉如同风箱一般发出呼呼的声响，冒着热气的鲜血溅得时发满手满胳膊。潘素珍瞬间倒地，四肢伸了两下便停止了呼吸。

时发转身对那四个战栗不止的女人说道：“你们啊，也是自找的，舒家早已家破人亡了，为什么不走？是等着分一份家产吧。现在不用等了，带上你们的生活费逃命去吧！记住，只能是生活费，老子要把舒家的不义之财全部分给老百姓！”完了再对瘫软在地上的舒晓年喝道：“舒管家，你起来！马上通知全村人来分粮食，分钱，烧契约，砸地牢，这件事要是办不妥当，老子一样会要了你的狗命！来喜、二狗，跟我走，老子要用龟田的狗头祭奠我死去的哥哥！”

端月联队因战事吃紧正在抓紧布防，根本无暇顾及九连山被炸一事，舒家就此彻底完蛋。第二天，舒庄几位上了年纪的老人一合计，决定赶赴邻村八都苏，请教苏祚人老先生，该如何感谢袁时发这个活菩萨。苏先生建议：宰杀舒家两头肥猪，敲锣打鼓送到洪山头，两村村民共吃一顿流水席。苏先生同时表示，我也要去见见这位英雄。

大仇得报，时发赶去小刀会向王义雄表达谢意，不想偶遇蒙他所救的邢天正老先生。邢老先生祖籍宣城，是一名生意做得很大的徽商，主要客居地在浙江金华，后因其子邢重显犯下命案而啸聚山林，他不得不重返宣城，谁知快到家门口的时候竟然遭到几名流匪袭击。那几个流匪劫得财物后又要杀人灭口，邢天正绝望之下只得等死，就在危急关头，突然从暗中跃出一位白衣男子，跟着就从他手里飞出几把黑色的小刀，每一把都深深地插进了流匪的喉管。邢天正千恩万谢出手相救之人，并拿出十根金条相谢，却见那人拔下小刀，头也不回地走了。邢天正后来多方打听得知，救他的人名叫袁时发。

好不容易再见恩公，邢天正再也不肯放手了，拉着时发说，你无论如何都要给我一个机会，时发推脱不过只得叫上王义雄一起去赴宴。席间，时发问起金华方面的情况才知，邢重显现已拉起抗日大旗，多次和鬼子交战，被称作金华第一条好汉，目前已归属国军。他连声赞道，好样的，有机会一定去拜会这位仁兄。邢天正立刻从手指上除下一枚翡翠戒指，恩公，我知道你不爱财，但这枚戒指请务必收下，这是与犬儿见面的信物，他现在所处环境非常不好，没有信物他是不会与外人相见的。时发考虑片刻没再推辞，好，待见到重显兄后再行奉还。

如此耽搁了一夜，时发于次日清晨带着二狗和来喜朝洪山赶去。路上，他一直在想，我连日来闹西乡，打芳山，现在又炸了九连山碉堡，已经彻底激怒了鬼子，他们迟早要来报复。宣城的木村俊雄有过龙山的国军一〇八师在牵制，红杨树一带的鬼子有跑马山的国军一四四师和新四军三支队在对峙，一时均到不了这里，唯有湾沚的鬼子叫人担心，尽管他们在应付多场战事，但湾沚离洪山太近，端月一旦腾出手来，随时都可以扫荡洪山，乡亲们可就遭殃了。唯一的办法就是派人去湾沚，在朋友丁鹏那里蹲点，他的表兄后大宝是黑头鬼子三连连长，此人还算是个有良心的中国人，应该可以传递一些信息。问题是如何在端月行动之前就把消息传过来。思之再三，猛然想起夏芳的二叔王大龙养了一只信鸽，二狗比较机灵，让他带上这只鸽子去丁鹏家。主意既定，他顿觉轻松不少。

到了村口，突然传来噼里啪啦的声响，时发吓了一跳，端月来得这么快？仔细一听，悬着的心放了下来，原来是鞭炮。赶到现场，发现舒庄和洪山的百姓如同过年一般正在吃着流水席，他忍不住笑了，旋即又感到一阵心酸。一盘荤菜端上桌不到两分钟就见了底，可见村民们日子过得有多清苦。大伙见到他全都站起身来，但谁也没好意思请他入座，桌子上的菜已所剩无几。

时发为缓解众人的尴尬，抱拳行礼道："你们继续，我还有事要办，就不给各位敬酒了。"

"等等。"出来一位满头银发、身着灰布长衫、体型高瘦、面容也很清癯的长者。他的下巴上有长长的白须，布满岁月沧桑的脸上架着一副老花镜，但镜片后两只眼睛却深邃而又明亮，看上去特别有神。

"先生是？"

"老朽苏祚人。"

"哎呀，是您老啊。刘正文是我的老师，久仰师祖大名。"时发肃然起敬，立刻跪倒磕头。

苏祚人连忙搀起："哪里，师祖一说愧煞老朽了。有志不在年高，无志空长百岁。袁英雄不仅身怀绝技，还极具家国情怀，多行除暴安良之事，这才是令人敬仰的好汉呐。老朽不才，想为英雄写几个字，还望笑纳。"

"求之不得，求之不得，师祖乃饱学鸿儒，若得您老墨宝，时发何其幸哉。二狗，快去我家拿笔墨纸砚来！"

"不用，我带了。"苏祚人捏着下巴笑容可掬。

苏老先生果然名不虚传。他铺开宣纸，凝神定气，端立于桌前，左手磨墨，右手执毫悬腕，但见笔走龙蛇一气呵成。"铁骨柔情英雄汉 侠肝义胆好儿郎"。一幅苍劲有力的大字跃然纸上，每一笔每一划都力透纸背，真可谓铁画银钩养眼，颜筋柳骨惊眸，尽显深厚的书法功底。

"好！好……"几个识字的纷纷鼓掌喝彩，其余人也都跟着叫好。

时发如获至宝，双手捧着叫二狗："快贴到我家大门上！"接着向苏祚人深鞠一躬。

"师祖谬赞了，徒孙实不敢当，但一定以您的鼓励为座右铭。"说完冲众人抱拳道，"各位，事关大家的安全，我先行一步了。"

苏祚人手捋长须，看着时发远去的背影赞道："急人所难，真英雄也，老朽必将穷尽所学为汝著书立传。"他随后想起一件事，拍着脑门说："我真是老糊涂了。"赶紧又在纸上写下八个大字叠起来，然后递给身边一位青年。"劳驾，快给英雄送过去。"

时发接过一看，只见纸上写道：大是大非，永无中立；漠视罪恶，即为罪人。他立刻明白了所指者是谁，也懂得了先生的意思——此人虽曾系苏某至交，但已失去大节，日后遇到完全不用顾忌，你该怎么对待就怎么对待。

他举起那张纸朝后挥了挥，直奔湾沚而去。

·第十八章· 炼天无方除臭障 融地有智爆炉膛

丁鹏和当年的袁长水一样，也是个货郎，住在湾沚沿河一个叫“三家里”的小弄堂中。鬼子占领湾沚的前两个月，丁鹏到三元一带兜售针头线脑，却遭当地几个无赖纠缠，拉拉扯扯之下，偷的偷抢的抢，很快只剩下两只空框。沉重的担子压在肩上颤动不停，挑的可全是养家糊口的东西，摔一跤就可能倾家荡产，何况被人抢得一点不剩，丁鹏伤心地蹲在路旁嚎啕大哭。就在无计可施之时，一位好心的老者告诉他，我们这儿最近出了一个叫袁时发的狠人，他最喜欢替人打抱不平，你去附近几个村里大声喊几句，就说你是考虑到这一带是袁时发的地盘才敢来做生意的，说不定有效果。丁鹏抱着死马当活马医的心态试着吼了几嗓子，没想到那几个无赖真的把东西全部送来了，并一再请求原谅。丁鹏从此便和时发成了好朋友，每次到洪山一带做生意，总要带一两瓶烧酒给他。

九连山碉堡被炸的消息很快传到湾沚。这天上午，丁鹏看到好几帮维持会的人在街上张贴通缉令，每帮人后面都跟着几个黑头鬼子，通缉令上的画像正是袁时发！丁鹏赶紧找到后大宝，悄悄拉到一旁，低声问道：“哥，出啥事了？”

“出啥事了，出大事了，兄弟！袁时发越闹越凶，他把九连山碉堡给炸了，还杀了龟田。端月队长下决心要抓他。兄弟，除了我之外，还有没有人知道你们的关系？”

“应该没有，我和他认识时间不长。”

“应该没有？那就是说可能有了。”

“没事的，哥，我有数。”

“但愿吧。从现在开始，千万不要对任何人提起他。”

“哥，难道你不认为他是一条好汉吗？”

“当然了，不仅是我，弟兄们都……你的意思我懂，有什么消息我会通知你，快走!”

回到家中，丁鹏考虑良久还是不太放心，他决定去洪山看看，刚出门口没几步便被人叫住：“你是丁鹏大哥吧?”

“我……你什么人？找他什么事?”丁鹏警觉起来。

来人微微一笑：“不用紧张，丁大哥，我叫章二狗，你不认识我，但我能猜出是你，时发大哥跟我说了你家的地址，还仔细说了你的长相。”

“你叫他大哥?”

“嗯，我是他结义兄弟。这里有封信，你看看。”

丁鹏打开信，果然是时发的笔迹，信上把二狗的来意说得很清楚。

“好！太好了！我正准备去通知他躲几天呢。兄弟，从现在开始你就跟着我在湾沚转悠，如有人问起，就说是我的表弟，学跑货来着。”

时隔两个礼拜，鸽子飞回来了，信中写道：时发兄弟，后大宝传来消息，端月联队从芜湖运来了大批军火，藏在老正汇酱坊的仓库里。湾沚和陵阳的日军计划对驻在红杨树和马家园一带的四老爷子进行合围，端月将沿着公路出发再到红杨树渡河，途中很有可能扫荡洪山，望兄弟早作准备。另外，后大宝还说端月联队辖有三个大队，一个炮队，一个机枪队，再加上他们五个连的皇协军，总兵力接近三千人。

担心的事还是要发生。时发暗自庆幸，多亏留了个心眼。洪山百姓可以及时转移，但新四军那边是不是知道这个情况还不清楚，万一他们在湾沚的地下党没有掌握这个情报，那就要吃大亏了，得赶紧通知他们。

“来喜，你立刻赶到芳山把这封信交给赵大勇。夏芳，你让姐夫他们挨家挨户通知，让大家做好随时撤离的准备，除了我们村，杨吴冲和王庄也要通知，小鬼子要是在洪山扑了空，一定会就近杀人放火。我要去湾沚了。”

夏芳脸一拉：“鬼子正想抓你，这个时候你去湾沚?”

“没事，老子会化装。老子还要出其不意地炸了他们的军火库!”

“啊，你……”夏芳没再往下说，她和时发结婚虽不久，但已知道他的脾气，他决定要干的事，劝是劝不住的，无奈之下只好叮嘱一句：“你千万要小心啊，自嫁给你之后，我没睡过一个安稳觉，总是做噩梦。”

“放心吧，能打死我袁时发的子弹，小鬼子还没造出来。倒是新四军，他们虽然在老百姓的帮助下有过几次胜利，但真要和鬼子面对面打阵地战还是不行，他们的武器太落后了。所以，老子只要炸了鬼子的军火，他们压力就小得多。”

新四军收复红杨树的战斗确如时发所言，不是阵地战打下来的，而是成功的袭扰。就在时发大闹西乡，转战九连山的那段日子里，二营接到命令，务必夺回红杨树一线阵地。二营前身为红军闽浙赣第四纵队一部，向来能征善战。他们派出十几名经验丰富的侦察兵，趁着黑夜摸到鬼子据点附近的文村，潜伏在村子周围的树林里，用铁桶装上爆竹，点燃后再往据点的碉堡前扔手榴弹，大部队在外围喊杀震天，配合着闹个不停。这一疑兵之计果然奏效，鬼子摸不清情况，担心夜晚出击会被包了饺子，硬是龟缩在据点里不敢出来，第二天一早便撤到湾沚，二营就此顺利地收复了红杨树。

青弋江在汇入长江前的六十余里处打了个弯，人们便把此处称作湾沚。湾沚镇在抗战争爆发前号称“小上海”，常住居民超过三万，比县城宣城还多，方圆五华里的集镇商铺林立，街巷纵横，尤以“三冲、九街、九甲、十三巷”最为出名，鼎盛时期商业店面五百多家，其中老正汇酱坊的豆腐、锅巴、干子等土特产品名驰省内外，畅销大江南北，但这一切都随着抗战的全面爆发而不再。日军攻占湾沚时，先是狂轰滥炸，继之烧、杀、淫、掳，终致其成为废墟，市面从此一蹶不振。

丁鹏说起军火库一脸的悲愤。老正汇酱坊在轰炸中楼毁人亡，只剩下一间偌大的仓库。由于仓库位置处陆临水，便于运输，端月便强征一批异地工匠深挖扩建，将其改成了面积一万多平方米的地下军火库。为防止泄密，端月于竣工当日下令把那批工匠全部处死了……

“好毒的小鬼子！”时发眼睛里射出一股咄咄逼人的杀气，“老子一定要把它炸了！”

丁鹏那只跑货时摇动拨浪鼓的手立刻做出习惯性的动作。

“不成不成，根本没有机会。”

时发傲然道：“牛岛的大炮怎么样，九连山碉堡又怎么样？”

“兄弟，不是我泼你冷水，小鬼子防守太严，进不去呀！”

“我还就不信了！二狗，跟我去看看！”

“一老一少”拉着一辆臭气熏天的粪车出现在老正汇酱坊原址的巷口，

然后沿着一幢高大的建筑物外墙来回转了两圈。谁也没有注意到，那位“老人”的神情已变得极其严肃。

时发终觉丁鹏所言不虚。整个军火库只有一道大门可以进出，两侧各有一座炮楼，每座炮楼上都架有一挺歪把子，一盏探照灯。此外，厚重的大铁门两边各站有四名岗哨，两人一组牵着牛犊子大的狼狗。里面驻扎了多少日军看不出来，但从外围把守了一个连的伪军来看，至少有一个小队。每隔五分钟便出来十人，荷枪实弹绕库一周。再看院墙，高达三米，厚超两尺，均为青砖洋灰砌就，墙头拉了两根电线，电线外侧又布了三道铁丝网，扎有密密麻麻的铁蒺藜。墙基向外一米多处都经过了混凝土灌浆加固。无论是突袭强攻还是用土工作业方式凿穿地道进去都没有可能。夜袭也不行，既然是地下军火库，军火当然在地底下，入口必定相当隐秘，而院内的基本情况都不清楚，九连山那一套显然也行不通。

“娘道蒸子的！老子可能吹牛逼了。”

就在他们转身离去之时，院墙外的一个粪池引起了时发的注意：粪池连着军火库里面的厕所。

二狗小声说道：“走吧大哥，太臭了。”

时发紧盯着粪池一声不吭，良久，先前锁在一起的眉头慢慢舒展开。

“二狗，这个粪池是进入军火库的唯一通道。”

“什么？这都快要往外溢了，怎么进去啊？再说鬼子巡逻队隔不了几分钟就要从这里经过一趟，就算粪池是空的，也进不了啊。”

“嘿嘿，老子就怕它不满。只要想办法在鬼子眼皮底下把粪舀干净就有机会。走，回去再说。”

赶到丁鹏家，时发忙拉住丁鹏的手：“老丁，还有没有其他人知道军火库内部情况？”

“没有。”

“你那个表兄应该知道吧，他不是连长吗？”

“问过了，他说鬼子对他们也不放心，只有日本人才能进去。”

时发闭上眼，用手指不断点戳着桌面，几分钟以后，他突然睁开眼问：“这帮鬼子平时吃喝在哪？”

“这我倒清楚，下街头叶金龙是我老婆的表叔，以前在奉天一家日本餐馆当过学徒工，东北沦陷以后，他就跑回来了。也不知哪个向鬼子说了他的经历，军火库一建起来他就被抓进去了，专门给日本人做饭。他说里面有三栋房子，一个很大的餐厅，一个供日本人玩相扑和练刀术的道场，还有一个就是堆放杂物的储藏间。不过，他还说了他和徒弟每天进出都要被搜身。”

“他也没见过军火？”

“没有，他只能在餐厅里活动。”

“你今晚去问问他，了解一下鬼子军官去的比较多的地方是哪里。”

“问过了，道场。”

“哦？早不说，军火库入口一定在道场里。”

“为什么？”

“首先把餐厅排除掉，储藏间有杂物，一旦急需要运出军火，肯定来不及，只有道场空旷，随时可以进出。”

“有道理，但问题是进不去呀。”

“有老叶就好办了。”

“什么？指望他？老叶这个人我太清楚了，树叶子掉下来都怕砸破了头。”

时发握起拳头在桌子上轻轻一捶：“机会是人创造出来的，没有什么不可能。老叶有几个儿女？”

“就一个独卵子叶小根。怎么？你要绑架他？”

“独苗就独苗，说什么独卵子哩！”

丁鹏愕然，却见二狗捂着嘴在笑，他一下子反应过来：好兄弟拜他娘子所赐，有个不雅的外号。该死，怎么忘了这茬！他赶紧岔开话题。“可不能绑架叶小根！”

“不是绑架，只是让他消失一天，就一天，这事你不要和嫂子说，更不能告诉老叶。另外，绑他儿子只是逼他做一件事。”

“什么事？说出来大家分头帮忙。”

“山人自有妙计，你们过来，我打算这么搞……”

丁鹏听完哭笑不得。“兄弟，我服了你了，怪不得鬼子都喊你土匪。”

动乱时期常常流言四起。有人说叶金龙要么和日本人沾着亲带着故，要么原本就是日本人，不然怎么会做鬼子饭菜，除此之外，他还有可能是个汉奸，没听军火库那帮鬼子都喊他叶桑么！前面那种没根没据的说法倒也罢了，后面这顶要命的大帽子把叶金龙吓得不轻，尤其是听说宣城和芜湖一带都出现了国民党军统和共产党的锄奸队，已经神不知鬼不觉地干掉了好几个汉奸，他更是惶惶不可终日，每天下班后便匆匆赶回家，大门不出二门不迈。丁鹏见他吓成这样，安慰说，她表叔，你给鬼子做饭纯属被逼无奈，据我所知，共产党锄奸队从不杀好人，不要太担心，如果有机会跑就跑吧。叶金龙反问，往哪跑？哪里没有鬼子？我除了会做饭，啥也不懂，跑出去，这一大家子怎么活？你说共产党不会乱杀人，那国民党呢？唉！这世道，能有口饭吃就活一天是一天吧。

时发从丁鹏口中已大致判断出叶金龙属于哪类人，逆来顺受。对于这种从未想过反抗的懦弱之辈，他言行中一点也没客气。

这天，叶金龙照例早早往回赶，还没等掏出钥匙，门却自动从里面打开了，迎面走来一位身材魁梧的汉子。那人不等他开口，便说出了一连串令他心惊肉跳的话。

“你是叶师傅吧？我叫袁时发，你应该在鬼子的通缉令上见过我的画像。实话告诉你，我现在是军统的人，你儿子叶小根已经被我们带走了。现在，我们给你一个立功赎罪的机会，只要你明天把这包东西放进鬼子的饭菜里，我们就放了你儿子。否则，你就别指望有人给你养老送终了。”

叶金龙双膝一软跪倒在地：“袁大侠，我知道你很厉害，可我只是个厨子，是日本人逼着我去做饭的，我没干对不起中国人的事啊，求求你放了我儿子吧。”

“娘道蒸子的！真是个怂包！你还是不是个男人？没干对不起中国人的事？告诉你，你把鬼子服侍得像亲娘老子一样，就是在破坏抗战，就是汉奸行为。你要是不答应，我们现在就杀了你儿子，再以汉奸罪的名义把你也崩了！这件事干不干，你看着办！”

“你，你这不是逼我吗？”

“对！就是要逼你！谁让你给鬼子做饭啦？”

“可我要是按照你说的做了，鬼子一样会杀了我们全家呀！”

“这个你放心，我们已经为你找了一个替死鬼背黑锅。你起来，我教你怎么做。你明天这样……”

叶金龙哆哆嗦嗦道：“你这包里是什么东西啊？我可不敢杀人。”

“放心，不是毒药，是巴豆，我只要鬼子拉稀。”

“好吧，我只能答应你了，但你也要说话算话，到时候一定放了我儿子啊。”

“看你表现了！”

叶金龙委顿在地，脸如一只干瘪的苦瓜。

青弋江在湾沚西北方与连通水阳江的赵义河交汇，川流不息的江水把夹杂着河砂的淤泥冲积成了一个千余亩的半岛滩涂。滩内植被葱茏，遮天蔽日，绝大部分为笔直挺拔的水杉木，因其土壤肥沃，适于油菜、小麦、苞谷等农作物生长，乃五谷丰登之滩，故称“五丰滩”。据传，此处大量鱼虾曾引来五只凤凰栖息，故又名“五凤滩”。鬼子打进湾沚前，五丰滩还是远近闻名的天然赌场，本地混混在此搭了几十顶帐篷，每顶帐篷内都摆有一至两张八仙桌，放置牌九、麻将、骰子等赌具，周边赌徒常来此豪赌，混混们得以抽头盈利。端月攻占湾沚后，为了震慑百姓，任由部下胡乱杀人，地点就选在五丰滩。他们在此推行了好几种杀人游戏，最多的要数“乌龟划水”和“背头刀”。前者就是将小孩高高抛起，用刺刀接住，小孩落在刺刀上痛苦得四肢乱摆，谓之乌龟划水；后者则强迫抓来的人背负日军士兵过河，待到深水处时，士兵突然从后面用刀割掉背人者的脑袋，以此取乐。端月本人不喜欢这些游戏，他的爱好是用被活埋者的鲜血祭奠他的战刀。他先命令将要被杀的中国人自行挖出一个不超过下巴的深坑，然后把他们推进坑里填土，踩实，等到他们头上的血管鼓胀得像肥胖的蚯蚓时，再用刀尖轻轻一挑，嗤的一声，鲜红的血液激射而出，他就举起刀朝天祭拜，等着血液慢慢干透，银亮的刀身便转为暗红色，那些因为高压流尽血液的人很快干瘪如僵尸，坚硬的头颅就可以作为端月试出血刀锋芒的练习物了。一时间，五丰滩血流成河，不仅赌场从此不在，大白天都没有人敢进入这个人间地狱。正因为如此，时发才将其作为藏人之处。

二狗将叶小根押到五丰滩林中一条干涸的小沟里，用绳子绑在沟沿一棵大杉木上，堵上嘴后再往背后塞了一块石头。

“小子，这是手榴弹，千万不要乱动，我办完事就回来放你。”

小叶比老叶还要胆小，他瞪着一双惊恐的眼睛连连点头，嘴角朝草丛里几个骷髅努了努。

“别怕，这些都是中国人，我们绑你是为了给他们报仇，他们绝对不会害你的。”

二狗嘴上这么说，头皮却感阵阵发麻。大哥真会选地方，连我都怕，这叶小根如此胆小，会不会被吓死？想到此，干脆把他眼睛也蒙住，再往嘴里塞一颗麻药。

“小子，委屈你了，好好睡一觉吧。”

九连山碉堡被炸，端月不得不派出一部分兵力重新占领这个军事要地。兵员本来就紧张，这次又从芜湖运来了大批弹药，战斗命令还没有下达，只能先存放起来，军火库的安全也就尤显重要了。这天，端月刚用完午餐，正待去各队作战前巡视，宪兵队长坂田浩二打来电话，说军火库这边有情况，包括皇协军在内的一百多号人都在跑肚拉稀……

端月脑袋嗡地一声，不容对方说完便挂掉电话急匆匆赶到现场。刚打开车门，一阵阵令人作呕的臭气迎面扑来，已经有不少士兵被抬上担架送往医院，还有一大串按着肚子在厕所门口排队。

端月捂着鼻子大叫：“坂田君！到底怎么回事？怎么会有这么多人拉肚子？”

坂田啪地敬了一个军礼：“报告联队长阁下，经军医诊断，确定为食物中毒，有人在饭菜里放了巴豆。”

“八嘎！什么人干的？”

“我们首先怀疑的是厨师叶金龙，但这个人一向胆小如鼠，据他交代，早上买菜的时候碰到了和他有矛盾的皇协军一连连长陶德标，我们后来在陶的家里的确搜到了一部分巴豆，我们就放了叶金龙。陶德标现关押在宪兵小队接受审讯，请阁下指示。”

“不，坂田君，你不要过早地下结论，对于陶德标其人，我还是比较了解的。他虽然贪财好色，但对皇军还算忠心，他曾亲手杀过多名抗日分子。那个叶金龙你们还是要好好地审一审，我总觉得这件事和他有关。另外，我们的兵力本来就不足，现在又出了这种事，军火库必须加强防守，我命令你把宪兵队全部调过来，加强对外围的巡逻，只要没有人进入院子里面就没事。还有，这里弄得这么脏，赶快安排人清理。”

“嗨！我一定照办。不过，阁下，我有个请求。”

“哦，什么事？坂田君请说。”

“军火库防守责任太过重大，阁下应该清楚，我们宪兵队的兵力一直都很单薄，全军宪兵加起来也不过三万来人，大多附属于个占领区和各师团司令部，像湾沚这样的占领区，算上我这个队长都凑不足两个班，所以，我想请阁下给师团长打个电话，要求增派宪兵分遣队。”

“过分了，坂田君。战事吃紧，师团比我们还缺人手。你让我找师团长要兵，还不如让我亲自守军火库！这样，我再给你派两个排的皇协军。”

“可是，可是他们是中国人。”

“只能这样了！大本营采取以华制华的政策也是迫不得已。不过你要记住，不能让他们进入仓库里面。”

“嗨！我马上安排。这里太臭了，阁下请回吧，这里就交给我好了。”

二狗也嫌太臭了，他边舀粪边嘟囔：“大哥啊，亏你想得出来，恐怕没等到进去，我们已经被臭死了！”

时发眼睛一瞪：“少啰唆！不想被鬼子发现就抓紧干活！”

二狗捂着嘴笑道：“大哥，千万别瞪眼了，你这扣着草帽、嘴角粘着假胡子的样子本来就滑稽，再一瞪眼，简直就是戏台上的小丑。”

“你想讨打是吧？嘘，别作声，他们来了！”

坂田浩二慢慢踱了过来，盯着二人上上下下打量了十几秒钟才开口。

“喂！怎么还没弄完！快快地！”

时发除下草帽，弯腰说道：“是是是，太君放心，我们把粪便运完后，再用水冲洗一遍就走了。兄弟，加把劲，我们一定要把皇军的厕所打扫得干干净净。”

坂田捂着鼻子点了点头：“吆西，良民大大的，皇军不会亏待你们的，好好干活吧！”说完，率队去往别处。

粪池太大，来来回回拉了七八车才见底。暮色渐渐降临，时发跳下去顺着粪坑向上看，已经没有鬼子在大便，估计全都拉脱了水被送往医院输液去了，但粪坑比人的身体窄小，还是爬不上去。

“快！把家伙递给我。看着点，发现鬼子过来就咳一声，然后就把水瓢扔下来。”

“好的，大哥小心点。”二狗从粪车底下掏出一根钢钎和一把锤子。

时发在钢钎的头部包一块破布，朝着最里面的粪坑下沿抡起锤子边砸边撬，很快撬下两块砖头。随着沉闷的嘭嘭声，口子渐渐扩大，直至上下内径相同。

“差不多了。你把粪车靠在我这边挡着，先去五丰滩把叶小根放了，再去河边等我，如果在听到爆炸后五分钟内还见不到我，就游过河去，记住，千万不要回老丁家，那样会连累他的，洪山还要指望他报信。”

时发说完手脚并用地爬了上去。这时，鬼子巡逻队走了过来，二狗赶紧握住粪瓢把子鞠躬：“报告太君！粪已经拉完了，我们正在清洗粪池。”带队的鬼子兵微微点了一下头：“你们的，快快地离开！”

“嗨！”眼看巡逻队走远，二狗立刻奔向五丰滩。

时发通过厕所窗户向里看去，院内情况果然被他猜中，大部分守卫已经去了医院，两座炮楼上只见机枪不见人。伪军和宪兵队按照端月的要求牵着狼狗全部在外面巡逻，只有两个黄皮站在一块写着“湾沚道场”的门牌前。门是开着的，里面空无一人。时发悄悄靠近后，猛然拔出两把飞刀嗖嗖甩出，这两个鬼子应声倒地。他把尸体拖进门内，侧耳听了听，确信没有动静后，一个翻滚再直起身，只见平滑的木地板上竖着几十块屏风，每一块都有画着日本富士山和樱花以及艺伎的图案。这些精美的屏风围成了一个约莫两百平方米的正方形场地。沿着屏风的站脚，依次放有十几个白色的蒲团。场地边侧有一张长长的日式矮桌，上面摆着一套漂亮的茶具。桌子两侧有几排兵器架，里面摆放着各式长短武士刀。

看来看去就是这些东西，娘道燕子的，军火库入口在哪？他不由得焦躁起来，忍不住踹了桌子一脚。忽听得一阵叽叽嘎嘎声响，桌子竟然自动朝一边移去，露出一个巨大的地道口和通往深处的阶梯。哈！原来如此！再往下看，阶梯尽头有一道厚厚的铁门，门上挂着一把很大的铜锁。时发当即走出场地朝鬼子尸体上摸去，果然找到一串钥匙。顺着阶梯而下打开铁门，一阵浓郁的枪油味扑鼻而来，但四周黑压压一片，什么也看不见。

军火库不可能没有灯！时发顺着墙面摸去，很快碰到一个开关，伸指一按，啪！灯火通明，他惊呆了——足足五十多门迫击炮和八门九二式步兵炮整整齐齐排放在一起，四周码有十只大木箱。撬开一看，全是各种长短枪支、子弹、炮弹、手雷。再撬开一只，他乐坏了，里面居然有十包炸药。哈哈！老子正愁如何引爆，鬼子却已经安排好了，这要是被点着，整个仓库都会飞上天去！

时发将炸药全部拖至道场门口，依次摆放好，再把引信集中捻在一起，尚未点火，一队鬼子已经怪叫着冲进了院内，发出叫声的还有好几条狼狗。

“有人进军火库了！快！抓住他！”

娘道蒸子的！鬼子的屎臭盖住了汽油味！时发这才发觉自己全身都沾着粪便。不过鬼子也没敢开枪，他们知道这是个火药桶，这倒给他提供了一个绝好的机会，几个箭步飞奔，再一个就地十八滚，接着飞身上了厕所屋顶，同时回手朝道场门口扔出一枚手雷，随即纵跃下地，然后侧身连续翻滚出十几米远。这一气呵成的动作不过十秒钟，却已传来了惊天动地的巨响。

轰！轰隆！咚！咚……军火库火光冲天，如同有人在青弋江边放起了盛大的烟花，那烟花里夹杂着各种钢管铁筒和砖石瓦砾，还有血肉横飞的残肢断臂，不断腾空飞起。时发刚刚爬起来，又被强大的气浪冲得连摔了几个跟头，他赶忙趴在地上捂紧双耳，仍能感到巨大的冲击波带来的余威，直到爆炸声减弱时才踉踉跄跄地跑到河边，大喊一声："二狗，快下水！"

泅到对岸，回首望去，军火库及附近的房屋已全部被夷为平地，一朵巨大的蘑菇云缓缓升向天空。

"大哥，我们现在去哪？"

"去红杨树，和老赵他们汇合，来喜也在那里。鬼子军火库被炸，战斗力大减，我们很快就能杀个痛快了！"

"好，我们和来喜有一阵子没见了，还有大虎……"

"不要提他！"

"听说大虎已经转到他们的秘密战线去了，不知道是死是活，就是想见也不一定能见着哩。"二狗大着胆子嘟囔道。

"哦？这样啊……"时发忽觉有些怅然。他嘴上说对大虎不满，但心里还是很思念这个兄弟。

"不说了，走！"

·第十九章· 功难盖过悔莽撞 甘作诱饵夺军粮

端月赶到现场时，爆炸原因已无法勘察。军火库一片狼藉，烧焦的痕迹遍地都是，面目全非的尸体如同黑炭一般，散发着刺鼻的怪味，厚厚的砖石瓦砾填埋了整个地下仓库，院墙和炮楼全部坍塌，巨大的铁门卷曲如麻花，几辆靠近爆炸现场的军车和三轮摩托只剩下车头和车架的部分零件。附近的十几幢房屋也被殃及，大多只剩下残垣断壁，所幸这些房子里的人早被赶走。端月为了军火库的安全，将其三十米以外的地方全部建成了无人区。

“八格牙路！你这个帝国的罪人，你为什么没有被炸死？你是怎么保护军火库的！”

看着一瘸一拐赶来的坂田，端月暴怒地举起战刀架在他的脖子上。

钻出尸堆不久的坂田蓬头垢面，身边已没有一个士兵。爆炸一响，他立刻趴倒在地上，被一块飞溅的砖头砸伤了左腿，紧接着就有几具尸体倒在他的身上，那几具尸体成了救他一命的掩体。

“围攻马胡子的战斗还没有打响，武器就被毁了，还损失了这么多帝国武士。我们兵力本来就不够，现在更是捉襟见肘了！你！你！我要送你上军事法庭！”

“联队长阁下，我是该死，请容我汇报后再动手吧。”

坂田毕竟干过几年宪兵，他猛然想起，出事之前只有那两个掏粪工离军火库最近，当即向端月报告了此事。

“八嘎！袁时发！一定又是袁时发！早就听说他善于化装！他刚刚炸了九连山，想不到居然又来袭击军火库。坂田君，你我都应该切腹向天皇陛下谢罪！”

恰在此时，师团围攻新四军的命令到达。端月只好放弃扫荡洪山的计划，抱着必死之心准备在红杨树战场戴罪立功。

赵大勇一见到时发，高兴得老远就叫起来："时发兄！你真厉害。炸了碉堡还不过瘾，又干掉了军火库，真是给我们帮了大忙了。"接着又说："你的事迹已经在我们三支队传开了，上级指名要见见你这位抗日英雄，还要安排战地记者采访你。"

时发连连摆手："老赵，千万别，替我谢谢你们的长官，就说袁时发只是做了一个中国人应该做的事情。说实话，我炸军火库不完全是为了帮你们，主要是我和小鬼子既有国恨，也有家仇，只要是在中国土地上的日本人，老子见一个杀一个。"

说到家仇，他内心一阵揪痛，以后只能通过潘雪娟了解哥哥的过去了。亲戚，已经升格为亲人。

"老赵，你们的潘指导员呢？"

"买粮食去了。"

"鬼子到处抢粮，安全吗？"

"现在这种形势，谁也不能保证绝对安全，但有我们的堡垒户带着，应该不会有事。"

"老赵，按理我不该说，像这么危险的事最好不要让她去做，人家毕竟是个女孩子嘛。"

"时发兄果然关心指导员，她也不止一次地和我提到你，说她的命是你救的，她的血海深仇也是你报的。她还说，欠你的这辈子已经还不了了，只希望你不要再做独行侠，能早早参加新四军。"

时发微笑道："我可不是什么侠客，你们共产党新四军才是为国为民的大侠，不然老百姓怎么都叫你们四爷呢。"

"谦虚了不是。"

赵大勇已和潘雪娟有了一个共同的心愿，希望能劝动袁时发参加新四军，但他没有什么把握，这个独行侠江湖习气太重，需要纠正的地方太多。既然袁时发承认共产党新四军是抗日英雄，是为国为民的大侠，何不趁热打铁。

"时发兄，其实我也认为记者采不采访对你来说都一样，现在皖南地区谁不知道你的大名。我们不宣传，小鬼子的悬赏通缉令已经宣传无数遍了。不过时发兄刚才说要杀掉所有在中国的日本人，这是不对的，因为日本人不全都是坏人，包括那些扛枪的士兵，也并不都认同‘绝对效忠，光荣圣战’的思想，他们还有反战同盟会，在为早日结束战争做努力，我们的队伍里就有这样的日本人。此外，指导员希望你加入我们新四军，这既是她的心愿，也是我们整个二营的心愿，记得你说过李先生是我们的人，我相信这也是他的心愿。”

时发一震：“我大找到你们了吗？”

“没有啊，他来找我们了吗？”

“什么？没来过？那他在哪？怎么回事？”

“时发兄不要着急，地下工作干的就是不能让人知道、不能公开的事情，他们有单独的体系和交通线。李先生没有来找我们，并不代表没有联系到组织，如果他真是我们的老地下党，经验肯定丰富。”

时发叹了口气道：“但愿如此吧，只是他老人家岁数大了，怎不叫人担心。好了，不说他了，至于日本人有好有坏的问题，也暂且搁下。我来的目的就是打鬼子，你老赵的脾气我对光（合得来），我就和你一起在红杨树等着端月那个杂种。”

“哈哈，好，大勇求之不得，但时发兄可不能一味单干啊，我们打鬼子是要服从上级命令统一行动的。”

“没问题，我当过兵，这个道理我懂。你们打算怎么干，可以说给我听听吗？”

“当然，瞒任何人也不会瞒你。”赵大勇详细说出了保卫红杨树的计划。

“时发兄也清楚，我们的装备非常差，大部分战士使用的还是红军时的武器，穿的还是红军时期的服装和草鞋。我们虽然收到了你让小刀会送来的枪支弹药，但三支队是一个整体，好武器不可能专门给哪一个小队。总体来说，我们还是无法和装备精良的日军打阵地战。我们用疑兵之计吓跑了红杨树的鬼子，他们肯定是要反扑的。为了能守住阵地，上级前不久召开了战术研讨会，总结国民党军队防御失败的经验教训，同时出台了新的战法：红杨树阵地紧邻青弋江，我们要在水网地区伏击鬼子，就必须构筑和往常不一样的阵地，在挖断的圩埂两侧设置隐蔽部，在掘开的地段埋下陷阱。我们已发动老百姓开始破坏湾红公路，这样，端月就只能从圩埂上赶过来了。因为圩埂左边是青弋江，右边是水田和湿地，他们的机械化部队毫无用场，也就是说，圩埂成了一字长蛇阵。”

时发不住点头称赞：“高明，和鬼子打仗，就是要利用地形，这个计划非常好。但是，如果把圩埂挖了，老百姓会不会反感？要是事后来不及修复，发大水就糟了。”

“是啊，这么做，红杨树的百姓牺牲的确很大，上级就是考虑到老百姓的感受，才命令部队挨家挨户上门征求意见，没想到大家众口一致，说这是为了打鬼子，没瓜皮啃的。他们不但毫无怨言，还主动帮我们挖断了圩埂，每天都有不少男劳力带着工具帮我们构筑战壕暗堡。此外，他们还主动帮助我们放哨站岗，搜集情报，有的更是把子女送进了部队……多好的老百姓啊！”赵大勇说到此，很是动情。

“的确如此，先国后家说起来容易，但事到临头又有多少人能做到？”

赵大勇接着摆出目前的困境：“我们现在面临一个很大的困难。今年年成不好，又是涝又是旱，圩区的水稻和山区的山芋都歉收。端月为了打击抗日军民，一遍又一遍地下乡搜刮粮食，周边百姓已被抢得几乎无米下锅，再加上国军征粮，土匪抢粮，还有我们新四军也要买粮，很多人家都在挖野菜充饥，有的人饿得走路都摇摇晃晃的，就是这样，老百姓还是帮我们建成了工事，但已有不少人因为严重缺乏营养，双腿都浮肿了，一指头能摁出一个深深的窝，很多战士也是如此。我们也想了很多办法，安排人员去宣城、芜湖以及陵阳一带购买粮食，同时让猎户出身的战士进山打猎，但因为是荒年，鬼子封锁得又厉害，结果收效甚微。现在的情况是大家都急，却都没有什么好办法。一言以蔽之，能不能打赢红杨树保卫战，粮食是关键。”

时发听得眉头直皱，他深知民以食为天乃至理，更知军中断粮为败兆。吃粮当兵，吃粮当兵，没有粮食吃还怎么当兵！娘道蒸子的，我们中国人饿肚子，他们却吃得饱饱的来打我们！不行，必须从狗日的手里拿回来！

“老赵，你刚才说什么来着？鬼子悬赏通缉我？赏金多少？”

“没错，听说你的人头值一千大洋哪！怎么，你有好主意？”

时发笑道：“拿我人头去换粮食。”

赵大勇撇嘴道：“时发兄，粮食都快把我愁死了，你还开玩笑，这个玩笑开得可有点大了啊。再说，现在就是有钱也买不到粮食啊，拿了你的人头有啥用？”

时发一乐：“鬼子那里有。你们不是有一首歌吗？没有枪没有炮，敌人给你们造……”

赵大勇瞪大了眼睛：“你的意思是？”

时发一拳砸在桌子上：“抢！我从洪山到西乡，从芳山到九连山，再到湾沚，已经把鬼子彻底惹毛了，端月对我肯定恨之入骨。所以，只要我被抓住，找他换两万斤大米是不成问题的。”

赵大勇的头摇成了拨浪鼓：“不行不行，这样太冒险了，万一有人假戏真做，你岂不是自投罗网？”

“老赵，我有数的。这样，我们马上去宣城，请小刀会的王义雄帮我演一场戏，你们做好截粮的准备。”

赵大勇还是不同意：“端月有那么笨吗？随随便便就会相信你袁时发被人抓住了？还有，小鬼子从来不讲信用，他们拿了人不但不会给粮食，还要灭口的，这些你都想过没有？”

时发点点头：“老赵，你说得不无道理，但我已经想到了。”他一口气道出一个在赵大勇看来近乎疯狂的大胆计划——

先让王义雄绑了我，通知端月交换时间在傍晚，地点就选在湾沚的鹭鸶窝，那里草深林密，西面还有一个连通青弋江的南湖，抢到粮食就从水路撤退。因为在鬼子的势力范围之内，端月就算有什么怀疑也会来的，他太想抓到我了。而对于王义雄，端月要么认为他糊涂胆大，要么认为他有恃无恐，反正不会想到一个靠押运鸦片过日子的帮会能与新四军联手。你们安排一部分人事先乔装混进湾沚。按照端月的性格，他肯定在远处用望远镜验证我是否为真的袁时发，王义雄也会派人上前查验粮食的真伪。如果双方都确信不假，接下来就会交换。一旦交换开始，你们就发出信号，让你们的人在城里动手，照着端月的指挥部往死里打，动静闹得越大越好。这样，端月就会以为中了调虎离山计，必定会分兵赶往县城救援。我们就在这个时候突然发动袭击，给他来个里外夹攻，就算消灭不了多少鬼子，在他们心慌两头的情况下把粮食搞走还是没有问题的。关键在于抢粮食的必须是精兵强将，出手一定要快，要准，要狠，第一轮攻击就要把他们打懵掉，而且要连续猛打猛冲，把他们打得退出粮车八百米开外，也就是三八大盖的有效射程之外，然后继续用火力压制，给抢粮食的人争取时间，因为小鬼子的战斗力非常强，等他们反应过来就麻烦了。此外，要多安排一些劳力潜伏在四周，战斗打响后，让他们大声喊叫，造成包围鬼子的声势，鬼子一退，立刻抢粮。一句话，就是用疑兵之计吓退他们，腾出时间快速搬运粮食。还有一点，让大家撤退的时候要沿途撒一些辣椒粉，最好能搞点汽油泼上，因为端月回到城里发现上当后，肯定要追过来，他们的狼狗非常厉害，汽油和辣椒粉可以破坏狗鼻子的嗅觉，这样我们的行踪就不会暴露了。撤退不但要快，还要分散撤退，以迷惑鬼子。南湖里有很多芦苇，遮天蔽日的，他们无法判断我们会撤往哪里，肯定会选择一两条船跟踪追击。鬼子有水兵，有汽艇，速度非常快，所以，每条船上都要带一些破渔网，鬼子汽艇一旦发动，就把这些破渔网扔进水里，汽艇的螺旋桨被缠住，他们就没办法追了——

赵大勇终究不放心："为了取得端月的信任，你肯定要被五花大绑，他很有可能提前动手射杀你，万一你来不及松绑，咋办？你身手再快也快不过子弹啊！还是有风险的，不行！"

"风险嘛，当然有一点，不过我是不会给端月这个机会的，城里一有响动，我就会卧倒解掉绑绳。"

赵大勇先是轻轻地摇摇头，接着把手也伸出来连续摆动："实际情况不一定像你设想的那样，太玄了，我不能让你时发兄冒这么大的风险，不行不行！绝对不行！"

时发不禁来气："我说老赵，你除了说不行还会说啥？打仗哪有不冒风险的！"

"时发兄别急，这样吧，我马上把你的计划汇报给上级，如果上级同意，就这么办，如果你的计划被否决了，我们再想别的办法。"

赵大勇只能继续好言相劝，没办法，袁时发不是部队的人。

时发一听更是来气："我跟你讲，这也是我不愿加入你们新四军的原因之一，凡事都要早请示晚汇报！没听讲过将在外军令有所不受啊！当年，我义父他们在琊琅山与王应虎干的时候，就因为章云优柔寡断延误了战机，非要等一个什么狗屁命令，生生被王应虎钻了空子。结果队伍打没了，他自己也报销了！"

赵大勇立刻沉下脸来："时发兄，你可以看不起我，但你不能看不起我们的党！我知道你是打仗的好手，可是我们共产党人有铁的纪律，我必须汇报！在没有得到上级命令之前，我们是不会轻举妄动的。如果你一意孤行，悉听尊便，但我要请你离开！你要知道，你现在是大名鼎鼎的抗日英雄，要是在我的队伍里出事，没准有人会说我把一个抗日英雄害死了！”

时发大怒：“老赵你屁股嘴！你怎么就知道老子肯定会出事？告诉你，没有你们的配合，老子照样把粮食搞来，你信不信?！二狗、来喜，跟老子走！”

赵大勇也来了气：“走就走，老子不拦你！”

就在这时，潘雪娟突然走进屋内。进门之前她已侧耳听了好一阵，边听边偷眼瞧着时发，瞧着令她又爱又伤心的男人。这个男人已经有了家室，为什么还在心里挥之不去呢？人啊，尤其是女人，哪怕她是一个坚定的革命者，哪怕她把理想和事业永远放在第一位，但在感情上还是往往会走进死胡同，明明知道有些事不可能，仍然心存期待，尤其是雪娟这样一个打开了情感大门就很难关住的女人。她的情感大门的打开从那个死胡同里死里逃生时开始。对于袁时发，她忘不了的太多太多：忘不了他在关键时刻独杀群鬼保住了她的贞洁和性命，忘不了他在绝处逢生时魔术一般的技能，忘不了他拼死带着自己逃离魔窟时的那种两肋插刀，更忘不了搂着他共骑的那一刻，那一刻他的身上传来阵阵令人心醉的男人味，充满着野性，充满着血性。他的鲜血曾经染红了她的衣裤，她事后久久都不愿洗去。忘不了的还有父亲和姐姐一家的惨死，如果没有这个铁血硬汉孤身犯险，自己的血海深仇还不知什么时候能报，更不知道能不能报得了。虽然没有亲眼见过时发炸掉九连山碉堡，也没有见过他手刃仇人，但她清楚地知道，如果换作自己去报这个仇，根本没有这个能力，就算有这个能力，她还会考虑到组织的纪律，也会受到纪律的约束，因为她是一名党员。但是，袁时发快意恩仇的性格虽然与组织纪律相左，却凭着他一腔热血和过人的军事素质取得了成功，而且是屡屡成功，连湾沚军火库都被他炸了。这一系列的事情让她看更加懂了这个男人，这是一匹性子非常烈的千里马，必须要有懂马的伯乐才能驾驭，而她潘雪娟就是这个伯乐，一个深深爱上千里马的伯乐。

看着时发令她心仪的身形，听着他大胆的计划，雪娟渐渐入迷，忘了移步，就站在原处一动不动地盯着心上人。听着听着，时发和赵大勇的声音越来越大，两人就像是一对好斗的公鸡，谁也不肯让一句。雪娟这才想起，自己该出场了，否则这二人真的会闹掰。

雪娟轻咳一声，嗔了时发一眼，然后对赵大勇说：“赵队长，我觉得袁时发的计划可行，不过你的担心也有道理。这样吧，我去向上级汇报，我们先按照他的计划作部署，如果上级全盘同意更好，如果有什么变动，我们再作一些微调。袁时发说的对，战机稍纵即逝，将在外军令有所不受，只要上级没有什么较大的变动，我们还是以袁时发的计划为准。”

赵大勇只得点点头：“好吧，既然指导员也觉得计划可行，那就抓紧汇报吧。”

时发不忘讽刺一句：“好好好，汇报，汇报，我倒要看看，你们的上级是不是和你们一样的木瓜脑袋!”

雪娟俏脸一沉：“你有完没完！我们老赵是有名的驴脾气，这也就是你袁时发，换作别人，他早就拍台子打板凳了，你还不知足，还在这里死抬杠，当杠王很有意思是吧?”

“我这是抬杠吗?”

“不是抬杠是什么？你不仅是抬杠，还固执己见，总喜欢蛮干！我告诉你，你炸了军火库，既有功也有过……”

时发一惊：“此话怎讲?”

“本来我不想说的，领导都说算了，袁时发炸军火也是为了打鬼子，他不是我们的人，当然不了解情况，误伤人命是可以理解的。”

误伤人命！时发顿时心慌意乱，他随即想起误炸小兰的事，难不成这次又……

“你，你把话说清楚点。”

“是这样的，守护军火库的伪军中有一个叫孙成的人，他是一名排长，被我湾沚地下党争取过来了，他们做了一个计划，准备在鬼子的晚饭里放麻药，等麻翻所有的鬼子，就带我们的人偷偷把武器运走，孙成还在河面上准备了几条船，结果，你提前一天动手了。军火库是被你炸了，可是孙成也被炸死了，我们的另一位同志也身受重伤。”

“什么?!”时发浑身都冒出了冷汗。

“唉！我只顾着痛快，行动之前为什么不通知一下你们呢！又害死了一个好人!”

他说完狠狠扇了自己一个耳光：“我他妈的就是个混蛋啊!”

雪娟赶紧拉住：“你也不要太过自责，谁都不愿发生这样的事。战争就是这么残酷，战场上还有自己人误杀自己人的情况哩，何况这是秘密战线。

这件事小队只有我知道，那几天我刚好又不在，你即使通知了也不管用。但你刚才说又害死一个好人，说明你已经经历过这种情况，一而再，不可三，下次一定要注意了。”

时发低下头道：“我……我……你们那位同志叫什么？他现在怎么样？”

“对不起，恕我不能相告，不过他已经脱险了。”

“那……请告诉我孙成的家人在哪，我无论如何都要表示一下。”

“怎么表示？”

“我准备送些钱过去。”

“不用了，他的家人组织上自然会照顾的。你去了反而会让他们伤心。”

“这……唉！我先去宣城……”

见时发已走远，赵大勇摇了摇头：“指导员，你说像他这种无法无天的家伙，适合进咱们队伍吗？”

“慢慢来吧。他出身草莽，一意孤行惯了，但他满腔热血，为国为民行侠仗义，从这点来说，他和我党的宗旨一致。所以，对于他我们不能性急，要慢慢感化，要让他自己接受我党的纪律，即便不能把他吸收过来，也要让他成为我们的有力帮手。我们共产党人之所以能在夹缝中生存壮大，靠的是什么？靠的就是人心，海纳百川，知人、会用人的胸怀。”

“嗯，有道理，袁时发不论怎么讲，都一直在帮着我们。”

端月为了反扑红杨树取得成功，可谓准备充分，没想到军火运到湾沚不出三天就被袁时发炸了个精光，他只好硬着头皮又找师团增拨了一批，但这次没有了占据绝对优势的重火力，重武器生产基地远在中国的东北，一时难以运到，眼下只有靠帝国武士们的英勇了。为此，他特意召集各队进行训话，鼓舞士气。集结之前，他要求所有日本士兵都摘掉军帽，每人头上绑一条画着膏药般太阳的白头巾，中间写着“必胜”两个红字。端月自己也是如此打扮，他伸出双手抹了一下前额，大声说道：“帝国的勇士们，中国人只会干点偷鸡摸狗的事，从来就不敢正面和我们较量。他们虽然毁了我们的重武器，但我坚信，我们的军事素质远胜于他们，我们的单兵作战能力是他们的五倍，我们目前的武器无论是质量还是数量也都远远超过他们。在天照大神的庇佑下，在武士道精神的指引下，我们必将在红杨树把那个可恶的袁时发和所有中国士兵消灭掉！天皇万岁！必胜！必胜！”随后，队伍爆发出一阵阵雷鸣般的欢呼声。“必胜！必胜！必胜……”

端月抽出战刀，往空中一举，队伍安静下来，正要开口继续训话，翻译官前来报告："太君，宣城小刀会的人送来一封信，说他们抓到了袁时发，想用袁时发和我们换两万斤白米。"

"吆西！"端月立刻喜形于色，随即又收敛了笑容，"八嘎！肯定又是袁时发在耍什么阴谋诡计！不用理他！"

"太君，我用望远镜看了，袁时发确实被捆在一辆驴车里，嘴巴也被堵着。小刀会的人说今年粮食歉收，只有跟皇军合作才不会饿肚子。他们还说交换地点就在城南的鹭鸶窝，看样子不像是假的。"

"这么说，袁时发真的被他们抓到了？小刀会是干什么的？"端月有些心动，但他生性多疑，终究不肯相信。

"报告太君，小刀会是上海的流氓组织，他们在宣城设立了一个分会，靠帮人押运鸦片为生，这班人没有任何信仰，只认钱不认人。"

"哦，鹭鸶窝地形复杂，他们为什么要在那里交换？这里面会不会有问题？"

"太君英明，我也是这样认为的。我们不相信他们，他们也不太相信我们，选择在那个地方交换，主要还是怕遇到万一好有个退路吧。"

"嗯，你的说得很有道理。袁时发，我们的要，大米的，不给。抓到袁时发后，他们要么投降皇军，要么通通死啦死啦的，你的明白？"

"嗨！属下明白！不过我们还是要先带上大米，小刀会的耳目众多，如果知道我们不带米出城，他们也就不会把袁时发交给我们了。"

"吆西，就按你说的办。快去安排！"

端月露出自军火库被炸后的第一次笑容。

·第二十章· 屠狼剿虎不可挡 猛追穷寇终落汤

鹭鸶窝地处湾沚正南方，地形呈盆状，与街镇隔着一条皖赣铁路，东临湾红公路，北接南湖湿地，方圆几千米的松树林里栖有大批鹭鸟，故名鹭鸶窝。此处又系一个巨大的露天坟场，周边百姓大多在这里安葬逝去的亲人。每当夜幕降临，鹭鸶窝便沉浸在明明灭灭飘忽不定的磷火之间，上千座长满杂草的坟包和淹没在草丛中的石碑开始忽隐忽现，号称“鬼雀子”的夜鹭冷不防就“哦”的一声惨叫，令人浑身起鸡皮疙瘩，夜猫子（猫头鹰）则不时地发出像人类冷笑一样的叫声，惊得老鸹子扑棱着翅膀哇啦几口。山风吹来更显凄凉，披头散发的松毛呜呜咽咽如泣如诉，仿佛在为逝者唱着悲哀的歌谣。由于鹭鸶窝内有太多的断头路，进之则如入迷宫，生人往往绕了半天又回到原处，谓之“鬼打墙”，因此又号称“催命窝”，胆小者不敢涉足半步。

当日下午五时左右，太阳渐渐西去。端月跨着战马来到鹭鸶窝外围，掏出望远镜朝树林中看了看，果然，蓬勃的杂草被踩出了一条浅浅的小路通往深处，顺着这条小路望去，一匹瘦骨嶙峋的灰驴拉着一辆破轱辘车隐藏在两座坟包之间，要是没有望远镜，肉眼根本发现不了。车夫长着一张驴脸，高瘦异常的身形被透过树木缝隙的残阳拉得像一根竹竿，随即又一点一点没入黑暗之中，显得很是诡异。再仔细看去，车上绑着一个人，半蹲着身体，脸部和通缉令上的袁时发画像一模一样，但没有了画像上那种精气神，耷拉着脑袋，一脸的萎靡不振，很难辨别真假。车头插了一面白色小旗，绣有一男一女，均作拉弓射箭状。车旁共站立九名汉子：车尾一人，左右各四人。左右的八人个个都是一幅江湖人士打扮，身着或白或蓝的连襟套装，腰间都插了手枪和十几把带着红布绸的小刀。车尾那人与众不同，他体型高大，头扎一块红色头巾，上着黄色长袍，下穿白色灯笼裤，足蹬黑色长靴，斜挎一把驳壳枪，手里把玩着一柄寒光闪闪的小刀，想必就是他们的舵主王义雄了。一阵晚风吹过，车上那面小旗摇摇晃晃。

端月从鼻孔里发出一声冷哼，帮会，这就是不堪一击的中国帮会，还想和皇军讨要粮食，简直是痴心妄想！不过，看他们一幅有恃无恐的样子，来的肯定不止这九人，也肯定做好了充分的准备，茂密的山林里情况不明，加之袁时发的真假也还没有弄清，暂时不宜贸然出手。

端月放下望远镜，伸手招来一名在九连山逃得性命的黑皮："你的，去看看！"随即悄悄端起一杆九七式狙击步枪，慢慢转动瞄准镜上的旋钮，开始调整射击时发头部的最佳距离。

这边，伏在驴车一侧草丛里的赵大勇轻声叫道："时发兄注意，端月举枪了！"

"知道，顺着风呢，早闻到枪油味了。"时发依然保持着原来的姿势，"放心，在没有确定老子是否真货之前，狗日的是不会开枪的。"他随后提醒驴子："你虽手大力大，但跑动速度不快，等会儿可不要太贪。"

"嗯，时发哥，我会注意的。"

小刀会的队伍中也走出一人，伸手示意那个黑皮停下，同时高声叫道："袁时发我们带来了，大米呢？"

端月把手一挥，后面的队伍立刻闪开两旁，两辆卡车缓缓向前行驶了十几米，车厢里全是鼓囊囊的麻袋。

"验货！"王义雄喝道。那个小刀会会员冲黑皮点点头，各自奔向目标。不一会，双方同时喊道："是袁时发！""是大米！"

轰隆！轰隆！突然传来巨大的爆炸声响，接着从湾沚城内冒出了冲天的火光和滚滚浓烟。端月的战马被惊得稀溜溜一声长鸣，他一把勒住缰绳。

"八嘎！通信兵，问问怎么回事？"

稍时，翻译官急匆匆跑过来叫道："不好了太君，新四军已经进城了，正在袭击指挥部！"

"八格牙路！这是他们的调虎离山之计！"

端月抽出战刀指向其中一队："你们的留下抓袁时发，如果小刀会的人敢反抗，就地消灭，其他人，跟我进城！快！"

时发躺在车上听得分明，手腕一翻一扭，挣脱了打着活扣的绑绳，随即掏出双抢。

“打！”埋伏在各个坟包附近的小分队战士纷纷亮出家伙，一阵猛烈地扫射，鬼子顿时被打了个晕头转向，连连后退。接着，小分队号手吹起了冲锋号，鹭鸶窝四面八方都发出了喊杀声。“冲啊，杀鬼子，不要跑了端月！”

此时，城内的枪声更加密集，也有冲锋号在响，似乎有一帮人马正从城里杀向城外。端月大惊：“快！撤退！撤退！”

拉大米的驾驶员见势不妙，立刻将车发动，未等调转方向，就听得啪啪两声枪响。哗啦啦……随着驾驶室挡风玻璃被击碎一地，两名驾驶员的胳膊均已被打断，这还是时发考虑到他们是中国人，特意偏离了一点射击方位，要不然二人均已脑浆迸裂。

嘎吱——车子停了。藏在附近的百姓蜂拥而至，扛的扛，抬的抬，一时三刻，大米被搬运一空。

端月退到城里才发现上了当，只有几个人虚张声势一番便消失得无影无踪，他立刻反应过来，两帮人都是冲着大米来的。他们竟然以袁时发为诱饵抢夺皇军的粮食！端月气得哇哇大叫：“八嘎！狡猾的袁时发，狡猾的马胡子，快，赶快去追，一定要把大米抢回来！”然为时已晚，等赶到南湖畔时，所有人都不见了，散落在岸边的零星大米说明，他们是从水路逃走的。

“快！水兵追击，放出军犬沿岸搜索！”

汽艇发动没多久便突突地冒着黑烟在原地打转，螺旋桨被几张渔网死死缠住，再也旋转不了，狼狗也很快失去了搜索的方向，转着圈嗅来嗅去。

在这场抢粮战中，时发就像一位围棋高手和一个不入流的角色在对弈，早把后面的路数计算好了，端月暴跳如雷却无计可施。

不过，祸兮福之所倚，福兮祸之所伏，还是有一个人因为粮食送了性命。贪心的驴子竟一次性抢了三袋大米，两手各夹一袋，肩顶一袋，行动本就迟缓的他最后一个登上船，尚未站稳，啪，一颗子弹从他后背穿过前胸，驴子一头栽倒，白米撒了整整一舱，很快又被血液染成红色。

时发忙把他扶起来，含泪骂道：“你个笨驴，老子叫你别贪，为什么不听?!”却见驴子手指着杨吴冲方向，断断续续道：“哥，花、花妮怀了身子，我想、想给她多弄点……”话没说完就断了气。

“兄弟啊！”时发任凭眼泪流到嘴角钻进口中，他再也控制不住自己，

“端月，操你姥姥的，老子一定要杀了你！”

端月也没有控制住，他不等宣城和芜湖两地部队通知，简单地告知了一下木村联队就要兵发红杨树。侦察兵却报，公路全被挖断了。端月气急败坏，咆哮道：“走圩埂，他们休想阻断我大日本皇军前进的步伐！”

人是铁饭是钢，守卫红杨树阵地的全体军民终于敞开肚子吃了一顿饱饭，一个个精神抖擞，摩拳擦掌，只待鬼子来犯。

赵大勇笑着对时发说：“我真服了你了，行动前我还和你抬杠，别计较，我向你道歉，如果这次战斗能缴获到几瓶酒，我一定申请一些回来，和你好好喝它一气。”

时发摇摇头：“老赵我跟你讲，日本人的清酒难喝死了，清淡无味不说，还有一股子海水腥，要喝，咱就喝宣城小烧，那才叫酒。你要是想搞庆功，就给我唱几段《杨门女将》，听说你这个爷们还能捏出女人调调来，我还没听过哩。”

“哈哈，没问题，战斗结束，我专门给你唱一晚上。”

“好，你要给我唱戏，我就给你来一段大鼓书！哎，说到缴获，能不能帮我个忙。”

“啥事？”

“被打死的鬼子，把他们身上的钱全部交给我。”

“为什么？”

“我要照顾孙成的家人。”

“胡闹。指导员不是说了么，那件事你不要想得太多，至于孙成的家人组织会考虑的。我们这里的规矩是一切缴获要归公。”

“那就算了，等打完仗老子再去抢鬼子的洋行。”

潘雪娟扑哧一笑：“端月要是听到你们的话，会不会气得吐血啊？”

三人正说得起劲，哨兵来报，鬼子已经改道了。时发用望远镜一看，只见端月骑着一匹高头大马走在队伍中间，正沿着青弋江圩埂大摇大摆地开来。前面有几帮黄头鬼子抬着几挺重机枪，后面的则一个个扛着小钢炮。两边各有一支长队，一边是黄皮，一边是黑皮，黄皮队伍最前面有两人各平端着一把三八大盖，亮出的刺刀下各挂着一面小小的太阳旗。

娘道蒸子的，看来这个王八蛋下足了本钱！

“老赵你看，加上黑头鬼子足有两千人，湾沚精锐基本到齐了！”

“嗯，看到了，估计他们只留了三分之一在守城！”

“是啊，可惜人手不够，否则就能分兵端了他们的老窝。对了，我忘了一件事，听丁鹏的表兄赵大宝说过，端月联队有毒气弹……”

“知道，时发兄放心，湾沚地下党已经掌握了情报，他们毒气弹分队大都被调到湖北参加武汉会战去了。另外，我们已给每位战士都发了一条湿毛巾。”

“好！那老子就可以放心地大开杀戒了！”

踢嗒、踢嗒……鬼子皮鞋的踏步声越来越响，队伍离射击圈越来越近。

“老赵，告诉你的弟兄们，把端月给老子留着，老子这回要活捉这个狗娘养的。”

“行，抓到了，如果他不肯投降，就劈了他。”

“这狗日的就是要投降老子也不允许。”

“哎，那可不行，真要投降就不能杀了，这是纪律。”

对端月这样的人也讲纪律？时发深不以为然，但他嘴上没有反驳，自己毕竟误伤过他们的人，人家却并未计较。他认为不用遵守这样的纪律有着充分的理由：端月在五丰滩杀了那么多中国人，亲侄子就死于他们的杀人游戏“乌龟划水”，可怜的驴子也因为他们成了一个未等孩子出世就命丧黄泉的父亲。如果一个血债累累的刽子手仅仅因为被迫放下屠刀就能免遭一死，这也太对不起那些屈死的冤魂了。

踢嗒、踢嗒……鬼子前队已经全部进入了射程，赵大勇首先朝走在最前面的鬼子开出一枪，一面太阳旗跟着它的主人栽倒在地上，接着消失在因突如其来的袭击而乱作一团的队伍里。这一枪也是发出战斗命令的信号枪，战士们早就憋足了劲，所有轻重武器都跟着开了火，鬼子猝不及防，瞬间倒下一大片。端月没有想到，用来防洪灌溉的圩埂竟然被挖成了战壕。

“快！后退！开炮！开炮！”端月抽出战刀指向前方。

咚！咚！咚……小钢炮持续射击，可惜新四军是在狭窄的圩埂上横向布防，人不是藏在战壕里，就是躲在两边的芦苇丛中，毫无纵深可言，炮弹大多落在地上，即使落进了战壕，也只能掀起一堆泥土，战壕不但挖得深，且沟沟相通，内壁还开有很多藏身的横向洞穴。

“攻击，前进！”端月红了眼。愤怒容易使人失去理智，他虽没有忘记芳山的教训，仍不顾一切地要求部队往前冲，他坚信帝国的勇士们没有攻不破的堡垒，但这回和芳山的情况大不一样，新四军准备太充分了，打几枪就能换一个地方，射杀效率非常高，鬼子方虽然人多枪好，却施展不开。一条无法斩头去尾的一字长蛇阵，让他们无论往前冲还是攻击两侧，除了送死还是送死。很快，大日本皇军又丢下了几十具尸体。眼看丝毫讨不到便宜，端月只得下令后撤。

赵大勇哈哈大笑："时发兄，小鬼子只有挨打的份，太他娘的过瘾了！"

时发也笑了："端月没有想到我们在圩埂上跟他干。不过也不能掉以轻心，那个王八蛋不会甘心失败的，我估摸着他这次不会再简单地从圩埂上来了，可能会派水兵绕到你们的后方，你们得有防备啊。"

赵大勇把手一挥："时发兄，抢粮那回我们跟你学了一招，已经动员老百姓砍了不少树枝堆在河边，并用藤蔓缠绕起来，鬼子汽艇一发动，他们就把这些玩意推到河里，进不来的。"

果然，不到三分钟，端月又纠集了几百日伪军沿青弋江河道和圩埂水陆并进，试图从水路抄到新四军的身后夹击。这次，他又失算了，失算还是在于对手充分的准备，水路根本无法通行，陆路依然遭到痛击，黑皮们已露胆怯之色。一个令人痛苦而又稍觉安慰的场景让端月看到了还有反败为胜的希望，帝国的勇士们在没有得到他的撤退命令之前，硬是踏着前面倒下的尸体冲进了对方的阵地。

"同志们，上去和他们干！"赵大勇跃出战壕，却见时发已经赶在他前头。

"所有人，上刺刀！"

由于逆风，石灰粉用不上了，双方立刻展开了真正的白刃战。时发见鬼子正在退子弹，一时兴起也收起了双枪，将上衣一扒，抡起那把从木村手里缴来的战刀径直冲入敌群，光着膀子边砍边唱："爷爷生来是无常，索你小命见阎王！先把你龟孙砍精光，再去那东京杀天皇！"近身肉搏，正合他意。只见一把长刀在他手中上下翻飞，如入无人之境，刀锋所至，血练四溅，断骨作响。他身上很快沾满了血迹，都是黄皮或黑皮被砍了脑袋喷溅所致。

后大宝冲手下使了个眼色，呼号着向两边散去，将冲在最前面的鬼子让了出来。

鬼子到底是鬼子，见时发如此彪悍，呼啦围成一圈，均端着刺刀对准他。突然，两个鬼子一前一后刺了过去，时发矮身一蹲，双手猛然平伸托住枪管，再顺势往中间用力一送，噗！噗！那两名鬼子几乎同时被自家人刺破了胸膛，跟着扑通扑通两声摔倒在地。所有鬼子都惊呆了，武士道精神似乎也受了影响，一个个端着刺刀，团团围着时发，却没有一个上前。时发每跨出一步，他们便跟着往后退一步。时发仰天狂笑，把长刀往前一伸，刀尖上鲜红的血液一滴一滴地落下来，他指着面面相觑的日本兵炸雷一般喝道："龟孙子们！你们不是号称最讲武士道的吗?！你们不是号称最能拼刺刀的吗?！怎么啦？你们也有怕的时候！来啊！跟爷爷干，看看是你中国祖宗厉害，还是你小日本孙子厉害！来啊！你们不动手，老子可要动手了！"说罢，挥舞着长刀砍了过去，一个躲闪不及的鬼子兵顿时被斜斜劈去了半边脑袋。他这般气吞山河的架势，硬是把那帮鬼子兵唬得呆立在四周。赵大勇也在和鬼子搏杀，偶见时发一人居然吸引了十几名鬼子，不禁大声喝彩："好！时发兄，痛快，打出了我中华男儿的气魄！"

"老赵，用鬼子的刀杀鬼子，这才叫痛快！"

这一幕把潘雪娟看得心惊肉跳，更是血脉偾张，但她还是非常清醒，始终在担心着时发的安危。她知道，围住时发的鬼子只是暂时被震住了，他们一旦回过神来，会立刻扑向时发。所谓双拳难敌四手恶虎还怕群狼，你袁时发本事再大，也不一定能架得住一群鬼子的疯狂围攻，何况他们个个都是拼刺刀的高手，但此时双方都已绞杀在一起，没有人能过来帮忙了。雪娟灵机一动，突然用日语喊了一句。"袁时发不是人，是鬼，太可怕了！撤退！"没想到这一招还真奏效，那帮鬼子闻言呼啦一声全部往后跑去。

机不可失，时不再来！时发冲雪娟点点头，立刻从机枪手里夺过捷克式，哒哒哒哒……几梭子扫过去，鬼子又倒下一片。与此同时，下河的鬼子水兵被埋伏在芦苇丛中的新四军全部歼灭，岸上的陆军再次被打了回来。端月见形势不妙，连呼："撤！快撤！"随即调转马头顺着圩埂向湾沚逃去。

狗日的想跑？没那么容易！时发飞身上马，扬鞭追了过去。

雪娟和大勇在身后大喊："袁时发，回来！快回来！不要追了！"但时发已催马奔出一里多地，根本听不见，就算能听见，依照他的性格，如何肯放过抓端月的机会。

驴子，不要走远，看着，哥在为你报仇！

端月回身见袁时发竟然直奔他而来，慌得狠命抽了坐骑一鞭子，那马猛然吃痛，撒开四蹄狂奔起来。两马一较脚力，时发的坐骑立刻相形见绌。

眼看离湾沚越来越近，奈何终究追不上那匹东洋大马，端月身影越来越模糊，已经踏进了湾沚城内。端月见时发被甩出老远，仍在往前冲，稍稍宽心之下不禁怒从中来，这个该死的袁时发，居然还想抓我，我叫你有来无回！随即对着城内连开三枪，片刻之间，驰过来三骑，马背上各有一名日本浪人打扮的武士，他们侧身让过端月，直奔时发而去。

二狗和来喜一直驱马跟在后面，一见冒出了三个日本浪人，同时叫道："不好，大哥有危险！"快马加鞭奔了过去。却见时发和那三名浪人都已跳下马，各自举着手中的刀来回转圈，谁也没有动手。二狗从时发面部严峻的表情得知，那三个浪人非同一般，他们和时发一样，都在耐心地寻找对方的破绽。而远处，端月却慢慢举起了一把三八大盖。来喜高喊："大哥小心！端月要打你的黑枪！"突然，只见时发猛地一踏地面，高高跃起，凌空劈向其中一名浪人，那浪人果然不凡，微微一侧身便躲过了这一刀。时发一击不中，再次腾空而起，长刀在空中划出了一道弧线向对方胸前刺去，另外两名浪人也开始向时发挥刀砍来，时发双脚就势踏中他们的刀面借力弹开，霎时间，叮叮当当声响不停，四人缠斗在一起。端月瞄过来瞄过去，再也无法瞄准了。二狗和来喜虽然赶到了现场，但他二人均没有练过武术，根本帮不上忙，只得各自端着手枪围着四人转来转去。夜幕下，六个身影如同鬼魅一般旋转不停。此时，大部分撤退的鬼子正朝这边奔过来，而守城的鬼子也纷纷赶来接应端月了。

"大哥快走，鬼子大部队来了！"二狗急得声音都变了调。时发早已看在眼里，娘道蒸子的，今天是杀不了端月了！

"来喜，二狗，你们赶快回去，叫老赵他们不要过来，城里的鬼子已经出动了，让他们赶紧撤退，我能脱身！"

话音刚落，只听端月冲那三个浪人叫道："你们的闪开！"他手里已经提着一挺歪把子。

危险！这狗日的要用机枪扫老子！时发就地连续翻滚到马肚子下面，还未骑上马背，端月的机枪就响了，哒哒哒哒哒……雨点一般的子弹急速射来，可怜那匹马身中数十弹，顿时血流如注，发出一声凄厉的惨叫轰然倒地，时发只好继续在地上翻滚，一直滚到青弋江圩埂旁边，瞥眼一瞧，坐骑已然死去。

狗日的端月，老子一定要你付出代价！正待掏枪，端月却不容他有喘息的机会，他恨不能立刻将时发打成筛子，机枪始终不停地扫射。时发只能不停地翻滚，再翻滚。

娘道燕子的，狗日的太毒了！侧眼瞥见二狗还在往自己这边跑。趁着端月在换弹夹，时发高喊："下水！"一头扎进冰冷的江水中，二狗也跟着跳了下去。

"扎猛子，扎深点！"

二人同时深吸一口气，猛然向深水处快速钻去，仍能听到子弹与水流摩擦的啾啾声。

端月虽然没有打死时发，却也暗自庆幸，真的好险，要不是东洋马的速度快，恐怕已经成了他的刀下之鬼。太可恶了！他即刻下令：在青弋江两岸沿着袁时发下水的地方前后各延伸十里搜索，即便抓不到他，也要把他赶得远远的，否则湾沚联队将永无宁日。

赵大勇和潘雪娟远远看到那惊心动魄的一幕，恨不能立刻赶过去施救，奈何鬼子已经兵合一处，只有撤退了。来喜绕道小路跑了回来，告诉二人不要担心，我大哥说他一定能脱身，叫你们赶快撤回阵地。

在红杨树保卫战打响的同时，六连圩一带的新四军也打了木村联队一个漂亮的伏击，鬼子不仅未能合围对手，反而让三支队收复了马家园，迫使端月和木村不得不退守各自据点。这场战斗是三支队进入红杨树地区与日军正面交手的第一战，由此，日军不可战胜的神话在皖南地区被彻底打破。战斗结束后，红杨树及其周边百姓敲锣打鼓地赶来庆祝。为了巩固战果和掩护袁时发，赵大勇立即请示上级并得到同意，在庆功大会当晚派出一个十几人组成的小分队，乘着天黑潜近湾沚据点，将手榴弹和燃烧的火把连续投入鬼子军营，端月摸不清情况，只得下令胡乱开枪射击，同时命令伪警察和黑皮们全城搜捕，不料人家根本不是搞突袭，扰扰你心思就跑了，此之谓进攻才是最好的防守。

时发二人泅近对岸时，发现鬼子巡逻队已乘船赶过来了，两边都有人沿着圩埂在搜索，打出的火把和手电光像两条长长的火蛇。二人只好强忍着河水的冰凉把身子尽量往下沉，有时还需要扎猛子应对两岸扫过来的光亮，好在水流一路顺向，游动倒是不太费力，但时值初冬，河水刺骨，连时发都感难以为继，二狗好几次都差点沉了下去，二人就这样半浮半沉地往下游漂了几十千米，等到再次上岸时，发现已到了芜湖境内，脚下所踩土地正是三里埂，此处为青弋江和水阳江汇合之处。

“娘道蒸子的，跑到大刀会的地盘来了！”

二狗面色惨白，哆哆嗦嗦道：“大哥，找个地方把衣服烤干吧，太冷了。”随即又问：“这里也有大刀会啊，会不会和董万村那帮杂碎一样，如果他们也是汉奸，我们还得下水。”

时发摇摇头：“这个大刀会是当涂县柳真强大刀会的分会，柳叔就是教我武术的第一个师傅，他创办了不少分会，芜湖县陶辛圩的北湖村刀会便是其中之一，分会多了，人员也就杂了。柳叔年事已高，加上鞭长莫及，北湖村那帮家伙就不怎么买他的账了。但这里距总会比较近，柳叔应该能管得住。据我所知，他们和西乡那帮狗日的不一样，应该还没有当汉奸。走，我们去烤火，衣服烤干后，去芜湖。”

“去芜湖干嘛？我们不回新四军了吗？”

时发眼睛一瞪：“回新四军干嘛？他们的纪律太严，老子野惯了，只会给他们添乱。你不是想跟着我打鬼子吗？芜湖也有很多鬼子，我们去搅一搅，好叫他们觉着中国哪块地方都不能安生！”

二狗赶忙赔笑：“行，听大哥的，跟着你打鬼子的确痛快。”

二人因为腹中饥饿，便去附近庄稼地里找吃的，谁知二狗早被江水泡得双腿发软，一不小心竟然掉进了地头一个隐蔽的粪坑里，时发把他拉上来也沾了一身的屎尿。

不幸的事化作一句调侃：“带着一个名字里有狗的人，老子注定要走狗屎运。”

天色已大亮，考虑到搜捕的鬼子可能会赶过来，二人没敢再下河洗衣，只得小跑着驱寒。为使二狗的注意力从饥寒交迫中转移开，时发边跑边说着有关芜湖的故事。

芜湖市在芜湖县城的基础上发展而来，芜湖县最初名为“鸠兹”，鸠兹位于市东南约二十千米的长江支流水阳江南岸。《左传》记载：“鲁襄公三年（公元前570年），楚子重伐吴，克鸠兹，至于衡山。”此处记叙的衡山是当涂县东北面的木村，而鸠兹城旧址则位于水阳江南岸一带侵蚀残丘向北延伸的尽头。由此往西地势低平，多为湖塘沼泽地区，鸠鸟云集，故而得名鸠兹。在鸠兹附近有一长形湖泊因“蓄水不深而生芜藻”，故又名芜湖。公元前109年即汉武帝元封二年，鸠兹设县，易名芜湖。

褐山大刀会总坛在紧邻芜湖的当涂县褐山柳家庄。大先生柳真强原本是个地主，因褐山一带常有土匪出没，他为了安境保家，便创办了大刀会。到得抗战爆发前，柳真强已拥有枪兵百余名，会员近千人，势力很大。随着柳真强年老体衰，大刀会先交由其子柳小强管理，后被文武双全的女儿柳忠英取代，柳小强遂负气出走，成了一个商人。柳忠英很快将刀会发展成为枪兵达三百余人的地方武装。芜湖沦陷以后，鬼子为了组建伪自卫团第四中队，强行解散了褐山大刀会，收缴了所有的武器，很多会员都被拉拢当了汉奸。柳忠英咽不下这口气，私下重新组织起一百多名热血青年，拉杆子跑到澛港一带活动，靠劫富济贫、打劫日军的运输补给过活……

时发后来说，他没想到，这趟临时起意的芜湖之行会给他自己的故事添上浓墨重彩的一笔——敌我双方正围绕着他在各自展开行动。

初到芜湖的日本陆军很不习惯在河汊纵横的水乡里和大刀会打游击战，多次派兵围剿都未能奏效，反而更激起柳忠英视的怒火，频频袭击其辎重并屡屡得手。剿灭大刀会不成，宣城又传来被袁时发闹得鸡犬不宁的消息，日军驻芜湖联队司令官仓桥中佐接到师团命令后，决定改变策略，命特务机关长本庄一郎想办法打入柳忠英的队伍，以求里应外合一举歼灭，同时要想尽一切办法找到袁时发并除之。从地理位置的战略性上来讲，芜宣实为一体，宣城的祸患就是芜湖的祸患。本庄考虑到手下大多是普通特工，搞点小情报还能应付，一旦涉及暗杀、爆炸或是刺探重要机密就不行了，想来想去，他决定打电话向他的老师——侵华日军特务头子土肥原贤二求援。

土肥自始至终只说了一句，知道了，会有人来帮你完成任务的。

与此同时，驻扎在绩溪县的国军五十二师师长唐元善也得到消息，宣城红杨树有个智勇双全的袁时发，此人连日来闹西乡、战芳山、炸九连、毁军火，后又配合新四军守住了红杨树，收复了马家园，使得宣城和芜湖一带的日军南下进攻受阻，让国军减轻了不少压力。

唐元善命令副官：通知情报处，让他们抓紧找到袁时发，这是个不可多得的人才，一定要为党国所用！

·第二十一章· 剑胆琴心睥傲睚 魔窟多鬼兀自闯

时发和二狗一路臭烘烘往最近的芜湖北门赶去，行人皆捂鼻相让，倒也顺利，北门渐渐清晰起来，不想对岸有十几个日本兵在那里戒严，二人只得又调转回头，顺着圩埂朝城南方向跑。到达南门老浮桥时，发现两头都有鬼子岗亭，看来只有想办法混进去了。

老浮桥原本是一座以十余条小舟横向连接、上铺木板的“船桥”。日军为方便军车通行，换为几条大吨位船舶，并在木板上加了厚厚的铁皮。

时发伏身房舍之间，定睛瞧去，桥头有足足两个班的黑皮，在三名黄皮的指挥下仔细搜查每一位过桥者，尤其是对青年男女，每个都要拿出手中的画像上前辨认。还好，没有狼狗。再仔细一看，画像上有一男一女，男的依稀是他袁时发，女的则隐约有“柳忠英”三个字。

娘道燕子的！难道鬼子算准了老子要来芜湖？

“大哥，那女的谁啊？鬼子为什么要抓她？”

二狗因为又冷又饿，时发先前说的话没有听进去多少。

“你小子刚才耳朵打苍蝇去啦？她就是柳忠英。”

“大哥，你跑得那么快，又说了一大堆，我哪记得住。你认识她？”

“何止认识。我五岁那年就在她家了，这丫头从小就是包天的胆子，后来还跟我学过飞刀，我的玄铁飞刀就是她送的。听说她最近给鬼子添了不少麻烦，呵呵，想不到现在和我袁时发齐名了，比她大厉害！”

“大哥，鬼子在抓你，还进去吗？”

“当然进，老子就是奔这个鬼窝来的。”

“咋进，查得很严啊。”

时发伸手摸摸荷包，面具没有了，但假胡子还在，只是这一身衣服实在是太臭了，武器看样子也带不进去。臭味？他灵机一动，猛然想起在湾沚炸军火库的经过……

“救命啊！救命啊！别打了，我再也不敢了！”

桥头的几个鬼子正在搜查行人，忽见一名衣衫褴褛的青年男子抱头鼠窜地跑了过来，边跑边大声呼救，后面跟着一个赤着上身的络腮胡子在追打。

“站住，你们是干什么的？”黑皮拦住二人。

“啊呟！惊扰老总了。这小狗日的是我弟弟，好吃懒做惯了，我今天带他出城帮人拉大粪，看他笨手笨脚的样子，我只是说了他几句，他居然泼我一身屎，你看看我身上被他搞的！”络腮胡子说着将那件臭气熏人的上衣递了过去。

三个黄皮捂着鼻子叫道：“八嘎！太臭了！”黑皮们也骂了起来：“妈的，滚滚滚！臭死人了！这小子是该打！”

“站住，别跑，老子非打断你的腿不可！”后面传来一阵哄笑声。

二人你追我赶，直跑了一里多路方才驻足。二狗抚掌大笑：“大哥，真有你的。刚才我真紧张，他们要是发现衣服里有枪就糟了。”

时发笑道：“臭是臭了点，但管用。”

一阵冷风灌来，二狗禁不住打了个寒战：“大哥，去哪啊？”

时发拍了拍他的肩膀：“放心，很快就有吃有喝有衣服换了。告诉你，大耈坊有我一个好友，和你一样姓章，叫章正光，是个开米厂的，为人很重感情，我曾帮过他的忙。我们先去他那里待几天，等风声小一点后，干他几家伙，然后再去找我义父。”

想到李汉臣，他不禁神色黯然：“唉！也不知他老人家现在找到组织没有。他也是性急，要是晚走一两天，就可以从你们嘴里得知赵大勇他们的去处了。还有，来喜和老赵他们的情况也不清楚，当时我只顾着追端月，没想到你们会跟来，后来鬼子合兵了，不知道老赵他们有没有安全撤离。都怪我太想抓端月了，害得弟兄们身犯险境。”

二狗忽然想起章大虎：“大哥，你不愿投奔共产党是不是和大虎怄气我不清楚，但我们这样东躲西藏的确实不是个事。”

难不成这小子也受了大虎的影响？时发火了：“老子习惯独来独往，一个人照样打得鬼子屁滚尿流！要不要投奔共产党我心里有数。怎么？你怕啦？怕的话现在就可以走人！”

跟随时发这么多天，二狗已经摸清了他的脾气，没敢再言语，但他心里很清楚，大哥还是对大虎没跟他商量就加入新四军耿耿于怀，还有就是担心自己受不了约束会闯祸。唉！这个大哥什么都好，就是死要面子。算了，李老爷子是大哥最尊敬的人，他的话都不管用，我哪行。想到此，二狗不禁哑然失笑。

碾米机器发明之前，加工大米的主要工具是木砻。芜湖乃鱼米之乡，早有以木砻生产大米而闻名的米市街、笆斗街等米粮街巷，大砻坊也因此成名。章正光虽出身富贵，但为人低调，也勤奋好学，天生有经商的头脑，从祖业继承者变成一个实业家，不过短短五年时间，其名下最大的米厂就建在大砻坊附近。日军攻陷芜湖前，这家米厂生意一直不错，却常有一帮无赖光顾，敲诈勒索不成便隔三岔五到厂门口闹事，甚至在夜晚向厂大门泼粪便、扔砖头，无所不用其极，弄得稻谷麦子运不进去，大米面粉运不出来。当地人都不敢惹这帮流氓，警察也拿他们没办法，小罪不断，大罪不犯，关几天又放出来了，反而有了横行的资本，更加放肆。正光无奈之下委托江湖人士从中斡旋，有人就向其推荐了红杨树的袁时发。时发对这种无赖行径最是深恶痛绝，出手自然不轻。第二天晚上，便有人到三个为首的家中敲断了他们胳膊，临走时留下一张醒目的字条："有种的找我袁时发算账，老子等着！"从此，米厂恢复了安宁，正光也和时发成了莫逆之交。

正光近日因鬼子逼他生产军粮一事颇感苦恼，为了躲避那个叫本庄的日本特务，他谎称自己染了风寒，实在是没有能力恢复生产了。不想本庄早已料到他会来这手。那好，既然章先生身体有恙，那就由我们大日本皇军来照顾你的妻儿，待先生康复之后我们再商量，当场就把母子二人带走了。如此一来，正光彻底没辙，汉奸不能做，想跑又跑不了，成日唉声叹气，假病也快成了真病。

这天早上，听见有人敲门，正光以为本庄又来了，没好气地冲仆人徐妈挥挥手。

"问问是谁，大清早的敲什么敲！"说完就要去房间。没办法，如果是本庄，病还得装下去，拖一天是一天。

"章兄，是我。快开门！"

叫我章兄？正光听着有些耳熟，打开门一看，他顿时吓了一跳。两个叫花子般的男人发如鸡窝，脸似锅底，全身散发着臭烘烘的气味。

“你们，你们什么人?”

时发摘掉胡子，抹了一下脸上的黑灰：“章兄，我是袁时发。”

原来是恩公！正光大喜。“快请进。”接着问道：“兄弟，你怎么弄成这个样子了，怎么还敢到芜湖来啊？现在大街小巷都有你和那个柳忠英的通缉令。”

时发摆摆手：“先不说这个，赶紧让我们洗把热水澡，找两套干净衣服来，要不是天冷，都生虮了。”

“好，徐妈，关门，赶紧烧水做饭。”

沐浴更衣再酒足饭饱，已是上午十点多。正光说：“兄弟，你们就在这里休息，徐妈在我家干了很多年了，非常可靠，你们只要不出门就没事，晚上最好也不要上街，如果实在憋不住，须化装方能出门，你那个假胡子我已经给你洗干净了。我先去办点事。记住，任何人叫门都不要开。”

时发拱拱手道：“待在你家恐怕不太方便，我们还是去你厂子吧，仓库里不是有床铺吗?”

章正光连连摆手：“千万别去仓库，那也有鬼子，他们要我给他们生产军粮。”

“哦？那你不答应他们不行吧？小鬼子可是什么事都能干得出来的。”

“是呀。芜湖沦陷的前一天，商会程会长号召我们不要给鬼子生产一粒粮食，我就遣散了所有工人，对日本人说工人因为害怕，全都跑了。有个叫本庄的特务一周前找到我家，逼我招募人员恢复生产，并说只给我两周时间，时间一到如果还不生产，就要定我一个破坏大东亚共荣的罪名，今天已经是第六天了。”

“那你事先怎么不跑啊？对了，玉莲嫂子和侄儿呢？怎么就你一个人在家?”

“跑？跑得了吗？鬼子进攻芜湖之前就有人把我一家控制起来了。前两天本庄还带走了我老婆和孩子。现在，娘俩都成了人质。”

正光越说越难过，低下头叹道：“唉！我现在知道什么叫百无一用是书生了，眼睁睁看着老婆孩子有危险却毫无办法，真的是愧对先人。在这乱世之中，只有像时发老弟你这样的人才能活得有尊严啊。”

“娘道燕子的！章兄你放心，这事我不知道便罢，既然知道了，不可能不管的。你说，嫂子和侄儿关在哪里？那个狗特务本庄又在哪里？”

“嘘！兄弟小声点。本庄在哪我不清楚，我老婆孩子就在吉和街天主教堂的唱诗班里，神父是个法国佬，但四周有很多日本特务，我昨天想进去看看都不行。”

“有教堂的地图吗？”

“我这里没有，不过陶塘里有个藏书阁，以前是南宋词人张孝祥读书的地方，芜湖很多书籍和图纸都在那，可是藏书阁也有不少日本人。”

时发沉吟片刻，然后抓起胡须往嘴上一贴：“能不能帮我弄一件日本人衣服？”

“哦，这个有，本庄走的时候丢下两套和服，说是我们夫妻以后参加什么狗屁会，必须穿和服才能进场。”

时发换上和服笑道：“可惜木村的武士刀掉河里了，要是有一把就更好了。”

正光一拍脑门：“巧了，这个也有。芜湖最近出了一个飞贼叫猴子潘，专找日本人下手。他上个礼拜偷了一把日本浪人的武士刀，也不知道他是怎么打听到我有收藏的爱好，竟然半夜摸到了我家，死缠着非要把刀卖给我，说是得了刀款可以添一些工具，好去再偷日本人，并说他这是爱国行径，我买他的刀就是爱国。我禁不住他纠缠，就花了三块大洋买下来了。”

时发哈哈一笑：“猴子潘我听说过，他是西乡神偷蒋够本的徒弟，蒋够本因为偷过红杨树鬼子的武器，现在躲起来了，这师徒俩还真有点意思。有刀就好办了，来，我打算这么搞……”

时发说出计划后问正光：“章兄，想好去处没有？”

“我爷爷以前在宣城做过生意，寡妇桥那里有一幢宅子。”

“那行，人救出来就往宣城跑。走，我们去藏书阁。”时发顺手拿起一瓶烧酒夹在腋下。

藏书阁地处伸往陶塘湖心的半岛，三面环水，沿岸绿柳垂丝，红楼掩映，环境幽美宁静，阁内设有四间藏书陈列室，芜湖重要建筑资料和文献均收藏于此。

果如章正光所言，藏书阁虽无军警把守，但来来往往多为身着和服脚踏木屐者，入口处有几名腰挂佩刀的浪人，留着怪里怪气的发型，双手横抱在胸前来回晃悠，见着街上漂亮女子便来一响口哨，然后发出肆无忌惮的怪笑声。

时发整了整衣裳对正光说：“找到了地图，天一擦黑就动手。你先回去收拾收拾，再叫你的驾驶员把车开到教堂附近藏起来。不知道嫂子还记不记得我了，章兄最好能给我个信物。”

正光叹道：“时发兄弟做事果然仔细。我把手表给你带上，你只要给她看一下，她就会跟你走的。”

“好，分头行动。记住，叫驾驶员把车好好检查一下，再把油加满。”

“嗯，我这就去安排。兄弟小心点，人能救则救，实在救不了就先撤，千万不要蛮干。”

时发微微一笑，仰脖灌了几口酒，一手抓着酒瓶，一手扛着武士刀，迈井八字步踉踉跄跄朝藏书阁走去。

“喂！你喝成这个样子，不能进去了！”一个浪人迎上来挡住了去路。

“八嘎！你是什么东西！知道我是谁吗？嗯?！仓桥君也不敢和我这么说话！”

那浪人不知道对方什么来头，但听他日语说得还算地道，又如此骄横，倒是很符合在中国的日本人特性，尤其他还叫出了驻地指挥官的名字，显然是个不好惹的家伙，便没敢再多问，还很礼貌地把手一伸：“阁下请便。”

时发骂骂咧咧地直接闯进阁内，很快就找到了教堂地图。在部队练习的识图记图功夫这回派上了用场，反复阅读几遍后，教堂构造和营救方案在脑海里迅速形成。

二狗根据时发的安排，先行坐上人力车潜伏到天主教堂门口。他一见时发赶到便叫起来：“大哥，怎么才来啊！急死我了。”

“八嘎！你认识我吗？我认识你吗？我是日本人！滚！”

二狗反应过来，咧嘴笑道：“是是是，小的有眼无珠，太君您请！”

仓桥从师团开会回来的时候心情异常沉重，师团长因为前线战事的不顺迁怒于后方，他对皖南的治安状况很不满意，特别强调情报部门提到的两个人——芜湖的柳忠英和宣城的袁时发，最后，他给仓桥下了一道命令：务必在七天之内剿灭柳忠英和她的大刀会，同时要主动帮助宣城方面干掉袁时发，他们那里新四军活动猖獗，比你们压力要大。

师团长的疾言怒色使仓桥感到压力倍增，他坐在办公室的沙发上，身子前倾，眉头紧蹙，右手拇指不断戳着前额，左手敲打着茶几，时不时地抬起头来，目光空洞地望着天花板——这二人都不好对付啊，尤其是那个袁时发，端月君和木村君都说他比狐狸还要狡猾，比狮子还要凶猛。

副官见其面露疲惫之色，马上泡来一杯黄山毛峰。仓桥呷了一口叹道："中国好东西实在是太多了，但中国人不好统治啊！圣战真的是任重道远……"

想起自己来到中国战场已有好几个年头，他从内衣口袋里掏出家人合影，那是他出征前一天拍下的，他的妻子和女儿在快门摁下的那一刻依然神情严肃，尽管照相师提醒过她们要笑，但二人都没有笑出来，她们显然知道战争的残酷性，都在为他担忧。仓桥看了一会照片，眼睛有些潮湿，当转眼瞥见柳忠英和袁时发的画像时，他的心情立刻转为愤怒——八嘎！你们这两个该死的中国人！

"报告，关东军情报三处南造惠子前来报道！"门前传来一个清脆的声音。

"是惠子小姐啊！快快请进。"

门开了，进来一位身材小巧的女子。她身着花色素雅的和服，水蛇般的细腰被红色布带束得紧紧的，脑后扎着蓬松的黑发，经过精致修剪的刘海把一张白里透红的娃娃脸衬托得异常可爱。她有一双水汪汪的大眼睛，垂着长长的羽睫，显得既漂亮又温柔。她的举止更是优雅，双手叠于腹前，弯腰踏着小碎步轻轻地走来，背后那个方形的包包在浅色的木屐踏动下一颤一颤的。所有的一切都难以让人相信，她竟然是一名心似蛇蝎的女特工！不过，她收敛笑容后还是能让人感觉到一股阴冷的杀气。

"欢迎欢迎，惠子小姐，我们对你是望眼欲穿呐！昨天我还和你的老师土肥原将军通了电话，他说你早就出发了，怎么到现在才到啊？路上不顺利吗？"

"报告联队长阁下，其实我早就到了皖省，一直在宣城和芜湖两地行动，暗中调查袁时发和大刀会，现已掌握基本情况，所以才赶来和您见面。"

"果然是将军的高徒，有什么发现吗？坐下说。副官，把本庄叫来。"

"不，联队长阁下，我要求从现在开始直接和您联系。"

"哦？这是为什么？难道本庄没有资格配合你的工作？"

"联队长阁下，您知道，帝国没有女军人，我们只是为了天皇的圣战自愿加入情报组织的，正因为如此，中国人始终对我们知之甚少，但我们的身份必须得到严格的保护才可以发挥作用。通过我所了解的情况，本庄就是个蠢货，他的情报工作简直一塌糊涂，所以一定不要让他知道我的存在。我向老师汇报过了，他也同意我绕开本庄独立开展工作。”

仓桥有些不快。他虽听说过这个惠子能歌善舞、枪法出众，是个优秀的特工，但她如此直言不讳地批评本庄，多少令他面子上有些挂不住，毕竟，本庄还是他的同学。

“这么说，惠子小姐给我们带来了很有价值的情报了？”

“暂时没有。但据我分析，袁时发很可能已经流窜到芜湖，也极有可能与柳忠英联手了。”

“可能？有什么根据吗？你对他们了解多少？”仓桥的语气越来越严厉。

南造惠子不愧是高级特工，从东北才来没几日，竟已对时发和忠英了如指掌——

袁时发，从小在褐山大刀会习武，后师从塞外第一高手燕振昆，之后被其义父李汉臣带到川军145师饶国华部。此人是个不可多得的军事天才，他头脑聪明，善于化装，武功极其高强，尤擅飞刀，双手均能使枪，弹无虚发。此外，他还通晓日语，确实很难对付。他早年因赌博欠债偷卖军布被开除，后流落于江湖。在广德战役中，他炸毁了牛岛师团的重炮，使我方遭受重大损失。近日，他又连续杀害了我多名帝国武士。先是在其出生地洪山头村打败龟田，接着又在西乡一次杀害了两名皇军以及多名效力于帝国的中国人，并通过绑架木村俊雄成功救出了他的义父李汉臣，后来又袭击了我军九连山碉堡和湾沚军火库，并设计抢劫皇军军粮，均取得成功。大刀会原为褐山乡绅柳真强创办，最初是为了防止土匪抢劫，后被皇军强行解散。柳真强的女儿柳忠英事后重新组织了一帮会员，多次袭击我军辎重，她和袁时发自幼一起长大……

仓桥打断了南造惠子的话：“好了好了，不必说下去了，看来你果然尽职，但你凭什么说袁时发会来芜湖？”

“袁时发先后犯下滔天大案，接着又去参加了红杨树战斗。他活捉端月不成潜水而逃，知道皇军一定在通缉他，按说他应该回到新四军的队伍中避难，但他是一个自尊心极强的人，在袭击九连山碉堡和湾沚军火库时均误炸过他口中的好人。红杨树战斗中，他没有抓到端月，还连累了新四军差点没来得及撤离，他的兄弟也险些被皇军击毙，所以，他觉得很没面子。

至于他为什么会来芜湖，这也是他的聪明之处。中国有句话，叫作出其不意，也叫灯下黑，他一定认为我们想不到他会来，可他偏偏就来了。此外，本庄正在为军粮一事给一个叫章正光的米面厂厂长施压，并且将他的妻儿扣押在天主教堂，而这个章正光曾得到过袁时发的帮助，两人因此成为关系很好的朋友。袁时发如果在芜湖，一定会帮助章正光营救他的妻儿，一旦营救成功，他们肯定会逃往章正光的客居地，如果逃跑不顺利，袁时发就会凭借他和大刀会的交情寻求帮助。此外，相对于柳忠英，我认为袁时发要难对付得多，因此，我接下来的工作重点就是找到袁时发并除掉他。”

啪——啪——啪——啪。仓桥终于被南造惠子折服，忍不住鼓起掌来。

“厉害，厉害，不愧为帝国之花，工作细致，分析透彻。好！我答应你，你以后就和我单线联系。副官，安排惠子小姐休息。”

“不，联队长阁下，我不能住在军营，从现在开始，我就是一个普通的中国女人，出门以后我会换掉和服。”

“好，就按惠子小姐的意思去办。”

芜湖天主教堂全称为“圣约瑟主教座堂”，位于芜湖城内鹤儿山南麓，面向长江，1887年由法国人设计监造，整个建筑为砖木石混结构，法式风格，不远处有一座芜湖海关大楼和位于青弋江与长江交汇处的中江塔。自19世纪末《中英烟台条约》签订之后，芜湖成为通商口岸，引来大量外国人到此经商居住，各国传教士也纷纷前来布道唱经。1883年，法籍耶稣会士、宁国府总本堂神甫金式玉来到芜湖，购得鹤儿山土地，并从1887年开始设计建造教堂。1891年，此处发生了举世震惊的“芜湖教案”：是年5月，教会和当地百姓发生冲突，尚未彻底完工的教堂被付诸一炬。事后，清政府赔偿了法方12万两白银，教会后在原处扩大规模重建教堂，最终于1895年6月落成。教堂平面呈拉丁“十”字形，正面左右两座钟楼高约18米，最高处达29米。钟楼之间竖立着通体白色的耶稣圣像，身躯直立双臂平伸，交叉成一个高约5米的“十”字，寓意为救赎、圣洁。教堂总体呈东西走向，塔楼为半圆形拱券结构，长为39米，面宽17米，最宽处27米，总建筑面积1300平方米。在直廊和横廊的交会处设有三个祭台，正中是耶稣养父圣约瑟，左侧是圣母玛利亚，右侧是圣子耶稣，墙面绘有“圣经”彩色故事。

时发根据地图判断，玉莲母子应该被关在圣母玛利亚祭台后面的几间宿舍里，而教堂正前方有数十级台阶，特殊的建筑，特殊的地形，想要摸进去不被人发现是很难做到的，看来只有“打草惊蛇”了。想到此，他仍是一副醉汉模样，跌跌撞撞沿着教堂西侧的巷道走去。此时，已是掌灯时分。

很快，两个一身黑色西装，头戴黑色礼帽的男子从夜幕中迎面而来。

“站住！你是什么人？”

时发斜了他们一眼，仰头哼起小调：“萨枯拉（樱花）……萨枯拉……”继续迈步向前。

“本庄先生有命，任何闲杂人等不准进入教堂，请你离开！”

“八格牙路！你们敢对我无理？知道我是谁吗？！”

那二人一听火了，同时掏出王八盒子指着时发的脑袋。“你走不走？要不是看在同胞的份上，我们早就开枪了，滚！”

“别别别！我喝多了，你们不要见怪，我这就走。来来来，请抽只家乡的烟……”

扑通扑通两声，二人瞬间被玄铁刀割断喉管摔倒在地，时发赶紧蹲下去捂住二人的口，确信他们已经断了气，这才朝跟在后面的二狗招了招手，示意他把尸体拖开，接着顺手摘了他们别在腰间的四枚手雷，再就地几个翻滚，乘着夜色猫腰进了正门。一看，里面黑灯瞎火，一片死寂，显然，日本人已经把神父和修女们都赶走了。在其中一间房子门前，传来了孩子轻轻的抽泣声，里面应该是玉莲母子。时发用匕首轻轻拨开门栓，压低嗓门问道：“是章夫人吗？正光先生叫我来接你们出去。”

里面传来一个女子的声音：她就是章正光的太太米玉莲。时发喜道：“是呀，嫂子，你还记得袁时发吗？我就是。”

“啊？你真是袁大侠？快请进，我来开灯。”

“不能开灯，灯一亮会引来特务的。”

“可是，不开灯我怎么知道你就是袁时发呀。”

“哎呀！嫂子，我的声音你不记得了吗？好吧，你把这个拿去摸摸看。”说完，递过手表。

稍顷，里面回话：“呀，真的是你呀，太好了，孩子刚刚睡着，我来叫醒他。”

“别叫了，你把他抱过来，我背着他走。”

啪！啪！门外突然传来两声清脆的枪响，接着有人大喊："包围这里，快去报告本庄先生！有人闯进教堂了！"

糟糕！一定是二狗暴露了！此时，章正光的儿子也被枪声吵醒，吓得哇哇大哭起来，更要命的是，教堂所有灯都亮了！原来，楼上也有四个特务。

"孩子交给你，你们跟在我后面，冲出去。"时发拔出两把驳壳枪，然后倒地一个侧滑，啪啪啪啪，左右开弓，连续射出四颗子弹，跟着扑通扑通几声，那四人分别从楼梯上摔下来。好不容易干掉了里面的，刚冲到大门口，却被外面的子弹压得抬不起头来。娘道燕子的，外面的特务更多！

"蹲下！"时发一个纵身挡在两人身前，双枪轮番上阵，而特务们也朝他不断开火，一时间，教堂里枪声大作。

"嫂子，你们趴在地上往前爬，不要抬头，一直爬到巷子口，有人在那里接应！"

时发再次仰面倒地，一边持续翻滚，一边四下射击，边打边用脚跟蹬着地面往后退，终于退到了巷子口。二狗一看三人已经冲出来了，立刻向远处挥了挥手，一辆黑色轿车飞快地驶过来，正光迅速将两扇车门全部打开，一边伸手接过孩子，一边大喊："快，快上车！"

见宋玉莲已经钻进车内，时发猛地把二狗也推了进去，同时朝教堂方向连开数枪，纵身一个倒跃，稳稳地落在座椅上。

砰！砰！车门紧闭。呜……车子风驰电掣般消失在黑夜里，后面紧接着传来一阵密集的枪声。

·第二十二章· 绝处逢生非异常 多行大义有人帮

嘎吱……一个急刹，车子停下了。时发一惊："怎么回事？"

驾驶员颤抖着说："完了，鬼子封桥了。怎么办？"

"怎么办？过不了也要过！只要冲过桥就没事了。"时发打开车门。

正光担心地问道："兄弟，我们要是冲过去了，你怎么办？"

"章兄放心，我有办法！桥头不是有鬼子的三轮摩托吗？那是为老子准备的。"

说完，他双手各握一枚手雷，拇指扣在弦上，嗖嗖几个箭步窜到桥头，举手作投降状，暗暗将手雷朝脑袋上一磕，大声叫道："别开枪！别开枪！我们投降！我们投降—— 我去你妈的！"两颗手雷远远扔出。轰！轰！桥上的鬼子当场被炸飞了好几个，其余的也都一个个晕头转向。时发冲着轿车把手一挥，"快，冲过去！"

驾驶员刚开始被眼前的情景惊呆了，看到时发手势，这才想起车子已经发动，当下猛踩油门，轿车箭一般冲向桥面，时发猫腰跟在后面狂奔。余下的鬼子很快反应过来，纷纷举枪朝车子开火。哗啦啦……前后及两侧挡风玻璃均被打得粉碎，驾驶员中弹身亡。失去控制的轿车在原地连续转了几个圈，巨大的惯性将所有车门都甩开了，章正光的儿子被高高抛出，一个倒栽葱，头重重地撞在桥面铁板上，顿时脑浆迸裂。

"孩……"宋玉莲只觉瞬间被剜去了心，后面的"子"字还没叫出来已然人事不知。好在章正光还算沉着，他咬牙扑上去抓住方向盘，迅速调整好车位，再一脚将油门踩到底，连续撞飞三个鬼子冲出了桥头堡。时发趁机跳上一辆摩托车，一脚把骑在上面的鬼子踹了下去，随即回手连续开出十几枪，趁着鬼子躲避子弹的档口平躺着身子将摩托车发动，一阵轰鸣声后紧随轿车而去。此时，闻声赶来支援的一卡车鬼子到达现场，带队的鬼子兵气急败坏地大叫："所有人，上车，追！"

见鬼子穷追不舍，时发加大油门跑到轿车前面，对着车窗高声叫道："开到前面的小路上！"然后调转车头，猛地把油门踩到底，随即一个旱地拔葱落在车后，那辆三轮如同脱缰野马一般朝追过来的三轮迎面撞了过去，鬼子车手躲闪不及，只得在两车相撞之前侧身而倒，他尚未爬起身来就听得轰的一声，两车车头粉身碎骨，燃起了滚滚浓烟，坐在挎斗里的鬼子顿时成了火人，滚在地上哀嚎不止，卡车被迫停了下来。时发见状又接连扔了两枚手雷，一枚正中卡车车头，一枚落进车厢，轰！轰！卡车火光冲天，好几个鬼子兵被炸得残肢横飞，跳下来的几个也被烧得哇哇大叫，时发趁机一枪一个全部撂倒。

"哈哈，叫你狗日的追！"话音刚落，后面刺过来几道亮光，又有几车鬼子追了过来！时发见状不妙，扭头朝轿车追去，却见车子已经停在路边。

"二狗，怎么啦？"

"不好了大哥，章先生受了伤，油箱也在漏油了！"

只听正光用微弱的声音说道："兄弟，你们快走！不要管我了！"

原来在冲出桥头堡的时候他也中了枪，胸口一直往外冒着鲜血。时发心头一酸，这个文弱书生能坚持到现在实属不易。此时，宋玉莲正好醒来，哭着叫道："孩子，我的孩子……啊！正光，正光！你怎么啦？"

眼看鬼子就要到了，时发来不及细说，拎起驳壳枪叫道："二狗，背上章先生，我去挡住鬼子！"

他嘴上这么说，心里却再明白不过，那么多鬼子，仅靠两把手枪哪能干得过。娘道燕子的，莫非我们都要交代在这里？交代了也要拼他几个！

"小鬼子，你袁时发爷爷在此，来吧！"双枪轮番点射，边打边向前冲。

哒哒哒！一阵机枪扫射的声音，车队停下了，只见几十个黑影突然从两侧窜出来，朝着鬼子猛烈开火。

时发一愣，怎么回事？刚才这枪不是鬼子打的啊？哈！天无绝人之路，有人帮忙了！他扯起嗓子高喊道："喂！前面是哪路朋友？"

"是你吗？时发哥！我是忠英啊！"

"原来是妹子啊！"

"时发哥，你们不要往陵阳方向去，白马山已经被鬼子占领了，赶快朝繁昌方向跑，只要跑到澛港，就有我们的人接应，这里就交给我们啦！"

“好！多谢妹子了。二狗，你先背章先生走，我去帮他们！”

在中国的土地上，地形不熟虽是鬼子的弱项，但精良的武器和超强的战斗力还是让大刀会遭受了巨大损失。忠英和时发率领会员利用一块土坡拼命阻击，尽管打退了鬼子两次进攻，大刀会的人却已牺牲过半，挂彩的也有好几个，子弹更是所剩无几，所幸的是没有重伤员。而此时想要撤离已经很难，鬼子死死咬住了他们。就在万分危急关头，从鬼子的后方又响起了激烈的枪声，同时有一帮人在高喊：“杀！打鬼子！”

咦？老子难道真的是命带贵星？不管他们是谁，先打退鬼子再说。“打！”

在两面夹击下，鬼子吃不住劲，纷纷趴到地下，很快又架起了两排迫击炮，一排朝前，一排对着后面。

这倒是个好机会！时发叫道：“妹子啊！这帮狗日的要用炮轰我们了！在开炮之前他们是不会向前冲的，快撤！”接着深深吐纳一口，声若洪钟般对着后方叫道：“朋友，大恩来不及言谢，小鬼子要打炮啦，闪了！”

忠英瞥眼瞧去，只见远处闪闪的灯光在轰隆声中越来越近，还夹杂着狼狗的汪汪叫声，鬼子又增兵了！她立刻吹出一声响亮的口哨，活下来的人全部朝后迅速倒爬了十几米，未及起身，炮弹已经落到土坡上。轰轰轰……土坡一片火海。

所有人全部向陵阳方向猛跑了[illegible]里多路，再折转往繁昌方向奔去。

鬼子冲上土坡后，发现地上躺了十几具尸体，一辆被打得千孔百疮的轿车停在路边，发出刺鼻的汽油味，狼狗只在原地打转，加之黑夜里情况不明，而后来的那帮人也神不知鬼不觉地消失了，便没敢再搜寻追击。

“好险啊！如果没有时发哥及时提醒……”忠英边跑边擦汗。

“哪里话，要不是你们来得及时，我们早挂了，对了，你怎么知道鬼子在追我？”

“哦，巧合。我们是听到枪声赶过来的，本来想趁机捞点油水就走，没料鬼子越打越多，想走都走不了，实际上是我们互相救了对方。我开始并不知道是你，但你那一句‘袁时发爷爷在此’就像炸雷一样，聋子也能听得见。”

“唉！害得你们死了那么多兄弟，真过意不去！”

“时发哥别这么说，我们也干掉了不少鬼子，弟兄们没有白死，再说打仗哪有不死人的，我们刀会的人早就不把脑袋当作自己的了。为打鬼子而死的兄弟，他们的家人都由刀会负责照顾。”

“哎，后来帮忙的是什么人啊？”

“不清楚，听他们的枪声，武器很杂，应该是共产党的队伍。”

“哦，芜湖也有共产党的队伍吗？”

“早就有了，听说他们领头的叫章大……什么来着。”

“大虎?!”

“对，就是章大虎，他前两天还派人联系了我，说想和我们合作抗日，我对他们一点都不了解，就推辞了。怎么，时发哥认识他？”

“嗯，他是我带出来的兄弟，后来，他没和我招呼就投奔了新四军，我心里一直不舒服，现在好了，领了他这么大的一个人情，我他妈成小人了……”时发一时间百感交集。

忠英笑道：“时发哥，你一点都没变呐，还是怕领别人的情。”

“没变？不会吧。我这几年天天在刀口上舔血，自己都快不认识自己了。”

“是没变，你在我心目中还是老样子，我可是大变样了。这么多年，你怎么一直不来看我啊？我可是一直在想着你呢。”

忠英突然低下头不再言语，好在黑夜里谁也看不清她那张发烫的脸。时发心里一凛，这丫头，莫非……

仓桥得知袁时发成功救走章正光一家后，又打死了那么多皇军，差点一刀劈了本庄。

“八嘎！你这个蠢猪！这就是你的情报组织么？那么多人竟让一个袁时发来去自如……”本庄吓得大气也不敢喘一声。

叮铃铃……一阵急促的电话铃声响起。仓桥抓起话筒一听，正是南造惠子的声音。

“联队长阁下，袁时发的事我已知晓。他果然和柳忠英汇合了，我马上去找他们！此外，救走袁时发的还有一个叫章大虎的共产党，他已经拉起了一只地下抗日武装，就潜伏在芜湖，请尽快剿灭之。”

“吆西，谢谢惠子小姐，袁时发和柳忠英就交给你了。请多加小心。”

“联队长，惠子小姐是谁？是不是土肥原将军派来帮助我们的？”本庄忍不住好奇问了一句。

仓桥狠狠地瞪了他一眼："不该你知道的不要打听，滚！"

无所畏惧有时会成为糊涂胆大的代名词，忠英所部居然驻扎在白马山南部的横山！时发顿觉脊背生出一股凉意，但眼下救人要紧，他来不及和忠英细说。

横山实际为两座山岭，左边是东跨岭，右边是西跨岭，岭西为凤凰山，岭北与白马山接壤。自日军占领白马山以来，这一带多有汉奸特务出没，加之还要轮流背章正光，等赶至目的地，已是两个多钟头之后。

正光已经很难开口说话，他艰难地冲时发招了招手，示意他打开自己的上衣口袋。时发掏出一看，是一张被鲜血染红的纸条。

正光断断续续道："时、时发兄弟。走得急，忘了一件事。鬼子、鬼子打进来的头一天，我藏了二十根金条，我担心过不了这关，所以写了这个，上面有地址。我不想这钱落到鬼子手里。不过、不过要拿到金条非常危险，你先收下这个。如果、如果能拿到，请分出一部分给他们的家属，剩下一半归你，买枪炮打、打鬼子。"

说完，他朝柳忠英看了一眼，时发明白，他说的"他们"指的就是大刀会战死的弟兄们。

"章兄，你先别说话，我马上帮你去找医生。"

"不、不用了，来不及了。拜托你以后多多照顾我可怜的……"

正光话没说完，头一歪就咽了气，他最后的目光停留在他妻子的脸上，可怜那宋玉莲又一次哭得死去活来。

悲愤过度往往就带来失去理智的冲动，时发布满血丝的红眼里闪烁着一股无法遏制的怒火，牙齿咬得咯咯作响："小鬼子！我日你八辈祖宗！老子不杀光你们誓不为人！"他拔出手枪就要往外冲。

忠英一把抱住："时发哥，你这样和送死有什么区别?!"

宋玉莲到底是知书达理的大家闺秀出身，她也强忍着泪水劝道："袁兄弟，不用自责。你已经尽力了，就算你不救我们，依着正光的脾气，肯定不会为日本人生产粮食，我们也活不了多久的，这都是命。刘小姐说得对，你这样去找鬼子拼命，等于是送死，还是帮我把正光葬了吧。"

时发泪如雨下："章兄，我没用，我真是没用啊！"

释放压力的最好方法莫过于哭，眼泪尽管无法洗去痛苦，终究能让人冷静下来。

“嫂子，今后我就是你的亲弟弟，不管你遇到什么困难，我都会尽力解决。另外，章先生的遗愿我也会想办法帮他完成的。”

鉴于横山与白马山相隔不远，章正光的后事只能悄悄进行，待其灵柩成了一堆黄土，时发立刻想起那件迫在眉睫的事。他仔细询问忠英：“不是听说你们在漕港吗，怎么跑到这里来了。还有，你们现在很多做法都和以前不一样了，这又是怎么回事？”

忠英回道：“时发哥，你虽然在刀会长大，但一直没有入会，也从来不关心这些，今天怎么突然有兴趣了？”

“不是有了兴趣，在给章兄找墓地的时候，我特地观察了横山的地形地貌。”时发露出担忧的神色。

“横山虽然树木很多，但面积太小了，而且北面白马山的日军近在咫尺，南面还有退守在奎湖的川军几个团，可以说，你们实际成了一块夹馍中的肉，随时都可能被吃掉。最要命的是，你们毫无防范意识，竟然没有修筑一处像样的工事，和川军也没有取得联系。鬼子一旦进攻，他们最多拿你们当一个可有可无的前沿，决计不会出兵施救的，所以你们要尽快转移。”

忠英皱着眉头道：“转移？转移到哪里呢？这里除了漕港和黑沙湖一带的水网外，大多是光秃秃的小山岗，唯一适合藏兵的地方就是白马山，但早落入了小鬼子之手，我们选择来选择去，也只有这里可以容身了。”

“不行，这样下去太危险，你们离鬼子太近了，如果没有更好的地方，就必须抓紧修筑工事，疏通几条逃生通道。”

忠英感激得连连点头，“时发哥，你说得没错，我们刀会的确不太会打仗。你刚才问我们为什么改掉了很多规矩，其实这也是没办法的事……”

她突然觉得这是一个让一直没有入会的时发哥清楚刀会情况的好机会——

大刀会最初属于清朝年间白莲教的支派，反清复明的宗旨在演变过程中渐渐转为自卫身家。会员人手一把长刀，平日练功防身，防匪保家。每逢出战前，必请道士以朱笔在黄裱纸上画符并以火焚之再伴水吞服，号称临战时口念咒语即有鬼神伏身，枪刀不入。另外，皖省刀会还有一个特点，会堂都要悬挂八卦杏黄旗，所以又称黄旗会，会员身上必披一根黄色飘带。首领一般都是通过比武选定，称之为大先生，往下头目以此类推为二先生、三先生等等。忠英夺得大先生位子后，就把这些改了。因为她读过私塾，她太清楚了，再好的武功也挡不过子弹。武功不能废，枪法更要练，标志醒目的黄飘带等于自暴身份，从此不许配扎。自从与鬼子死磕上，他们就没有了固定会所，她把那座刀会的精神支柱弥勒佛背到哪里，哪里就是临时堂口。他们一开始在白马山，后来白马山被鬼子占领了，只好来到这座小小的横山安营扎寨。也就是说，他们是被鬼子撵到这里的——

“原来是这样。既然如此，我马上对横山进行详细勘察，给你们画一幅工事图，你们照着图纸施工，只要按着我的设计，即便挡不住鬼子的进攻，逃生肯定没有问题。”

“时发哥，谢谢你，你对我太好了！”

“自家人，客气个啥。”

时发没有想到，他这随口一句自家人，忠英心里却乐开了花。所谓女大十八变，越变越好看，刁蛮任性的野丫头已出落成一朵铿锵玫瑰。秀美的脸庞平时冰冷肃穆，但只要露出一丝微笑，眼睛就像水晶般澄澈。一件遮不住苗条身材的大红披风，一把别在红腰带上的左轮手枪，一柄斜插于背后的柳叶砍刀，无不尽显着巾帼气魄，飒爽英姿。

一家好女百家求，忠英长大成人后，找柳真强提亲的人络绎不绝，但每次都被她扫地出门。眉清目秀的三先生胡道友也是个武功枪法都能叫得响的后生，一直跟在忠英后面大献殷勤，却总是无法打动她的芳心。胡道友见一时求爱不成，干脆来个死缠烂打，隔三岔五便买些礼物上门，忠英渐感心烦，但又不好太过驳了他的面子，只得听之任之，到后来，连话也懒得和他说，会堂遇到什么事只和二先生也是大刀会的军事陶大军商议。柳真强渐渐为女儿的婚事担忧起来。他深知女儿的脾气，无奈之下直言相问，丫头啊，你到底想找个什么样的人？忠英不假思索说道，时发哥那样的人！柳真强其实也知道她喜欢时发，他更欣赏时发，但他又是一个信命的人，当年相面高手李汉臣不止一次说过，时发命中犯煞，注定孤老终身，可这话柳真强没法对忠英说，丫头认死理，你要和她说什么命不命的，反而会激起她一意孤行，只有慢慢找到合适的人选再想办法了。

无意间救下朝思暮想的时发哥，忠英心花怒放，本想亲自开口向时发表明心迹，没想到章正光父子死于日本人之手，时发情绪变得极其低落，她只好暂时作罢。葬了章正光，忠英便打算让贴身丫鬟小苹去请隐藏在褐山老家的柳真强，告知父亲，我盼望已久的时发哥来了，请父亲立即向他提亲，中意他的女子肯定少不了，我得先下手为强。

时发画好图纸后，时令已渐至立冬。忠英捧在手里如获至宝，眉头却渐渐锁结在一起。

“时发哥，真是难为你了，想得这么周到。可这工程也太大了吧，这得需要多少钱呐？眼下年关将近，短期之内我们根本做不到。”

时发一拍脑门，呀，忠英不说还真忘了，自从离开洪山以后，竟过去了两个多月，也难怪，这段时间发生的事太多，不知道夏芳近况如何，义父也不知怎么样了。

想到夏芳，他眼前不禁又出现了王小文的影子……

忠英和时发一起长大，早对他了如指掌，见他有些失魂落魄的样子，知道他肯定想起了什么。

“怎么了，时发哥？”

时发回过神来：“啊？哦，没什么。”

“肯定有事，你瞒不了我的。”

“真的没什么。我只是在想，就算是年底，工事也不能耽搁，早一天完成早一天安全。钱的问题我来想办法，章先生去世前不是说过吗？他藏了二十根金条，我去取来。”

“什么？要钱不要命啊？不行！我不准你去！”忠英坚决反对。

“妹子，我知道你关心我，可是不去不行啊。章先生攒下这笔钱不容易，现在他走了，鬼子随时都有可能搜查米厂，万一黄金落到他们手里，不又多了一份杀中国人的本钱吗？”

“可是，我准备派人去请我大了，让他找你谈谈呢。”

“柳叔要来？太好了，我好多年都没有见过他老人家了。你让他找我谈？谈什么？”

“谈……”忠英脸一红，没好意思再说下去，调转话头道，“真要去，我陪你一起去。”

“不，这次人越少越好，二狗我也不带了，你有更重要的事去做，你马上组织人照着这个图动工，等我拿到钱，再想办法给你们买些武器弹药来。”

“那……好吧。”忠英心中一阵窃喜，看来时发哥已经把这里当成自己的家了，那件事就不用急在一时。

“你一定要小心啊，金子能拿到更好，拿不到就不要逞强，千万不能惊动鬼子。”

“放心吧，哥天生就是他们的克星，老子不但要拿到黄金，还要再次把芜湖搅个底朝天！”

晚秋初冬的江南寒意渐生，很多树叶开始枯黄，让本就因为日军烧杀抢掠而毫无生气的芜湖更显肃杀。还没到傍晚，气温已迅速下降，老浮桥头只有几个行色匆匆的路人。经过时发上次一闹，此处岗哨明显比以前多了，但见行人靠近桥头，老远就把枪栓拉得哗啦哗啦直响。

一个人化装过桥问题不太大，关键这武器怎么带进去。小鬼子不笨，再用上次假扮粪夫的办法肯定行不通，再说二十根金条目标更大，拿到后又怎么带出来？时发在远处看着老浮桥来回踱步，看着枯水季节水位已经下降很多的青弋江，再仰头望望，一轮残月若隐若现地挂在半空。娘道燕子的，有月亮可不是什么好事！思索片刻，决定后半夜潜水过去。

子夜过后，时发灌了几口烧酒，悄悄来到江边。为了不弄出水响，又可以不弄湿衣服，闭气术再次派上用场。他顺着圩埂往上游走了一里多路，确信四周和对岸都已无人，迅速脱光衣裤，一手夹起一块大石头，一手用棍子顶起衣服，迈开双脚朝河底走去，待淹至下巴时，深深吐纳一口，把身子全部浸入水中，硬是从河底走上对岸。饶是他体健如牛，喝了烧酒暖身在先，冰冷刺骨的江水还是让他双唇发紫，穿好衣服打坐运气良久才感身上有了热气。

赶至米厂，发现大门已经被鬼子贴了封条，四周安静得出奇。直觉告诉他，米厂可能有埋伏。既然情况不明，不妨先探探路子。

啪！一块小石头抛进院墙内。月光下很快闪现出几个朦胧的人影，东张西望一番见不再有动静，又都隐藏起来。果然有特务！

章正光心思也确实够细腻的，在仓库两扇大门的夹层中分别装有一块木板，每块板刻有半幅图案，拼在一起才是一张藏宝图，而开启夹层之处正是门上的拉手。时发绕道悄无声息地从后墙翻进了厂房，正查看环境时，一个瘦小的身影从旁一晃而过，快速向仓库移去。

不好，难道鬼子已经知道了黄金的秘密？再仔细看去，那人并未走向大门，而是蹲在墙根下向四周探头探脑地观望了一番，然后敏捷地朝通风窗爬去。原来是个小毛贼！

“有人进厂了！快抓住他！”仓库前的几架大风车下猛然窜出四名黑衣。

幸亏有这个贼事先惊动了他们，不然就该老子暴露了。

那人闻声慌了手脚，砰的一声重重摔下来，被几个黑衣扑上去摁个正着。

“八嘎，好大的胆子，竟敢私闯皇军查封的地方！快说，你到这里来干什么？”

那人看来不懂日语，只顾拼命地挣扎。时发在一旁听得明白，小偷虽然不济，毕竟是中国人，鬼子才最可恨。当下接连甩出四把飞刀，四个特务就此了账，却见那人爬起来冲着他藏身之处深鞠一躬。

“多谢袁大侠救命之恩。”

“咦？你怎么知道我是袁时发？”

“江湖上哪个不知袁大侠既是神枪手，又是飞刀王啊。这几天，您为报杀兄之仇，炸碉堡、毁军火，又把芜湖搅得天翻地覆，老百姓都传遍了，我就是根据您的飞刀判断出来的。”

“呵呵，想不到你一个梁上君子也还有些见识。哪里人？叫什么名字？”

“三元大潘村，潘小万。”

“哦，原来你就是号称神偷的猴子潘，难怪长了一幅猴脸，听说你连鬼子的保险柜都撬过，不错，身手确实很敏捷。”

“哪里，袁大侠见笑了。我和师傅干的都是不光彩的勾当，您才是大英雄。”

时发考虑他毕竟是个贼，不想再多说，拱拱手道：“你走吧，我还有事。”

“不，我不走了，我想跟着您打鬼子，他们在潘村杀了把我抚养长大的叔叔，我和他们有不共戴天之仇。说实话，得知您救走米厂章老板后，我就想着到这里来，看看有没有运气能碰到您，想不到一进来就被鬼子发现了，要不是您出手，我也完蛋了。就让我跟着您吧，给我一个报答的机会。”

“报答不必了，你偷盗成性，保不准哪天手痒痒把我也给偷了。”

“嗨！您就别笑话我了，借我几个胆也不敢呐。”

“真想跟着我干？”

“真想。”

“好！你们师徒二人我都听说过，颇有李三之风。这样，你要是真想跟着我，必须保证从此以后只准动鬼子汉奸和地主老财的心思，如果被我发现你偷老百姓，绝不轻饶。”

猴子潘大喜过望：“放心，这个不用您说的。自从鬼子来了以后，师傅就告诉我，咱只偷日本人。您还不知道吧，我上次还偷了一把鬼子的东洋刀，我师傅还偷了红杨树的碉堡，弄到一把三八大盖和两捆手榴弹。”

“这个我知道，你把刀卖给了章正光。现在不是说这个的时候，你先去横山等我，我办完事就赶到那里。”

“好嘞。”猴子潘欢天喜地而去。他一直有个心结，师傅蒋够本说过，我们纵是偷了再多的鬼子，还是免不了被人看不起，不过是一个贼，而袁时发那样的人才叫英雄，才会被人们称颂。现在，连袁时发都能看得上他这个贼了，还答应带着他，怎能不高兴。

时发取出两块木板一看，藏金之地竟然在赭山皖南图书馆右边那棵老枫树下，这可是驻芜日军仓桥联队的司令部所在地！在重兵把守之下拿金条无异于虎口拔牙。他此刻不禁有些后悔，一个帮手也没带，刚才又把潘小万给撵走了。

正思考间，猴子潘却不知从哪像游魂一样又冒了出来。

“袁大侠，想什么呢？”

“娘道蒸子的！你怎么还没走啊？刚才一直躲在这里偷看是不是？”时发伸手掐住了他的脖子，“说！你为什么不走？是不是看到什么了？”

“袁大侠快松手，我喘不过气了。我刚才快到马路的时候，发现有几个日本浪人朝这边走过来，以为他们是冲你来的，就赶紧返回来报信，结果那几个家伙在厂门口停了一会又回去了。”

时发松了手：“这样啊，那我错怪你了。既然回来了，就别走了，我有事要你去办。”

他这次没再瞒猴子潘，如实相告章正光藏金一事。

“怎么样，敢不敢去？”

“这有什么不敢的。袁大侠，那个司令部我进去过，我撬的保险柜就在那里，守卫确实很多，不过有你在我就更不怕了。走，我现在就带你去。”

“等等，鬼子有狼狗，我们先去找点汽油抹一抹。”

“为啥？”

“汽油能让狼狗失去嗅觉。”

猴子潘顿时露出一脸的敬佩之色：“难怪了，我就是被狼狗发现的。袁大侠，您这些从哪学来的啊？”

“呵呵，老子当了好几年的兵，还闯了这么多年的江湖，要是这点经验都没有，还混个球啊。以后学着点，还有，不要什么大侠大侠的，叫大哥便是。”

“哎，大哥在上，受小弟一拜。”

“行了行了，办正事要紧。”

赭山，号称芜湖雄山，素有“玉峰”“百尺浮图”之美誉，兀立于城中心西北角，方圆五百余亩，树木葱茏，芳菲萋萋，因土石呈殷红色而得名。坐落在南坡半山腰处的皖南图书馆为厅堂式平房。日军首先攻入芜湖的先头部队是第18师团，师团长牛岛贞雄为炫耀战功，特在皖南图书馆树立一块大石碑，镌文“武运长久”，同时将蒙古大将伯颜的《奉使收江南》改成杀气腾腾的诗篇发表在报纸上。诗文曰：“以剑击石石头裂，饮马长江江水竭。我军十万战袍红，尽是江南儿女血。”

仓桥接管芜湖后，看中皖南图书馆，将其改建为联队司令部，整座赭山随之被划为军事禁区，驻有足足一个中队的黄皮和一个建制团的黑皮。

时发二人伏在山门旁的草丛里，只见司令部门前车辆来往不断，两名黄皮手中抓着信号旗在指挥，所有没穿日本军装的人都要被搜身后才能跨过警戒线。

“猴子，能不能拿到金条，就看你的了，你先摸进去放一把火。”

“这个没问题，我放火后可以立即逃离，可是你怎么进去呢？”

“这个我自会想办法的。”

正说着，从司令部大门里面走出一个鬼子，手里夹着文件匆匆朝山南方向走去，看样子是个情报官。时发指着他冲猴子潘努努嘴：“你看，帮忙的人来了。走！”

那个情报官到死也没想到有人竟然敢在赭山行凶，在一条小路上，草丛里飞出一把黑色小刀，太过锋利的利刃插进他的喉管时几乎没有发出一丁点声响。

时发换上衣服后感觉浑身不自在，猴子潘捂嘴笑道：“大哥，你太魁梧了，这衣服小了点，会不会露馅啊？”

时发嗯了一声：“没办法，小鬼子都长这个鸟样，不然就不叫小鬼子了。”然后运气下蹲，身子竟很快如魔术般矮小了不少。

猴子潘瞪大着眼睛说：“缩骨功！难不难？能不能教教我？”

时发点点头道：“不是太难，很多武术名家都会，但需要时日。你想学，无非便于偷盗，如果只偷日本人，我肯定教你。”接着指了指肩膀上的军衔，“老子这个皇军上尉要去办正事了。”

猴子潘翻墙爬壁的本事确实厉害，时发进门不久，图书馆里就冒出了滚滚浓烟。

“着火了，着火了！快去救火！”一群鬼子纷纷拎着水桶朝里面奔去。时发也跟着大喊：“快快的，快快的，通通去救火！”

金条，终于取出来了，出门时却被卫兵拦住。

“对不起，上尉阁下，中佐有令，任何人不许外出，宪兵队马上过来调查失火的原因。”

时发啪地一个耳光抽过去：“八嘎！我正是奉了中佐的命令，要去广济寺组织召开如何加强司令部安全的会议，滚开！”

卫兵捂着热辣辣的嘴巴唯唯诺诺道：“可是……”见时发举手又要打，他立刻敬礼道：“阁下您请便！”

时发脱下军装一路赶到老浮桥，猴子潘已在此等候，见到时发连忙迎了上去。

“守卫加强了，看来那个被杀的鬼子尸体已经被发现了，你带着黄金，怎么过去？”

“没事，你先走你的，我有办法过河。”

时发说完拔出一把飞刀递给他：“这是进入横山的信物。”

·第二十三章· 飞刃毙贼救娇娘 分金只为固一岗

章正光藏的竟然全是重达十两的大黄鱼！回去的路上，时发把近期需要做的事理了一遍。正光兄虽然对金条的使用做了安排，但他临终前曾托我照顾玉莲嫂子，这钱至少要分她一半，另一半全部交给忠英，用来建工事、买武器，待横山的事了结后，接下来就要准备护送嫂子回娘家了，然后回一趟洪山，再去找义父，接着杀鬼子，顺便打探一下王小文的消息。唉！就是有了她的消息又如何？我现在这种情况……

如此边走边想，不知不觉来到白马山西麓，忽从前面的树林里传来呼救声。时发一个箭步上前，只见三个日本浪人将一个年轻的姑娘围在中间，正嘻嘻哈哈地动手动脚，那姑娘拼命捂住胸部，哭叫着欲逃去，但又如何敌得过三头兽性大发的畜生。

时发把金条丢进草丛，刚要出言喝止，却听得刺啦一声，姑娘的袖子被生生扯了去，一个浪人乘势将她拦腰扛到肩上，拍着她的屁股怪笑道："吆西！花姑娘的，我们的享受享受！"

"放开她！"时发攥起三把飞刀。

"你的，支那人，也想做英雄？"

那个浪人放下姑娘，横抱着胳膊轻蔑地骂道，接着又伸出右手大拇指翻转朝下。

娘道蒸子的！时发怒火中烧。嗖嗖嗖，三把黑漆的利刃连续飞出，不料这三个浪人也都是好手，矮身一蹲，居然都躲过了致命的一击。时发怕伤着那姑娘，没敢再放飞刀，冲上前便是两记连环腿，三名浪人迅速后退，全都亮出东洋刀，挥舞着朝二人砍去。

时发将姑娘挡在身后见招拆招，与他们周旋了一阵，心想这里还没有完全出鬼子的地盘，须速战速决。眼见左侧有一堆干软的松土，立刻计上心来。猛地一个扫堂腿朝土堆横踢过去，瞬间带起一片灰雾，趁那三人捂眼之际，再次发出三把飞刀。

噗噗噗！这次没有落空，两人被插中咽喉倒地身亡，另一人则被刺瞎了右眼，捂着血淋淋的脸惨叫着落荒而逃。

“快走！”时发捡起金条推了姑娘一把。她似乎被吓傻了，居然动也没动。

“喂！你走不走啊！再不走鬼子就要来啦。”

“啊？哦！谢谢你救了我，你叫什么名字呀？”

“废什么话，走啊！”

姑娘一边跑一边问：“大英雄，你叫什么？我们这是要去哪？”

“我叫袁时发，去一个安全的地方。有什么话，到了再说。”

“你就是袁时发？”

姑娘突然停了下来。时发想起嘴上还沾着一幅假胡子，顺手扯下道：“对，我就是袁时发。喂，你怎么不走啦？难道等鬼子来祸害你？”

“多谢袁大侠救命之恩。”姑娘跪倒连连磕头。

“起来，快起来！现在不是说话的时候。”时发一把拉起她，拖着便跑。

眼看快到横山了，时发这才发现看似文弱的姑娘居然和他齐头并进，不由好奇地停下脚步。姑娘长得漂亮极了，比夏芳、忠英、雪娟都要好看，齐耳短发下一身蓝白搭配的学生装，充满着青春的活力。当然，要是和最美的王小文相比，她还是稍稍逊色了一点，小文的气质更高贵。

“姑娘，你是哪里人？叫什么名字？怎么被日本人盯上的？”

“袁大侠，我叫南小惠，是南京金陵女子中学的学生，父母死于日机的轰炸，我们班的同学也都在大屠杀中被鬼子糟蹋死了……”她说到这里，已带着哭腔。

时发忙劝道：“姑娘，别伤心了，被小鬼子害死的中国人太多，所以我们一定和他们干到底。”

姑娘点点头，继续说起她的遭遇。

“幸好我的班主任老师认识一位德国神父，偷偷把我送出了城。我的姑妈嫁在这附近的殷山村，我就跑到这里来了。因为姑妈家我只来过一次，已经忘了具体位置，我正在找人打听，就遇到了这三个畜生……”姑娘说着说着便蹲下身子抽泣起来。

时发弯下腰拍拍她的肩膀：“别哭了，幸好你遇到了我，这也是不幸中的万幸。虽然你是个女孩子，但也要学会坚强。对了，你跟我跑了这么长的路，怎没听你喊一声累，你一个女学生怎么会有这么好的体力？”

“哦，是这样的，您别看我长得瘦小，但我喜欢运动，我还拿过全校女子长跑比赛的冠军哩。”她未等时发开口又急急地说：“袁大侠，我听说过您的大名，知道您是个大英雄，武术很厉害，所以我想拜您为师，我要为我父母和同学们报仇。”

时发连连摆手：“不行不行，我从不收徒弟，再说你还要去你姑妈家，我先带你去躲几天，到时再送你去殷山村。还有，以后别一口一个大侠，那是江湖人乱贴金的。”

“不，我不想找姑妈了，去了也只会连累她老人家。袁大侠，哦，我可以叫您袁大哥吗？就算您不肯收我为徒，我还是想求您教我本事。”

“好，就叫大哥，只要你不怕吃苦，练武的事好说，我们走。”

猴子潘凭着时发的飞刀，顺利地进了山，不过他这副贼眉鼠眼的长相还是让人不放心。三先生胡道友本来就为忠英喜欢时发而心生醋意，如今除了那个章二狗外，又来一个袁时发的兄弟，他心中更是不快，但他知道，无论凭功夫还是枪法，都远远不是人家对手，他只得像个老妈子一样说这个不好那个不是。

“大先生，这个袁时发怎么什么人都结交啊，听说那个章二狗以前当过汉奸，这个猴脸也是有名的毛贼，这样下去，咱大刀会成了什么啦？”

忠英柳眉一竖：“你胡咧咧什么！时发哥看中的人再孬都孬不到哪里去！”

“好好好，算我多嘴！”胡道友悻悻地拂袖离去。

时发带着金条安然无恙地回山了，本是件令人高兴的事，忠英却多了一份烦恼：同他一起来的那个女学生太漂亮了，大哥长大哥短地叫得不知有多亲热。不过时发哥救过她的命，这二人也算是生死之交，她虽心有芥蒂却不好说什么。胡道友看出了忠英的心思，便暗暗盘算着如何抓住这个千载难逢的机会。

众会员都是穷苦出身，眼见时发在桌子上倒出了一袋子黄灿灿的大金条，一下子都张大了嘴巴。猴子潘也伸了伸舌头：“乖乖，我做了这么这多年的贼，还从来没见过这么多钱！大哥，你这回算是发了！”

“娘道蒸子的，别瞎扯！忠英，去把嫂子叫来。”

宋玉莲听时发说要把一半金条分给她，连连摇头：“袁兄弟，我现在没有了丈夫和儿子，还要钱干什么？再说我娘家也是个大户人家，你只要能把我送回金华，以后的事就不用管了，正光临死前托你照顾我就是这个意思。他还说了这钱只能由你来支配，你就按照他的意思办吧。”

时发不好再勉强：“好吧，既然这样，我就先拿出一半给刀会，另一半放在嫂子这里，如果我有需要的话，再向你取回，不过回金华的事还要请嫂子再等等。据我所知，杭州和金华都已沦陷，除了大土匪邢重显打出‘抗日大队’的旗号和鬼子周旋外，国军都已撤离了，就算回去了又能到哪里安身呢?”

南小惠在一旁听得好奇，忍不住插嘴问道：“袁大哥，这里和浙江金华离得那么远，你是怎么知道的?”

时发笑了笑：“说来也巧，邢重显就是宣城人，我无意间救过他的父亲，上次为炸九连山碉堡，我到宣城找炸药时正好碰到邢老爷子，顺便问了那边的情况。”

南小惠大拇指一翘：“袁大哥行侠仗义，朋友遍天下，难怪什么事都难不倒你。”

有了一百两黄金做后盾，工事前期工作进展得很顺利。时发甚是小心，从工事基础打好之日起，所有匠人都从外地招来，每隔三天便换掉一批，且只在晚上施工，灯点的也很少。同时规定，除了他和忠英外，任何人不得靠近工地半步。如此一来，后期建设速度也就相对慢了很多，等到全部完工，时令已过了小雪节气。

忠英在时发的陪同下把所有工事看了一遍，越看越觉得时发哥了不起，工事太完美了，简直就是一座机关重重的地下城堡。进山口设有二十多处陷阱，里面放置竹签和倒插的铁钉；在几处险要地段用巨石垒成几道又宽又厚的外墙，墙头均砌有垛口，设了观察窗和射击孔；另挖出十几个山洞，洞洞相连，直通往山下一座废弃的寺庙底部，寺庙的院内有一口枯井，出口就在枯井下一米深的内壁上，只要爬出这口枯井，也就出了山；每个山洞都配有储藏室、蓄水池、休息室和锅灶；山寨底部与山洞之间另有几条秘道相通，其中一条秘道随形就势，一直通到山脚下的一个池塘边，在池塘埂上，有两棵巨大的国槐，均有中空的树洞，都足以容下一人藏匿，而秘道出口就是这两个树洞，极其隐秘，一旦山寨遭受攻击，只要进入这条秘道，逃生绝对不成问题。

忠英看着铜墙铁壁般的防御体系和巧妙的逃生通道，再看看因为监工显得有些疲惫的时发，感激之余不禁心疼起来。第二天早上，她特意叫来小苹：你马上下山，找个手艺好的裁缝，我要和时发哥各做一套新衣游山。胡道友知道后，更是妒火中烧，时不时在私底下冷嘲热讽几句，不想均被南小惠听了个清清楚楚，又一字不漏地进了时发的耳朵。

“袁大哥，你这么一心一意为大刀会着想，他们那个三先生不仅不领情，还到处说你坏话，你就不想教训教训他？”南小惠愤愤不平。

时发嘿嘿一笑：“哪个人前不说人，那个背后无人说。随他去吧，我知道他喜欢忠英，而忠英却对我好，这也是为了儿女私情嘛。他哪知道，我把山寨的事安排好后就要走了，他就是想找茬也找不着了。”

南小惠一惊：“什么？你要走？去哪里？”

时发顿了顿：“我先前为了炸湾沚的军火，离家已经好几个月，我老婆肯定担心死了，明天就回去看看。还有，义父和我分手后，至今一点消息也没有，另外玉莲嫂子回家的事也要准备安排了。”

南小惠一脸的失望：“啊？大哥已经成家啦？那柳忠英岂不是空欢喜一场。你怎么没有告诉她呀？我也是女人，知道女人动了真情后却发现得不到所喜欢的人，会很痛苦的。其实，不瞒袁大哥，我也很喜欢你，但为了不受感情的伤害，我宁愿把你放在心里，嘻嘻。”

时发笑道：“你个黄毛丫头，小小年纪懂得还不少。你说得对，不过忠英毕竟没有挑明，我也不好说出来。所以我打算明天就悄悄带着二狗和猴子潘下山，等把家里的事安顿好，再想办法把玉莲嫂子送回去。你呢，我先帮你找到姑妈，后面的事由你自己决定，如果你没有更好的去处，我建议你留在这里，你有文化，忠英需要你这样的人。不过，我明天要走的消息你一定要保密。”

南小惠点点头：“放心吧，袁大哥，你走我也走，你还没教我本事呢。”

“胡说，我一个有家室的男人，你跟着我像什么话，再说，我老婆可是个醋坛子。”

“哈，这么说我偏要跟着你，我要看看嫂子到底有多凶。”

时发摇摇头，没再理她。心想我又没和你说具体出发的时间，等你睡着的时候，老子再脚板底抹油。

为防止陷阱造成误伤，时发重新画了一张地图，把出入口和机关均标示出来，每一处都另附了文字说明，交给忠英时他再次强调：所有陷阱的施工都是我们两个亲自监督的，就连二狗他们我都没让知道，目的就是为了防止泄密，这张图事关大刀会的生死，你一定要收好。

忠英感动得差点扑进时发的怀里：“时发哥，你真好，你对我太好了。我要一辈子报答你。”说着便羞红了脸低下头。

时发此刻已再清楚不过，忠英就差说要嫁给他了。娘道蒸子的，明天赶紧溜，否则还不知道会发生什么事，万一再像上次那样碰到什么鬼酒，不但害了忠英，也对不起夏芳，更对不起心中的那个人。想到此，他赶紧找了个借口退出房外。

二狗和猴子潘听说要走，高兴得一蹦多高。“大哥，我们还以为你要娶柳忠英做二房呢，其实我们早就想走了，那个狗日的三先生成天绷着个脸，就像我们挖了他家祖坟一样。”

三人正商议何时出发，门外却传来忠英急促的叫喊声：“时发哥，快开门！”

糟了，难道小惠这个丫头不守信用？

“怎么了？忠英，有什么事吗？”

“快去看看，玉莲嫂子不见了，屋子里被翻得乱七八糟，那一百两黄金也不在了！”

“什么？怎么会这样？走！”

宋玉莲就住在忠英隔壁，时发进去一看，只见室内一片狼藉，衣物、被子、枕头扔了一地，梳妆盒的抽屉也被打开了，显然有人在这里大肆翻动过。

“到底怎么回事？她不就在你身边吗？你一点声音都没听到？”

“没有啊。我刚才叫她一起吃晚饭，可是喊了半天都没有出来，我觉着不对，打开门就是这样了。”

时发突然觉得屋子里有股淡淡的异香味，嗅了几次，冲忠英摆摆手示意她别说话。推开窗户仔细查看后，发现窗户纸上有一个比绣花针粗点的小洞，他心中顿时明白。

“有人向屋内喷了迷香，玉莲嫂子是在昏迷中被人劫走了！”

“时发哥，你怎么能断定她中了迷香？”

“空气里有曼陀罗花和闹羊花的味道，这两种草药是迷香的主要成分。你看，窗户纸上还有个小洞，是用针管把迷香吹进来的，这是江湖败类惯用的采花劫财伎俩，我在外闯荡时，也差点着了这个道，想不到你们刀会也有这样的人！”

时发越说越气，嗓门渐渐高了起来。

“不会吧，凭什么说就是我们的人干的呢？”

“凭什么，就凭我在山上帮你们设下的陷阱，外人进得来吗？你们的人要置办生活用品，都是在你我的指引下走出去的。这几天根本就没有外人进来过，不是你们的人还能有谁！”

忠英一时语塞，时发哥的话的确有道理。

“好吧。我马上召集所有人到大厅集中，挨个房间搜查。”

宋玉莲和金条失踪的消息很快人尽皆知，而山寨能有现在这么安全，全靠时发的设计和章家的钱财，会员们听说要搜查，纷纷表示赞成。

“金条不用找了，就在我这里。”南小惠突然站出来说话。

时发一愣：“小惠？怎么回事？”

“是这样的，袁大哥。我刚才出去转了转，回来后去房间换衣服，没想到在床底下发现了十根金条。我也不知道怎么回事，刚才又听说玉莲嫂子不见了，我觉得事有蹊跷，就拿过来了。”

时发看了忠英一眼：“很明显，这是有人要栽赃给小惠姑娘，好转移我们的注意力，绑架玉莲嫂子的人一定就在这里！”

柳忠英又气又急：“章二狗、猴子潘，辛苦你们二位，把所有房间都给我仔细搜一遍！包括我的在内！大家听好了，在搜查结束之前任何人不准离开大厅半步！”

胡道友站出来叫道：“大先生，这不公平，凭什么搜查的人只有他俩？这不明摆着说是我们刀会人干的吗？要搜，我们的人也应该参加！”

时发点点头：“三先生言之有理，忠英，你们也派两个人。”

“好，听你的。你，还有你，你们两个一起去。其余的人，就在这里等着！”

时间一分一秒地过去，众人谁也没有说话，大厅里一片死寂。

四人过了三个时辰才返回，足见搜得非常仔细。

二狗首先发话："大哥，刘姑娘，我们在三先生的床上找到了一枚戒指，是缝在枕头里的，幸亏猴子潘做过梁上君子，他比我们都细心，换作别人还真发现不了。"

忠英上前一把夺过来反复看了几眼，随即杏眼圆睁："没错，这就是玉莲嫂子的戒指，来人，把胡道友给我绑了！"

"冤枉啊，大先生！我胡道友是什么人你不清楚吗？再说，一枚小小的戒指我往哪藏不好，非要缝在枕头里啊！"

"铁证如山，你还想抵赖？我知道你看时发哥不顺眼，背地里一直在说三道四。一个大男人，要是有本事就和时发哥正面较量，为什么要拿一个女人出气！干出这种下三滥的勾当，把我们大刀会的脸都丢尽了！要不是念你以前有功，我现在就用家法剁了你。快说！你把玉莲嫂子藏哪儿了？"忠英如同放连珠炮一般。

胡道友跪倒在地举起右手："大先生，我可以对天发誓，如果这件事是我做的，宁受千刀万剐。不错，我是恨袁时发，也说过他的坏话，但原因你不清楚吗？弟兄们不清楚吗？！"

时发上前一把拉起胡道友："三先生，不是我不相信你，但事实摆在眼前，你说不是你干的，总要拿出让大家信服的证据来啊，光发毒誓有什么用！"

"少来！我胡道友是没用，但我从来不干偷鸡摸狗的事！相反，你的兄弟猴子潘却是个人人皆知的毛贼，你怎么能保证这件事就不是他干的？还有，章二狗以前是干什么的，弟兄们都知道！"

忠英再也忍不住了："胡道友，你真是个混蛋！时发哥这是在为你辩解，你不但不领情，还要把屎盆子往别人头上扣。章二狗和猴子潘来了有一段日子了，他们到底怎么样我心里清楚得很，弟兄们的眼睛也是雪亮的，谁过去没有走过弯路，在场的各位哪个能保证没犯过错？二先生，请家法，三刀六洞伺候！"

"慢着！"时发伸手拦住了准备行刑的刀手。

"忠英，按说你们刀会的事我不应该插手，但这件事确实令人费解。玉莲嫂子人不见了，戒指在三先生这里，金条又出现在小慧的房里，看来是有人想把水搅浑，至于什么目的我现在还不清楚。我们不能放过坏人，也不能冤枉好人。三先生的事我建议缓一缓，等把问题搞清楚了再说，你看怎么样？”

“好吧，既然时发哥也觉得有问题，我就先放过他。胡道友，你还不快谢谢时发哥！我只给你一天时间，找到玉莲嫂子证明此事与你无关，否则，你难逃一死！”

胡道友愤愤道：“谢他？我为什么要谢他？自从他来了之后，刀会就没消停过。不过大先生请放心，我一定会证明自己是清白的！”

时发冲忠英招招手，示意她出去说话。

“忠英，胡道友要是在一天之内找不到证据，你真的杀了他？”

“当然，不然以后怎么服众？”

“你想过没有？万一他真是冤枉的，不仅杀错了人，还让真正的黑手看笑话。”

“那你说怎么办？时发哥，你那么聪明，一定有主意，我听你的。”

“这样，你先去三先生房间把那个枕头拿来给我看看，兴许有什么蛛丝马迹。他对我有成见，我自己不好去的。”

“好，你等着。”

枕头已经被猴子潘扯破了，但缝合的针线还在。时发仔细端详了一番，当即断言：“忠英，三先生是冤枉的。”

“何以见得？”

“你看，这上面的针线缝得很细密，也很均匀，显然不是出自一个男人之手。另外，你再仔细闻闻，上面还有一点点香水的味道。我敢肯定，黑手一定是个女人，而且精于女工。”

忠英这回算是彻底服了：“时发哥，你真聪明，你好像什么都懂啊！”

“呵呵，你别忘了，我以前在部队干过侦察兵，当过特务营长，后来又在江湖上混了好几年，这些都是基本常识。对了，你们刀会里谁的针线活最好？”

“针线？我从小就不爱这些缝缝补补的事，丫鬟小苹倒是会一些女工，但她手无缚鸡之力，对我向来忠心耿耿，我也一直把她当作好姐妹，怎么，你不会怀疑她吧？你要是怀疑她还不如怀疑我呢。”

时发见忠英越说越有些不快，忙陪笑道：“你呀，比我性子还急，我说怀疑小苹了吗？可是山上除了玉莲嫂子外，就你们三个女人了，你当然不会，小苹也不可能，难道是……”

“南小惠?!”二人异口同声。

不会吧，她一个女学生……时发脑子开始飞快地回放起他救下南小惠的场景：面对那三个浪人的施暴她好像并不太害怕；逃离时体力也好得出奇；救下她后，还不肯回她姑妈家，非要缠着他学武；还有，她说她是南京人，怎么刚到芜湖就知道我袁时发……

“莫非……”时发倒抽了一口冷气。

“想到什么了?”

“忠英，都怪我一时大意，这个南小惠看来很有可能是个日本特务!”

“啊？怎么可能！看她一副文弱像，没有一点军人的样子呀。”

“妹子，你不清楚……”时发越往下说越感到自己的判断不会错。

“我在部队的时候有个教官就是日本人，那时我就知道了，日本军国主义分子发动侵华战争蓄谋已久，他们从本土招募了一大批青年女子在东北秘密训练。这些女特务没有军衔，不在军人编制内，但她们都为日军服务。管理并培训她们的特务头子叫土肥原贤二。她们有很多身份，大多混迹于国民党军政高官之间充当交际花或情妇，搜集情报、破坏性宣传、暗杀等等都是她们的任务。这些女特务不仅长相漂亮，格斗射击也样样精通，中国话说得更是流利。据我了解，国军好几次战役都毁在她们手里，不过有女学生身份的我还没听说过。如果这个南小惠真的是特务，她的目的就是为了干掉我和你们的大刀会。她绑架玉莲嫂子很可能是为了暴露后用来挟持自保。这样也好，至少说明玉莲嫂子目前还是安全的，她一定被藏在山上某个地方。”

“可是，她为什么主动说黄金在她那里呢?”忠英感觉有点懵。

“这恰恰是她的聪明之处，故布疑阵反而更能洗脱嫌疑。”

“既然这样，交给我好了，女人知道怎么对付女人，我倒要看看这个女鬼子能玩出什么花样来!”

“不行!”时发目光如炬。

·第二十四章· 齐心除敌演双簧 妒情素手裂新装

见忠英鲁莽，时发忙出言阻止并给出理由："日本人大多信奉武士道，为了他们的天皇，他们不惜以命相搏，如果南小惠是个特务，必定训练有素，对她用强肯定不管用，再说我们还没有抓到她的把柄，她要死不承认我们也没办法，那样就害了玉莲嫂子了！"

"啊？这我还真没想到。"忠英有些气馁，"那咋办？"

时发捏着下巴，把自己和南小惠相遇的过程再次回想了一遍，眉头渐渐舒展。

"我问你，这附近有没有一个叫殷山的村子？"

"有，你怎么知道的？"

"南小惠说的，她还说她的姑妈就在殷山村。这样，你派一个人悄悄下山，去村里打听打听，是否有一个姓南的中年女人。"

"不用，殷山村我知道，全村都姓殷，嫁到这个村的女人也没有姓南的。"

"你确定？"

"确定。我们刀会最近招收的几个会员就是这个村的。按照规矩，我们对每一位新会员都要登记在册，还会调查他们的底细。"

"好，南小惠是日本特务基本能确定了。"

"嗯，一定是！"

"忠英，相对于小日本来说，中国太大了，他们兵力分散，每占领一座城池都要招收大量的汉奸帮他们维持治安，芜湖也是这种情况……"

忠英挠挠头："时发哥，你把我搞糊涂了，这跟南小惠和玉莲嫂子有啥关系？"

"别急，听我说完。"时发微微一笑，他已猜到南小惠的下一步行动。

“她来横山有很长一段时间了，如果她真的是特务，芜湖鬼子肯定早就知道这里的情况，那么他们为什么迟迟没有来进攻？原因不外乎两个：一是他们兵力有限，现在前方战事吃紧，后方也不安宁，各种抗日势力都在跟他们干，他们腾不出手来；二是横山现在有了工事，在没有了解工事的前提下就贸然进攻，不仅难以奏效，而且可能会遭受重大损失。所以，假如我是日本特务，接下来的目标就是横山工事图。”

忠英茅塞顿开：“有道理！时发哥，你打算怎么做？”

“演一场戏——你晚上把南小惠叫去你房里聊聊，就说想听听她的意见，三先生这事该如何处理，一定要让她看到那张地图。如果我没有猜错的话，她后半夜一定有所行动。她拿到图纸后要么立即通知鬼子，要么押着玉莲嫂子逃离横山，但我是不会给她这个机会的，只要找到玉莲嫂子，我们就可以和她摊牌了。”

“立即通知鬼子？怎么通知啊？”

“我怀疑她身上有发报机。”

“厉害，时发哥，你真是智勇双全，小女子佩服得五体投地。”

“少拍马屁了，快去吧！”

“是！末将得令嘞！嘻嘻！”

时发摇摇头，这妹子书听多了！

晚饭过后，忠英拉过南小惠，“南姑娘，今晚能不能到我那里休息，这几天刀会发生了很多事，我心里乱得很，你是读书人，见多识广，帮我出出主意。”

南小惠立刻笑脸相迎：“好啊，没问题，我来了这么久了，袁大哥一直不许我乱跑，我都快闷死了，求之不得呢。”

进入房间，忠英拿出地图看了一会，闭着眼思索片刻又塞进箱子里锁起来。

“忠英姐，这就是山寨机关的图纸吧？”南小惠的眼睛闪出一丝亮光。

“嗯，我想把它记熟了就烧掉，万一被别人看到就麻烦了。哎，胡道友这事你怎么看？”

“这还用问吗？肯定是他见财起意，绑架了玉莲嫂子，我也不明白袁大哥还在怀疑什么。”

“可是他并没有拿走黄金，相反，黄金是从你屋里出来的啊。”

“这就更好解释了，他抢了黄金后，仓促之下找不到适合的地方藏，干脆就放进别人的房间，等到恰当时机再偷偷取回，万一失手，也好推脱。我是袁大哥带进山的，他认为放在我那里一定很保险，说明此人非常狡猾，不过他没想到被我发现在先。”

“原来是这样，谢谢妹子，看来时发哥想多了，夜色已深，我们休息吧。”

“不了，我还是习惯一个人睡，既然你没什么事要说，我就先回去了。”

按照时发的计划，忠英事先支走了巡逻的刀会弟兄，待南小惠一出门，她便把箱子钥匙挂在手腕上，然后钻进被窝蒙头大睡。

这一晚，山寨很黑也很静，只有山风摇动树枝发出的呜呜声。时发趴在忠英房间对面的屋顶上，静静等待猎物的出现。不多时，一个身材小巧的蒙面黑衣人蹑手蹑脚地来到忠英窗前。忠英在屋内听得一清二楚，迅速拿起湿毛巾捂住鼻孔。

随着窗户纸的破裂声，一股青烟飘了进来，忠英很快“昏”了过去，挂着钥匙的手软软地垂在床沿下。

门呀地一声开了，忠英感到，钥匙被人轻轻取下，接着就是打开箱子的声音。然后，她的衣服被一件件脱去。忠英又羞又气，好在脱她衣服的人闻着体味就是个女子，加之时发反复叮嘱过，你一定要沉住气，在图纸被盗走之前发生任何事都不要“醒”来，她只好咬牙忍着。

黑衣人扒光忠英后冷哼一声，门也没带上就急匆匆离去。忠英一骨碌爬起来，迅速穿好衣裤，恨恨道：“南小惠，你果然是个女鬼子！等着，看我怎么收拾你！”

见黑衣人径直赶到胡道友房前，时发不由好奇。娘道蒸子的，她还要干啥？随即提气踮脚，从屋顶跃下，然后绕到后窗，用手指沾上唾沫轻轻地戳破窗户纸。

胡道友躺在床上辗转反侧。他下午带人在山上搜了好几遍，可是连宋玉莲的影子也没见到，眼看天色已晚，疲惫之下只得暂时作罢。他只有明天一上午的时间了，如果还找不到人，他就要成为刀会成立以来第一个被处决的冤死鬼。怎么办？逃还是等死？如果逃，宋玉莲不是他绑架也是他绑架的了。

妈的！老子怎么这么倒霉！

咚咚咚……一阵轻而急促的敲门声传来。

“谁呀?”

“是我，胡大哥，快开门。”

“小惠姑娘！什么事?”

“胡大哥，柳忠英已经决定要杀你了。”

“我知道，找不到宋玉莲，我难逃一死，可这和你有什么关系?”

“我相信你是冤枉的，所以我想救你。”

“救我？怎么救？你说你相信我，凭什么?”

“胡大哥，实不相瞒，袁时发救过我的命，我很感激他，也想跟他好，可是他太花心，一边和我搂搂抱抱，一边又和柳忠英打情骂俏，我恨他。而你却不同，始终只爱柳忠英一个。对于我们女人来说，钟情专一才是最重要的。为了救你，吃晚饭的时候，我悄悄在柳忠英的菜里放了点蒙汗药，她现在睡得很死，我把山上的机关图纸也偷来了，你赶快逃命去吧。”南小惠声若银铃，浑身散发着醉人的清香。

胡道友也不笨，厉声问道：“你到底是什么人？哪来的蒙汗药？这身夜行服是怎么回事？还有，仅仅因为吃醋就要背叛你的救命恩人？当我三岁小孩呢!”

“好！不错!”南小惠伸出大拇指，“不愧是三当家的。实话告诉你，我想成全你和柳忠英的好事，来之前我把她的衣服脱得精光，你只要去把生米煮成熟饭，以后就没有人来抢我的袁大哥了。现在柳忠英的门正开着，没有任何反抗之力，快去做新郎吧！至于这身衣服嘛，是玉莲嫂子帮我缝的，药是我从南京带来的。再告诉你，玉莲嫂子我已经找到了，你不用冉担心了。”

她这话明显漏洞百出。宋玉莲为什么要帮她做夜行服？她一个学生又怎么会懂得用蒙汗药？大家都找不到宋玉莲，凭什么她就能找到？但胡道友迷恋柳忠英多年，一听她被麻翻在床上，还光着身子，不禁心旌摇曳起来——这的确是个非常难得的机会，只要自己放胆去做就好事可成。而好事可成之后，柳忠英作为一个有着传统观念的女人，很可能就会不得已而屈从，自己也就不用再为那个窝囊的不白之冤而担惊受怕了，可柳忠英的脾气他还是清楚的，万一……他既惊喜，又害怕，既憧憬，又犹豫，心慌意乱中居然没有想到南小惠的破绽。他结结巴巴道：“这……这我不敢，不敢哪……”

南小惠妩媚地一笑：“嘻嘻，胡大哥，你真是胆小鬼。好吧，你既然不敢碰柳忠英，那你敢不敢碰我？说实话，我在山上无依无靠的，根本抢不过柳忠英，所以我必须为自己打算。你相貌英俊，用情专一，比那个花心的袁时发强多了。”

说罢，她脱掉黑色夜行服，露出一套粉红色的贴身内衣。在山风的吹动下，烛光一闪一闪地映射着她苗条的轮廓。接着，她一甩秀发，主动迎上去挺起胸脯，撑开早已解了扣子的上衣，露出大半截雪白的乳房。

面对南小惠直勾勾的眼神，胡道友慌忙低头垂眼，却见一双白嫩而又小巧的美足立于地面，再往上看去，修长的双腿上面是浑圆的小腹，凹凸分明，上面有一个迷人的肚脐眼，最低处有一块微微隆起的部位……

“胡大哥，我是真的喜欢你。你说，是我漂亮还是柳忠英漂亮？”

南小惠吹气如兰，媚眼如丝。

胡道友先被南小惠描述的柳忠英裸体引发了幻想，后被南小惠赤裸裸的勾引，顿时方寸大乱。

“呃，你，你漂亮，你漂亮。”他说的是实话，南小惠确实比柳忠英更胜一筹。

“那你喜欢我吗？”

“啊？嗯，喜欢，喜欢……”

他这句话言不由衷，毕竟柳忠英在他的心里占据得太久，南小惠纵是国色天香，一时也替代不了她。不过，她的突然投怀送抱，不仅让他惊喜，更有一份对袁时发报复的快感，他以为南小惠就是袁时发的女人。姓袁的，你再厉害又怎么样，你的女人偏偏喜欢老子！

“喜欢就好……”南小惠拿起胡道友的手放到自己的胸部，然后仰起头踮起脚，吐出香嫩的红舌。胡道友一把搂住她柔软纤细的小腰。

“小慧姑娘，你为什么要对我这么好？你是个大家闺秀，我只是……唔……”她的红舌像蛇一样钻进了他的口。

“不是说了嘛，那个袁时发不知好歹，不懂得珍惜，我要把我的身子交给你，胡大哥，你要是个真男人，就别再磨磨蹭蹭的了。”

胡道友再也把持不住，伸手将南小惠横抱在怀中，边吻边向床前走去。稍时，灯光晃动帐影飘飘，一个玉臂忙摇金莲高举，一个横冲直撞气喘如牛，真个是：虽有金针刺花蕊，不见娇娘暗皱眉。时发曾见过这种场景，但相对于舒晓年和黄玫瑰那对活宝，眼前这二人尺度更大，主角也有所不同，前者是男人，后者却是女人。南小惠似乎有无穷无尽的解数，指挥着胡道友不断变换姿势……

时发不由得鼻息深重起来。娘道燕子的！这日本女特务真会勾引人，不能再看了。

他原本躲在窗沿下，悄悄向后退去，忽觉身后有人，一看，忠英正侧着耳朵在听。

时发指指墙角，两人轻轻移步过去，刚刚蹲下，便听柳忠英低声啐道："时发哥，你不怕丑，偷看那种事。"话一出口，她顿感脸热心跳，那种事，他看到了，自己也听到了。

"胡说什么呀，玉莲嫂子还没有找到，我不好惊动他们。"

忠英此时已被屋内的淫声浪语撩拨得春心荡漾，听时发这么一说，只觉脸上越发烫人，不禁狠狠在他腿上掐了一把："时发哥你好坏。"

"别闹了，见机行事。"

二人交欢之后，南小惠欲起身穿衣，胡道友却将其拉入怀中："你现在是我的女人了，既然已经拿到地图，我们还是赶紧下山吧。"

南小惠一把推开，边穿衣边说："没出息，为什么要逃？就没想过先下手为强？只要杀了袁时发和柳忠英，那个二先生还不好对付吗？大刀会就是你的了。"

胡道友脸色一变："杀了他们？杀得了吗？再说我从来没有想过要做大先生。"

"你杀不了，有人杀得了。我马上发电报给仓桥中佐，让他立即兵发横山！"

"什么？你是日本人！"胡道友瞠目结舌。

"对，我是大日本皇军情报官南造惠子，跟袁时发上山就是为了摸清情况。现在，我已经拿到了进山的地图，消灭他们易如反掌。待会你去盯着，不要让外人进来，只要帮我完成任务，我保证你成为大刀会的首领，然后带着你的弟兄们一起投奔皇军，至少能做个皇协军团长，不比你现在连生死都捏在别人手里强吗？"

胡道友套上衣裤后一跃而起，伸手就要摸枪，却被南小惠一脚踹倒，接着又被她掐住了脖子。

南小惠冷笑一声："怎么？想杀我？不是我说大话，在这山上，除了袁时发，就算柳忠英来了，我都不会放在眼里。你们中国有句话叫识时务者为俊杰，几百万国军都被我们打得东躲西藏，就凭你们这几块破刀片也能挡住我大日本皇军的滚滚铁流？你们的蒋委员长现在躲在重庆天天不敢出门，生怕被我们的飞机炸死。还有，南京的汪精卫先生已经建立了新的'中华民国政府'，连他都说中国只有和日本合作才有希望，你们还要做无谓的牺牲吗？"

见胡道友低头不语，南小惠又换了副语气，搂着他脖子柔声道："刚才还跟我海誓山盟，说要和我厮守一生，如果连命都保不住，你还怎么和我在一起呀？胡大哥，我虽然是日本人，但喜欢专情的中国男人，只要你乖乖听话，一定有很好的前程。"

胡道友沉吟片刻，抬头道："你让我好好想想。"

"还想什么呀？现在摆在你面前只有两条路：一是等着柳忠英来杀你，二是跟皇军合作，享受荣华富贵。"说完，她弯腰脱下一只皮鞋，抽出鞋垫后，从里面拿出一个长方体小仪器。

胡道友好奇地问道："这是什么玩意？"

"微型发报机。我要马上发报给仓桥中佐，你去门口替我把风。"

"既然你有这玩意，为什么不早通知？"

"实话告诉你，我们正在向中国西南进军，暂时顾不过来，要不然，袁时发也不可能完成他的防御工事。我把这个情况报告了仓桥中佐，他说正好，就让袁时发为我们好好劳动，等时机一到，我们就来接收他为皇军准备的大礼。"

"什么意思？"

"这都不明白？袁时发的确是个军事奇才，我虽然不能进去细看，但我能感觉到，他设计的工事可守可退，待皇军攻下横山之后，这里就是一个很好的新据点。"

"那，你刚才不是说你们暂时顾不过来吗？为什么现在就发报？"

"真是笨死了。现在我拿到了图纸，拿下横山就很容易了，还有啊，这不也是为了你的安全着想吗？"

时发贴着墙面听得清清楚楚，无论如何不能让这个骚特务把电报发出去，虽然工事可以让大伙安全撤离，但玉莲嫂子还没找到，如果鬼子攻山之前她还在南造惠子手里，那就麻烦大了，问题是现在还不能冲进去，怎么办？情急之下，他捡起一粒石子朝对面的墙上扔去。

啪！胡道友刚刚走出门外，听到响动，立刻缩了回去："好像有人来了！"

南造惠子迅速吹灭蜡烛藏好发报机，压低嗓门问道："看清楚是谁了吗？"

"没有，只听到声音。"

"你先出去看看，如果没人，我们换个地方。"

胡道友推开门，四下张望一番，然后冲屋里招招手："没人，应该是风吹落了什么东西。"

南造惠子指着刀会大堂说："跟我走！"

"去大堂干嘛？你不会去那里发报吧？太危险了。"

"你懂什么，越危险的地方越安全，到了你就知道了。"

夜，已经很深。大堂里香烟缭绕，佛龛上两根巨大的牛油蜡烛被山风吹得忽明忽暗，但室内还是很亮堂。南造惠子伸手掀开弥勒佛供桌上的围布，笑着对胡道友说："你看看这是谁？"

时发远远望去，那人竟然是宋玉莲，全身被捆得像粽子一样，嘴里还塞着一块破布。

"啊！宋玉莲！"胡道友惊叫道。

"嘘！小声点！你们找来找去也没想到这个地方吧？"

胡道友伸出大拇指赞道："惠子姑娘，你真是心思缜密，我们对着佛像只有跪拜的份，哪会想到围布里还藏着个大活人哩！"

"不错！我也没有想到。"时发已然站在门口。

南造惠子大吃一惊："啊？袁时发！你怎么来了？"

"南造惠子，你果然是个狡猾的日本女特务，连我袁时发这样的老江湖都差点被你骗了！你的中国话说得是不错，但你还不知道什么叫螳螂捕蝉黄雀在后吧？"

南造惠子到底经过严格训练，伸手便向宋玉莲的脖子抓去，想要挟持人质脱身。

嗖！一把黑亮的飞刀破空而来，逼得她只有闪身躲过，待站稳后，时发已挡在宋玉莲身前。

“忠英，快解开玉莲嫂子！”

南造惠子见势不妙，大声叫道：“胡道友，还不快过来帮忙！”

柳忠英唰唰两刀割断了宋玉莲身上的绑绳，接着手腕一翻，刀锋指向胡道友。

“三先生，本来这件事与你无关，但你竟然和日本人勾结在一起，这次是真饶你不得了！”说完挥刀扑了过去。胡道友平时就忌惮她，哪里还敢还手，扭头便跑。柳忠英回头说了一句：“时发哥，这里交给你了，我要去清理门户！”随即追了过去。

南造惠子气地骂道：“卑鄙胆小的中国男人，白便宜你了！”

宋玉莲被捆了近一天一夜，浑身早已麻木不堪，废了好大劲才吐掉口中的布团，张口便说：“卑鄙？这里除了你之外，还有更卑鄙的人吗？”

“嫂子，你先闪开，看我怎么收拾这个女鬼子。他们日本人为了达到目的，真的是什么事都能做得出来！”

南造惠子脸一红：“你！你竟然一直在偷看？真不要脸！”

时发哈哈大笑：“娘道蒸子的，要不是为了玉莲嫂子，老子才不愿意看你们这对狗男女表演呢。”说着呼地一拳扫了过去。南造惠子知道敌不过他，虚晃一招夺门而逃，时发紧随其后追赶。如此一女追一男，一男追一女，呼喝声中，山寨中人很快全都被惊醒了，稍时便灯火通明，所有人都加入了追捕行列。

胡道友因为对地形较熟，乘着夜色窜进一个树林就没了踪影，忠英虽然也很熟悉地形，但偌大一片山林，藏一个人实在是太难找了，加之又是夜晚，几番搜寻无果之后，她只得悻悻而归。

南造惠子却不及胡道友那么好运，她逃跑的方向正好在陷阱范围之内，尽管上山时间不短，但时发在施工期间管得非常严，她对工事只能知晓个大概。

“南造惠子，你跑不了啦，投降吧！”时发见她慌不择路之下进了陷阱，放心地驻足高喊，“大家不要开枪！”

南造惠子停了下来，脸如死灰。她已看到，四面八方都有人拿枪指着她，只得一步一步向后退去，忽觉脚底一软，扑通一声掉进了一个深深的土坑，几十根锋利的竹签透胸而出，这位帝国之花一声没吭就效忠了她的天皇。

想到地图还在南造惠子身上，会不会也被戳烂了，忠英立刻吩咐将尸体抬出坑外，不想全身摸了个遍也没找着。

“时发哥，地图不见了！”

“不好！快，叫弟兄们把下山的路堵死！”

“对！”忠英迅速反应过来。地图要么在南造惠子逃跑的过程中被弄丢了，要么就在胡道友身上。

地图确实在胡道友手中，忠英追击他无功而返后，他又悄悄跟了回去，却在途中无意间发现南造惠子落下的地图，返回大堂就着烛光一看，他不禁大喜，我命有救也！袁时发，柳忠英，你们赶尽杀绝，休怪老子不客气了！日本人自会来收拾你们。不过，南造惠子已死，去哪呢？芜湖太远，去白马山！那儿的日军离横山最近。

天渐渐亮开，忙活了一整晚，时发感觉有些疲倦，便靠在床上小憩。刚合眼不久，忠英匆匆赶过来，见时发正在休息，转身欲离去，却听时发说道：“什么事？”

“呃……你别管了，好好休息。”

“你来找我，事情肯定不小，快说。”

“胡道友刚刚杀了两名兄弟，下山去了。”

“糟糕！还是慢了一步！”

时发腾地一下跳下床：“这狗日的要是带着地图投奔鬼子就麻烦了，必须赶在他通风报信之前宰了他，我这就出发。”

“可是，你太累了，还是我去吧。”

“不，你没我快。”话音刚落，时发脚步已迈出门槛。

胡道友考虑到柳忠英已经对他下了格杀令，尽管白马山离得不远，大路还是不敢走，只能绕道沿着小路边走边躲，等看到白马山哨卡时，已被时发抄在了前头。

胡道友刚要对哨卡喊话，却见一位打扮入时的先生冲他招手。那人身材高大，戴一副眼镜，满脸络腮胡子，看着甚是魁梧。

胡道友上前疑惑地问道：“兄台是？”

“三先生，真是贵人多忘事啊！来来来，这边聊。”

“你是谁啊？我怎么看着你有点眼熟？”

那人握住他的手，把眼镜往下一拉："才一会工夫就不认识啦？是不是被那个女特务把魂勾走了？"

"啊？你是……"话音没落，噗，一把匕首深深地捅进了他的心窝。

"哈哈，老弟，大中午的就喝这么多酒啊，来，我扶你到边上休息休息！"

时发一手夹着胡道友的尸身，一手从他怀中取出地图，半拖半拽地走到一个池塘边，看看四处无人，一脚揣进水里。

时间过得真快，大雪节气已经过去五天。叛徒伏法，地图失而复得，忠英满心欢喜，想着时发哥这几日太过辛苦，她特意吩咐厨房多加了几道菜，换了一身平时不怎么穿的小姐装，叫丫鬟小苹去通知时发，晚上一定来她房里吃饭。父亲有事耽搁了，至今还没来，自己的事可是耽搁不得，今晚就乘着酒兴向时发哥表明心迹。刀会的弟兄们都服他，正好把大先生的位置让给他做。一想到昨晚那对男女的苟且之事，忠英心里便砰砰乱跳，假如时发哥要是酒后也那样胡来，我该不该拒绝呢？反正弟兄们都已经知道自己迟早是他的人了，他真要那样，就由他去吧。想着想着，脸更加红了，既害怕又期盼。

"小姐小姐，袁大哥他们下山了，他们只带走了一些烧酒和熟食，但留下了一封信，你快看看吧。"小苹匆匆赶来。

走了？怎么事先一点迹象都没有呀！忠英忙不迭地拆开信，没看完便脸色发白，浑身颤抖，随即把信抛到地上，一脚将那满桌子酒菜踢了个稀里哗啦，接着又把身上的新衣服扯得粉碎。

"气死我了，气死我了！"

小苹忙捡起信，只见上面写道：忠英妹子，请恕我不辞而别。柳叔要是来了，请代我向他老人家问好。妹子，并非有意相瞒，实在是没有机会开口。我知道你对我的心意，可我已于半年前完婚，妻子王夏芳是我从狼口里救下的一位姑娘，她对我可谓痴心一片。我自赶赴湾沚炸军火库以来，已离家很久，夏芳肯定非常着急，我必须回家一趟让她放心。此外，你李叔和我分别也有很长时间了，一直杳无音讯。所以，回家后，我还要去找他老人家。你这里暂时安全，还请多多照顾玉莲嫂子，等我联系到金华方面，再接她走。还有，中国军队很可能再次对芜湖展开军事行动，你要主动和他们联系，一旦为抗日立下大功，你们刀会必定为政府重用。袁时发即日。

忠英暴怒之后转为极度的伤心，她捂着脸哭道：“我想了你这么多年，你却已经娶了妻，为什么不早和我说，为什么这段时间又拼命地保护我，你这不是让我永远都忘不掉你吗？我怎么办？我该怎么办啊！呜呜呜……”

“小姐，袁大哥既然已经成家了，你就把他忘了吧，凭你的条件，还怕找不到好男人啊。”小苹一时也找不到合适的话来安慰她。

“好男人？我想了他这么多年，还有哪个能代替得了他呀！不行，我一定要去找他。”

小苹急道：“小姐，你找到袁大哥又能怎么样？人家是有妻室的人，况且他也没有做对不起你的事啊，找到他能说什么呢？”

忠英一屁股坐到地上：“我……我也不知道，反正我要去找他，实在不行，我就给他做小……”

小苹吃了一惊，她没想到堂堂一个刀会的大先生居然能说出这样的话来。不行，我得赶紧告知老爷，否则小姐还不知道会闹出什么笑话。

·第二十五章· 欣得异人发丘将 痛失二娇忿满腔

时发心里也很明白，这一走，忠英肯定伤心欲绝，但不走不行。刁蛮任性的妹子早已千依百顺，这次重逢后更没有半分掩饰，还总找借口和他单独在一起，哪怕是坐着说话，她的上半身也倾向于他，她的情绪完全随着他而波动，他高兴她就开心，他难过她就跟着愁眉苦脸，连口味都努力和他保持一致。再木讷的人都能看得出来，柳忠英喜欢袁时发已到了痴迷的地步。正常情况下，面对一个样样出众的姑娘这般追求，没有一个男人不心动，他却真的没有心动过，他当然不是讨厌忠英，他喜欢她的“她喜欢他”，但这种喜欢只是一种亲情，在他的心里，柳忠英就像他对她的称呼，妹子而已，无论妹子怎样喜欢他，都激不起他对王小文那样的感觉，丝毫都没有。所以，他只能选择逃避。

遗憾的是一直未能见着柳真强。自万春浮桥头分别，二人算来已有七年没见面了。想到柳真强，自然又想起李汉臣，两位老人对他都是恩重如山。柳真强尚无什么不幸，只是为躲避鬼子而成了一个漂泊的渔民，听忠英说他和夫人身体都还健朗，他们所在的那片水域也还安全。柳小强更不用担心，也不知他怎么就有了奇遇，竟然成了一个美国华侨的左膀右臂，还做了人家的上门女婿。虽然他们的老家因为忠英被鬼子烧得一干二净，但人都健在，身逢乱世，活着就是福气。父子经年各西东，风餐露宿闻悲鸿。最让人担心的还是李汉臣，时发到现在都不知他去了哪里。

三人于黄昏时分赶至与湾沚一河之隔的清凉渡，此渡口东接青弋江，西连陶辛圩大片藕田，曾吸引李白前来醉卧纳凉，但此刻时发却毫无美景之感。的确，战火纷飞生灵涂炭，再美的地方也不好看了，所看到的只是满目凄凉：晓月在江中的倒影替代了残阳，水面上虚飘着朦胧的暮烟，岸边枯树上栖息着几只聒噪的暮鸦……

二狗和猴子潘看着他时而满脸愁容时而横眉怒目的样子，不敢打扰，只得站在一旁静静地陪着。

时发呆立片刻，终感腹中饥饿，这才想起他二人没吃东西，不好意思地指着一个避风处说："生火！"

填饱了肚子，沿着铁路桥准备进城，却发现对面有好几个黑皮在巡逻，身上都带着枪，只得顺着圩埂走到五丰滩对岸，一直等到天黑才潜水过河，好在这段水位向来不深，眼下又是枯水季节，举起衣服光着屁股就走过去了。三人找来一些枯萎的干草盖在身上，就在那令人谈之色变的五丰滩里渐渐睡去。这一路连赶，实在是疲劳至极。

第二天一早，三人赶到三家里巷，见丁鹏家周围有很多便衣，只好又返回五丰滩，吃了最后一点干粮，再躺到草棵里休息，没办法，满大街都是特务，到处都有捉拿袁时发的通缉令，只能再耽搁一个白天。

太阳终于西沉，时发攀墙越顶来到丁鹏门前，一看，出事了！大门紧闭，两张盖有日本军印的封条在门上形成一个大大的"×"。

离去没多久，忽觉得身后有人跟踪，时发悄悄对二人使了个眼色，闪身拐进一条小巷。只见那人衣衫褴褛，满脸漆黑，压着一顶破草帽遮住半边脸，前后张望着一路跟来。时发猛然伸手将他拉到身边，枪口顶着他的肚子："什么人？"

"兄弟松手，我是丁鹏！"

"啊呟！原来是老丁啊，对不住，我还以为是特务呢。你怎么变成这副模样了？"

丁鹏看了看时发，欲言又止，稍时压低声音说："走，这里不是说话的地方。"

"去哪？发生什么事了吗？"

"去鹭鸶窝，我老舅家，到了那里我再讲给你听。"

丁鹏在路上简单地介绍了他老舅情况：他母亲兄弟姊妹共七人，老舅排行老幺，和他年龄差不多，乳名吴小七子，真名吴克。因为自幼家贫如洗，吴克从十一岁开始便游荡于江湖，后来成了一个大名鼎鼎的发丘将，也就是盗墓贼。吴克至今仍在干那营生，他住的地方是个墓穴，你们可要有心理准备。

丁鹏让时发心里有准备其实另有所指，但始终没想好如何开口，他知道时发是个急性子，一旦知道家里出了那么大的事，很难预料会做出什么举动来。

时发当然不清楚丁鹏的想法，不过吴克这名字他倒是听说过。

“吴克？是不是早年在王应虎的保安团里混过，后来受不了上司的鸟气，偷偷溜了的那位？”

丁鹏点点头：“老舅也同我说起过你，他对你赞不绝口。因为他干的是刨人坟墓的事，我一直没好意思跟你讲。”

时发笑了笑：“发丘将并不都是坏人。干这营生的多半为生活所迫，他们挖的大多是有钱人家的坟，只要取了东西不糟践死人就是恪守职业道德。可恨的是那些什么坟都挖，挖了以后没找到钱财即弃尸荒野的家伙，这就太缺德了，据我所知，你老舅不是这号人。”

众人赶到鹭鸶窝，吴克已等候多时，除了丁鹏以外，其余人都吓了一跳。只见他披着遮住半边脸的枯黄头发，身穿一套麻布寿衣，腰间扎着一根白色布条，死人般的脸上毫无血色，再配着发紫的嘴唇和发黑的眼圈，活脱脱一个鬼样。二狗和猴子潘都不敢正眼看他。

吴克一言不发地招了一下手，众人随他穿过几十座坟包，眼前出现一个直径一米左右的地洞。

“请进。”吴克一开口，时发三人又吃了一惊。他的声音干哑得仿佛许久没有喝过水，听起来阴森而又诡异。更诡异的还是他的藏身之处。这个发丘将在坟场空隙处种下百十棵六谷，以青纱帐掩盖住地洞，洞口盖有撒了泥土的草帘。谁能想到，在这鬼气森森的地方竟藏着一个大活人。

待所有人都进了洞，吴克伸出鸡爪子般的瘦手将脚印清除干净，这才头前带路。一行人猫着腰走了三四十米，眼前豁然开朗，原来地道连着一座早被掏空的巨大墓室，里面点有两根粗长的牛油烛，清楚地显示出还有一条地道通往别处，想来应该是一个出口。这间墓室一看就是大户人家所建，面积足有四百多平方米，墙壁和地板均用青砖垒砌而成，顶上有石柱支撑的大块石板，室内则被吴克用木板隔成了套房，有卧室有客厅，房间里有简易的床铺。在那条出口地道的旁边，有一座砖石搭建的小小灶台，架着两眼铁锅，灶台上竖着一根毛竹管子通往地面作为烟囱。再看室内，有桌子有板凳有碗橱，锅碗瓢盆、筷子水桶、柴禾以及油盐酱醋等生活日用品也都基本齐全。

“真是个洞天福地啊！不过……”时发没再往下说。他也算是个走惯了夜路的人，在这里却感阴气逼人。

吴克见大家肃然不语，嗜嗜怪笑道：“嘎嘎，各位莫要紧张，别看这是个死人待过的地方，却非常安全。”

时发一乐：“吴叔，你这个异人的样子可真够吓人的。实话对你讲，你的大名我早有耳闻。前几年宣城警察局托人找过我，要我暗中调查你盗挖西乡古墓的事，我还没开始着手，你就销声匿迹了，原来你躲在这个墓穴里，我就是有孙猴子的火眼金睛也发现不了啊。说到这件事，我还真得问问，西乡古墓是你盗的吗？”

吴克抱拳回话：“时发老弟，丁鹏虽是我外甥，但我在家是老幺，年龄比你们大不了几岁，所以啊，你就别叫叔了，如果看得起我这个盗墓贼，就喊一声大哥，至于丁鹏嘛，各喊各的。”时发也不客气：“好，大家都是江湖中人，各喊各的，以后我就叫你吴大哥。”

“能和你威名赫赫的袁大侠称兄道弟，也算是吴某的造化。”吴克眼睛一亮，说起西乡古墓时却露出了愤怒的目光——

“时发兄弟，我这人有个特性，凡是我做过的事，从不否认。宣城警察局怀疑西乡的古墓是我盗的，又对又不对。我是挖过古墓，但真正的盗墓人是王应虎那个狗日的。我那时在他手下混差，他不知从哪得来消息，知道高兴坝墓葬群年代久远，就起了贪念，但又不能确定是否有宝。他知道我以前是干什么的，就让我帮他先掘几个墓看看。结果，我只打开了一个墓穴，其余的就再也找不到入口了，但就这一个墓里，竟然有好几件明代的文物。王应虎非常鬼，也非常阴毒，他让我干这件事的时候，没有让第三个人知道。他拿到文物仍贪心不足，叫我继续帮他挖宝。我说这个墓葬群设计得很隐秘，已经找不到别的入口了，没想到他以为我存了私心。他为了独吞宝藏，便对我起了杀念。亏得有个兄弟告诉过我，说王应虎一旦想干掉碍他事的人，往往先请这个人吃饭喝酒，在酒里下毒药，而且是慢性毒药，让这个人不知不觉地病死。他后来果然请我去号称西乡岳阳楼的金谷春酒店吃饭，说是慰劳我。我留了个心眼，赴宴之前带了一根银针，乘他不注意的时候悄悄往杯子里刺了一下，银针立刻发黑。我就装作突然尿急的样子，说是方便一下再回来敬他的酒，从此就离开了他的忠义救国军。王应虎久等不见人，知道事情败露了，为掩饰他盗墓并杀人灭口的真相，他就和警察局说墓是我盗的，还说我是畏罪潜逃。我也曾想过去警察局自首，把他供出来，但转念一想，官官相护，警察局怎么会相信一个盗墓贼的话呢？后来，江湖上传闻你袁时发也插手此事了，我知道你的本事，只好跑到这里藏身。”

“这间墓室怎么回事?!”时发厉声问道。他忽然想起自己先前和丁鹏说过的话，他老舅不是那种糟践死人的人。

“你误会了，兄弟。”

吴克心中一凛，随后便是暗叹，此人果然一副侠义心肠。他从异人外号的由来开始作出解释。

“我白天躺在棺材里睡觉，晚上外出行动，这既是我的习惯，也是自保的手段，一般人在荒郊野地里见到棺材，哪里还敢靠近。我来到鹭鸶窝后，先砍了几棵树准备打一口棺材。说来也巧，棺材打到一半的时候就飞来一个家。湾沚有一个大地主请风水先生帮他看祖坟，风水先生说祖坟葬的位置不对，需要迁移，这间墓穴就空出来了，这倒省了我不少事，挖两条出入通道就可以住了。我在这里安家，为的就是躲避你袁时发，想不到你还是来了，真是天意。”

原来是这样！时发感到有些歉疚，他在打消吴克顾虑的同时作了一番劝告。

“我可不是来抓你的，莫说你是丁鹏的舅舅，就算是旁人，我也不会再过问此事了，因为王应虎才是主谋。不过，古墓文物是国家的财产，我劝吴大哥以后还是少打主意，弄不好真的会惹大麻烦。还有，做发丘将毕竟不光彩，如今国难当头，吴大哥应该把这身本事用在抗日上，比如鬼子的钱财和武器，尽管多多盗来，这样也能落个好名声。”

吴克点头称是：“我自从帮王应虎盗了古墓以后，就一直不敢公开露脸。现在好了，既然你都信了我，我还装什么神弄什么鬼哩。”

说完，他手按额头朝后一抹，吓人的长发随之落地，露出一头黑白相间的短寸，接着又沿着耳后根往前撕去，一张面具被徐徐揭开，原来那鬼一般的脸也是假的。众人这才知道他的庐山真面目：脸庞清瘦，鼻直口方，额头镌刻着皱纹，两鬓夹杂着银丝，脸色还是很白，但比面具上的那种白要显得好看多了。

二狗和猴子潘互相对望一眼。“敢情你这都是装的呀！”

吴克笑道："干我们这行的，不把自己变成鬼的样子，咋能盗得了墓哩。不过，要是遇到时发老弟这样的人，我们只有采取另外一种办法了。"

他说这话的时候，全然一个正常人。众人又发现，他先前的声音也是憋出来的。

吴克随后转身去了房间，拿出一个纸扎的女吊死鬼，全身雪白，吐着长长的红舌，眼帘下挂着红色的液体。他把女鬼翻转过来，从背后牵出十几根细线捏在手中，然后变魔术般地抖动着，那女鬼就上蹿下跳起来，有时还悬在半空一动不动，直让人看得头皮发麻。

时发笑着摇了摇头："你要是用这玩意来对付我，说不定真有效，这也太吓人了。"

"嘿嘿，实际上，世上本无鬼，只有做鬼的人。"吴克接着又说，"兄弟刚才的话很有道理，我决定不再做鬼了，跟着你打小日本，打真鬼。"

时发伸出大拇指："好！你既有掏墙挖洞的本事，以后小鬼子的东西藏得再严实我们也能搞到了。对了，我们不久前在这里抢过小鬼子的粮食，他们有没有搜过？"

"抢粮啊，我一本全知。"吴克脸露敬佩之色，"我那天一直在暗处看着，准备随时帮你们一把，没想到你们干得非常成功。我也以为在你们撤退后鬼子要带狼狗搜查这里，就在两个洞口都撒了辣椒粉，谁知他们根本没进来。这说明了啥？有人说，如今这个世道比鬼还要吓人的是小日本，依我看，小日本也怕鬼，因为他们干的事太缺德，心里有鬼，怕被鬼掐死。所以啊，要说安全，整个湾沚恐怕没有哪个地方比我这里更安全了。你们尽管放心在这里休息，我去给你们弄点吃的。"

时发见丁鹏一直没有接腔，知道他有话要说。

"老丁，你该把情况告诉我了吧？你家到底出什么事了？"

"兄弟，不光是我家出了事，你家也出了事，你家出的事更大！"

"那你快说啊！是不是我义父？"时发眼睛瞪成了铜铃。

"不是，是……弟妹。"丁鹏几乎咋舌不下。

"夏芳？她怎么了?!"时发声音发颤。对于他来说，既然成婚了，不管喜不喜欢，都改变不了王夏芳是亲人的事实。

丁鹏长叹一声："唉！说来话长了……"

时发赶去湾沚之后，夏芳连续两晚都没合眼。所谓的感情也只有当事人自己最清楚，袁时发心里有一个叫小文的女人，他并不爱我，他娶了我纯属无奈。这些她都知道，不过，她要的很简单，简单到把爱与不爱当作一种感觉，袁时发是她男人。现在，她的男人去了一个凶险万分的地方。炸鬼子的军火库，即便成功也难保自己不死。到得第三天，丁鹏捎来的消息让她再也待不住了。军火库已经被炸，但时发和二狗生死不明！她决定去湾沚寻夫，没和家人打招呼就出发了。

端月在红杨树吃了败仗，把气撒在了无辜百姓身上，回到驻地第三天就带兵扑进洪山，亏得后大宝事先通知了丁鹏，洪山头村民才幸免于难，但全村房屋也被鬼子烧得精光。

后大宝之所以能准确掌握湾沚鬼子的一举一动，在于端月的副官小岛太郎特别喜欢吃中国菜，后大宝便专门找了几个厨子变着花样为他做，每次把他灌醉后都能套出不少情报。

后大宝说，小岛太郎曾在酒后告诉过他，端月从洪山一路烧杀淫掠回城后，深感九连山和军火库接连出事，如今又被新四军打得那么惨，上面多半饶不了他，而这一切均拜袁时发所赐。他在决定自杀之前给湾沚维持会会长崔世康下了一道命令：派出所有便衣，务必要抓住袁时发的家人！然后，他指着时发的画像对小岛太郎说，小岛君，这个中国人令我蒙羞多次，是我一生的耻辱，请务必拜托我的继任者，一定要尽全力消灭之，否则，我将死不瞑目。说完，他取出一坛酒和一条白毛巾，然后对着天皇裕仁的戎装照跪了下去，把毛巾含在嘴里，朝军刀上洒了一些酒，开始擦拭军刀。看着即将插入自己腹部的利刃，端月心里突然有了极大的压力，他忍不住又回头对小岛说，等一下请帮帮我，拜托了！小岛神情很严肃地点点头，放心阁下，我知道剖腹后不能马上效忠天皇，我会减轻阁下的痛苦。说完，他高高举起佩刀，做好砍下端月头颅的准备。就在这时，电话铃响起，小岛接听后赶忙拉起端月，恭喜阁下，是师团长！他知道袁时发不是普通敌人，说端月君的失败情有可原，他还派了山本一夫先生来辅助您，专门收拾袁时发。端月立刻含着激动的泪水高呼天皇万岁。

那个山本不愧是搞情报出身的，通过对所有事件分析之后，他断定皇协军有内奸，遂下令彻查洪山百姓屡次逃脱的原因。这一来，吓坏了后大宝，他告知丁鹏：山本迟早会查到我头上，正好，这种被老百姓戳脊梁骨的日子我也不想再过了，我决定跑路，你们也赶紧跑吧。后大宝连夜带着几名弟兄投奔了国军一〇八师。丁鹏于当晚把老婆孩子和叶金龙全家送到了乡下。考虑山本可能随时会血洗洪山，他接着又跑去通知村民，也幸亏他通知及时，第二天鬼子便进了村，把刚刚盖起来的几间草屋又烧得干干净净。

时发插话问道：“说起老叶，真有点对不住，鬼子后来有没有找他麻烦？”

“找了，只是那个替死鬼也被炸死了，死无对证，后大宝又帮他说了很多好话，还给他做了保，总算逃过一劫。”

“万幸万幸。唉！我袁时发只顾着痛快，做事总是欠考虑，有机会一定向他道歉。你继续说。”

丁鹏从王夏芳的父亲口中得知，洪山老百姓全都在前山搭帐篷艰难度日，夏芳孤身一人去了湾沚，大牛赶去也没找着人，他就赶紧回到湾沚，竟发现一帮日本兵正在抄他的家，他估摸着应该是有人向鬼子举报了他和后大宝的关系。

单纯就等同于没经验。夏芳只要见到老百姓穿着的便上前打听时发的消息，很快引起了维持会特务的注意。她连续问了六七个人，那些人要不说不知道，要不连话也不敢回，扭头便走。抱着最后一线希望，她来到三家里巷，好不容易打听到丁鹏的家，却见大门已贴了封条。

“袁时发，难道你真的死了吗？人家说夫妻一条心，你要真死了，应该托个梦给我呀。”她伤心地蹲下身子哭起来。谁知这句话被尾随在后的维持会便衣队队长崔晓斌听了个清清楚楚。

“哦，原来你是袁时发的夫人啊？来，跟我走，我知道他在哪。”

“你知道袁时发在哪？”夏芳如同抓到了一根救命稻草，连崔晓斌那阴恻恻的冷笑都没听出来。

“哼哼，炸九连山碉堡，炸日本人军火库的大英雄嘛，谁不知道，他就在我家。”

夏芳立刻破涕为笑：“真的啊？麻烦这位兄弟带个路。”

丁鹏在边上听得明明白白，急得朝夏芳直眨眼，她却只顾着赶路，头也没回一下。

糟了，这该如何是好！丁鹏如同热锅上的蚂蚁。他正想着如何救人，一个女人的声音传过来：

“吆！这不是崔队长吗？你堂堂的维持会便衣队长，何必要难为一个妇道人家！”

只见一个身着学生装的女子凑上前去，压低声音又说：“袁时发不好惹，请崔队长三思。”

“吓唬谁呢！袁时发说不定早被炸死了。”崔晓斌伸手朝腰间摸去。

夏芳一时间脑子有点糊：“你？你怎么来啦？他是维持会的？”

“别动！她说的没错，老子是维持会便衣队队长崔晓斌。山本太君和崔会长下令要抓袁时发的家人，老子这几日正在犯愁，没想到你自己送上门来了！弟兄们，把她们全部带走！”说完，他一把扭住夏芳的胳膊。

夏芳挣扎着骂道：“你这个狗汉奸！快把我放了，否则我男人一定要了你的狗命！”她随后没脑子地大叫一声：“潘雪娟，你快跑！”

“哈！你就是大潘村的女共党潘雪娟！”

崔晓斌兴奋得脸都变了形。他立刻朝天开了一枪，远处传来一阵摩托车的轰鸣声，巡逻的鬼子兵已闻声朝这边赶来。

夏芳如梦初醒，冲着潘雪娟磕磕巴巴道：“对不起，我……我不是故意的……”

“现在说这个有什么用！”雪娟恼怒地瞪了夏芳一眼。她此刻有些后悔，不该为了这个被人盯梢半天竟浑然不知的笨女人暴露了身份。后悔很快不复存在。如果换作别人，她的确不用跟过来，可以在事后设法营救，但这个人是王夏芳，是王夏芳就不同了，她不仅是袁时发的妻子，还与自己的目的相同，上级指派自己潜到湾沚正是要查找袁时发的下落。所以，跟过来并没有错。

崔晓斌吹着枪口冒出的白烟笑道：“老子不但抓到了袁时发的女人，还逮着一个新四军，哪位菩萨保佑的呀！”

雪娟向后退了几步，迅速掏出手枪对准崔晓斌：“放了她，不然我就开枪了！”

崔晓斌把身子往夏芳身后一缩，手依然抓着她的胳膊。

“开枪？你有几颗子弹？聪明的话就乖乖放下枪跟我们走……哎吆！”

他忽觉手腕一疼，抬手便给了夏芳一个耳光。啪！血水顺着夏芳嘴角淌了出来。

“你个臭娘们，敢咬老子！”

“快跑啊！”夏芳发了疯地冲着雪娟大喊，接着又是一口咬住了舒晓斌持枪的手。

雪娟见她如此拼命地保护自己，不禁深受感动，但特务们已经一步步围了过来。此时，摩托车的轰鸣声戛然而止，鬼子巡逻兵也到了。

“王夏芳，我们都走不了啦，你怕不怕死？”

“不怕！怕死就不是袁时发的女人！”

“好！那就跟他们拼了！我下辈子再和你竞争。”

“我早知道你喜欢他了，如果有下辈子，我还是会抢在你之前，你信不信？”

虽将赴死，夏芳仍话带醋味。

雪娟凄然一笑：“别太自信了！”

“吆吆吆，你们两个小娘们还没完没了了是吧，他妈的，这个袁时发还真是艳福不浅哩！”崔晓斌咂咂嘴道。

啪啪啪……几颗子弹从雪娟的枪膛里射出，立刻倒下两名特务。

崔晓斌高声叫道：“弟兄们，不要打死她，抓活的！”

啪啪啪啪……又是几声枪响，雪娟忽然不由自主地跪了下去，特务们把她的腿打断了。她单手撑着地面慢慢站起来，猛然从怀里掏出一枚手榴弹，迅速拧开盖子，一手拉住引线：“不怕死的都过来吧！”

崔晓斌赶紧趴到地上，夏芳乘机冲过来和雪娟并排站在一起。

“王夏芳，我们死也不能落在鬼子手里。走，一起上路！”雪娟说完猛地一拉弦，接着轰的一声响，可怜两朵鲜花同时香消玉殒。

鬼子和特务撤走后，丁鹏请来吴克帮忙，两人捡拾了半天，才将她们的残肢断体收集齐整，偷偷运到鹭鸶窝掩埋，地点就在这间墓穴的后面……

丁鹏说完了，墓穴中，所有人都沉默不语，只听到时发咬牙的声音。半晌，他一字一顿地问：“狗日的崔晓斌在哪里？”

猴子潘一听忙说：“大哥，现在就去杀他？”

“对！这个狗日的多活一个时辰，老子都觉得对不起她们！”

“那好，带上我，潘雪娟和我一个村的，我们从小玩到大，我要为她和嫂子报仇！”

“行！二狗，这次你就不要去了，天亮后帮我把夏芳的消息送到王庄，再去找一下来喜，我干掉崔晓斌就去洪山等你们。”

丁鹏了解时发的性格：“兄弟，我不拦你，也拦不住你，但杀崔晓斌还真不是件容易的事，听说这个王八蛋躲到鬼子军营去了。”

“没事，我自有办法找到他。你告诉我，那个狗会长崔世康的家在哪里?”

“对对对，抓到崔世康肯定能找到崔晓斌，老家伙住在下街头崔家巷29号。”

“猴子，出发!”

崔家巷坐落在湾沚镇中山路西北角，号称是巷，实际和三家里巷一样，只是个小小的弄堂，房屋之间有一条狭窄的青石板路，人站在路上伸手可以摸到两边的屋墙。这样的地形安全系数相对较高，但对时发和猴子潘这种翻墙越壁的高手来说反而更为有利，从屋顶上几个纵跃即可直达目标。

崔世康祖上三代均为地方文官，崔府可谓书香门第，庭院深深。传至崔世康这代，崔家仍殷实如故，拥有商业旺铺数十间，良田沃地上千亩，府内家丁、仆人、丫鬟数量在湾沚城内均首屈一指。较之舒有财那样的土霸王，饱读诗书的崔世康也算谦谦君子，他原本口碑不错。1931年，一场史无前例的水患席卷江淮大地，连日的暴雨使得山洪猛涨，青弋江浊浪排空，湾沚城浸水最深处三米多，沿河一带民宅大多被淹。崔世康在这场灾难中积极捐粮捐款，并号召各商会、各大店老板协助镇公所开展赈济灾民工作，他也因此与一方名儒苏祚人老先生成为好友。可惜这样一位曾经备受人尊敬的乡绅却在大是大非面前失了节。日本人攻下湾沚后，逐渐推行以华制华政策，在维持会长人选上，端月首先想到了这位颇有名望的崔老爷。他的希望没有落空，崔老爷竟然胆小如鼠，稍加威逼利诱就答应了。他的理由是：人为刀俎我为鱼肉，有啥法子？祖上积攒这点家业不容易，无论如何不能毁在我手里。苏老先生大怒之下当即与其绝交，走时警告他，你若不知轻重，自有仁人志士取你性命!

崔晓斌以前是个混混头，手下有一帮流氓打手。崔世康并不喜欢这个成天招惹是非的侄子，但他出任维持会长不久发现，崔晓斌能帮他完成很多差事，于是就任命他做了便衣队队长。从此以后，这小子便成天挂着盒子炮以抓捕抗日分子的名义大肆敛财，同时不忘想方设法讨好日本人。无论什么任务，只要日本人交办的，他必极尽所能地去做，比之皇协军和伪警察还要卖力。久而久之，连端月也开始对他刮目相看了。端月告诉他，你叔叔老了，好好干，将来维持会长就是你的。不想这话却传到崔世康耳朵里，叔侄二人从此有了猜忌之心。不过姜还是老的辣，几十年从书本和现实中得出来的套路岂是一个小混混所能解掉的，端月在大事上还是以崔世康为主。如此一来，侄儿又不得不俯首听命于叔叔了。

得知崔晓斌逼死了袁时发的妻子，崔世康立即将其一顿臭骂：你不是不知道民间有一发，日本人都逮不住他，你竟敢动了他的女人！他要是没死，死的就是你了！崔晓斌很不服气：叔，这话怎说的，我抓袁时发的家人不是你和日本人下的命令么，怎么还怪起我来啦？崔世康叹了一口气，罢了罢了，娄子已经捅下，多说无益，为了你的安全，我专门向山本队长作了汇报，从现在开始，你给我老老实实待在皇军那里，没有我的通知，不要回家。他本来想说，我那是讲给山本听的，你个猪脑子还真动手了！这话终究没敢说出来，谁知道这小子会不会打他的小报告。

凌晨三点，人们睡梦正酣，加之天冷，崔府家丁们也都缩进了被窝，整条巷子空无一人。时发二人很快摸进了崔世康的房间。

崔世康可谓眼光深远，他深知惯子不孝的道理，偌大家业在这乱世之中要想后继有人，子女不但要有出息，还要谨言慎行，如此才能不遭人嫉恨，但他厚此薄彼，侄子崔晓斌之所以成为一个恶棍，还是与他的疏于管教有着莫大的关系。不过，他始终认为黄牛角水牛角，各顾各的角，崔晓斌只是本家堂哥的孩子，再怎么胡作非为别人也怪不到他的头上。崔某虽然背负着汉奸的骂名做了维持会长，但除了崔晓斌外，崔家上下一直都能善待乡邻，断不会有人算计他和他的家人，就算是那些打家劫舍的土匪上了门，在崔老爷的大义之下也只求财不伤人，唯一要担心的就是国民党军统和共产党的锄奸队，但他们要杀的是真正的汉奸，崔某从没有做过什么伤天害理的事，只是为了保住这份家业和日本人演戏而已，他们应该清楚崔某的为人，因此没必要招募保镖弄得草木皆兵。

山本来到湾沚以后，很快发现崔世康并没有发挥预期的作用，这是一只非常狡猾的老狐狸，而放眼湾沚，又没有人能够替代得了这个颇具威望的老狐狸。为使崔世康死心塌地地为大东亚共荣服务，山本准备软禁他的子女，不料崔世康早把他们送去了国外，家里只剩下信佛的老伴和两个人老珠黄的小妾。山本不得不转而采取笼络人心的做法，得知崔世康因为失去对黄脸婆们的兴趣而独卧一房后，他立刻将一个漂亮的日本艺伎送进崔府，崔世康盛情难却之下只得笑纳。这个艺伎实为山本培训出来的一名女特工，久而久之，包括崔晓斌在内的所有人都已知道，湾沚维持会做主的实际是一个日本女人。崔世康深感悔之晚矣却毫无办法，不禁生出自欺欺人的念头：反正坏事不是我干的，我只是挂个名而已。于是，他干脆睁只眼闭只眼听之任之。那艺伎察言观色，知他心里不快，便使出浑身解数，把个崔老爷媚惑得几乎夜夜弄红颜，但他毕竟是一根枯树老枝，难以做到久压新棠，到后来就像一台老旧的机器，须得拨弄几下螺丝才能运转，运转片刻又歇了火，艺伎从此只能被喂个半饱，意犹未尽之下，她只得胡思乱想转移欲念，时间一长，也就有了失眠的毛病。

这一晚，崔世康和往常一样，在艺伎的撩拨下没折腾多久便倒头睡去，那艺伎就睁着眼睛继续想她的心事。有道是冷尿饿屁，她忽感内急，正要起身去小解，却见一个瘦小的黑影突然闯入房内，吓得她一声尖叫。崔世康因为上了年纪且心思过重，睡眠也是一直不好，听到叫声他立刻爬起来，哆哆嗦嗦地披上大衣问道："怎，怎么回事？"

"那，那里有人！"艺伎操着生硬的中国话指着床后。黑影迅速跳窗而去。

"原来是个小毛贼！"崔世康嘘了一口气，"来人，给我搜！"几名家丁应声赶来，开始大呼小叫着四处翻找。

崔世康安慰道："别怕，别怕，只是个小偷。"

"不！还有大盗！"

一个魁梧的黑衣人不知什么时候已站在他的身后，接着顺手一掌将艺伎击昏，横起冰冷的匕首架在他的脖子上。

·第二十六章· 复仇杀奸似翻掌 旧情再燃心如煌

面对幽灵一样出现的黑衣人，崔世康惊恐万状："你，你是谁？你想干什么？"

"不想马上死的话，就给老子闭嘴！告诉你，老子就是你们想抓的那个人！"时发伸手摘下面具。

崔世康不愧为老狐狸，他早料到会有这么一天，得知来人就是袁时发，他反倒放下心来，接着就不慌不忙地说出人类在犯错之后那句千古不变的台词："你听我解释……"

"娘道蒸子的，有什么好解释的！"

"袁大侠，尊夫人遇难真的不关我的事。一开始是日本人下的命令，说只要抓到您和您的家人，就会大大有赏。我只是当着日本人的面做了一回传话筒，同时暗示晓斌，不能真的去抓人，没想到这个畜生竟敢擅作主张。我也不清楚尊夫人怎么会跑到湾沚来，刚好又被这个畜生给碰上了……"崔世康如同背书一样把责任推得干干净净。

时发踢了他一脚："放什么狗屁！照你的意思老子还要感谢你啰！崔晓斌哪来的权利抓人？还不是你封了他一个什么鸟队长。我老婆的死说到底你脱不了干系！最主要是你做了汉奸，汉奸就该杀！说吧，念你一把年纪，老子让你选择死法，是捅心窝子还是割脑袋？"

崔世康的脸唰一下成了白纸，嘴唇抖动了好久才憋出半句话："我……我不是……"

"不是什么？老子懂你的意思。你认为自己只要不亲手残害中国人就不是汉奸了，对吗？老子告诉你，你不但是汉奸，而且比一般的汉奸危害更大，因为你是文化人，你一直都有很多追随者，你倒向小日本，很多人就会跟着效仿。再告诉你，老子还知道好几个有良心的维持会长身在曹营心在汉，他们忍辱负重为的就是利用手中的权力帮助中国人打鬼子，可你呢？做过一件这样的事吗？你还敢说自己不是汉奸？！”

崔世康一直认为袁时发就是个江湖草莽，没想到此人竟能洞悉他的心思，对待汉奸的定义又是如此准确。他情急之下猛然想起，身在曹营心在汉的事眼下就有机会做呀！念及于此，他一把鼻涕一把眼泪地说道：“大侠啊，谁愿意被人骂作汉奸哩，我也是出于无奈才当的维持会长。大侠，只要你饶我一命，条件你尽管说，另外我还能送你一件大功。”

“大功？什么大功？有屁快放！”

“是这样的，我们的人今天下午在街上抓到了一个军统女特务，是国军五十二师情报处副处长。因为抓她纯属偶然，时间也是天刚刚擦黑那会，所以日本人还不知道。大侠，我把她交给你，这样，军统和五十二师不都要领你的情了吗？”

“军统女特务？叫什么？”

“王小文。”

王小文！王小文！！时发感觉心脏快要从胸腔里蹦出来了。

“哪个王小文？你说清楚！”

“就是老家在西乡的那个王小文啊！”

她是西乡人？时发忽地想起第一次认识王小文的那天，那天他们说话的口音差不多，说明她不是外地人，后来她坐船行走的方向就是西乡！对！一定是她！一直找不到她的原因也清楚了，原来她已成了军统特工，特工的身份资料都是需要保密的。

“哦，还有这事？领不领情老子不在乎，如果是真的，人，老子肯定要带走，军统虽然不像话，但王小文是好人。喂！你没骗老子吧？能在军统出人头地，个个都是人精，就凭你们这帮草包也能抓得到？”

“哪敢哩，我有个手下叫芮秃子，是王副处长的老乡，下午在街上认出了她，所以她才着了我们的道。”

“老子就说呢，原来是这样。”

“袁大侠，芮秃子讲，王小文就是西乡维持会原会长王文魁的女儿。她老子不是被你杀了吗？你现在救下她，正好能化解仇怨不是？”崔世康一心一意为时发考虑起来。

“什么什么？”时发脑袋嗡的一声，各种情绪迅速蔓延开来。她是王文魁的女儿！她居然是王文魁的女儿！命运又开了一次最残忍的玩笑，让他成了王小文的杀父仇人，让他心中仅存的一点那份自己也说不清楚的期盼顿时化为泡影。难道是命中注定？否则怎么会有这么巧的事？这以后……他不敢再往下想。算了！命运要捉弄人，谁又能躲得过去?！但是，不管命运对我袁时发有多么不公，但不能对王小文不公。现在，她身陷囹圄，不管她有多么仇恨我，我都要救她，救她当然不是为了化解仇怨，我袁时发做下的事从来不后悔，即便她将来找我报仇，我也要救她。

崔世康见时发有些愣神，连忙补了一句："袁大侠，我的话有道理吧？"

"嗯？老子问你，除了你和那个芮秃子外，还有谁知道王小文的身份？"

"应该没有了。"

"应该？你这话老子不放心。她也不知道吗？"时发指了指昏倒的艺伎。

崔世康额头直冒冷汗："我该死，我该死，把她给忘了。"

"她知道？"

"不是，不过……不过她是个日本特务，我不能保证她不知道。"

"娘道燕子的。"时发上前对艺伎拱拱手道，"老子一般不会杀女人，尤其是没有反抗能力的女人，但你是日本特务就另当别论了。"说完，咯吱一声拧断了她的脖子。

崔世康身如筛糠，心里却有一种如释重负的感觉，好了，监视他的人终于没了。可是，后果会怎么样呢？想到这里，双腿又开始颤抖起来。

"再想想，还有没有人知道？要是漏了，你会死得很惨！"时发满脸杀气。

"呃……呃……真没有了。我特意叮嘱芮秃子，连崔晓斌都不能讲。芮秃子事后知道她是军统的人，也很害怕，他肯定能守口如瓶。"

"为什么连崔晓斌都不能讲？"

"因为……因为我没想好要不要把她交给日本人。"

"那为什么要抓？"

"怎么说呢，弄个军统的人在手里，总有一份卖人情的机会，就算……就算是奇货可居吧。"

"哈！你还真是个老滑头。行，你这个人情老子领了。本来你和王文魁一样，都该死，念你还有点良知，老子就先饶了你，但崔晓斌这个畜生必须偿命！听着，你马上叫他把王小文带来，具体怎么说，那是你的事，你既然能想到送老子人情，诓那个畜生应该不是难事。另外，你知道老子进了大户人家从不空手，给老子准备两百大洋和三匹快马，若是敢耍一点心思，狗头落地！”

“是是是！我马上照办！马上照办！管家，快来，叫院外的人都回家，我有要事去办！”崔世康如逢大赦。

崔晓斌待在军营里早感度日如年，一天光点头哈腰地敬礼就要几十次，但不敬不行，鬼子兵骄横，中国人见到他们要是忘了鞠躬敬礼，往往就会挨一顿暴打，甚至被杀都是常有的事，而那个山本也没把他当人看，让他住在堆放军马饲料的库房里，负责看守一部值班电话。马棚就在库房对面，即使是寒冷的冬夜，也有一阵阵浓烈的马粪味袭来，熏得人根本睡不着觉，白天更是如此。一连数十天都得不到很好的休息，小崔渐渐成了老崔。眼圈变得越来越厚越来越黑，嘴唇上也长出了好几个大水泡，他担心再这样下去会死在这里，却又不敢离开，日本人要是知道他擅离职守就惨了，再说还有崔世康那句反复叮嘱的话：袁时发可能还活着！

叮铃铃……电话来了，崔晓斌抓起话筒有气无力地喂了一声。

“晓斌吗？我是你叔，你马上赶到维持会，把弟兄们白天抓的那个姑娘带到我家里来，我想搞清楚她的身份。记住，千万不要胡来，这个姑娘很有可能是新四军的地下党，要真是如此，你我叔侄二人就立大功了。此外，刚刚听芜湖的朋友说，袁时发已经落网，你可以回家了。”

崔晓斌顿时喜形于色，太好了，终于熬出头了！突然又想起，就这么走了日本人怎么交代。

“叔，我还不能过去，山本太君叫我看守电话哩。”

“这个不用你烦神，我自会向他解释。”

王小文在维持会的地牢里懊恼不已，自己也算是个有经验的特工了，竟然栽在这小小的湾沚城里。唐元善要她派人寻找袁时发，她立刻说此人是个非常难得的人才，是人才难免有傲气，非我亲自出马不可。唐元善说不用了吧，情报处工作很重要。王小文又说，为党国网络人才更重要。唐元善点点头，你说的也有道理，那就快去快回吧。他哪里知道，王小文这是要去杀袁时发。

王文魁死讯传来的那天，她偷偷哭了整整一夜。父亲虽系咎由自取，可毕竟是她的亲人，没有王文魁，哪来的王小文，更何况，父亲对别人虽然很自私很凶残，但对她和王小五却是疼爱有加，尤其是为了她能够顺利逃出军统高层的魔掌，他竟不惜用重金帮她疏通关系。这对于一个视财如命的人来说，如果没有深厚的舐犊之情是很难做到的。可是，就在他提供这笔钱财之后，却被人杀了，而且死得很惨。想到过去的一幕幕，王小文心如刀绞，最令她难过而且难以接受的是，凶手居然是袁时发！她甚至希望这是一个谣言，可惜事实终归是事实，一点也改变不了，杀他父亲的就是那个令她牵肠挂肚的男人。命运太残忍了！从得知杀害父亲的凶手就是袁时发开始，她的内心一直在经受着煎熬，无了无休——

是的，你袁时发的确有本事有个性，打鬼子更有一套，我王小文打心眼儿里佩服你，也深深爱过你，那片油菜花田我永远忘不了。在监狱的时候，我要你不得灰心永不言弃，因为我希望你站起来，希望你站起来以后再来找我，我需要一个充满自信的袁时发。后来，我去了军统，虽事出有因，但还是与你有关，我知道你在保家卫国，在杀敌除奸，我想成为和你一样的人。我还知道，为了找到我，你几乎托遍了所有的熟人，但军统有严格的家规，那时我还在接受培训，我根本不敢见你。从那时起，我就知道了你袁时发深爱着我，我也爱着你这个有情有义的汉子，尽管我们只见过两次面，但你所做的那些就足够了，一个女人，最大幸福莫过于有一个真心爱她的男人。可是，你千不该万不该，不该杀了我的父亲啊。王文魁再怎么不济也是我亲老子，他再该死，杀他的人也不能是你袁时发。杀父之仇不共戴天，我不能再爱你了，我要杀了你，虽然杀了你就是帮鬼子除了一个心腹大患，但我王小文不是圣人，在家仇和国恨之间，我很难做到先国后家！当然，我杀了你之后，会努力多杀鬼子，总好过我一想起父仇就夜不能寐。

如果见到他，我真能下得去手吗？毕竟，他救过我的命，更是让我王小文动过心的第一个男人……

带着既想复仇又不知道能不能下得了手的矛盾心理，王小文一路查找袁时发的下落。好不容易探听到他在横山大刀会，不想他干掉南造惠子后又去了湾沚，她一点也没耽搁便跟了过来。王小武原本也想一起来手刃仇人，却因军务缠身而走不开，他刚刚从一位副连长调任主力团参谋，职务升了，责任就大了，工作也随之增多。小武只得一遍又一遍告诫妹妹，一定要多加小心，袁时发不好对付……小文心里很乱，却又不能明说，只能以嫌他啰唆为借口。哥，你说了多少遍了，不要再说了，我加入军统已有很长一段时间，受过各种训练，放心吧，我报得了父仇。其实，就算王小武可以一起来，她也不会同意。她非常清楚，小武绝对不会像自己那样，他会毫不犹豫地痛下杀手。袁时发真的该死吗？就算他真的该死，也只能死在我的手里！

自负加上失魂落魄，让王小文在阴沟里翻了船，到湾沚不出半日就被多年未见的老乡认出来了。当时大街小巷地寻找袁时发，却始终不见人影，她渐感有些疲累，遂找了家旅馆打算小憩片刻，不想刚进屋就冲进来十几个人。

失手被擒，小文万念俱灰，她不时地抚摸着上衣顶端的那粒纽扣，那是军统为他们准备的自杀工具，里面有一摊氰化钾，张口咬破就可以万事皆休……

崔晓斌一见到王小文就被她的美貌惊呆了，他顿感手心发痒身子飘浮。这哪像一名女共党，分明就是一个楚楚动人的小家碧玉！她穿着一身素雅的浅黄色百褶裙，宽锦束腰，面容清秀之极，像一朵含苞欲放的花蕾，身材凸凹有致，又充满着青春的活力。不过，他还是没敢妄动，一来崔世康有交代，二来他此时的身体也出现了状况，有想法没办法。要是换作平时，他无论如何也要动几下手脚，起码也要调笑几句。有钱有势的崔大队长，不少女人都主动投怀送抱哩！

小文见有人进来了，转身坐在铺满稻草的床上，即便落难却仍不失风姿。

崔晓斌咽了咽口水道："姑娘，请跟我走一趟。我们会长有请。"

小文见他神情猥琐，竖起柳眉骂道："狗汉奸！滚开！"

"吆，脾气还不小嘛。是，我是汉奸，但中国的汉奸又不是我一个，而且，你现在还是我的阶下囚，不是吗？"

王小文转过脸去："你……滚！"崔晓斌当然不知道她就是王文魁的女儿，但说者无意听者有心。父亲是她心中永远的痛，这份痛苦既包含着亲情，也夹带着一份耻辱。汉奸，这个词对她来说太过扎心。

"好好好，我会滚的，不过真的是我们会长有请，你还是跟我走吧！"崔晓斌气若游丝，如同一个将死之人。

到了崔府大院，天快亮了，东方已经露出了鱼肚白。小文见一个瘦猴般的男人端着枪，地下蹲着好一批家丁，不禁心下犯疑，崔家是不是遭土匪了？崔晓斌也直犯嘀咕，这是怎么了？他瞪起困得几乎睁不开的眼睛朝屋里一看，只见一个满脸杀气的大汉端坐在凳子上，崔世康垂首站在一边，像一名罪犯。他立刻睡意全无，有人要对付他们叔侄二人！

小文一见到时发，立刻有了想哭的感觉，这个救过她，又杀了她的父亲，让她又爱又恨的男人终于出现了！不过她已不再是那个单纯的法庭书记员，而是一名军统高级特工，职业敏感让她随即想到，袁时发要救我！凭他的能力，我这条命多半已经保住了。他又救了我一次，我还要杀他吗？

崔晓斌扭头要跑，却发现那个大汉已经挡住了他的去路。时发像一头扑向猎物的豹子，转眼就后发先至，跟着飞起一脚，咕吱！崔晓斌腭骨断裂的声音清晰入耳，他被踢中了下巴，仰面倒地，巨大的疼痛使他几乎发不出哀嚎声，但他能感到胸部又被重重地踩住，能听到让他魂飞魄散的怒骂："你这个畜生！知道老子是谁吗？连我袁时发的人也敢抓，你还害死了新四军的潘雪娟，杀你一百次都不够！"接着他就什么也听不到了，因为他长着耳朵的脑袋已经与身体永远分开。

满院子都是令人作呕的血腥味。王小文参加军统后也杀过人，但这种场景还是第一次见到，她不觉有些恶心。

时发上前唰唰两刀，割断了她身上的绳索，拱手道："小……王姑娘，我知道你很想报杀父之仇，但容我一段时间，等把鬼子全部赶出中国之后。我既然做了，就不怕承担后果。我杀他的原因你很清楚，因为他该死，莫说我不知道他是你父亲，就算知道，凭他造的那些孽，我也不会手下留情的。这里没你的事了，门外有马，乘着天亮之前还有一黑，你请便，我还有事要办。"

说完，他拎起血淋淋的人头往桌子上装满大洋的袋子里一塞，再提起瘫软在地的崔世康："劳驾会长大人送我们一程，说，出城走哪条路安全？"

"走……走南门，铁路那边的守卫没有日本人。可是，大侠，凭你的本事完全可以来去自如呀，你来的时候不是没有人发现么，这会怎么又要我带路呢？我得留下来清理现场呀……"

"废什么话！这回不一样，人多目标大！"时发说着看了小文一眼。

小文心知肚明，他这是为了我的安全着想！她的心里如同打翻了五味瓶，什么滋味都有。袁时发啊袁时发，你要不是我的仇人该多好……

“袁时发，你果然敢做敢当，但我也不是个恩怨不分的人，你杀了我父亲，欠我一条命，可你先后救过我两次，我欠你两条命。所以，我父亲的事暂且搁下。现在，我和你们一起走，出了城我有话要对你说。”

“好！还是那句话，要报仇，等鬼子完蛋以后。走吧！”

四人上了马，崔世康哆哆嗦嗦交代下人：“你们，你们千万别跟来，赶快把家里清洗清洗，把晓斌和那个女人埋了，然后去警察局报案，就说我家里遭了土匪，人是他们杀的……”

到得城南铁路边，几个黑皮上来盘问。崔世康把手一挥：“这几位是南京国民政府派来的，奉命去执行特别任务。”

黑皮们见会长大人亲自陪送，那三人又是一言不发的傲慢神态，没敢多问，敬了一个标准的军礼就放行了。

进了鹭鸶窝，时发对崔世康说：“好了，你回去吧。今天我是放你一马了，如果以后听到你帮日本人欺负老百姓的话，崔晓斌就是你的下场！”

小文见他要放了崔世康，忙上前阻止。

“这个人是湾沚维持会长，一定知道鬼子很多秘密，交给我。”

“可是……我已答应了要放他走，不能失信啊。”

“袁时发，你还真把自己当成山大王啦！和抗战大计相比，你个人的信用算什么？你知道一条有价值的情报能避免多少流血牺牲吗？”

时发脸一红。是啊，我袁时发的信誉和打鬼子比起来太微不足道了，但他在江湖中飘荡已久，死要面子惯了，岂肯轻易嘴软。

“我当然知道轻重，至于他知道什么鬼子秘密，我随时可以找他了解，他逃不出我手心的！崔会长，你如果知道什么，现在就说出来，省得我以后再去找你！不过我可警告你，等我再去找你的时候，你的死期也就到了！”

崔世康被他这么一吓，结结巴巴道：“我，我只知道日本人正在抓紧布防，说中国人不死心，可能还要反攻芜湖，还有，五十二师有一个军需官好像和他们有来往。”

“军需官？是不是叫崔常顺？”小文和时发同声发问。

小文惊讶地看着时发：“你怎么知道崔常顺在五十二师？”

“当然知道。这位崔大处长的本事你比我更清楚，但有一点你不清楚，你们部队的好武器不知被他卖了多少！我炸九连山碉堡的火药就是从他那里搞来的。这个王八蛋，倒卖军火不说，还当起了汉奸！”

“你把话说清楚，他怎么倒卖军火的？”

“好吧。”时发一边拿出崔常顺签名按印的信笺，一边说出在宣城的经过。

小文先是俏脸沉凝，接着扑哧笑出声来，跟着又把脸一寒——我怎么能对他笑呢！

“你不是答应替崔常顺保守秘密吗？怎么又失信了？”

时发打个哈哈：“两码事，他倒卖军火，我讹他武器，基本扯平，但勾结鬼子就不一样了，这是民族大义！”

“那你刚才对这个崔世康怎么不讲民族大义？”

时发再次打个哈哈：“还是两码事，他协助我救了你，又把我们安全地送出了城，理应饶了他。再说他的胆子比老鼠还小，问他话，他敢不说吗？”

“这么说，你是胸有成竹了？”

“不敢，不过我知道凡事都要谋定而后动！”

“你就吹吧你！”

小文突然觉得眼前这个艺高胆大、狡猾而又不失幽默的男人愈发变得可爱起来。自加入军统以后，成天忙于高度紧张的情报工作，她几乎从来没有笑过——我今天这是怎么啦？他可是我的杀父仇人，可是他也救过我的命，还是我……唉！越想越乱！

时发见小文脸上红一阵白一阵的，哪知道姑娘家的心思。

“喂！你想什么呢？没什么要问的，就放老家伙回去吧！”

“啊？崔世康我问你，崔常顺给鬼子提供了什么情报？”

“具体我不太清楚，但山本对你们五十二师装备情况非常清楚，从这点来看，应该就是那个军需官告诉他的。”

“就这些？”

“是的长官，我只是个维持会长，后来又被架空了，知道的就这么多了。”

“行了行了，你走吧！”

来到夏芳和雪娟的坟前，时发摆上崔晓斌的人头，双手合十跪倒在地。

“夏芳，雪娟姑娘，你们可以瞑目了……夏芳，你和我成亲后，没过上一天安稳的日子，当初不肯娶你也是这个原因，你现在知道了吧，像我这种把脑袋别在裤腰带上的人，娶了哪个就害了哪个。夏芳，你知道吗？我为什么总是对你没有好言语，就是为了让你不要对我太用心，就是怕我哪天死在外面，你一个人太难过啊！”

这个铮铮铁汉已是泪流满面。

小文心里又一次五味杂陈——他竟然成过家！如果他的妻子没有出事，他现在还是一个有妇之夫。而我，如果不是因为父亲的事，还在想着这个有妇之夫！她忽然有一种被欺骗的感觉，跟着又否定了这种感觉——袁时发并没有对我做出什么承诺呀！可他为什么又到处找我呢？通过时间来算，他婚后也不止一次地找过我。这到底怎么回事？不行，我一定要搞清楚。她把目光转向吴克等人，发现只有那个猴脸照过面，立刻示意猴子潘借一步说话。

“这位兄弟，你和袁时发在一起多久了？”

“不长，王姑娘，有什么事吗？”

小文脸一红，低声说：“我，我想知道他是怎么娶的那个夏芳姑娘。”

猴子潘不仅长得像猴，脑子也是猴精猴精的，在崔府的时候他就觉得二人不寻常，他们虽口口声声说什么父仇，但王姑娘看袁大哥的眼神却非常奇怪，现在她又问出这个问题……他瞬间明白过来。

“这个我不清楚，你问二狗吧，他或许晓得，我把他喊来。”

“别，别嚷嚷，麻烦你去帮我问一下再偷偷告诉我，拜托了。”

不一会，猴子潘过来传话：“二狗也只晓得大概，好像是袁大哥在一次酒后无意中救了她，她很中意袁大哥，袁大哥就糊里糊涂地把她当成了你……”

难怪了，原来是这么回事！小文如释重负地呼出一口气。这个“好像”对她来说就是确定无疑，她有那种感应，袁时发一直在想着她。

看着时发痛不欲生的样子，小文不知不觉淌出了眼泪——这个男人流落到了江湖，尽管沾上了不少毛病，但还是一个重情重义的汉子，如今这样有血性重感情的男人实在是太少了。他虽然结过婚，但他并没有爱过那个女人；他之所以弄成这样，原因还是在我身上，袁时发不是移情别恋！

想到此，她忽觉心疼起来，更为自己感到奇怪——教官培训我们的时候一再告诫，做特工的千万不能动感情，我今天居然笑了一次又哭了一次！

吴克见时发太过伤心，上前说道：“兄弟，人死不能复生。还是想想眼前的事吧。这个墓穴我一直认为不会暴露，但崔世康见到我们这么多人出现在这里，说不定会想到这里有我们的藏身之处，这样，墓穴也就不安全了，我们得赶紧走。”

时发擦干泪水说：“吴大哥，墓穴的事我觉得你不必担心，凭我对崔世康的了解，他绝对不敢。”

丁鹏说：“我和老舅商量好了，我们一起跟着你干，你到哪我们就到哪。”

“好！吴大哥也是江湖中人，对我脾气。你我早就是好朋友，更不用说了，既然你们都不嫌弃袁某，我当然巴不得，别的不敢保证，至少我吃肉绝不会让弟兄们喝汤！”

时发转而对小文说道：“王……姑娘，你先前说有什么话要对我讲，那就快讲吧，讲完后我们各干各的。”

他觉得，现在一和小文说话心里就很乱，要是在以前，这话决计不会说出口。自己一直在找小文，好不容易见到了，怎么舍得离开。但现在不同了，仇人的身份让他不敢再面对小文，不敢再看她的眼睛。那双眼睛，从第一次的含情脉脉到宣判他时的那种惋惜再到这次的仇恨，接着又从仇恨变成一种说不清楚的眼神。他很是惶恐，他不知道，那双眼睛还会发出什么样的光。

“哦，是这样的，袁大哥能力非凡，日本人都拿你没办法。不管你是有心还是无意，你都帮了国军很多大忙，我们五十二师唐元善师长非常欣赏你，想请你做他的贴身警卫。你应该知道，凡是贴身警卫员将来都有很好的前程。”

此话一出口，小文心里也犯了嘀咕，太奇怪了，我怎么叫他袁大哥！嗨，以前就在心里反复叫过，既然脱口而出了，就这么叫下去吧。她心中飞快地闪过这个念头。

“打住吧，五十二师虽是中央军，但崔常顺这种人都能当上军需处长，他唐某人还不值得我去给他当保镖。再说，我的军籍已经被开除了。”

“话不能这么说。五十二师建制齐全，有近九千人，林子大了肯定什么鸟都有。唐师长在抗日方面还算积极，称得上爱国将领，为人也很不错。他知道你的过去，他就是考虑到你对过去心有介怀，才特意让我传话给你，说哪个年轻人没犯过错误，只要不在大是大非面前站错队，一切都可以重来，如果你肯去，他会想办法让你恢复军籍的。”小文最后又加了一句：“唐师长还说，我要是请不来你，就拿我是问。”

实际上，唐元善并没有说过这句话。从没撒过谎的小文更加觉得自己一反常态。

我竟然能脸不红心不跳地去骗人了！

时发挠挠头：“这样啊……你让我想想……”

他说的是实话，尽管知道她最后一句可能是谎言，但谎言也要看出自何人之口，小文的每一句话他都会认真考虑。本来用不着想，这么多年最想见的人不就是小文吗？可现在情况不同了，他们之间有了一道无法越过的障碍。杀父之仇，谁能忘得掉？可是，小文毕竟是他一直深爱着的女人，她要请他去中央军，怎么好拒绝呢？何去何从，他心里乱成了一团麻。

“我们，我们先去洪山吧。”

洪山百姓已从前山赶回。连续几次逃难，担惊受怕且食不果腹，他们一个个脸色蜡黄人瘦毛长。收拾断壁残垣时，一根被烧煳的屋梁也要几名男子才能抬得动，夯土墙的握着木杵半天捣一下，显然没有力气干活。

有人很快认出小文，“这不是……”小文立即摆手示意他不要说下去。悲声响起眼圈红，她看到了一个令人心酸的场景——

在时发那座已被烧成一片废墟的屋基处，春芳、大牛等人头扎白布，刚搭好一个简陋的灵堂。一张八仙桌上摆着一个粗瓷大碗，里面趴着一只褪了毛的比麻雀大不了多少的鸡仔；桌子的两旁挂着两幅挽联，“英年早逝，扼腕叹息”“悲天哭地怨人生苦短，怜儿惜女叹命运不公”。正中间是“跨鹤西去”。桌子后面的两张长凳上架了一具用松树割成的薄皮棺材，棺材下面有一碗油灯，几个留着鼻涕的小孩跪在棺材左侧，把打了眼的草纸一张一张丢进火盆子里，火苗闪动，黑烟缭绕，纸灰飘摇。帮忙的还有挺着肚子的杨花妮，她拉着春芳的手说，快把六桥村的吴道士喊来，夏芳这么年轻，得好好超度。

吴道士一到现场就把杨花妮往外推，你赶快回去，夏芳死得惨，怨气聚结深重，对胎儿不利。然后，他端坐在桌子右侧，摆出一面架子鼓和半面磬镲，另半面磬镲握在他的手里，开始一边敲打着鼓磬一边唱诵经文：

咚！叮叮叮！咚！叮叮叮……东方有木有青龙，南方有火有朱雀，北方有水有玄武，中央有土有麒麟，唯有西方白虎地，方是亡灵好通行……

吴道士还算出夏芳死的日子不好，犯了重丧煞，必须改煞，要在出殡前的头晚发一次假丧，否则就会给活人带来灾祸，好在这具棺材本来就是空的，夏芳作为客死鬼，遗体即便完整也不能进村，晚上只要把空棺材抬到山上埋起来就可以了，真戏假戏一次谢幕。

·第二十七章· 情之所至再戎装 也为国耻请缨忙

村民们见到时发都没有了以往的那种兴奋，不知怎么安慰他才好，吴道士又平添了一份惶恐。他指着吴克反复强调，这个人在出材时一定要回避，他身上阴气太重，极易惹邋遢……众村民面面相觑，吴道士赶紧又说，袁时发在场就不要紧了，他的阳火是常人的十倍，任何邋遢都不敢靠近，众人这才相顾莞尔。就在这时，春芳母亲突然拨开人群，指着时发哭骂道："你狗日的英雄了，出名了，我夏芳却被你害死了。要不是你去招惹鬼子，她会去找你吗？她不找你，就不会死啊！你还我女儿！还我女儿……"骂着骂着又揪住时发的衣领抽了他一个嘴巴。

春芳的父亲赶紧拉住，老泪纵横地说："时发，她妈最心疼夏芳，不要见怪。"

"没事。妈说的对，我确实对不住夏芳。好在我已给她报了仇了。妈，只要您老人家能解恨，怎么打怎么骂都行，千万不要哭坏了身子。"

春芳母亲兀自骂骂咧咧个不停，洪山几个老年人看不下去了。

"他亲家母，这事怎么能怪时发呢？要不是他朋友送信，我们恐怕早被鬼子杀光了。"

春芳也劝道："妈，夏芳要不是一个人乱跑咋会出事哩，都是命，怨不得旁人呀……"

时发见老人家渐渐平息下来，指着王小文高声说道："各位乡亲父老，我知道是我连累了大家。昨晚帮夏芳报仇的时候，我顺手搞来了两百大洋，我想留下十块做盘缠，剩下的你们分了盖房子吧。通过这段时间我也想明白了，单枪匹马地和鬼子干，迟早要出事，也会害了你们。我决定跟这位女长官走，鬼子要抓的人是我，他们如果知道我去了部队，多半不会再来祸害你们了。不过还是要小心点，我建议村里加派几个眼睛好腿脚利索的青年日夜轮流放哨，一旦有什么情况，大家好及时撤退。”

小文这才明白，原来他抢崔世康的钱是为了老百姓。袁时发果真是个劫富济贫的好汉，她愈加庆幸自己没有看错人，最开心的是这个人当众说了要跟自己走！只要他以后天天在自己的身边，就有更多的机会接近他，了解他，也就……小文心里怦怦直跳——我这是怎么啦？别忘了，他是杀害父亲的凶手，就算我能原谅他，哥哥会原谅他吗？我到底在想什么呀！

“来喜回来了！”二狗突然乐颠颠地叫起来。

章来喜气喘吁吁地跑到时发跟前，一把拉住他的手：“大哥，好久不见，我刚从鹭鸶窝回来，都怪二狗没说清楚，害我跑了一趟冤枉路。”

“咦？你早就回来啦？没跟老赵他们走？”

“是的，我到洪山有好几天了，是花妮姐带我找到乡亲们的。我跟随赵队长他们撤回红杨树阵地后，就四处打听你的消息，潘指导员也去找你了，没想到她和嫂子一起出了事。新四军的战士们都说，他们能在红杨树和马家园打败鬼子，有你一份大功，要不是你炸了鬼子的军火，他们也不可能打得那么顺手……”

来喜恨不能一下子把别后的所有事都讲出来。

时发摆摆手：“不说这些了，我问你，有没有我大的消息？”

“没有，赵队长那也没有。”

他到底去哪了？时发愁云满面。

“大哥，赵队长还让我告诉你，这段时间务必多加小心。芜湖的仓桥为了报复你，专门请来一个很厉害的杀手，名叫稻川一郎。”

“芜湖的情况他们也知道？”

“嗯，他们早就在那里发展了一只地下武装。赵队长说指挥员大哥认识。”

我认识？时发立刻想起老浮桥那场夜战，若不是大虎，他们和大刀会的人将全部葬送在那里。大虎！肯定是大虎！这小子，老子又欠他一个人情了！

“我知道是谁了。哎，最近宣城那边怎么样？”

“老样子，一会在鬼子手里，一会在中国人手里。对了，说到宣城，王舵主派人来找过你，说那个叫郑阳的人去了延安学习，回来后将组建宣城县游击大队。”

小文越听越觉得不妙，她悄悄拉过时发说："稻川一郎代号毒狼，是关东军培养出来的高级特工，我们军统有不少好手都栽在他的手里，千万小心了。"

"好的，我会注意的。"

"袁大哥，我现在最担心的是另一件事，你和新四军关系很密切？"

"还可以吧，我义父李汉臣就是共产党的人。"

"这样啊……你能不能答应我，去了五十二师以后就不要再提共产党了。"

"为什么？国共不是合作了吗？"

"政治上的事，我和你一句两句讲不清，总之你一定要答应我。"

时发点点头："其实你不说我也知道，两党打了那么多年，不可能一下子就亲如一家的。不过讲实话，我觉得在这方面共产党更大度，国民党力量那么强，反而显得小家子气，总是背地里使阴招，总是找共产党的麻烦，但人家共产党真的是为老百姓着想啊。别的不说，他们只要打下一块地方就给穷人分土地，国民党却尽往他们身上泼屎，说什么共产共妻，我到现在也没见过他们共了哪个妻哩！"

小文皱了皱眉："既然你这么欣赏共产党，为什么不去投奔他们呢？你刚才也说了，你义父就是共产党啊。"

时发挠挠头："他是劝过我参加新四军，但我这个人自由散漫惯了，还喜欢赌钱，所以才被川军开除了。共产党纪律那么严，我去了迟早要捅出大娄子。"

"你就不怕五十二师也会开除你？"

"不怕，因为……"

"因为什么？"

时发撇撇嘴没有回话。小文心头立刻泛起一阵甜蜜的涟漪。答案已经很明显，像他这样的人才谁不抢着要，他为什么独独要去五十二师？

"你呀，以后不要再提被开除的事了。唐师长都说了，哪个人没有走过弯路。"

"我知道，国民党也有好人，比如像你这样的。唐元善是什么人我还不清楚，不过还是要谢谢他能看得起我。"

"吆，你这是夸我呢，还是巴结我呢？"

小文回眸侧脸，眼神明亮而又俏皮。谁知刚得了一句中听的，接着就是心惊肉跳。

时发说：“我觉得吧，国民党欺负共产党主要还是那个姓蒋的想独揽大权。俗话讲，拳头往外打胳膊朝里弯，现在是打鬼子的时候，总不能不齐心吧？”

小文紧张的神情丝毫不亚于当年的李汉臣，语气也如出一辙。

“你胆子太大了，你知道这话会引来多大麻烦吗？幸亏只有我一个军统人在这里！”

提起军统时发反而更有气。当年要不是他出手，雪娟早已被他们所害，郑阳也因为他们的追杀好几次都险些丧命，他很想骂一句，但考虑到小文也是军统的人，只好忍住了。同时也有一份感激，小文如此紧张，实在是把他当成了亲人。

“我是实话实说。当然了，至于什么党派之争，我从来都不关心，既然你这么担心，我答应你就是，以后不提了。不过我可不怕你们军统，就是当着你们老大戴笠的面，这话我都照说不误。”

“知道啦，你袁时发怕过谁？还是那句话，去了就不要再提了，就算是为了我，好不好？”

“嗯。我之所以答应跟你去五十二师，一是为了洪山头老百姓，二是为了崔常顺这个王八蛋，三是国军武器好，打鬼子方便……”

“还有第四点吧？”小文微笑着自问自答。

时发没有出声。的确有第四点，但不需要说明，他们心中都已有了一份默契。以前，李汉臣多次劝他参加新四军，他都不肯，不肯的原因是不够了解共产党。后来，他终于明白，为什么他们武器那么差却照样打得鬼子屁滚尿流，因为他们真心为老百姓，有了老百姓的支持，他们才能在国民党和日本人的夹缝中生存下来并日益壮大。他很清楚，自己最该去的地方就是新四军，但还是没去，没有去的原因真的是为了和章大虎怄气吗？早就不是了。现在不去就是因为太了解共产党，他们的纪律非常严明，一个总是率性而为的人，去了只会惹麻烦。误炸小兰、孙成就是血的教训。他已经被国军开除过一次，若是再被共产党开除，哪里还有脸活在世上？去五十二师最主要的原因就是为了王小文。他当时说自己要好好想想，现在已经想好了。原来，为了小文，他可以去一个根本不喜欢甚至是厌恶的地方，只要小文在那里，一切都不重要。

“袁大哥，还有件事我必须告诉你，我哥王小武也在五十二师。他因为从小受到父亲疼爱，一定会对你下手。当然，你要是担心他报复而不去的话，我不会怪你，毕竟，我哥今后会怎么样对你，我心里一点数都没有。我不想你受到任何伤害，尤其是他的伤害。”小文道出最后的心结。

时发既感激又被激出一股豪气：“袁时发说一不二，既然答应你了，就一定去。你哥哥要找我麻烦很正常，父仇子报嘛！就冲你哥要对付我，五十二师我还非去不可了！我倒要看看，一个维护汉奸老子的军人是个什么德行！”

小文眼泪直转：“你就不能说句好听的哄哄我？”此言一出，她立时羞得满面通红。

时发只图说得痛快，没想到后面的话把小文呛得委屈万分，当即软下语气解释道：“我听说八路军有个女战士亲手毙了她的汉奸老子，人家这才叫大义灭亲。我不是气你哥要找我报仇，实在是对汉奸深恶痛绝，中国就是因为出了这么多汉奸，小鬼子才能横行霸道，所以，我气的是你哥是非不分。”

见小文还是眼泪汪汪的，他继续温言抚慰：“对不起，我说话太冲，没有顾及你的感受，我一定改。”说罢，顾左右而言他道：“我去跟乡亲们道别。”

时发来到夏芳灵前拱拱手，转身对吴克说：“吴大哥，要论挖地道，你才是高手，请帮洪山头村民设计一下，一定要家家户户都能相连，直通前后山。这样，一旦鬼子来了，他们好活命。”

吴克把胸脯一拍：“没问题，这对我来说就不是个事。”

“好！乡亲们，等吴大哥画好图纸后，我们就要走了，大家辛苦一点，照着图纸尽快把地道挖好，记住，一定要晚上开工，挖出的土不要堆在一块，这样就不会引人注意了。过段日子，我会派人再送点钱过来。”

小文何尝不明白时发的话有道理，父亲做了汉奸是罪有应得，可杀了他的人偏偏是袁时发。这个再次打乱她芳心的男人，恨肯定恨不起来了，但他当着这么多人的面说父亲该死，说哥哥是非不分，太令她难堪了。不过，他又说肯为自己改变，会考虑她的感受。这是一个嫉恶如仇的铁血硬汉，他能向一个汉奸的女儿道歉，足见这个汉奸的女儿在他心里的位置。

想到此，小文又生出一股柔情，矛盾的心理再一次产生，时而忧伤，时而欢喜，时而痛苦，时而甜蜜。小文就带着这样的心情，带着时发等六人赶往国军五十二师。

日军打进安徽后，宁国、休宁、歙县、祁门、黟县、绩溪、旌德、太平、石台等山区县域是为数不多的未沦陷区。黄山地势险要，飞机无法轰炸，进山唯一的通道宁湘铁路已被国军事先挖断，公路不仅少且路况极差，如果强行攻占，费劲不说还得不偿失，因此这些地区便成了国共两军交错的驻守地带，新四军总部就在泾县云岭，绩溪为五十二师所在地。

这一日，唐元善正在组织召开团以上军官会议，主要议题刚刚结束，副官童正春兴冲冲进来报告：“恭喜师座，王副处长不负所托，已找到袁时发并成功劝说其前来投奔，大概十几分钟后就要到了，同来的还有几名身怀绝技的江湖好手。”

唐元善喜上眉梢：“好！太好了！王小文功不可没。诸位，袁时发的大名想必都已知道了吧？此人真不简单，孤身一人就把西乡闹得天翻地覆，还绑架了木村成功脱身。只带了两名跟班，就端了九连山碉堡，接着又炸掉了湾沚的军火库，让新四军在红杨树和马家园捡了个大便宜。在芜湖，就在仓桥的眼皮子底下，此人几进几出，如入无人之境，真是好戏连台啊！”

唐元善越说越兴奋：“诸位，王小文前几天先后给我发了两封电报。第一封说袁时发已被日本高级女特工南造惠子盯上了，我还担心他的安危呢。没想到时隔两日，第二封电报就说那个惠子已经被他干掉了！厉害！真厉害！我把袁时发的事告诉戴笠后，你们猜他怎么说？他说这简直就是另一个王亚樵嘛！这样的人才，军统、中统都很罕见，他还拜托我把袁时发引荐给他们军统。雨农想得美！他不知道我老唐也是会算账的主啊！人才，哪个舍得放？好了，不多说了，今天的会议就开到这里，请随我一同去见见这位大英雄！童副官，吩咐厨房多加几个好菜，另外去我办公室把那箱法国红酒拿去，我要好好和这个袁时发喝一杯！”

唐元善滔滔不绝一番描绘，在场的大多面露微笑，唯有崔常顺一人沉默不语，他的脑子在飞快地回放着过去，也在飞快地分析着眼前——

袁时发和自己本就有隙，加之倒卖军火的证据又被他牢牢握在手中，自己实在是朝不保夕。袁时发虽然答应一年后会把证据还给他，可谁知道一年之内会发生什么事，万一证据到了唐元善手里，那自己就死无葬身之地。不行，必须另作打算，而放眼当今，也只有与日本人合作这条路了。考虑到绩溪距宣城较近，如果直接与宣城的日军联系很容易暴露，他决定选择湾沚端月联队，这就如同下象棋一般，拐弯马和隔子炮总比直线车要隐秘得多。为表诚意，他第一次密见山本便全盘告知了五十二师装备情况，山本自然喜出望外，勉励他好好潜伏下去，并表示帮他谋任师参谋长一职，这样，五十二师乃至整个皖南山区中国军队的布防情况就很容易掌握了，同时以大日本皇军特高课名义保证，必定厚待崔桑，如果崔桑因为暴露到了湾沚，至少能当个皇协军团长。崔常顺终于为自己寻找到另一条出路而感到宽心，更为自己多留了个心眼而感到得意。他和山本会面，均由第三人穿针引线，密谈始终只有他二人，即使有什么风吹草动也没关系，死不认账就是了，空口无凭，谁也不能拿他这个师长义弟怎么样。不想人生沉浮世事难测，湾沚竟然传来袁时发诛杀崔晓斌、绑架崔世康的消息，他立刻电询山本。山本说崔世康只是一个小小的维持会长，不可能知道他们之间的事，但他仍是放心不下，听闻崔世康是个出了名的老狐狸，谁能保证他在山本身边没有耳目？不过，他还心存着一份侥幸，王小文去找袁时发就是为了报父仇。她瞒得了唐元善，可瞒不过崔某。不料结果恰恰相反，袁时发这个冤家非但没有被王小文所杀，还被她带到师部来了！这个王小文怎么回事？明明知道袁时发就是她的杀父仇人，为什么不杀了他？情急之下猛然想起那次宣判，对呀，我怎么忘了，他二人有私情哩！不管崔世康有没有泄露他和日本人勾结的情况，他都得溜，马上溜，这可是赌命的事！想到此，他立刻走到唐元善面前。

“师座，卑职有点私事要向您报告。”

唐元善哼了一声：“私事？和袁时发有关吧？你当年查办他虽事出有因，但从做人的角度来说，你的确不地道，现在没脸见人家了？不过也不用紧张，据我所知，袁时发为人比较豁达，他不会计较的。”

“师座教训的是，但卑职说的不是这个，此事和令堂大人，我的干娘有关。”

唐元善是个孝子，对母亲向来言听计从，稍一得空就赶往广东肇庆老家请安问候。抗战爆发后，肇庆沦陷，他在驻守绩溪前把母亲接到邻县旌德同学家安身，这才让他可以专心对付鬼子和共产党。行伍出身的唐元善对崔常顺那副油滑的性格也比较反感，崔常顺调至五十二师没多久，他便看出来了，此人实乃青蝇点素鸥鹗弄舌之辈，但此人也有他的过人之处，很会哄人，也不知怎么就打听到了唐母就在旌德，几趟跑下来便把老太太哄得收了他做义子。老年人嘴馋，绩溪正好又是徽菜之乡，诸如徽州臭鳜鱼、伏岭玫瑰酥和菜糕等等都是久负盛名的美食，包括山核桃等当地土特产，他隔三岔五地就买点给老太太送过去。从那以后，老太太每次见到唐元善都要数落几句，你是我亲生儿子，还不如顺儿一个外人贴心，顺儿在你手下，你要给我多多关照。唐元善连连点头称是，义弟比我孝心。就这样，崔常顺得以顺利地被提拔为师军需处长。

听他提到母亲，唐元善立刻缓和了语气："走，去那边说。"

"我的师长大人，您还不知道吧，干娘现在喜欢上吃斋念佛了。我最近为她找到了一本高僧手抄的《金刚经》，打电话告诉了她老人家，她说非常喜欢，要我马上送过去，所以想跟您告个假。"

"就这事啊？怎不早说，行，你现在就出发吧。"

崔常顺溜出门就拨通了王小武的电话。

王小武虽是个性格急躁的热血青年，却聪明能干。进入部队后通过刻苦训练，他练得一身本领，格斗、射击样样出色，尤其是对当前抗日形势和对日作战见解独到，常有惊人之语。团长吴天成很欣赏这个出类拔萃的青年，奈何他的政审表上有"背景不洁，留待观察"八个大字，能任一个团级参谋就已经很不错了。小武曾想过，此处不留爷自有留爷处，但在得知父亲被杀后，他决定还是留在部队。为了依靠军方报仇，他特意找小文商议，要她向唐师长建议，让他带兵上战场，希望凭着过硬的军事素质立功得到提拔，只要有了一定的兵权，报仇就容易多了。小文却坚决反对，别说战场危险，就算你能活着立了战功也不一定能得到提拔，你以为那些高级指挥官都是打出来的么？实话告诉你，我这个情报处副处长就是沾了同事的光，她是军统大佬毛人凤的侄女。再说了，你是王家唯一的男丁，肩负振兴家门的重任，我绝对不会让你带兵的，报仇的事你也不要插手，由我来。小武只好作罢，他知道妹妹的性格，她要是反对的事，自己怎么也做不成。可是妹妹外出寻找袁时发已经很多天了，却一点消息没有，小武不免担心起来。唉！我这个做哥哥的真没用！

接到崔常顺的电话，小武简直不敢相信自己的耳朵，这怎么可能！妹妹在搞什么鬼？师长这么看重袁时发，以后要想下手可就难了，必须在他站稳脚跟之前杀了他……

一行人距五十二师师部不足一百米时，时发看到，在挂有“国民革命军陆军第五十二师”字样木牌的一幢徽派老宅大门前，十几名军官笔挺挺分列两旁，正中间站着一位全副武装的男子。

“那位就是唐师长？”

“是的，袁大哥，他一个堂堂中央军少将师长，能摆出这么大阵势欢迎你，说明他真的很看重你呀。”

小文快步上前敬礼，“师座，属下幸不辱命，这位就是袁时发。”

唐元善一张国字脸，鼻直口方，身着中央军冬常服，腰束武装带，别一把手枪。他的身材并不魁梧，脸上却透露出一股威严，看得出是个胸有韬略的将才，但那双深陷的眼睛却犹如一汪深潭。此刻，他盯着时发一言不发，几秒种后，突然挥拳朝前击去。

“师座你……”小文吓了一跳，却见时发微微一侧身躲过了那拳。

“不错，果然好身手！”唐元善鼓掌赞道，其余军官跟着轰然喝彩：“好！好身手！”

小文舒了口气，原来师长是试他功夫来着。

“王副处长，其实你不用介绍的，我和时发老弟虽初次见面，但从气质上就能看出来，浑身都散发着英雄气！”

时发抱拳道：“唐师长见笑了，在下不过一介草民，岂敢称什么英雄。”

“哎！老弟不必过谦，你现在是皖南一带人人皆知的抗日英雄。来来来，里面请，我已设下薄宴，咱们边吃边聊。”

时发环视左右，未见崔常顺，赶紧问道：“唐师长，崔处长呢？”

唐元善压低声音说：“我知道你们有过节，他不在更好。”

“不，那件事根本不值一提。”

“哦，还有事？”

“对！”时发向王小文招招手，“唐师长，崔常顺倒卖军火，还勾结日本人，我和王副处长都能证明。”说完，他递过罪状，“这里面有他亲手摁下的指印。”

小文也补充了一句：“是的师座，我们在湾沚抓到了维持会会长崔世康，他亲口交代说崔常顺和鬼子有来往。”

唐元善看完那份罪状，气得浑身直抖："这个吃里扒外的东西！怪不得一听说时发老弟要来就跟我请假，还说是为了给我老娘送佛经，原来是逃跑啊！"

时发一听急了："在下刚来，寸功未建，恳请师座让我去抓他回来。"

"来不及了，我给他派了辆车，这会早就走远了！"

唐元善随即叫来军需处副处长姜绍根，附耳交代："马上把军械库清点一遍，看看那个畜生到底卖了多少好武器。"

本来是一场欢迎宴会，却因崔常顺的叛逃人人闹心，唐元善只象征性地举了一下杯便不再动筷，这餐饭很快就结束了。

散席后，时发又给唐元善添了一堵："中央军的伙食真好啊，这桌子菜少说也得值五个大洋吧？这能让一个穷人家过几个月嘞！"

小文赶忙圆场："不是的。五十二师向来节俭，因为你来了才破费一次，我们平时吃的比这差多了。师座常教育我们，国家正处困难期，军人更要带头勒紧裤腰带过日子。"

从得知崔常顺的事开始，唐元善一直阴沉着脸，此时方露出一丝微笑。

时发意识到自己说漏了嘴，赶紧转移话题："师座，听说咱们中央军装备好，能不能让我先到部队看看武器？"

"没问题！时发老弟报国如此心切，实在难得。这样吧，一个星期以后，我让你去吴团长的驻地参观，他们团离师部最近，届时军械库里所有轻武器任由你和你的弟兄们挑选。"

一个星期啊？时发正要问为什么，却见小文冲他直眨眼，遂点点头道："谢师座！"

稍时，姜绍根匆匆赶来，对着唐元善的耳朵轻声说了几句，唐元善面色大变，立即把目光转向王小文："王副处长，跟我来一下。"

小文见四处已无人，驻足问道："师座有何指示？"

"坏了，新装备居然被崔常顺卖了六成多，国防部要是知道了这件事，肯定要捅到委员长那里，这个窟窿怎么填？"

小文笑而不答。她相信唐元善明白她为什么不回答，因为他知道窟窿怎么填，但只能由别人说出来。国军内部倒卖军火的远远不止崔常顺一人，几乎每个部队都有。一旦出了纰漏，长官们为了不受牵连，就委托江湖人士出面私下从其他部队购买，挖东墙补西墙把数量凑足。

“王副处长，我马上联系戴笠，请他同意你兼任我五十二师军需处长。至于补足军火一事，就交给你了，经费问题我来解决。”

“这……”

“怎么了，有什么问题吗？”唐元善的脸阴云密布。

“没有！我怕辜负了师座的厚爱！”

“不用担心，我相信你一定能干好。”

“谢师座信任！有个事还要向您汇报。”

“说。”

“袁时发不愿做您的贴身警卫，他只愿上战场。”

“有人想干都干不了，他却不识好歹哩！”

“师座，据我了解，袁时发性情刚烈且淡泊名利，要他做您的贴身警卫只有一种可能，那就是他认为您值得他死心塌地去卖命，也就是说，必须用诚意感化他。”

唐元善点点头：“你说得很有道理，这个我也想过。行，就按你的意思办，军火的事抓紧了。”

“师座放心。”

一个星期以后，唐元善再次主持召开军事会议，特邀袁时发列席旁听。会议首先宣布人事任命：军需处原副处长姜绍根调任师部作战处副处长，拟享受副团级待遇，报请授中校军衔；情报处副处长王小文继续主持情报处工作，同时兼任军需处长一职，拟享受正团级待遇，报请授上校军衔；主力团参谋王小武职务不变，报请晋升中校军衔……

待所有议程完毕，唐元善把时发叫到身边，低声说道：“先屈就老弟到特务营担任一个主持工作的副连长，相信凭你的能力，很快就会崭露头角。我已经和川军及军事法庭联系好了，让他们抓紧把你的档案送过来，等你的军籍恢复后，再行晋升，怎么样？”

“感谢师座用心良苦，时发只要能上战场打鬼子，怎么安排都行！”

“好。王处长，你带时发老弟去吴团，顺便把我们师的情况介绍给他听。”

“是，师座！”王小文回答得非常响亮，一双秀眉却微蹙着，她瞥见了王小武冒着火光的眼神，那火光只在他看着袁时发的时候才会出现。她非常清楚，哥哥毫不掩饰他的杀气是因为仇人见面分外眼红。袁时发马上就要去他所在的团了，他会不会躲在暗处动手实难预料，只有把风险降到零才能放心，但这个无法向众人明言的问题自己却一时解决不了。她忽然灵机一动……

吴天成上车前对王小武说："你留下来，明天回团里。"

"为什么？"

"你刚提拔不久，和师部的人还不太熟。"

"可是……"王小武冷眼斜视着向一辆车走去的时发，小文已经上了另一辆车。

"没有可是，服从命令！"

吴天成上车后朝王小文点点头，然后从口袋拿出一纸条递给她，"物归原主。"

纸条上写着：吴团长，你是除崔常顺之外最清楚我父亲死于袁时发之手的人，拜托把王小武支开。

到了吴团，吴天成冲着时发打了一个请的手势："袁连长，师座有交代，参观一事由王处长负责，我就失陪了。"

时发与小文并肩在前，吴克等人很知趣地远远跟在后面。这二人难得如此近距离走在一起，不由相视一笑，接下来的对话中也都不由自主地注视着对方，很快又慌忙把目光移开，移开了再注视，如此反反复复，小文终于红着脸转到正题，说，我们看的只是半个团。时发伸出大拇指，就这半个团已让他大开眼界了。普通士兵每人配发中正式或原装德国毛瑟步枪一支，原装毛瑟驳壳枪一支，德制木柄手榴弹四枚，原装德制钢盔一顶。每个连都配有捷克式轻机枪、马克沁重机枪若干，团级部队都配有82式迫击炮……不对，这里面有问题。

"不少武器都像是刚发下来的，难道上面把崔常顺造成的亏空补齐了？"

小文摇摇头："袁大哥，这种事知道得太多对你不好，请相信我。"

"好吧，我不问了，反正你们有的是钱。相对于川军和杂牌部队，中央军真是装备精良啊！新四军更是没法比了。"

"喂！你怎么又忘了？不是说过不提那边的事吗？"小文紧张得杏眼圆睁，"出发前唐师长对我讲，袁时发为人太直，崔常顺的事应该私下告诉他，这个养虎为患的名声现在让他有点被动。"

时发伸了伸舌头："我哪晓得崔常顺还是她老娘的干儿子哩。"

“你呀！说正事，五十二师共八千余人，包括三个步兵团，还有师属炮兵营、骑兵营、工兵营、运输营、特务营、警卫连、通讯排，另配有一个野战医院……”

时发这才明白王小文何以能兼任军需处长，看来，唐元善可能只是对崔常顺失察。

“从轻武器方面，五十二师和日军常设军团差不多，不足的就是空中支援和重火力。”小文继续说道。

“是的，鬼子除了部队作战能力强外，最厉害的就是飞机大炮，还有坦克……哎，对了，你知不知道唐师长有什么作战计划？”

“怎么？你才来就想打仗啦？中央军每一次行动都必须有上面的命令才可以的。”

时发眼珠子一瞪：“我来的目的之一就是打鬼子呀，人家共……那边武器差多了，不照样主动找鬼子干吗?。还有，将在外，军令有所不受。”

小文转过脸去，从背后摆了摆手，没再接话。时发见她装聋作哑，反而提高嗓门：“听说唐式遵光复芜湖失败后，国共两党将再次对芜湖展开军事行动，鬼子那边情况，你们情报部门不可能不知道吧？”

“你听谁说的？”

“那边。”

“这很可能是他们的一厢情愿。”

“他们吃饱了撑的啊！人家可是……”

“你又来了。”

“那就告诉我呗。”

“你让我想想。”小文脑子快速地转了一遍。袁时发视鬼子为死敌，是不会放过任何一个战情的，但他又和那边有着扯不清的关系，已经直言不讳对那边有好感，万一因为好奇这个战情去找别人了解说漏了嘴就麻烦了。她决定告诉时发实情并说出自己的判断。

“去年一月，川军唐式遵部打算收服芜湖，却因刘湘的去世不了了之。芜湖守敌原本并不多，且散布四郊，夜宿裕中纱厂，守敌以伪满军李守信、于芷山两部为主，但现在情况不同了。日军第六师团攻下南京之后，越来越发现这个南京门户的军事战略地位，水陆皆可北上南下。为了加强芜湖的军事建设，他们从东北运来了很多坦克，组成了一个随时可以投入皖南各个战场的装甲营，同时扩建了机场。他们的飞机固然厉害，但皖南山区地形复杂，不利于飞行，反而对我们的威胁不太大。可怕的是他们的坦克，只要地基硬实，基本逢山过山逢水过水。根据以往的战例，我们每次都需要上百人的阵亡才能报销一辆这种活动的火炮。考虑到皖南一带芜湖的鬼子实力最强，对我们、对新四军的威胁都很大，因此新四军方面有联合攻打芜湖的计划，并说他们负责解决机场，由我们打掉装甲营。但这都是听说，三战区长官部至今没有任何消息，我估计即使有这个计划也不会启动。”

时发眼珠子转了几圈：“如果有人能摸进鬼子的装甲营并把它们敲了，你说他们会不会启动这个计划?”

“你还是想生事。”

“不是生事，你刚才也说了，这个装甲营对整个皖南都是一个极大的威胁，我相信唐师长也想打。”

“他是想打，但是，鬼子已经得到消息了，正在往芜湖增兵。”

小文接着说出了从唐元善那里得来的情况。

唐元善说，我们必须先攻下陵阳才能直奔芜湖，而长官部又没有明确指示，只能按兵不动。此外，装甲营到底在芜湖的什么位置，我们还不清楚。那个计划被传开后，特务营李营长他们及其他兄弟部队都去侦查过几次，因鬼子防守太严，始终靠近不了。根据内线消息，坦克一开始集中在白马山，但今年一月份以后，又调整了，原因是新四军另支一部队袭击了官陡门，目前从他们实弹练习的射击方位判断，有可能在神山一带，应该是为了更快打击当涂一带的新四军。还有，就算找到他们的坦克，我们也没有办法，靠近芜湖的部队火炮射程都太短，根本够不着人家，加上第三战区空军很少，指望空袭也没有可能。

时发若有所思地嘀咕着：“民间传闻，神山有一匹雪白的神马，后来跑出去了，化作一座白马山……”

小文扑哧一笑：“说什么呢，怎么扯到传闻上了。”

“哦。你刚才说坦克从白马山到神山，而白马的传说正好与之相反，所以就联想到了，我联想的主要也不是传闻，而是这两座山都能作为扼守芜湖城的要塞。娘道燕子的，小鬼子眼光贼得很哩。”

“坦克只是可能在神山。”

“可能哪行？打仗可不是儿戏，不搞清楚对方的情况，那是要死很多人的！”

“谁说不是呢。唐师长现在最担心的就是崔常顺叛变投敌后，鬼子已经掌握了我们的情况，他们一旦联合宣城的日军向我们发起进攻，我们就会暴露在他们坦克炮的射程之内。”

“老子……我不会给他们机会的。”时发沉吟片刻说，“这样，你跟师长说一下，就说我袁时发要求去侦察，保证找到他们的坦克基地。一旦进攻芜湖，我们也好避实就虚。”

“可是，会不会打芜湖还是个问号啊！”

“把问号变成句号，不，是冲锋号。新四军说负责干掉机场，只要再毁了他们的坦克，肉就盛到碗里了，谁不吃谁孬。”

他二人停下来一番对话，吴克等人早已跟了上来。来喜耳尖，中央军里这么多能人都没办法，大哥会不会把话说得太满了？

“大哥，我虽没打过仗，但军中无戏言还是知道的。”

时发瞪了他一眼：“娘道蒸子的，你什么时候听老子说过大话？老子说能就一定能。打仗，凭的是头脑，别人进不去，不代表我袁时发也进不去，再说老子还有炸炮的经验哩！”

小文看着来喜吐吐舌头低着头不敢再言语的样子，忍俊不禁道：“袁大哥，你能不能不要开口就老子老子的，搞得像个土匪一样。”

“老子……哈哈，习惯了，唐师长好像也不太文明哦。”

“好吧，我去打电话，但愿能像你说的一样。”

不一会，小文回复，唐师长同意你去侦察，并说他马上向长官部报告。

·第二十八章· 冰天巧拉迷魂网 雪地奔波刺鬼堂

回到住处，已有人将军服和装备送到，除了猴子潘因身材太小穿得像个武大郎，大家都显得很精神。丁鹏笑道："没想到我这辈子还能穿上中央军的衣服，时发兄弟，沾你的光了。"

时发看看丁鹏那双白皙的手，眉头微皱："老丁，当兵打仗，随时都要掉脑袋的，你们几个唯独你没摸过枪，我先给你找个教官，这次外出侦查你就不要去了。走，你们现在跟我去连队。"

五十二师特务营共三个连，二连长周军已被调任特务营副营长。副连长王彪早早集合队伍，等候时发到任。

久违的军营，虽然面孔都很生疏，但见士兵们一个个腰板挺直，军容整齐，时发倍感亲切，一股豪气自胸膛喷薄而出——

"弟兄们，我就是袁时发，以前在川军混了几年，当的就是特务营的兵。要说带兵嘛，说实话，有一点经验，但后来离开军队好几年，也就生疏了，所以还要请王连副跟各位多多支持。我来的目的也不是为了当官，是为了打鬼子的。特务连是什么？我个人的理解就是执行特别任务的连队，应该独立于常规作战部队，要主动出击。打仗嘛，你死我活的事，不能什么都要等上级命令。从现在开始，我们所有人互相当师傅。我呢，你们应该听说过，会几手三脚猫的功夫，打鬼子还凑合，有兴趣的可以和我一起切磋，目的就是为了共同提高杀鬼子的本领。好不好？"

"好！"士兵们轰然鼓掌。

讲话结束，他转向王彪："王连副，挑几个有点特长的兄弟给我认识一下，我要带他们去芜湖。"

王彪吃了一惊："袁连长，你要人没问题，可是没有命令，不能擅自行动啊。"

“打住，老子不是去打仗，是去侦察敌情，特务连不就是搞侦察的嘛。摸清楚鬼子的坦克窝在哪里，把它们毁了，如果新四军再把他们机场炸了，他们还狂个鸟!”

“可是，侦察就是军事行动，如果没有请示，可是要受军纪惩罚的。”

“放心，我已经委托王处长向师座报告了，侦察鬼子坦克营的事由我全权负责。”

“那……好吧。一排副排长陶飞是特务营有名的狙击手，三班长高占武是个爆破专家，还有就是战士李双柱，以前是个炮兵，后来因为耳朵出了问题，就转到我们步兵连来了，他对火炮很有研究，这三人身手也都很好。”

“好，叫他们到我的宿舍里开个短会。”

待所有人到齐，时发考虑到李双柱耳朵不好使，特意提高嗓门。他首先激发斗志：

“弟兄们，据我所知，我们五十二师以及皖南一带的中国军队将对芜湖的鬼子展开打击。大家知道吗？小鬼子攻入芜湖的当天，仅在城内就杀了两千五百多人，绝大多数是手无寸铁的老百姓。他们还发明了不少杀人游戏，实不相瞒，我亲侄子就被他们用‘乌龟划水’方式杀了，我老婆最近也死在他们手里。他们狂什么？狂的就是拥有飞机大炮和坦克，火力比我们好。空战不是我们陆军烦的神，我们要毁的是他们的重装备。所以，我想带你们去芜湖找到鬼子的坦克窝，在开战之前把它们变成一堆废铁，敢不敢干？”

陶飞第一个答话，“敢！说实在的，我们天天在这里按兵不动，手早就痒痒了。”

高占武似乎不爱说话，像个闷驴似的一言不发。李双柱戴着一副眼镜，看起来很像一个投笔从戎的学生，他不紧不慢道：“袁连长，我能不能说一句？”

“当然，开这个会就是听听大家的意见。我以前在广德打过鬼子的炮兵，也成功了，但小鬼子太狡猾，我们去了三十多人，只有我和另外一个活下来了。你们都很年轻，不能轻易地把命丢掉，我们要以最小的牺牲换取最大的胜利。”

李双柱赞许地看了时发一眼：“我觉得吧，要打鬼子的坦克，说难也难，说不难也不难。为了便于统一行动，他们的坦克平时都集中在基地，只要接近了基地，说不定一颗子弹就可能解决全部问题。”

时发立刻睁大了眼睛：“哦，一颗子弹就能干掉鬼子所有坦克？你快说给我听听。”

李双柞伸出两指把眼镜往上推了推。他的设想中包含着对日军坦克的分析——

“坦克主要火力就是坦克炮。我是干炮兵出身的，研究过鬼子的坦克炮，进而研究了坦克。第一，他们的坦克基本上是步兵坦克，即用于支援步兵作战的，并不是用来打坦克战的，所以采用了身管比较小、射程比较短的榴弹炮作为坦克的主炮。正因为如此，他们的坦克体积不大，装甲厚度不也高，携带坦克炮的炮弹数量更不可能太多。第二，坦克行走靠的是履带，履带又是坦克磨损最快的地方，平时训练后都要集中检修一次，奔赴战场前更要检修，然后装运炮弹。装甲兵讲究的不仅是火力，还需要快速机动，所以坦克炮的炮弹不能离坦克太远，只能在坦克附近，这样才能做到及时装运。第三，他们的坦克虽然不大，但用的是榴弹炮，所以炮弹相对比较重比较长。而炮弹的内心是烈性炸药，头部有一个冲撞式撞针，它的作用是在落地时通过撞针撞击引爆炸药。我们只要在他们集中检修坦克的时候接近坦克基地，找到一堆炮弹，派一名神枪手瞄准弹头，只要打中一枚，就会引爆全部炮弹，所有坦克都会被炸上天，你说，是不是一颗子弹就解决了。”

时发鼓掌大笑：“你这想法太妙了，哎，你怎么不报告给李营长？”

“我建议过，李营长说我讲梦话，坦克基地都还没有找到，就是找到了，怎么接近坦克炮的炮弹，离远了打不中，离近了会被鬼子发现。我想想他说的有道理，关键就是怎么接近又不被鬼子发现。”

“嗯，这就是我要带你们去侦察的目的。好了，听你这么一说，我心里更有数了。吴大哥，猴子，二狗，来喜，还有你们，全部换便装，五分钟后集合，我们骑马出发。老丁就不要去了，你现在的任务就是把枪练好。”

神山位于芜湖城区的东北部，由五座小山峰组成。相传战国时期干将造剑的炉子就设在此处。山上留有一处建于北宋初年的李卫公祠供奉唐初军事家李靖，另有北宋诗人黄庭坚读书处遗迹。

鉴于敌我势力犬牙交错，时发一行八人穿过宣城，沿着芜屯公路接近湾沚后再折转向东，从水阳江圩埂下方继续北行，来到距离神山最近的青弋江南岸时，天色已晚，只见一座长长的浮桥架在两岸之间。

时发对此桥非常熟悉，桥长约一百五十米，由二十多条横舟穿以缆绳相连而成，每条船都用粗大的绳索拴着巨石沉入水底固定，上铺木板作为桥身。抗战爆发前，站在浮桥上，河水清澈见底，能看到水底一粒粒圆润的砂石和游来游去的小河鱼。桥旁有放鱼鹰的小舟，渔人轻桨击水，鸬鹚便跟着节拍钻上钻下，那一刻的景色让人心旷神怡。当夕阳西下时，浮桥上的人流便渐渐密集起来，拉车的、推车的、扛竹子的、抬轿子的……车水马龙之间，整座浮桥就是一帧色彩缤纷的民俗市井画。如今这些景象都已荡然无存，桥还是那座桥，只不过作为“桥墩”的小船已经换作更大的铁船，木板改成了厚达一寸的钢板，比下游处的老浮桥更牢固。显然，这都是鬼子的杰作，以便通行各种军用车辆。浮桥的两头各有一座碉堡状岗楼，均有两名黄皮带着六名黑皮在站岗巡逻。

大家都带了工具和武器弹药，显然难以过桥。时发思索片刻，把手一挥：“走!”

找了稍近的一户人家寄存军马，那家只有一对年迈的老夫妻，草棚倒是有十几间，每间都有拴马桩和食槽，原来是个乡间牲口交易市场，但所有牲口都被鬼子抢走了，老两口的儿子媳妇连同十六岁的孙子也被抓去当了马夫。时发心下恻之，以喂马草料名义丢下三块大洋，二人连说哪要得了这么多钱。时发说剩余的就给你们买点粮食准备过年吧，拜托把我们的马一定要藏好。老汉说你大可放心，我知道怎么藏马，还能让马不出声，再说村里已经没有什么人了，你们又是晚上来的，不会有人知道，唯一担心的就是鬼子，还有汉奸，他们经常带狼狗下乡。时发赶紧又丢下一小瓶汽油，告诉那老汉，一旦发现鬼子进村，你们就在身上滴一点汽油藏起来，狼狗就找不到你们了，马真要丢了就算了，人可不能出事。老两口连声道谢，然后伸出四个指头说，看得出来，你们一定是这个，就凭这点，我们无论如何都会保全你们的马。时发知道，二人把他们当成了新四军，他不禁暗暗叹服，民拥如斯，共产党必成大器也!

时令已近大雪尾声，冬至即将来临，连续几天的低温，很多屋檐都挂出了狼牙般的冰锥，好在青弋江汇入长江前的水流湍急，江面尚未冻结。时发先让大家灌了几口烧酒，每个人都在原地连续蹦跳几十次，直到浑身发烫为止。所有人都明白，这么冷的天下河，不做好热身运动，非冻死不可。考虑到人多目标大，时发让大家分散开来，再次运用闭气之术，用树枝顶着衣裤绳索先行潜至对岸，在绳索上拴一小石子抛过去，一头系在江边的柳树上，二狗在这边拉紧绳子同样固定在对岸的树上。所有人都学着时发，一个一个光着屁股，顶起衣物扶着绳桥蹚了过去，最后一个解下绳子，由对岸的人一鼓作气拉过来。时发事先带了几条干毛巾，每过来一人，赶紧递上毛巾擦身穿衣。皮肤经过冷水刺激后再用厚衣裹体，很快，每个人身上都是红通通、热烘烘的。

连吴克这个老江湖也从没见过这种场面，他伸出大拇指叹道："难怪鬼子抓不到你，你和坦克一样，逢山过山遇水过水哩！"从不轻易开口说话的高占武也连说厉害。

"好了，我们已经接近芜湖了，都不要大声说话，抓紧吃点干粮，就近找个避风的地方藏起来，记住，每隔一段时间就喝口酒，天太冷，别鬼子还没打就冻病了。我先去打个前站，在我回来之前，任何人都不要轻举妄动。"

时发交代完奔向一间民宅，随后翻身上了屋顶，大战之前的紧张气氛立刻显露出来。附近的村庄多半黑灯瞎火，显然，大部分村民都躲起来了。距神山不到五六里的地方，就有鬼子设下的四道岗，巡逻次数也非常紧密，时不时就有一辆三轮摩托隆隆驶过，灯光闪烁处，地面上的碎冰和积水四处飞溅。隔不了几分钟，就有一帮黄皮和黑皮荷枪实弹地在岗亭周围来回走动，有的还牵着吐出红舌的狼狗，把几个路人吓得抱头蹲在地上好久都不敢起身。

小文说的没错，鬼子已经往芜湖增兵了，我们这么多人，又带了不少东西，怎么进去呢？正忖量间，忽见四辆大卡车从岔道上朝大路缓缓驶来。借着车灯看去，每辆车上都有四名身背三八大盖的日本兵，押着二十多名衣衫褴褛、被绳子绑成一串的老百姓，脸上都蒙着黑布条。车子颠簸时，稍有一人站不稳，便遭来一枪托重击。

鬼子在抓民夫啊，这倒是混进去的机会！时发掏出汽油瓶往身上洒了几滴，乘着夜色的掩护，猫腰快速奔到最后一辆卡车旁侧，就势滚进车裆，双手紧紧抓住底盘上的千层顶钢板，再把双脚架在车轱辘横轴上，整个身子倒悬起来。

卡车每过一个哨卡，都要停下来接受检查，每次都要对口令。时发在下面听得清清楚楚，有人说“天皇万岁”，须有人回答“圣战必胜”，方能继续前行。

车速越来越慢，应该是快到神山了，正要钻出去，几双皮靴跨过来，车子停下，接着车厢被打开，鬼子、民夫、司机都先后下了车。侧耳听去，周围已经无人，悄悄滚身钻出，找个隐蔽的高处一看，那批民夫已被押着往山里走去。匍匐前行几十米，在几座隐约现于暮色下的山峰之间，尚未完全竣工的指挥所、观察阵地、发射阵地、掩体阵地依次在探照灯来回闪烁中显露出来。原来这是一个火炮基地。民夫们的眼罩已经被除去，鬼子开始给他们发放镐头、铁锹等工具，旁有一个翻译扯着嗓门叫喊：“大家听好了，皇军请你们来是为大东亚圣战服务的，从现在开始，晚上干活，天一亮就各自蒙住眼睛在原地休息。只要好好干，米饭、山芋管饱。谁要是偷懒或者逃跑，格杀勿论！”

娘道燕子的！小鬼子太狡猾了。晚上修筑工事可以不被人发觉，民夫们从远处抓来，蒙上眼早被颠得晕头转向，最后根本不知道身在何处。最要命的是，他们都在鬼子眼皮底下，一旦阵地被袭，要么成为人质，要么先下地狱！仔细看去，右前方有四门九二式步兵炮，旁边搭了几顶帐篷，那是炮兵休息的地方，间或有几名哨兵来回巡逻。根据阵地构造，时发断定重炮就在山沟里。果不其然，伏身草丛继续爬过一段山梁，再放眼望去，近三十门铁塔一般的大家伙静静地矗立在那里，底座都罩着迷彩网，露出来的是又粗又长的炮管。每一门大炮后面都有一辆装填车，车后有一堆物品被帆布遮盖得严严实实，不用说，肯定是炮弹箱。凭自己的身手和弹无虚发的枪法，此时完全可以悄悄移过去打开一个炮弹箱，再远距离射中一枚炮弹，结果一定会出现连环爆炸，可所有老百姓也就跟着被炸死了。

越过一座山头，传来一片嘎啦嘎啦的声响，终于见到了他最希望见到的东西，四十多辆坦克像伸出头的老鳖一样排成纵队，正一辆一辆沿着另一条山沟朝阵地这边的几幢小房子驶来。每幢房子前都亮着很大的灯泡，把几架台虎钳和旁边站着的十几个人照得清清楚楚，他们都身穿工作服，手里拿着明晃晃的扳手。坦克纵队停了下来，立刻有人蹲下身在履带上敲打着什么，有的还钻进了坦克裆里仰躺着在摸索，发出叮叮当当的声响。稍时，嘎啦嘎啦声再次响起，第一辆坦克履带间的铁轮子转动起来，朝一堆看着就像坦克炮炮弹的物体驶去。驶去一辆，又过来一辆。时发的心跟着履带的环环相追不住起伏，他既高兴又纠结。高兴的是坦克基地找到了，而且和重炮阵地连在一起，随便击中哪一枚炮弹就能解决全部问题；纠结的是如何才能把那批老百姓调开。考虑良久，他决定还是回去再作打算。

进来不容易，出去也很难。夜已深，已没有车辆往回开了，为避开哨卡，时发硬是多绕了三十几里路，才赶到青弋江入长江口处，巡逻的鬼子对离城去对岸的人倒是不太在意，过河后又沿着圩埂返回泅渡之处，再把那闭气术演练一遍，终于回到原地，此时，天已大亮。

众人见时发去了整整一夜才回来，七嘴八舌地问道："怎么样，什么情况？""坦克基地在不在神山？""是不是遇到什么麻烦了，去了这么久……"

时发摆摆手道："找到了，就在神山，而且和他们的炮兵阵地紧紧相邻，但现在有个很大的麻烦，鬼子抓了不少老百姓给他们修筑阵地，离炮弹很近。不把他们救出来，没办法动手。大家想想法子，怎么才能做到救人炸阵地两不误。"

"大哥，我们炸湾沚军火库的时候，不是让鬼子拉稀才成功的吗？"

二狗显然对那次得手颇为得意。

"故伎岂能重演，再说上次有还老叶做内应。"

"那，那只有等他们把阵地建好了再动手。"

"建好了？等建好了，这帮老百姓就没命了。鬼子抓他们进去的时候，眼睛都给蒙着，就是怕泄露秘密。阵地一完工，他们肯定会被处死。还有，建好了，坦克还在不在了？"

"那怎么办？"大伙都没了主意，眼睛一起瞅着时发。

一夜没合眼，时发脸色有些苍白，他摆摆手示意大家不要说话，闭眼沉思，几分钟后突然睁开眼问吴克："吴大哥，你以前经常盗墓，身上有没有年代久远的宝物？另外知不知道神山有什么古墓宝藏？"

"有一枚小戒指，找文物贩子鉴定过，说是明朝的。神山有没有宝藏不好说，但民间传闻干将莫邪两把神剑就是在那里造出来的。"

时发猛然站起身："真有这个传闻？"

"有！还有的说那两把神剑就埋在神山。"

"太好了，高占武，假如我们打中了鬼子的炮弹，你觉得离连环爆炸现场多远才是最安全的？"

“至少500米以上。”

“好！猴子，你带上戒指绕到市区警察局门口，要装作无意中撞见一样，见到警察就跑，但不能真跑，要让他们抓到你，然后就交代说距离神山500米开外的正南方有个地下古墓。一定要把古墓说得非常复杂，戒指是从一个盗墓贼身上偷来的，最后告诉他们，所有盗墓的都说干将莫邪这两把神剑就藏在古墓里。”

猴子潘眯起猴眼道：“这和炸坦克有什么关系？”

时发微微一笑：“芜湖警察局长由李虎担任，他的叔叔李贵龙是商会会长，和宣芜地区目前最大的日军军官崎登交情不浅。这叔侄俩恨不得天天都去舔日本人的屁股，李贵龙一旦得知神剑的消息，势必告诉崎登。王小文说过，崎登一直不甘心屈就一个旅团长，所以就想着搜罗奇珍异宝献给他们的天皇来走上层路线。现在附近的老百姓都跑得差不多了，鬼子一时难以抓到足够的民夫，崎登一定下令让神山的这拨人去挖墓，我们就在这个时候救出人质炸掉坦克，不，是连大炮一起炸了。”

猴子潘一听急了：“我被抓进去怎么出来啊？”

时发笑道：“亏你还是个梁上君子，这年头警察什么德行你还不清楚？棍子后面插，帽子歪歪卡，见到长官行个礼，见到老板打哈哈，只有菜贩子最怕他，直个眼睛顺手拿。你被他们抓到，三块大洋就能脱身。”

“三块，是不是少了点？”

“不少了，三块大洋能顶得上他们半个月薪水哩！鬼子为转嫁战争负担，不但大量印制法币伪钞，还大量发行军票，由于伪南京政府给那些下层警察发的饷少，鬼子就用军票给他们发所谓的奖金和补贴。军票表面上与日钞等值，但毫无信用保证，既不能兑日钞，也不能换外汇，这也是很多伪警不愿替鬼子卖命的原因之一。所以啊，老子每次抢日本人抢汉奸，只要大洋，你呢，以后要偷，就偷他们的真金白银，偷真法币，千万不要拿军票，那是擦屁股纸。喏！给你四块，看看你有没有运气能保住那一块。”众人都笑了起来。

紧张的气氛有所缓和，时发收敛笑容对猴子潘正色道：“你脱身后立刻从老浮桥那边过河，告诉那老两口千万小心，已经有鬼子过桥了。然后快马加鞭赶回去，请王小文告诉唐师长，让他请三战区长官部通知附近所有国军，我们这边一旦得手，立刻对芜湖进攻，小鬼子武器充足，炸掉一批很快又会来一批，等到他们重新运来坦克，那我们就白辛苦一趟了。”

见猴子潘已走远，时发眉头一扬：“好了，我们该想想怎么进去了。我昨晚挂在卡车底下，知道了他们的口令。回来的时候注意看了一下，有两个黄皮和三个黑皮带着一辆卡车过了浮桥往对面的殷港乡去了。我猜得没错的话，他们一定是去抢粮食。我们马上返回去，找到这辆车干掉他们，换上他们的衣服，接下来的事不用我再说了吧？找到他们后，千万不能开枪，引他们下车，用刀解决。”

吴克想了一会说：“兄弟，我对这一带地形较熟，殷港东边是咸保圩，南面是保丰圩，面积很大，一时恐怕不太好找哩。”

时发打了个响指，“没关系，不用找他们，我有办法让他们来找我们。”

来喜笑道：“大哥，你是不是又有什么妙招啊？”

时发边走边说：“很简单，钓鱼。”

“钓鱼？”

“对，鬼子肯定有眼线！”

芜屯公路由北向南的路面上，吴克和二狗卸下肩头沉重的担子，一边揩汗一边大声说笑，目光搜寻着四处，见没有动静，二人重新顶起扁担颤悠悠前行，时发等人猫着腰在路沟里悄悄跟进。稍时，一个男人推着自行车从路东的田埂上走来。

“喂，老乡，你们是哪里人，要去哪里？”

时发蹲下身望去，只见那人梳了一个油亮的大背头，身穿蓝布长衫，嘴里叼着一根纸烟，白皙的面孔上架着一副眼镜，貌似一个教书匠。

吴克回道：“先生有事吗？我们是六郎桥人。”

“没事没事，现在鬼哄哄的，搭个话壮壮胆。挑的什么呀？”

“哦，这不快过年了嘛，刚托人从万春圩那边买了点米，给小家伙们熬点糖稀做糖吃。先生贵姓？哪里人？”

“鄙人许家怀，咸保圩人。你们可真有办法啊，现在粮食好难买哩。我也想买米，可一直没有路子。老乡，有个不情之请，你们能不能把米卖给我，我加一半价。”

二狗一斜眼：“先生开玩笑呢，加一半价，哪有这么便宜的事？”

“没开玩笑，说实话，我手里还有几个钱，就是搞不到粮食，听说万春圩那边有很多日本人，我根本不敢去。这样吧，你们在这里等我一会，我马上回家拿钱。”

“好，一言为定，不过时间不能太长，现在世道乱，又是鬼子又是土匪的，我们只能等你半个时辰。”

许家怀忙不迭地点头：“放心放心，要不了这么久的。”

果然，十分钟不到就传来了隆隆的汽车声。一辆挂着日本太阳旗的卡车快速从公路南面开来，司机看样子是个中国人，后车厢上直挺挺站着两个黄皮、三个黑皮。吴克和二狗撒腿就跑，没跑几步又返回来欲重新挑起担子，踉跄几步又放下了，表情慌乱十足。此时卡车已经开到面前，二人扔下扁担再次“逃跑”，正好和从路沟里奔上来的时发撞了个满怀。

一辆自行车突然横在卡车前，许家怀握住龙头笑盈盈地说道：“跑！继续跑啊！”

时发低声提醒大家：“准备战斗，我来对付那两个黄皮，你们搞黑皮。”然后猛地推了一把吴克：“眼瞎啊？你他妈的撞疼我了！”瞥一眼卡车，又和众人一起抱头蹲了下去。

许家怀回头看了看车上的鬼子，哈哈大笑起来。不过这家伙还是很警觉，冲着时发叫道：“你们几个又是干什么的？”说话的同时伸手向腰间摸去。时发眼疾手快，猛地抡起扁担把他重重打下车去，同时甩出两把飞刀结果了那两个日本兵，跟着大吼一声：“要命的就放下武器！”

那三个黑皮被突如其来的一幕惊呆了，听到时发的吼声才缓过神来，却发现已有好几把枪正对着他们，只好全都扔了枪求饶。

战斗进行得干净利落。时发大声说道：“我们只杀日本人和死心塌地的汉奸，你们几个，马上把衣服给我脱下来。你们这个样子，回去后鬼子也饶不了你们了，滚回家好好奉养老人吧。”接着对那名司机冷哼一声，“你叫什么名字？帮鬼子开车抢老百姓东西，本来该杀，现在我给你一个机会，开车送我们过哨卡。记住，我就坐在你身边，要是敢耍花样，立刻打碎你的脑壳！”

司机面色如土：“不敢不敢，我叫朱富贵。给鬼子开车也是不得已，为了混口饭吃。”

“少废话，只要你好好开车，老子就不会杀你。”

“一定一定。”

按照事先分工，时发和陶飞换上鬼子军装，其余人装扮成黑皮和被抓的民夫。

“所有人，抹点汽油，出发！”

这时，躺在地上的许家怀刚好醒来，欲开枪示警，却被陶飞一脚踢中手腕，那支枪顿时飞出老远。时发翘出大拇指赞道：“好样的，狙击手就是狙击手，不但眼尖，反应也很快。”说完手一挥，许家怀的喉管立刻插进去一把黑亮的小刀。

·第二十九章· 惊爆烟尘漫天黄 岂知碌碌空一场

车上有黄皮有黑皮，还用绳子绑了两个老百姓，口令也正确，卡车很顺利地过了几道哨卡。到了目的地，时发才知昨晚在夜幕下没看清楚，四周围到处都是坑道、暗堡、战壕，还有好几道铁丝网。唯一进出口就是两堆用装满黄土的麻袋围成的一条通道，前面有两名黑皮负责开启和搬移鹿砦。通道两侧的后面各有三个黄皮六个黑皮，两挺歪把子已架好子弹带，另有几十个黄皮背着枪牵着狼狗在铁丝网外面巡逻。炮兵阵地前的高地上，一个黄皮正用日语在喊话——目标212，着弹点，仰角+4，方向0，150 mm口径加农炮高爆弹一发，1型引信，2号装药。远处，另一个黄皮挥手打着旗语。阵地右侧的一个小山沟里东倒西歪躺着一百多位民工，周围有七八名端着枪的黑皮。劳累了一夜，民工们都倚着石头睡着了。

轰！一发炮弹打了出去。哐当！弹壳落地，前方的青弋江里腾起一阵巨大的水雾。

轰！哐当！轰！哐当……连续的炮击声惊醒了所有民工，一个个瞪圆双眼惊慌失措。他们很快又加深了恐惧感，另一条山沟里也有炮声响起，从炮弹射出的不同方位来看，那些大炮似乎长了腿，不断移动着位置。坦克营也开始射击训练了。

车子停下后，过来几名巡逻兵，为首的冲他们叫道："你们的，什么的干活？"

时发跳下车啪地敬了一个军礼，用日语说道："阁下，我们在征集军粮的时候，顺便抓了两名劳力。"

"吆西，阁下辛苦了。"

待这几个鬼子走远，时发让二狗坐在副驾驶位置上，对朱富贵低声喝道："把车头调回去等我们，如果敢出声就毙了你。"然后冲身着黑皮服装的高占武和李双柱大声喊话："你们的，把人带过去。"接着对进出口一挥手："打开！快快地！"

见吴克和来喜进了民工队伍，时发向陶飞使了个眼色："阁下，我们去喝一杯！"

猴子潘果然不负所托，二人刚刚埋伏好，就见昨晚那个翻译急匆匆地跑到民工跟前："起来，都快起来，皇军有任务要交给你们！"

吴克故作不解地问道："不是说白天休息，晚上干活吗？这是要搞什么啊？"

"废什么话，叫你干什么就干什么，什么时候干就什么时候干！告诉你们也无妨，山下发现宝藏了，仓桥中佐有令，为防止战火毁坏宝贝，让你们马上去把它挖出来，皇军要对这些文物采取保护措施。"

眼见民工们一个个都被带离现场往山下走去，时发和陶飞相互点了点头。

大炮和坦克射击训练还在持续，炮兵都是脸朝一个方向，开装填车的几个黄皮也都低着头在搬运炮弹，谁也没有注意到已经有人悄悄靠近了。时发匍匐到距离坦克基地最近的一堆炮弹前，迅速用匕首划开帆布，试着拉了一只箱子，只觉纹丝不动，太沉了，只得蹲下来慢慢撬开箱盖，箱盖一开，他立刻伸出舌头。这炮弹简直比热水瓶还粗，幸运的是，有撞针的那头正对着陶飞的狙击枪，不然要掉转方向还真有点麻烦。他回头看了一眼，只见草丛中有一个亮点闪了几下，说明陶飞已经在枪上安装好了瞄准镜。

时发慢慢退回到原处，看看还没有引起鬼子注意，立刻伏下身去。

"陶飞，看你的了，一定要等他们炮响的同时开枪，而且只能一枪命中弹头，这样外面的鬼子就不会知道有人偷袭，我们就好脱身了。"

"明白，袁连长，这么大的弹头都打不中，我还算什么狙击手，您就瞧好吧！"

"预备，放！"

炮兵指挥员下达的命令同时也成了陶飞扣动扳机的口令。

啪！一颗子弹不偏不倚地打中了那颗炮弹的弹头。

轰！轰隆！轰隆！……一阵阵震耳欲聋的爆炸声连绵不断，地在动，山在摇，几十辆坦克的残肢断轮陆续腾空飞起，有短短的坦克炮炮身，有断裂的履带，有坦克的装甲铁皮，落地后很快又被掀起的土浪淹没了大部。所有的战壕暗堡都被震塌了方，阵地上的鬼子也全被炸得尸骨无存。紧接着，和坦克基地相隔的那条山沟里也飞出了火炮的残肢，神山在几朵巨大的蘑菇云笼罩中颤抖起来。爆炸发出的镁光划破了冰封的苍穹，灼热的气浪烫融了很多积淀在一起的雪块，雪块下陷，露出了几抹等待着春天的浅绿。时发捂着耳朵拼命往后跑，只见山外的鬼子已经乱成一团，叽里呱啦地怪叫着，却不敢靠前。

来喜乘机大喊一声："跑啊！快跑！"民工们一时间没反应过来，仍待在原处没动，李双柱急得叫道："鬼子要杀人啦！还不快跑！"这一声起了效果，呼啦一下，人群四下逃散，有几个则像无头苍蝇一样径直和鬼子撞在一起，好在爆炸还在持续，连连后退的鬼子也顾不了他们了，那几人随即又调转方向没命地跑去。二狗早已让朱富贵发动车子等候，听到爆炸声后，朝山下挥了挥手，眼见民工们都已脱险，众人全部跑过来上了车，乘着一片混乱，毫无阻拦地冲到了马路上。

"大家都没事吧？"

很少说话的高占武一脸兴奋："没事！过瘾，太过瘾了！那么多的坦克大炮都被我们炸了，师长一定会请我们喝酒！"

"你们说什么？我怎么听不见。"陶飞只觉两耳之中有一股热流往外淌，原来他命中目标后忘记了捂耳朵，双耳耳膜均被震破，正在流血。

时发拍拍他的肩膀，摆摆手让他不要说话。

"现在，我们不能原路返回了，鬼子肯定对出城的车辆严加盘查。我们先到市区，直接去仓桥的司令部，给他们来个乱上加乱！"

赶到赭山，发现很多鬼子正在列队，想是因为爆炸紧急集合，欲赶往神山。时发示意众人潜伏在草丛里，只待鬼子大部一走，立刻发动攻击。

吴克以前是个老兵油子，对中央军和川军之间的矛盾早有耳闻，国共之间就更不用说了。

"时发兄弟，他们到底会不会进攻芜湖，现在还不好说啊。"

"不会吧，这是千载难逢的好机会，除非他们脑子进了水。"

眼见鬼子越集越多，一时还不能发动袭击，只得耐心等待。连续紧张的奔波，时发只觉眼皮下垂，接连打了几个哈欠。

"你们先盯着，我眯一会，鬼子大部队走远后再喊我。我们一旦打响，外面也应该往里进攻了。”说完将身子一趴，竟然在凛冽的寒风中发出轻微的鼾声，他实在是太累了——

没有了装甲营和重炮的威胁，芜湖周边所有新四军、中央军、东北军、川军地面部队开始进攻，连川军那少得可怜的大炮也扬眉吐气了一把。只见炮兵们纷纷推动着沉重的炮轮，随着一声声巨响不断前进。又见日军阵地上连续燃起熊熊大火，传来鬼哭狼嚎声。老浮桥已被占领，白马山已被收回，收复芜湖的胜利近在眼前。崎登和仓桥这两个老鬼子终于在中国的土地上感觉到了前所未有的恐惧，而赭山司令部又传来密集的枪声，卫兵报告说中国小股部队已经渗透到城区！此时此刻，他们深感无能为力。坏消息不断传来，新四军偷袭了湾里机场，跑道被炸得坑坑洼洼，指望空军支援也化为泡影，而所有伪军不是当了逃兵就是临阵反戈。眼看大势已去，崎登发出最后一道军令：所有帝国武士，血战到底，做好玉碎的准备！芜湖，这座号称水上漂来的城市，马上就要回到中国人手里——

“好！太好了……”时发口中不断叫喊着。

“大哥醒醒！”

睁眼一看，娘道燕子的，原来刚才全是梦境！再一看，鬼子大部已经开拔。

“所有人准备，打！”

赭山守卫太太空虚，不过门前鹿砦后的那两挺歪把子也让他们无法冲进去。陶飞因耳朵痛得厉害，始终难以集中精力狙击鬼子的机枪手，众人只得散开躲避那一排排打过来的子弹。

来喜不愧顺风耳，他突然感觉不对。

“大哥你听听，城外没有枪炮声啊，难道真的被吴大哥说中了？”

时发先前打得兴奋，忘了这一茬。

“是啊，我也奇怪。鬼子坦克营和重炮都被我们毁了，战斗力大大减弱，这时候芜湖是最容易打下来的，难道他们真的放弃了？”

吴克说：“也没看见飞机上天，这说明新四军要么已经得手，要么他们根本没有接到通知，但我觉得后者可能性更大！”

“娘道燕子的！这么搞下去，不亡国是个鸟哩！”

时发多日后才知道实情。

实际上，唐元善根本没有向第三战区汇报。他知道这个所谓的二次光复芜湖计划只是共产党高级间谍青弋江精心设计出来的一个烟幕弹，旨在诱使鬼子往芜湖回收兵力，以减缓他们向皖南推进的速度。尽管军统中统和青弋江都是死敌，但面对不断南进的日军，面对国军的节节败退，他们只得选择配合青弋江唱好这出戏。为有效瞒过日军特高课，这个不存在的计划只能传达到师级以上军官，军统方面也只有戴笠、毛人凤和皖南站站长等极少数人知晓，包括王小文这样级别的特工都被蒙在鼓里，新四军三支队更是如此，除了谭司令以外几乎谁都不知道。日军强有力的进攻势头促成了国共两党之间少有的密切配合。但矛盾始终是复杂而又微妙的，戴笠认为这个计划毕竟是共产党人想出来的，党国不能在这件事上丢分，既然已经成功骗得日军回防芜湖，无论如何要拿出一点实际行动来，否则，将来这个计划公之于众后，不明真相的人一定会笑话国军没有乘胜追击，一定会认为国军只把精力放在对付共产党身上，尽管这是事实，但不能落下口实。于是，在袁时发提出要去芜湖炸掉日军坦克时，唐元善毫不犹豫地答应了。他深知袁时发的能力，知道他很有可能获得成功，而这份成功正是五十二师乃至整个皖南国军的荣耀，因为袁时发现在已经是国军的人，他的胜利就是国军的胜利。但他没有告诉袁时发那个计划根本不存在，他难以判断袁时发知道真正的“计划”后还会不会行动，毕竟，这只是给国军，给五十二师脸上贴金的事。他也知道袁时发获得成功后一定会继续大闹芜湖，然后等待外面军队的“进攻”，再“里应外合”。他更清楚袁时发在这种情况下所面临的危险，但他依然没有派人及时告知袁时发真相，他要看看这个曾经帮过共产党多次忙的人和他们交情到底怎么样，如果芜湖有共产党出面阻止袁时发的行动，那就说明他们交情不浅，进而说明袁时发投奔五十二师可能另有目的。结果，唐元善后悔了，他没有想到不仅袁时发不知道计划的真相，共产党也不知道袁时发要去芜湖炸坦克。芜湖方面已传来消息，袁时发正在孤军奋战。

时发在两次误炸人命后答应过潘雪娟，以后有行动会通知她。潘雪娟在芳山五显殿遇险时曾告诉过时发，国共两党有可能会联手反攻芜湖，但迟迟没有任何实际行动，只见到日军渐渐往芜湖收缩兵力，聪明的雪娟很快判断出这可能就是一个计策。她作为情报人员，当然不能过问，但考虑到时发万一因为这个所谓的计划而付出不必要的牺牲，她决定找到时发后说出自己的判断，却不想因为夏芳而殒命于湾沚街头。时发事先也想过通知赵大勇，但营救民工事出突然，加之阵地核心地区全是日军，伪军只在外围，也就是说，伪军当中即便潜伏有共产党的人，所处位置也是安全的，没有必要再耽搁时间。至于日军中的反战同盟，他没办法搞清楚，搞清楚了也不一定去考虑，扛枪的日本兵都该死！

猴子潘赶回五十二师师部时，王小文已经得知时发在芜湖的情况，但国共两军却都没有任何行动，她立刻分析出计划的真伪。坏了坏了，袁大哥深陷绝境也！

"师座，这到底怎么回事？"

"什么怎么回事？"

"二次光复芜湖呀，长官部什么意思？"

"没有意思，长官部从来就没有这个计划！"

"什么？您不是跟我说过要向他们汇报吗？还批准了袁时发的行动请求呀！"

唐元善见再也瞒不过去了，只好说出真相。

"天啊！袁时发一点都不知道，他还在芜湖城里呀！这可怎么办？"

猴子潘也急道："是呀，我大哥咋办？"

唐元善叹了一口气："我也没想到连共产党都不知道他去了芜湖，我以为……袁时发，唉！听天由命了，但愿他能活着回来。"

"师座，这么做太不仁义了！袁时发冒着生命危险去炸鬼子的坦克，他为了什么？又能得到什么？师座，您能不能请长官部立即下令，让芜湖周边的国军马上展开攻击，哪怕是佯动一下也好，不然袁时发怎么脱身啊！"

唐元善摇摇头道："你以为我是顾长官，是委员长啊？别说芜湖现在已有重兵把守，就算没有重兵把守，我们现在的主要任务也是防止共产党壮大，至于芜湖嘛，唐式遵将军说得对，南京失陷那么久了，拿下来也毫无意义。"

"好，既然这样，请师座批准，让我带人去营救袁时发。"

"胡闹！你是情报处主持工作的副处长，现在又兼任军需处长一职，你知道自己有多重要吗？你一旦落入鬼子之手，会是什么后果？"

"可是，可是我上次不是安全地回来了吗？"

"上次和现在一样吗？崔常顺已经叛逃，鬼子已经知道了你的情况，他们想抓你正愁没机会，你倒好，还要送上门，还有没有点大局意识？"

“难道就眼睁睁地看着袁时发他们落到鬼子手里？这以后还有谁会投奔我们中央军？”

猴子潘直接说：“唐师长，你们国军难道就是见死不救、忘恩负义的小人吗？”

“放肆！这里哪有你说话的份，再敢出言不逊，老子一枪毙了你！”

“你，你……”猴子潘气得说不出话来。

正在此时，副官童正春进来报告：“王小武求见。”

唐元山怒气未消：“问他什么事，无关紧要的，让他滚！”

“问过了，他说他想去芜湖救袁时发。”

唐元山狐疑地看了王小文一眼：“你这个哥哥怎么回事？”

“师座，我真不知道。”

小文也很好奇，他怎么会去救袁时发。自将袁时发带回部队后，王小武不知责问过她多少回，你为什么没有杀了他给父亲报仇。小文只好如实相告，如果没有袁时发，我早就死了，而父亲的确是罪有应得。小武立即反问，他救你？难道就没有演戏接近你的可能？我可听说袁时发是个好色之徒。小文气得第一次冲哥哥发火，你胡说八道，真假我还看不出来吗？小武终于明白，妹妹竟然爱上了自己的杀父仇人，报仇只能靠自己了。小文从哥哥的眼神中也看出他要刺杀时发，每在他动手之前，必暗中出手阻止，两人闹得差点反目。一边是同胞的亲哥，一边是暗恋的情郎，小文深感无奈，她写了一封信寄给已经回到娘家的母亲，细述和时发相识并蒙他相救的过程，并在信中告知母亲，自己已经深深爱上了这个男人，希望母亲能来信劝说哥哥放弃报仇的念头。康金兰虽万事阿弥陀佛，却深明大义，她在来信中反复提醒小武：你父亲真的是汉奸，真的该死，你千万不要杀袁时发，杀了他，你就成了汉奸了，但小武根本听不进去，说母亲年纪大了，老糊涂了，而且，自他记事起，父母感情就不好，这一次，肯定是妹妹你跟母亲胡说八道了一通！小文当时气得差点晕倒……

不好！哥哥是想利用营救的名义接近袁时发，杀了他，然后把责任推给鬼子。小文忽然明白过来，一身冷汗。

唐元善冷着脸说：“王小武，我同意你去救袁时发，不过你要保证他活着来见我，否则你也不要回来了！”

小武脱口而出：“师座请放心，我会拼着这条命去救他，救不出来，我就陪他一起去地下！”

“好！勇气可嘉，赶快去吧！”

“哥，你……”小文没再说下去，王小武显然已有同归于尽的决心，多说无益。

小武收拾停当正要出发，却见小文堵在门口，一脸的怒气。

“我知道你是怎么想的，师座在场我不便说破，为了私仇，你竟然要去杀害一个抗日志士，你这是汉奸行为！父亲已经……难道你也要步他的后尘吗？”

“少跟我扯，你呢？为了儿女私情，连父仇都不报了，你还是王家的人吗？行，既然你已经看出来了，现在就去师座那里告发我，把我毙了，这样，你就不用再担心那个杀父仇人的安危了！”

“你……你……”小文脸色苍白，眼泪夺眶而出。其实原本也没有劝住他的指望，只是抱着侥幸作最后一次努力。听到小武说出这样的话来，小文只觉万箭穿心，嗓子眼一阵发甜，嘴角渗出鲜红的血液。

小武惊叫一声：“妹妹，你怎么了?!”

“不用你管，去报你的仇吧。”

小文摆摆手，头也不回地朝一辆军车奔去。她内心已打定主意，拼着触犯军规，拼着毁掉前程，也要在日落之前赶到芜湖，无论如何要在小武之前找到袁时发。她清楚地知道，自己要救的不是袁时发一人，还有王小五，王家不能再出汉奸了。

赭山脚下，一场殊死搏斗仍在继续。

“大哥，鬼子援兵到了！”二狗大声叫喊着。不下一百名黄皮端着三八大盖朝他们奔来，皮靴踏得尘土飞扬，狼狗汪汪叫唤。

“娘道蒸子的，我们白忙活了，赶紧撤！”

此时，后路也被鬼子堵住，已成合围之势。

“快！撤到南面的广济寺里去。”

来喜大叫：“不行啊大哥，那里也有日本人！”

“多不多？”

“门口的好像不多，里面有没有不清楚。”

“只有这一条退路了，管不了那么多，冲进去再说。高占武，我们的弹药快打光了，把你的撒手锏拿出来试试！”

占武好奇地边跑边问："你怎么知道我有炸弹？"

"你没事就把怀里的那个小酒瓶子拿出来摸摸，别人看不出来，我还不清楚啊，那肯定是你研制的新家伙。"

占武咧嘴一笑，从怀里掏出一个瓶状物，奋力朝寺门前扔去。啪！瓶子碎了，没响。几个鬼子兵先是吓得趴在地上，接着爬起来哈哈大笑。

"愚蠢的中国人，没子弹了，居然用酒瓶作武器。"

轰！啊……

占武不愧为炸弹专家，酒瓶里是一个延时高爆装置，利用撞地的震动起爆，酒瓶正是麻痹对手的掩饰，这几个鬼子还没笑够，便被炸得血肉横飞。

广济寺共有头山门、药师殿、大佛殿、地藏殿四重殿堂，时发一行迅速冲进了药师殿，还好，里面没有鬼子，正要寻找藏身之处，却闻身后一人高宣佛号。

"阿弥陀佛，袁施主，你们快随我来。"

一位老僧迅如脱兔赶到众人身前，只见他身披袈裟手捻佛珠，垂眉长髯身形清瘦，尽显庄严之宝相。

时发合掌行了一礼，"大师认得我？"

"倭寇犯我中华，荼毒苍生，袁施主侠肝义胆，仗剑除魔，老衲昌真早有耳闻，既感且佩。令尊干成先生及刘大先生均系老衲至交。今日神山爆炸一事想必也是施主所为吧？"

"哦，原来您就是昌真大师啊，我的功夫之所以大有长进，都是拜您所赐，一直没有机会表达谢意，请受我一拜！"

昌真一把扶住时发，"阿弥陀佛，袁施主不必多礼。此处非说话之地，快随我进入密室，倭寇就要来了。"

"大师，您的好意我们心领了，我以为寺内已经没有僧侣，这才进来躲避。既然你们还在，我们就出去和鬼子拼了，否则会连累你们的。"

"善哉善哉，袁施主真是菩萨心肠，更要留下有用之身扫荡邪魔。请相信老衲，密室非常隐蔽，倭寇发现不了的，且有出口通往彼岸。此外，没有证据，他们也不会把我怎么样，何况他们还另有所图，快随我来吧。"

"那就劳烦大师了。"

昌真领着时发等人一路小跑进了大佛殿后面一间僧舍，伸手在床沿上轻轻拍了三掌。吱呀一声，床移开了，露出一个长长的石阶，众人下去后，昌真又朝墙壁上嵌入的一个黑点摁了几下，哐——当！入口闭合。

时发定睛瞧去，这间密室好大，里面竟然有十几个房间，生活设施一应俱全。几个小沙弥静静地站立一旁，双手合十朝他们微微点头。原来，昌真事先已做了安排，以三声击掌为号，里外配合才能打开暗门。

“袁施主，请换下你们的鞋子借我一用。你们在这里先不要动，等我将倭寇打发走再回来和各位叙话。”

根据时发提示，出去后，昌真先在暗道口撒上一些破坏狼狗嗅觉的辣椒粉，然后抓着几双臭鞋在院墙上拍出几个脚印，再扔到外面，待洗净手赶到头山门时，鬼子已经气势汹汹地闯进来了。此时，已近傍晚，场地上黑压压围着好几圈荷枪实弹的黄皮，为首的尚未开口，又见队伍唰一下分列两旁，所有鬼子都把刺刀朝上，敬起了军礼，从中走出一人一骑，前面步行的是仓桥，后面骑马的便是崎登，这二人刚刚为了阵地被炸好一通忙活，显得有些狼狈。

听说在司令部捣乱的抗日分子躲进了广济寺，崎登顿时想起镇寺之宝九龙金印还没有到手，虽多次上门索要，可那老和尚昌真一口咬定金印已被盗贼窃走。这次损失惨重，坦克和重炮全部被毁，挖掘干将莫邪神剑更是成了一个笑话，师团长会不会怪罪于已还不知道，假如扣老和尚一顶窝藏抗日分子的帽子，能逼他找到金印，一定会使天皇陛下龙颜大悦，果真如愿，师团长也要巴结自己了。想到此，他立刻拨转马头。

“开路，去广济寺！”

九龙背纽金印确为千年佛宝。公元757年，笃信佛教的唐肃宗李亨在平定安史之乱后，特命能工巧匠铸成此印，颁敕给在九华山化城寺修成正果的圣僧金乔觉。金乔觉原本为新罗国即今日朝鲜的圣德王金光兴长子，传闻他为地藏转世，是为金地藏。清朝光绪之前，金印就已落户芜湖广济寺，广济寺因此香火旺盛佛法广传，其中地藏殿便是仿照九华山的肉身宝殿式样建造而成，故又名九华行宫，广济寺也由此赢得一个小九华的美名。

昌真一手捻动佛珠，一手单掌竖于胸前，气定神闲道：“阿弥陀佛，将军带兵入寺是找人的吧？出家人不打诳语，刚才确有一帮持枪的人闯进来了，不过他们身手都很不凡，已翻墙离去。将军如若不信，尽可以搜查，只是贵国也是个礼佛之邦，你们的天皇陛下对佛祖更是崇尚，所以，老衲恳请你们在搜查时尽量小心，不要弄坏寺庙里的东西。”

崎登之所以挖空心思想找到金印，在于日本既是个岛国，又是佛教大国，至高无上的天皇对佛门宝物向来喜爱有加，正如他所想，一旦得到金印，前程必将不可限量，但他没想到昌真会先声夺人，不仅承认抗日分子进过寺院，还主动请求搜查，并搬出了天皇。

崎登一时语塞，竟不知如何回答，只得顿了顿朝队伍挥挥手：“大师说他们走了，有可能就是走了。你们的，留下一部分，其余的到外面搜捕。”接着直奔主题，“大师，贵寺有没有窝藏抗日分子现在不好定论，但如今是战乱时期，你也知道我天皇陛下崇佛礼教，所以，金印还是交给我们保管吧。现在的中国，根本没有能力保护佛门圣物，只有我大日本帝国才能让它重现灵光。”

昌真高宣一声佛号：“阿弥陀佛，罪过罪过，将军此言差矣，今天的中国是谁造成的？难道将军不知？还是那句话，出家人不打诳语，金印真的已经失窃。”

崎登脸色越来越难看，冷笑道：“大师不要执迷不悟，据我所知，你们这里只有三个人才有本事盗取金印，第一个就是袁时发，第二个叫蒋够本，还有一个是蒋够本的徒弟潘小万，但袁时发根本不屑偷盗，蒋够本师徒也从不染指佛门，你还说你没有撒谎吗？”

“阿弥陀佛，将军又说错了。中国地大物博，能人异士辈出，除了这三人，将军为什么就想不到还有流窜作案的呢？老衲已经说过，将军就是不信，好吧，你们去搜吧，阿弥陀佛！”

“你！真是岂有此理！”仓桥终于忍不住了，仓啷一声拔出战刀架到昌真脖子上。

“你这个老秃驴，再不说实话，死啦死啦的！”

昌真不退反进，迎面跨出一步：“阿弥陀佛，老衲早已看透生死，请动手吧。”说完，双手合掌，不再言语。

“八嘎！”仓桥举刀欲砍，却被崎登伸手拦住，他用日语说道：“不要杀他，金印还没拿到，留着他有用。此外，师团长近日有交代，南京屠城的照片已被美国记者捅到报纸上，现在国际舆论对帝国十分不利。这段时间，能少杀人尽量少杀。”

不想昌真一把年纪，竟耳聪目明，且精通日语，这几句话被他听得明明白白。

“是啊，你们在中国杀的人还少吗？也不差老衲一个了。作为广济寺首座，丢失佛宝本就愧对佛祖，若能为金印而往生，正好可以消除老衲的罪业，阿弥陀佛，阿弥陀佛……”

崎登见昌真始终不愠不火、坦然面对，无奈之下把手往里一挥：“搜！”

稍时，广济寺响起一片翻箱倒柜之声。

“报告！没有搜到金印！”

“报告！寺内没有敌人！”

“报告！敌人可能已经逃跑了，院墙有攀越的脚印。”

结果早在崎登意料之中，昌真一幅胸有成竹的样子，说明即使人和金印都藏在寺内，也是找不到的，搜查也只是给自己找个台阶下而已，他只得悻悻地下令队伍撤退。

为防止鬼子留下眼线或是去而复返，昌真走进地藏殿，盘腿而坐，手敲木鱼口诵佛经，眼睛警觉地四处观察。如此一个时辰有余，夜色渐深，确信鬼子不会再来了，欲待起身去往密室，却见一个头戴礼帽，身着白色西装的青年跨步而入，接着便朝地藏菩萨拜了下去，口中念道：“求佛祖保佑他平安无事。”

声音一出，昌真顿时明白，这是个女扮男装的姑娘家。

“阿弥陀佛，女施主说错了，大愿地藏菩萨曾有誓言，地狱未空，誓不成佛，众生度尽，方证菩提。所以，这位菩萨还不是佛。”

那人回过头来道：“大师不会责怪我假扮男人进寺吧？如今太阳旗横行，青天白日旗没落，只好顺应形势，避其锋芒了。”

“女施主又说错了，不论什么旗，都是旗杆与布条制就，并无过错，错在掌旗之人，且世事变幻，究竟什么旗可以飘扬中华，还是让时间来证明吧。”

那人面露喜色：“小女子进寺以后挨个殿堂查找，见您法相庄严，始终坐在这里没动，估计您可能就是昌真大师，没想到果真是。”她随即躬身施礼道：“国民革命军第五十二师情报处副处长王小文拜见大师。”

“阿弥陀佛，老衲乃佛门罪人，岂敢称什么大师。王副处长和阎千树先生是何关系？”

“千树先生是我的老师。他曾经告诉过我，他有个师兄在芜湖广济寺任首座。如果要求助大师，先要说错地藏菩萨是佛，要是有人指正，再说出太阳旗与青天白日旗的切口，如果仍然有人指谬，此人必是昌真。”

“阿弥陀佛，千树先生的确曾与老衲同门学艺，但他现在与陈马、赵天木、汪曼君四位合称军统四大金刚，杀戮太重，我们早无瓜葛，师兄弟一说已成过往。倭寇进犯后，他与我定下这个相认的暗号，以期日后提供便利。老衲身为佛门中人，本不该管世俗之事，但日本军国主义是当世邪魔，我佛慈悲，也有金刚怒目之时。所以，只要是与抗日有关，请王副处长尽管开口。”

“好，大师，我乔装进城为的是找一个人，本来没打算惊扰您，但几个小时前这里枪声大作，我想我要找的人一定就在附近，而且大师一定知道他去了哪里，对吗?”

“王副处长果然聪明，不知你要找的人与你有什么关系?”

“他是行侠仗义的好汉，也是大师口中的怒目金刚，更是小女子心中的大英雄。”

“阿弥陀佛，王副处长刚才说到旗帜一事，据老衲所知，中国还有一面旗帜，乃镰刀与榔头相合之旗，和你们的青天白日旗曾势同水火，而你要找的人却并不属于其中任何一面旗帜，且其言行更倾向于后者，王副处长为什么非要找到他?”

“大师，我虽属青天白日旗，但世事难料，就像大师刚才所言，究竟什么旗可以执掌中国，谁都不知道。我要找到的那个人，一心为国，冒着九死一生毁了倭寇的坦克和重炮，目的就是为了能早日把倭寇赶出中国，但他万万没有想到，他的理想竟然毁灭于少数人的包藏祸心。我担心他会伤心欲绝，会因此性情大变，而在这个世界上，我自认为是能化解他心魔的人，而且，我也可以为了他改弦更张……”

“善哉善哉，老衲明白了。请随我来，你要找的人就在寺内。”

·第三十章· 有缘沙门印佛光 无意怨德惢蠢郎

连日来的担心、焦虑，加之在哥哥那里所受的委屈，小文精神上受到了极大的折磨，乍一见到时发，她情不自禁地扑上去一把抱住他，嘤嘤地哭出声来。

“喂喂喂，你是谁啊？这是干嘛？”

时发吓了一跳，这昌真大师怎么带进来一个男不男女不女的人，而且一见面就抱着他哭。

小文这才想起周围还有好多人在看着他们，才想起自己一副男装，嘴角上还沾了个八字胡。她不好意思地赶忙卸了妆，把乌黑的秀发往后一甩，红着脸嗔道：“怎么？才几天，就不认识我啦？”

“小……王处长是你啊，易容术不错嘛，居然连我都没认出来。你怎么找到这里的？”

小文正待说出前因后果，密室上方传来急促的敲击声。昌真打开机关，一个沙弥跳下来。

“不好了师傅，日本人又回来了，有个特务说院墙外面发现了好几双鞋子，但没有脚印，分明是里面的人扔出去做掩饰的，他们已经包围了整个寺庙，说抗日分子一定藏在寺里，要师傅您马上出去回话。”

“罪过罪过，百密一疏。你回去告诉他们，说我正在做法事，一会赶过来。袁施主，情况紧急，看来日本人已经猜到寺里有密室了，老衲拜托你一件事。”

昌真说完走进一个房间，对着床铺重重敲了几下，床移洞现，出现一个密室中的小密室，昌真从中拿出一个上了锁的铁匣，打开铁匣，里面有一个黄布包裹。

“袁施主，这是本寺镇寺之宝九龙背纽金印，日本人一直想抢走献给他们的天皇。现在，我把它交给你，你们马上从出口转移，一定不能让它落到日本人手里。”

“大师放心，别说你救了我们的命，就算没有任何恩惠，我也绝不会坐视不管的。小鬼子要想得到金印，只有一个可能，那就是我袁时发死了。”

“不不不，袁施主，你是金刚转世，是大有作为之身，断不可意气用事，护宝要紧，老衲拜托了。”昌真接着交代身旁的小沙弥，“惠明，你带袁施主他们出密道。”然后冲时发深深鞠了一躬，转身急匆匆离去。

时发接过包裹，刚拆开第一层红布，他的印堂上就有了一个金灿灿的“卐”字。惠明惊呼道：“袁施主果真与佛有缘，我从来没有见过这个“卐”字出现在一个人的脸上，包括师傅！”

“有吗?”

“有，有，真的有!”众人齐声惊叹。

“不会吧，是不是光线的问题?”时发颇感奇怪，把包裹对着每个人的脸都照了一遍，那个“卐”字却再也没有出现。

时发摇头笑道：“巧合巧合，纯属巧合。”

打开包裹，吴克立刻圆睁双眼：“真是国宝啊!”

只见那金印方长三寸六左右，纯砂金铸就，印面四周有飞龙九条，正中刻有“地藏利生宝印”篆文，印柄上镌有玲珑生动的九龙环绕狮面立体浮雕，印边刻有“唐至德二年”字样。

惠明催道：“各位施主，请赶快离开这里。”

众人跟着惠明一路向前走，光线越来越暗，地道也越来越矮，最后大家只能猫着腰走。到了尽头，惠明双手上举，掀开一块石板，从上面漱漱落下枯枝烂叶。众人先后跃上去，一看已经到了赭山西北脚。时发攀上一棵大树，掏出望远镜就着灯光看去，足足有五六百鬼子围住了广济寺，另有几队鬼子和警察正在挨个搜查房间。昌真首座盘膝坐在场地中央，口中在念着什么，身边站着十几个僧人。

不好！鬼子要是找到了密室，昌真大师肯定要遇难。时发跳下树来将包裹递给王小文。

“王处长，如果金印交由你护送，能否确保万无一失?”

“绝对没有问题，芜湖有军统下辖的很多武装力量，我已联系过其中的忠义救国军，此外，共产党在鬼子内部也安插了情报人员，建有一条秘密交通线，现在是国共合作时期，在这件事上，他们必定会帮忙。”

“那好，你带着金印先走，占武，你那宝贝瓶子还有吗？”

“最后一个了。”

“把它交给我。”

小文叫道：“站住，你要干嘛？”

“干嘛？鬼子正在搜查广济寺，一旦发现了密室，昌真大师他们还能活吗？我去把他们引开。”

“我们还没有脱离险境，你这一回去，岂不是送死！”

“没事，你们先走，保护金印要紧。小鬼子想抓到我袁时发，恐怕还没那么容易。惠明小师傅，你就跟王处长他们去五十二师吧。王处长，金印在你身上，可要多加小心了。”

“放心吧，我这里肯定没事，倒是你，千万要小心啊，我不想你出事……”小文脸一红，没再说下去。

此时的昌真，心静如水，金印已交给袁时发保管，凭此人身手，应该可以将之安全带出城，但同时也明白，如果这次被鬼子发现了密室，全寺上下将无一幸免。自己诚心向佛多年，且年事已高，早将生死置之度外，只是可惜了这帮徒儿，欣慰的是他们竟无一人面露惧色，足见向佛之诚。

轰！啪啪啪……山门外传来了爆炸声，随之又是一阵密集的枪响，带队的鬼子头惊得一个趔趄：“八嘎，怎么回事？”

“报告，有人在袭击我们，用的炸弹和昨天的一样，应该是同一伙人。”

“什么？看来他们已经不在寺内，这个时候还敢主动挑衅皇军，太狂妄了，所有人，马上出去消灭他们！”

时发明白，不把鬼子打疼是引不来他们的，他甩出那个酒瓶便瞄准最近的一名机枪手双枪连发，把身上仅有的十几粒子弹全部打光，然后连续几个翻滚，避过鬼子射来的一阵阵子弹，硬是滚到机枪手尸体面前，横躺着抱过机枪一番猛烈扫射，暂时压住鬼子火力后，立即站起身来边打边退，直退到广济寺对面的几排民房下，在扫出最后一梭子的同时跃上屋顶，几个奔高走低就消失在夜色之中，身后传来比放鞭炮还要激烈的枪声。

昌真心下感激不已，袁施主真是侠义心肠。唉！可是你不该如此啊，你应该以保护金印为重。然事已至此，鬼子已全部出去搜捕了，还是不要辜负他的一片心意为好。想到此，他高宣一声佛号：“众弟子听令，全部随我下密室，然后封死入口，在天亮前撤离广济寺！”

时发跑进一条巷道，看看身后已无追兵，但仍能听到鬼子在大呼小叫地进行全城搜捕，警笛声、砸门声、狼狗的汪汪吼叫声不绝于耳。再看看四周环境，才知这一番狂奔，竟已来到大砻坊，前面一幢气派的小洋楼正是已故好友章正光的家！物是人非，章家现在只剩下玉莲嫂子了，他一阵心酸。猛然想起，怎么忘了请唐元善帮忙联系金华的邢重显！

本来，这一次芜湖之行已经寒透了他的心，他准备告诉小文，姓唐的不仗义，老子打算走人了。现在，看到章家房屋后，他决定改变主意。老子毁了鬼子的坦克重炮，他们不但没有打进芜湖，反而把我们丢在城里，总欠老子一个说法，干脆就用这个人情达成玉莲嫂子的心愿。可是，金华驻有鬼子重兵，唐元善肯定能联系到邢重显吗？如果联系到了，邢重显又能不能确保嫂子的安全？一番胡思乱想，不觉渐渐走神，腰间忽被一个硬邦邦的东西抵住。

是枪！娘道燕子的，时发慢慢举起双手欲转过身去。

“别动，袁时发，你也有今天！知道老子是谁吗？”

“不知道，袁某杀过那么多坏人，哪能管得过来谁会找上门！说吧，你是谁？让老子死个明白！”

“死到临头还不忘称英雄好汉，实话告诉你，老子是王小武，你当初杀我父亲他们的时候可曾想到过今天？”

“哈，原来是你呀，早就知道你想为那汉奸父亲报仇。老子也实话告诉你，他们该死，老子杀他们从没后悔过！既然你偷袭成功，那就开枪吧，不过枪一响你也跑不了，鬼子马上就到了！”

“好，那老子就先送你上西天，省得你以后祸害我妹妹！小鬼子来了又怎样？大不了拼个你死我活！”

“不错，有点骨气，比你老子强多了！不好，鬼子真来了！”

小武本能地偏了一下头，就在这电光火石之间，时发猛地往下一蹲，双手撑地身子倒立，右脚一个倒勾，啪地踢中了王小武的眉心。

“啊！”小武连退几步，手枪也被时发顺手夺了过去，并调转枪口指住了他的脑门。

“你……”

“你什么你！王小武我告诉你，要不是刚才因想起已故的朋友伤心走了神，就凭你这点功夫也能接近得了我？还有，你在部队几次想杀我，我都清楚得很，看在你妹妹出手阻拦的份上，一直没跟你计较。”

“老子真后悔刚才没开枪打死你，反而让你咸鱼翻了身！好吧，既然落到你手里了，要杀要剐悉听尊便。老子向唐师长请缨来救你的时候就答应过他，你死了，老子也活不成，所以老子是怀着同归于尽的想法来杀你的，不想着了你的道。来吧，开枪吧！”

“开枪？杀你还用得着开枪？但你却开不了枪，因为你不敢。你报出名字的时候，我就知道你还没打开保险，因为你是军人出身，知道枪一响鬼子就会赶过来。你只是想制住我，好好侮辱一番再用刀捅了我。这一套，我玩得比你溜！再告诉你，我是抗日打鬼子的人，你杀了我就是和你老子一样，成了汉奸。本来，我完全可以杀了你，但一来因为你有个好妹妹，二来听说你也是个敢于和鬼子拼命的好汉。袁某不会杀打鬼子的人，枪还给你，滚吧！”

“袁时发，你最好杀了我，不然我以后还会找你报仇的！”

“可以，不过要等到小日本被打跑的那一天，我要留着性命杀鬼子。你要是提前动手，就别怪我不客气了！”时发说罢，昂首阔步而去。

王小武揉了揉眉心肿成鸡蛋一般的大包，情绪一下子低落到极点。在部队勤学苦练了这么多年，不想在袁时发手里竟是如此不堪一击，如今仇没报成，反遭他好一阵羞辱。唉！我真是没用，没用到家了！如此失魂落魄地慢慢朝前走去，全然忘记了身处险境。

“站住！举起手来！”

小武一惊之下，才知道自己不知不觉间已经走进了狼窝，四周全是鬼子，数不清的枪口正指着他……

在芜湖军统地下站和新四军潜伏人员的协助之下，小文一行安全地回到了师部，唐元善原本打算重重处罚她，但听闻他们从鬼子手里抢回了国宝，高兴之下淡淡地批评了一句：“下次再要胡来，决不轻饶。”

当听到袁时发为了救下昌真引开鬼子时，唐元善点点头又摇摇头。

“这个袁时发，从做朋友的角度来说，绝对是不二人选，因为他义字当先，但正是因为他太重义气，所以肯定不是个好军人。”

小文不解地问道：“师座何出此言？”

唐元善笑了笑：“就拿护送金印一事来说，国宝与僧众的命孰轻孰重？

万一要是因为救人被鬼子抢走了金印，那就罪莫大焉！”

他这是在为对时发的背信弃义找借口！小文本想说，难道人命不比金印重要？但这话说出来，唐元善脸上肯定挂不住，她只好不情愿地嘟囔道：“也许是吧。”

时发一路紧赶慢赶，终于回到绩溪，刚踏入防区，路旁却传来忠英兴奋的叫声。

“时发哥，可等到你了！”

“妹子！你怎么来了？横山是不是出什么事了？玉莲嫂子怎么样了？”

时发连续问了三个问题，独独没有问她最近可好。

忠英眼圈一红：“时发哥，你就知道关心别人！你知道我找你找得有多苦吗？”说着说着，眼泪就像断了线的珍珠直往下掉。

时发慌了神：“哎……妹子，是我不好，是我不好，别哭，我只顾着问山上的情况，忘了你一路的辛苦，走，跟我进军营，路上慢慢说。”

时发丢下的那封信让忠英哭成了泪人，尤其是那句“我知道你对我的心意，可我已于半年前完婚……”她觉得每一个字都像尖刀一样扎进了她的心，每一个字符之间又蹦出一张女人的脸来，满含着嘲讽的目光，尽管她没有见过夏芳，但她坚信只要有机会碰面就能立刻认出那个女人，因为自己一定能认出那嘲笑的眼神。这个从小就逞强好胜的姑娘，在争夺刀会大先生时，连对自己的亲哥也不曾手软，在时发面前却显得特别柔弱。在她的眼里，袁时发是这个世界上最优秀的男人。从五岁开始，他们就朝夕相处，一起练功，一起玩耍。时发学什么都快，她怕自己落后太多，于是加倍用功，结果还是越拉越远，她不得不服，从服气转为崇拜，从崇拜转为爱慕，又从爱慕转为迷恋，再后来，更发誓非他不嫁，却不想他却已然成家！按说一个经历过那么多江湖风雨的人，无论男女都应已豁达开朗，可惜爱情永远是个魔鬼，永远让人欲令智昏。忠英大恸之后转而大妒、大怒、大愚。

不行！我想了他这么久，凭什么他只属于一个女人！大不了二女共侍一夫，大不了我委屈做小！虽说已是民国了，提倡一夫一妻了，但有钱有势的男人哪个不是三妻四妾？他们可以，时发哥为什么不可以？我就不信世上还有哪个女人比我更爱时发哥，比我更能吸引时发哥！如果他老婆容不下我，我就……她心中泛起一个可怕的念头，同时又被这个念头给吓住。

我……我到底要怎么样？不管怎么样，找到时发哥再说，我不能没有他！心意既决，她把山寨交给了二先生陶大军，给父亲去了一封信：我要去找时发哥，我要他娶我，做小我也愿意！

柳真强接到信后惊得目瞪口呆，这丫头疯了，迟早会惹出乱子来！无奈人已走远，他只得长叹一声，女大不由父，女大不由父啊！

忠英虽然不知道时发的住处，但洪山头这三个字早就烂熟于胸，那是时发哥的老家，那个地方在宣城的红杨树。于是，她一路打听洪山头在哪里，遇到熟人便问有没有袁时发的消息，这一问，问来一个让她既充满希望又慌乱紧张的消息。原来，时发哥的妻子已经去世，时发哥又大闹了一回湾沚，手刃了害死他妻子的仇人。时发哥真是个重情重义有仇必报的爷们，如果我被人害死了，他也一定会替我报仇雪恨的。既然他的妻子已经不在了，那他就属于我柳忠英一个人了。不过，时发哥特别讨女人喜欢，这回我必须抓紧，甭又给别的女人抢了先，我要把时发哥带回横山，让他做大先生，我做他的妻子，为他烧饭洗衣，为他烫酒炒菜，为他生儿育女！

到了洪山才知道，这份希望又受到了严重的威胁。时发哥已经参加了国军，已经被一个叫王小文的漂亮女军官带到了绩溪的五十二师。忠英的心里就像喝了一碗加了烧酒的辣油，火烧火燎心急如焚。时发哥啊，你千万不要被那个狐狸精给迷住了，千万要等我，只有我柳忠英才是最爱你的女人。可是路上并不太平，去绩溪要绕道宣城，而宣城已经沦陷了一半以上，只能绕道再绕道，好不容易找到五十二师的驻地，哨兵却拦住了她，说这里是军事重地，闲杂人等不许擅自进入。忠英说我要找袁时发，我是他的未婚妻。哨兵说袁时发已经离开了军营。忠英问那他去了哪里，哨兵又说这是军事秘密，你瞎打听什么，你到底是什么人？忠英只好离开，在附近找了个住处，成天守在五十二师驻地的出入口，皇天不负有心人，终于让她等到了时发哥。

得知山上情况一切正常，时发放了心，忠英却为他炸炮炸坦克，为救人调开鬼子，中途又险遭王小武暗算这一系列经过而心惊肉跳。

“那个王小武真是个混蛋，他为什么要害你？”

“哦，很正常，我宰了他的汉奸老子，他要报仇嘛。”

忠英若有所思：“王小武，王小武，他和王小文什么关系？”

“怎么，你也知道王小文？她就是王小武的妹妹。”

忠英一把拉住时发，圆睁着杏眼道："时发哥，我觉得王小文把你招到部队根本就没安好心，她迟早要害你性命的。走，跟我回横山，我让你做大先生，我们过着无人管束的日子，难道不比你在这里听人吆喝，还要冒着生命危险强？"

时发轻轻挣脱了她的手，摇头道："妹子，你不清楚，王小文跟他哥不一样，她是个是非分明的好姑娘，对于我杀他老子一事，她开始是心有介怀，但我救过她两次命，两命还一命，她对我早就没了敌意，还多次出手阻止他哥对我的暗杀，所以妹子大可放心。再说，我还有求于唐师长，哪能说走就走呢？"

"求唐师长什么事？你有事可以叫我去做啊。"

"妹子，这事真的不是你能解决的。"

"可是明枪易躲暗箭难防，你晓得王小武那个混蛋什么时候再来害你？还有，刚才你也说了，你帮他们炸了鬼子的坦克和重炮，他们不但没有打进芜湖，连你的生死都不放在心上，这样的部队你还有什么留恋的？"

"话不能这么说，唐师长他们没有进攻芜湖，我想一定有什么不得已的原因，而且唐师长也没有对我不管不问，他派了王家兄妹去接应我，只是王小武另怀鬼胎而已。"

时发很清楚，这话连他自己都不信，他已看透了唐元善，国军没有进攻芜湖不管出于什么原因，都不足以构成他在部下拎着脑袋去执行任务时仍然隐瞒的理由，对于新四军也没有动手，他坚信吴克的判断，人家肯定不知道他来了芜湖，否则不可能在他冲进广济寺都没有任何动静，尤其是好兄弟章大虎还在那边。所谓的领情，不过是一个善意的谎言，因为忠英对小文已明显表现出敌意，为了小文，即使没有宋玉莲的事，他也会回来，他非常清楚自己对小文的感情，就算要离开五十二师，也要明确告知小文，但面对忠英，既不能说自己爱小文，又不能说她的话没道理。

忠英急得直跺脚："你和人家有杀父之仇，还不离开他们？你说，你不愿跟我走是不是为了那个王小文？"

"别胡闹！我和她清清白白的，我对她从来就没有过非分之想。我和她是不可能的。"

此言一出，时发又觉后悔，心情无比复杂。他并不想骗忠英，他知道忠英爱他爱到了骨子里。他应该承认，自己的确很喜欢王小文，在成家之前就喜欢，唯一动过真感情的就是王小文，但如果这么说了，忠英肯定受不了。为了找到自己，她的脸上尽显憔悴之色，时发能想象得出那封信对她的打击有多大。

唉！这个忠英啊，信上已经说得明明白白，为什么还不能断了念想呢？她说她去过洪山，一定知道了夏芳的事，一定认为自己又有了希望。她为了我袁时发连刀会都不顾了，怎么再忍心叫她走呢？那样对她太残忍了。可是，这又能隐瞒到什么时候？自己一直深爱着小文，如今更爱。小文的表现已经说明一切，她为了我袁时发，杀父之仇都可以抛开！将心比心，换作自己肯定难以做到。我本来为了唐元善的不仗义完全可以一走了之，可我还是回来了，我回来是为了玉莲嫂子，但即使没有玉莲嫂子的事，我也会回来，因为我离不开小文！人家都说我是个英雄，可是英雄气短儿女情长！我不但儿女情长，还优柔寡断。对小文，我是用情至深，可是现在我又因为怜悯忠英撒了谎，骗了忠英，让她又有了一份期盼。这个忠英，为了我可以说什么事都能干得出来。我为什么要撒谎？为什么就不能心狠一点，彻底断了她的念想。

怎么办？怎么办？时发的脑子一时成了浆糊。

"你不想，你不想不代表她不想！时发哥，求求你了，跟我走吧。我这次跑出来，为的就是想和你在一起，在知道你已经成家后，我确实很伤心，也很失望，但就是这样，我还是放不下你，我在心里劝自己，你这样的男人，当然有资格娶两个老婆，所以，我打算给你做小，没想到你老婆已经死了，我当时又难过又开心，难过你没有女人照顾，开心的是我可以代替那个女人，可以完全拥有你了。"

时发摇摇头："妹子，我又不傻，当然知道你对我的心意，正因为如此，我才急着下山。妹子，这世上好男人多得是，我只是一个亡命天涯的江湖人，而且还结过婚，现在又进了部队，在这国难当头的乱世里，我晚上脱鞋早上有没有命穿都不知道，跟了我，只会害了你。听哥的话，回横山去吧，帮我带信给玉莲嫂子，说我很快就去接她。"

"不！我绝不！我好不容易才找到你。你要是赶我走，那就把我杀了吧！我没有时发哥，活着也是生不如死。好，既然你决定留在部队，那我也留下来，陪你一起打鬼子，要死，我也要和你死在一块。我要盯着王小武，绝不让他伤害你，我也会盯着王小文，绝不让她抢走我的时发哥。"忠英说着又抓起时发的胳膊，把头轻轻地靠了过去。

时发一把抽开：“妹子，到军营了，别让人看笑话。”说完，快速朝师部走去。忠英顿了一下，嘟起嘴叫道：“我看谁敢笑话！等等我！”

唐元善见时发突然出现在面前，立即起身相迎。

“袁老弟，你炸掉了鬼子的坦克重炮，还能毫发无损地回来，我真的是太高兴了。哎？这位姑娘是谁啊？”

此时，小文闻讯也喜滋滋地跑进来：“时发哥，你回来啦？”她已把袁大哥改成了时发哥。

“你？你是谁？”

未等时发回话，小文和忠英同时向对方开了口，眼神由疑惑变为打量，又从打量变为轻蔑，再之后就是带着几乎挑衅的口气。

“你就是王小文？”“你就是柳忠英？”

然后，二人把目光都转向时发，脸上均露出哀怨的神情。

小文早已套过猴子潘无数次话，早就知道有个大刀会首领倾心于她的时发哥。女人特有的敏感让她一下子就猜出了眼前的这个姑娘是谁。忠英也是一样，这个世界上，除了王小文还有谁当着这么多人的面叫时发哥！

唐元善是过来人，立刻明白，这两位姑娘是情敌，五十二师以后可能要闹笑话了。看着时发颇为尴尬的样子，他随即打个哈哈：“时发和柳姑娘一路辛苦，走，去餐厅，我为你们洗尘！童副官，把时发的弟兄们都叫来！”

席间，忠英和小文自然而然坐在时发两边，都是满怀心思地沉默不语。吴克等人却满心欢心地缠着时发问东问西，时发有一句没一句地应答着，把脱险过程讲了个大概，但略去了王小武刺杀那一节。

忠英忍不住插嘴道：“时发哥，你为什么不说……”忽感时发踩了她一下，只得把话又咽了回去。

小文虽知书达理，此刻听到忠英一句时发哥叫得那么亲热，她也坐不住了。

“来，时发哥，这个给你。你这几天一定没好好吃东西。”小文夹起一块青菜就要递给时发，却被忠英拦在半道上。

“嘿嘿，王处长，你的时发哥哥呢，和我一样，从小穷怕了，也馋怕了，所以他现在最需要吃肉，这个就由我来代他吃吧。”忠英以迅雷不及掩耳之势，张口咬走了小文筷中的青菜，还有意留下两排深深的齿印。

“无见识之奴！粗鲁！”小文低声啐了一口，满脸涨得通红。

“多吃蔬菜才有益于健康，肉食只是动物的尸体！”后面的话一出口，小文自己也很吃惊，竟然没有考虑他人的胃口。

忠英随即反唇相讥：“是呀，我又没有当维持会长的大，哪有钱念什么书呢，所以啊，王处长不要见怪哦！”

“你……”小文气得说不出话来，餐桌上的气氛一下子变得异常紧张。

时发已尴尬得额头出汗，只好把求助的目光转向唐元善。

唐元善心领神会，轻咳一声：“本来呢，我吃荤菜是必须拌醋的，现在看来根本不需要了，这桌子上已经全是浓浓的醋味了。”

对于唐元善来说，在小文和忠英之间，当然希望时发能看中小文，不过这个忠英姑娘看来更率真，只要时发留在军中，她肯定不会走，这样，横山大刀会这支武装势力必归属五十二师，但眼见这两个大姑娘就如同小孩子似的，丝毫不顾形象地在唇枪舌剑，连他这个堂堂的师长似乎都给忘了，着实令人有些难堪。

唐元善接着在桌上轻轻拍了一掌：“你们二位就不要争了，具体吃什么菜，由时发自己决定吧。时发老弟，来，我敬你一杯，感谢你为党国立下大功。”

时发顿时气往上撞，党国，什么狗屁党国，都他妈是急功近利出尔反尔的小人！

“师座，你要说立功……”忽感脚上被踩。

小文冲他眨眨眼，抢过话头说：“师座听说你遇险了，一直在担心着，而且，他非常后悔派你去芜湖搞侦察，对吧师座？”

唐元善点点头，时发跟着点点头站起身：“师座言重了，还是我敬你吧，感谢你的关心，我先干为敬。”他仰脖喝得精光。

“空腹不能喝得太快，赶紧吃菜！”

这回，小文和忠英异口同声。时发此刻最想夹一块红烧肉下肚，但见她们都在盯着自己，只好咽了咽口水，把筷子伸向炒鸡蛋。

唐元善哈哈大笑：“袁老弟果然聪明，两不得罪啊。”

他随即分别夹了一块红烧肉和一根青菜：“来，想吃就吃，不必顾虑。”时发不好意思地伸出碗：“谢谢师座。”

“袁老弟，要说谢，应该是我谢你才是。芜湖虽然由于方方面面的原因而未能光复，但你毕竟给了鬼子一记重创。所以，你的军籍已经恢复了。现在，我正式升任你为师属特务营营长，授上校军衔，李营长调师部任作战室主任。恭喜你，袁营长。”

“恭喜，恭喜……”陪宴的几个军官纷纷鼓掌道贺。

“方方面面的原因?”时发大惑不解。

“是的，时发哥，你跟我出去一下。”小文冲时发招招手，然后把目光转向唐元善。

唐元善微微点头道：“去吧。”

听完小文的解释，时发笑道：“原来是这样，这个青弋江，还真不简单哩!”随即脸一沉：“他姓唐的既然早就知道，为什么不告诉我?”

“好好想想吧，你那么聪明。”

“娘道蒸子的，他和崔世康一样的老奸巨猾！最关键是老子帮过共产党!”

“嘘！明白就好，走吧，大家都在等着。”

回到餐厅，时发倒下一杯酒，说：“师座，还是那句话，我打鬼子绝不是为了做官，如果你觉得我有功非要赏赐的话，我愿意用这个营长换你一个人情，是一件私事。”

“两码事，两码事，你立下大功，理应提拔。有什么需要我帮忙的，尽管开口，我一定尽力。”

“好，先谢谢师座了。是这样的，我有个好兄长叫章正光，是个爱国商人，因为不肯为鬼子生产粮食选择出逃，结果他和他的幼子都死在了小鬼子手里……”

说到这里，时发鼻子一酸：“这都怪我没用。”

唐元善拍拍时发的肩膀：“嗯，这事我听说了，章正光其人我也有所了解，是个爷们。时发，别难过了，你不是神仙，尽力就行了。你继续说。”

“他的遗孀叫宋玉莲，现在在横山大刀会那里，她是浙江金华人，我想请师座帮我联系一下金华抗日大队长邢重显，他现在是国军的人，我想请他配合护送我嫂子回娘家。还有，金华那边的具体情况也请师座告知一二。”

“就这事啊，好说。据我所知，日军在浙江的部队主要是驻扎在兰溪城的第十五师团，这个师团的最高指挥官酒井直次把大部分兵力都放在武义和义乌一带，那里的萤石埋藏量多，是日本钢铁工业的必需原料。邢重显的队伍的确已接受改编，归七十九师统一指挥。鬼子在金华不但部队驻扎得多，还有一个细菌战大队，主要是为了抢夺萤石。另外，金华的武装势力很多，情况比较复杂，他们与鬼子犬牙交错，几乎是你中有我，我中有你。不过，要去金华，首先要经过邢重显的防区。这样，我马上联系七十九师师长陈安宝将军，请他直接给邢重显下命令。”

“好，感谢师座。”

稍时，唐元善打完电话返回。

“时发，已经联系过了，陈师长说他立刻给邢重显下令，确保将宋玉莲安全护送到家，但沿途很多地方都被鬼子占领了，需要绕很多山路。邢重显很快就会把行走路线用电台发过来，按照他们给的路线，应该没问题。不过现在世道很乱，即使能绕得开鬼子，也难免会遇到土匪，所以护送的人必须有经验。”

“谢谢师座。这件事非我亲自干不可，那我就先向师座告假了。”

“好！我批准，不过要速去速回，特务营和警卫连都有负责师部安全的重任，不能耽搁太久。”

“是！我马上就去横山！忠英，我们走！”

唐元善因为芜湖的事感到对时发有愧，同时为了拢住这个难得的人才，这才设宴招待众人。时发一走，他觉得完全没有必要再待在这里，尤其是小文和忠英二人的针锋相对，早已让他没了胃口。

“各位请自便，我就不陪了。”唐元善起身离去。

时发和忠英尚未出门，王小文的手下急匆匆赶到。

“报告处座，芜湖忠义救国军发来密电，王小武已经落入敌手，因其为五十二师主力团参谋，掌握大量军事机密，皖南站已下令，尽量设法营救，但只能在一个星期之内，超过一个星期，必须考虑灭口。”

时发火往上撞：“娘道燕子的！军统就他妈会对自己人下手，要不是念在他们有些人抗日也还算积极，老子还真要找他们麻烦。”

小文眼泪汪汪地看着时发，欲言又止。

她知道王小武是自找的，若不是心怀鬼胎地去芜湖刺杀时发，哪会轻易落在鬼子手里。至于军统那套做法，她早就见怪不怪，但哥哥毕竟是王家唯一的男丁，这世界上也只有他和母亲两个亲人了，本来时发也是，可眼见这位柳姑娘一副誓将夺郎战进行到底的架势，她感到压力倍增、信心骤减。时发哥心里到底怎么想的还不清楚，现在哥哥又出了事，这可怎么办？再耽搁下去，哥哥不仅要遭受鬼子的酷刑，还要面对军统的暗杀，而放眼这一带，也只有袁时发才有能力施救，但他刚刚离开险境，怎么好意思开口？更何况，他会出手救一个时时要置他于死地的人吗？

小文一时心乱如麻，不知如何是好。

“妹子，护送玉莲嫂子的事就交给你了，我要赶去芜湖救人！”时发拍了拍忠英的肩膀。

“什么？你差点死在他手里，还要去救他？”忠英瞪大着眼睛，指着王小文气愤地问道：“你是不是为了她？你是不是准备做王小武的妹夫？”说话间，眼泪已经夺眶而出。

小文一听，赶紧问时发：“到底怎么回事？我哥对你做了什么？”

“做了什么，你不清楚吗？时发哥好不容易甩开了鬼子，你哥居然下黑手，幸亏时发哥身手了得，才反过来制住了那个畜生。你把时发哥带进部队，就是这样关心他的吗？”

这一次，小文没有回话，她知道忠英说的没错，王小武就是去刺杀袁时发的。

“妹子，少说两句，我不是好好的吗？现在救人要紧，王小武是主力团参谋，知道很多军事秘密，虽然他是条汉子，我也相信他不会出卖国家，但鬼子不会放过他的。听话，去送玉莲嫂子。王处长，还有你们，走，去芜湖！”

“不！我也要去，玉莲嫂子的事先缓一缓，我要和你一起去芜湖，防止有人背后打你的黑枪！”

在场所有人都听得出来，忠英指的是小文，也都明白，小文怎么可能打时发的黑枪，但都不好说什么，一起呆看着时发。

时发见忠英不依不饶，再也忍不住牛脾气。

“妹子，你到底听不听话，再胡搅蛮缠，以后不要叫我哥！娘道蒸子的，王处长的为人老子难道不比你清楚？！”

忠英从来没有见时发对她这么凶过，吓得一时不敢回话，随即把这份委屈化作满腔怨气，算在了王小文的头上。

都是你这个狐狸精，你等着，迟早一天我要你好看！

时发见忠英含泪不再说话，自感言语有些过重，转而温言道："妹子，听话，护送玉莲嫂子，交给别人我不放心，哥只有拜托你了，你把她送走后再来好不好？这样，你们路过宣城时，找一下小刀会的王义雄，就说我请他帮忙，要他派几个弟兄陪你一道。他们人脉很广，江湖朋友也多，这样你们就安全多了。另外，我救过邢重显的父亲，他给了我一个戒指，你带上，邢重显见到戒指一定会竭尽全力。"

忠英转哭为笑："时发哥，你还是挺关心我的嘛。好吧，我去，你说的，把玉莲嫂子送走后我就来找你。还有，以后不许对我这么凶！"说完猛然朝时发脸上亲了一口，这才出门而去。

时发伸手擦了一下脸，看着小文，神情无比尴尬。

吴克微笑着冲时发做了个鬼脸："兄弟，这个丫头可真敢疯啊，够你喝一壶了！"

小文难过之余多了一份纠结，哥哥生死未卜，劲敌又来了。她必须承认，较之忠英的大胆率真，自己太过腼腆。

·第三十一章· 奸邪相佐实难防 暗算重重加冷枪

去往芜湖前，时发特意交代高占武："把你平时捣鼓出的那些玩意全部带上，另外再多准备几颗燃烧弹。"

占武笑道："要去放火吗？"时发笑而不答，指着猴子潘说："燃烧弹给他用的。"然后转向丁鹏："枪练得差不多了吧，跟我去芜湖找几个鬼子开开荤！"

途中，时发脑中慢慢形成营救计划。

"王处长，你们军统的人应该知道王小武关在哪里吧？"

"你还叫我王处长？"

"呃……嘿嘿，习惯了，好，以后就叫你小文。"

"嗯，这还差不多。我哥关在哪里，他们肯定清楚，我现在最担心的就是他们营救不成，可能已经派人潜进去对我哥下手了。"

"娘道燕子的，草菅人命！对了王处……小文，听讲军统付共产党下手特别狠，怎么对自己人也这样？我大是共产党的人，你能不能把军统在皖南的情况跟我讲一讲，好叫他老人家以后注意点。"

小文面露难色，"时发哥，不是我不信任你，实在是军统纪律太严太多，比国民政府所有刑法、海陆空军法的总和还要多，这其中的第一条就是不能泄密。我们在完不成任务的时候，不严重的也会被训诫或关禁闭，严重的就是枪毙，所以很多人在不成功时便选择成仁，而泄密的处罚比完不成任务还要严厉。我只能告诉你，军统安徽站一开始在安庆，安庆沦陷后，省站撤销，分别在屯溪和六安立煌设立皖南站、皖北站。皖南站在芜湖没有设分站，但有很多武装组织，主要有忠义救国军三纵队三支队、军委会别动总队第三大队、芜湖县政府敌后办事处、皖南敌后先遣纵队芜湖支队、三战区长官司令部京芜线游击一支队、芜湖县自卫大队、国民兵团等，其中实力最强的就是忠义救国军，支队司令叫贾老六，这些外人都知道，包括日本人，所以算不上秘密。上次协助我们转移金印的就是老贾他们，这次去芜湖救我哥还得找老贾帮忙。”

时发压低嗓门问道：“西乡的王应虎打的一直是忠义救国军的旗号，他到底是不是军统的人?”

小文没有回答，朝前点了点头，看着天空说：“今天天气不错。”然后扭过头说：“我什么也没讲。”

时发明白了，西乡忠义救国军虽是个挂羊头卖狗肉的水货，但王应虎本人确系军统特工，而且身份隐秘，怪不得他收买义父不成就要下死手，怪不得他收到我的信后还那么嚣张。唉！大啊，你老人家到底在哪里呢?要是被这狗日的盯上就麻烦了！

小文猜出了时发的心事。“其实皖南站早知道你有个共产党义父，但一直没有动你，知道为什么吗？一来你名气很大，抗日有功；二来你始终没有受他影响加入共产党，否则的话……否则的话我也不好讲了。军统不仅对共产党毫不手软，对自己人也是如此，只要是掌握了一定机密的人被敌人俘虏，营救失败后都转而除之。”

“太可恶了！既然这样，到了芜湖我就不和他们照面了，我们在外面等你，省得老子脾气上来对他们不客气。”

“好吧，不过你也不要表现得太明显，毕竟……毕竟他们和我是同事。”

“嗯，我一定克制。”

赶到忠义救国军的秘密联络点，天色已晚。情况果然和小文分析的一样，老贾告诉她，由于两次营救均告失败，导致鬼子对王小武的身份产生了怀疑。据内线消息，日军谍报人员已经着手调查他了，所以上峰电告唐师长，决定除掉王小武。

马小文急忙问道：“唐师长什么态度?”

“亏你还是个老军统，通知唐师长只是履行一个程序，他的态度能决定什么？除非戴老板亲自下令务必营救王小武。”

“那我哥目前有没有泄密?”

“暂时还没有。”

“既然没有，老贾，请看在我们是同事的份上，告诉我关押地址，他毕竟是我亲哥。这次我请袁时发帮忙，他的本事我们都清楚，应该有些胜算的，不管营救成不成功，我都会感激你。”

老贾想了想说：“好吧，我先向屯溪汇报，就说袁时发也许有办法，上峰要是同意，我不但撤销刺杀行动，还会安排我的人配合你们。”

皖南站立刻向重庆发报请示戴笠，万幸的是，戴笠很痛快地答应了，同时命令皖南站，营救王小武只是为了将袁时发收入麾下，如果他不肯为军统效力，王小武就没有营救的必要。所以，你们告知袁时发，王小武的生死取决于他的态度。皖南站也给老贾下了一个任务，不论救人是否成功，都要确保袁时发能活着到屯溪。一时间，无线电波在芜湖、屯溪、重庆之间活跃起来。

得到了命令，老贾问小文：“你说袁时发要帮你救人，他现在在哪里？我要马上见到他，上峰有令，让他加入军统比救王小武重要，还要我们确保他的安全。我得和他说说，行动时一定要服从命令，他的性格我可是早有耳闻，老子天下第一。他要是有什么三长两短，我可就惨了。”

小文赶紧说：“老贾你先听我讲，实不相瞒，袁时发对我们军统有成见，要他听你的，比登天还难，好在我的话还管点用，这事你交给我好了。他人就在附近，一会你见到他尽量顺着来，千万别把他惹毛了，正如你所言，他可是天不怕地不怕的主。”

老贾苦笑道：“好好好，戴老板都欣赏的人，肯定牛，他是爷，我是孙子还不行吗？”

小文抿嘴笑道：“在我印象中，你老贾还没有向谁服过软。这样吧，我去把他叫进来见你，毕竟你也是个堂堂的忠义救国军司令。”

时发进来了，未及小文介绍，阅人无数的老贾一眼就认出了他，随即倒吸一口凉气，此人难怪名气那么大。在所有来人中，唯有他浑身都散发着野性，又像猛兽一样强壮。在与他四目相对时，立刻发现从他那双精光四射的眸子里透出一股逼人的杀气，丝毫不逊色于军统四大金刚中的任何一位。从他看自己那极其厌恶的眼神又可以明白，袁时发诚如王小文所言，对军统有成见，而且有很大的成见。上峰难为人啊，看他这架势，不但收归军统千难万难，就连这次行动也决计驾驭不了。

看着时发一副桀骜不驯的样子，老贾象征性地打了个招呼：“你就是大名鼎鼎的袁营长吧。”然后把目光转向王小文：“王副处长，营救行动就由你全权指挥吧，王小武关在芜湖监狱，喏，这是内线传来的监狱地图。”

交代完毕，老贾下意识地又瞅了几眼电文，突然惊出一身冷汗！那多么电文都提到了袁时发，而且用的密码级别都不高，这就等于在告诉鬼子，袁时发要救王小武！他原本就有所怀疑，像袁时发这样一个既有共党嫌疑又讨厌军统的人，上峰不可能不知道，为什么还要收拢？明白了，他们已对袁时发起了杀念，但他毕竟是个抗日英雄，不能直接下手，只有借刀杀人！可是皖南站为什么又要自己确保袁时发的安全呢？答案只有一个：如果袁时发死于日本人之手，如果有人怀疑到军统头上，就必须找一个替罪羊出来，这个替罪羊是谁？想来想去也只有他老贾最合适，到时上峰就会拿他开刀，说他出卖了袁时发，这样，对五十二师，对所有人都有个交代了。

想到此，老贾如坐针毡。妈的！要想保住老子这条命，还不得不先保住他的命。袁时发最好能把王小武救出来，你好我好大家都好，但不管营救行动能不能成功，都要把这个活祖宗打发走。对！只能是活的祖宗，只要他不在老子的地盘出事，死在任何地方都和老子无关。

老贾判断没错，日军谍报人员很快破译了全部的电文，有人要再次来芜湖监狱营救王小武，说明王小武其人非常重要，而电文中出现最频繁的三个字就是袁——时——发，再明显不过，救人者就是袁时发。一张针对时发的网悄悄撒开……

老贾指着地图仔细介绍了监狱情况——

芜湖监狱距老浮桥不远，在青弋江畔的老街井巷处，原名为“芜湖大清监狱”，始建于光绪三十一年。晚清政府接受西方司法理念，逐步推行狱制改革，实行审监分离。芜湖关道童德璋在原芜湖官牢的基础上廾辟大清新式监狱，分离看守所，合并原男女二所。监狱分内区和外区，由围墙相隔。监狱主体仿八卦布局，人行其间如入迷魂阵，共有冠名为“知”“错”“改”“过”四套狱舍60间号房，交错成十字形，中央是一座八角楼，底层为看守处，二楼为教诲堂，三楼为探望室。狱内设有男监区、女监区、水牢等，外区为工场和操场。监狱东西宽50米、南北长120米，外筑围墙高2米、厚1米，折合面积6000平方米，设纺织、缝纫、木作等车间，用作改造犯人的场所。日军攻占芜湖后，驻守部队便依托芜湖监狱关押战俘和寄养伤兵。在监狱附近，还有座龙王庙，现已被鬼子改作马厩。王小武起先被关在男监区普通牢房，忠义救国军两次营救行动引起了鬼子的注意，他们立刻将牢房内其他犯人移走，对王小武实行单独关押，每日押至刑讯室严刑拷打。这王小武的确是个硬汉，老虎凳坐过，辣椒水灌过，烙铁烙过，遍体鳞伤也没有开口，由此鬼子更认为他身上藏有重大秘密。

年关将近，天冷得伸手似握冰，小文盯着地图仔细端详了半天，对着放大镜哈了一口热气，擦拭镜片时却见时发闭上眼睛，左手拇指上下揉着眉心。

“你在想什么呢？”

“哦，既然忠义救国军行动过两次，鬼子必定加强了防备，这座监狱四周房屋林立，虽然便于隐蔽，但巷道狭窄，车辆不好通行，要是打起来很难撤离，所以发动突然袭击再冲进去抢人肯定不行，我想到实地看看再说。”

“好，我也去。行动说是由我指挥，主要靠你，你决定怎么干我们就怎么干。”

“行，那我就不客气了。”

根据时发分工，小文配合他扮成一对商人模样的夫妻，吴克和猴子潘分别为人力车夫和跟随其后乞讨的叫花子。四人在距监狱大门约四百米处停下来，时发掏出望远镜，借着瞭望塔上的灯光仔细观察，只见大门前有一座岗亭，两个警察缩着脖子在原地不住跺脚，间或过来一小队巡逻的日本兵，也都摸着耳朵在叽里呱啦地咒骂着天气。从神情上来看，他们显得并不是特别谨慎。

此时，路过一个挑着担子叫卖酒酿元宵的中年人，鬼子立刻围了上去，一顿稀里哗啦地吃喝之后，都把嘴一抹就走人，竟没有一个付账。猴子潘欲上前看个究竟，却见时发冲他摇摇头，然后低声对吴克说：“把我们拉到没有人的地方，你再顺着围墙转一圈，我看监狱围墙虽然很厚，但和军火库不一样，墙基并没有浇筑混凝土，你看看哪里适合挖洞，我们就在车上等你。”

猴子潘凑上前问道：“鬼子刚才吃老百姓的东西不给钱，凭大哥的性格，肯定要来一句娘道燕子的啊，怎没听你出声？”

“你在芜湖见过有这么胆大的生意人吗？大晚上的居然在鬼子眼皮底下吆喝。那家伙明显就是个密探，我看他挑担子的身形就不对，常年负重的人背都有点驼，他却腰板挺直。另外，鬼子围上去他一点也不害怕，还有说有笑地给他们发碗筷。还有，他始终在监狱大门前晃悠……”

小文点头赞道：“时发哥，你果然厉害，凭你的头脑和身手，要是加入军统，就又多了一个金刚。”

时发摆摆手道：“没有这个可能，说实话，我对你们这个党国早已失望透顶，要不是为了玉莲嫂子，要不是为了……我早就走了。”

“除了玉莲嫂子，你还为了什么？”

“还是说说怎么救人吧。”

“不就是一句话么，救我哥的确是头等大事，但这个对我来说也很重要，你必须说出来。”

“为了你，我的王大处长。”

“又叫我王处长，我都喊你多少次时发哥了？”

“好好好，为了我未来的娘子，中不？”

“去，皮厚……”

这一句娇嗔，让时发感到少年时的美梦就在这一刻完全实现，以前那一点疑虑丝毫不复存在了。小文更是觉得这个夜晚不太冷，但她非常清楚，这又是一个极其凶险的夜晚。

“好了小文，这个卖酒酿的虽然是个探子，我觉得反而是个机会，等吴克找到挖掘点后，就把老贾他们叫来，先派人上前买酒酿，而且要找他的茬，和他吵架，这样，巡逻的鬼子就会被吸引过去，从而给吴克提供充足的时间挖洞。吴克一旦挖好了洞，老贾他们就从正面往大门扔炸弹，往里面打枪，把里面的鬼子和看守引出来，我们就从洞里进去救人，为了能尽快撤退，需要老贾他们派人埋伏在老浮桥和马厩附近，一旦人救出来了，立刻干掉看守军马和桥头上的鬼子，所有人骑马冲出去。此外，猴子潘对赭山司令部地形很熟，让他先摸进去，这边枪声一响，马上放火，鬼子必定心慌担心几处，但肯定以司令部为主，这样，我们撤退时的压力就减轻了。现在的前提条件是一定要知道王小武具体被关在哪号房，吴克只有根据号房位置才能把地道挖准。另外，老贾他们还要打得猛，和鬼子交火时间越长，救人的把握就越大。”

小文感激地看了一眼时发：“内线已经打听到了，我哥哥就关在16号房。”

“那就好办了，马上准备。”

晚上七时许，所有人到达指定位置，吴克对照地图很快计算出最佳挖掘点，发现就在距离监狱东面围墙外三十米处。

“太好了。”他抑制不住激动。

时发悄声问道：“什么事这么高兴？”

“巧了，挖掘点对面正好有一座废弃的院子，院墙下还有一棵很大的桂花树，这不是天然的掩护么。”

时发高兴得把手一挥：“那还等什么，开工！”

吴克负责掘土挖洞，来喜担任警戒，丁鹏带着两名忠义救国军的人跟在吴克后面传递挖出来的泥土，如此持续了一个多小时，满身大汗的吴克终于挖到了16号牢房的下面。侧耳听去，上面传来轻微的鼾声，捅掉最后一层薄土，掉下来几块地砖，吴克伸手接住，一股霉臭味夹杂着血腥气瞬间灌下来。再往上一看，一张铺满乱稻草的破床上侧身朝里躺着一个人。听听四周毫无动静，吴克攀了上去，轻轻走到床前，就着瞭望塔上射过来的微弱亮光，发现那人蓬头垢面满身血污，脸上长满了比头发还长的胡子，全身衣服竟无一块完整的布料，想来必是王小武。吴克立即返回地道口，趴着对下面轻轻喊了一声：“人找到了，通知他们动手！”

二狗拢着袖子一直在监狱大门前徘徊，早就引起了那个卖酒酿的注意，但此人始终不作声，只用眼睛盯着他。稍时，一声咳嗽传过来，是时候了。二狗立刻走到那个卖酒酿的面前，吸溜着鼻涕叫道：“老板，来一碗！”

那人见他衣衫褴褛，十足一个乞丐样，不耐烦地甩甩手：“卖完了，没有了！”

二狗把荷包里两块大洋抖得哗哗直响：“看不起人啊？别看老子穿得不好，但有的是钱！你卖不卖？不卖老子走了！”转身欲离去。

“你一个叫花子哪来的钱？”

“你管哪来的，老子不白吃你的就是了。”

那人向四处看了看，见并无他人过来，换了一副笑脸道：“行，你给钱就行。”

二狗端起碗喝了一口：“呸！你的酒酿这么酸，也敢拿出来糊弄人！”把碗重重一搁，扭头便走。

“站住！找茬是吧？你也不看看我是谁！”那人伸手一拦，露出阴冷凶狠的目光。

“你是谁？你不就是一个卖酒酿的吗？能把老子怎么地！”

那人不再言语，迅速从围裙里掏出一把王八盒子。

“说！你到底是什么人？”

二狗连忙作揖鞠躬：“啊吆，原来是老总啊，小的瞎了狗眼，这两块大洋您拿去，算我给您赔不是了。”

那人并不要钱，仍是用枪指着他：“少废话！说，你是什么人？谁派你来捣乱的？”

二狗一屁股坐在地上，扯开嗓子嚎起来：“救命啊，老总要杀人啦！”

那人还是不动声色：“少来这套！说，你到底是什么人？”

二人这么一闹，很快过来一队鬼子巡逻兵。时发一挥手，小文紧随其后向地道口奔去。

啪！啪啪啪啪……老贾他们开火了，鬼子猝不及防，当场倒下三人，其余的立即卧倒展开反击，二狗乘机一枪撂倒了那个卖酒酿的密探，连滚带爬地冲了回来。瞭望塔上的探照灯伴着刺耳的警报声转到正前方，监狱大门前枪声大作。

时发赶到地道口时，见丁鹏正趴着往上拽人。小文上前一看，那人的长发遮住了整张脸，但身形非常像王小武。见他这般惨状，小文带着哭腔叫道：“哥，你受苦了，快上来跟我们走！”那人也不答话，手脚并用，废了好大劲才爬了上来。

时发弯腰一蹲：“快，我背你走！”

那人慢慢趴到时发的背上，忽然掏出一把手枪抵住时发的太阳穴。

“袁时发，你完蛋了！”

声音一出，小文顿时尖叫起来：“你不是我哥！”

“对，我不是王小武，我是大日本帝国高级特工稻川一郎！你们军统的电文早被我们破译了，仓桥中佐特命我在此等候袁时发。我算来算去，没有算到你们会挖洞救人，不过很可惜，你们还是失败了。”

时发悄悄弯曲右肘，猛然向左大喊：“啊，仓桥，你也来了！”

稻川一郎本能地向左瞥了一眼。砰！右肋遭了狠狠一肘，稻川一郎眼前一黑，咯噔噔连续后退三步，但他毕竟是受过严格训练的特工，忍着剧痛扣动了扳机。

啪！一颗子弹几乎擦着时发头皮向上飞去，好险，若不是稻川受到重击失了准头，这颗子弹已经打爆了他的脑袋！时发一个纵身将小文扑倒在身下，抱着她连续几个翻滚。啪！又是一颗子弹打进了小文身后的土中，与此同时，时发手中的枪也响了，啪啪啪！三颗子弹先后从不同角度射向稻川，遭到重击的稻川步伐踉跄躲闪不及，小腹中了两枪，最后一颗子弹直接从他的眉心钻了进去，一缕鲜血顺着小小的枪眼汩汩而出，稻川瞪大了眼睛，良久才往前一栽。

这一瞬间发生的惊险，令在场所有人都目瞪口呆。

小文惊魂甫定："时发哥，你又救了我一次，记得我们在洪山提过这个稻川。"

时发掠了一把汗："是啊，好悬！我大意了，没想到鬼子居然使了个调包计，稻川的确很厉害，要不是他得意忘形挨了我一下，死的人肯定是我。走，叫老贾他们撤退，救人的事以后再说。"

鬼子越来越多，老贾等人被飞蝗般的机枪子弹压得抬不起头来。眼看就要被包围，时发大喝一声，双抢连续点射，他的射技已经到了枪枪毙命的境地，但干掉了两名机枪手后，很快又有两名补上，众人周边的冻土被打得爆出一簇簇细小的白雾。

娘道蒸子的，猴子那边怎么回事？再没响动，都要交代在这里了！

突然，鬼子枪声停止，从监狱里走出来一队腰挎手枪背插武士刀的浪人，其中两人推搡着一个被五花大绑、浑身血污的年轻人。小文一见，泪水夺眶而出："是我哥！"

一名翻译官朝前走了两步，喊道："袁时发，你们已经被皇军包围了，聪明的赶快放下武器投降。仓桥中佐惜才，特意交代稻川一郎先生要活捉你，所以你才能活到现在。其实，王小武的身份我们已经搞清楚了，他不过是一个刚被提拔不久的团级参谋，毫无价值可言的废物，留他到现在，就是为了等你。仓桥中佐说了，只要你肯与皇军合作，国军能给你的，皇军将超出五倍。怎么样，我们给你两分钟考虑。"

天生傲骨的王小武早已做好赴死的准备，但这世上有比死更令他难受的东西——生不如死。先折于杀父仇人袁时发之手，后辱于日本人，现在面对仇人又是这副狼狈相，他感到再无颜面存活于世，尤其是那个汉奸，竟当着这么多人的面高声叫他废物。耻辱，莫过于此！死算什么，老子二十年后又是一条好汉！王小武不由血往上涌，尽管浑身没有一块好肉，他还是拼着最后一口力气猛然挣脱了两个浪人的手，大声叫道："袁时发，你给老子记着，老子不是废物，更不愿领你的情！小文，照顾好妈！"说完，猛地朝着身旁一名鬼子平端着的刺刀直挺挺撞了过去。噗！刺刀穿胸而过，王小武倒地而亡。

"哥！"王小文晕了过去。时发一把扶住："小文！小文……"

王小文悠悠醒来，看着时发满脸的关切，又见王小武惨死在地，泪水不住往外流，她把头埋进了时发的胸膛。

叮铃铃……监狱大门岗亭里传来一阵急促的电话铃声，打破了剑拔弩张而又死寂的局面，带队的鬼子连忙跑进岗亭里接听电话。

时发隐约听到赭山二字，不禁回头望去，一股浓烟从赭山腾空而起。轰！轰轰！老浮桥和马厩方向也传来了巨大的爆炸声，都得手了！果然，那个带队的鬼子在岗亭里叫出几声嗨嗨之后一脸严肃地赶出来，指挥刀一举。

"有敌人偷袭，留下两个小队，其余人跟我去司令部！"

"嗨！"大部分鬼子轰然应答，迅速朝赭山方向奔去。

时发低声传话："所有人准备，等鬼子大部队走远，立刻突围。"

剩下的鬼子似乎早已看穿了时发的心思，不等时间到，歪把子就响了，哒哒哒……一阵密集的子弹打进他们身边的土中，随即又停止射击。

"袁时发，不要以为皇军大部队走了，就妄想逃跑，周围都有枪在指着你们，还不快快投降！"

"老子投你妈！打！"

砰！砰！砰！叮……铃……咚……隆……时发这边有些子弹打在了监狱的铁门上，发出一阵阵刺耳的怪响声，那道原本平整的铁门，很快变得凹凸不平。

"所有人，利用房屋做掩体，向马厩那边冲！抢到马就往老浮桥赶，能冲出去一个是一个！"时发镇定自若地高喊着，不想鬼子准备充分，很快从监狱里又冲出一个小队，数挺歪把子分别从不同位置扫射过来，尚未冲到马厩，忠义救国军已损失十之六七，丁鹏、二狗都倒在了鬼子的枪下。吴克红着眼要去拼命，被时发一把抱住。

"吴大哥，留得青山在不怕没柴烧，这笔账先给小鬼子记着，快撤！否则……"话没说完，时发突然噤声，一个黑洞洞的枪口被他眼睛的余光扫到。不好，鬼子埋伏了狙击手！一个侧身扑向身边的小文：“快趴下……”喊叫的同时，他的嘴角已经渗出了血液，随即缓缓向后倒去。一颗从暗处射来的子弹无声无息地钻进了他的胸膛，显然，狙击枪上装有消音器。

老贾和吴克连续向狙击手位置开出数枪，却并无回击的枪声。小文抱住时发连声哭叫：“时发哥！时发哥！”

一阵嘹亮的军号伴随着呐喊声传来，时发努力睁开眼，他隐约看到，似乎有一群人正朝鬼子涌去……

·第三十二章· 九死一生知天良 忠义难兼苦无方

朦胧中，夏芳正迎面走来，身后还跟着一个人，竟然是义父！李汉臣边走边斥责："时发，你怎么老是改不了爱当英雄的毛病，你以为你有几条命？"

"大，你怎么来了，你这段时间去哪里了，我怎么老是找不着你呀？"

李汉臣突然停止脚步："大还在找组织，再找不着，大就去天堂找了，时发儿，你要学会保护自己啊。"话一说完，他便没了踪影。

李汉臣消失后，一只巨大的老鹰突然从天而降，老鹰的胸脯上有一个流着鲜血的洞眼，随后，鹰化为人，慢慢变成一个男子，竟是他袁时发！紧接着，那个由老鹰变成的袁时发又渐渐模糊起来，最后成为一缕青烟，径直消失在自己的体内……

夏芳也开始慢慢往后退，"时发，我知道有两个女人深爱着你，这我就放心了，我知道她们对你都是真心的，如果你能娶两个老婆，就把她们一起娶了吧。"

"不行啊，别说现在不允许一夫多妻，就是允许，还有你啊。"

夏芳凄然一笑："时发哥，你忘啦？我已经死了。"

"死了？死了还能和我说话，莫非我也死了？"

"没有，你还活着，我和雪娟都会保佑你好好活着的。你袁家只有你一个人了，你要延续香火。还有啊，在王小文和柳忠英之间，如果你只能选一个，那就选王小文吧，我觉得她更适合你，她漂亮，知书达理，对你又死心塌地的……"说着说着，夏芳也不见了。

"大！夏芳！你们别走啊，我胸口很疼，我追不上你们，我有很多话要对你们说……大！夏芳！大！夏芳！鹰！老鹰！"时发的额头上渗出了细密的汗珠。

“时发哥！时发哥！你怎么啦，梦到什么了？”

时发吃力地睁开眼，发现自己躺在雪白的病床上，原来刚才真的是一场梦。

小文和忠英各伏在床的一边，满脸紧张。从她们布满血丝的红眼就知道，这两位姑娘一直没有休息好。

胸口一阵阵剧烈疼痛，又觉得被什么束缚住了，一看，缠的全是厚厚的绷带，绷带上还有丝丝血迹，再环顾四周，门牌上“国民革命军五十二师战地医院”十几个红字赫然入目。这一切让他很快明白过来——梦中夏芳的话没错，我袁时发还活着，我被小文他们救回了五十二师，身上的疼痛来自差点要了我命的那一枪。

看到忠英，他旋即想起宋玉莲。

“忠英，玉莲嫂子送到了？”

这一开口，他被自己吓了一跳，声音微弱得如同蚊子在哼。

忠英含着眼泪回道：“送到了，时发哥。你总算醒了，你知道你昏迷了多久吗？”

小文也是泪眼婆娑：“是呀，你昏了两个多月，年都过去了，看看外面，已经开了不少花。”

“哦。小文，你们是怎么撤退的？我记得死了很多人，鬼子后来也增了援兵。”

“是啊，我们都以为走不掉了。时发哥，你好人有好报，新四军地下组织在关键时刻赶到了现场，他们非常勇敢，全都玩命地朝鬼子冲，等到我们全部上了马以后才开始撤退，我记得他们至少来了七十多人，最后只剩下十个不到。”

“啊？又是共产党救了我。他们怎么知道的？”

“时发哥，谍报工作就是这样，他们那边有我们的内线，我们军统内部也有他们的潜伏人员。”

“后来怎么样了？”

“后来？后来那个带队的在掩护我们突围时身中数枪，牺牲了。”

“什么？他叫什么？”时发心里咯噔一下，老天保佑，千万不要是他。

“叫章大虎。”

真的是他！“兄弟，兄弟啊！”时发一阵剧烈咳嗽，眼前立刻浮现出章大虎协助他在西乡杀鬼子除汉奸，绑架木村，激战芳山的那些场景——多好的兄弟啊！我却怪罪他不辞而别投奔了新四军，而两次救了我的恰恰是成了新四军的他。为了救我，他把命都搭上了！兄弟，大哥对不住你，你那么年轻，该死的是我袁时发，不该是你啊！还有二狗和丁鹏，你们当初要是不跟着我，也不会英年早逝，都是我袁时发无能啊！

“他是你兄弟？”

时发流着眼泪点点头，继续咳嗽不止。

“当心，别震裂了伤口。唉，早知道他是你的兄弟，我就不说了，来，躺下休息，我们以后再说。”

“不，你继续说，不然我睡不着。”

“好吧，时发哥，你先保证不能再激动。”

“嗯，我能控制，你快说，他们的遗体怎么样了？”

“这个你放心，共产党很得老百姓拥护。听老贾说，没等鬼子来糟践他们，就有人把他们藏起来了，后来又都被偷偷运到城外葬了，包括二狗和丁鹏，还有忠义救国军那些遇难的弟兄们。”

“好，他们总算能入土为安，真要谢谢那些老百姓啊。对了小文，我总感事有蹊跷，好像小鬼子早就知道我们要去救人。”

“没错，我正要跟你讲这事。章大虎临死之前给了我一封信，那时他已经不能说话，我回来看了才知道，信是写给你的，信上说他们潜伏在鬼子以及我们内部的人员都清楚，我们为什么中了埋伏。”

“信在哪？快拿给我看。”

小文看了看四周，除了忠英再无旁人，这才低声说：“我藏起来了，等你好了再给你。”

“内容你不是看了吗？快说。”

“是我们军统搞的鬼！重庆和皖南站给老贾的电文故意采用普通密码，目的就是让鬼子知道你袁时发要去救我哥。说白了，军统高层就是要借日本人之手杀了你，因为他们怀疑你亲共。”

“原来是这样，那老贾为什么又拼命地护着我们？”

“这就是他作为一个老军统的聪明之处了，电文上要求他把你安全地带到皖南站，这是一种表面文章，让人知道军统很器重你，不可能对你下手的。他们也知道，你能力非凡，能不能借日本人之手除掉你，他们并没有把握。而你，一旦营救成功且毫发无损，他们就说是军统的功劳；如果你死了，要是有人怀疑军统做了手脚，他们就拿老贾做替死鬼，说他在关键时候出卖了你。所以，老贾为了自保，明知电文有问题，他还是要遵照执行。他非常聪明，袁时发活着，他无忧，袁时发一死，他就要见阎王爷了。”

“难怪，我还以为小鬼子神了。娘道燕子的，你们军统还是人吗?！哦，对不起，你也是军统的人，我不是说你。可惜了我的好兄弟啊！”时发又咳嗽起来。

“说好不激动的，你看你，我当然知道你说的军统不包括我在内。说实话，时发哥，通过这件事我总算明白过来，为什么越来越多的人都站在共产党那边。”

“嗯，你说得很对，小文，等我好了，我们就离开这个是非之地，我们用自己的方式打鬼子，帮助共产党。”

“那我呢?”忠英再也忍不住，时发哥和王小文一直在聊天，似乎把她给忘了。

“时发哥，你知道那一枪多危险吗?我听医生说，子弹离你心脏只差三毫米不到！”

“是呀，真的很悬，时发哥，那一枪差点要了你的命。”小文也说。

她二人一见面就要斗个不停，这回总算统一了几次口径。

小文怕忠英抢过话头，接着又说：“时发哥，共产党对你真是没的说。你知道吗?治好你的医生也是他们的人。”

“他们条件那么差，难道医生水平比这里的还高?”

“是的，在外人看来，共产党一贯穷，应该不会有好医生，但事实恰恰相反，回国参加抗战的外国医生大多选择去了他们那里。”

“哦，谁联系的他们?”

忠英冷着脸说：“她呗，她说那些话不就是为了突出这个吗?”

时发皱起眉头：“妹子，胡说什么呢?小文你继续讲。”

王小文露出一丝笑容：“是我联系的。当时战地医院的医生没有一个敢为你做手术，都说你的伤势太重了。我就偷偷给新四军发了报，他们立刻打电话给唐师长，很快就把最好的医生派来了。说到那个医生，你们还真是有缘，他说他认识你，以前就为你做过手术。”

"新加坡的宋晓阳?"

"嗯。他还说你的生命力简直就是一个奇迹，伤得这么重，换作别人早就死了。不过，唐元善也因为这件事对我有了猜忌。我们的关系人人皆知，我为你找医生在情理之中，所以，尽管他很恼我联系了新四军，嘴上还是不好说什么，但我能看得出来，他已经对我有所怀疑了。就在昨天，他突然找到我，说我因为哥哥的死很伤心，又要照顾你，不能再给我压担子了，不能再兼任军需处长了。现在，我又是原来的情报处副处长啦。这样也好，我确实轻松了不少，真希望他能联系重庆，把这个情报处副处长也撸掉，那样我就可以安心地侍候你了。"

"小文，是我连累了你。"

"这是什么话?你以为我还想当国民党的官啊，我可是发自肺腑的。军统，我真的厌倦了，不，是厌恶，只是上贼船容易，不知道能不能下得了贼船。"小文显得忧心忡忡。

忠英听了这番对话，没再插言。她觉得很难再去挑刺，这个王小文，总是那么会说话，总是那么会哄时发哥，太危险了，我得另想办法。

"唉!"时发长叹一声，"我欠共产党的太多了。我虽不习惯于他们的纪律，但我很佩服他们，他们绝对够朋友。我坚信，这样的党，将来肯定能胜利。"

"嘘，小声点，护士要来了。"忠英指了指门外。

看着忠英一脸关切的样子，时发再次想起宋玉莲："妹子，玉莲嫂子怎么样了?"

"放心，她已安全到家。唐元善在这件事上没有食言，邢重显说话也还算数，他亲自带人接的我们，还把玉莲嫂子和她娘家人全部转移到了安全地带。他要我带话给你，说有机会一定要来看望你，感谢你救了他的父亲。"忠英说完站起身来往外走去。

"时发哥，你两个月没有吃东西了，全靠输液，我这就去给你熬鸡汤喝!"说罢对小文叫道，"喂，护士说了，时发哥醒后不要让他多说话，要让他多休息，你还不走?"

小文冷冷回道："关你什么事?我就在这里看着他，不说话!"

两人又开始杠上了。时发只好把眼睛闭上，他已精疲力尽。

再次醒来时，忠英正对着床头柜上一罐子热腾腾的鸡汤吹气。小文刚好也已返回，她左手拎着一大袋子水果，右手托着一捧红艳艳的茶花。

忠英抢先把时发扶起来："时发哥，来，靠好，我喂你喝。"不想护士也进来了，见忠英撕扯下一块鸡腿往时发嘴边送，连忙制止："不能吃！"

忠英一惊，怒道："不能吃？为什么？！"

护士解释道："袁营长昏迷时间太长，肠胃功能下降了很多，只能吃一点容易消化的清淡饮食和蔬菜水果之类，太油腻的东西会导致消化不良或拉肚子，你最好连汤都不要给他喝。"

小文本来因为自己慢了一步而懊恼，听护士这么一说，她立刻露出笑容，上前将茶花插在床头柜的瓶子上。

"是呀，护士小姐说得对，来，时发哥，我给你削个苹果。"

忠英只得气呼呼地站到一旁，眼泪唰地流了出来。

"时发哥，我从小就没有做过什么家务，更不会熬鸡汤，这罐子鸡汤还是找人加工的，没想到你却不能吃，我是不是没用？"

时发轻轻地摇摇头："坐吧，忠英，谢谢你和小文了。说实话，我想喝鸡汤，等我好一点，你再给我做，可以吗？"

忠英破涕为笑："好好，我要学着亲自熬鸡汤给你喝。"

护士抿嘴笑道："袁营长，你这一枪挨得值了。"

时发这次伤得着实不轻，足足养了五个多月，直到初夏才有所起色，特务营暂交由因战功升任副营长的陶飞负责。好在有忠英和小文精心照料，时发终于慢慢恢复。这期间，唐元善来过几次，每次都带来一大堆营养品，但时发不为所动。他知道此人心机太深，说的每一句话，办的每一件事都有目的，袁时发在他眼里就是一颗棋子，能用则用，不能用便会毫不犹豫地弃之一旁。他感激的是新四军，不仅救了他的命，还把他的难言之隐一并给解决了，宋晓阳在手术的同时彻底治愈了那个经常复发的疝块。

在这之后的几个月中，随着战事的需要，五十二师开拔至陵阳县峨岭一带，与一四四师、新四军主力部队联手驻防，以应对日军向皖南腹地进军，但五十二师始终没有打过一场像样的仗。

时发痊愈后找到小文："既然你也痛恨这个党国，痛恨军统，那我们走吧。"

小文叹了口气："我何尝不想走，但军统纪律太严了，一旦不辞而别，将被视为叛徒，终生都要被追杀的。我知道时发哥会保护我，但军统那么多杀手，怎么应付啊，我不能连累你。”

“实在不行，我们就去新四军。”

“去新四军？你不是说过吗，你适应不了他们的纪律，去了只会给他们惹麻烦。我觉得也是，依你的性格，国军的规矩你都屡屡犯戒，何况他们的？”

时发低头不语。他不得不承认，多年的江湖生活已经让自己养成了我行我素的性格，去那边，迟早要捅出大娄子来，迟早给共产党抹黑。

“可是，就这样待在国军吗？我对他们已经失望透顶。”

“先忍着点吧，见机行事。”

时发点点头：“只好如此了。”

不能走，钱已不能要，又无仗可打，他是个闲不住的人，纵有美女相伴，仍感浑身不自在，只有加强特务营的训练，或者阅读战报，要么就是把吴克三人喊到一起喝酒。他这么做也是出于无奈，二女夺郎仗越打越激烈，已经在五十二师成了无人不知的笑话。

娘道燕子的，再这么下去，迟早被人笑话死！去师参谋部一了解，鬼子十五师团池田联队正准备进攻泾县云岭的新四军，为了配合池田联队，湾沚一带包括端月在内的日军调集了4000多兵力，兵分三路向陵阳何家湾进犯。

这不是有仗打嘛！一想到端月，他恨得牙根直痒痒，冤家路窄，何家湾和峨岭同属一县，老子这就去干你个狗日的！

不料这个想法却遭来唐元善一顿狠批：“胡闹！仗岂能说打就打？你特务营主要职责是保卫师部安全。”

“新四军不是主动找鬼子干得热火朝天吗？看看人家在繁昌保卫战中打得多漂亮，五战五捷，连日本派遣军总司令都怂了，说在共产党人手里夺取繁昌城是不可能的。”

“你也知道是保卫战，保卫战是什么，那是敌人进攻，他们防守。现在鬼子进攻我们了吗？”

“我们中央军的武器这么好，为什么不能主动出击？进攻才是最好的防守！人家新四军的装备比川军都不如，却敢到处找鬼子干。如果师座真不愿出击，就让我去刺杀端月，这总成了吧？”

唐元善更为光火：“你袁时发本事是大，但有几条命？成天想着当英雄，还有没有点军人的样子！”

时发牛脾气也上来了：“师座说话太难听！我这怎么叫想当英雄呢？”他本想再来一句当英雄总比当缩头乌龟强，但一想到小文，言辞总不好太过激烈，脸却涨得通红。

小文正好赶到，为缓和气氛，赶紧把他往外拉：“别闹了，师座自有师座的考虑。”

唐元善看着时发远去的背影，眉头越拧越紧，此人一口一个新四军，是不是已有了异心？

回到营房，小文道出了实情。

“时发哥，你和唐元善吵没用的，是上面根本不让打。鬼子这次对皖南的扫荡主要针对新四军。因为共产党拉部队的速度太快了，党国高层深感忧虑，既然鬼子要对付的是新四军，正好借机削弱他们的实力。”

时发气不打一处来：“娘道蒸子的，什么党国高层，就是蒋光头的意思，蒋光头怕共产党夺了他的江山，他越这么搞江山越要丢！”

小文吓得一把捂住他的嘴：“你不要命啦？这是在五十二师，在唐元善的眼皮子底下！我求求你了好不好？这些掉脑袋的话真不能再说了，要说，等离开了这里再说。”

忠英乘机道：“时发哥，反正这里你是待不下去了，共产党那边你又不适应，我们还是回横山吧，我先陪你去找李先生。”她终于想到一个时发感兴趣的话题。

“那不行，李先生是要找，但时发哥绝不能落草为寇！”

“谁是寇？你说谁是寇，我看你们国军才是寇！”

“好啦，好啦，你们不要吵了！”时发心烦意乱。

请战不成，两个女人又在斗气，实在是无聊之极。不过忠英的话倒是提醒了他，是要找义父了。问题是一直在找，军方的，地方的，江湖上的，所有朋友都托过了，他却如同人间蒸发了一样。到底怎么回事？难道他真的是接受了共产党的什么秘密任务潜伏起来了？如果是那样，再去找他就是害他了。可是大，你总得给我捎点消息啊，你这石沉大海一般，我怎么能不担心呢？

战况果如小文所言，鬼子对皖南大扫荡一开始，五十二师就接到了长官部命令，适时转移，保存实力。意思再明显不过，让日本人和新四军打去！于是，五十二师和一四四师不战而退。时发急得直跺脚，这不是要把老子活活憋死吗？没办法，小文还在这里，他只好自嘲说儿女情长英雄气短，只好随着部队撤至泾县西峰山一带。即便如此，他还是忍不住在夜晚搞了几次偷袭，带领吴克和猴子潘化装成难民，摸进了和新四军鏖战的日军父子岭营地，成功制造了几起混乱，烧了日军不少粮食。猴子潘还请来了他的师傅蒋够本，二人大展神偷绝技，搞到两挺歪把子和几千发子弹，时发一点没留，叫忠英连夜送给了父子岭的新四军二营。其实，这一切都没能逃过小文的眼睛，无奈自己太爱时发哥，不但对他这种违反军令的行为睁只眼闭只眼，还默默暗中配合，配合着隐瞒唐元善。

时发当然不满足于这种小打小闹，太不过瘾了。每天仍不忘跟着唐元善屁股后面转几圈，说，师座啊，到底什么时候才能打呀，你看看人家新四军，血战父子岭，阻击何家湾，胜仗一场接着一场，又是吃肉又是喝汤，再不打，我们连骨头都捞不着啦！唐元善除了摇头还是摇头，一句话，等上峰命令。

是年9月，日军调集江苏无锡、丹阳、武进、镇江一带被新四军击垮的残部，增援芜湖、铜陵一线。新四军根据第一次反扫荡的经验，首先在三里店、汀潭、云岭一线层层设防埋伏，其次扼守云岭门户左坑，再派出小股部队在日军进犯途中节节袭扰，力求消耗其有生力量。同时，在铜陵、陵阳、繁昌一带部署伏兵，不断打击进犯的日军辎重，配合主力部队作战，有效截断了日军的退路。10月1日，日军第十五、十七师团和一一六师团一部共计八千多人在两千多名伪军的配合下，分别在芜湖、大通、铜陵、荻港、湾沚等地汇合，于10月3日兵分三路：第一路5000余人在空军支援下，从芜湖、黄墓渡一线，经峨岭直扑三里店；第二路3000余人从三山、木村桥向黄浒、丫山进犯；第三路3000余人从湾沚、弋江镇向陵阳进逼。由于新四军早有准备，三路日军进军途中均遭阻击，先后被歼数百人。6日，日军占领了九郎庙，在水湖村汇合后，转而兵分两路，形成夹攻态势。一股5000余众经戴家汇越过峨岭，在飞机掩护下抵近三里店，却被埋伏在此的新四军老一团一部突然袭击，先头部队被打得人仰马翻、尸横遍野。三里店遭袭，日军指挥官恼羞成怒，急欲找新四军决一死战，不顾一切地向前推进，结果又冲进了老一团的地雷阵，再次丢下数十具尸体，只得暂驻三里店休整，入夜又被老一团不断骚扰，所有鬼子几乎一夜无眠。7日上午，日军先头部队进入三里店与草鞋店之间的小高地，用大炮强攻老一团守卫此地的侦察班，但侦察班早已主动撤退。另一股进犯田坊的日军因为连续被三次新四军击退，无奈放弃了进攻。日军总指挥见夹击难以奏效，决定改变战法，将两股合成一股，施展步、骑、炮、空等军种联合作战的优势，层层推进，猛攻吕山，准备拿下汀潭，然皖南山区山高林密，地形极其复杂，极易藏兵，到处都有新四军的埋伏，即便集中所有火力，还是进军不得。一计不成，日军再次兵分两路，一路步兵5000余人、骑兵800余人，从东山转到西山，但始终都有新四军的伏击，只要摆开架势决战，新四军又忽而不见，就这么以游击战对付阵地战，日军虽然也有山地战特种部队，但因长途奔袭，地形不熟，无法找到新四军的主力，等赶到左坑时，早已疲惫不堪，终于，在左坑、西峰山一带遭受重创。

左坑是个长达七华里的山谷，日军退到这里时，才发现钻进了口袋，南有汀潭新四军重兵把守，后路也已被切断，两侧高地早被新四军占领。日军慌了手脚，顿时成了无头苍蝇，要想突围只有凭借强大火力从东面强攻。没想到新四军用兵如神，在追击日军后卫部队的同时，又派出劲旅迂回到小岭、枫坑堵截。8日一天，双方在枫坑、泾县一带激战，结果泾县被新四军一举收复，日军只得向泾县东北方向逃去。

第三战区司令长官本想借日军之手削弱新四军的力量，结果战况却出乎意料，新四军居然利用地形优势独自将日军两个多师团打得狼狈不堪，再不出兵无论如何也说不过去了。得知日军正在朝泾县东北方向逃窜，司令长官立即下令：五十二师、一〇八师、一四四师全面配合新四军，在双坑、西峰山一带围困日军。

机会终于等来了！时发早已按捺不住，得知五十二师要参加对鬼子的合围，没等军令下来，便率着特务营向战场赶去。

唐元善闻讯赶紧叫来王小文："这个袁时发，竟然置师部安全于不顾，你把他给我拽回来！"

小文摇摇头："师座，他的性格你又不是不了解。这段时间以来，哪天听不到枪炮声？鬼子就在附近，你却不让他打，他快憋疯了，现在鬼子正在逃跑，你要是还不让他去，我担心他真会疯掉。"

唐元善怒气冲冲地掏出手枪往桌子上一砸："他是特务营长，必须时刻警戒师部，时刻准备接受特别任务。要是都像他袁时发一样，我这个师长还怎么带兵？去，你把他叫回来，他要是不听，就给老子毙了他！”

小文见势不妙，连忙打圆场：“师座，杀袁时发，你舍得吗？”

唐元善把手一挥：“去去去，少贫嘴，你马上出发，如果他已经和鬼子交上手了，就等他回来再算账，如果还在半道上，就叫他原地待命，等我过去。”

小文笑着说：“我估计他十有八九已经赶到了，肯定来不及了，不过即使没有师座的命令，我也会赶过去的，他那个人打起仗来简直不要命，我真的好担心。”说完，红着脸急匆匆离去。

小文说得没错，时发循着枪炮声一路狂奔，把特务营全体士兵甩下一大截，兀自不断回首催促：“快！快！快！”

吴克上气不接下气地叫道：“兄弟，不能再催了，弟兄们哪有你这样的体质，山路难走，再这么跑下去，没等见着鬼子，恐怕全都累趴下了。”

时发想想也是：“好，大伙先休息一会，陶飞，找个老百姓问问，我们到了哪里？”

吴克把手一摆：“不用问，我以前在这一带活动过，这个地方叫狮子山。”

时发登上一座小山坡，环顾四周，几公里外的泾县县城依稀可见，正前方确有一座很像狮子的山，山不小，但不高。再掏出望远镜一看，好家伙，鬼子足足两个大队正在往东北方向奔去，后面跟着一帮新四军在追击。

“娘道蒸子的，原来我们跑到鬼子侧翼来了。”

吴克上前问道：“怎么办？”

时发眼睛一瞪：“怎么办？一个字，打！”

“我们就一个营，还是孤军深入，是不是要等师座他们来了再说？”

时发仰天大笑：“你没看鬼子现在就像丧家犬一样吗？所有人听着，以前一直是小鬼子追着我们打，现在风水转过来了，狗日的也有今天。炮手们，给老子把你们的迫击炮架起来，把炮弹全部招呼过去！司号员，炮击一停，就给老子吹冲锋号，老子今天要杀个过瘾！”

轰！轰轰轰！撤退的两个鬼子大队被突如其来的炮弹顿时炸得晕头转向，他们本来就在逃命，哪里还有心思恋战，一个个玩命地向前奔去。

“冲啊，杀鬼子！”时发大吼一声，夺过机枪手的捷克式，哒哒哒哒……一路追着狂扫。

“时发哥，你小心点！”忠英一直跟在身后，见他顾头不顾腚地往前冲杀，又急又怕。

这一路猛打猛冲，直把鬼子撵出三里多路，丢下了几十具尸体。此时，另外几路日军都撤到了附近的天宫山一带，新四军、五十二师、一〇八师、一四四师先后赶到，形成了对日军的合围。几股日军合而为一，立刻摆开阵势与中国军队殊死搏斗。方圆不足五公里的狭小地带，很快成了双方交战的主战场，枪炮声、爆炸声不绝于耳，火光冲天，浓烟滚滚。时发和忠英已经冲到日军人群中展开了肉搏战，他再度上演刀挥人头落的好戏。小文在远处用望远镜看得眼皮子直跳，她连声叫道：“时发哥，你注意安全！”随即也冲了过去。

日军拼死突围，战斗力发挥到了极致，双方很快打成了拉锯战，一直持续到深夜。新四军和三个师的国军步步紧逼，包围圈越来越小，日军渐渐招架不住，眼看就要被全歼，天空中突然传来飞机的轰鸣声。小文抬头一看，几十架日军战斗机呼啸着俯冲过来，在夜色下，飞机投弹失去了准头，鬼子也被炸倒了一批，但日本空军似乎接到了不惜一切代价的命令，持续狂轰乱炸。

小文冲到跟前大叫：“时发哥，快撤退，鬼子红了眼，他们连自己人都不顾了！”

时发这才悻悻地往回撤去。

在日机不顾一切地轰炸之下，国军为免牺牲过大，不得不暂避锋芒，留下了一个缺口。直至第二天上午，日军终于突围成功，但付出了惨重的代价。突围的日军横渡青弋江，沿着陵阳县的宋桥方向一路溃逃而去。

这次反扫荡，中国军队大获成功，总计歼敌3000多人，缴获更是无数。时发却乐不起来，因为违抗军令，他被降到特务一连任连长。他当然不在乎什么级别，令他闷闷不乐的是在战场上没打过瘾，也未能杀掉仇人端月，最揪心的是义父李汉臣仍无任何消息。

忠英和小文知道他心情不好，闲暇时一直陪伴左右，却又不知如何开导。时发思之再三，决定向唐元善告假，说父母忌日将到，想去洪山二老的墓前祭拜。唐元善爽快地答应了，同时让小文传话给时发，撸掉他营长的位子是因为要树军威，只要不再违反军令，只要没有亲共的言行，官复原职还是有机会的。小文明白，时发这是要去找义父，能陪他一同前去的也只有尚未入伍的忠英，而自己军务繁忙，实在是抽不开身，但又担心时发和忠英单独相处时间长了会节外生枝，万一那个柳忠英使出美人计，让时发哥不得不接受她，那自己岂不空爱一场。为此，小文辗转反侧，夜不能寐，不过转念一想，从袁时发对我和忠英的态度来看，他还是喜欢我的，况且他寻找义父不管什么结果，总是要回来的。小文早就教会了时发操作发报机，并教会了他如何根据密码译成文字，也不止一次检查过他将密码本背得熟不熟。为了能及时与时发联系，临行前特意送了他一部微型电台，最后依依不舍地道了一声“时发哥，再会”。谁知与时发这么一“再会”，差点就成了永别。

·第三十三章· 至亲难寻已怅望 同室操戈更断肠

时间已是第二年元旦，时发带着忠英直奔洪山而去。出发前，来喜、吴克、猴子潘也想跟来，却被时发拒绝。他悄悄拉过三人。

“二狗和丁鹏的死对我震动很大。这段日子我想过多次，不能再让你们跟着我瞎混了。你们与我不同，受得了军规约束。不过有一点要提醒各位，国民党不得人心，如果你们想继续当兵，就当共产党的兵，如果不愿当兵了，那就回家，好好活着。凭我的判断，国共两党迟早会再次翻脸，而且是国民党先动手。我最不愿意看到中国人打中国人。我呢，找到义父后，再想办法把小文带走，有机会兄弟们再一起喝酒聊天。”

吴克当即表态：“我是冲着你来的，既然你都不打算干了，我也走。你说得很对，国民党这么搞下去，肯定没有好果子吃。说实话，我一直看好共产党，我打算去投奔新四军。”

时发露出赞许的目光，转而问猴子潘和来喜：“你们怎么想的？”

二人齐声道：“我们也去投奔新四军。大虎当初就讲过，共产党值得跟。”

时发眼圈一红：“是啊，大虎兄弟看得准。我现在也很后悔，为了什么狗屁面子，到死也没能见一面。不过，像我这样的性格，即使参加新四军也会连累他的……不说了，这都是命。你们要去，必须小心，万一被发现就完蛋了。”他接着垂头踱了几步。

“这样，我叫小文来想办法安排你们走。还有，陶飞他们三人曾和我谈过心，都说对国民党当局的做法很反感，在条件成熟的时候，我觉得你们也可以把他们拉过去，他们都有一技之长，新四军需要这样的人才。”

吴克点点头道：“兄弟，你说的一点没错，我们前段时间偷袭鬼子，他们虽然没有跟我们去，但我知道，他们很赞成，而且极力帮我们瞒着。”

“好，既然如此，到时就把他们拉过去，也算是帮我还了一点共产党的人情。兄弟们，就此别过。”

一路上，忠英兴奋得又是笑又是唱，还时不时来一段赛马。时发却是满腹心事——

我第一次受伤后，大见我已无大碍才从杨花妮家离开的。他说要找他的组织，按照当时的情况，他应该首先赶到红杨树或是马家园，只有这两处才有可能找着新四军。可来喜兄弟曾说过，赵大勇他们根本没见到人，赵大勇还找过红杨树的地下组织，也无任何消息。难道他真的在执行什么秘密任务，特意隐藏起来了吗？仔细想想也不太可能，大知道我的性子，他要是知道我在五十二师，不会这么长时间都不捎信给我。还有一种可能，大遇难了，但我们父子情深，早就心灵相通，他真要被人害了性命，我又怎么会没有感觉呢？芳山被收复之后，大有没有去过那里？如果去过也应该有消息啊！

就这样，他带着一个又一个被自己否定的疑问，从洪山到芳山，从芳山到红杨树，一连十数日，竟没寻到李汉臣的蛛丝马迹，唯一颇感欣慰的是听说杨花妮生了一个男孩，上门看看，果然是个带把的，驴子兄弟总算没有断了香火。

短暂的高兴冲淡不了之后的震惊：所有找过义父的地方居然都没有了新四军的部队！赵大勇他们不是重新拿下了芳山吗？怎么也不见了？只有去马家园看看了。

到了马家园，已是1月20日下午4点多，太阳早早收起了暗淡无力的光，怕冷似的躲进了像棉胎一样的云层里，几个稀稀拉拉的小村庄散落在透出一点青苗的油菜和小麦田之间，村子周围光秃秃的树木东一棵西一棵地在寒风中吹着尖锐的口哨。时发渐渐感到气氛不对，虽说冬季荒凉，但马家园是新四军经营已久的据点，怎么会如此死气沉沉？

正思索间，道路两旁的树丛中突然各钻出来一人，都是身着便装腰挎短枪。

时发双手一晃，两把驳壳枪里的子弹全都上了膛。

“什么人?!”

其中一人反问道：“你是袁时发吧?”

“哦，你认识我?”

“嗯，我是本地新四军武工队员，在红杨树战斗中，我亲眼见过你刀劈鬼子。”

时发大喜：“好，请问赵大勇在不在这里？”

那人愣了一下，随即红着眼睛愤愤地说道：“你不是参加国民党军队了吗？还找我们新四军干嘛？”

时发愠道：“参加国军怎么啦？现在不是国共合作吗？不都是打鬼子吗？再说老子还帮过你们共产党不少忙哩！”

那人也觉得刚才的话有些过头，他长叹一声说：“看来你真的不知道，老赵已经死了，但他不是鬼子打死的，而是死在你们国军手里！”

时发脑袋嗡的一声：“什么？怎么回事？”

那人含着眼泪连连摇头：“同室操戈，同室操戈啊！就在这个月6号，我们新四军9000余名将士被你们国军8万多人突然包围并发动袭击，双方在泾县茂林打了好几天，最后，我们因为寡不敌众，只冲出来不到2000人，其余均牺牲了，包括前去支援的老赵和他的小分队，无一幸免。”那人说完，蹲在地上掩面而泣。

国共两党面和心不和，国民党一直想削弱新四军的力量，时发早就知道，上次反扫荡就是例证，要是那三个师能和新四军一条心，鬼子根本不可能冲出去那多人，但他万万没有想到，就在抗日的紧要关头，国军居然打起了自己人。娘道燕子的！这不是帮鬼子的忙吗？

“围攻新四军的是哪几支部队？”

“具体不太清楚，只听说有四十师、五十二师、一四四师和西北军的新七师。前面村子里有从茂林冲出来的伤病员，其中有一个姓王的副连长，你去问问他就知道了。”

五十二师也在！五十二师也在！时发一阵揪心。五十二师和其他国军一样，杀了老赵这些真心抗日的中国军人！唐元善，老子只当你是个糊涂虫，当你耍心眼只是因为愚忠！没想到，你他娘的居然是个混蛋！

找到那个受伤的新四军副连长，时发终于搞清了皖南事变的全过程。

原来，共产党领导的另一支武装八路军在发动对日作战时暴露了军事力量，引起了蒋介石的猜忌。共产党光这支队伍就有一百多个团参与战斗，还不包括其他军分区的大队、游击队、武工队、民兵等，而且有些团的实际兵员达到了近万人。短短几年时间，八路军从最初不到四万人竟然发展了近百万，老蒋很是慌恐，下定决心要削弱共产党的力量。去年10月19日，老蒋指使何应钦、白崇禧以国民党政府军事委员会正副参谋总长名义致电八路军朱德、彭德怀和新四军叶挺、项英，强令黄河以南的八路军、新四军于1个月内全部开赴黄河以北。11月9日，朱德、彭德怀、叶挺、项英复电何应钦、白崇禧，回绝了国民党的无理要求，但为顾全大局，仍答应将皖南新四军部队开赴长江以北，而老蒋对此不予理睬，仍按原定计划密令第三战区顾祝同、上官云相将新四军立即“解决”。1月4日，新四军军部直属部队9千余人，在叶挺、项英率领下开始北移。1月6日，当部队到达皖南泾县茂林地区时，遭到国民党7个师约8万人的突然袭击。新四军被迫还击，双方激战7昼夜，终因众寡悬殊，新四军弹尽粮绝，除傅秋涛率2000余人分散突围、少数被俘外，其余全部壮烈牺牲。军长叶挺被俘，副军长项英、参谋长周子昆突围后遇难，政治部主任袁国平牺牲。

“娘道燕子的！蒋光头该死！”时发丢下几块大洋便扶着墙走出门外。忠英见他脸上无一点血色，忙问：“怎么啦？”他一句话也没说，径直朝着坐骑摇摇晃晃而去，他上马动作向来迅速，这次却感双腿如同灌了铅块，竟费了好大劲才上了鞍。

“驾！”他狠狠抽了一鞭，那马尥起蹶子飞奔起来，他仍嫌太慢，不住扬鞭。

忠英一路狂追：“时发哥，你要去哪？等等我啊！”

“吁……”时发勒住马，仰天良久，然后跳下马来，掏出小文给他的微型发报机——

小文，老蒋太狠毒了，为了他的独裁，为了他的江山，竟然杀了那么多新四军，我的好朋友赵大勇也被打死了，而参与皖南事变的国军部队就有五十二师，唐元善真是个浑球啊！我本来打算找到义父后就去接你，但义父目前毫无音讯，我不知道怎么办才好，我想回去找你商量，却又不敢回去，我怕见到唐元善会控制不住自己，那样就害了你！

他知道，小文不会让唐元善知道这封电文的全部内容，但她一定会告诉唐元善，袁时发对皖南事变有看法，她要套出唐元善的态度，她要知道她的时发哥回五十二师有没有危险。

果然，一个小时以后，小文连续发来数封回电。

时发哥，你不要听信一面之词。皖南事变原因很多。首先是曹甸战役，没有曹甸战役，就不会有皖南事变。其次，因为曹甸战役爆发后，国民政府才命令新四军自云岭就地北渡长江，而此前新四军的北移路线是先向东由江苏北渡长江，曹甸战役前，新四军军部部分人员已经分数批由此路线安全北渡，但随着曹甸战役的爆发，苏北新四军为独占苏北又开始向苏北的国军部队发动猛攻。

为避免更多的新四军部队加入苏北对国军的进攻，统帅部命令剩余的新四军部队直接北上由铜陵渡江。新四军答应北上但要求补充给养弹药。战区司令顾祝同长官为了能让新四军及早离开自己的防区，答应新四军过江后给予弹药补充，同时命令江南国军部队加强戒备，如新四军不遵令北移就武力解决。

本月4日，新四军突然切断与战区的通讯联络秘密开拔，但他们并未北移，反而是向南进入国军四十师的防地，在与四十师外围警戒部队遭遇后，新四军迅速全歼了四十师的这支部队，并向四十师主力发起猛攻，顾长官这才命令附近的国军部队迅速向四十师靠拢并包围了新四军。新四军最终寡不敌众被消灭，所谓国民党伏击新四军云云不过是一派胡言。

国军先是以德服人，后来纯粹是不得已在常态下顺利平叛。时发哥，唐师长已经知悉你义父就是共产党，但他仍希望你回头是岸。

娘道蒸子的，这才是一派胡言！

时发一手抓着密码本，一手揪住翻译过来的电文，浑身乱颤，红着眼对忠英说："你相信吗？简直就是胡说八道！共产党的力量一直都远远不及国军，怎么可能主动挑事，尤其是现在这个非常时期！还有，唐元善怎么会知道我大的事？"

"时发哥，我就说王小文不是好人吧，唐元善忠心于老蒋，他说这样的话并不奇怪，但她王小文不清楚你和你义父的关系吗？除了她，还有谁会告密？"

时发连连摇头，"小文绝不是这样的人，她要告密，早就告密了，何必等到今天。这份电文一定是唐元善逼迫小文发的！从电文上看，唐元善也是刚刚知道我大就是李汉臣。猴子潘、吴克、来喜都不会说这件事的，那么，到底是谁在背后使坏呢？

想到这里，他把揪成一团的电文展开，读到最后一封时，忽感不对——国军先是以德服人，后来纯粹是不得已在常态下顺利平叛——

他恍然大悟："原来是崔常顺这个狗日的！他当了汉奸还不忘咬老子一口！"

忠英忙问："你怎么知道是崔常顺？"

时发指着电文说："你看，'新四军最终寡不敌众被消灭。'电文到这里已经说得很清楚了，后面'国军先是以德服人，后来纯粹是不得已在常态下顺利平叛'。这不是多此一举吗？而且还像个病句。纯粹的粹，暗指的是崔，常态中有常，顺利中有顺，连起来就是崔常顺！这句话我敢肯定是小文加上去糊弄唐元善的。"

小文真聪明！她巧妙地告诉了我谁是告密者，而且，她还知道我一定能看出来，我们真是心有灵犀一点通啊！

当然，这话他只能放在心里，不便说出来。

忠英不得不点头称是，但心里对小文更加嫉恨，这个狐狸精，心思如此细腻，时发哥又能猜到她的暗语，这可不是好兆头！我得想个办法让她永远消失，否则我真的抢不过她。

明白了皖南事变的真相，时发终于对唐元善彻底失望，但考虑到义父的处境，他还是决定返回五十二师，因为从小文的电文中已经明白，告密者是崔常顺，他和唐元善可能都知道义父的下落。念及于此，时发在回电中简短地说了一句：一切都明白了。请转告师座，不管义父是什么人，但他对我袁时发恩同再造，只要有了他的消息，即刻返回，届时任由师座处置。

忠英见电文如此，立刻撅起嘴："时发哥，下一步怎么办？是继续找你义父，还是回五十二师见你的小文姑娘？"

"妹子，你就别挖苦我了。看来我大不用找了，也找不着，我们现在有个重要的事去做。"

"什么事？"

"去湾沚抓崔常顺，这狗日的活得太久了。另外，他既然向唐元善说了我和义父的关系，很可能知道义父的下落。走，现在就去湾沚！"

崔常顺自打逃离五十二师之后，就一直过着提心吊胆的日子。不过端月和山本对他还算不薄，封了他一个湾沚皇协军独立团团长，整个宣城县四分之一以上的黑皮都归他管，吃香的喝辣的自然少不了，住的地方也在湾沚最繁华的地段中山路。另外，崔世康因为泄密而选择了逃跑，崔家大院也成了他的财产，用他的话来说，一笔写不出两个崔字，但一想到袁时发他腿肚子就打战，这个煞星和自己的仇太深了，还有就是唐元善，他也不会放过自己的，而且这二人还走到了一起，项上人头真不知道什么时候会搬家。自保的最好办法就是让敌人内斗，怎么样才能让唐元善与袁时发不和呢？唐元善对老蒋最忠心，老蒋恨共产党，他也恨共产党。传闻李汉臣就是中共地下党，袁时发和李汉臣的关系比亲父子还亲，唐元善一旦知道李汉臣就是共产党，那他和袁时发一定会产生隔阂，他们一产生隔阂我老崔就有活命的机会。传闻毕竟是传闻，要做实李汉臣的身份，首先要抓到他，要知道他在哪里，但此人自广德战役之后就去了西乡，以后再无消息。思来想去，崔常顺想到了在芳山一带活动的王应虎。

王应虎公开身份是西乡忠义救国军司令，号称司令，手下最多也就六十来条枪，比起老贾的队伍，无论装备还是兵员素质，都差了不止一个档次，但王应虎在军统地位却并不比老贾低，只是不为外人知晓，外人只知晓西乡忠义救国军实际是个鱼龙混杂的保安团。日军进攻西乡之前，王应虎收到上峰电报，要坚守待援。王应虎嗤之以鼻：中央军都挡不住小鬼子，还指望我们这些双枪兵？跟鬼子比赛抡烟枪还差不多！但口头上还是要打打气——弟兄们要鼓起勇气和鬼子干，要打出我们西乡忠义救国军的威风。哪知道小鬼子只开了两轮迫击炮，双枪兵所剩就不足二十人了，实际上被炸死的只有三四个，大部分炮弹都落在阵地一侧的王家大屋。双枪兵哪见过这种阵势，把枪一扔，就地钻了个没影，鬼子没费吹灰之力便打掉了所谓的阵地。王应虎只好顺着沈公圩圩埂一路往北狂奔，等逃到芳山对面的上窑村时，数一数，连他本人在内也就十一人了，中途又有几个溜了号。好在逃命时没有忘记带上电台，休整一段日子后，见新四军拿下了芳山据点，鬼子过河来剿灭他们的担心不再有了，赶紧和皖南站联系。

王应虎为了这份电文可谓煞费苦心。

在西乡保卫战中，弟兄们浴血奋战，怎奈日军火力强大，终不能支，我部为国捐躯者甚众，为保留继续抗日的种子，应虎率余众拼死杀开一条血路，边打边撤，终于撤至芳山沿线。我部虽遭重创，仍士气高涨，时刻根据党国需要开赴一线，唯目前需要及时补充兵员和给养。此外，芳山几经战斗，现已落入共党之手，我部欲在得到补充后相机拿下芳山，做到抗日防共两不误。

电报果然得到上峰大加赞许，皖南站很快派人送来大洋5000，长短枪支100条，子弹1万发。王应虎拿到给养后，立刻招兵买马，不久队伍便扩充到了100多人，但他既未杀回西乡，也不敢过河找新四军的麻烦，他有他的打算。

虽说国军被打得节节败退，却也有几场成功的阻击战，加上共产党军队频频发起袭击，中日双方目前几呈胶着状态，形势很难看得清。但不管是不是要投靠日本人，都得有点本钱，手里有枪有炮总会受到重视。为此，每当上峰命令他光复西乡，他都说前后皆有鬼子的重兵，暂不宜轻举妄动，要等待良机一举拿下。同时派出手下秘密与湾沚接触，探听端月对他的态度。谁知这一探听竟给他带来意外的收获。

第一次和端月的联络人见面地点就在鹭鸶窝西侧的七亩坝村，其时芳山据点刚刚被新四军拔除，王应虎遂化装成一位年长的商人，带着两名随从顺着圩埂北行三里多路再渡河赶至七亩坝村。

由于双方都抱着试探的态度，首次谈判自然没有什么结果。王应虎从对方的语气和傲慢的态度中断定，端月根本没有把他这支武装放在眼里，不过还是许了他一个皇协军副团长的位子。王应虎很是不快，妈的，老子好歹还是个司令，居然让老子当副手，不干！老子还不一定要投靠你们小日本哩。行，既然你们认为老子本钱小了，等老子抢占了芳山再和你们谈，当下约定第二次谈判的时间和地点。

就在返程途中快要过河时，李汉臣却不知从哪里冒了出来，他冲着王应虎拱了拱手道："老先生，我刚从湾沚寻亲回来，准备去芳山看看老朋友，现在局势混乱，不知你老人家对芳山可了解?"

李汉臣也刚刚知道芳山被新四军收复，但见王应虎三人形迹可疑，就悄悄跟了过来。凭经验判断，他们不是地下党就是军统，要么就是汉奸特务，如果真是组织的人，那就太好了，得来全不费工夫；如果是军统，各走各路；若是汉奸，顺手宰了，给芳山新四军除掉祸患。他想到了军统，也怀疑王应虎就是军统的人，唯独没有想到王应虎还是个易容高手，结果，自己那张麻脸被王应虎认出来了。

王应虎用手抓了抓头，给手下人作了个暗示，接着不动声色地回道："哦，我们是倒腾点粮食的，听说对面上窑村有粮食卖，准备过去看看。"说完抬出一条腿准备下马，动作显得既艰难又笨拙。

难不成还真是做买卖的？李汉臣略略放松警惕，突然又觉得眼前这位老者的声音很熟悉，他大喝一声："你是谁？我怎么听着耳熟？"正要拔枪，却见三人都已用枪指着他。

王应虎待随从下了李汉臣的枪后才拿掉墨镜，然后从脸上剥下一张薄薄的面具，哈哈大笑起来。

"老朋友了，当然熟悉，李汉臣，好久不见，我王应虎可是一直在念叨着你啊！"

李汉臣心里一凉，这回真完了，打了一辈子雁，今儿个却被雁啄了眼。唉！时发提醒我多次，要防止熟人化装，怎么就给忘了呢！

"哈哈！王司令，别来无恙，我儿时发昨天还说，你就在这附近，没想到今天就碰面了，真是人生无处不相逢啊。"

王应虎干笑一声："老李，咱是老朋友了，谁不清楚谁？不用拿袁时发来吓唬我，他现在是五十二师唐师长的座上客。不过唐师长知不知道他有你这么一个共党义父我就不清楚了。废话不说，跟我去对岸，咱老哥俩这么久都没见，得聊聊不是？"

抓到了李汉臣，王应虎喜不自禁，这可是一张极好的牌。所以，他并没有立即向上峰汇报，而是将李汉臣关押在一个秘密场所。说来还是在于他的投机心理。眼下中日双方正在大战，到底是把李汉臣交给日本人还是交给党国，他一直举棋不定，同时也很忌惮袁时发。有着军统秘密身份的他清楚地知道，连戴老板都知道袁时发屡屡为抗日立下大功，我王应虎可不能轻易和他结仇。现在好了，有了李汉臣这个筹码就好办多了，日本人胜了献给日本人做见面礼，因为日本人最恨的就是共产党；如果党国胜了，再相机行事，袁时发若是青云直上，交给袁时发处理，一来可以领个大人情，二来也能将他一军，看他对党国忠心还是偏向共产党。

随着战事的发展，日军在皖南进攻接连受挫，王应虎暗自庆幸，幸亏没过早把李汉臣交给鬼子，但从全国战场形势来看，日军攻势仍处于凌厉状态，国军还是节节败退，委员长和汪先生到底谁能成功还是个问号，只有等，只有继续观望。

王应虎知道李汉臣功夫不弱，特意把他关进一个十几米深的枯井里，冬天扔些干稻草破棉絮下去，夏天撒几把干艾草，一日三餐用轱辘摇一点剩饭剩菜放下去，总之，不饿死不冻死就行。可怜李汉臣英雄一生，到头来却在这暗无天日的方寸之地坐牢，真是生不如死，加之年老体弱，终日不见阳光，他渐渐患上风湿性关节炎，疼得几乎挪不动地儿。每每欲咬舌自尽，但一想到时发肯定在找他又放弃了。活下去，只有咬牙活下去才有机会。

皖南事变爆发后，芳山落入王应虎之手。国民党军队在打击新四军的同时也给鬼子帮了一个大忙，周边少了新四军的威胁，湾沚联队兵力陡然增强，王应虎渐感鬼子迟早会找上门来谈收编的事，赶紧主动联系：王某坚决拥护汪先生主张，希望能接受皇军改编。这一回，自己本钱大了不少，他们起码要把那个副字去掉吧。没想到日本人也不是傻子，你会待价而沽，人家也会按时论价。

这一日，王应虎手下来报，湾沚来人了，此人名叫崔常顺，他带来了端月队长给王司令的亲笔信。王应虎忙不迭将崔常顺请进大厅，拆开信一看，脸立刻拉得老长。这哪是什么信，简直就是通牒！

限令芳山乡王应虎部于三日内全部归顺皇军，就地换装接受改编，统归皇军以及皇协军独立团崔常顺团长双重指挥，包括王应虎在内的所有人不许离开芳山半步，并立刻征集民夫修筑碉堡工事，等待皇军派任驻芳山最高指挥官的到来。

至于王应虎享受什么级别，担任什么职务，赏钱和武器弹药多少，只字未提。

去你妈的，就这条件也想让老子当汉奸？

“崔团长，这真是端月太君的意思？打发叫花子呢！”

崔常顺冷冷笑道：“王司令，今时不比往日，看看你们周边，还有哪支中国军队，要是不接受皇军的条件，随时都有灭顶之灾！凭你们这点人枪，架得住皇军几炮？”

王应虎也火了：“我们是打不过，但打不过我们可以走人，大不了芳山不要了。”

“走？恐怕不容易走得掉吧，一旦打起来，皇军可是要把你们全歼的。信我已带到，何去何从你们看着办！”崔常顺说完掉头就走。

王应虎只好软下语气：“崔团长，看在都是中国人的份上，劳烦你和端月太君说说，钱粮枪支我可以不要，但起码得给我个团长待遇吧，毕竟我也有一百多人枪，另外我还有份大礼要送给皇军。”

崔常顺停下脚步：“能不能当上团长我说了不算，不过话我可以替你带到。你刚才说有什么大礼，怎么个情况？”

王应虎故作神秘：“我抓了一个共产党的高官，此人你也认识，就是袁时发的义父李汉臣。”

崔常顺大喜过望。“李汉臣在你手里？太好了！”他跟着眨了几下那只小眼睛，“你就不怕袁时发找你算账？还有，你怎么能确定李汉臣就是共产党？”

王应虎嘘了一声：“崔团长，我当然知道袁时发的厉害，所以一直没有对外说这件事，实际上，李汉臣被我抓了有好几年了。至于李汉臣是不是共产党，我最清楚，当年剿灭玠琅山的时候就我知道他是共产党的人，多次劝降，他还是执迷不悟，一心要跟着他的二当家章云去云岭投奔新四军，这也是袁时发当年离开玠琅山的原因。”

“既然你早知李汉臣是共产党，为什么不把他交给上司？”崔常顺说完突然一拍脑袋。

“王司令奇货可居啊！太会做生意了，李汉臣就是一张最好的牌，打到哪里都有钱赚哩。好了，说实话，你归不归顺皇军我并不关心，但你今天证明了李汉臣就是共产党，这对我来说太重要了，只要把这个消息告诉给唐元善，你想袁时发还有好日子过吗？只要他二人有隙，你我就都安全多了。行，就冲你提供这条消息，我会在端月太君那里帮你说好话的，告辞！”

王应虎见崔常顺说话时目光闪烁，知道他不但不会在日本人面前保荐自己，还会添油加醋地说他王应虎如何桀骜不驯，为免日后麻烦，皇军应该尽快解决之，这样，西乡忠义救国军自然就落到崔常顺手里。他顿时后悔起来，妈的，白白露出了李汉臣的秘密！但他又是个极有心机的人，轻易不会露出自己的真实想法，当下冲崔常顺拱拱手道：“有劳崔团长，一路走好，不送。”

崔常顺前脚一走，王应虎立刻下令：队伍马上过河，天黑之前转移到西乡附近。

崔常顺回到湾沚便密报唐元善：袁时发的义父李汉臣是个铁杆的中共地下党，这一点西乡忠义救国军司令王应虎可以证明。所以，我断定袁时发通共。我崔常顺虽然已经成了为人不齿的汉奸，但一直念干娘对我的好，所以特地提醒师座，身边有个共党，对您的仕途可是大大的不利！

发完电报，崔常顺长舒了一口气。

·第三十四章· 敲山震虎毙奸党 有女妒情恨欲狂

时发带着忠英赶到鹭鸶窝，拴了马，慢慢靠近吴克的地道口，临走时丢下的记号竟丝毫未动，看来那个崔世康果真没敢向鬼子告密。此时太阳尚未完全西沉，时发掏出望远镜向城里看去，日伪军巡逻密度较之以往大大加强。思索片刻，他冲忠英招招手："下地道!"

忠英第一次进入墓穴，既感好奇又觉紧张，不自觉地紧紧握住时发的手。

"别怕妹子，与横山地下通道差不多，里面吃穿用度都有。"

"时发哥，你知道的，我什么都不怕，唯独怕鬼。"忠英说着便把整个身子软绵绵地靠了过去，黑暗中吹气如兰，女儿家的体香随之散发出来。

时发一惊，立即轻轻地推开。打着火捻一看，果然还是以前的洞天福地。想到丁鹏和二狗上次还活生生地站在这里，如今却已阴阳相隔，他不禁一阵酸楚。唉！逝者已矣，生者当如斯，不知吴克他们怎么样了，还是一步一步来吧，先抓了崔常顺找到义父再说。

二人做了饭，吃完休息片刻，已是入夜时分。时发说："妹子，抓崔常顺的事我一个人就可以了，你在这里等我。"

忠英连连摇头："我可不敢待在这个鬼地方，我同你一起去。"

"妹子，又不听话了。我们都去了，万一失手谁都走不掉，我们必须一个在城里行事，一个在外接应。这样，你不愿待在墓穴里，那就去树林把马看好，顺便找找附近可有什么草料，豆饼已所剩无几，马要是跑不动，那麻烦就大了。记住，我得手后，会在崔常顺家里放一把火，乘乱冲出来，你只要看到城里有火光，就把马朝铁路那边赶。"

忠英点点头："放心吧，时发哥，我肯定不会误事，倒是你要多加小心啊。崔常顺现在是湾沚皇协军团长，手下有1000多号人，他的家必定戒备森严，你千万不要意气用事，抓得了就抓，抓不了再找机会。”

时发挥挥手：“你还不清楚哥的本事吗？走了！”

崔常顺发出那封电报后，稍稍宽心，但崔府的警戒工作却一点也不敢放松，他非常清楚，袁时发一日不死，自己这条命就没个保障。

时发潜入城中，见街面上到处是军警，就找了个漏单的黑皮，一拳打晕，拖到无人处，再掐脖子弄醒，稍加威逼便知道了崔常顺的住处——中山路23号。看那黑皮岁数也不太大，遂换了他的军装，堵嘴捆牢塞进一幢无人居住的破房子里。

到得崔府近前一转悠，不禁眉头紧锁，这个王八蛋果然会保全性命！整个崔府只有一个大院，前后院门都亮着四盏巨大的“气死风”，亮如白昼。院墙上全是电网，院内院外每隔三分钟就有五人一队的黑皮巡逻。院子中间有一栋三层小洋楼，每一层都有好几名游动岗哨，有的还牵着鬼子的大狼狗，院门另有四名黑皮在站岗，正门右侧还有一个电话亭。

娘道燕子的，这防守可比舒家庄严密多了！如此防卫，活捉的可能性几乎没有，怎么办，狼在窝里，要打狼只有把狼引出来，不过狗日的这么怕死，动静小了肯定不行，须得闹到鬼子给他下命令的地步。中山路后面便是上次炸掉的军火库所在地，不知道现在的军火库在哪里，但端月的司令部和崔府只隔着一条街，来不及细想了，先去骚扰一下端月再说。慢慢靠近那个“大日本皇军驻湾沚联队司令部”门前，看看四下无人，时发猛然朝里扔去两枚手榴弹，接着转身向崔府奔去。

轰隆！轰隆！两声爆炸后，司令部顿时乱作一团，警报声、鬼子乌里哇啦的怪叫声、狼狗的汪汪叫声此起彼伏。

赶到崔府门前，那个电话亭和里面的小洋楼都传来了急促的电话铃声，显然是鬼子打来的。不一会，院门大开，时发立刻扛起枪，收腹挺胸，标准的站岗姿势，只是那套黑皮不太合身，不免有些别扭，好在黑夜里无人发现。

崔常顺并没有出来，出来的只是几名黑皮，观察一番周围环境后又返了回去，过一会，又出来几名黑皮，还是观察一番。

时发暗暗骂道：狗日的，老子看你能捱到几时！

果然，崔常顺在手下两次打探后终于下楼了，依然是前后各有两名黑皮护着，慢慢跨出大门向一辆黑色轿车走去。时发一手扛着长枪，一手伸往衣兜，拇指一拨，打开了驳壳枪的保险。

"报告团座，皇军要你立刻给端月太君回个电话！"

"啊，你，你是……"

袁时发的声音以及袁时发这三个字，崔常顺再熟悉不过，但他从此再也没有机会去听去说了。砰！砰！崔常顺头部连中两枪，其中一枚子弹正好打进了他那只小眼睛，一缕鲜红的血液顺着他的面孔流了下去，他瞪着那只大眼睛轰然倒地。

没等黑皮们反应过来，时发已翻身上了街道旁的屋顶，以他的身手，上房窜墙自然是不在话下，很快便消失在夜色之中，只听得身后传来嘈杂的呼喊声和密集的枪声："崔团长被杀啦！快抓凶手！"啪！啪啪啪……

借着夜色的掩护，时发很快越过铁路，忠英已在此等候，两人翻身上马朝宣城方向赶去。

"时发哥，我没见着火光，还以为你失败了呢，没想到弄出这么大的动静，我都紧张死了。"

"没办法，那狗日的太怕死，防守得非常严密。唉！事情还是办砸了！"

忠英勒住马："怎么啦？"

时发苦笑道："没办法活捉他，狗日的很可能是唯一知道我大下落的人啊！"

忠英安慰道："时发哥，你杀了他还能全身而退，已经很不容易了。李叔的事，总会有办法的。"

"嗯，先去五十二师再说！"

二人一进军营，马上被十几名荷枪实弹的宪兵围了起来。为首的朝时发敬了一个军礼："袁连长，对不起了，奉师座命令，押你去军法处。"

时发没有发作，他知道，崔常顺的话起了作用。既然崔常顺向唐元善告密，说不定会提到义父的下落。如果是这样，找到义父就只有靠唐元善了，所以，无论如何不能顶撞他。军法处要查就随他去查，反正自己的确不是共产党，只是帮助新四军打过仗，这又不是什么秘密。

忠英却忍不住要动手，时发摇摇头："妹子，不许胡闹，你这样会害了哥！"忠英只好作罢。

时发被扣押，忠英也被软禁起来，急坏了来喜，他立即叫上猴子潘找吴克商议，吴克说只有靠王小文了。

“王处长，你得想个法子救救他啊。”

小文摆摆手说：“情况我已知道，也早就预料到了，我没想到他这么快就回来，不过你们也不用担心，唐师长没有把他交给我们军统，只是让军法处作例行调查，说明他对崔常顺的话还是有些怀疑。时发哥的义父是共党，其实唐师长早就有所耳闻，只是崔常顺这次说时发哥本人就是共党，他才下令调查的，只要没有确切的证据，应该不会有事，但唐师长为了撇清自己，肯定不会再重用他了。也好，时发哥本来就想走。所以，我得劝劝他，要一口咬定，他和李汉臣只有父子之情，并无主义上的共识。否则，一旦交给皖南站，后果将不堪设想。”

正如小文所料，时发不但没有受到军法处的严刑拷问，连住的地方都和别人不一样，只是没有自由，但外人可以探视。

小文进去低声问道：“时发哥，既然你已经看懂了我的电文，为什么还要回来？虽然你回来我很高兴，但你知道有多危险吗？幸得唐师长没有把你交给皖南站！”

时发走到门前仔细听了听，确信无人才转过身来。

“我知道回来有危险，但不回来不行啊，崔常顺杀得不太顺利，来不及向他打听义父的下落，现在只有唐元善可能知道他在哪里。”

小文幽幽地叹了口气：“原来你回五十二师不是为了我。”

时发抓起她的手贴在自己的心窝上，说：“于情感，我们在互明心迹之前，这里都死过。”

“死过？对，都死过，又都活过来了。”

“是的，都活过来了，活过来就更不想再死了。义父把我一手带大，可以说，没有李汉臣就没有袁时发，为了他，我必须回来，但即使没有他，我也要回来，因为这里有一个能决定我的心会不会再死的人。”

“其实，我并不希望你回来。”

“我知道，赵大勇他们的惨死让我差点崩溃，你怕我真的像第一封回电中说的那样，掐死姓唐的，不会了，为了你我怎么也得忍着，何况还有义父的事，要是杀了唐元善，不但义父没命，我们也完蛋了。我死不打紧，但你不能死。”

“为什么？你能死，我怎么就不能死？”

“我说不好，也许真正爱上一个人，保护对方就成了一种本能吧。从第一眼见到你开始，我便觉得有了这种义务。命运待我不薄，当场就给了我一个机会，但命运也喜欢作弄人，非让我阴差阳错地娶了夏芳，我随之进入心死状态，以为自己一点希望都没有了，后来又知道了你是王文魁的女儿，更是感到绝望。还是命运作弄人，绝望之后又迎来新的希望，本来是给夏芳报仇的，却不想无意间救下你。我当时心里很乱，救了你，是否意味着可以重新开始？但很快又觉得不可能，杀父之仇啊，谁能放得下？即便如此，我还是想保护你，哪怕你不领我的情，哪怕死在你的手里。所以，你要带我来五十二师，我几乎没怎么考虑就跟你来了。没想到，到了五十二师之后，不是我在保护你，而是你在保护我，你一再出手阻止小武对我的暗杀。我终于明白，王小文能放下父仇，但放不下袁时发。我不能身在福中不知福，营救义父，让你一辈子安全，是我今后必须要完成的任务。为此，哪怕丢了性命也是在所不惜。”

“这么说，我和你义父同等重要？”

“是！我只有你们两个亲人了。至于忠英一家，那是恩人，和亲人有所不同。我这次回来就是为了尽快找到义父并带你走。以前我担心带你走会害了你，会引来军统对你的追杀，现在不用这么考虑了，事情到了这个地步，不管走不走你在这里都待不下去了。唐元善怀疑你，皖南站更怀疑你，他们迟早要对你下手的。为了你，无论如何我都要回来，我要先稳住唐元善，只有这样，在找到义父之前你才是安全的。”

小文眼泪唰地一下流了出来，她捧起时发的双手放到自己的脸上。

“时发哥，你知不知道，你这样也可能是自投罗网。如果没有你，我活着还有什么意思，再安全也是行尸走肉。”

时发一把搂过小文：“我，我……”他激动得一时不知说什么好。小文却突然推开了他。

“时发哥，你今天必须给我一个答案，在我和柳忠英之间，你到底要选谁？”

“这还用问？”

“可是，我看她对你也是一往情深，你好像不忍心拒绝。你刚才也说了，他们一家都对你有恩。时发哥，我可以什么都不要，唯独不能容忍别人分享你，丝毫都不行。你说，你对我和忠英到底是怎样的感情？”

“好吧，我说。对你，我是刻骨铭心的爱；对忠英，我只有感激。你知道吗？我当时发报说自己不再回来，心里就想刀割一般，我现在知道了，就像你说的，如果失去你，我一样是行尸走肉。”

小文嘤咛一声，搂住时发的脖子亲了一口，时发也低下头对着那红红的樱唇吻去。良久，二人才松开。

“时发哥，你以后不要叫她忠英，就叫妹子，不然我听着不舒服。”

“啊？这也有区别？”

“当然，你叫我小文，就不能叫她忠英。”

“好好好，遵命！”

“嗯，这还差不多。”

小文苦恋情郎多年，如今再无心结，一心一意地为爱人打算起来。

“时发哥，既然唐元善对你有了怀疑，你的仕途也就到头了，好在你并不是真正的共产党，你帮他们打鬼子大家都知道，没有什么可怕的。但为了避免麻烦，我想请你屈就一下，你先申请加入国民党，我做你的入党介绍人。这样，你和义父就划清了界线，就能很快被释放。只有获得自由，你才能放手一搏。当然，我知道你对党国已经失去信心，但这么做好脱身。”

时发连连摇头：“小文，我知道你是为了我好，但我有我的原则，我不会加入任何党派，尤其是国民党。消极抗日，调转枪口残杀自己人，这样的党国，恐怕稍微有点良知的人都不会效忠，我不但自己不会加入，还要劝你离开这个党。我有预感，中国的将来很可能姓共。”

“嘘，小声点。你说的我何尝不明白，这不是为了让你早获自由吗？求求你听话好不好，就当是配合我演一场戏。我实话实说，唐元善也有这个意思，他说只要你入了国民党，一切谣言不攻自破。我觉得，他这虽然是在撇清自己，但短期之内也能帮到你。一封申请书即可获得自由，柳忠英也会跟着被释放，何不一试？再说了，一旦脱了身，以后去哪还不是由着你吗？”

时发沉思了好一阵才开口：“那……好吧，为了义父，为了妹子的安全，还有我们的将来，就按照你说的试试看，但我总感觉唐元善没有这么简单，依着我的性子，宁愿被关在这里也不去求他，弄不好又就上了他的套。”

“但这是个机会呀，总得试试。”

“那就试试吧，不过要多留个心眼。”

“嗯，我会的。”

唐元善听了王小文的汇报，立刻露出笑容。

“好！袁时发真的愿意入党？这个倔种终于想通了。王副处长，你为党国留住这么好的人才，大功一件，大功一件呐！哎？你是怎么做到的？”

小文脸一红：“其实我也没有给他灌输什么大道理，原因嘛，师座应该清楚。”

王小文此时的脸红倒是发自内心，袁时发肯为她低头，说明他是真的喜欢自己，尽管他们在演戏，为了脱身而演出的一场戏。

“哈！”唐元善一拍脑门，“我忘了，英雄难过美人关嘛，这才是真性情！童副官，传我命令，袁时发的入党申请交到师党部即停止对他的调查，同时恢复他的特务营营长职务。”

童正春瞪大了眼睛：“师座，这合适吗？”

唐元善哈哈大笑：“有什么不合适，对袁时发就要特事特办，他原本就是特务营营长，官复原职而已。”

小文暗暗浅笑，她还没见过唐元善对一个屡犯军规的下属如此宽容，而且还是个共党嫌疑分子。

唐元善接着对王小文笑盈盈地说道：“王副处长，我也要感谢你，这么一来，不会有人说我什么了。走，我们一起去看看袁时发。我要看着他写入党申请书。”

时发和忠英都被释放了，一切都在小文预料之中，可忠英却来事了。

“时发哥，你真的入了国民党？你不是说对他们很失望吗？你说，是不是王小文的主意？你为了她，居然可以违背良心！”

时发脸上红一阵白一阵，不知怎么回答。能告诉忠英实情吗？不能！她这么冲动，一旦走漏消息，不但义父有危险，小文也有大麻烦。

“妹子，别胡闹了。你先回横山，我以后会告诉你怎么回事。”

“赶我走，是不是？”

“是！”小文突然冒出来，“五十二师不欢迎你！”

时发摇摇头，转身离去。以前，每当二人斗嘴，他都要出来调解，但这次不能了，他必须狠下心来。

“五十二师？五十二师了不起吗？说实话，我根本不稀罕你们，你们毫无信义，尽干缺德事，我早就想走了，不过，我要带时发哥一起走！”

小文冷笑一声。“要你走，正是时发哥的意思，他现在已经在你我之间做出选择了。”

忠英柳眉倒竖：“选择？什么选择？！”

小文蹙起烟眉道：“亏你还是个女儿家，难道你到现在还看不出来？时发哥从来就没有喜欢过你，他只是把你当妹妹看，他喜欢的是我。我现在明确警告你，马上离开，如果还在这里继续纠缠时发哥，别怪我不客气。你是个女人，应该明白，女人最不能容忍的就是有别的女人抢她的男人！”

忠英气得浑身乱颤：“呸！你的男人？！真是大言不惭，我不信时发哥会选你。我要立刻见到他，除非他亲口说出来，否则，否则……”

小文见忠英激动如斯，转而温言道：“柳姑娘，你的心情我能理解，但感情上的事，是需要双方中意才可以的。我知道你很喜欢时发哥，可他只是把你当妹妹看，从来没有喜欢过你。所谓强扭的瓜不甜，你又何必死心眼呢？再说了，你这么好的条件，还怕没有男人喜欢吗？”

“你住嘴！要不是你这个狐狸精，时发哥早就和我成婚了。你说时发哥选择了你，谁能证明？时发哥，时发哥，你出来，我有话问你！”

忠英这么大喊大叫，很快引来众多人围观，弄得小文也很尴尬，只得低声说道：“柳忠英，你先冷静一点，我告诉你时发哥必须留下来的真正原因。”

“哦，什么原因，你说。”

“跟我来！”

原来，小文找了唐元善以后又感到隐隐不安起来，唐元善的从轻发落很不正常，不，不能叫从轻发落，是重用，是对一个屡犯军规且有通共嫌疑者的重用，这太不符合唐元善这个死硬的反共派做法了，这里面一定有文章。她再次去了唐元善的办公室。

“师座，袁时发是主动回来接受调查的，说明他身正不怕影子歪，他申请加入国民党，说明他心向党国，对不对？”

唐元善点点头：“没错，这个江湖人终于懂了规矩，知道什么叫政治了，有进步，我很高兴。王副处长，你话里有话，想问什么？”

“我不太明白。师座向来谨慎，您明知袁时发的义父是共党，明知袁时发有通共嫌疑，为什么还会重用他？这对您不利。您是不是知道李汉臣的下落，是不是想以此为要挟，逼袁时发就范？这样，您不但可以洗清自己，还能得到一名忠实的贴身保镖，对吗？”

唐元善脸一沉：“袁时发叫你来打听的吗？我当然知道李汉臣在哪里，早就知道了。你叫他死了这条心，休想从我这里得到任何消息。党国对他已是格外开恩了，他应该晓得好歹！”

小文啪地一个立正：“是，师座！可袁时发是个特别重义气的人，他从小被李汉臣抚养长大，李汉臣生死不明，这是他的心病，一个有心病的人怎么能好好报效党国呢？所以，我想请您放了李汉臣。”

唐元山一掌拍在桌子上：“王小文，你是不是被爱情冲昏了头脑！在党国利益面前，别说一个李汉臣，就是袁时发的亲老子，他也要做到大义灭亲！你告诉他，只要他好好为党国立功，就有机会见到李汉臣，否则，只能和他地下相见！”

小文终于明白，还是她的时发哥把唐元善看得透，他们真的着了这个老狐狸的道，那张入党申请书已经到了他的手里，成了他撇清自己并控制袁时发的法宝，控制袁时发的还有李汉臣的命，袁时发只有老老实实地待在五十二师，老老实实地为党国、为唐元善效忠，才有机会见到活着的李汉臣！

听了小文的解释，忠英当场叫骂起来，“你这个女特务，时发哥都是你害的，你为了给你的汉奸老子报仇，把他骗到国军，又骗他加入国民党，你这是软刀子杀人，你太狠毒了！”

小文见她情绪失控，只好扭头而去。

时发并未走远，一直在附近听着：当他得知唐元善知道义父下落并以此要挟他后，顿觉一股气血往上翻涌，却又无计可施，而忠英还在大呼小叫说些不着调的话，他越发烦躁起来。

“住口！你有完没完?！是我让你回横山的！”

忠英一怔，眼泪不住地往外流：“时发哥，这么说，你真的喜欢这个狐狸精，真的不要我了？”

时发见她这样，只得好言相劝：“妹子，我们不适合，我一直把你当作亲妹妹看。这段日子以来，我仔细想过，我喜欢的确实是小文。对你，我只有疼爱，只有感激，而对她，我是爱到了骨子里……”

“别说了，你别说了！”忠英捂着耳朵哭叫道，“我恨你！我恨你！”

她恨的当然不是时发，她仿佛看到了王小文那双嘲笑的眼睛，而自己的眼睛正在往外喷火，仇恨像毒蛇一般吞噬着她的心。忽然，她发出一声歇斯底里的怪叫："王小文，你等着！"然后掩面奔了出去。

时发伸出一只手，又放了下来，随即叫来来喜："快！跟上去看看，千万别出什么意外。"

来喜领命而去，小文满脸笑容地出现在门口。

"时发哥，你刚才的话我都听到了，我好开心。你说你爱我爱到骨子里了，我也是。你的事就是我的事，你的义父就是我的义父，我一定会打听到他老人家的下落，不过这需要时间，请相信我，我不会再上唐元善的当了，也一定会从他那里得到义父的消息。只要有了义父的下落，我们就离开这里，我们一起孝敬他老人家。"

时发一把将小文拥入怀中："小文，谢谢你，义父一定会喜欢你的。等找到他老人家，就请他为我们主婚，好不好？"

小文羞得一下子挣脱出来："时发哥，你也不看看这是什么地方，喏，猴子潘他们来了。"

时发哈哈大笑："怕什么？现在五十二师哪个不知道你王小文是我袁时发的女人！"

猴子潘捏着鼻子，学着小文的声调打趣道："时发哥，你也不看看这是什么地方，羞不羞？"

"娘道蒸子的，再说老子扒了你的猴皮！"猴子潘吐着舌头跑了。

来喜回来了，他说："忠英姑娘骑马走的，跟不上了，看方向估计是横山。"

时发心中的一块石头落了地。

·第三十五章· 老谋不敌终昭彰 红豆思春心花放

时间就这么一天天过去，很快到了次年初。

如何知道义父的下落成了时发的心病，尽管小文信心十足，但唐元善太鬼了，根本没有机会。不过，还是有令人高兴的事，王义雄突然造访，他从衣服的夹层里拿出一封信，居然是久未出现的郑阳所写。

信中说，皖南事变发生后，斗争更加严酷，我党少数经不起考验者叛变投敌，中共宣城县委原组织部长胡启雄便是其中之一，由于此人掌握我方大量情报，因而危害极大，但此人又极其狡猾，数次逃离惩处。因郑阳本人正奉命组建“山里游击队”，暂时抽不开身，为戳穿国民党地方当局关于“宣城共产党已被彻底消灭”的谎言，特请时发助其锄奸。此外，王义雄经郑阳教育感化，已经解散小刀会，即将率众加入新四军。

时发既感且佩。原来，郑阳这个心中的偶像一直没有忘记自己，明知他袁时发身在国军，还是如此信任。最难能可贵的是，他竟能让王义雄彻底改邪归正，太了不起了！

时发当即把胸脯一拍，这事包在我身上！随后叫来小文，既然胡启雄已经投靠国民党，军统皖南站特工肯定知道他的下落，只要让王义雄抓到人即可解决问题。小文自然照办。不数日，郑阳在胡启雄家中将其正法。

此事也令时发想到了另一层：我大是不是被认识他的叛徒出卖了？但他是在珩琅山认识的章云，在这之前根本没有接触过共产党，难道王应虎剿灭珩琅山小分队时有人成功突围？想来想去，也只有委托郑阳帮忙查一查了。不久，郑阳来信，说我已着力调查令尊一事，可惜收效甚微，他还是生死不明，所以还需等待，但有一点请时发兄放心，令尊失踪决计和叛徒无关，当年珩琅山小分队全部牺牲。

时发终于按捺不住，请来了猴子潘的师傅蒋够本，几次潜入唐元善的办公室和宿舍，除了偷回那张入党申请书外，关于李汉臣的消息仍是一无所获。

看来姓唐的把秘密藏心里了。时发心急如焚，就是想不出什么好办法。

看着那封入党申请书，小文却如获至宝："时发哥，唐元善对你的控制少了一个了！"

"没用的，他亲眼见我写下申请书，在场的还有好几个师党部的人。再说，入不入党和义父又没有关系。"

"不，时发哥，唐元善处心积虑要你入党，不就是怕你将来投共吗？他有了这份申请书，一旦你要投奔共产党，他就会把这份申请书公之于众，不但共产党不接受你，还能给你按个叛党投敌、背信弃义的罪名。现在，完全不用担心这个了。"

"可是，他有师党部的人作证啊！"

"这个好办。我马上模仿你的笔迹把申请书抄一遍放回原处，把真的烧掉。唐元善不是笔迹鉴定专家，他哪知道申请书被掉了包。如果真有那么一天，他拿出申请书，你就可以要求鉴定笔迹，那样，唐元善就是搬起石头砸了自己的脚。师党部证明什么，证明那份假申请书出自你袁时发的手？"

时发微微一笑："你个鬼精灵，脑子确实好使！"随即又露出愁容。

"义父的消息还是没有，怎么办？实在不行，老子就绑了他，逼他说出来！"

"不妥，时发哥。唐元善是个职业军人，并非贪生怕死之辈，依我看，这件事还需要共产党帮忙。"

"共产党？郑阳帮我查了，也没消息。"

"时发哥，我是这样想的。吴克他们不是想去新四军吗？只是因为你回来了，暂时没走而已。这样，你给他们派个任务，让他们就此脱身。你让他们带一封信给郑阳，请他配合演一场戏，对外大肆宣扬，就说吴克他们受了义父的影响，觉得只有共产党才是真心为民、真心抗日。如此一来，唐元善就会犯疑，他一定会和关押义父的人联系，求证那个被囚者是不是义父本人。依唐元善的性格，关押义父的地点肯定很隐蔽，也不在附近，他一定会通过发报询问，这样我就有机会监听到蛛丝马迹。"

"可是，我本来就有亲共嫌疑，吴克他们这一走，不正好坐实我吗？"

“越坐实唐元善越没办法，因为你是他召集来的，你的手下叛逃了，但你本人非但没走，还入了国民党。唐元善为不落人口实，只能低调处理。”

“聪明，小文，你真聪明，你怎么想到这个办法的？”

“好啦，别夸我了。我是搞谍报工作的，能想到监听很正常。不过，在吴克他们出发之前，我们要先行离开。在部队里监听，很容易暴露。唐元善知道我真心喜欢你，对我也有戒心。我们要找个由头，离开部队一段时间，去野外监听。”

“监听需要设备，带走设备不也同样引起他的怀疑？”

“这就不用你操心了，没有一套自己的设备，我这么多年岂不是白干了？告诉你，我早就悄悄组装了两步微型发报机和一个监听系统，其中一部发报机给了你。我特意把它们命名为鸳鸯机，这件事五十二师和皖南站没有任何人知道。”

“没人知道？我们上次互相发报的时候，难道唐元善不在场？”

“在啊，我跟他是这么说的，袁时发出门我不太放心，所以专门从电讯室拿了一部发报机给他带上，这样，师座也可以随时掌握他的动向了。唐元善还夸我心细，做得好哩。”

时发一把横抱起小文不住亲吻：“明修栈道暗度陈仓，真作假时假亦真，既能公私兼顾，又能瞒过老狐狸，佩服佩服，好聪明的娘子！”

小文的脸像一朵绽开的红山茶：“真不害臊，谁是你的娘了，快放我下来，被人看见不好。想好了怎么走吗？”

“清明节就快到了，我去找唐元善告个假，就说我带你一起给我父母上坟，未来的儿媳总要见见公婆嘛！”

“嗯，这个理由不错，唐元善要是不准就说不过去了。”小文的眼睛突然流露出无限温柔的光。

“时发哥，我们第一次认识的那天就是清明节。这么多年来，我一想起你帮我治蛇毒的那些场景，就想去那块油菜田看看。”

唐元善果然没有理由不准假。

去秋三五月，今秋还照梁。今春兰蕙草，来春复吐芳。又至清明，正是生机无限之际，应该能让人心情轻松愉悦，但时发却感沉重异常。上坟完毕，他怎么也咽不下小文递过来的牛肉罐头。他难过的不是父母。父母已经去世几十年了，他也记不清他们的样子，他难过的是沿途的惨象。这一路奔波，他们看到并掩埋了不少倒在路边的尸体……

我们还能有块肉吃，可老百姓呢？“有儿坟头飘白纸，无儿坟上草色青”，这句话，李汉臣多次对他说过。小鬼子打进来之前，清明节前三后七天，到处都能见到上坟的人群，到处都是白花花的纸钱，到处都能听到此起彼伏的鞭炮声，还有那些三三两两挽着竹篮挖蒿草的村姑村妇，因为清明这天家家户户都要吃蒿子粑粑，要巴住魂魄，以防被孤魂野鬼带到地府忘了回家。但从昨天到现在，始终没见到有多少人在上坟，更别说挖蒿草的女人了。一座座空荡荡的坟冢立在荒野，杂草丛生，凄凉无限。

“唉！战争，最倒霉、最悲惨的就是手无寸铁的老百姓！”时发一声叹息。

小文见状安慰道：“时发哥，别难过，国家现在这个样子，都是小鬼子造的孽，好在还有很多和我们一样不愿做亡国奴的人。我坚信，小鬼子迟早有被我们打跑的一天。吃吧，估计吴克他们快动身了。”

“嗯，你说得没错。吃！吃饱了找义父，找到义父继续杀鬼子！他们害得老百姓不能上坟，老子就让他们天天哭坟头！”

时隔数年，二人再次来到那块油菜花田，却发现与相识之时有所不同，这年暖春，菜花已大部谢落，茎秆上长出了嫩嫩的菜荚，零零星星的花朵随着微风的吹动洒落一地，接着，又有残缺不全的花瓣飘向天空。饶是如此，仍给人一种乱花渐欲迷人眼的美感，而极目远眺，无限的春光更是令人心旷神怡。

堂前紫燕呢喃语，陌上鲜花次第开，真可谓风和日丽、鸟语花香。这样的环境，热恋中的青年男女岂能无动于衷。二人先把当年的场景回味了一番，接着开始双双侧身躺了下来，然后四目相对，双手互握，看看周边无人，便情不自禁地吻在了一起。小文红唇微张，香舌频吐，时发感觉如同在吮吸一块甜蜜无比的软糖。他伸出一只胳膊环绕着让小文枕在上面，再看着小文那起伏不止的酥胸，顿觉浑身似火，另一只手便不听使唤地撩开了她的上衣，接着就顺着那白嫩光滑的肚皮快速游到两座玉峰上。小文羞得满脸通红，却又期盼时发能再粗野一点。听到时发的喘息声越来越重，小文杏眼微闭，双臂环绕紧紧勾住他的脖子，又觉时发那只手顺着她的胸脯在往下滑，很快便越过了小腹直奔她的最羞处。她一把抓住他的手，随即又有气无力放开来。

"时，时发哥，你，你要干什么，我怕……"

二人正意乱情迷时，不远处却传来一声冷笑，笑声很响，很沉闷，仿佛一个感冒的成年人在大声咳嗽。小文吓得尖叫一声，时发迅速收手一跃而起，却见右前方草木晃动，已无人影。

小文的脸由红转白，由白转红，既为好梦被打断而懊恼，也为刚才的情形被人窥探而羞涩。

"时发哥，什么人这么无聊？"

时发摇摇头："不知道。"

其实他知道，但他不能说出来，要是告诉了小文，她一定会怒不可遏地追过去，因为那人是忠英！

忠英尽管捏着鼻孔，还是被她的时发哥听出来了。从小一起长大，她的声音，他再熟悉不过，听出来的还有她满腹的怨气。这个死丫头，简直不可理喻，她一定不会放过小文，只要小文不在自己身边，她就会立刻把怨气化为行动。时发不禁担心起小文的安危来。他知道忠英的狠辣，一旦下起手来必定毫不留情。论才学、论聪慧，忠英和小文无法比拟，但论起武功枪法和单打独斗，小文多半不是对手。这二人都是这个世界上深爱着他的女人，无论谁受到伤害他都不能接受。如果小文死在忠英手里，他能去替她报仇吗？显然不能，忠英是妹子，他根本无法主持公道。同样，如果小文凭着智慧杀了忠英，他也无法面对这个事实。没办法，只有自己提高警惕了，问题是忠英在暗处，明枪易躲暗箭难防，老虎还有打瞌睡的时候。唉！原以为她已经回到横山，没想到她居然一直没有离开，一直尾随在他们身后伺机而动。这可如何是好？时发眉头越拧越紧。

被忠英这么一打搅，两人都没了兴致。小文想想刚才的激情，红着脸捏了一下时发的耳朵："坏蛋，要不是那个无聊的人，还真让你给得逞了。"

时发苦笑着摇摇头，赶紧把话题岔开："差不多了吧，估计吴克他们已经到了。"

果然不出小文所料，唐元善得知三名士兵跑到了新四军那边，他大为光火，立即下令彻查，结果却令他不敢过度声张，原来这三人都是袁时发带来的。袁时发本人还没有洗清嫌疑，现在又出了这档子事，得赶紧捂住，不然真的落下一个引狼入室的话柄。消息又说那三人是李汉臣劝走的，唐元善不禁疑窦丛生：难道王应虎抓的只是一个冒牌货？但他终究老谋深算，他隐隐感到，这件事十有八九与袁时发有关，如果在求证的时候把话说得太清楚，就会暴露出王应虎，万一这个李汉臣是真的，袁时发就有可能知道他义父的下落，凭他的本事，极有可能救出李汉臣，自己就失去了一张控制袁时发的王牌。想到控制，唐元善立刻打开保险柜，却见那张入党申请书还在，字迹也看不出什么不对。他又开始犯疑：我是不是想多了？袁时发毕竟是一个男人，毕竟是一个为了爱情可以改变信仰的青年。如果仅仅因为手下叛逃就要问罪于一个抗日英雄，一个效忠党国的精英，太说不过去了。不管什么情况，眼下还是先确定李汉臣的真假要紧……

“唐元善太狡猾了！”小文摘下耳机，秀眉紧蹙。

“怎么了？监听到什么了？”时发急切地问道。

“从昨晚到现在，师部只对外发出一份电文，只有一句‘请确定东西是赝品还是真迹’，既没有收报人，也没有落款。看来，我还是低估了他。”小文面露难过之色。

“不过，还是露出了一截狐狸尾巴。”

“哦，快说。”

“电文是用我们军统惯用的密码发出去的，这说明，接受电文方必是军统的人，义父在军统手里。”

时发感激地说道：“你的脸色很白，先休息一下。”

“嗯，是有点累了，时发哥，谢谢你关心，还是分析完再休息吧。我记得唐元善说过，他早就知道义父在哪里。你回忆一下，义父最初和你分手的时间和地点。”

“最初……”时发脑子飞快地转了起来。

“我大三年前从杨寡妇家离开之后就没有了任何消息。”

“三年前？这么长时间啊！唐元善是从崔常顺那里获得信息的，崔常顺伏诛没多久……这又对不上了……”小文手托香腮，眼睛注视着地面。良久，她突然抬起头来。

“不，还是有线索，线索就在这个早字上。这个早字不是唐元善说的，是崔常顺说的，而崔常顺的这个早字也是听别人说的，因为他要是早知道义父的情况，也早就向唐元善举报你了，说这个早字的另有其人！这说明，义父很可能三年多前就已落入军统之手。”

“对，有道理！如果说我大三年前就被抓了，那么出事地点一定在红杨树附近，那一带有军统吗？有认识我大的军统人吗？”

二人同时看着对方：“王应虎?!”

时发猛地站起身：“记得我问过你皖南站的情况，你说有纪律，不能说。后来我又问你王应虎是不是军统的人，你也没有回答，但你用动作暗示了我，他是。”他接着拍了一下前额。“对！这个老家伙阴险至极，他是我大的老熟人。哎，我怎么没有想到他呢，义父十有八九落在他的手里。”

“现在还不能确定，时发哥，我们马上回师部，想办法诈一诈唐元善。”

“怎么诈？”

“继续演戏。”

二人回到五十二师，唐元善见到小文淡淡地说了一句：“回来啦，叫时发以后结交人注意点，他那几个兄弟都跑到共军那边去了。”

“啊？怎么会这样？师座和时发对他们都不薄啊，忘恩负义的家伙！”

“算了，这事我已扛过去了。跟他说，好好表现，党国不会辜负他的。”

“嗯，我代时发谢谢师座。不过……”

“不过什么？”

“我现在很担心，他这几天情绪有点不对，我问他怎么回事，是不是因为兄弟的叛逃，他说不是。他说忧心李汉臣。我就问他，你是不是有什么发现。他说他已经知道了李汉臣在军统手里，而且很有可能是和他们有仇的王应虎干的。”

“哦！他怎么知道的？”

唐元善突然意识到自己说漏了嘴，赶忙调转话头：“王应虎是什么人？我第一次听说。”

“是这样的，师座，正如您刚才所说，袁时发的朋友比较复杂，但对他来说也有个好处，消息灵通。那个王应虎在扩充队伍，他手下几个新兵不知怎么就发现了李汉臣的事，恰好其中有一个认识袁时发。”

“是吗？”唐元善阴沉着脸，眼睛里露出令人捉摸不透的光。

“我来了解一下，你告诉时发，叫他不要多想。李汉臣对他有养育之恩，他担心李汉臣的安危是可以理解的，但李汉臣毕竟是共党，这是原则问题，切不可做出什么大逆不道的行为来。还有，你务必提醒他，李汉臣的生死，还是取决于他袁时发对党国是否忠诚，我一个堂堂的中央军师长，决定一个小小的共党的生死，无论什么时候都是绰绰有余的，去吧！”

明白了，终于搞明白了，义父早就落入王应虎之手！

“这个狗日的！”时发咬牙切齿，随即流出两行泪水。

“三年多啊，大一定被他折磨得不成人样了！谢谢你，小文，我马上去救他老人家。”

“慢着！千万不能冲动。唐元善说得再明显不过，你一旦有所行动，他们肯定会提前杀了义父，这不是害了他老人家的性命么！”

“那……那怎么办？我明知他身陷囹圄，怎能坐视不理。”

“你听我说，时发哥，唐元善既然要利用义父来控制你，肯定舍不得杀他老人家，所以，义父暂时是安全的。你必须忍耐，等待时机。”

时发沉默良久，最后，他抹了一把泪水说：“好吧，也只能这样了。可是，一想到他还在受罪，我这心里……反正这个营长是没法干了，我找唐元善辞职去。”

“别！这样义父就更危险。你一旦辞官，唐元善会怎么想，他一定认为你要离开国军，势必加强对你的监视，同时认为，你要走的目的无非就是为了救义父。他为了断掉你的念想，要么杀了义父，要么把他转移到一个更隐蔽的地方，让你永远找不到。”

“那他还不如直接杀了我省事。”

“杀你？我估计唐元善不是没有起过这个念头，但他舍不得，也不敢，因为你是个名气很大的抗日英雄，虽然经过了皖南事变，但国共两党表面上还没有彻底决裂。你帮过共产党很多忙，共产党又很得人心，要是杀了你，他们势必发动舆论为你讨回公道，他唐元善就无法向国人交代。此外，从自私的角度讲，他一直都对你抱有幻想，希望你能忠心供他驱使，他非常清楚，像你这样的人才实在是太难得了。所以，在没有什么确切证据的情况下，他犯不着冒险。你呢，越表现得拥护党国，越表现得想往上爬，义父就越安全。”

“这个道理我懂，问题是两党迟早要打起来，唐元善到时叫我打共产党怎么办？”

“时发哥，你那么聪明，怎么一时转不过来弯？在义父被救出之前，他叫你打，你打给他看就是了。无非多一道手脚，事先通知对方，再不就是枪口朝天。”

“唐元善不是傻子，迟早会露馅的。”

“我知道，捱一天是一天，多争取点时间。相信我，我一定能在唐元善发难之前救出义父。王应虎不是奇货可居吗？我要他连本带利全赔光。”

时发一听乐了，伸手朝小文鼻子上轻轻刮了一下：“你个鬼精灵，是不是有什么妙计？”

“当然，我要是没点本事，怎么配做你袁时发的女人。办法我已经想到了，但还须仔细斟酌。总之，杀掉王应虎，救出义父，你就听我的好了。”

时发搂过小文的肩膀：“我袁时发真是三生有幸啊，上天把你赐给了我，这辈子值了。”

“所以啊，你要全心全意地对我好，心里绝对不能想着别的女人。要是被我发现你和别的女人好，我就……”

“就怎么样？”

“我当然下不了手杀你，但我会结束自己的生命。”

一阵暖流涌上时发的心头：“不会的小文，我自始至终心里只装着你一个，你应该能感受到。”

小文把头靠近时发的胸膛：“嗯，我感受到了，但我还是担心，我总觉得那个柳忠英并未离去，一直在附近盯着我们。时发哥，你知道的，我不是怕她要对我下手，我怕的是她会抢走你。这个姑娘看起来咋咋呼呼的，其实很有心计。还有啊，我最近老是做梦，梦见我的父亲来骂我，说我不但不为他报仇，还爱上了仇人，他说他要诅咒我……”小文说到后来，已是满脸泪水。

“真是难为你了……”时发不知怎么说好。是啊，爱上自己的杀父仇人，这是多么矛盾、多么令人痛苦的事。

时发举起右手：“小文，我发誓，如果有一天我负了你，就让雷公把我劈死！”

小文一把捂住时发的嘴：“不许你发这么毒的誓，就算你负了我，也是命中注定的事，你重新发一个誓言。”

“那，那就让我一生孤独到老。”

“嗯，我只要你好好活着。记住，如果真有你负了我的那一天，我相信一定不是你的本意，不是你的错。”

“小文，你今天是怎么啦？老是说丧气话。”

“因为，因为……因为我决定把自己交给你了……”小文面红耳赤。

时发心头一荡："你说什么？为什么是这个时候？"

小文看着窗外说："今晚有月亮，有月亮的夜晚好美。"

"啊？你说什么？你刚才说什么了？"

"我说，虽然有柳忠英，虽然有父亲诅咒的噩梦，但我还是决定和命运赌一把。现在是乱世，我们都朝不保夕，我不想因为瞻前顾后而后悔，我要珍惜我们在一起的每一分钟……"

"不对，小文，我知道你是个非常传统的姑娘，不可能仅仅因为世道乱就变得这么开放，你一定有什么事瞒着我。"

"唉！"小文幽幽地叹了一口气，"时发哥，我本来想等到成婚那天再把自己交给你，现在不行了。"

"到底怎么回事？"

"你听我说时发哥，我们从相识到相爱，你一直都没有问过我的过去，一直没有问过我是怎么加入军统的。我知道，军统很臭，女特务也都没有什么好名声，但你就是不问，你这是信任我。现在，你已经是我最亲的人了，你不问我也要告诉你，因为你有权利知道。"

"好，你说，我听着。"

小文把头靠在时发的肩上，轻声叹道："而今才知当时错啊！"她开始说起从未对人说过的往事——

"我在南京明德女子中学读的是法律，对军事也感兴趣，后来分配在南京军事法庭做书记官。好像冥冥之中自有天意，我参加工作第一天就遇到了你的案子。当时，我好伤心，但也很高兴，我们毕竟还是重逢了。那次分别后，我一直默默地在观察你，了解你的所作所为。当我知道你振作起来后，一直在行走江湖，行侠仗义，我非常开心，这说明我的话起了作用。我本来想去找你，可每次都被工作给耽误了。我那时多么盼望你能来找我，但你没有，我也不怪你。我知道，那时的你自尊心在作怪，怕配不上我。其实啊，时发哥，你真的想多了，我从来不在乎你的身份。后来，你想找我却找不到了。抗战爆发那年，我随军事法庭迁移到了武昌，一个偶然的机会，我帮助一个商会翻译了外来电文，没想到那个商会会长是个军统老牌特工，他说我在电讯方面有天赋，对日情报工作需要我这样的人才。他还说，想进入军统并不是件容易的事，军统从事电讯工作的绝大多数都是浙江江山人，戴笠的老乡。我当时想，你正在以自己的方式打鬼了，我也应该和你一样，加之抗日需要，更当义不容辞。就这样，我成了军统武昌电讯班的学员，成了为数不多的非江山派女特务，不久，培训班迁到了陪都重庆。在重庆接受训练的时候，教官给我们每个女学员都拍了照，我以为只是用作档案，谁知我们的照片全都出现在了戴笠的办公桌上。随着对军统的逐步了解，我们都知道了，戴笠好色成性，几乎每个有姿色的女特务他都要玩弄。也有人说，戴笠好色并非生理上的需要，他认为女人是感性动物，只有征服了她们的感情，她们才会死心塌地为他卖命，但不管是什么原因，有姿色的女特务都难免被他蹂躏。我好后悔啊，后悔自己不该加入军统。就像你刚才说的，我是个很传统的人，一想到将来被那个色魔糟蹋，我就害怕得睡不着觉，但军统纪律又是那么严，我根本不敢逃跑。所以，我让父亲给我寄了很多钱，托关系找人，要求下派到军队。终于，我的同事也就是毛人凤的侄女毛凤凰帮了我的忙，通过她的关系我被派到了五十二师，从情报处译电科长做起，直至成为主持工作的副处长。说实话，唐元善除了是个死硬的反共分子，为人很有心机之外，在女人方面还算是个正人君子，所以，我就安心地在五十二师服役了。我没有想到的是，父亲居然当了汉奸，而他在给我汇了这笔钱之后就死在了你的手里……这便是我爱上你以后常梦见他诅咒我的原因……好了，这个不说了，这都是天意。再说戴笠，我来到五十二师的时候，国民党迁都重庆不久，加上日机天天轰炸，一切都很混乱。他那段时间非常忙，没有精力也没有胆量玩女人，他要保证蒋委员长的安全。情况稍稍稳定后，他又开始像皇帝翻牌子一样，夜夜都要换侍寝的妃子了。待翻到我的照片之后，他才知道我已经离他远去，他顿时恼羞成怒，把毛人凤臭骂了一顿，却又不好公开说什么。现在，抗日形势渐渐好转，他再次想到了我。就在今天上午，皖南站传来电文，说戴老板很欣赏我的能力，准备调我到他身边工作。我一听吓坏了，不过很快又不怕了，因为我有了时发哥，而且……而且，唉，我都不知道怎么说，戴笠有个嗜好，喜欢玩处女，如果被他知道哪个女特务不再是处子之身，他的兴趣就不大了。”

“娘道蒸子的！老子明白了，这个畜生要害老子不仅仅是怀疑老子亲共！”

“嗯，我也觉得有这方面的原因。”

时发牙齿咬得咯咯作响：“姓戴的，你最好不要给老子逮着机会！”

小文抿嘴一笑："怎么？你还想杀他？他能成为军统太上皇，绝非浪得虚名，再说他还没把我怎么样呢。"

"他算个球！别说是他，蒋光头老子也敢杀！没把你怎么地？就凭他明知你是老子的女人还敢打主意就该死！"

小文立刻抱住时发亲了一口："时发哥，你真是视名利为粪土、重情重义的好男儿，这世上为了我敢得罪戴笠的恐怕只有你一个了。"

"小文……"时发也很感动。他感动的不只是王小文了解他。戴笠这个特性世人皆知，但他大权在握，很多女特务都以被他睡过为荣，而王小文却为了她的爱人坚贞不屈，实在是难能可贵。袁时发啊袁时发，你是几辈子修来的福气！

"所以……所以……时发哥，你明白我的意思了吗？"小文羞涩得低下头去。

"明……明白，你要给我一个完璧的你。说实话，我也想，可是……可是我们还没有成婚，义父还没有救出来，我说过，要他老人家为我们主……主婚的。"

幸福来得太突然，时发一时间竟结结巴巴起来。

"时发哥，世事难料，万一我们营救义父失败了呢？难道没有他老人家的主持，你就不要我了？如果你不要我，我只能去死，我死也不会让戴笠玷污了我的身子，我的身子只能给我最心爱的人。"

"不不不，我不是这个意思，我只是觉得太突然了，我……"

看着小文那张令他魂牵梦绕心醉多年的脸，他的呼吸越来越急促。

小文站起身来，关上宿舍的门，然后走到床边，缓缓脱去军装，接着开始一粒一粒地解开衬衫的扣子，慢慢地，露出了粉红的肚兜和雪白的肌肤。接着，她拔掉发簪，一头像黑色锦缎一样光滑柔软的秀发自然披落下来。秀靥艳比花娇，玉颜堪比春红，香嫩的双肩和长长的睫毛在灯光下微微抖动着，莹莹的水意在微弯的杏眼里流动着，显示着她的不安和期盼，而那蛾眉之间的一点朱砂痣，高挺而不失小巧的鼻子下面那张可爱的小嘴，又尽显着妩媚。

小文忽然觉得有些口渴，不自禁伸出丁香般的小舌湿润着泛出饱满性感的红唇。

见到时发看呆了的模样，小文嘴角微扬，浅笑莞尔，她轻轻地走过去，半开着衣襟，伸出纤纤玉指，拉起时发的手，一切都温柔得无限诱人。

时发口干舌燥，当看到小文红肚兜下那深陷的肚脐和浑圆的小腹时，他的小腹如同一团火球在燃烧。他开始膨胀，膨胀让他不好意思地弯下腰去掩饰。小文顿时脸如血泼，她看到了时发的窘态，看到了他掩饰被雄壮顶起的窘态。她低下头，发出比蚊子哼哼还小的声音。

“来吧，时发哥，要了我。”接着，她慢慢向后退去，倒在床上，伸手捂住双眼呢喃道，“时发哥，小文是你的，只能是你的。”

时发的血液更加沸腾，他喘着粗气拉灭了电灯，手忙脚乱地褪去了小文和自己所有的衣裤，然后压了上去，立刻感到小文的身子比自己还要烫……小文在黑暗中睁开了明亮的眸子，她流着泪水说：“时发哥，我真的做了你的女人了。”

这二人经过生死相恋，终于走到一起，不免兴奋异常。这一夜，时发体会到了和夏芳从未有过的感觉。原来，他只有和小文才能做到水乳交融，原来，与真心喜欢的女人交欢才能叫作销魂。为此，他一次又一次地发起冲锋，他觉得自己的精力无限体力无限，小文一次又一次达到高潮……

此刻，他们谁都没有注意到，窗外一个蹲下的黑影在捂着双耳轻轻地抽泣。很快，那个黑影如同鬼魅一般消失在茫茫月色之中。稍时，黑影转过身来，露出怨毒无比的眼神。

·第三十六章· 计无遗策雨打墙 急中生智化穹缠

第二天早晨，小文见时发还没醒，揪着他的耳朵嗔道："懒猪，太阳晒屁股了，赶快起来。"

"嗯……太累了，再睡一会吧。"

"不，听话，被人看见不好，我们毕竟还没有举办过婚礼。"

时发一个鲤鱼打挺从床上蹦下来，对着小文躬身一礼："谨听娘子吩咐！"

早饭后，小文说："难得有点空闲，我们出去走走吧。顺便商量一下怎么把王应虎变成共产党。"

"好，出去走走。"

虽是暮春时节，皖南山区依然一派欣欣向荣的景象，处处充满生机，花香袭人。小文挽着时发的胳膊，走在一条连接着过去与未来的山道上，看着远处若隐若现的徽派老房，她不禁哼起了黄梅小调。

"冬去春来，这里有我童年的脚步，这里有飘着饭香的炊烟，这里有喊着我乳名的老乡，更有我日夜思念的情郎……"

时发咧嘴一笑："你的情郎就在身边，还用得着日夜思念？"

小文秋波婉转，用头顶了一下他的胸："油嘴滑舌。"

时发一把搂过小文狂吻起来："小文，我……我又想了。"

"不行啊，你这个馋猫，这是野外，再说我们是来商量救义父的！"

义父！时发脑子嗡的一声，娘道燕子的，我太没出息太不孝了！

"好，快说说你的想法。"时发突然感觉右侧草丛里有动静，"趴下！"本能让他一下子将小文扑倒在地。嗖！一把寒光闪闪的小刀贴着时发的背飞了出去！

"又是忠英！"时发捡起那柄飞刀，闻了闻，一股腐臭的腥味。"太不像话了，这个丫头居然使毒！”

“又是忠英？时发哥，这是什么意思？上次冷笑的也是她，对吗？”

时发见已瞒不过聪明的小文，点点头道：“是她！”

小文俏脸一寒：“好毒的女人！”拔出手枪就要追去。

“算了小文，还是由我来吧。”

“好吧，你也要小心点，我觉得她疯了。”

“没事，她的飞刀还是我教的。”

时发几个起落上了一处高地，手搭凉棚四下一看，果然见到忠英正往山下奔去。

本来要杀的是王小文，不想差点伤了时发哥，忠英又是后悔又是慌乱，跑着跑着居然摔了一跤，等站起身来，时发已经背着双手站在前面。

“时……时发哥。”忠英怯怯地叫了一声。

“你还当我是哥吗？”时发寒着脸转过身来，“你要把我当哥，那王小文就是你嫂子，可你却要杀了你嫂子！”

“不——”忠英声调拉得很长而又令人惊悚。

“她不配！时发哥，这个世上没有哪个女人比我更爱你，只有我才有资格做你的女人！”

时发叹了一口气：“妹子，你怎么一根筋。男女之事是需要两情相悦的，我知道你喜欢我，可是我不喜欢你。”

“不，你喜欢我。我们从小一起长大，我们是青梅竹马两小无猜啊。我们一起放过黄鳝，一起干过农活，我的飞刀是你教的，你的飞刀是我送的。在横山，你更是对我呵护有加。你只是被王小文那个狐狸精迷了心窍。她是什么人？她是汉奸的女儿，是个贱货！”

啪！时发以迅雷不及掩耳之势扇了她一个耳光。

“你住口，不许侮辱小文！”

血，顺着忠英的嘴角往外流，流下来的还有止不住的泪水。

“你打我？时发哥，你居然为了那个女人打我？！我从小长到大，从来没有人敢打我，你是第一个！”

时发浑身颤抖，举起那只打了忠英耳光的手说：“我……我……对不起妹子，我不该打你，我这只手怎么就不听使唤了呢！啊！……”他一掌接着一掌地朝身旁的巨石上拍去，那只手很快变得血肉模糊。

“不！”忠英发出一声凄厉的嚎叫，扑上去抓住时发的手哭道，“别打了，别再打了，再打你的手要烂了！”

“妹子，我好后悔，打了你，我真的良心难安。可是，你不该去刺杀小文啊。妹子，我今天追过来只求你一件事。”

“不要杀王小文，是吗？”忠英语气立刻变得冷漠了许多。

“对！你要是杀了她，哥只有一死，因为哥对你下不了手，不能帮她报仇。”

“王小文对你有这么重要？”

“是的。”时发斩钉截铁。

“那要是她杀了我呢？”

“不会的，小文心地善良，她绝对不会对你下手！”

“我是说如果，万一！”

“万一她失手杀了你，哥一样去死。因为哥同样帮不了你报仇。你们两个都是我生命中最重要的女人，她是妻子，你是妹妹。”

忠英面部因痛苦而扭曲着，脸色由红转青，由青转白。时发已不知道如何开口，只能无声地看着她。二人就这样静静地对望着，忠英甚至听到了自己的心跳声，良久以后，她抽搐着腮帮肌肉说：“好，我答应你，不杀她！”说完掩面奔去。

时发仰天叹息一声，闭上眼睛。

“时发哥！”小文突然从草丛里泪盈盈地站出来。

“啊？你没回去？”

“我能放心回去吗？时发哥，你们刚才的对话我全听到了。我好开心，你跟她说我是你妻子，我再也不担心她会抢走你了。”

她接着捧起时发的那只手说：“心疼死我了，心疼死我了！你这个傻瓜，怎么能这么伤害自己。你要是觉得打了她不过意，可以叫她打还你呀！”

“不说了，回去吧。”

远处，忠英伏在草丛里把这一幕看得清清楚楚，她恨恨地自言自语道：“我是答应你不杀她了，但我会让她生不如死！”

回到营部，小文仔细为时发包扎好伤口，然后捧起来放在脸上。

“时发哥，刚才在路上我想过了，忠英其实挺可怜的，我也是女人，站在她的角度，我说不定更疯狂。所以，我是世界上最幸福的女人，我要为我的男人解决所有烦恼。时发哥，关于义父的事，我前前后后想了好几遍，觉得应该没有破绽了，来，我告诉你怎么做……”小文说起自己的计划——

王应虎居心叵测，肯定是把义父当作一张牌捏在手里，对你既可以构成威胁，也能成为一份人情，对唐元善、对日本人又都可以作为礼物来用。他一定在观望形势，等待时机出手。根据目前抗战形势来看，鬼子攻势有所减缓，说明他们已经难以为继了，此人最后必然将义父交给唐元善。如果时发哥得到提拔重用，他一定会带着义父来将你一军，你们父子二人要么真心归顺党国，要么全部完蛋，但不论什么结果，他都是利益获得者。这个人的心机好深啊！

既然王应虎待价而沽，我们索性将义父的价值放大几倍，把水搅浑，让皖南站插进来，逼唐元善退去。我们请郑阳用明码发一个救援义父的指令，让军统截获。因为指令是面向不特定的群体，且人员都有代号，这样，用明码皖南站也不会怀疑什么。然后，我们再回一封电文。电文要这么说：现已查明，青弋江先生于三年前在红杨树附近失踪，但仍存活于世，因其知晓家产分割遗嘱，请江畔、古树、别样红三位先生速将其救出并护送至老家。不过，这份电报得由时发哥你亲自发出，皖南站并不知道你会发电报，而我就不同了，他们都熟悉我的手法。

时发有些懵：“小文，青弋江我倒是听说过，但江畔、古树、别样红又是什么人啊？这都哪跟哪？”

小文笑着点了一下他的额头，继续讲述她的计划。

什么叫把水搅浑？共产党那边确实有一个代号青弋江的高级特工，后来不知怎么就销声匿迹了。皖南站前几年在破获共产党间谍案中毫无建树，就是因为这个青弋江。此人智商极高，有着敏锐的洞察力，总能将皖南站耍得团团转。现在，他就是义父。我们把他安到义父头上，皖南站必定如获至宝。至于江畔、古树、别样红嘛，都是一个人，就是时发哥你了。这封回电发出后，皖南站一定认为青弋江已经落入敌手，而且身上藏有重要情报，所以他们一定会想方设法确认，青弋江是在鬼子那里还是在中统那里。根据我们在电文上地点的提示，他们很快就会找到王应虎，也很快做出判断，义父可能就是他们曾经的心腹大患青弋江，而且竟然在军统自家人手里。这样一来，唐元善就不好插手了，因为他没想到李汉臣竟然是共产党高级间谍。李汉臣是袁时发的义父，袁时发又是他提拔起来的特务营营长，他要是再插足此事，无疑会把自己卷进去，和军统产生矛盾。所以，他巴不得皖南站全盘接手。当然，他退出之前一定会拿出那份入党申请书，你们看，李汉臣是李汉臣，袁时发是袁时发，我老唐没有看错人。由此，我们面对的只有皖南站和王应虎了。而王应虎得到电报后会产生两种心理：一是高兴，原来自己手里竟然有一条大鱼，这将会大大提高自己升官发财的机会；二是害怕，这条大鱼被自己私藏了这么多年，上峰知道后肯定饶不了自己，为了避免日后麻烦，干脆杀人灭口。但我分析他绝对不会这么做，因为他就像一个押了大宝的赌徒，眼看就有机会赢大钱了，怎么舍得扔掉手中的牌呢？所以，王应虎就有患得患失的心理了，既舍不得杀掉义父，又担心会惹祸，因此，他一定会在皖南站找到他之前逼问义父身上的秘密，如果这个秘密能让他升官发财，他会毫不犹豫地杀掉义父而独享其功，但实际上这个秘密是不存在的。王应虎却不这么认为，义父越是说不出来，他越觉得秘密重大，加倍舍不得杀义父。等你电报发出后，王应虎作为军统在册人员，势必会受到内部秘密调查。等到皖南站特工们怀疑到他头上时，他就更不敢杀义父了，这个灭口的罪名他背不起。不过，义父可能要受点罪了，这也是不得已的办法，但是这样我们就能得到义父被关押的准确地点了。

“有道理，那就马上开始！”

小文摇摇头，她说的计划还有下文。

这事不能急，知道了义父的关押地点我们还是不能动手。你想啊，义父一旦被认为是共产党高级间谍，会有多少军统高手赶过去？硬抢，根本没有机会。所以，我们还得继续搅水——把王应虎变成共党。在皖南站找到义父之前，我们潜伏到与国军前沿不超过500米的鬼子驻地附近，以日军情报机构名义再给皖南站发一份电报——军统皖南站知悉，我大日本皇军特高课截获并破译一份共党电文如下：江畔、古树、别样红三位，青弋江先生已经牺牲，因情况有变，其工作改由潜伏在皖南站的老虎同志接替。这封电报内容要详细，发报时间要超过一分钟。

时发又是一头雾水：“怎么讲？”

小文得意地一笑：“嘻嘻，现在知道你女人有多厉害了吧？”

“知道了，别卖关子，快说。”

“是，袁时发先生。因为军统几乎在每个国军正规部队都设立了情报部门，现在也大多配备了电波侦测车，侦测半径为500米内。此外，电报发出时间须超过一分钟才能侦测到。我们这么做，就是为了让皖南站相信电报出自日本人之手，因为在对付共产党的问题上，军统和日本人是一致的，为了打击共产党，他们经常互通情报。”

“娘道蒸子的，还有这种事！”时发噌地一下站起身来。

“别激动，我的先生。这算什么？戴笠就曾经为了他的情人蝴蝶与日本特高课有过幕后交易。”

“嗯，这我听说过，好像是蝴蝶的一船货被日本人扣了。不说了，军统和他们那个党国一样，烂透了，还是说你的计划吧。”

“既然电报是日本人发的，军统一定深信不疑，势必调查谁是老虎。”

“哦，明白了，老虎就是王应虎吧？”

“是，这回聪明了。”

小文的计划还没有说完——

皖南站一旦开始调查王应虎，我们再添一把火，请共产党发一封电报给他：家有内鬼，请老虎同志速速撤离！这回密码级别要高一点了，不然皖南站会怀疑的，但同样不能太过复杂，要让他们破译一阵子。这样，皖南站很快就会逮捕王应虎。当然，他们也不笨，在押解王应虎回去调查的同时，也一定会把义父带上。这时，我们请郑阳半途抢人，要做足势必救出王应虎的假象，同时，要朝义父空开几枪。这样，军统就会认为共产党根本不在乎他的生死，也就认定王应虎是共产党要救的人。等他们打得难分难解的时候，我们就可以悄悄把义父救走，然后给郑阳发个信号，让他们加强进攻，皖南站见带不走王应虎，势必会杀了他。事后，我们再请郑阳给王应虎修个坟墓，立一块碑——王应虎同志之墓。这也算给了老混蛋一个最好的归宿，义父从此就彻底安全了。

时发先是点点头，接着又摇了起来。

“小文，难为你想得这么周详，计策是好，可是这里面有太多不确定因素，每一个环节都是建立在上一环节成功的基础上，但实际情况不一定和你设想的一样啊。比如，在鬼子眼皮底下发报，谁来发？我日语水平一般，技术更一般，军统稍加分析就会发现有疑点，特高课怎么会叫一个生手发那样的电报？如果你来发也不行，你刚才也讲过，你发报的手法军统熟悉，再说，我可不愿你冒那么大的风险。还有，王应虎那么贼，他一旦感到危险存在，肯定不会束手待毙的，万一把他逼急了，他可能会投靠小鬼子，那义父就惨了。”

“不错嘛，我的时发哥，你能想到这些，说明你真的具备干特工的潜质。不过你放心，你担心的我都考虑到了，我们是在搅浑水，搅得越浑，皖南站就越想调查清楚，我们也就越有机会。从目前全世界反法西斯局势来看，王应虎应该不会投靠小鬼子的，他看得清形势，日军已经开始在走下坡路了。不过，你说的在鬼子驻地附近发报倒是个问题，你让我想想，你让我想想……有了！我们一起发，我坐在前面，你握住我的手，这样摁下电键的劲头就比较重了，军统虽然能监听出我的手法，但摁键的力道不同，他们就猜不出是谁了。这还得郑阳他们帮忙，请他们帮我们站岗，确保我们在预定的时间内把电文发出去。”

“如果是郑阳，如果是吴克他们，当然没问题，但我在五十二师待了这么久，假如他们有事耽搁了，别的共产党会不会这么上心？”

“你这个担心没有必要，就像你曾经说的，共产党人都很讲仁义，有恩必报，你又帮过新四军那么多忙，他们不会不尽力的，通过吴克他们那件事就能说明。”

时发挠挠头：“有道理，共产党的确是仁义之师。我主要在这边待得太久了，见到的都是尔虞我诈，把自己搞得没有信心了。既然这样，那就动手吧。”

从次日下午开始，新四军皖南第三支队、宣城县游击大队、真日军、假日军、国军、西乡忠义救国军、军统皖南站、国民革命军五十二师的电台连续发出滴滴答答的声响，有接收的，有发布的，重复着“青弋江”“江畔”“古树”“别样红”“老虎”等人物代号，重复着“营救”“放弃”“截获”“破译”等词语。

然天有不测风云，事情虽如小文设想的那样发展，但结果却出人意料，她万万没有想到，青弋江就是郑阳本人。而郑阳由于叛徒的出卖，终于泄露了他以前的身份。

王应虎收到了唐元善‘确定东西是赝品还是真迹’的那份密令后，心中惴惴不安。看来，有人知道了李汉臣在我手里，不然不会质疑他的身份。这人是谁呢？谁会这么关心李汉臣？不管是谁，袁时发十有八九知道了，他一知道，可就大大的不妙了。袁时发早就因为他剿灭珩琅山小分队而怀恨在心，现在加上李汉臣的事，必定饶他不过。自己有军统这座大靠山，怕倒不用怕他，你袁时发再厉害，老子只要躲进皖南站，能奈我何？可不能总躲着吧？李汉臣又该怎么处理？

王应虎眯起那双阴冷的三角眼，背着双手在房间里走来走去。好在收到电报之后，并没有什么事情发生，而且是好久都没有任何事情发生。难道是我猜错了？

随着日军攻势减弱，王应虎开始考虑收复西乡的事，也开始考虑如何处理李汉臣。这一日，他正在想着何时去西乡，报务员送来了电文。

“报告，这是刚刚截获的，现已破译，请司令过目。”

“哈……”王应虎大喜，没看出来，这个李汉臣竟然是青弋江！

不对！青弋江虽然和李汉臣几乎同时消失，但凭他的本事，怎么会轻易地被我抓到？还有，青弋江的身份已经明确了，他就是新四军宣城县游击大队长郑阳。

“报告，又截获一份密电。”

小文没想到的还有，王应虎虽是个投机分子，但他也是个高级特工，尤其这种浑水摸鱼的手法，恰恰是他常玩的把戏。将几封电报放在一起，仔细分析之后，王应虎很快得出结论——有人早就在搅水，现在更想把水搅浑，来个乱中求胜。目的呢？以前是为了查找李汉臣的下落，现在是要救出李汉臣，不但要救出李汉臣，还要除掉我王应虎！此事一定和袁时发有关，但主意肯定不是出自袁时发，他虽已重回部队，但仍是个快意恩仇的江湖人，而且，他对军统不甚了解。王小文，此人必是王小文！她是袁时发的女人，她对皖南站一本全知！好你个王小文，你居然想置老子于死地！好！看看谁会死！老子先下手为强，先向皖南站汇报。不，不能先向皖南站汇报，李汉臣被我关了这么久，没有一个合理的解释，无论如何是过不了关的。我之所以一直关着他，后期还是为了帮唐元善控制袁时发。对，只要搬出唐元善，只要说明李汉臣不是共党高级间谍，一切都不是问题。让唐元善跟戴老板说去——王应虎扣押李汉臣，乃是为了帮助唐元善为党国留住一个可用之人。

小文对自己周密的计划很是满意，更为能帮助爱人而感到自豪。这一日，她正要去找时发，两名皖南站特工来到她的面前。

“王副处长，鉴于你有通共嫌疑，组织现对你隔离审查，跟我们走吧。”

“为什么？”小文如遭晴天霹雳。

“为什么，你自己做的事不清楚吗？你为了帮助袁时发营救他的义父，故布疑阵，组织差点上了你的当，差点让党国股肱王应虎毙命！”

“我没有，你们有什么证据？”

“要证据是吧？审讯室会让你说出证据的！”

“身正不怕影子歪，我跟你们走就是了！”

小文嘴上这么说，心里却再明白不过，这回真麻烦了。进了军统的审讯室，很少有人能扛得过那些千奇百怪让人死去活来的刑具，何况，她还得罪了戴笠。没想到啊，那个王应虎竟然能识破她的计划。这个计划应该没有漏洞啊，问题出在哪里？自己被捕了不打紧，大不了一死，可时发哥该怎么办？王应虎如此狡诈，时发哥又容易冲动，肯定占不了便宜，说不定还会死在他的手里。

想到时发，小文一个激灵，皖南站为什么只抓我一个，难道他们会放过时发哥？不对，这是他们的阴谋！他们一定考虑到我也是个老军统，有一定的反审讯能力，不一定能拿得到证据，但他们料定时发哥会来劫狱救我，只要时发哥一出手，他们就有了口实——心中无鬼，为什么要劫狱？这样，我们没罪也有罪了！不行，我得赶紧通知时发哥。

“时发哥！时发哥！”小文对着时发的宿舍猛然大叫。

“来了！啊？怎么回事？放了她！”

见小文被人用枪指着，时发迅速掏出手枪，另一只手已经捏住两把飞刀。

“时发哥，不要冲动，他们是皖南站的，怀疑我私通共党。快去告诉唐师长，说我是冤枉的！”

“住嘴，王小文！你以为你是谁？”其中一名黑衣人忙出声喝止。

小文大声说道：“我为什么要住嘴？别以为我不知道，你们没有证据，你们只是想通过我来引诱袁时发出手，好坐实我们莫须有的罪名！”她相信时发哥一定能听得懂。

“混蛋……”那人显然被激怒了，“你再胡说，信不信我现在就毙了你！”

“老子不信！”时发冷冷地说道，“你动一个试试，在你们的枪没响之前，老子能让你们每人喉咙上插一把刀，你们信不信？”

“你……好，算你狠！袁时发，这是上峰的命令，请你不要妨碍我们执行公务！”

“行，执行公务是吧？你们有没有通报唐师长？”

“军统办案，不需要向任何人打招呼。”

“是吗？看来你们搞错对象了。在五十二师，如果没有唐师长点头，就算戴笠来了，老子照样让他出不了门。”

“袁时发，你太狂妄了！”

“不是袁时发狂妄，是你们太嚣张了！”唐元善不知什么时候已经到了现场。

原来，他们这一番吵闹，早有人报告去了。

唐元善虽是个顽固的反共派，但军统在没有和他通气的情况下就直接到他的师部抓人，这让他太没面子了。同时，时发的话让他瞬间有了一份感动和自豪。在五十二师，没有我唐元善的命令，戴笠来了都不管用！有谁敢说这样的话？戴雨农，你有四大金刚，老子有袁时发！不错！袁时发，你给老子脸上贴金，老子也会帮你们的！

“是戴雨农叫你们这样干的吗？”

那二人听唐元善语气不对，慌忙解释道：“不不不，唐师长，戴老板根本不知道这回事。我们主要考虑到您日理万机，不敢打扰您，是我们擅作主张了。唐师长请过目，这是我们皖南站站长亲自签发的逮捕令。”

“逮捕王小文？她犯了什么事？你们有什么证据吗？”

“唐师长，这是我们军统内部的事，我看您还是不要过问了。至于证据嘛，我们肯定会有的！”

“放屁！王小文也是五十二师的人，她还是老子的军需处长！你们没有证据就抓人，眼里还有没有老子这个师长？袁时发，我命令你，下了他们的枪，关起来！打电话通知皖南站，让他们站长亲自向老子解释！”

“是，师座！”

到了办公室，唐元善阴沉着脸问道：“王小文，究竟怎么回事？”

“回师座，他们怀疑我用电台扰乱视线，帮助袁时发救李汉臣。”

“难道不是吗？我今天不让他们把你带走，主要是因为他们的狂妄无知。不要以为我什么都不知道，是谁把李汉臣变成青弋江的？你知道青弋江是谁吗？他就是共党宣城县游击队的郑阳。”

小文心里一阵狂跳，原来问题出在这里。

“师座，这个我真不清楚。我想，这应该是共产党为了打击皖南站搞的把戏。师座，我一直很敬重您的为人，您说过，李汉臣对袁时发有养育之情，他想救人也是人之常情。您还说过，袁时发只要对党国忠心，他们父子就有重见之日。您对袁时发和我都在刻意栽培，您想，我们会蠢到干这种事吗？时发跟我讲过，唐师长是他的恩人，他能有今天，全凭唐师长的栽培。”

“哦？他真这么说过？”

“是的，还不止一次。”

“嗯，算他小子有良心。要不是我顶着，十个袁时发也被杀了。戴笠前不久还打电话给我，说老唐你也太护短了，像袁时发这样有共党嫌疑的人，就算立了再大的功，军统也会毫不留情的，他能活到现在，真是个奇迹。”

“没错，时发也说过这样的话，他能活到现在，全凭师座罩着。”

小文知道，如果不把这只老狐狸哄高兴了，不但自己有危险，时发哥更是难逃一劫，索性将谎言进行到底。

“他还说过……”

“还说过什么？”

小文故作害羞地低下头：“他说将来要请您为我们主婚。”

唐元善哈哈大笑：“没问题！老子这个现成媒当定了，谁也别想抢！”接着又温言道：“你告诉时发，要他好好干。委员长说民不能有二主，天不能有二日，小鬼子迟早要滚蛋的，接下来就是解决共产党，袁时发只要拿出打鬼子的一半本事对付他们，李汉臣必安然无恙。”

这时，电话铃响了。“喂，我是唐元善。”唐元善抓起话筒看了小文一眼，小文很自觉地往后退去，却见他招招手，示意她靠前听着。

“唐师长，在下是皖南站负责人，手下不懂礼数，您大人不计小人过。”

“少废话，老子只问你三个问题，你只需回答是或不是。第一，袁时发和王小文是不是共党？”

“唐师长，这个问题……”

“老子问你是还是不是？”

“呃，从目前证据来看，还不能确定。”

"是还是不是？听不懂啊！"

"不是。"

"好。第二，李汉臣是不是共党重要人物？"

"回师座，绝对不是。就我们掌握的情况来看，他非但不是共党重要人物，而且共党那边承不承认他都还是个问号。王应虎抓了他，无非是想奇货可居。"

"嗯。第三，你们今天到老子的师部抓人，是不是戴雨农的意思？"

"别呀，师长大人。谁不知道您和戴老板的关系？他老人家一翻脸，可是什么人都不认的，这事就是个误会，都是我的错，您就别问戴老板了，好歹给兄弟留个吃饭的家伙。"

唐元善哼了一声，接着说："我也没别的意思，更不是护短。在共产党这个事关原则的问题上，唐某也是翻脸不认人的。如果你们有确切的证据证明袁时发和王小文通共，不用你们插手，老子先崩了他们！但是，没有证据，以后再发生这样的事，休怪老子不客气！"

唐元善挂完电话，朝小文意味深长地看了一眼："军需处长的位子还空着……"

"明白，师座。"

一场劫难终于过去了。小文靠在时发的怀里说："时发哥，我没用，害得你跟着犯险。"

"别胡说，我也没想到王应虎这么难对付。为了义父的安全，我们只有暂时留在五十二师了。对了小文，你觉得义父现在在哪里？皖南站会不会把他弄走了？"

"不会，应该还在王应虎那里。我在电话里听到站长说了，义父根本就是个无足轻重的人，共产党那边都不一定清楚他的身份。我在想，唐元善为什么有意让我听电话？第一肯定是要我们记住他的恩；第二是告诉我们，义父还在他的手里，他在警告我们，要想见到活着的义父，只有死心塌地为他办事，为党国效忠。"

"是呀，这点我也想到了。我们不但低估了王应虎，也低估了唐元善。看来，和狐狸斗法必须要有耐心，行，先稳住他们再说。"

八月节前，时发突然接到命令，特务营随师部立即开拔至繁昌县红花山一带。娘道燕子的，又有仗打了！红花山驻扎了不少鬼子，还建了很多碉堡，而几个月前在江北成立的新四军七师也在此地驻扎有部分兵力。行军途中，又见县区乡地方武装近万人跟了上来，很快和五十二师兵分七路对红花山进行了合围。看样子应该是针对日军的，不过国军每次对日作战都要有意消耗新四军的力量，这回不知道会不会出幺蛾子。

·第三十七章· 英雄无用何其怅 噩耗又摧血口张

时发正思量间，卫兵进来报告：“袁营长，你的一位老乡求见。”

“老乡？叫什么名字？”

“不知道，很邋遢的一个人。我问了他，他说见面你就知道了。”

“叫他进来。”

来人进门后，做了一个发射弹弓的手势。是来喜！

时发赶紧把门关上，低声笑道：“不错嘛，你章来喜也学会化装了，看来那边也有易容高手啊。”

“哈，我就知道，大哥还记得九连山那回。”

“嗯。你不是过去了吗？怎么又回来了？”

来喜贴着门听了听动静：“大哥，时间紧，长话短说。我和吴克现在就在红花山七师阵地。我是来传我们领导口信的。据可靠情报，这次战斗虽然是冲鬼子来的，但国军故伎重演，利用一切机会打击我们。鉴于上次营救李老爷子失败，郑阳队长找到了我们的领导，说你和王副处长处境很不利，为了帮助你取得唐元善的信任，我们决定配合你唱一出戏。来，大哥，我们准备这样……”

“太好了，告诉你们的领导，就说我袁时发永远记着共产党的恩情，永远不会朝他们开枪，就是开枪，子弹也只会朝天上飞。”

“嗯，大哥保重。”

来到阵地前，时发用望远镜一看，鬼子碉堡竟然就在前方不到500米处，自己所在位置正处于繁昌县孙村一线。不对啊，怎么不见小鬼子一点动静？

娘道燕子的，唐元善果然与他们有默契！

小文突然出现在面前，她压低声音说道：“时发哥，师座叫你带特务营的弟兄们先攻占孙村的新四军据点，他说你有共产党嫌疑，这次正好能洗干净了。”

时发笑着说：“小文你看，新四军孙村阵地在右前方1000米处，而正前方500米就是鬼子碉堡，要打新四军，只能通过碉堡，但中日军队这种犬牙交错的态势，谁也保证不了把枪炮打得准，你说是不是？”

“是的，你准备怎么干？”

“他不是要老子洗清嫌疑吗？老子洗给他看！”说完，他抡起手枪朝鬼子碉堡一指。

“炮兵弟兄们，师座有令，要我们拿下孙村，但孙村前方有鬼子的碉堡，他们居高临下对我们威胁很大，怎么办？只有先把它端了！给老子打！”

轰！轰！轰……十几枚六〇式迫击炮弹先后在碉堡周围炸响，掀起一阵阵火光和浓烟。很快，十几名黄皮和黑皮从碉堡里跑了出来，全都伏在鹿砦两边的麻袋后面，碉堡上方的射击孔里也都伸出了歪把子，但都没有开枪还击。

娘道燕子的，小鬼子还真沉得住气！

与此同时，孙村新四军纷纷四散开来，主动让出了阵地。时发暗暗感激，他们果真说到做到。

“弟兄们，占领新四军的阵地，冲啊！”

啪！暗处传来一声枪响，一颗子弹擦着时发左臂而过，顿时衣破血流。小文尖叫一声：“时发哥！”

时发瞬间仰倒在地，一把将小文拽到身边，凑着她耳边小声说道：“嘘，别怕，这枪是吴克开的，来喜昨晚来过。你躺着别动，唐元善一定在用望远镜看着这里。”

小文舒了一口气：“原来是这样。可是，他会不会认为炮击是给新四军报警？”

时发耸了耸肩：“没事，鬼子离得这么近，万一我们和新四军打起来，他们乘势给我们来几炮，大家全都玩完。所以我必须进行火力侦察。”

小文皱着眉说：“你看到了，唐元善也看到了，鬼子根本没动，你还有理由不去进攻新四军吗？”

时发哈哈一笑：“怎么没有进攻，我们不是占领了新四军的阵地吗？老子还挨了一枪，你看，差点把胳膊都打断了！去，你给唐元善发封电报，就说新四军无心恋战，已经跑了，我们还追不追？再拍一下马屁，师座离战场太近，袁时发担心他的安全，要求马上赶去护驾！”

“好，我现在就发。”

唐元善很快回电，特务营可以撤回来了。

“弟兄们，跟我去保卫师座！”

见时发胳膊还在流着血，小文紧张地问道：“没事吧？”

“没事，吴大哥有分寸的，擦破点皮而已。”

“可是，唐元善很鬼的，我还是担心他不信。”

“弟兄们都看到了，子弹是从新四军阵地打出来的。他真要不信，那就没办法了。不过他就是怀疑，也没有证据，大不了把老子营长再给撸了。”

如同唐元善吃准了时发一样，时发现在也吃准了唐元善，两人心照不宣。唐元善手里攥着李汉臣的命，谅他也不敢投奔共产党，但也没指望他去打共产党，人家最亲的人很可能就是共产党，只要不公开帮着新四军就是了。所以，袁时发占领新四军阵地就足够了，可以封住一些闲言碎语了，毕竟，特务营的确以保卫师部为第一要务。还有，袁时发这样的人才实在太难得，有他在身边，自己的安全系数肯定提高不少。至于围攻新四军，唐元善很清楚，这次和皖南事变情况大大不同，人家早有准备，而且在这山沟沟里经营了很长时间，连鬼子都连连吃他们的亏，国军能避免较大伤亡就不错了。

在一线进攻部队被新四军打死三四十人后，唐元善即刻下令，暂时往后撤。第二次进攻，新四军又主动让出了一些山头和村庄，只派出一两个排周旋着放冷枪，到得第三天晚上，又派出一个班和一个短枪组，突然袭击繁昌县城，唐元善唯恐县城有失，连忙下令部队全部撤回驻地。

时发始终看在眼里笑在心里。娘道燕子的，瞎折腾！笑归笑，义父一天没救出来，一天难以安心。恰在此时，忠英又潜进军营，当着时发的面告诉小文，只要时发哥还没有娶你，我就不会死心，我要和你公平竞争。小文气得差点动了手，你这不是无赖吗？你一厢情愿有什么用，你再胡搅蛮缠我就毙了你！忠英这次很乖巧：我知道，在军营算你狠，我走，希望你永远不要落到我手里！如此一来，时发更觉心烦，只得靠喝酒、打牌度过无聊的时光。

转眼已是1943年初，五十二师随着战事发展，渐渐又被派往宣城县城担任守备任务。而在这之前，新四军抗日战场一直都是捷报频传。第三支队第六团在团长叶飞率领下成功进驻了宣北水阳地区，建立了抗日组织，活动开展得如火如荼。

7月，中共皖南山地中心县委派吕辉率部分游击队员由绩溪柏罗源来到宣城南乡溪口、章家湾、埸泉等地发动群众开展抗日活动。

新四军抗日战场形势走高之时，五十二师却连连丢脸。10月1日，日军六十一师团从芜湖、湾沚向宣城县城进犯，五十二师一五六团未予抵抗，撤至宁国，日军第四次侵占县城。时发气得暴跳如雷，恨不得立刻带兵攻打宣城，终被小文死死拉住。

再后来的事，更让时发闹心。皖南事变后，国民政府彻底断了新四军的补给，他们只好在运动中搂草打兔子。10月5日，中共宣城县委派了12名游击队员，突袭国军驻周王乡梅龙坑据点，夺获军用电台1部、步枪8支。唐元善一听，这还了得！很快于11月集结泾县、旌德、宁国、宣城四县自卫队清剿宣南章家湾、埸泉等新四军抗日游击队根据地。共产党人吕辉则率领游击小分队开展了反清剿斗争。时发因为担心义父安全，只得违心服从命令，但他给特务营所有士兵都下了一道命令，打鬼子，不容分说，往死里打，打新四军，枪口朝上。这一清一反又耗去了四个多月。

算来到五十二师已经快五年多了，义父还是身陷牢笼，时发实在忍不住，径直推开唐元善办公室的门。

“师座，这么长时间了，我是不是共产党应该清楚了吧？我义父李汉臣到底是不是共产党，我的确不知道，但我肯定不是。我现在没有别的要求，只想和义父见一面，仅此而已。师座请放心，我为了王小文，也不会去投奔共产党的。”

唐元善冷笑一声：“你袁时发跟我还玩起花花肠子来了，你的确不是共产党，但你的心向着共产党，你把老子当聋子当瞎子啊？有人说，每次清剿共匪，你的子弹不是朝天上飞，就是往土里钻。好在有一点，你对老子还算尽心，打鬼子更是冲锋在前，不然的话，老子早就把你交给军统了！”

时发见他语气有所缓和，赶紧递上一句：“谢师座，我知道师座对我另眼相待，也知道师座是个明白人。我不是同情共产党，只是不愿意中国人打中国人。”接着低声求道：“师座，义父对我有养育之恩，而且，就算他是个共产党，也只是个小人物。他早就是风烛残年，何况还被关了这么久，能对党国造成什么危害？您就发发慈悲给王应虎下个命令，把他放了吧。师座，我从来没有这样求过一个人。我保证，只要您成全了我这个心愿，我将永远追随您左右。”

唐元善摇了摇头：“多说无益，对于共党，委员长十分赞成桂系陶钧将军的观点，宁可错杀三千，不可放走一人。李汉臣之所以活到现在，完全是因为我看你是个难得的人才，他能保全性命已经是很出格了，你不要得寸进尺。”

时发彻底死心，唐元善就像他说的那样，他完全有能力把义父放了，但他就是不放，因为他和王应虎一样，视义父为一张牌，一张牢牢控制住袁时发的王牌，他毫无同情心。看来，这几年的努力算是白费了，救义父，只能靠自己。

唐元善见时发沉默不语，换了一副口气：“好了，不要胡思乱想，话就说到这里，现在说说你感兴趣的事。日军不比以往，败象已露，但有人却不识好歹，偏偏在这个时候当汉奸，我们五十二师在陵阳的驻军又要回撤了。”

时发听到汉奸两个字，精神一振：“谁当了汉奸？是我们师的吗？”

唐元善摇摇头：“是一四四师张昌德。”

“张昌德这个人我知道，他是一四四师下面的一个团长，以前在芜湖白马山一带和鬼子打得很苦，后来又在皖南事变中攻打新四军。听说这家伙除了贪财之外，打起仗来还是有点血性啊，咋就成了汉奸哩？”

“是这样的……”唐元善说起一四四师和张昌德就像在拉家常，不知道他葫芦里到底卖的什么药。

一四四师隶属川军刘湘二十三集团军第五十军，从1937年出川作战以来，伤亡很大，但他们毕竟是地方杂牌军，国民政府肯定以中央军的保障为主，所以他们的后勤补给难以跟上，结果，他们就对党国渐渐生了怨气，并由此引发内部矛盾，一派主张克服困难，继续抗日，另一派则想向鬼子屈膝投降，张昌德就属后一派。此人粗中有细，表面上根本看不出来他有投敌之念。皖南事变后，一四四师内部矛盾日益加剧，届至今年初，终于引发大规模内讧，张昌德在这场内讧中成了最后的赢家，一跃变成师长，但顾祝同长官并不欣赏他，准备给一四四师另派一个师长，谁知张昌德一下子就公开倒向汪精卫政权，主动投靠了日军。就在昨天，张昌德与日军达成投降协议，将一四四师改名为“独立方面军”，全师共有五千余人枪。随后，他们在日军的配合下，将我五十二师在陵阳一带的驻军赶走，然后又在日军的护送下，进驻陵阳、繁昌两座县城。伪南京政府还封他为皖南独立军中将司令兼皖南特别行署行政长官。

“师座，这狗日的死定了，我今晚就赶到陵阳刺杀他。”时发立刻请命。

唐元善坐在椅子上摇了摇头：“张昌德目前还不能杀。”

时发大为不解：“为什么？我记得师座恨共产党，但也恨汉奸啊！”

“时发啊，你只知道靠勇武取胜，从来不关心政治，这也是我对你既失望又欣赏的地方。我失望的是你不关心政治就不懂政治，一个不懂政治的人，将来在仕途上能走多远？我欣赏的是，正因为你从不关心政治，也就没有了相应的烦恼，可以快意恩仇，率性而为。”

“师座到底什么意思？”

“张昌德虽然叛变了，但他将矛头全部指向新四军，因此，他和三战区长官部互有默契，互不侵犯。相反，在针对共产党新四军这点上，双方还要互相给予支持。这个时候你去刺杀张昌德，不但会破坏反共大计，还会将一四四师彻底推到国军的对立面，这个责任不仅你袁时发，连我也担不起。”

“那师座为什么要告诉我这些？”

“告诉你是要你学会关心政治，张昌德是要杀，但要在他消耗新四军的力量之后。”

时发气极反笑：“好好好，那我们就好好保护这个大汉奸吧！”说完，怒气冲冲而去，走得急，见那半扇门挡住去路，抬腿便是一脚：“我去你妈的！”

童正春叫道：“袁时发，你太放肆了，这是师座的办公室！”却见唐元善冲他摆摆手。

童正春愕然道：“师座，您是不是对他太纵容了？”

唐元善从桌子上拿起一本古书，微笑着对童正春说：“知道彻底收服人心靠什么吗？既要恩威并施，也要让其活在希望之中。袁时发现在的希望是什么？一是救出李汉臣，二是痛痛快快地打鬼子杀汉奸。说实话，我之所以对他格外宽容，就在于他这种随时流露出真情的个性。古人云，大智若愚。如果一个人能隐忍一切，那就非常可怕了，袁时发可怕吗?”

出得唐元善办公室，时发渐渐冷静下来，娘道蒸子的，这乱七八糟的事与老子何干？张昌德是该死，但眼下救义父才是刻不容缓。根据情况分析，义父显然还在王应虎那里。通过上次事件来看，王应虎的确不好对付，只能智取，只能把营救计划想得更周密。

1945年初，随着世界反法西斯战争节节胜利，中国抗日战争的胜利曙光也越来越亮。尽管还是寒冷的冬季，但已是冬末春初。时发感到，春天的气息越来越近。这一天，他兴冲冲地敲开小文的门，他要和她最后商定营救义父的办法。

门开了，却见小文双眼红肿，明显是刚刚哭过。

“怎么啦？发生什么事了?”

“时发哥，我没什么事，倒是你……”小文似乎很难开口。

“我怎么了？快说。”

“你要挺住啊，时发哥，义父……义父已经被害了。”

“你，你说什么?”时发如遭雷击，眼前一黑，踉跄着差点栽倒，小文赶紧扶住。

“怎，怎么回事？是真的吗？什么时候?”时发难以置信，只觉心如刀绞，大脑一片空白。

“就在昨天。因为日本人在西乡留下的兵力本来就不多，加上抗战形势越来越好，我判断王应虎很快就会重新回到西乡。果不其然，他前天就带兵到了距离西乡不到5千米的地方驻扎下来。此人始终以保存实力为第一，他并没有打进西乡，而是派人与鬼子联系，请他们帮忙杀一个共产党，也就是义父，条件是暂不攻入西乡。后来，鬼子答应了他，以维持会剿匪名义杀害了义父，并把他的头悬挂在西乡菜市场。”

“大啊！噗……”时发口喷鲜血，摇摇欲坠。良久良久，他才睁开布满血丝的泪眼。

“王应虎为什么这个时候动手？到底怎么回事？唐元善知不知道?”

“他不知道……”小文边分析边告诉了时发原委。

唐元善一直拿义父当作阻止你投奔共产党的王牌，他是不可能下令杀义父的。王应虎之所以这个时候动手，是因为他觉得条件已经成熟了。他一直以为自己奇货可居，但上次的事发生后，他才知道义父根本不值钱，他当时就想杀了义父，不过考虑到唐师长认为义父有利用价值，可控制你袁时发，所以他便忍了下来。现在情况不同了，鬼子败象已露，他就要回西乡当老大了。这几年，王应虎的队伍得到了很大的扩充，已经有足足一个加强团的兵力。军统为了牢牢掌握这只武装，特意提升他为上校军衔，要粮给粮要枪给枪，军统要把他的忠义救国军培养成一支皖南最强大的地方军事力量。所以，他觉得翅膀硬了，再也不用害怕时发哥了。此外，最近有很多关于你包庇共产党的传闻，说你和共军打仗枪口始终朝上，王应虎便觉得唐元善肯定对你有了猜忌，也就不用再考虑他的感受了。为了义父，他如意算盘打了几年，到头来却是一场空，终于恼羞成怒，但他又是一个非常狡猾的人。他很清楚，一旦被你、被唐元善知道是他擅作主张杀了义父，多少会惹些麻烦。于是，他便和鬼子勾结，说义父就是当年在广德炸掉牛岛师团大炮的首犯。他们联手做了一个劫狱的假象，让鬼子轻而易举地把义父劫到了西乡。这样，人是鬼子抢走的，也是他们杀的，和他王应虎无关。但他没有想到，人在做天在看，他以为自己的计划毫无漏洞，不想还是被人发现了。这要感谢猴子潘的师傅蒋够本，他在潜入西乡那个鬼子头的办公室行窃时，正好听到了他们之间的密谈。蒋够本感到情况危急，他一面派人给猴子潘送信，一面悄悄赶到王应虎的驻地，打算先行动手救下义父，无奈看守太严，始终没有机会，眼睁睁地看着义父被鬼子带走，只能跟在后面找机会。不料一到西乡，义父就被押到菜市场枭首示众了。蒋够本于当晚偷得了义父的尸身后，打算再去偷义父的人头，不想那根挂着人头的竹竿下面埋伏有好几名鬼子兵，还有王应虎派来的人，蒋够本差点失手被擒。猴子潘得到消息时，已经是义父被害的次日，也就是今天。他和来喜、吴克一商议，觉得不知道怎么向你说，最后，他们决定化装潜到军营，先告诉我，让我想办法劝慰你。在你来之前，猴子潘刚刚离开。

“我真没用啊，时发哥，要不是我上次的失败，义父怎么可能惨死。我正在想着怎么告诉你，你就来了，其实，我也不知道怎么安慰你。”小文说完抱住时发又嘤嘤地哭起来。

“时发哥，我知道你现在肯定满腔仇怨，但一定要冷静，王应虎今时不比往日，他有一千多号人，我们必须想个万全之策。”

时发咬牙点点头：“小文，你不要自责，义父的死怎么能怪你呢？你放心，经过这么多的事，我不会再像以前那样了。我先去西乡把义父的人头拿回来，可怜他老人家身首异处，我葬了他再找王应虎报仇。”

“你一个人？太危险了，我和你一起去。”

“不用了小文，其实王应虎并没有你说得那么可怕。我听吴克讲过，他就是个投机营利的小人，根本不懂得带兵。他的部队军纪涣散，抽大烟成风，号称双枪兵，别看他们人多枪多，战斗力还不到鬼子一个小队。以前一直不敢找他算账，主要是考虑到唐元善插了一手，担心义父的安危。对了，你说和我一起去，唐元善会让你走吗？我走有理由，可以说去葬父，如果你也走，他一定认为我们是出逃。”

小文急得满脸通红：“时发哥你什么意思？你这一走肯定不会再回来了，你要丢下我吗？”

“怎么会，我报了仇就来接你。”

“我不管，你已经是我的丈夫了。我们夫妇一体，任何事都要共同面对。我和你一样，留在五十二师就是为了义父，现在，义父死了，我待在这里还有什么意义？”

“可是，你现在就跟我走，会有危险的，军统和唐元善都不会放过你。”

“是的，他们不会放过我。以前呢，我确实担心军统的追杀，有了你以后，更害怕连累你。但我发现，怕是没有用的，就像义父，我们夹着尾巴在唐元善面前做人，可结果呢，义父还是死了。我想，这就是命，该来的躲不过去。”

一阵暖流瞬间传遍时发的全身：“好，我们这就走！”

“等会，时发哥，我们要想杀掉王应虎，还需要利用一下唐元善。他一直在利用我们，也该还还债了。”

“哦，怎么利用？”

“唐元善并不知道我们了解义父被害的真相，我们一起去向他告假，就说义父被日本人杀了，我们要去盗回首级安葬。这是人之常情，他没有理由不同意。同时，我们请他给王应虎打个电话，就说我们需要王应虎的帮助，这样，王应虎就认为我们依然被蒙在鼓里，他也就不会太过谨慎了。当然，他一定会向日本人告密，说你袁时发将会去盗义父的首级，而我们偏偏在他认为盗首级的那天突然去刺杀他，给他来个猝不及防。干掉王应虎之后，我们再给唐元善发个电报，就说眼下西乡兵力空虚，正是收复的大好时机，不能让共产党占了先机。这样，唐元善必定大加赞赏，他一定和戴笠联系，让皖南站命令王应虎的部队进攻西乡，我们就趁乱取走义父的首级。”

时发沉吟片刻：“不，小文，我一想到大的头还在外面挂着，就心如刀绞，还是先取回他老人家的头再说。还有，如果在王应虎攻打西乡的时候杀了他，无形中帮了鬼子的忙。这样，我们分头行动，你帮我向唐元善解释一下，就说我来不及向他告假。你暂时还得留在这里，等我葬了义父之后再考虑报仇的事。如果我们现在就一起走，唐元善必定怀疑我们出逃，于杀王应虎不利，相信我，我很快就来接你。”

“那……好吧，你一定要小心啊。王应虎肯定会通知鬼子的。”

“放心，我自有主张。”

这一次，时发没有听取小文的意见，尽管她的计划近乎完美，也极可能取得成功。他不是不信任她，自从二人相爱以来，小文无时无刻不在为他打算着，又多次因为他而身犯险境，他不能再让她冒险了。所以，他决定以自己的方式为义父报仇，就像他一直以自己的方式抗日一样。

去往西乡的路上，李汉臣的影子不断出现在眼前。时发小时候，李汉臣既当爹又当娘，给他喂饭，帮他把屎把尿，一直到把他送去褐山大刀会。那时，李汉臣在部队已经是一位连长，尽管军务繁忙，但他还是经常忙里偷闲赶回宿舍，教时发识字、读书，教他锻炼身体。为了能给时发增加营养，他一个大男人硬是学会了烧菜做饭，生怕部队食堂的饭菜不合时发的口味。每天晚上，他只有等时发吃饱了，睡下了，才洗澡休息……时发十七岁那年，李汉臣把他带到了部队，他已经是年过半百，他每天最开心的事就是看着时发吃饭，看着时发练武练枪。时发在练武练枪的时候，他叼着一根纸烟，在一旁看着，手里玩着一幅花牌，眼睛里满是笑意。时发要学牌，他开始不同意，说这是赌术，但禁不住时发软磨硬泡，还是教会了他。也就是这个原因，在时发犯事后，他常常捶胸顿足，悔恨交加。时发知道，那是一个父亲因为“养不教父之过”的自责……

这么好的人，却被奸人害得身首异处，不是说好人有好报吗？

·第三十八章· 枕干之雠尚未忘 红尘孽债添新伤

时发游过青弋江时，正是子夜，他伏身于江畔一处洼地，开始打坐运功，身上的热气渐渐散发出来。他早已感觉不到寒冷，只觉胸口有一团火在燃烧，那是复仇的烈火。他要等一个人，等蒋够本。来之前，他让猴子潘通知了蒋够本：袁时发将于今夜子时到达西乡。猴子潘和吴克、来喜三人已转到郑阳的游击队，他们的驻地距离西乡不远。

啪啪啪，随着轻轻的击掌声，一个黑影快速向江边移来。时发低声道："是蒋师傅吗？"

"是的，袁大侠到啦？要不要先休息一会？"

"不用，现在是什么情况？有没有狼狗？"

"有看守，不过一半都睡觉去了，他们分成两班，每班三个人，轮流换岗。狼狗以前有，后来被老子毒死了。"

"干得漂亮！对了，他们为什么还要这么做？你行动过一次，按说他们应该知道不会再有人去盗首级了。"

"都是王应虎那个王八蛋，他告诉鬼子，你迟早会来的。"

"狗日的！老子一定要用他的头祭奠我大。今天应该是他老人家被害的第四天了吧？这几天白天天气特别暖和，他老人家的头有没有变化？"

"呃，气味很重。听一个看守的汉奸说，如果再不用药水浸泡，就要生蛆了。"

眼泪顺着时发的腮帮子往下流。"大，您老人家放心，我不会让您白死的。"说完冲蒋够本深鞠一躬，"蒋师傅，我大的尸身在哪？"

"埋了，就在下街头八面佛圩埂下面，希望佛祖能带老人家去极乐世界。"

时发再鞠一躬。"大恩不言谢。"接着掏出四枚手雷，"会用吗？"

“会，我偷过红杨树碉堡里的武器，如果不会，我偷它干嘛？”

“好！鬼子还住在王家大屋吧。你到院子外面，连续把它扔进去。”

“声东击西？”

“对。西乡的鬼子不多，爆炸一响，看守我大人头的那帮砸碎肯定要去支援，老子就在半路上用飞刀结果了他们，只要这边没有发出枪声，大屋里的鬼子一时不会赶到菜市场，接下来就好办了。”

“厉害！这个办法我能想到，但是做不到。好，分头行动。”

轰！轰！轰！轰！王家大屋火光冲天。时发已经潜到菜市场中心，就着街上零星的灯光，看到一根高高的毛竹竿上悬挂着一个方形的木盒，里面有一个人头，披头散发，散发出一阵阵腐臭的气味。

时发眼含热泪，是大！

“快！快！大屋出事了，快去看看！”一个黄皮挥舞着王八盒子窜出来，接着，黑暗中又跑出来七个扛枪的人，有黑皮，有黄皮。

大，您睁开眼看着，孩儿是怎么杀畜生的！时发心里默默念了一句。

嗖！嗖！嗖嗖嗖嗖嗖嗖！八把漆黑的利刃连续飞出，只听咕咚咕咚声响不断，那八人谁都没有哼一声，全部倒在了地上。时发一个箭步上前，快速拔出所有飞刀，紧接着掏出一把背带锯齿的匕首，躺在地上对着毛竹用力锯开。他知道，若是攀上竹竿，万一还有埋伏就麻烦了。

竹竿很快被锯断，时发伸手扶住，缓缓放倒。

“大！大！不孝孩儿来了。”时发轻轻捧着人头，此时才得以看清，李汉臣那张麻脸已经瘦得变了形……

夜幕下，时发和蒋够本来到八面佛圩埂下的青弋江畔，扒开土坟，仔细把李汉臣的人头合在身子上，再拥土恢复。

时发对着坟墓跪倒在地，含着眼泪念道：“大，您老现在完整了。我知道，您最缺的祭品就是王应虎的狗头，我一定给您取来。”说完，对着蒋够本拱拱手，“蒋师傅，后会有期！”

借日本人之手杀了李汉臣，王应虎终感不踏实，只有把西乡鬼子一个不留地干掉，李汉臣的事才能成为无人知晓的秘密。正好，上峰几个小时前来了电报——为防止共党抢占先机，令你部三日内收复西乡。问题是时机还未到，西乡鬼子虽然不多，但他们的战斗力却不容小觑，有好几挺歪把子，有十几门小钢炮，此外，战斗一旦打响，陵阳的鬼子会不会驰援他们还说不准。不太好办哪！好不容易拉起来的队伍，别肉没吃到反叫骨头给卡了喉咙。既要应付上峰的命令，又要保存实力，王应虎为此辗转反侧。有了，国共两党现在不是还没有翻脸吗？通知附近的新四军，让他们先打，等他们两败俱伤的时候，老子再去收拾残局，将他们一锅烩了，对，就这么办！

潜进军营后，时发松了一口气，双枪兵就是双枪兵，简直就是一群乌合之众，丝毫没有大战前的紧张气氛。见不远处有几间房舍还亮着灯，时发悄悄赶了过去。一听，他几乎气炸了胸膛。

屋里两个连长穿着的人正在抽大烟，其中一个说："喂，老兄，过瘾了吧，我要睡觉去了。哎，王司令到底什么意思啊？先说要打西乡，打下西乡让弟兄们放几天假快活快活，这会又派人去通知共产党，让他们打西乡，这不是要把到嘴的肉让给别人么？"

"糊涂，王司令这是一箭双雕，你以为我们真是打仗的料啊？"

"你的意思是？"

"王司令这是要把西乡的鬼子和打进去的共产党一起灭了，这叫螳螂捕蝉黄雀在后，懂不？"

"哦，是这样啊。喂，听说共产党打仗不怕死，真要和他们干起来，你说我们能不能讨到便宜？"

"看情况吧，打得过就打，打不过就跑。咱们跟着他王应虎混，不就是为了过点好日子吗？不说了，我也困了。"

"等会，有你们睡的时候。"时发突然出现在屋内，两把驳壳枪分别指着二人。

"啊！你？你是什么人？"

"袁时发听说过吗？"

那二人魂飞魄散："听说过，听说过，您老就是？"

"废话少说，王应虎在哪里？如果不讲实话，你们就再也不用下床了。"

"别别别，我们实话实说，真不知道他在哪里。他睡觉的地方连贴身保镖都不知道。另外，他经常化装出门，我们有时连他在不在军营里都不清楚。"

"保镖？他有几个保镖？最厉害的是谁？擅长什么？"

"六个。功夫最高的叫孙荣，他懂硬气功，一拳能打断两块青砖，枪法也不错。”

“呵！狗日的倒是会惜命。孙荣也不知道他睡觉的地方，是吗？”

“是的，小的绝不敢欺骗您老人家。”

“去你妈的，老子很老吗？说，王应虎常和哪些人接触？去哪些地方？”

“这个不太好说。我们只知道他经常化装去西乡下街头一个叫巴谷娘的酒家，那里有很多情报贩子，他去那里就是为了找情报。还有，王应虎有一个眼线，是做货郎的，王应虎隔三差五地就要和他见一次面，表面上是找他买纸烟，但我们都能看得出来，他们每次见面都会嘀嘀咕咕好久。”

“哦，那个货郎叫什么名字？”

“叫王次敏，是王应虎的一个堂侄。”

“嗯，不错。”只听噗噗两声，那二人只觉眼前一花，喉头一阵冰凉，顿时了账。

时发拔出匕首，朝两具尸体拱拱手道：“本来不打算杀你们，但情况特殊，对不住二位了！”

狗日的，老子本来考虑到你要打西乡，准备暂缓杀你。没想到这种时候你还不忘要奸，留你不得了。你多活一天，新四军就多一分危险。行，你不是难找吗？老子直接上门！

天亮了，王应虎刚刚来到办公室，便见孙荣站在里面。

“什么事这么早？”

“报告司令，王次敏传来消息，昨晚有人成功盗走了李汉臣的人头，从现场分析看，应该是袁时发所为，因为所有被杀的看守都是喉头中的刀。”

“哦，他来得好快。那帮人真是没用。”

“报告司令，袁时发到访！”卫兵急匆匆赶来。

“什嘛什嘛？你说什嘛？袁时发到访？几个人？”

“只有他一个，而且他主动要求我们搜身，没有枪，也没有飞刀。他还说是奉了上司的命令，找司令有要事商量。”

妈的，怎么个情况？王应虎两只眼珠子转个不停。

“孙荣，把他带进来，叫弟兄们准备好，所有人子弹上膛，看我眼色行事。”

时发举起双手，慢慢走进王应虎的办公室。

还真是赤手空拳，还真是一个人！

王应虎稍稍放心，但右手始终插在衣兜里，握着枪把，保险也已打开。

“时发老弟，这是唱的哪出啊？”

时发终于看清了王应虎的模样——他身材不高，扁平的脸上长了一只鹰钩鼻子，薄薄的鼻梁上几乎没有肉，显得鼻头格外尖格外钩，一双死鱼眼发出阴暗的光。在那双眼睛的两侧，鱼尾纹生长处也是无肉露骨，深陷出两个窝。时发听李汉臣讲过，但凡这种长相的人，十有八九都是奸诈之徒——大啊大，您精于面相，怎么会着了他的道呢？对了，他会化装，是个易容高手！

“王司令，不用紧张。我义父的事不能怪你，各为其主嘛，我也是党国的人，你抓了他我能理解。不过说实话，我和他毕竟有父子之情，日本人劫走他的时候，王司令未能尽全力抢回，我是有点看法，但罪魁祸首是小鬼子，这事就算翻篇了。王司令，我今天来找你是有命令传达。”

时发对左右看了看：“是不是叫他们都退下？王司令的枪一直顶着火，我手无寸铁，还有什么不放心的呢？我再快，能快得过子弹吗？”

“时发老弟言重了，你义父的事王某深感遗憾。再说了，你老弟是什么人，百万军中取上将首级的赵子龙啊，王某紧张也是情有可原。昨晚西乡的事想必是老弟的杰作吧，佩服佩服。你们，都退下吧！”王应虎冲孙荣使了个眼色。

“来，请坐。时发老弟是唐师长的红人，有什么事请说。”

“不了，我只想问王司令一句，你为什么还不打西乡？”

“哦，为了这事啊？老弟有所不知，据情报分析，目前时机还不成熟。”

“情报？就是那个王次敏的情报？从巴姑娘酒家得来的？”

王应虎那双鱼眼立刻瞪成了铜铃，许久才开口：“老弟，你怎么知道的？你到底是什么人？”

时发冷笑一声：“王司令，听说过孤鹰这个人吗？”

“没有，什么人？”

“军统新近崛起的头号杀手，专门诛杀那些抗令不遵的军人。”

王应虎额头直冒冷汗：“难不成，老弟你就是那个孤鹰？”

“你说呢？像我这样一个有共党嫌疑的人，为什么能活到现在？”

王应虎一拍脑门，满脸笑意：“真是大水冲了龙王庙了，想不到老弟你也是军统的人！来人，看茶，泡最好的太平猴魁。”

“不用了，请王司令立刻带我去见你那个堂侄！”

“见他？见他做什么？”

“王司令，亏你还是个老地下，竟然被一个情报贩子要得团团转！他为了赚钱，不但卖情报给你，还卖给日本人和共产党！”

“什么？不会吧？这个兔崽子！”

“废话不说了，见到他不就清楚了吗？”

“好，来人，马上把王次敏叫来！”

时发摆摆手：“等等，王次敏不能到这里来，我们去见他。”

“为什么？”

“为什么？他既然是个多面间谍，弄到这里来，一旦大呼小叫的，不就全露了吗？我们还要利用他给共产党、给日本人传递假消息呢。我们找到他后，先跟他摊牌，他要想活命，今后只有老老实实地为党国效劳。”

“言之有理，言之有理。老弟，我们这就出发，就我俩？”王应虎说完，斜睨着时发。

“不，为以防万一，王司令还是多带些人，尤其是你的贴身保镖。谁知道他有没有害你之心。”

王应虎终于放心：“好，听你的。来人，把时发老弟的家伙还给他。”

时发笑了笑说：“王司令，为表诚意，我来的时候就没带家伙。不是在下说大话，我要想有家伙，什么时候拿不到？”

“那是，那是。刚才他们是这么说了，我以为你把家伙放在别处，时发老弟，你先请。”

王次敏不久前从王应虎那里得到了十块大洋的赏赐，现在听说又有任务了，二话没说，挑起担子便急匆匆而去。

时发在前背着双手，王应虎带着孙荣跟在后面，慢慢出了军营朝沈公圩圩埂走去。时发一边走一边寻思，此时杀王应虎不难，但那个孙荣不好对付，得想办法把他支开一段距离。眼见前方来了一个挑着货郎担子的人，左侧正好有一片芦苇滩。成了，就在这里！

“王司令，那位就是王次敏吧？你叫他站住，把手举起来。”

“就他？用不着吧？用不着的！”

“王司令，小心驶得万年船。”时发说完又对孙荣看了一眼。那意思再明显不过，接下来和王次敏的谈话不可为他人知晓。

“好，老弟说得对。孙荣，你就在这里等着。王次敏，你站住，把手举起来！”

“啊？叔你说什么？”

“啊什么啊？老子叫你把手举起来，听见没有？”

时发快步上前，一手掐住王次敏的脖子，一手掀开担子上的货箱。

“王司令你看，这是什么？”

王应虎伸头一看，却感腰间微微麻了一下，手枪已经到了时发的手中。

“老弟，你这是？”

砰砰砰！连续三枪，王应虎的脑袋被打得稀巴烂。电光火石之间，时发已躺倒在地，再次三个点射，那个会气功的孙荣躲闪不及，胸口中了一枪，手指时发，踉跄着跨了两步，随后直挺挺倒了下去。

王次敏已经被吓傻了，瘫倒在地不住发抖。时发也没管他，径直翻开货担，找到一把切割麦芽糖的刀，快速割下王应虎的头跑到江边，一个纵身跳进水里游去。很快，岸上响起了如同放鞭炮般激烈的枪声。时发暗暗好笑，一帮蠢货，欢送老子呢！

祭奠完李汉臣，时发化了装去往五十二师。途中所经城镇，已见到处都是关于他的通缉令，内容无非是袁时发有负党国栽培，匪性不改，为了私仇草菅人命云云，所盖印章均为国民政府警察局。

娘滴蒸子的，唐元善的脸翻得可够快的！时发不禁担心起小文的安危来，不管怎么样，先见到人再说。

刚赶至距五十二师驻地不足一百里的山林地带，前方传来了清脆的枪声，抬头一看，两匹马一前一后飞奔而来，前面那匹马上正是王小文，她伏在马背上，边跑边回头开枪，后面追赶的不是旁人，正是她的冤家对头柳忠英。

“这个死丫头，真是阴魂不散！”

时发扯下假胡子撕去面具，纵马上前，让过王小文，勒住缰绳伸手一拦。

“停！妹子你要干嘛？”

忠英赶紧勒住马：“时发哥？你怎么来了？”

“哼！我怎么来了，我问你在干什么？”

“时发哥，你让开，有她没我！”

小文此时已调转马头："时发哥，你让开，既然她要对我赶尽杀绝，我也就不客气了！"

"你们都住嘴！妹子，你有完没完？你还记得答应过我什么吗？怎么出尔反尔！"

"我是答应过你不杀她，但上次在军营你没看到吗？她想杀我！"

"不可能，她只是赶你走！这次又是你先动手的吧？"

忠英没有回话，半晌，她拨转马头奔去，同时向后挥了挥手："时发哥，你保不了她一辈子的！"

时发赶紧把小文扶下马来："到底怎么回事？你离开五十二师了吗？"

小文一头扑进时发的怀里："总算见到你了。"

"来，坐下说。"

原来，唐元善听说时发不辞而别去了西乡，继而又杀了王应虎，非常恼怒，但很快就恢复了平静。他亲自赶到小文的宿舍，见小文还在军营，遂温言说道："袁时发给李汉臣收尸情有可原，但他不该杀人，这样就彻底把军统得罪了。好在你王小文还没走，说明他还会回来。这样吧，袁时发回到师部，关禁闭三天！"

小文当时心里就犯嘀咕，唐元善本就因为时发哥和戴笠闹得不愉快，现在时发哥又捅下这么大娄子，岂是关禁闭就可以了结的？唐元善见小文沉默不语，又说了几句很有人情味的话。

"王副处长，对于袁时发，我已经仁至义尽了。他回来后，你告诉他，五十二师即将整编为五十二旅，我也快要另调他任。你们可以继续跟我走，也可以选择留下来。如果留下来，再不能这么胡闹了。为了这个袁时发，我已经留下太多的话柄。"

"谢师座宽宏，他的确有负您的信任。"

小文当晚便脱去军装，悄悄牵了一匹军马溜出军营。她很清楚，唐元善说话向来捉摸不透，万一只是为了通过稳住她而诱捕时发哥就糟了。谁知上路不到第三天就遇到了柳忠英，忠英二话没说，掏枪就打，小文只好拨马逃跑。忠英在后，小文在前，始终处于不利的位置，忠英又是非要置于她死地不可，始终不给她喘息的机会。二人就这么在山里展开了一场生死追击，要不是时发及时赶到，后果真的难以设想。

时发长叹一声："唉，真是伤脑筋！小文，从现在开始，你一步也不要离开我。我们先找个地方躲起来，我想，既然你跑了，军统对你的追杀也就开始了。”

“嗯，但我不怕，只要和你在一起，再危险我都不怕。实在不行，我们就去找郑阳。”

“不，小文，我说过多次。我这样的人根本受不了他们的纪律，我要是去了，肯定会给他们惹出大麻烦来。我啊，还是走自己的路，能帮就帮他们一把。再说了，这时候去投奔他们，显然会被人看成避难的，这个脸我可丢不起。”

“你呀，也是死脑筋。好了，我还是那句话，嫁鸡随鸡嫁狗随狗，你到哪我到哪。”

时发捧起小文的脸，用力亲了一口。

“发报机带了吗？”

“带了。”

“马上给郑阳他们发报。就说要是收复西乡，兵力一定要充分，要多到能确保吃掉西乡忠义救国军。王应虎虽然死了，但他那个计划还会起作用，军统的目的就是在他们两败俱伤的时候，来个一锅烩！”

“好嘞，帮我架天线。”

小文发完报之后，时发把手一挥：“走，跟你的夫君归隐去！”

“去哪？”

“湾沚鹭鸶窝，吴克留下的那个墓穴。”

“啊？去那里啊，好吓人！”

“怕什么，不是有我吗？”

“好，为了不让军统找到我们，我们就做一阵子鬼夫妻！”

“别，我袁时发可没怕过他们。”

“知道啦，你连鬼子都不怕，怎么会怕他们，你是为了我，但有一个人你肯定怕。”

“谁？”

“柳忠英！”

“哈哈！怕！真怕！”

是年8月14日，日本天皇颁布停战诏书，接受《波茨坦公告》；15日，天皇广播诏书；9月2日，日本政府代表正式签字，无条件投降。徐永昌代表中国政府在日本投降书上签字确认。宣城、芜湖一带鬼子全部集中到南京参加投降仪式，从程序上讲，日本正式投降开始。湾沚，这个被日军占领了长达八年之久的小镇终于回到中国人手中。尽管当时全镇仅有928户6724人，人们还是组织了狂欢。白天，驻宣城县国民党军队派来一名团长，在一帮记者面前快步前进，谈笑风生，记者们不断倒退着照相，随行的军官们一个个面带微笑，露出救世主的表情，仿佛湾沚就是他们打下来的。晚上，青弋江畔燃起了烟花。一对年轻人偎依在江边，看着烟花明灭之间，灿烂和黑暗时隐时现，不禁感慨万千。

“烟花就是烟花，始终不能驱散黑暗。”小文发出一声轻轻的叹息。

“你说的很对，这种灿烂只是一种表象。”时发也叹了口气，“我已经感觉到了，国民党正在加紧调防部队，内战很快就要打起来。”

“唉！鬼子才被赶走，国家千孔百疮，为什么就不能坐下来好好商议，共同把国家治理好呢？老百姓太苦了。”

“是啊，打仗，最倒霉的还是老百姓。我相信，共产党也不愿打仗，但是蒋光头要打，人家没办法，总不能等着挨刀子啊！不说了，回去吧。”

“嗯，回去。”

回去之后，吴克发来一个令时发难过万分的消息，郑阳死了！前不久，郑阳在率部对鬼子最后一击中身受重伤，后被老百姓救下，游击队交由副队长指挥。伤愈后，郑阳随新四军主力北撤，至溧阳戴埠镇，他奉命带领加强排留守宣城坚持斗争。由于军统皖南站诱捕了郑阳的一名手下，使其变节，郑阳在返途经郎（溪）广（德）交界的鸦山时，突遭国民党一个师兵力围攻。第二天，他们突围后转移到宣城孙家埠镇苗山岗一家农户时，又遭国民党新七师、县常备队和乡反动武装的合力搜捕。郑阳在突围时连中数弹，壮烈牺牲。为此，曾吃过郑阳太多次亏的军统皖南站特意召开了一场庆功大会，庆祝他们的仇人青弋江终于伏诛。

娘道燕子的！时发当即就要出墓，小文一把拉住：“你要干啥？”

“去给郑阳报仇，宰几个皖南站的特务。”

“我知道你想为郑阳报仇，但现在还不是时候，‘军中有一江，地方有一发’，一江不在了，他们接下来会全力追杀你这个‘一发’，他们正愁找不到你。还有，吴克和猴子潘现在就在郑阳的队伍里，他们和其他共产党部队一样，暂避锋芒，都潜伏在暗处，如果你这时候动手，他们势必因为担心你而暴露。就像你说的，你不能再给共产党添麻烦了，等到局面好转时，你还怕没有机会报仇吗？”

小文分析得完全正确，时发只得长叹一声：“好吧，反正我已经是个缩头乌龟了！”

“胡说什么呢，这叫养精蓄锐，放心，终有你扬眉吐气的一天。”

正如时发所言，内战的阴影早就笼罩着这个国家。就在日本投降的当年8月，两党高层在重庆举行了会谈，签下一份《双十协定》，不久，随着国民党蒋介石集团单方面撕毁《双十协定》，国共开始不断摩擦。11月下旬，国民党第一九二师在土顽的配合下，联合皖南独立方面军共一千余人，开始了对沿江地区的清剿。次年3月，国民党一五〇师、一六二师及新七师一部在对皖南沿江地区进行清剿后，进兵皖南山区，在国民党安徽省保安第五团及各县地方武装配合下，以万余兵力对皖南山区进行大规模的清剿。

1946年6月26日，国民党军队大举围攻中原解放区，同时向各解放区发动进攻，内战全面爆发。与之相应，军统、中统开始疯狂搜捕中共地下组织，作为国统区的宣城、芜湖等城市，刺耳的警笛声时不时响彻大街小巷。

又过去了半年多，时发终于憋不住了，虽说墓穴安全，但到底是在躲难，过惯了仗剑走江湖的日子，他哪能受得了。这天，他早早起了床。

“小文，内战已经打了好久，不用再躲了，我想出去看看吴克他们。”

“不，时发哥，你如果不怕我出事，不想给共产党添麻烦，还得等。”

“为什么？不是说戴笠因为飞机失事摔死了吗？”

“戴笠是死了，还有毛人凤，军统对我们的追杀是不可能停止的。”

“娘道燕子的，这要等到什么时候啊！”

“等到我们这里成为解放区。别着急，时发哥，从前几次吴克他们发来的消息看，新四军只是暂时撤退，如果我分析没错的话，要不了半年，他们就会展开反攻，因为他们是主动放弃一些大城市的，他们在运动战中消灭了不少国军。”

“可是……唉！真羡慕老吴他们，可以在战场上杀个痛快，我却像一只老鼠！”

小文扑哧一笑：“你呀，老毛病又犯了。你以为我不想出去呀？好吧，既然这样，我们今天就去陵阳看我的母亲，我们结成夫妻这么久了，你还没有见过她。”

“岳母在陵阳？军统知道吗？”

“不知道，他们只知道我的家在西乡。自从父亲死了之后，母亲就回到陵阳外婆家了。”

“好，去见岳母大人。不过，我们还得易容呐，易容原料快用完了，这样，你先待在墓穴里，我去湾沚街上给你买些化妆品，就是要易容，也要把我的娘子打扮得体体面面的。”

“别贫嘴了。”小文亲了时发一口，“快去快回，你不在的时候，我始终感到这个墓穴阴森森的。”

等时发兴冲冲地赶回墓穴时，却发现小文不在了，室内一片打斗的痕迹，桌子上摆着一张纸条——五丰滩见！

坏了！忠英！又是柳忠英！

时发狠狠地捶了一下脑袋，我真糊涂啊！她来过这里，我怎么能把小文一个人留在这里呢！

再闻闻空气，一股子迷香的余味。显然，凭小文的智慧，即使打不过忠英，也断不可能轻易被她所擒，一定是忠英事先放毒，致使小文无力抵抗。

这个死丫头！想不到我当年识破南造惠子一事反而让她学会了使用迷香！

·第三十九章· 恩仇一笑伴花香 孤鹰振翅飞向阳

在五丰滩那片茂密的树林里，时发看到，忠英正盘腿坐在一块白布上，身前摆了一张小小的方桌，上面有一壶酒，两只酒杯，一只烧鸡，两只猪脚。

见时发来了，忠英立刻笑盈盈地站起身。

“时发哥，你来啦，快坐下，我们好久没见了，来，喝杯酒。”

“搞什么鬼！小文呢？”

“小文？小文不是和你在一起吗？怎么问起我来了？”

“少装蒜，你到底想怎么样？”

忠英倒了一杯酒，仰起脖子一饮而尽。

“时发哥，酒不错，你不尝尝？”

“我问你，你到底想怎么样？”

时发提高了嗓门，他实在忍受不了忠英这种阴阳怪气的语调。

“我想怎么样？时发哥，你叫我找得好苦啊。这两年多来，我几乎找遍了整个宣城，想不到你和那个贱人躲在墓穴里风流快活。我真笨啊，我去过墓穴，竟然都没想起来！有权和你住在那里的女人是我！时发哥，你在横山的时候对我那么关心那么爱护，为什么要变心呢？我哪点比不上那个贱人？啊？”

忠英像一头愤怒的母狮，眼角却已溢出了泪珠儿。

“妹子啊！还要我说多少次，我对你和对小文是两样的感情，你为什么总是听不见去！告诉我，你把小文怎么样了？”

“很想见她吗？真那么爱她？”

“是！如果没有小文，我也会死！你要害死你哥吗？”

忠英脸色惨白，随即又换了一副笑脸：“不会的，我的时发哥怎么会死呢？来，喝酒。要想知道王小文的下落，你就陪我好好喝一杯。不然的话，妹子的脾气你是知道的。”

“你……好！喝！我喝！”时发抓起酒壶，咕嘟咕嘟全部灌完，接着把酒壶远远地扔了出去。

“行了吗？”

“嘻嘻，你喝得也太快了，也不留点给我。”

时发忽觉一阵眩晕，顿觉不妙。他猛然想起那次因为喝了类似的酒对夏芳做出的事，而这次的酒比那次好像更为厉害。

“你，你在酒里放了什么？”他话没说完便支持不住倒在了地上。

“你……妹子……你不要胡来啊。”

忠英一把抱起时发，嘴唇雨点般朝他的脸上吻去，口中不断喃喃自语：“时发哥，你是我的，是我柳忠英的男人，任何人都抢不走。”

“你……你居然下春药……”

时发费力地睁着眼睛，努力地挣扎着，却感到下身有一股热气不断在窜动，带来一阵阵欲望。眼前的忠英，看着看着就变成了小文。

“对，是春药，是我特意叫人配制的，里面有大量的海马和淫羊藿……我也喝了……哈哈！”忠英一双美目开始变得柔情似水，发出近乎淫荡的笑声。

时发已经完全失控，伸手一把揽过忠英纤细的腰肢：“小文，我……我要……”

忠英轻轻推开时发：“还想着那个贱人呢，好，就让那个贱人看看。”说完，她捡起一根树枝朝身旁的草丛里划过去，露出了被堵着嘴、满脸是血、浑身被绑着的小文。

忠英朝小文瞥了一眼，一阵报复的快感涌上心头，她慢慢褪去所有衣裤，接着扒掉了时发身上仅剩的一件裤头，躺在那块白布上。

时发此刻已经处于半昏迷状态，他感到欲火中烧，急需要发泄，眼前的“小文”正赤裸着身子在等他，还犹豫什么？他像狼一样扑了上去。

白布上，草丛里，两个女人同时流出了眼泪……

秋日的阳光透过树林，照射在忠英的脸上，她慢慢睁开眼睛，感觉头疼得厉害，身上虽有了衣物，下体却是一阵湿漉漉的凉，火辣辣的痛。

“时发哥！”忠英一下子清醒过来。

时发哥不见了，王小文也不见了。

该死！我竟然睡过了头，便宜了那个贱人！不对！时发哥比我喝得多，他怎么会比我早醒？看着草丛里被磨断的绳索和地上的点点血迹，她明白过来，小文在极度的刺激下爆发出了所有的潜能，拼命磨断了绳索，打昏了忠英，然后又弄醒了时发。只不过，那时自己已经和时发哥完成了交合。

忠英露出狠毒无比的眼神。贱人，你休想抢走我的时发哥，我也是他的女人了。

他们去了哪里？不行，我得赶紧去找。

去了墓穴，时发哥和王小文都不在。找！找到天涯海角我也要找到你们！

时发也在找。小文把他唤醒后，只说了一句，我想静一静，你不要跟来，然后头也不回地蹒跚而去。

时发悔恨交加，然已无可奈何。他怎么也想不到忠英会做出那种事来，而且还有意让小文看到，这简直比拿刀子捅她还残忍啊！

他突然想起李汉臣的话，时发儿，你命相很差，很可能会孤独到老……

我是不是一个不祥之人？我出世不久，亲生父母便遭厄运，说到底，他们可能就是被我克死的。夏芳、雪娟都因为我死了。现在，我又害了小文，也害了忠英。假如小文因此事而自杀，我又害死了一个女人！我不肯听义父的话，不肯随他去新四军，结果，他死于王应虎之手；我因所谓的面子和大虎怄气，结果，大虎为救我而丧命。我到底还会害死多少人哪？我还配活在这个世上吗？大，夏芳，雪娟，大虎，你们本不该死，该死的是我啊！可是，如果我死了，小文怎么办？忠英又该怎么办？不！我还不能死！我要找到小文，我要想尽一切办法化解她们之间的仇恨，哪怕以我的死来换取。否则，她们一辈子就毁了！

忠英尽管因为嫉妒失去理智，仍不失判断力。

我这么做的目的无非是为了让王小文死心，一个女人，亲眼见到自己的男人与别的女人交合，那是什么滋味？换作是我柳忠英，也一定伤心欲绝。我伤心到极点会做出什么？要么去死，要么出家。这段时间，并没有王小文自杀的消息，那么，她很可能出家了。她会选择在哪里出家？出家前又会去哪里？西乡？一定是西乡！那里是她从小长大的地方，她一定先去家乡看看，听说那里还有一座观音庵。王小文如果在那里，时发哥迟早会找到那里，对，先去西乡看看。

忠英思路不错，但她以己度人，还是算错了。小文并没有出家，因为她曾经说过，如果时发哥有一天做了对不起她的事，一定不是出自本意。只是，那种不该见到的场面对她的打击的确很大，她叫时发不要跟过来，是因为她的眼前始终有令她心碎的画面。她努力让自己不要去想，却又忍不住不想。

难道这就是父亲的诅咒吗?！小文泪流满面黯然神伤，漫无目的地信马由缰而去，她不知道自己要去哪里，也不知道自己该干什么。不知不觉走进西乡，也不知不觉把自己和时发一起带入了险境。

在这之前，军统皖南站已经开始了对袁时发和王小文的追杀，但前期进行得很不顺利，二人如同人间蒸发了一样，皖南站不得不向重庆汇报，请求支援。王小文出逃，西乡忠义救国军在收复西乡时不仅未能渔翁得利，反被新四军缴了械，使得军统精心培养的这支地方武装彻底消失。这一切，均拜袁时发和王小文所赐。当时尚在人世的戴笠大发雷霆，他们必须死！袁时发不是自称过孤鹰吗？我们就给他来个诛鹰计划！

时值1947年8月15日晚，西乡观音庵外，桂子飘香，一轮明月高高挂在空中，庵内的观音像前，主持静尘师太双手合十，对着跪了许久的小文轻声说道："阿弥陀佛，施主，你刚才所说的都不是忏悔的理由。如果仅仅是因为见到了不该见到的事情就要否定自己的认知，那只是一种逃避。实际上，你的父亲的确罪有应得，你之所以梦到他对你诅咒，那是因为你的亲情所致。袁施主金刚怒目，斩妖除魔，乃菩萨转世，你并没有爱错人。"

小文心头一阵轻松："多谢师太指点，我也是这样想的，错不在他，只是，只是总觉得心里难安，听师太这么一说，我好受多了。"

"阿弥陀佛，善哉善哉。施主快回吧，你这么一出走，我想袁施主定然焦急万分，他肯定在四处找你。根据那些通缉令来看，你们已经藏了很久，如今公开露面，很可能会引来大麻烦，千万小心，阿弥陀佛。"

小文了却了那份纠结之后，随之而来的又是一份后悔。师太说的对，时发哥肯定在四处找我，我不该赶他走啊。他在找我的过程中肯定会易容，因为他知道军统是不会放过我们的。我也一样，可是如果我们都易容了，即使碰面也不一定能认得出来啊！回墓穴等他吗？不能！柳忠英那个疯女人还不知道会干出什么更疯狂的事来。留在观音庵等他也不行，一来会给师太她们惹麻烦，军统特务无处不在，说不定什么时候就会找上门；二来，如果军统先行一步抓到了我，在此布下陷阱等时发哥，那就糟了。怎么办？怎么办？小文思之再三，猛然想到了昌真大师。自从那次护送金印之后，广济寺僧众全体失踪，不知他们去了哪里。如今小鬼子已经投降，如果他们还活着，应该已经回寺了。昌真大师和阎千树老师曾系同门，但他非常钦佩时发哥，也很赞成共产党的主张，要是找到他，说不定能打听到一些军统内部的情况，那样，时发哥就安全多了。对，找昌真大师去！想到此，她立刻向静尘师太躬身施礼。

“师太，请容我放肆，我要在贵庵院墙上留下点记号。”

“无妨，施主请便。”

小文走出庵门，捡起一块小石子，就着明亮的月光在院墙上分别刻出一朵油菜花，一枚方印，然后从油菜花到方印之间再刻出一个箭头。她相信，这幅图案只有时发哥才能看得懂，只要聪明的时发哥看到这幅图案，就知道她来过这里，也一定会知道她去了哪里。那片美丽的油菜花田，是他们邂逅之地，他们都是在那里情窦初开，心仪对方。那朵油菜花就是她王小文，方印，正是他们携手从鬼子眼皮底下抢回的广济寺镇寺之宝——九龙背纽金印，箭头指向方印，表明王小文去了广济寺。

军统的杀手们，你们永远破不了这个谜！还有柳忠英，你这个狠毒而又无耻的女人，你也别想知道我和时发哥的秘密。不要以为我王小文好欺负，不要以为靠着放迷香那样下三滥的手段还能伤害到我，你这一招，我也会，军统虽然让我痛恨，但也让我学会了不少杀人的手法，我只是不屑去做而已。那天，要不是我误以为时发哥回来了未加防备，凭你的智商，怎么可能让我遭受那样的屈辱。即便这样，我依然放弃了找你报仇的念头，因为我不想时发哥为难，但是，如果你还纠缠不休，我一定会让你死无葬身之地！

8月17日上午，广济寺地藏殿大堂内，昌真和尚盘腿坐在一张蒲团上，手捻佛珠，闭目诵经。此时的他，真的是和尚念经有口无心，他在为时发和小文的安危担忧。那次逃离鬼子的魔掌之后，他才知道，徒儿惠明原来是中共地下党，他们很快被安全转移到泾县。鬼子投降后，他们随即被护送回了广济寺。后来，惠明又找到中国佛教会，以广济寺的名义要回了九龙背纽金印，然后秘密运往延安。当然，惠明事先都征求了昌真的意见，不想这一切均被阎千树知晓，这个号称军统头号金刚的杀手立刻派人送来一封信——

师兄是出家人，本应两耳不闻窗外事，如今却将徒弟培养成了“共匪”，还将佛门圣物送去了“共匪”的老巢，念我们同门一场，此事我暂且替你瞒下，如有再犯，师弟再无能力相保，望师兄好自为之！

昌真岂肯承认，随即赶去电话局拨通阎千树的电话：金印还在我这里，你若是不信，自可前来查探。

阎千树冷冷一笑：我一片诚心，师兄居然还和我打诳语。不要以为我不知道，你们为了掩人耳目，特意请人防制了一块金印。我也不瞒师兄，我早就在延安安插了一个单线联系的卧底，但任何人都休想查到他，因为我从来没有给他派过任务，我只要求他定期记录延安的情况。也是机缘巧合吧，金印送到延安的那天，他恰恰在场。内战爆发后，我已召回此人。

如此一来，昌真只得默然不语，他深知这位师弟的厉害，也知道他的愚忠。

阎千树曾成功刺杀过大汉奸张敬尧和张啸林，连汪精卫都差点死在他手上，但他也刺杀过吉鸿昌将军。他要真是发难，广济寺必将成为人间地狱。同时也很清楚，阎千树这份所谓的人情迟早是要讨还的，他既然说金印一事不再追究，肯定另有要事相求。昌真立刻叫来惠明，你的身份已经暴露，广济寺万万待不得了。

果不其然，阎千树不久前发来了电报：袁时发和王小文逃脱惩治已久，只因戴老板遇难暂时搁置，如今毛人凤局长已重新提出诛鹰计划。师兄曾委托袁时发护印，应该知道他们的下落，还望速速告知，以助我早日铲除这两个党国罪人。师兄明察秋毫，断不会误判形势，断不会惹来不必要的麻烦。

这简直就是一封赤裸裸的恐吓信！昌真即刻密报惠明，军统已经再次启动诛鹰计划，赶快让你们的人通知袁时发，千万不要露面。这次负责行动的是阎千树本人，足见军统要除掉他们的决心。随后，昌真再次遣散众弟子，芜湖一天没有解放，你们就一天不回。

两日过后，惠明回报，据吴克了解，袁时发和王小文都已离开了藏身之处，现不知所踪……

袁施主啊袁施主，你怎么能在关键时刻外出呢？叫我好不心焦！你扫荡邪魔，又救下了我等，若是被我那嗜血成性的师弟给害了性命，我将来还有何脸面去见干城先生，去见佛祖！

唉！昌真长长地叹了一口气，随即便把头转向了大门，他感到了一股很强的戾气，这股戾气就来自门外。

“大师，为何长吁短叹？”

大殿内突然闯进来三个人，两男一女，一张笑脸，两张冷脸。问话的就是那张笑脸，他笑容可掬，却和他的装束非常不协调，让人感觉那笑声格外恐怖。另外两人，男的模样俊秀，他先是低着头，接着又慢慢地抬起来，立刻露出了像狼一样阴森的眼睛。女的则是满脸病容，但长相不俗，眼睛里同样透着寒冷，如同一把匕首发出的寒光。三人都是从头到脚一身黑，外罩一件黑披风，年纪也都在三十岁左右。昌真知道，他们就是阎千树新近培训出来的一流杀手，军统少壮派三剑客——笑面虎张伯伦、夺命书生萧抗天、病寡妇李胜男。昌真还知道，在这三名杀手中，最残忍的就是张伯伦，据说，他杀人不喜欢用枪，喜欢笑里藏刀，然后一刀见血，他非常享受对手鲜血汩汩流出的那一瞬间。

“阿弥陀佛，三位施主突然驾临，不知有何贵干？”

“哈哈，大师何必装模作样哩，我们三个都是阎老师的学生，您就是我们的师伯。来，我们见过师伯。”说话的还是那个张伯伦，他显然是三人中的指挥者。

“阿弥陀佛，施主此言差也。老衲是佛门中人，和令师早无瓜葛，何来师伯一说。阎先生的确通知过老衲，让老衲告知他袁时发与王小文二位施主的下落，但并没有说要派人前来敝寺。三位杀气太重，与佛门格格不入，还是请回吧。”

“可以啊，我们当然可以走，只要大师说出袁时发在哪里就行了。”

“对不起，这恐怕要令三位失望了，袁施主自从几年前来过一次敝寺之后，与老衲再也没有过任何联系，他的下落，老衲的确不知。”

“那好，既然大师说我们会扰你清修，我们就在寺外等着。据我们分析，袁时发和王小文很快就会来找大师的。”

“如果是这样，老衲恳请你们不要在寺内动手，以免菩萨降罪。”

“哈哈，到时恐怕就由不得大师了，我们出去！”

多年的特务生涯练就了小文敏锐的感官，她尚未跨进广济寺大门，便察觉到空气中流动着不寻常的气息。尽管她事先做了一番精心的准备，把自己化装成一个油头粉面的纨绔子弟，但在那三位顶级杀手面前，还是无济于事。李胜男在暗处微微吸了一口气，立刻闻到一股女人特有的气味。“女的，她来了月事，十有八九是王小文。”

李胜男小声地说着，随即抬高了无声手枪的枪管。

张伯伦伸出一根手指按在嘴边：“嘘！袁时发还没到。”

这时，山门前过来一位推着垃圾车的老年清道夫，他头发花白，佝偻着腰，手里抓着一个铃铛，颤巍巍地叫道：“倒垃圾啰！要讲卫生啊，下乡要擦鞋哦！”

下乡要擦鞋！小文心中一喜，眼前立刻出现了当年在那块油菜地弄脏绣花鞋的场景。时发哥来了，而且还赶在了我的前面！看来，我们几乎是同时离开观音庵的。

小文继续不动声色地往里走去，她知道，肯定已经有好几把枪瞄准了她，杀手里面肯定有一个是女人，只有女人才能闻出女人的气味，不然不会这么容易识破自己。唉！该死的身体啊，偏偏在这个时候！现在的问题是，我还要继续向前走吗？只能向前走！如果时发哥还没有认出我，如果他只是在发出呼叫我的暗号，我就不能回头和他相认，否则时发哥就危险了。

“阿弥陀佛！施主请留步，本寺今日不速之客太多了，老衲不胜其扰，老衲要去休息了！”昌真大声说道。

他一直冷眼旁观着那三个杀手的动静，见他们突然隐去，立刻明白，他们要杀的人来了。

那个清道夫确系时发。小文当时想一个人走走，他便独自赶回墓穴，谁知左等右等不见小文回来，他渐渐感到不妙。事发前小文说过要去见她母亲，她会不会去了陵阳？随即又否定了这个推断，小文一定知道我在找她，但她并没有告诉我她母亲的具体地址，她不会去陵阳。那么，她会去哪里？很可能去西乡，那里是她出生的地方。小文曾经和我说过，他的父亲在梦中诅咒她，现在发生了这样的事，她很有可能因此产生一个心结：爱上袁时发是不是一个错误。如果她在西乡，如果她要解开这个心结，一定会去观音庵，她知道静尘师太和我、和义父都是至交。

赶到观音庵，时发远远就看到了那幅图案，又喜又急。喜的是小文和他果然心灵相通，急的是小文很可能会自投罗网。来喜曾告诉过他，惠明是新四军的人，已经把金印送到了延安。当时正考虑如何配合新四军演戏给唐元善看，没来得及告诉小文，后来，又忙于救义父，竟把这事给忘了。惠明的身份一旦暴露，广济寺就是军统重点监控的对象，那里一定有特务埋伏！想到此，他心急如焚，连夜快马加鞭赶到芜湖，随即乘着天还未亮，再翻墙进入广济寺。还好，一切正常，最高兴的是小文还没到，昌真大师也安然无恙，于是，他便装扮成一名清道夫在寺门口转悠，等待小文的到来。没想到情况很快有了变化，三名一看就是杀手的人进去了。

无论如何不能让他们伤害昌真大师！待那三人进入大殿后，时发立刻尾随跟去，接着来了一个伏地听声，终于稍稍宽心，他们要杀的人不是昌真，是我和小文。

昌真如此高声示警，惹恼了张伯伦，三人几乎同时现身，把昌真和小文围在中心。

“大师，你太过分了！”

“王小文，不用再装了！”

嗖！嗖嗖！三把乌黑的小刀从暗处飞来，逼得张伯伦三人连忙闪身躲过。这三人不愧为一等一的杀手。砰砰砰！三颗子弹从消音管里发出低沉的闷响，一起射向时发，却见时发已然翻滚到近前。

“哈哈！袁时发，终于等到你了！”张伯伦仍是一副笑脸。

娘道燕子的！军统还有这么厉害的人。他们用的是消音枪，我也只能用刀了，否则，枪声一响，他们的援兵就会赶到，心念电闪之间，又是三把飞刀射出，乘着他们躲闪之际，一把拽过小文，喊一声“卧倒！”一起趴到地上，顺势翻滚到一座大香炉后面。

当当当！子弹打在香炉壁上发出清脆的声响。杀手们迅疾包抄过来，密集的子弹压得二人无法抬头。

“小文，没事吧？”

“时发哥，我没事，这三人好快。”

“大师，你怎么样？”

“阿弥陀佛，罪过罪过，所谓放下屠刀，立地成佛，你们非要赶尽杀绝吗？”昌真伸手拦到了香炉前。

一直没有说话的萧抗天突然开口："老和尚，你作死！要不是阎老师有过交待，早就送你上了西天！"

萧抗天上当了，昌真故意诱他出手，好给时发有喘息的机会，他迎面撞了上去，砰！一声闷响，两个人的身子撞在了一起，昌真和萧抗天踉踉跄跄各退了好几步。萧抗天尚未站稳，嗖！一把飞刀不偏不倚地插进了他的喉管。这一刻，昌真看到了他不甘的眼神。

"阿弥陀佛！"昌真缓缓坐下，萧抗天向前摔倒。

张伯伦又笑了，声音如同厉鬼，他猛地后退三步，一枚手雷瞬间扣在手上，李胜男的枪口也已转向昌真。时发哪容他们动手，一个鹞子翻身，嗖！嗖！两把飞刀同时射向二人，只见他二人矮身一蹲，砰！砰！两颗子弹同时打中了时发和小文。原来，这三人早已心意相通，配合之默契已到了不可思议的地步，萧抗天只是被昌真阻挡才遭时发突袭。张伯伦作势投弹，李胜男枪指昌真，都是为了引他们现身。时发只觉右胸一麻，顿时栽倒在地。小文腹部中弹，意识尚存，她大叫一声，迅速扑到时发身前，她想用身子挡住时发哥，却感扑了个空，时发侧身滚到了一边。

"哈哈，袁时发不过……啊！"张伯伦话未说完，身子突然摇晃了几下，轰然摔倒，时发在昏迷前甩出了一把飞刀，深深地扎进了他的心窝。

砰！砰！李胜男的枪响了，时发和小文背部再中一弹，二人同时昏死过去。

"阿弥陀佛，魔鬼，老衲要开杀戒了！"昌真怒不可遏，刚要动手，却见李胜男嘴角已经流出了鲜血，她略略晃动了一下，突然向后倒去。只见一个红衣女子站在她的身后，手里拿着一把血淋淋的长刀，她从背后捅倒了李胜男。

"姑娘小心！"昌真一声惊呼，然为时已晚，李胜男在断气之前朝红衣女子开了一枪，子弹的方向是斜着朝上的，从她的胸部钻了进去，她欲伸手捂胸，却无力地放了下来，踉跄几步，接着便一头栽倒。

此时，小文悠悠醒来，她费力地睁开眼睛，看到时发双眼紧闭，脸色惨白得吓人，胸部还在不住地往外流血。小文的眼睛红了，但没有力气哭，她也是奄奄一息。

"大，大师，快救他……"

小文再次醒来时，发现自己正靠在一辆小汽车的后座椅上，车子行驶的速度很快，再一看，身旁依次靠着柳忠英、袁时发。

驾驶员回过头来，是惠明。“总算醒了一个。”他吁了一口气说。

“怎么回事？”

“哦，师傅收到了阎千树的信，要他提供你们的下落。我通知了吴克，他派人去找了你们，结果你们已经不在那个墓穴了，他不放心，联系了我和潜伏在芜湖的地下同志。我们赶到现场后，你们都已经倒下了，好在你们都还没有死。幸而那三个杀手很自负，用的又是无声手枪，才没有惊动外面的军警。本来，我们打算把你们送到附近的医院，但师傅说阎千树已经到了芜湖，他一旦联系不到那三个杀手，很快就会知道真相。所以，我们找来一位私人医生为你们做了简单的手术，又通过警察局的内线搞到一张特别通行证，准备把你们送到琊琅山，宣城县游击大队在那里接应……不好，有人追过来了！”

惠明在倒车镜里看到，一辆黑色的小轿车正风驰电掣地朝他们驶来，后面跟着三辆卡车，每辆车上都站着十几名荷枪实弹的国军士兵。

“一定是阎千树，他来得好快！”

惠明猛踩油门，呜……车子像离弦之箭一般向前极速驰去。

砰！砰砰！哒哒哒哒……子弹像下雨一样射了过来。哗啦！后挡风玻璃被击得粉碎。

“时发哥！”忠英和小文同时用身子护住时发，她也醒过来了。

小文主动伸出手：“柳忠英，谢谢！”

忠英一愣，随即点点头道：“王小文，我本来非常恨你，但见你不顾性命地保护时发哥……算了，不说这个了。”她也把手伸了过去，“谁叫我们都爱上了他呢！”

追赶的车队越来越近，而这辆车似乎不堪重负，越来越慢，车头就像一个烧开的锅炉往外冒出团团蒸汽。坏了，开锅了！但琊琅山已经依稀可见。

惠明大叫一声：“坐稳了！”猛地把油门踩到底，车子却没有达到他想象的速度，反而在原地蹦跶了几下后，彻底停了下来。

“完了，抛锚了！”惠明狠狠地捶着方向盘。

“王小文，你好啊！”车外响起一个冷冰冰的声音。

是阎千树！王小文至今仍不清楚这位老师的长相，只记得他的声音。

他既是军统四大金刚之首，又号称“辣手书生”，他的存在总是关乎着死亡，总是在最后的关键一刻出现，随即沉入黑暗，几乎没有几个活人知道他的本来面目。他当年给王小文等人上课时，始终压着一顶低檐帽，戴一幅宽大的墨镜，还留着长长的大胡子，也不知道那胡子是真是假。

“老师。”小文低低地应了一声。

“不，我不是你老师，我没有你这样的学生。”阎千树的声音冷到极致。

此时，惠明已被押下车。看来，今天真的是在劫难逃了。

小文看了看昏迷中的时发，再看一眼忠英，二人同时点点头。

“老师，我们已经逃不了了，能不能让我和这位姑娘说几句话？”

阎千树把头转了过去：“人之将死其言也善，说吧。”

“柳忠英，你我二人可算是握手言和了？”

“算是吧。”

“那好，你知道的，我们为了时发哥都不怕死。但我心有不甘，因为我还没有为他生过孩子。他袁家就剩他一个人了，如果他也死了，袁家就绝后了。所以，这是我最大的遗憾。我不知道，我们结成夫妻那么久，为什么没有怀上他的孩子。我身中两枪，你只中了一枪，你懂我的意思了吗？”小文流出了眼泪。

忠英点点头，也流出了泪水。王小文的意思再清楚不过，她要在最后的时刻把时发哥让给我，她希望我能活下去，让我照顾时发哥，为他袁家延续香火。

“我懂，实话告诉你，我是胸部中弹，我自感也不长久了。可是不管我能不能活下去，说这些还有用吗？我们都走不了了。”

小文突然压低声音：“我们是走不了了，但时发哥还有机会。”她说完朝琊琅山方向看了一眼。

忠英明白了，她指的是救援的人很快就会出现。可是，她们却等不到了。

“可怜的时发哥，谁来照顾他。”

二人同时擦干泪水，相视一笑。尽管笑得很凄美，但均感如释重负，不仅是为了时发有机会活着，也为她们自己。她们曾经你死我活，不就是为了袁时发吗？如今同样为了这个男人，彼此能彻底放下仇恨，还有什么比这更令人欣慰的事？

“我问你，你是怎么赶到现场的?”

“这个啊，我也到了观音庵，就在你们走后不久。我虽然不懂那朵花是什么意思，但时发哥帮助广济寺护送过金印我还是知道的，我当时就想，那幅图案说不定就是你留下的，没想到果真如此。”

小文翘出大拇指：“柳忠英，我小看你了。”

“也不是，也许我们都能和时发哥心意相通吧。其实，要论智慧，我的确远不及你。”

忠英从未听王小文夸过她，一时间竟也夸起了对方。

小文凄然一笑：“可惜我们和好得太晚了。”接着，她打开车门，举起双手慢慢向阎千树走去。

“老师，动手吧。”

“唉!”陈恭澍叹了一口气，“王小文啊王小文，你本来有很好的前程，可惜了……我不会杀你的，你的问题自有军事法庭去裁判，带走!”

就在这时，四周响起一片枪声，阎千树吃了一惊，却见身边的士兵已倒下一大片。惠明立刻卧倒，接着滚入车档。很快，足足两百身着便衣、端着各式武器的人冲了过来。

“他们是宣城县游击大队，快！撤退!”

阎千树虽是一名超级杀手，但指挥打仗却是外行，一下子见到那么多新四军，不免有些心慌，尤其是宣城游击大队，那可是大名鼎鼎的青弋江带出来的队伍。小文和忠英乘机扑上去，一把揪住阎千树，可惜她们都有伤在身，阎千树稍稍用力便挣脱开去。此人果真名不虚传，就在他退后的同时，两颗子弹已经从他的枪口射出。

啪！啪！小文和忠英齐头倒下，她二人在最后的时刻都露出了微笑，那笑容比路边的野花还要灿烂。她们看到了，把时发背出车的正是吴克和来喜；她们还看到，一只巨大的老鹰正在琅琊山南麓展翅翱翔，然后迎着太阳飞去，越飞越远。

“孤鹰复活了!”“孤鹰复活了!”二人慢慢闭上眼睛……

（全书完）

后　记

1995年1月22日，袁时发在他的老家洪山头去世，享年81岁。洪山头村民自发料理了他的后事。

在撰写《烽火孤鹰》期间，为了尊重历史，我查阅了芜湖和宣城很多包括地方志、党史、文史等档案资料，同时，我也采访了很多洪山头村民，他们说了不少关于袁时发的故事，其中，现年60余岁的洪四妮便是袁时发的义女，她详细介绍了袁时发的晚年生活。我问她，袁时发是真人，但他那些传奇是否属实？她说，知道他过去的人大多不在了，不过，关于他打鬼子的事，我们村老年人都能说出一二，也许和实际有一些出入，但大部分都是事实。据说三元八都苏有个苏老先生对他的事情比较清楚，而且还为他写过东西，可惜手稿找不到了。

我又问，听说袁时发在新中国成立后消失了好些年，直到70年代末才回到洪山头，那段时间，他干了什么，去了哪里？

她说这就没有人知道了。只知道他晚年靠补胶鞋和说书为生，村里人让他说自己，他从来不说，问急了，他就说一提过去心口就疼。我们也问过他，你曾被怀疑成潜伏下来的特务，恨不恨？他说不恨，并说像他这样兵不兵匪不匪的，有特务嫌疑很正常，但能证明他的人都死了，他只有躲起来，因为他相信共产党最终不会冤枉好人。

我再次问洪四妮，也就是说，那段时期的袁时发是一个谜？

她说是的，实际上他一直都是一个谜。

我最后问她，既然你们都说他帮助过共产党，在他晚年时，为什么不向当地政府说明，为什么不帮他申请救助？

她说，我们是有这个打算，就算能证明他的人都不在了，但我们洪山头老百姓这么多人都说他好，应该也起作用。最后还是被他阻止了，他说他一生欠共产党的太多，不能再给共产党添麻烦了……

在采访过程中，我发现洪山头村民非常热情，也非常豪迈，当他们回忆和袁时发相处的日子时，每个人都露出赞许的目光，都说袁时发是一个奇人，也是一个好人。

创作时，我始终遵循着“寻找真相，还原历史”的原则，力求全方位还原当时的那段历史，但由于时间跨度大，涉及面广，加之水平有限，很多方面还是不能一一再现。当然，其间的部分情节，根据文学创作的需要进行了加工，同时，为了加强故事的可读性和流传性，小说的语言尽量采用通俗的口语和对话方式。

近现代的中国，饱受了战争的血雨腥风，而每一场战争的胜利都是由无数先烈换来的，这其中也有很多民间孤胆英雄洒下的热血。在熊熊的战火中，究竟有多少无名英雄用血肉之躯铸成不朽的灵魂，我们很难尽知。从这个角度看来，袁时发是幸运的，尽管他不曾留下一张照片，也没有关于他的文字记载，但他的故事却为很多人传颂。作为洪山头村民的后代，作为见过袁时发老人生前几年风采的晚辈，我也是幸运的。如今，袁时发老人已远离我们而去，成了我，成了诸多人的一份记忆，那记忆里有苦酒，有眼泪，也有如水的时光，更有一种催我疾书的理由：一个江湖习气深重的游侠，一个一生没有参加过任何党派的民间人士，却能让那么多人提之则津津乐道，赞叹不已。我想，他理应受到敬仰，他的故事理应为更多的人知晓。

这便是我写下此书的初衷。